Gisa Pauly
Wellenbrecher

D1984734

PIPER

Zu diesem Buch

Mamma Carlotta ist über alle Maßen stolz auf ihre Enkelin Carolin, hat diese doch einen der begehrten Ausbildungsplätze im neuen Edelhotel »Frangiflutti«, zu Deutsch: »Wellenbrecher«, ergattert! Kaum ist die resolute Italienerin auf Sylt gelandet, macht sie sich auf, um Carolins neuen Arbeitsplatz zu inspizieren – sehr zum Leidwesen ihrer Enkelin. Was für ein Glück, dass die Frau des Hoteliers eine alte Bekannte aus Italien ist, und Carlotta gar keine Ausrede braucht, um sich im »Frangiflutti« aufzuhalten. Als dann einer der Kellner des Hotelrestaurants von einem Tag auf den anderen verschwindet und Hauptkommissar Erik Wolf die Ermittlungen aufnimmt, findet auch Carlotta eine Spur. Doch nicht im Traum hätte sie gedacht, dass diese direkt nach Italien führt, mitten hinein in eine große Betrugsgeschichte.

Gisa Pauly hängte nach zwanzig Jahren den Lehrerberuf an den Nagel und veröffentlichte 1994 das Buch »Mir langt's – eine Lehrerin steigt aus«. Seitdem lebt sie als freie Schriftstellerin, Journalistin und Drehbuchautorin in Münster, ihre Ferien verbringt sie am liebsten auf Sylt oder in Italien. Ihre Sylt-Krimis um die resolute Italienerin Mamma Carlotta erobern jedes Mal aufs Neue die Bestsellerlisten.

Gisa Pauly

WELLEN BRECHER

Ein Sylt-Krimi

PIPER

Mehr über unsere Autoren und Bücher:
www.piper.de

Von Gisa Pauly liegen im Piper Verlag vor:
Mamma-Carlotta-Reihe:
Die Tote am Watt
Gestrandet
Tod im Dünengras
Flammen im Sand
Inselzirkus
Küstennebel
Kurschatten
Schöne Bescherung
Strandläufer
Sonnendeck
Gegenwind
Vogelkoje
Wellenbrecher

Schöne Bescherung (Hrsg.)
Der Mann ist das Problem
Dio mio!
Venezianische Liebe

FSC
www.fsc.org
MIX
Papier aus verantwortungsvollen Quellen
FSC® C083411

Originalausgabe
ISBN 978-3-492-30877-9
Mai 2018

Umschlaggestaltung: Eisele Grafik-Design, München
Umschlagabbildung: koya979/Shutterstock (Rettungsring); SURZ/Bigstock (Möwe im Hintergrund); EpicStockMedia/Shutterstock (Welle); Ryan McVay/GettyImages (Surfbrett); Eric Isselee/Shutterstock; kunertuscom/Bigstock (Möwe im Vordergrund)
Satz: Kösel Media GmbH, Krugzell
Gesetzt aus der Scala
Druck und Bindung: CPI books, Leck
Printed in the EU

Carlotta Capella duckte sich hinter einer großen Palme, griff nach einer Zeitung, faltete sie auseinander und versteckte sich dahinter. Wenn sie sich unauffällig verhielt, würde niemand auf sie aufmerksam werden. Diskretion war zwar nicht gerade ihre Stärke, aber in diesem Fall musste sie wenigstens so tun, als kümmerte sie sich nur um das, was sie etwas anging. Niemand sollte merken, worauf es ihr wirklich ankam.

Sie lugte über den Rand des Zeitungsblatts auf die Menschen in ihrer Nähe. Zwei Männer in Business-Anzügen, mit gelangweilten Gesichtern und wichtig aussehenden Aktentaschen neben sich, zwei weitere mit einem Laptop auf dem Schoß und eine Dame in ihrem Alter, die auf jemanden zu warten schien. Sie blickte immer wieder zu den Aufzügen und dann auf ihre Armbanduhr. Unter anderen Umständen hätte Mamma Carlotta sie angesprochen, hätte im Nu herausgefunden, mit wem die Dame verabredet war, und ihr geraten, sich an das junge Mädchen an der Rezeption zu wenden, das sicherlich gern für sie in dem Hotelzimmer anrufen und nachfragen würde, wann der Gast in die Lobby kommen wolle, der die Dame warten ließ. Bis dieser endlich erschienen wäre, hätte Carlotta einen kurzen Überblick über ihr Leben gegeben, hätte von ihrem Heimatdorf in Umbrien erzählt, von ihren sieben Kindern, ihrem verstorbenen Mann und der Familie ihrer Tochter auf Sylt. Aber sie hielt sich zurück. Schon nach dem ersten Satz wäre es ja mit der Unauffälligkeit vorbei gewesen. Carlotta Capella konnte unmöglich leise reden, konnte nicht auf große Gesten verzichten, lachte gern laut heraus und verhielt sich mit Vorliebe so, dass alle Anwesenden sich nach ihr umdrehten.

Und das wäre in diesem Fall natürlich genau das Falsche gewesen.

Also beließ sie es dabei, am Zeitungsrand vorbeizuschauen, die Rezeption im Auge zu behalten und dort das junge Mädchen in der Uniform des Hotels Frangiflutti zu beobachten. Wie eifrig sie ihre Arbeit verrichtete! Welche Mühe sie sich gab, alles richtig zu machen! Sogar die Augen des Chefrezeptionisten ruhten wohlwollend auf ihr, wenn sie einen neuen Gast mit großer Freundlichkeit begrüßte und dafür sorgte, dass sein Gepäck ins Zimmer gebracht wurde. Erst vor ein paar Tagen hatte sie in dem neuen Hotel von Wenningstedt angefangen, und schon präsentierte sie sich, als stünde sie bereits seit Jahren an dieser Hotelrezeption. Der Stolz weitete Mamma Carlotta das Herz. Sie öffnete zwei Knöpfe ihrer Strickjacke, als brauchte es mehr Platz, als könnte es aus ihrem Brustkorb springen. Für dieses wunderbare Gefühl, von dem nur Menschen etwas wissen, die sich selbst in einem Kind wiedererkennen, lohnte es sich, etwas zu tun, was ihr Ärger einbringen würde, wenn sie dabei erwischt wurde.

Lange hatte Carolin gezögert. Sollte sie Lehrerin werden und ein Studium auf dem Festland beginnen oder sich fürs Hotelfach entscheiden? Erik hatte seine Tochter von dem Studium überzeugen wollen, aber Mamma Carlotta war froh gewesen, als die Entscheidung für die Ausbildung in einem Hotel gefallen war. So blieb ihre Enkelin fürs Erste auf Sylt, in der Obhut der Familie, und musste sich nicht den vielen Gefahren einer Großstadt aussetzen, in der sie niemanden kannte und sich womöglich einsam fühlen würde. Carolin war ja anders als ihre italienischen Verwandten. Die machten dort, wo sie fremd waren, so lange auf sich aufmerksam, bis sie bekannt waren wie bunte Hunde, was meistens nicht lange dauerte. Carolins verstorbene Mutter war so gewesen, ihr Bruder Felix war so, und sie selbst, die Nonna, natürlich auch. Aber Carolin kam ja ganz nach Erik, war ruhig, besonnen, gewissenhaft und leise.

Sie hatte es schwerer, Anschluss zu finden und sich in fremder Umgebung einzuleben. In Gedanken nannte Mamma Carlotta das Friesisch-Herbe von Schwiegersohn und Enkelin manchmal sogar steif und humorlos, aber das hätte sie niemals laut ausgesprochen.

Gerührt betrachtete sie Carolin. Wie groß sie geworden war! Gestern noch ein Kind und heute eine junge Dame. Seit sie ihr Abitur bestanden und den Führerschein gemacht hatte, war sie mit einem Mal erwachsen geworden. Sogar das hochtoupierte Haarnest hatte sie aufgegeben, das sich während des Abiballs noch auf ihrem Kopf getürmt hatte, und die Haarspiralen vor ihren Augen gab es auch nicht mehr. Carolin achtete mittlerweile auf eine seriöse Wirkung und verzichtete nun auch auf das, was ihr Vater Kriegsbemalung nannte. Der Hotelbesitzer hatte während des Bewerbungsgesprächs ohne jedes Zartgefühl darauf hingewiesen, dass er an seiner Rezeption niemanden zu sehen wünsche, der in einer Parfümerie als lebende Werbefläche für auffällige Kosmetika noch gerade so durchging. Das hatte gereicht, während zuvor keine einzige familiäre Ermahnung gefruchtet, sondern nur dazu geführt hatte, dass der Lidstrich noch dicker wurde, der Lippenstift von knallrot zu dunkellila und der Teint zu einem kränklichen Puderweiß wechselte. Eriks Hinweis, Carolin habe Ähnlichkeit mit der Wasserleiche, die kürzlich aus dem Lister Hafen gezogen worden war, hatte leider auch nicht zum gewünschten Ergebnis geführt.

Mamma Carlotta duckte sich tiefer, als ihre Enkelin in ihre Richtung sah. Nachdem sie ein einziges Mal während des Frühstücks vernehmbar darüber nachgedacht hatte, wie schön es wäre, Carolin einmal in ihrem neuen Wirkungsfeld zu erleben, um stolz auf sie sein zu können, war sie gewarnt worden. »Wehe, jemand von der Familie taucht in der Lobby des Frangiflutti auf! Das wäre ja so was von peinlich.«

Aber konnte man einer Nonna verbieten, an einem neuen

Lebensabschnitt ihrer Enkelin teilzuhaben? Nein! Mamma Carlotta wollte unbedingt mit eigenen Augen sehen, wie Carolin zurechtkam, und sich nicht auf ihre viel zu knappen Berichte verlassen müssen.

Bestens kam sie zurecht, das war unschwer zu erkennen. Mamma Carlotta war sehr beruhigt, dass ihre Enkeltochter weder durch besondere Schüchternheit noch durch Einsilbigkeit auffiel, wie ihre Nonna befürchtet hatte. Ja, Carolin hatte sich für die richtige Ausbildung entschieden! Mamma Carlotta war sich nun ganz sicher. Sie konnte wieder nach Hause gehen, voller Stolz auf ihre Enkelin und angefüllt mit den schönen Erinnerungen an die Zeit, als sie ein Baby gewesen war.

Sie erhob sich vorsichtig, ließ sich aber gleich wieder zurücksinken, als sie merkte, dass Carolins Blick durch die Lobby wanderte. Besser noch ein paar Minuten warten, bis Carolin abgelenkt war. Dann würde Carlotta zum Strand gehen, dort in den Himmel blicken und Lucia sagen, dass aus ihrer Tochter eine angehende Hotelkauffrau geworden war, auf die sie sehr stolz sein konnte. Vielleicht würde sie dort Fietje Tiensch, dem Strandwärter von Wenningstedt, begegnen und könnte ihm von ihrer Enkeltochter erzählen, die mit einem Mal erwachsen geworden war und auf dem besten Weg, im Hotelfach Karriere zu machen. Anschließend würde sie natürlich noch in Käptens Kajüte einkehren und dort ebenfalls zum Besten geben, was sie zurzeit am meisten bewegte: der Stolz einer Großmutter. In der Imbissstube würde sie auch zur Diskussion stellen, ob eine Enkelin das Recht hatte, ihrer Oma einen wichtigen und noch dazu brandneuen Teil ihres Lebens vorzuenthalten, indem sie ihr verbot, sich dort blicken zu lassen, wo sich dieses neue Leben abspielte. Carolin wusste doch, dass es für ihre Nonna nichts Schlimmeres gab, als von Neuigkeiten in der Familie ausgeschlossen zu werden. Was ihren Nachkommen wichtig war, hatte auch für Mamma Carlotta allergrößte Bedeutung. Und dass man ihr ständig unterstellte, Einfluss nehmen zu wollen … Mamma Carlotta wollte gerade in Gedanken diesen Verdacht empört zurückweisen, da kamen ihr die Worte ihres verstorbenen Mannes in den Sinn. »Misch dich nicht in alles ein, Carlotta. Die Kinder müssen auf ihre Art glücklich werden.«

Hatte sie etwa jemals etwas anderes im Sinn gehabt? Selbstverständlich wollte sie nur, dass die Kinder glücklich wurden. Notfalls auch auf ihre eigene Art, wenn es gar nicht anders ging. »Ich möchte lediglich an ihrem Leben teilhaben. Als Zaungast!«

Dino war damals schon sehr krank gewesen und hatte nicht mehr oft gelacht. In diesem Augenblick jedoch war das Lächeln kurz zurückgekehrt. »Zaungast? Du bist immer mittendrin im Spiel, und im Nu rennst du als Mittelstürmer aufs Tor los.«

Sie erinnerte sich noch, dass sie diesen Vergleich sehr unpassend gefunden hatte und froh gewesen war, lang und breit darüber lamentieren zu können, dass Dino das Leben mit einem Fußballspiel verglich. Erst recht, dass er sich seine Frau in einem Trikot, mit einem Ball vor den Füßen und im Sturm aufs Tor vorstellen konnte. Darüber hatte sie so lange geredet, bis der eigentliche Gesprächsgegenstand vergessen und Dino eingeschlafen war. Von einem Problem mit vielen Worten abzulenken, gehörte zu Carlottas Spezialitäten, das war damals schon so gewesen und heute nicht anders.

Carolin nahm gerade ein Telefongespräch an. Carlotta hörte ihre Stimme, die nicht leise und unbeholfen klang, sondern kräftig und selbstbewusst. »Hotel Frangiflutti, buon giorno. Sie sprechen mit Carolina. Was kann ich für Sie tun?«

Mamma Carlotta traten Tränen der Rührung in die Augen. Ihre kleine Bambina! Gestern noch hatte sie Carolin die Schuhe geschnürt und die Nase geputzt, und heute repräsentierte sie erfolgreich ein großes Hotel! Ein italienisches Hotel wohlgemerkt, mit einem Namen, der italienisch war, in der Übersetzung aber sehr gut nach Sylt passte. Wellenbrecher! Hier sollten die Gäste am Telefon mit ein paar italienischen Ausdrücken empfangen werden, das erwartete der Hotelbesitzer, dem es um eine besondere Note ging. Carolin hatte den Ausbildungsplatz auch deswegen bekommen, weil sie die Tochter einer italienischen Mutter war und Grundkenntnisse in der italienischen Sprache besaß. Vor allem aber, davon ließ Mamma Carlotta sich nicht abbringen, weil sie jemand war, der die Fähigkeiten für einen Job im Hotelgewerbe mitbrachte und es dort zu etwas bringen würde.

An dieser Überzeugung änderte auch der ratlose Gesichtsausdruck nichts, den Carolin nun aufsetzte. Dass ihre Enkelin eine Frage nicht beantworten konnte und den Hörer an ihren Chef weiterreichte, war völlig normal. Schließlich hatte sie ihre Ausbildung erst vor ein paar Tagen begonnen.

Aber dass aus der Unsicherheit in ihrer Miene nun schlagartig blanker Zorn wurde, ließ sich nicht einfach beiseiteschieben. Wütend starrte Carolin zur Eingangstür. Mamma Carlotta fuhr herum. Was war da los?

Ein sechzehnjähriger Junge betrat das Hotel, der nicht hierher passte. Er trug durchlöcherte Jeans, ein T-Shirt, das aussah, als hätte er darin gerade ein Fußballtraining absolviert, und eine Gitarre auf dem Rücken. Seine langen dunklen Locken waren im Nacken zu einem Pferdeschwanz gebunden, in seinen Ohren blitzten mehrere Stecker und Ringe, in seinem Gesicht ein spitzbübisches Lächeln. Das wurde noch breiter, als er Carolins wütendes Gesicht sah.

»Können Sie mir sagen, wie das Kulturprogramm von Wenningstedt aussieht? Gibt's heute Abend ein Konzert, eine Lesung oder …«

Zum Glück telefonierte Carolins Chef immer noch, so hörte er hoffentlich nicht, dass die neue Auszubildende eine Frage mit den Worten unterbrach: »Zieh Leine, und zwar ein bisschen dalli, du Schietbüdel!«

Felix’ Grinsen wurde noch eine Spur breiter. »So springt man hier mit den Gästen um?«

»Du bist kein Hotelgast. Also verschwinde!«

Mamma Carlotta sah sich heimlich nach einem Fluchtweg um. Sie hatte sich zwar vorgenommen, sich wie eine vornehme Dame zu verhalten, die es sich leisten konnte, im Frangiflutti zu logieren, und dafür extra das dunkle Kleid angezogen, das sie vorsichtshalber in den Koffer gepackt hatte. Man wusste ja nie, ob es während ihres Aufenthalts auf Sylt eine Beerdigung geben würde, zu der sie passend gekleidet sein musste. Dieses Kleid hatte zum Glück einen weiten Rock, der große Schritte zuließ. Gut, dass sie sich nicht für das schwarze Kostüm mit dem unbequemen Rock entschieden hatte. In diesem Kleid würde ihr die Flucht gelingen. Hinter der Palme hervor und dann nichts wie weg! Ehe sie von ihrer Enkelin ebenfalls Schietbüdel genannt wurde! Sie hatte keine Ahnung, was das bedeutete, aber dass es sich nicht um ein Kompliment handelte, konnte sie sich denken.

Carolin würde sich, wenn sie zum Abendessen heimkam, schrecklich über ihren Bruder aufregen, der sich unterstanden hatte, sie an ihrem Ausbildungsplatz in Verlegenheit zu bringen. Da durfte nicht auch noch ihre Großmutter in der Nähe der Rezeption erwischt werden. Mamma Carlotta versuchte sich verzweifelt einzureden, dass es weit weniger unpassend sei, sich hinter einer Palme zu verbergen, wenn man sich still verhielt und lediglich Beobachter bei der Arbeit der Enkeltochter war, als wie Felix in das neue Leben seiner Schwester zu platzen und sie sogar unter Druck zu setzen. Aber die Angst, von Carolin ertappt zu werden, wurde nicht geringer. Sie musste hier weg! Sobald Carolin ihr den Rücken zudrehte, würde sie so schnell wie möglich zum Ausgang huschen und verschwinden. Und am Abend würde dann nur Felix im Kreuzfeuer von Carolins Empörung stehen, und sie selbst konnte ihren Enkel sogar dafür tadeln, dass er seiner Schwester und ihrer neuen Arbeit nicht mit dem nötigen Respekt begegnete.

Mit zornbebenden Händen und sprühenden Augen händigte Carolin ihrem Bruder einen Veranstaltungsplan aus und zischte ihm etwas zu, was die anderen Gäste in der Lobby hoffentlich nicht verstehen konnten. Mamma Carlotta glaubte, »Verpiss dich!« vernommen zu haben, und blickte sich erschrocken um, doch zum Glück entdeckte sie kein entrüstetes Gesicht unter den Hotelgästen.

Sie duckte sich tiefer, als Felix an ihr vorbei Richtung Ausgang schlenderte, feixend, aufreizend langsam. Erst als er wieder auf der Straße stand, erhob sie sich vorsichtig, ließ Carolin nicht aus den Augen, die von ihrem Vorgesetzten angesprochen wurde und abgelenkt war ... doch bevor sie zum Ausgang huschen konnte, ertönte eine Stimme.

»Carlotta? Incredibile! E' davvero?«

Hauptkommissar Erik Wolf schlug die Akte zu, stand auf und reckte sich. Dann zog er den Bund seiner Jeans an die richtige Stelle, dorthin, wo er im Sitzen gekniffen und gedrückt hätte, und versuchte, sein Hemd weiter hineinzustopfen, was aber nicht gelang, weil die Jeans zu eng war. Wieder mal dachte er sehnsüchtig an seine alten Breitcordhosen, deren Bund er so weit vom Körper abziehen konnte, dass noch eine geballte Faust in die Hosen passte, und an seine Pullunder, vor allem an die, die seine verstorbene Frau selbst gestrickt hatte. Das waren noch gemütliche Zeiten gewesen! Aber nun war er mit einer Frau zusammen, die es nicht unbedingt gemütlich, aber ganz sicher schick haben wollte. Für Svea waren Passform und Design nicht nur wichtig, sondern sogar unentbehrlich. Sie hatte dafür gesorgt, dass die Cordhosen und Pullunder verbannt wurden und stattdessen knappe Kleidung angeschafft worden war, die sie gut sitzend und Erik unbequem nannte. Jeans, deren Verschluss drückte, und Hemden, deren Knopfleisten verrieten, wenn seine Schwiegermutter mal wieder besonders gut gekocht hatte. Svea glaubte, seine alte, bequeme Ausstattung sei in der Kleidersammlung gelandet. Wie gut, dass sie keine Ahnung hatte! Alles, was Erik lieb und wert, jedoch nicht gerade modisch war, hatte er im Wäschekeller untergebracht. Und gelegentlich, wenn er ganz sicher sein konnte, dass Svea nicht zu Besuch kam, holte er die älteste und weiteste seiner Cordhosen heraus, lümmelte sich aufs Sofa und erfreute sich daran, dass es nirgendwo kniff.

Sein Assistent, Kommissar Sören Kretschmer, betrat sein Büro. Er stutzte, als er seinen Chef sah. »Sie machen schon Feierabend?« Mit dem Blick eines Oberlehrers, der einen Schüler maßregeln will, sah er auf seine Armbanduhr. »Es ist erst vier.«

»Na und? Es gibt genug Überstunden, die ich abfeiern kann.« Erik zeigte auf den Hefter, den Sören in Händen hielt. »Oder gibt's was Wichtiges?«

»Nur Statistiken.« Sören fuhr sich durch sein schütteres blondes Haar, gähnte, setzte sich auf eine Ecke von Eriks Schreibtisch und sah seinem Chef dabei zu, wie er umständlich nach Autoschlüssel und Portemonnaie kramte und vergeblich versuchte, beides in der Jeans unterzubringen.

Sören grinste. »Wer so enge Klamotten trägt, braucht wohl ein Handtäschchen.«

»À la Horst Schlämmer? Nein danke.« Erik stand da, in der einen Hand die Schlüssel, in der anderen seinen Geldbeutel. »Wie machen Sie das? In meinen Cordhosen konnte ich den halben Hausstand unterbringen.«

Sören stand auf und griff in seine linke Gesäßtasche. »Mein Fahrradschlüssel ist klein, der passt da rein.« Dann klopfte er auf seine rechte. »Da sitzt ein Zwanzigeuroschein. Das muss reichen. Bei so engen Klamotten brauchen Sie eine Jacke mit Innentaschen.«

Erik warf einen Blick aus dem Fenster. »Bei dem Wetter?«

Sörens Grinsen wurde breiter. »So ist das eben, wenn einem Mode über alles geht.«

Natürlich wusste er genau, dass es nicht Erik war, dem Mode etwas bedeutete, sondern seiner Freundin, die Sören noch immer seine neue Freundin nannte. Tatsächlich waren Erik und Svea schon seit gut drei Monaten zusammen. Und genauso lange plagte sich sein Chef mit unbequemer Kleidung herum und erzählte vor Dienstbeginn gern von seiner neuen Schlafzimmerausstattung, die er ebenfalls Svea zu verdanken hatte und die ihm auch nicht in allen Teilen gefiel.

Sören kam auf sein dienstliches Anliegen zurück. »Die Taschendiebstähle auf Sylt sind zurückgegangen, Einbrüche ebenfalls. Obwohl so viele Häuser leer stehen. Diese ganzen Zweitwohnungen ...«

Erik winkte ab. Er wollte jetzt keine Diskussion darüber führen, dass es auf Sylt zu viele Häuser gab, die nur ein- oder zweimal im Jahr bewohnt wurden. Das führte zu nichts und kostete nur Zeit. »Ich fahre ins Frangiflutti. Das Essen für den Geburtstag meiner Schwiegermutter aussuchen.« Mit Mühe brachte er sein Portemonnaie in der linken Gesäßtasche der Jeans unter, den Autoschlüssel behielt er in der Hand. »Und Sie sollten jetzt auch Feierabend machen. Sie schieben genauso viele Überstunden vor sich her wie ich.«

»Okay!« Sören verschwand in seinem Büro. Schon wenige Augenblicke später erschien er wieder neben Erik und klimperte mit dem Fahrradschlüssel. »Das wird eine tolle Überraschung für Ihre Schwiegermutter.« Sein rundes Gesicht, das Erik immer an einen überreifen Boskop erinnerte, strahlte. Als Sören erfahren hatte, dass er selbst zu den Gästen gehören würde, die im Frangiflutti den sechzigsten Geburtstag Carlotta Capellas feiern würden, strahlte er jedes Mal, wenn davon die Rede war, wie ein rotbackiger Apfel. Beinahe täglich machte er sich lang und breit Gedanken darüber, was er der Schwiegermutter seines Chefs schenken könnte, wenn es so weit war.

Erik ging vor ihm her zum Auto. Sörens teures Rennrad war in der Nähe an einem Fahrradständer festgekettet. »Carolin kann zum Glück schweigen wie ein Grab. Bei Felix wäre ich mir da nicht so sicher. Dem kann man ein Geheimnis nicht anvertrauen. Aber Carolin werde ich verraten, was ich vorhabe. Sobald ich mal mit ihr allein bin. Vielleicht treffe ich sie gleich im Hotel, dann darf sie mir hoffentlich bei der Entscheidung für das richtige Menü helfen.« Erik öffnete die Fahrertür und zögerte mit dem Einsteigen. Sein Wagen stand in der Sonne, die Hitze, die sich darin gestaut hatte, schlug ihm entgegen. Mürrisch ließ er sich hinter dem Steuer nieder und startete den Motor zügig, damit er die Fenster herunter- und Luft hereinlassen konnte. Sören fuhr bereits vom Parkplatz und winkte, als er in den Kirchenweg einbog. Verdammt sportlich sah er aus. So ein Rennrad machte einen Mann glatt ein paar Jahre jünger. Seufzend fuhr Erik an. Sport war einfach nichts für ihn. Gelegentlich ein Spaziergang zum Meer, eine Wanderung an der Wasserkante entlang bis nach Westerland, das musste reichen. Eine Figur wie Sören würde er nie bekommen, auch nicht, wenn er täglich ins Polizeirevier radeln würde.

Als er durch Wenningstedt fuhr, warf er einen Blick nach rechts, zum Grenzweg, als könnte er Svea zufällig beim Betreten des Hauses sehen, in dem sie wohnte. Aber natürlich hielt sie sich um diese Zeit in ihrem Büro auf. Er würde sie bitten, am Abend zum Essen zu kommen, obwohl er natürlich wusste, wie ungern sie sich bei ihm an den Tisch setzte, wenn seine Schwiegermutter zu Besuch war. Ebenso wusste er, dass Mamma Carlotta seine Freundin nicht besonders gern zu Gast hatte. Sie passten einfach nicht zusammen – eine Veganerin mit einer sehr speziellen Einstellung zu Tieren und Tierprodukten und eine Frau, die in Umbrien selbst die Hühner schlachtete, sie anschließend eigenhändig ausnahm und gelegentlich dem Metzger des Dorfs, wenn sein Geselle krank geworden war, dabei half, ein unwilliges Schwein ins Schlachthaus zu zerren. Trotzdem musste es ihm gelingen, die Frauen, die beide wichtig für ihn waren, so oft wie möglich gemeinsam an einen Tisch zu bringen. Wenn sie sich auch niemals richtig gernhaben würden, so sollten sie wenigstens aneinander gewöhnt sein.

Er bog in die Seestraße ein und setzte kurz darauf den rechten Blinker. In der Straße Im Grund hatte vor ein paar Wochen das neue Hotel Frangiflutti eröffnet, das von einem Italiener geführt wurde. Mamma Carlotta war natürlich hingerissen gewesen, dass ihre Enkelin ausgerechnet bei einem Landsmann ihre Ausbildung machen wollte, und würde sicherlich über kurz oder lang einen Grund finden, sich dem Besitzer vorzustellen.

Erik seufzte leise, während er nach einem Parkplatz Ausschau hielt. Hoffentlich fanden sich keine Gemeinsamkeiten zwischen seiner Schwiegermutter und diesem Valerio Fallaci. Wenn sich herausstellen sollte, dass der Hotelier einen entfernten Verwandten hatte, der im selben Jahr wie ein ebenso entfernter Verwandter Mamma Carlottas in Rom als Aushilfskellner gearbeitet hatte oder dort jemanden kennengelernt haben könnte, den auch Mamma Carlotta vom Hörensagen kannte, würde sie sich gebärden, als wären damit verwandtschaftliche Beziehungen zwischen ihr und den Fallacis entstanden. Da würde es nicht viel nützen, dass Carolin sich ausgebeten hatte, keinen ihrer Angehörigen jemals im Frangiflutti zu Gesicht zu bekommen, der keinen guten Grund hatte, sich dort aufzuhalten. So wie er.

Erik hatte gerade einen Parkplatz gefunden, da sah er seinen Sohn aus dem Eingang des Hotels kommen. Er runzelte die Stirn. Hatte Felix etwa seine Schwester in Verlegenheit gebracht? Zu Hause konfrontierte er sie gern mit Fragen, die an einer Hotelrezeption von Gästen gestellt wurden, und lachte dann schadenfroh, wenn Carolin sie nicht beantworten konnte. Sollte er etwas Ähnliches vor den Gästen und Carolins Chef versucht haben, um seine Schwester zu ärgern, konnte es beim

Abendessen ungemütlich werden. Carolin würde sich schrecklich aufregen, er selbst würde sich auf ihre Seite schlagen müssen und Mamma Carlotta natürlich versuchen, durch aberwitzige Argumentationen mal dem einen, mal dem anderen beizustehen – je nachdem, wer sich gerade in der schwächeren Position befand und ihre Unterstützung brauchte. Und Svea? Sie würde danebensitzen und sich fragen, wie sie sich jemals in diese Familie integrieren sollte.

Er betrachtete das neue Hotel, bevor er ausstieg. Ein niedriges Gebäude, weil in dieser Gegend die Häuser nicht mehr als drei Stockwerke aufweisen durften. Das Penthaus, in dem der Hotelbesitzer wohnte, hatte sicherlich einer Sondergenehmigung bedurft.

Als er ausstieg und auf den Eingang zuschritt, sah er, dass das Hotel noch immer nicht ganz fertig war. Das Vorderhaus erstrahlte bereits in voller Pracht, der Anbau im hinteren Bereich des Grundstücks war jedoch noch eingerüstet, die Fenster hatten keine Gardinen, die Balkongitter fehlten gänzlich. Da keine Arbeiter zu sehen waren, vermutete Erik, dass der Bau stillgelegt worden war. Der italienische Besitzer hatte vielleicht geglaubt, auf Sylt irgendwelche Bauvorschriften umgehen zu können, wie es in Italien möglich war, wenn man einen Beamten in der Baubehörde gut kannte oder bereit war, ihm ein neues Auto zu finanzieren. Erik nickte zufrieden. Wenn seine Vermutung richtig war, dann wusste dieser Valerio Fallaci jetzt jedenfalls, dass man auf seiner Insel mit Korruption nicht weiterkam.

Die gläserne Tür öffnete sich automatisch, Erik betrat eine geräumige, helle Lobby, die mit großen Kübelpflanzen und zierlichen Rattanmöbeln ausgestattet war.

Carolin war die Erste, die er sah. Und was ihm sofort auffiel, war ihr entgeisterter Gesichtsausdruck. Oder sah sie sogar wütend aus? Jedenfalls war sie von diesem negativen Gefühl nicht weit entfernt, das erkannte ihr Vater auf der Stelle. Und im nächsten Augenblick wurde ihm auch schon klar, was Carolins angeborenes Phlegma in Wallung gebracht hatte. Eine Stimme wirbelte durch den Raum, prallte an die Wände und sorgte für mehrere Echos. Unterstützt wurde sie durch eine andere Stimme, die genauso ekstatisch tirilierte. In Erik kam sofort der schreckliche Verdacht auf, dass er es im nächsten Augenblick mit zwei Italienerinnen zu tun bekommen würde. Diese Aussicht war so albtraumartig, dass er die Frage, was seine Schwiegermutter in der Lobby des Frangiflutti zu suchen hatte, sofort wieder vergaß. Und sämtliche Probleme, die durch ihre Anwesenheit heraufbeschworen wurden, ebenfalls. Aber sie überfielen ihn trotzdem, noch bevor er von Mamma Carlotta entdeckt wurde. Wie sollte er jetzt seinen Plan in die Tat umsetzen, ohne verraten zu müssen, womit er seine Schwiegermutter überraschen wollte?

Mamma Carlotta hatte total vergessen, dass sie sich unauffällig verhalten wollte. Ihre guten Vorsätze waren schlagartig dahin, und an ihre Enkelin dachte sie überhaupt nicht mehr. Das hatte immerhin den Vorteil, dass ihr der zornige Blick Carolins komplett entging.

»Alessia! Bist du es wirklich?«

Das war für eine Weile der letzte deutsche Satz, den sie von sich gab. Carlotta Capella fühlte sich nicht nur in ihre Heimat zurückversetzt, sondern auch in ihre Jugend. Sie vergaß, dass sie auf Sylt war, und verhielt sich so, wie sie sich auch in Panidomino verhalten hätte, wie sie sich überall auf der Welt gebärdete, wenn sie jemanden traf, den sie seit vierzig Jahren nicht gesehen hatte. Sie war vollkommen aus dem Häuschen, was auf ihre Umgebung, die durchweg friesisch war, äußerst befremdlich wirkte. Zwar hatte das Hotel einen italienischen Namen, seine Besitzer stammten aus Italien, und die Angestellten waren gehalten, gelegentlich ein paar italienische Ausdrücke in ihre wörtliche Rede zu streuen, um einen Hauch von

Dolce Vita zu verbreiten, aber Italien war eben doch weit weg, und das Temperament seiner Bewohner wich deutlich ab von dem der Sylter. Selbst jene Gäste in der Lobby, die aus südlicheren Bundesländern angereist waren, sahen ziemlich entgeistert aus. Doch das nahm Carlotta nur am Rande zur Kenntnis, ebenso wie die Schamröte, die ihrer Enkelin ins Gesicht geschossen war. Nein, Carlotta Capella war in Ekstase. Und die Frau, die sich mit ausgebreiteten Armen auf sie stürzte, ebenfalls.

»Carlotta!«

»Alessia!«

Alessia, mit der sie zusammen zur Schule gegangen war! Alessia, die ihr gezeigt hatte, wie man Rock 'n' Roll tanzte! Alessia, mit der sie auf der Schultoilette ihre erste und einzige Zigarette geraucht hatte! Alessia und Carlotta, die beide früh geheiratet und sich dann aus den Augen verloren hatten.

Und nun sahen sie sich wieder, umarmten sich, ließen sich schnell wieder los, um sich ansehen zu können, standen voreinander und wunderten sich lauthals, dass sie sich nach so langer Zeit noch aneinander erinnerten.

»Du bist völlig unverändert.«

»Ich hätte dich sofort erkannt.«

Und das auf Sylt! In ihrer Heimat waren sie sich nie wieder über den Weg gelaufen, aber hier, im hohen Norden Deutschlands, war das Wunder geschehen.

»Meraviglioso!«

»Sensazionale!«

»Was machst du hier?«

»Wie kommst du nach Sylt?«

Carlotta schaffte es, in drei Sätzen ihren Aufenthalt auf der Insel zu erklären, Alessia brauchte nur zwei, um sie darüber zu informieren, dass sie die Frau des Hotelbesitzers war.

»Das müssen wir uns so bald wie möglich in aller Ausführlichkeit erzählen.«

Da auch zwei von Wiedersehensfreude tief bewegte Italienerinnen gelegentlich Luft holen mussten, und da so was durch Zufall in derselben Sekunde geschehen konnte, schaffte der Chef der Rezeption es irgendwann, eine Bemerkung anzubringen, der in die spektakuläre Begegnung schnitt wie ein scharfes Messer in einen Daumen.

Für Alessia schien es ähnlich schmerzhaft zu sein, von dem Wiedersehen mit ihrer alten Freundin ablassen zu müssen. »Was sagen Sie? Olivero ist nicht zum Dienst erschienen?«

»Gestern auch nicht.«

Alessia gab Carlotta mit einem Handzeichen zu verstehen, dass es zwar unverzeihlich war, sie in ihrer Wiedersehensfreude zu stören, aber diese Angelegenheit am besten sofort geregelt wurde, damit sie sich möglichst schnell in irgendeine Ecke der Lobby setzen und sich ihr Leben erzählen konnten.

»Obwohl er sich vorgestern gesund gemeldet hat. Auf dem Rückweg von der Nordseeklinik ist er vorbeigekommen und hat sogar zwei Stunden gearbeitet, weil so viel los war. Gestern wollte er ganz normal mit der Frühschicht beginnen.«

»Aber er ist nicht erschienen?«

Der Chef der Rezeption sah so schuldbewusst aus, als hätte er selbst den Dienst versäumt. »Richtig.«

Aus dem Büro hinter der Rezeption trat ein Mann, den Carlotta sofort als Chef des Hauses erkannte. Zwar hatte sie ihn noch nie gesehen, denn als Alessia ihn kennenlernte, hatte sie schon für zwei kleine Kinder und dazu für eine kranke Schwiegermutter zu sorgen. Und als Alessia heiratete, hatte sie im Wochenbett gelegen und zu ihrem größten Bedauern nicht vor der Kirche auf das Brautpaar warten und es bejubeln können. Doch die Art, wie Valerio Fallaci auftrat, zeigte ihr, dass er der Herr des Hauses war. Ein gut aussehender Mann mit gebräunter Haut, dunklen Augen und grauen Schläfen, einem Lächeln, das seine weißen Zähne zur Geltung kommen ließ, und einem gewissen Maß an Überheblichkeit, von dem im Allgemeinen angenommen wurde, dass es aus besonderen Kenntnissen, Fähigkeiten und Erfahrungen entstanden war.

Alessia wandte sich an ihren Mann. »Hast du was von Olivero gehört?«

Valerio Fallaci sah aus, als wäre ihm nicht einmal der Name geläufig. »Der Kellner? Der vor ein paar Tagen in die Prügelei vor dem Bahnhof geraten ist?«

Alessia nickte. »Das war Mittwoch. Er war in der Nordseeklinik zur Beobachtung. Die Ärzte vermuteten eine Gehirnerschütterung.«

»Aber er hatte keine«, ergänzte der Chef der Rezeption.

»Die Ärzte könnten etwas übersehen haben.« Alessia sah jetzt sehr besorgt aus.

Valerio Fallaci schien zu den Männern zu gehören, die sich Schwierigkeiten gern vom Hals hielten. »Der wird sich schon melden!«, sagte er und ging in sein Büro zurück. »Die Ärzte in der Nordseeklinik wissen, was sie tun.«

Alessia folgte ihm bis zur Tür. Carlotta hörte, wie sie sagte: »Oder sollen wir die Polizei verständigen?«

Den Wortlaut der Entgegnung verstand Carlotta zwar nicht, aber sie hörte sich so an, als wäre Valerio Fallaci damit nicht einverstanden.

Seufzend schloss Alessia die Tür und kam zu Carlotta zurück. Dieser war mittlerweile der Blickkontakt mit ihrer Enkelin aufgezwungen worden, und so hatte sie nonverbal erfahren, was Carolin von ihrer Anwesenheit im Frangiflutti hielt. Gar nichts! Carolin war wütend, dass ihre Nonna an ihrem Arbeitsplatz aufgetaucht war, nachdem schon ihr Bruder sie in Verlegenheit gebracht hatte, und augenscheinlich nicht bereit, diesen Tatbestand anders zu beurteilen, nur weil sich herausgestellt hatte, dass die Nonna eine alte Freundin von Alessia Fallaci war.

Als sich nun die Eingangstür öffnete und ein Mann in der Lobby erschien, den sie gut kannte, reichte es ihr endgültig, auch das entging Mamma Carlotta nicht. Die Wut erzeugte sogar ein Temperament in Carolin, das darauf schließen ließ, dass ihre italienischen Vorfahren auch bei ihr ein paar Erbteile hinterlassen hatten, von denen bisher niemand etwas mitbekommen hatte. Sie schoss hinter der Theke der Rezeption hervor und rauschte ihrem Vater entgegen, als hätte sie den Auftrag erhalten, einen Obdachlosen aus der Lobby zu entfernen, damit die Vornehmheit dort keinen Schaden erlitt.

»Du auch?«, zischte sie ihn an, leise zwar, aber Carlotta verstand es trotzdem. »Was bildet ihr euch eigentlich ein? Erst Felix, dann die Nonna und nun auch noch du! Was hättet ihr auf euch genommen, wenn ich eine Ausbildung zur Zahnarzthelferin begonnen hätte? Eine Wurzelbehandlung? Nur um zu sehen, ob ich alles richtig mache?«

Erik öffnete den Mund, um sich zu verteidigen und seine Anwesenheit zu erklären, aber jemand anders verhinderte es.

»Enrico?«

Es gab Situationen, die überforderten ihn vollkommen. Das waren vor allem die, in denen Geistesgegenwart und schnelle Reaktionen gefragt waren, rasante Lösungen gefunden werden mussten und sich der Denkapparat in Sekundenschnelle in die entgegengesetzte Richtung zu orientieren hatte. Dazu war er in diesem Augenblick nicht fähig. Genau genommen war er dazu niemals in der Lage. Dabei hätte er den schrillen Vorwurf seiner Tochter gut und gern zurückweisen und die Empörung über ihren Bruder und ihre Großmutter ohne Weiteres teilen können. Dann hätte er aber auch die Wahrheit über den Grund seines Besuchs im Hotel nennen müssen, und das wollte er in Gegenwart seiner Schwiegermutter auf keinen Fall. Dann wäre ja seine schöne Überraschung kaputt gewesen! Zu dumm, dass er noch nicht dazu gekommen war, Carolin einzuweihen. Dann hätte sie natürlich gleich gewusst, dass er nicht ihretwegen im Frangiflutti erschienen war, sondern um das Vorgespräch, das er bereits vor Tagen mit dem Restaurantleiter geführt hatte, mit dem Küchenchef fortzusetzen. Er wollte doch nichts anderes, als das Geburtstagsmenü festzulegen.

Zum Glück war Carolin an langsame Reaktionen von ihm gewöhnt, sodass sie sich nicht wunderte, als er vergeblich nach Worten suchte. Dass seine Schwiegermutter auf ihn zugeflattert kam, bot, wenn man sich einmal mit ihrer Anwesenheit abgefunden hatte, auch Vorteile: Erik hatte Zeit, sich zu überlegen, wie er reagieren sollte.

Mamma Carlotta zerrte eine etwa gleichaltrige Frau hinter sich her, die Erik noch nie gesehen hatte. Eine auffallend schöne Frau, deren Attraktivität durch ihr Alter keinen Schaden genommen hatte. Im Gegenteil! Dass sie aus Italien stammte, erkannte er sofort. Wie viele Italienerinnen oberhalb der fünfzig war sie mollig und vollbusig, aber das stand ihr gut. In ihren feinen Gesichtszügen gab es kaum Falten, die vollen Wangen waren rund und glatt. Den herzförmigen Mund hatte sie dezent geschminkt, die großen Augen waren durch einen Wimpernkranz betont worden, den sogar Erik, der nichts von dekorativer Kosmetik verstand, als künstlich erkannte. Sie trug eine Strickkombination in leuchtendem Rot, als wollte sie zwar korrekt, aber nicht unbedingt formell gekleidet sein.

»Das ist Alessia Fallaci«, jubelte Mamma Carlotta ihm entgegen, und Erik reichte der Dame artig die Hand, während er registrierte, dass seine Tochter sich wieder hinter die Rezeption zurückzog und ihrem Chef dort etwas zutuschelte, mit dem sie wohl das Verhalten ihrer Familie entschuldigte.

Nun erfuhr Erik, dass Alessia Fallaci die Frau des Hotelbesitzers war und dass Carlotta in ihr eine alte Freundin aus Panidomino wiedergefunden hatte.

»So ein Zufall!« Erik staunte nicht schlecht.

»Das ist mein Schwiegersohn«, präsentierte sie ihn stolz. »Un commissario!« Es sollten einige Lobhudeleien folgen, das sah Erik seiner Schwiegermutter an der Nasenspitze an, aber ihr war eine Frage wichtiger geworden: »Was machst du hier, Enrico?«

Er hatte noch immer nicht entschieden, wie er reagieren wollte, und rettete sich in eine Gegenfrage: »Und du? Was tust du hier?«

»Du siehst doch, ich habe Alessia getroffen.« Dass diese Antwort nicht der vollen Wahrheit entsprach, erkannte Erik sofort, schluckte aber eine Bemerkung herunter.

Mamma Carlotta beugte sich an sein Ohr und raunte: »Wenn du dir ansehen willst, wie Carolin an der Rezeption zurechtkommt, Enrico ...« Sie rückte von ihm ab und sah ihn an, als wollte sie ihm einen Bungee-Sprung oder eine Rafting-Tour ausreden. »Deine Tochter mag das nicht.«

Das wusste Erik. »Deswegen bin ich nicht hier ...«

Er hatte gerade eingesehen, dass er wohl mit der Wahrheit herausrücken musste, da kam Valerio Fallaci aus seinem Büro. »Hauptkommissar Wolf?« Er sah seine Frau ärgerlich an. »Du hast die Polizei gerufen?«

»No.« Alessia Fallaci hob abwehrend die Hände.

Daraufhin erhielt der völlig unschuldige Chef der Rezeption einen bitterbösen Blick, den er sich verständlicherweise nicht erklären konnte, und Valerio Fallaci flüsterte Erik ins Ohr: »Meine Frau neigt zum Dramatisieren. Vermutlich hat Olivero zwei Tage Genesungsurlaub angehängt, weil er noch ein bisschen schwach auf den Beinen war.« Er lachte so wirkungskalkuliert, dass Erik unwillkürlich einen Schritt zurücktrat. »Er ist ... wie nennen das die Norddeutschen? Schiet zupass!« Wieder lachte er, als wollte er Erik zwingen, ihn unterhaltsam zu finden und in das Lachen einzustimmen. »Wenn jemand schiet zupass ist, dann bleibt er zwei Tage im Bett. Sobald er wieder hier auftaucht, werde ich ihm klarmachen, dass er nächstes Mal gefälligst anrufen und sich entschuldigen soll.«

Erik fiel auf, dass Fallaci sehr gut Deutsch sprach, mit einem angenehmen Akzent und der Eigenschaft der Italiener, ein

Wort nicht mit einem Konsonanten zu beenden, sondern noch die Schwingung eines Vokals anzufügen.

Die Einmischung des Hoteliers hatte lange genug gedauert, dass Erik zu seiner Chance kam. Wenn er sie nutzte, würde Carolin ihn hoffentlich nicht mehr so finster anblicken und seine Schwiegermutter nichts von der Überraschung erfahren, die er sich für ihren Geburtstag ausgedacht hatte. »Erzählen Sie mir mehr von Ihrem Mitarbeiter«, bat er Valerio Fallaci und wies zu der Bürotür. »Vielleicht können wir dort in Ruhe reden?«

Eine halbe Stunde später war Mamma Carlotta über die wichtigsten Lebensstationen von Alessia Fallaci informiert und hatte im Schnellverfahren darlegen können, wie ihr eigenes Leben verlaufen war. Natürlich reichte das nicht, um eine alte Freundschaft wieder aufleben zu lassen, doch Alessia war für ein wichtiges Gespräch mit der Hausdame verabredet und hatte keine Zeit, weiter mit Carlotta zu plaudern. Aber das würden sie so bald wie möglich nachholen. Als Carlotta auf die Straße trat, freute sie sich über eine Einladung ins Hotelrestaurant, wo die Vergangenheit zum Leben erweckt werden sollte. Ein paar Namen von Lehrern und Mitschülern hatte jede von ihnen der anderen bereits entgegengeworfen, die mal mit einem Lachen aufgefangen und mal mit einem Stirnrunzeln und fragenden Augen zurückgewiesen worden waren. Jede von ihnen hatte andere Erinnerungen, das war ihnen schnell klar geworden, zusätzlich zu den vielen gemeinsamen. Ein besonderer Reiz nach so vielen Jahren! Alessia hatte sogar in Aussicht gestellt, Carlotta zu verraten, ob der Sohn des Bürgermeisters mit Chiara, einer Schülerin der Abschlussklasse, auf der Schultoilette tatsächlich etwas getan hatte, für das es damals noch keinen Namen gab. Angeblich hatte Chiara ihr Gewissen schon zwei Wochen später bei Alessia erleichtert, und jetzt, da sie glücklich mit einem Avocato in Mailand verheiratet war, konnte man es riskieren, dass Schweigegelübde zu brechen. Mamma Carlotta freute sich darauf, die Wahrheit über etwas zu erfahren, was sie längst vergessen hatte und was für sie ohne jede Bedeutung war. Es kam nur darauf an, an etwas anzuschließen, was einmal eine Gemeinsamkeit gewesen war, und damit zu einer neuen Gemeinsamkeit zu finden. Herrliche Aussichten!

Als sie den Weg zum Meer einschlug, ging es ihr so wie den meisten, die gelassen auf die Vergangenheit zurückblicken und mit dem bisherigen Verlauf ihres Lebens zufrieden sein konnten: Sie ließ sich gern auf Erinnerungen ein – so banal sie auch waren –, würde mit großer Freude einen Besuch in ihrer Jugend machen, war aber froh, eine Rückfahrkarte im Herzen zu haben und die Strecke, die sie in vielen Jahren zurückgelegt hatte, noch einmal im Eiltempo zu gehen, ohne an einer Abzweigung einen wehmütigen Blick zurückzuwerfen oder zu bereuen, keinen anderen Weg eingeschlagen zu haben. Die Wärme der Zufriedenheit, die sie ausfüllte, tat ihr gut. Dass sie keine Entscheidung bedauerte und jeden Schicksalsschlag mit der Kraft bewältigt hatte, die aus einem stabilen Lebensglück erwachsen war, sorgte für unbeschwerte Schritte, das Gesicht der Sonne zugewandt, die Nase im Wind und die Brust voll guter Seeluft.

Es ging ihr gut! Das wurde ihr gerade in diesem Augenblick wieder bewusst. Carolins Ärger über ihre Nonna war nichts, was an dieser Erkenntnis etwas änderte. Sie würde ihre Enkelin schon davon überzeugen, dass ihr Besuch im Frangiflutti gar nichts mit ihr, sondern nur etwas mit ihrer Freundin Alessia zu tun hatte. Sie würde so tun, als hätte sie keine andere Absicht gehabt, als Alessia einen Besuch abzustatten, ohne es allerdings in dieser Deutlichkeit auszusprechen. Ein paar Andeutungen einwerfen, Nachfragen überhören, das Wort »vielleicht« mehrmals einbauen und am Ende die Stimme zu einem Fragezeichen anheben. Dann konnte ihr hinterher niemand eine konkrete Aussage vorhalten. Sie würde immer behaupten können, alles ganz anders gemeint zu haben. So was war keine richtige Lüge, eine derart banale Verschleierung der Wahrheit fiel allerhöchstens in den Bereich der Notlügen, die erlaubt waren. Sie würde darauf achten, alles, was sie zu Carolin sagte, so zu formulieren, dass es möglichst dicht an der reinen Wahrheit war.

Sie lächelte in die Wolken, hinter denen sich die Sonne gerade verbarg, und in den Wind, der in einer knatternden Fahne Gestalt annahm, während sie zum Ende der Straße ging, wo sie auf die Seestraße stieß. Wer im Leben glücklich werden wollte, musste gelegentlich die Wahrheit kneten, in eine andere Form bringen oder sie notfalls sogar verbiegen. Solange das Ergebnis immer noch Wahrheit genannt werden konnte, war das einer der vielen Wege zum Glück.

Nun ging sie direkt auf das Meer zu, der Wind trieb sie vor sich her. Sie genoss seine Kraft in ihrem Rücken, froh, seine Kälte nicht auf der Haut zu spüren. Gut, dass sie eine Strickjacke mitgenommen hatte, die sie im August in ihrer Heimat niemals benötigte. Auf Sylt verzichtete sie selten darauf, selbst im Hochsommer nicht.

Am Ende der Seestraße stand das Strandwärterhäuschen, das einmal himmelblau gewesen war, mittlerweile aber einen weißen Anstrich erhalten hatte. Das kleine Fenster, hinter dem der Strandwärter saß, um die Gästekarten zu kontrollieren, war geschlossen. Entweder hatte Fietje keinen Dienst, oder er sah am Strand nach dem Rechten, unten, am Fuß der hohen Holztreppe, die zum Wasser hinabführte. Möglich aber auch, dass er in Käptens Kajüte hockte, um sich dort bei einem Glas Jever von seinem anstrengenden Dienst zu erholen. Die Hochsaison näherte sich zwar dem Ende – in den meisten Bundesländern waren die Sommerferien vorbei –, aber solange das Wetter gut war, hielten sich viele Feriengäste am Strand auf. Und gut war das Wetter auf Sylt immer dann, wenn es nicht regnete, stürmte oder schneite. Sylttouristen verlangten nicht nach einem wolkenlosen Himmel und stundenlangem Sonnenbad, sie zogen den Kindern Pullover über, schickten sie in Gummistiefeln zur Wasserkante, damit sie dort Burgen bauten und Kanäle anlegten, und sprachen später vom genau richtigen Syltwetter.

Die Flut hatte ihren höchsten Stand erreicht. Die Brandung schäumte auf den Sand und zog sich zischend zurück. Das Wasser war dunkel, schimmerte mal blau, mal grün, als gäbe es unter der Oberfläche etwas, was darüber entschied, aus welcher Farbe die Wellen sich lösen sollten, um dann grau auf den Sand zu laufen und ihre weißen Gischtkronen abzuwerfen.

Carlotta suchte sich eine der Wolken aus, die besonders tief hing, und starrte sie so lange an, bis sie in ihrer stetigen Veränderung etwas erkannte, was wie Lucia war, weich und leicht, hell, sprunghaft und unerwartet. So hatten es auch die Kinder nach ihrem Tod gemacht. In einer Wolke hatten sie ihre Mutter gesucht und jedes Mal gefunden. Wahrscheinlich machten sie es heute immer noch so, sprachen nur nicht mehr darüber. Mit den Augen erzählte Mamma Carlotta ihrer Tochter von Carolin, von ihrer Wandlung vom Kind zur jungen Frau. Erst als die Wolke sich dehnte und zerfranste, murmelte sie einen Abschied und wandte sich ab. Während sie die Seedüne entlanglief, löste sich die Wolke auf, ein paar dünne Sonnenstrahlen kamen hervor. Und als Carlotta rechts in den Hochkamp einbog, war das Loch in der Wolkendecke groß genug, dass sich die Sonne in ihrer ganzen Pracht zeigen konnte. Sie stand nun klar am Himmel, als wäre es ihre Aufgabe gewesen, die Wolken zu vertreiben. Mamma Carlotta staunte immer wieder darüber, wie schnell sich der Himmel über Sylt veränderte, die Wolken sich auflösten und hell oder dunkel wurden. Der Wind kam ihr nun entgegen, strich ihr die Locken aus dem Gesicht und blähte ihr Kleid auf. In Umbrien war es warm um diese Zeit, auf Sylt blieb es immer kalt. Carlotta Capella hatte oft das Gefühl, auf Sylt dem Himmel näher zu sein und das Wetter in seinem

Ursprung zu erleben, das später in Italien verbraucht ankam und dort keine Kraft mehr für einen frischen Wind und rasende Wolken hatte.

Die Tür von Käptens Kajüte stand weit offen. Die Biene Maja, die drinnen besungen wurde, weckte im gesamten Hochkamp Erinnerungen an eine Fernsehfigur, deren größte Fans mittlerweile aufs Rentenalter zugingen. Vor dem Eingang hatte Tove zwei wackelige Tische mit Plastikstühlen aufgestellt. Die karierten Tischdecken aus Papier wurden von einem Aschenbecher auf der Tischplatte festgehalten. Wenn einer der Raucher auf die Idee kam, ihn vom Tisch zu nehmen, flog die Decke davon, und Tove gebärdete sich dann, als hätte der Schuldige ihn um ein kostbares Leinentuch seiner Großmutter gebracht.

Diesmal jedoch war nichts dergleichen zu befürchten. Die beiden Müllwerker, die dort ihre Pause verbrachten, stützten zusätzlich die Ellbogen auf den Tisch und redeten leise miteinander. Als Mamma Carlotta an ihnen vorbeiging, hörte sie, dass von einem Stinkstiefel die Rede war, wobei es sich vermutlich um den Chef der beiden handelte.

In der Imbissstube sah es so aus, wie sie es am liebsten hatte. Kein Gast weit und breit! Tove Griess stand breit und brummig hinter der Theke und starrte böse seine Bratwürste an, als wären sie schuld, dass sie noch nicht verkauft worden waren, und Fietje Tiensch, den Mamma Carlotta nicht zu den Gästen, sondern zum lebenden Inventar zählte, saß am schmalen Ende der Theke und sah in sein Jever. Selbstverständlich schweigend! Mamma Carlotta konnte sich nicht erinnern, die beiden jemals im angeregten Gespräch angetroffen zu haben. Außer der Bestellung eines weiteren Biers und dem Angebot, eine verbrannte Wurst für den halben Preis zu bekommen, fiel in der Imbissstube selten ein Wort zwischen den beiden. Mittlerweile aber wusste Mamma Carlotta, wie sie diese Wortkargheit einzuschätzen hatte. Anfangs war sie oft erschrocken gewesen, wenn sie in dieses Stillschweigen geplatzt war, und hatte sich Sorgen gemacht. Ein Todesfall? Eine Steuernachzahlung? Der Besuch des Gewerbeaufsichtsamts? Nun wusste sie, dass das Schweigen zwischen dem Wirt und seinem einzigen Stammgast nichts war, was Anlass zur Sorge gab. So gefiel es den beiden, das war alles! Für eine Italienerin unvorstellbar!

»Buon giorno! Come sta?«

Toves grobes Gesicht mit der vorgewölbten Stirn, den buschigen Brauen und den kleinen Augen zog sich in die Breite, was so etwas wie ein Lächeln bedeutete, und Fietje Tiensch schob seine Bommelmütze, die er ständig auf dem Kopf trug, im Sommer genauso wie im Winter, in den Nacken, kraulte seinen dünnen Bart und grinste. Im Gegensatz zu Tove war er klein und zierlich, hatte ein schmales, sensibles Gesicht und helle Augen, in denen zu lesen war, dass er aus einem Leben herausgerutscht war, in dem es Bildung, beruflichen Erfolg und privates Glück hatte geben sollen.

»Moin, Signora!«

Das war für Tove schon zu viel der Freundlichkeit. »Können Sie nicht deutsch mit uns reden, wenn Sie hier auftauchen? Ich bin keine Pizzeria, sondern ein gutbürgerliches deutsches Restaurant.«

»Un ristorante?« Mamma Carlotta bedachte das finstere Ambiente der Imbissstube mit einem vielsagenden Blick, dann schob sie sich auf den Hocker vor der Theke, den sie mittlerweile ihren Stammplatz nannte. Als sie eine gemütliche Körperhaltung gefunden hatte, lachte sie die beiden Männer so lange an, bis Tove es nicht mehr aushielt und sich zum Kaffeeautomaten umdrehte und Fietje seine Bommelmütze wieder in die Stirn schob und fortfuhr, auf dem Grund seines Glases nach dem Sinn des Lebens zu suchen.

Während Tove einen Cappuccino zubereitete, nach dem sie gar nicht verlangt hatte, erzählte Mamma Carlotta: »Ich komme gerade aus dem neuen Hotel. Dem Frangiflutti! Kennen Sie das?«

Dass sie keine Antwort erhielt, war Mamma Carlotta nur recht. So konnte sie ohne Unterbrechungen erzählen, dass ihre Enkelin eine Ausbildung zur Hotelkauffrau absolvierte und sie selbst im Frangiflutti eine alte Schulfreundin getroffen hat. »Ist das nicht ein … piccolo miracolo? Ein kleines Wunder? Nach so vielen Jahren! Und nicht in Umbria sehen wir uns wieder, sondern auf Sylt!«

Sie sah von einem zum anderen, lockte mit den Augen eine Reaktion herbei, die ihrer Sensation in etwa gerecht wurde, erntete aber nichts als ein Brummen von Tove und immerhin ein freundliches Nicken von Fietje.

Mamma Carlotta schluckte ihre Enttäuschung herunter. Eigentlich kannte sie das ja. Was in ihrer Heimat dazu führte, dass alle Nachbarinnen zusammengerufen und die Töpfe mit dem Mittagessen auf dem Herd vergessen wurden, hatte in Käptens Kajüte nicht einmal einen erstaunten Ausruf oder eine interessierte Nachfrage zur Folge. Wie immer stieß sie hier nur auf schläfriges Schweigen. Und wenn einer der beiden staunte, dann lediglich darüber, dass sie sich mit viel emotionalem und körperlichem Aufwand über etwas ereiferte, was weder Tove noch Fietje besonders spektakulär fanden.

Aber das hatte auch einen Vorteil. Denn einer der vielen Gründe, warum sie gern in Käptens Kajüte einkehrte, obwohl der Wirt und der Strandwärter muffelige Zeitgenossen waren, der Cappuccino nicht gut und der Espresso eine Katastrophe, das holzvertäfelte und schlammgrün geflieste Ambiente abscheulich und der hygienische Standard bedenklich war, lautete: Hier konnte sie reden, ohne unterbrochen zu werden. Schon nach einer Viertelstunde wussten Tove und Fietje alles über Alessia Fallaci, über Carolins Begabung fürs Hotelgewerbe, über das außerordentliche Feingefühl des Architekten, der das Hotel umgebaut hatte, und die Attraktivität des Hoteliers. »Er sieht aus wie Vittorio de Sica.« Sie rollte mit den Augen. »Den habe ich mal im Kino gesehen. Grande!«

Hierzu hatte Fietje Tiensch endlich etwas zu sagen. Nicht zu Vittorio de Sica, aber zu Valerio Fallaci. »Halten Sie sich fern von dem Kerl, Signora! Der ist skrupellos! Ich würde mich nicht wundern, wenn der sogar mit der Mafia unter einer Decke steckt.«

Mamma Carlotta sah ihn entgeistert an. »Wie kommen Sie darauf?«

Tove machte eine wegwerfende Handbewegung, die ihm ein wenig verrutschte, sodass er an die Umrandung des Grills geriet. Das machte aus seiner stets wütenden Grundstimmung hellen Zorn. »Fietje hat ja keine Ahnung«, schimpfte er, während er die Hand unter kaltes Wasser hielt.

»Ich weiß genug von diesem Kerl«, beharrte Fietje Tiensch. »Und du auch. War das nicht ein Kumpel von dir, der von Fallaci ruiniert worden ist?«

Tove tat so, als müsste er lange nachdenken. »Du meinst Holger?«

»Wen denn sonst?«

»An seiner Pleite war er selbst schuld.«

»Und Thies Dageför?«

Mamma Carlotta mischte sich ein. »Thies ... come? Ist das ein Name?«

Tove zog die Schüssel mit dem Kartoffelsalat heran und rührte ihn durch, damit er wie frisch zubereitet aussah. »Was denn sonst?«

»Holger jedenfalls hat alles verloren. Und wer war schuld? Valerio Fallaci!«

»Das ist überhaupt nicht raus!«, blaffte Tove seinen Stammgast an.

Mamma Carlotta war aufs Höchste alarmiert. Alessia war mit einem Hochstapler verheiratet? Der Sache musste sie unbedingt auf den Grund gehen.

Aber mehr war aus Fietje leider nicht rauszubekommen. Er sah sogar so aus, als bereute er bereits das wenige, was er verraten hatte, was daran liegen mochte, dass der Wirt ihn ansah, als wollte er ihm nie wieder ein gutes Jever zapfen.

Wütend zeigte Tove auf den Cappuccino, der noch immer unberührt auf der Theke stand, und blaffte Mamma Carlotta an: »Nun trinken Sie endlich!«

Erik machte sich Notizen, dann steckte er Block und Kuli weg. »Die Polizei ist nicht zuständig, wenn ein Arbeitnehmer vergisst, sich krankzumelden.« Er machte einen langen Hals, um in die Lobby blicken zu können. Seine Schwiegermutter hatte das Frangiflutti verlassen, seine Überraschung war in Sicherheit.

»Olivero lebt allein«, kam da eine Stimme von der Tür. Alessia Fallaci war eingetreten, ohne dass Erik es bemerkt hatte. »Vielleicht geht es ihm so schlecht, dass er nicht ans Telefon kommt.«

»Nonsenso«, brummte ihr Mann. »Heutzutage hat jeder sein Handy in der Nähe.«

»Und wenn er einen Schlaganfall hatte? Oder einen Herzinfarkt? Wenn er bewusstlos am Boden liegt und nicht telefonieren kann?«

»Sie meinen also, die Ärzte in der Nordseeklinik könnten etwas übersehen haben?«, fragte Erik.

Alessia Fallaci zögerte. Erik merkte, dass sie drauf und dran war, einen Verdacht zu erfinden, damit er sich dieser Angelegenheit annahm. Das ärgerte ihn einerseits, stimmte ihn aber gleichzeitig milde. Eigentlich war es ihr nicht vorzuwerfen, dass sie sich um einen Angestellten sorgte. Trotzdem sagte er: »Jeder Erwachsene hat das Recht, seinen Aufenthaltsort zu ändern, ohne einen anderen darüber zu verständigen. Die Polizei wird erst tätig, wenn eine Gefahr für Leib und Leben besteht. Bei Kindern ist das natürlich anders, bei Menschen mit geistigen Störungen oder solchen, die Betreuung benötigen, ebenfalls. Dann wird verfahren wie bei Minderjährigen. Oder könnten Sie sich vorstellen, dass Ihr Mitarbeiter in Gefahr ist? Trägt er sich mit Selbstmordabsichten? Hat er jemals etwas Derartiges geäußert?«

Wieder sah er Alessia Fallaci an der Nasenspitze an, dass sie versucht war, etwas zu behaupten, was sie nicht wusste. »Dieser Unfall vor dem Hauptbahnhof ... Olivero war in eine Schlägerei geraten. Falscher Zeitpunkt, falscher Ort. Er hatte nichts damit zu tun.«

»Er ist verletzt worden?«

Valerio Fallaci übernahm das Antworten. »Er war in der Nordseeklinik, Verdacht auf Gehirnerschütterung. Aber alles war so weit okay. Ein paar Prellungen und blaue Flecken. Als er aus der Klinik kam, hat er sofort hier ausgeholfen. Das Mittagsgeschäft brummte gerade.«

»Das war vermutlich ein Fehler«, ereiferte sich seine Frau. »Er hat sich übernommen, hat sich zu viel zugemutet.«

Erik erhob sich. »Also gut, ich fahre hin und sehe nach dem Rechten.« Alessia Fallaci würde ja doch keine Ruhe geben. Und wenn sie später seiner Schwiegermutter erzählte, dass der Kriminalhauptkommissar nicht besonders zuvorkommend gewesen sei, würde Carlotta ihm die Hölle heiß machen. Da war es wirklich einfacher, wenn er den Kellner aus dem Bett trieb und ihm klarmachte, dass seine Anstellung in Gefahr war. Danach würde Mamma Carlotta nur Gutes über ihren Schwiegersohn zu hören bekommen und Erik zu Hause Ruhe und Frieden genießen können.

Das Haus, in dem der Kellner wohnte, lag an der Hauptstraße, ein lang gestrecktes Gebäude mit mehreren Eingängen, im Erdgeschoss diverse Einzelhandelsgeschäfte, darüber zwei Etagen mit Wohnungen, von denen jede einen Balkon mit einem weißen Balkongitter besaß. Erik stellte den Wagen auf dem Parkplatz davor ab und suchte die Hausnummer, die Alessia Fallaci ihm aufgeschrieben hatte. Es war das Haus mit einem Fahrradverleih. Den Namen, den er suchte, fand er ganz oben auf dem Klingelschild. Aber auf sein Läuten reagierte niemand. Er versuchte es bei den Nachbarn, aber auch dort gab es keine Reaktion. Vermutlich handelte es sich überwiegend um Ferienwohnungen, die zurzeit nicht bewohnt waren, oder ihre Bewohner hielten sich am Strand auf.

Erik ging um das Haus herum und stellte fest, dass die Rückfassade genauso aussah wie die vordere. Die gleiche Fensterfront, die gleichen Balkons. Eine lange Rampe führte vor das Untergeschoss und am anderen Ende wieder hinauf, vermutlich für Zuliefererfahrzeuge, die die Geschäfte versorgten. Auf dem niedrigsten Punkt, gegenüber dem Kellereingang, gab es einen Einlass, in dem Fahr- und Motorräder geparkt waren.

Erik ging wieder nach vorn und entschloss sich, dem Fahrradverleiher einen Besuch abzustatten. Aber der Mann hinter dem Verkaufstresen zuckte ratlos die Schultern. »Keine Ahnung, wer in diesem Haus wohnt. Ich arbeite hier nur. Um die Leute kümmere ich mich nicht.«

Erik wäre gerne wieder gegangen, mit dem guten Gefühl, getan zu haben, was er versprochen hatte, und nichts dafürzukönnen, dass er keinen Erfolg gehabt hatte. Aber zu einer Frage rang er sich dann doch noch durch. »Ist der Geschäftsinhaber zu sprechen?«

Ein älterer Mann kam aus einem hinteren Raum, der vermutlich sein Büro war, bevor er gerufen wurde. Anscheinend hatte er das Gespräch mit angehört und wollte seinem Verkäufer helfen, den lästigen Bittsteller abzuwimmeln. »Der Nachbar in der oberen Wohnung unterm Dacht? Den habe ich länger nicht gesehen.«

Erik zog seinen Dienstausweis hervor, um dem Erinnerungsvermögen des Mannes auf die Sprünge zu helfen. »Es liegt eine Vermisstenanzeige vor.«

Tatsächlich änderte sich von einem Augenblick auf den anderen alles. »Ach so! Sie sind von der Polizei! Dann kann ich Ihnen helfen.« Er strahlte wie ein kleiner Junge, der dem Lehrer einen Gefallen tun kann, und streckte Erik seine Hand hin. »Mein Name ist Kleinau, Klaas Kleinau.« Er eilte in den hinteren Raum zurück. Als er wiederkam, war sein Gesicht ernst, weil ihm wohl zwischenzeitlich klar geworden war, dass es keinen Grund zur Freude gab, wenn die Polizei einer Vermisstenanzeige nachging.

»Das ist sein Schlüssel. Den hat er mal bei mir im Laden hinterlegt. Wir hatten kürzlich einen Wasserschaden im Haus. Die Sache wäre glimpflich abgelaufen, wenn wir in seine Wohnung gekommen wären. Seitdem bewahre ich den Zweitschlüssel hier auf. Falls mal wieder was sein sollte …« Nun wechselte seine Miene zu tiefer Besorgnis. »Ist ihm was zugestoßen?«

»Das wollen wir nicht hoffen«, gab Erik zurück und nahm den Schlüssel in Empfang.

Der Ladenbesitzer wies nach hinten. »Sie können durch mein Büro gehen. Dort gibt es eine Tür ins Treppenhaus.«

Erik bedankte sich und stand kurz darauf vor einer Treppe, die nach oben führte. Zögernd setzte er einen Fuß darauf, dann entschloss er sich anders, zog sein Handy aus der Tasche und wählte die Nummer seines Mitarbeiters.

Sören hatte seine Handynummer im Display erkannt und meldete sich mit bösen Vorahnungen. »Ist was passiert?«

»Möglicherweise.« Erik war es nicht angenehm, Sören gestehen zu müssen, dass er zu etwas überredet worden war, was er unter anderen Umständen abgewimmelt hätte. »Ich weiß, es kann eine ganz harmlose Erklärung geben. Aber Sie kennen ja meine Schwiegermutter …«

»Was hat die denn damit zu tun?« Sören wurde eigentlich immer sanft wie ein Lamm, wenn es um die Frau ging, die ihm, wenn sie auf Sylt war, beinahe täglich Antipasti, Primo, Secondo und Dolce vorsetzte und extra für ihn Feigenmarmelade aus Panidomino mitbrachte. Aber diesmal war es anders. Anscheinend hatte er sich schon in seinem Feierabend eingerichtet und konnte sich nicht damit abfinden, dass die Flasche

Bier, die er in den Kühlschrank gelegt hatte, geschlossen bleiben sollte.

»Wer weiß, was ich zu sehen bekomme, wenn ich die Tür öffne«, sagte Erik. »Besser, ich bin nicht allein.«

Das war eine sehr überflüssige Bemerkung. Ein Polizeibeamter durfte niemals allein ermitteln. Aber während Erik zu der Wohnung des Kellners fuhr, war ihm sein Plan wie eine private Angelegenheit erschienen, eine Gefälligkeit für die Freundin seiner Schwiegermutter. Und natürlich eine Möglichkeit, sich zu entziehen, nachdem er in der Lobby des Frangiflutti zwischen Carolins Entrüstung und Mamma Carlottas Neugier geraten war und nicht wusste, was er tun sollte. Jetzt erst wurde ihm klar, dass er womöglich einem Verbrechen auf die Spur kommen würde. »Es ist nicht weit für Sie«, tröstete er Sören, der an der Westerheide wohnte. »Auf die Braderuper Straße, durch den Kreisverkehr vor Feinkost Meyer und dann in die Hauptstraße. Die Ladenzeile auf der linken Seite. Die mit dem Parkplatz davor. Das sind für Sie höchstens fünf Minuten.«

»Der Kellner ist erwachsen und mündig, nehme ich an?« Sören wollte sich einfach nicht damit abfinden, dass aus seinem Feierabend nichts wurde. »Wenn jemand für ein paar Tage nicht zu erreichen ist, kann man nicht einfach in seine Wohnung eindringen. Auch die Polizei nicht. Das sollten Sie doch wissen, Chef!«

»Andererseits gab es diese Prügelei vor dem Hauptbahnhof ...« Erik war froh, dass er darauf verweisen konnte.

»Ist überhaupt offiziell eine Vermisstenanzeige aufgenommen worden?«

»Nein, aber ...« Erik trat vor das Haus, weil seine Stimme durchs Treppenhaus hallte und er in Sorge war, dass hinter sämtlichen Türen zu verstehen war, was er mit Sören besprach. Mit einem Fuß hielt er die Haustür auf. Er war froh, dass seine Worte nun in Motorengeräuschen und Möwengeschrei untergingen. »Eigentlich bin ich privat hier, Sie haben ja recht. Also brauchen Sie auch nicht zu kommen. Sorry, Sören …«

»Natürlich komme ich. Ein Polizeibeamter, der privat in eine Wohnung eindringt? Du lieber Himmel, das macht die Sache auch nicht viel besser! Ich muss auf Sie aufpassen, Chef!« Sören ließ Erik nicht zu einer Entgegnung kommen. »Warten Sie vor der Tür. Bin gleich da.«

Sie müssen mir schon ein bisschen mehr erzählen«, schimpfte Mamma Carlotta, die es nicht leiden konnte, wenn jemand Andeutungen machte, sich dann aber nicht überreden ließ weiterzusprechen. »Was heißt das: Ihr Freund ist ruiniert worden? Und was hat Valerio Fallaci damit zu tun?«

»Ich bin doch nicht lebensmüde«, knurrte Tove und warf Fietje einen Blick zu, als überlegte er sich, ihm Hausverbot zu erteilen. »Das ist schon eine Weile her. Und außerdem war das in Italien …«

»In Italia?« Damit war Mamma Carlottas Interesse noch größer geworden. »In Umbria?«

»In der Toskana, glaube ich. Da kommt er ja wohl her, dieser Hotelier, der so aussieht wie … wie …«

»Vittorio de Sica!« Mamma Carlotta verdrehte schon wieder die Augen. »Ein großartiger Schauspieler. Meraviglioso!«

»Jedenfalls erfahren Sie von mir nix!« Tove Griess betätigte den Zapfhahn, obwohl kein Gast eingetreten war und Fietje Tiensch noch immer vor einem gut gefüllten Glas saß. Der Entschluss, sich selbst ein Jever zu gönnen, schien erst zu fallen, als Tove dem Bier eine Krone aufsetzte und sich dann fragte, was er damit anfangen sollte. »Warum macht ein Italiener ein Hotel auf Sylt auf? Haben Sie sich das schon mal überlegt?«

»Perque no? Warum nicht?« Diese Insel war schön, sie war voller Touristen, die Preise waren hoch. Warum sollte ein guter Geschäftsmann nicht auf die Idee kommen, seinen Wirkungskreis zu erweitern?

Aber Tove antwortete nicht, und Fietje war auch zu keiner Auskunft mehr bereit. Anscheinend bereute er längst, überhaupt den Mund aufgemacht zu haben. Tove betrachtete sein Bierglas von allen Seiten, ehe er es an den Mund setzte, Fietje inspizierte die drei Lampen mit den olivgrünen Keramikschirmen über der Theke, als überlegte er sich, etwas ebenso Scheußliches anzuschaffen. Mamma Carlotta machte es ähnlich und sah tief versunken einer Fliege zu, die am Zapfhahn hinaufkrabbelte, in ein Bierrinnsal geriet und hinunterrutschte, als wäre sie betrunken. »Ich werde meine Freundin Alessia fragen«, sagte sie so leise, als spräche sie mit sich selbst. »Sie wird es mir auf jeden Fall erzählen.«

So hatte sie es früher mit ihren Kindern gemacht, wenn diese mit einer Sache nicht herausrücken wollten. Sobald sie überzeugt worden waren, dass ihre Mutter es über kurz oder lang sowieso von der Nachbarin, der Mutter eines anderen Kindes oder dem Lehrer erfahren würde, waren sie eher geneigt gewesen, sich zur Wahrheit zu bekennen.

Das schien auch hier zu klappen. Toves Augen wurden zu Schlitzen, seine Stirn wölbte sich noch weiter vor, seine Brauen standen wie Gewitterwolken in seinem Gesicht. Ehe ein Blitz auf sie niederfuhr, sagte Fietje hastig: »Dann können Sie ja aufhören zu fragen.«

Da hatte ihr Trick also leider doch nicht funktioniert! Trotzdem unternahm sie noch einen zweiten Versuch. »Natürlich wird sie es mir erzählen. Wenn wir überhaupt dazu kommen, über so etwas Unwichtiges zu reden. Wir wollen uns ja wegen unserer vielen Jugenderinnerungen treffen ...«

Dummerweise wurde ihr Gespräch durch einen eintretenden Gast unterbrochen. Ein älterer Mann in der Uniform der Sylttouristen: Bermudas, Sandalen und eine Wetterjacke, weil man ja immer mit Regen rechnen musste. Er sah sich um, als fragte er sich, ob er sich im Haus geirrt hatte. »Ist das hier Käptens Kajüte?«

»So steht's über der Tür.« Tove verschränkte die Arme vor der Brust und sah seinen Gast so misstrauisch an, als wäre er auf einen Angriff und nicht auf eine Bestellung gefasst.

»Ich habe gehört, Sie schenken einen Brunello aus Montalcino aus.«

Der Gast trat nicht an die Theke, er schien damit zu rechnen, dass er auf eine Falschinformation hereingefallen war.

Doch er hatte sich geirrt. »Sicher doch!« Tove holte eine Rotweinflasche unter der Theke hervor.

Der Feriengast kniff die Augen zusammen und versuchte, das Etikett zu entziffern. Er brauchte augenscheinlich eine Lesebrille. Aber Tove ließ die Flasche, nachdem er dem Gast eingeschenkt hatte, wieder unter der Theke verschwinden. »Wohl bekomm's!«

Mamma Carlotta beobachtete fasziniert, wie der Mann einen Schluck nahm, ihn in der Mundhöhle bewegte, die Lippen spitzte, die Wangen einzog und dann geräuschvoll schluckte. So machten es auch die Italientouristen in Panidomino, wenn sie bei Carlottas Nachbarn, dem Weinbauern, mit wichtigen Mienen ein Rotweinglas nach dem anderen leerten und etwas von weichem Abgang, Öligkeit und Restzuckergehalt faselten.

Der Mann stellte das Glas weg und schien zu bereuen, dass er das Wechselgeld zurückgewiesen hatte. »Das soll ein Brunello sein?«

»Steht auf dem Etikett.« Tove machte sich nicht die Mühe, die Flasche noch einmal hervorzuholen. Dass der Gast kein zweites Glas wollte, war klar.

»Woher beziehen Sie Ihren Wein?« Der Mann nahm einen zweiten Schluck und rollte auch diesen im Mund herum, statt ihn zu genießen und sich auf den Zustand zu freuen, in dem er nicht mehr wusste, wie viele Gläser er geleert hatte.

»Geschäftsgeheimnis«, gab Tove so unfreundlich zurück, als wollte er nie wieder einen Gast vor der Theke stehen sehen, der einen Brunello aus Montalcino bestellte.

»Dürfte ich das Etikett noch mal sehen?« Der Gast griff in die Innentasche seiner Jacke, als wollte er nach seiner Lesebrille suchen.

Kritische Gäste hatte Tove noch nie leiden können. Mamma Carlotta erinnerte sich an eine besorgte Mutter, die den Beweis von Tove verlangt hatte, dass die Kühlkette, an deren Ende das Orangeneis für ihre kleine Tochter stand, kein einziges Mal unterbrochen worden war. Tove hatte sie mit derart wüsten Beschimpfungen aus der Imbissstube getrieben, dass die Frau über die Schwelle gestolpert und bäuchlings auf dem Hochkamp gelandet war. Die Polizeistreife, die zufällig vorbeigekommen war, hatte den Tatbestand aufgenommen, aber nach Zeugen vergeblich gesucht. Fietje hatte behauptet, er habe nichts von dem Geschehen mitbekommen und von angedrohten Tätlichkeiten sei rein gar nichts an sein Ohr gedrungen. So hatte Aussage gegen Aussage gestanden, Tove hatte weder für das aufgeschrammte Knie der Mutter noch für den seelischen Schaden des Kindes ein Schmerzensgeld zahlen müssen. Dass Fietje einen Monat lang sein Jever umsonst bekam, hatte ja niemand mitbekommen.

»Wollen Sie auch die Umverpackung meiner Bratwürste sehen? Und die Kartons, in denen meine Fritten geliefert werden?« Tove knallte die Ketchupflasche auf die Theke. »Hier! Den Aufdruck können Sie sich ansehen. Mehr nicht!«

Der Mann war konsterniert. »Aber es ist durchaus üblich …«

»Bei mir nicht.« Tove legte die behaarten Unterarme auf die Theke, beugte sich vor und zeigte dem argwöhnischen Gast, dass mit ihm nicht zu spaßen war. Das wurde diesem schnell klar, noch ehe Tove seine Fäuste öffnete und schloss, als wollte er sie weich und geschmeidig für eine Schlägerei machen.

»Nichts für ungut«, murmelte er und trank hastig einen weiteren Schluck, diesmal ohne ihn erst lange im Mund zu bewegen. Aber den aufmerksamen, nach innen gerichteten Blick hatte er beibehalten. »Was ist das für ein Jahrgang?«

»2012«, kam es so schnell von Tove, dass Mamma Carlotta davon überzeugt war, dass er nur zu faul war, um die Flasche wieder hervorzuholen und auf dem Etikett nachzusehen. Oder wollte er vermeiden, dass der Gast bei dieser Gelegenheit ebenfalls das Etikett in Augenschein nahm? Irgendwas stimmte hier nicht, das spürte sie deutlich.

Die misstrauische Miene des Gastes wurde noch misstrauischer. Schließlich behauptete er: »Der schmeckt anders als ein Brunello aus Montalcino.«

Nun ballte Tove die Fäuste und schlug sie aneinander, dass seine Knöchel knackten. »Ich bin keine Schickimicki-Wein-Verköstigungs-Bude. So was gibt's in Kampen, nicht bei mir.« Tove wandte sich Fietje zu. »Noch ein Jever?«

Fietje bejahte, indem er sein Glas austrank.

Die Stille, die eintrat, während Tove ein neues Bier zapfte und der Mann sich beeilte, den Rotwein zu trinken, den er scheinbar nicht stehen lassen wollte, war Mamma Carlotta unangenehm. »Besser ist in diesem Hause der Rotwein aus Montepulciano«, sagte sie und lächelte den Mann aufmunternd an, als wollte sie erreichen, dass er eine weitere Bestellung aufgab. »Ich kenne mich aus«, behauptete sie. »Sono Italiana. Ich komme aus Umbrien. Ein Cousin von mir hat ein kleines Weingut in der Toskana. Wenn Sie dort mal Urlaub machen wollen ... Er hat ein Agriturismo angeschlossen. Ganz preiswert! Nette, einfache, aber saubere Zimmer. Und sehr gutes Essen! Die Frau meines Cousins kocht selbst ...«

Der Gast kippte den Rotwein herunter und schien jetzt nicht nur vor dem Wirt und seinem Weinangebot zu flüchten, sondern auch vor der Frau, die drauf und dran war, ihm ihre Lebensgeschichte zu erzählen.

»Das haben Sie sauber hingekriegt«, sagte Tove anerkennend, als der Weinkenner verschwunden war. »Was andere Rausschmeißer mit ihren Muskeln machen, das erledigen Sie mit Ihrem Gequassel.«

Mamma Carlotta überlegte, ob es eine Beleidigung war, dass Tove ihre Konversation mit dieser Vokabel bedachte, die ihr neu war und sich nicht besonders nett anhörte. Sie war noch nicht sicher, als Tove ihr anbot: »Wollen Sie auch mal den Brunello probieren? Oder lieber den Rotwein aus Montepulciano?«

»No, grazie«, gab Mamma Carlotta zurück. »Es wird Zeit, dass ich nach Hause gehe. Wenn Carolina von der Arbeit kommt, wird sie hungrig sein. Mehrere Stunden an der Rezeption – das ist anstrengend. Das Kind ist einen Achtstundentag nicht gewöhnt.«

Erik zog sich am Geländer hoch, während Sören leichtfüßig die Treppe hochsprang. Das lag natürlich daran, dass sein Assistent wesentlich sportlicher war als er selbst, dazu noch zwanzig Jahre jünger, hatte aber auch noch einen anderen Grund. Erik wurde von einer Erwartung zurückgehalten, die wie Blei an seinen Füßen hing. Jede Stufe führte ihn einem Schicksal entgegen, das ihm plötzlich unausweichlich erschien. In dem Moment, in dem Sören mit seinem Rennrad auf den Parkplatz gefahren war, hatte ihn das private Gefühl verlassen, das unverbindlich und leicht gewesen war. Übrig geblieben war der berufliche Instinkt, schwer und unerbittlich. Es ging mit einem Mal nicht mehr um eine Gefälligkeit für die Freundin seiner Schwiegermutter, sondern um einen neuen Fall. Schon in der ersten Etage war er fest davon überzeugt, dass er etwas Schreckliches zu sehen bekommen würde.

Sören stand noch mit einem Bein in seinem Feierabend und wollte das zweite möglichst schnell wieder genau dorthin bugsieren. Deswegen versicherte er Erik, dass sich die Sorge Alessia Fallacis garantiert als unbegründet erweisen würde. Er nahm den Wohnungsschlüssel, den Erik ihm hinhielt, unbekümmert entgegen und grinste in das Gesicht seines Chefs, in dem das Unwohlsein zu lesen war. Es ergriff einen Polizeibeamten auch nach vielen Dienstjahren noch, wenn er damit rechnen musste, mal wieder Zeuge davon zu werden, wozu Menschen fähig waren. Aber von einer solchen Ahnung wurde Sören in diesem Augenblick eindeutig nicht gestreift, er schien sich nur schnell wieder um sein Bier kümmern zu wollen, das im Kühlschrank auf ihn wartete. Das sagte er zwar nicht in aller Deutlichkeit, aber Erik sah es ihm an der Nasenspitze an.

Doch einen Meter vor der Wohnungstür blieb Sören abrupt stehen und rümpfte die Nase. »Was für ein merkwürdiger Geruch.«

In diesem Moment wusste Erik mit absoluter Sicherheit, dass seine Befürchtungen wahr geworden waren. »Machen Sie auf«, sagte er zu Sören ohne Eile, ohne jedes Drängen. Sie kamen zu spät, so viel war klar. Was durch die Türritzen drang, war der Geruch des Todes.

Als Sören noch immer zögerte, nahm Erik ihm den Schlüssel aus der Hand und öffnete selbst. Er brauchte keinen Schritt in das kleine Ein-Zimmer-Apartment zu machen, um zu erkennen, was geschehen war.

»Rufen Sie Dr. Hillmot«, flüsterte er. »Und die KTU.«

Sören war froh, dass er sich mit diesem Auftrag beschäftigen und seinem Chef guten Gewissens den Tatort für eine Weile überlassen konnte. Dass es sich um einen Tatort handelte, hatte auch er mit einem einzigen Blick erkannt.

Das Bett stand direkt gegenüber der Eingangstür. Die Balkontür und das danebenliegende Fenster waren nicht verhängt. Die Sonne hatte den Raum aufgeheizt und schien nun direkt aufs Bett. Darauf lag ein Mann, Hände und Füße an die Bettpfosten gekettet, mit verklebtem Mund. Völlig wehrlos, sich selbst und dem Tod überlassen.

Sören drehte diesem entsetzlichen Bild den Rücken zu, während er den Gerichtsmediziner und die Kriminaltechnische Untersuchungsstelle alarmierte. Währenddessen machte Erik ein paar Schritte in das Apartment. Er hätte sich gern die Nase zugehalten, unterließ es aber, weil es ihm dem Toten gegenüber respektlos erschienen wäre. Der Mann konnte nichts für den ekelerregenden Geruch, der von seinem Körper ausging. Eine Grimasse, eine verächtliche Geste, so etwas durfte nur dem Mörder gelten, nicht dem Opfer.

Er blieb so lange bewegungslos stehen, bis Sören sein Telefongespräch beendet hatte und hinter ihn trat. Erik spürte, wie sein Assistent den Kopf schüttelte und eine Hand zum Mund bewegte.

»Ein Saisonarbeiter?«, fragte er leise.

Erik zuckte die Schultern. »Keine Ahnung. Im Hotel wird er Olivero genannt. Fallaci möchte, dass alle Mitarbeiter sich einen italienischen Namen zulegen. Carolin ist froh, dass sie ihren Namen nicht ändern muss. Sie wird Carolina genannt, wie sie es von ihrer Nonna schon lange gewöhnt ist.«

»Und wie heißt der Tote?«

»Thies Dageför. Das klingt ja wirklich nicht italienisch.«

Mamma Carlotta beeilte sich, nach Hause zu kommen, und lief, so schnell sie konnte. Jedenfalls bis zum Ende des Hochkamps. Bevor sie die Westerlandstraße überquerte, wurden ihre Schritte schon langsamer, was ihr jedoch selbst gar nicht auffiel. Es ging ihr häufig so, dass sie, wenn sie in schwere Gedanken versunken war, nicht auch noch auf zügiges Vorankommen achtete. Das Auto, das mit überhöhter Geschwindigkeit aus Westerland kam, hätte sie beinahe übersehen.

Für einen Augenblick nahm sie ihre ganze Aufmerksamkeit wieder zusammen, aber als sie auf der anderen Straßenseite angekommen war, dachte sie wieder an nichts anderes als an das, was sie gerade zu sehen bekommen hatte. Erst der Gast, der in Käptens Kajüte nach einem teuren Wein gefragt hatte! Und dann der Lieferwagen vor der Imbissstube. Er gehörte einem Restaurant in Morsum, das schon lange ums Überleben kämpfte, davon hatte Mamma Carlotta durch Tove erfahren.

Angeblich hatte er seinem Kollegen schon vor zehn Jahren geraten, nicht in Morsum sein Glück zu versuchen, nur weil dort die Mieten günstiger waren, sondern auf eine gute Lage zu setzen. »So wie ich!«, hatte Tove geprahlt. »In Wenningstedt! Nicht weit vom Strandübergang entfernt.«

Sie hatte beobachtet, wie ein Mann aus dem Lieferwagen stieg, in den Hof von Käptens Kajüte ging und kurz darauf ein kleines Weinfass auf die Straße rollte. Mamma Carlotta hatte sich gebückt und umständlich ihre Schuhe auf- und wieder zugeschnürt, damit sie unauffällig beobachten konnte, was geschah. Der Mann war noch einmal in den Hof gegangen und mit zwei Holzkisten zurückgekehrt, die voller Weinflaschen waren, und dann an die geöffnete Tür von Käptens Kajüte getreten. »Ich habe alles eingeladen, Tove«, hatte er gerufen. »Bis zum nächsten Mal!«

Er saß schon hinterm Steuer seines Wagens, als Tove zur Tür kam. Er schien etwas rufen zu wollen, doch als er Mamma Carlotta sah, klappte er den Mund wieder zu. »Was machen Sie denn noch hier?«

Mamma Carlotta wies auf ihre fein säuberlich geschnürten Schuhe. »Ich möchte nicht über einen losen Schnürsenkel stolpern.«

Aber Tove durchschaute sie. »Sie sind neugierig! Stimmt's?«

Das wies Mamma Carlotta empört von sich. »Io? No!« Trotzdem konnte sie sich eine Frage nicht verkneifen: »Haben Sie neuerdings einen Weinhandel?«

Toves Grinsen war so schmierig, wie sie erwartet hatte. »Man muss sehen, wo man bleibt. Ich habe einen erstklassigen Lieferanten aus der Toskana. Für den setze ich die Flaschen ab.«

»Warum macht er das nicht selbst?«

»Weil er genug anderes zu tun hat.«

Tove hatte weitere Fragen verhindert, die er zu Recht befürchtete, indem er sich wieder in seine Imbissstube zurückzog. Misstrauisch hatte Mamma Carlotta auf die Tür geblickt, die nicht ins Schloss geworfen worden war. Irgendetwas stimmte da nicht. Davon war sie noch immer überzeugt.

Beinahe hätte sie vergessen, dass sie noch Parmaschinken bei Feinkost Meyer besorgen musste. Der Verkäufer hinter der Aufschnitttheke hatte ihr geraten, am späten Nachmittag vorbeizukommen, dann würde er Parmaschinken zu bieten haben, der nicht nur für Sylter und Sylter Touristen geeignet war, sondern sogar in einer Italienerin Begeisterung hervorrufen müsste. Der Verkäufer wusste mittlerweile, wie kritisch seine Kundin war, wenn es um Lebensmittel ging, die typisch italienisch waren und von ihr besonders gründlich geprüft wurden, ehe sie zugriff. Und er hatte sich oft genug anhören müssen, dass die Artikel, für die Mamma Carlotta sich entscheiden musste, auf dem Markt von Panidomino frischer, von besserer Qualität und wesentlich preiswerter waren. Diesmal aber war er derart von seiner Ware überzeugt, dass Carlotta sogar darauf verzichtete, sie kritisch ins Auge zu fassen, nachdem er ihr verraten hatte, wie lange der Schinken gereift war, und ihr zeigte, wie trocken er war und wie hauchdünn er ihn geschnitten hatte.

Der Verkäufer wurde mit Dank überschüttet, auf die Schnelle mit der Information versorgt, dass es in der Familie Capella einen Verwandten gab, der in Parma lebte und von Beruf Schinkenprüfer war. Da die Geschichte an der Aufschnitttheke großen Anklang fand, bekam auch die Kassiererin von dem Onkel in Parma zu hören, wenn auch in knapperer Form, weil es nun Zeit wurde, sich um das Abendessen zu kümmern.

Auf dem Rückweg von Feinkost Meyer befasste sie sich wieder mit Tove Griess und seinem neuen Geschäftszweig, der ihr mehr als verdächtig vorkam. Zu Hause angekommen, warf sie besorgt ihre Strickjacke über einen Garderobenhaken und betrat die Küche. Sie würde ein Auge auf Tove haben müssen. Es wäre ja nicht das erste Mal, dass sie ihn vor einer Dummheit bewahrte.

Sie riss eine Schürze vom Haken und band sie um. Es wurde wirklich Zeit für die Vorbereitung des Abendessens. Wenn die angehende Hotelkauffrau nach Hause kam, würde sie hungrig sein. Und für den Fall, dass sie noch ärgerlich über ihre Familie war, konnte es nicht schaden, sie mit einem Essen zu empfangen, das besänftigend wirkte.

Felix kam die Treppe herunter, die kleine schwarze Katze auf dem Arm, die im Frühjahr bei ihnen eingezogen war. Kükeltje, die sich gerade noch an Felix geschmiegt hatte, wollte unverzüglich zur Erde gelassen werden, als sie sah, dass jemand die Einkaufstasche auspackte, der ihr schon öfter einen Bissen zugeworfen hatte. Und sie wurde auch diesmal nicht enttäuscht. Von dem Parmaschinken, den Mamma Carlotta hervorholte, fiel eine Scheibe für Kükeltje ab.

Felix grinste von einem Ohr zum anderen. »Ich war bei Caro im Hotel. Mann, war die sauer!«

»Felice! Hast du deine Schwester etwa in Verlegenheit gebracht?« Dass sie Zeugin dieser Angelegenheit gewesen war, ließ Carlotta sich vorsichtshalber nicht anmerken.

»Selbst schuld, wenn sie mir keine Veranstaltungstipps geben kann. An einer Hotelrezeption muss man doch wissen, was kulturell so los ist.«

Felix ließ sich auf einen Stuhl fallen, zog einen anderen unter dem Tisch hervor und legte die Füße drauf. Über den Protest seiner Großmutter lachte er nur. Und über die Strafe, die sie ihm aufbrummte, lachte er ebenfalls. »Die Vorspeisenplatte anrichten? Mache ich mit links.«

Er gab sich sogar richtig Mühe mit der Anordnung des Parmaschinkens und nahm, als es ans Schälen der Feigen ging, die Füße vom Stuhl. Seine Nonna schob ihn schleunigst wieder unter den Tisch, damit Felix nicht noch einmal auf die Idee kam, sich gehen zu lassen. In der Küche konnte sie solche Nachlässigkeiten nicht leiden. Und da sie hier die Alleinherrscherin war, duldete sie keinen Widerspruch. Unter anderen

Umständen hätte sie sich jetzt lange mit Vorwürfen aufgehalten, weil Felix seine Schwester und ihren beruflichen Ehrgeiz nicht ernst genommen hatte. Da aber ihr eigenes Gewissen nicht rein war und sie nicht sicher sein konnte, dass Carolin ihr geglaubt hatte, hielt sie sich bedeckt. Womöglich musste sie noch eine Befragung über sich ergehen lassen und vielfach beteuern, dass ihr Aufenthalt im Frangiflutti rein gar nichts mit Carolin, sondern nur mit Alessia Fallaci zu tun gehabt hatte. So zog sie es jetzt vor, von dem Thema abzulenken, das zu einer Grube werden konnte, die sie sich selbst schaufelte, und stattdessen die Aufmerksamkeit auf das zu lenken, was immer aktuell war: Felix' zerrissene Jeans, seine langen Haare und die Ohrringe, die sich von Besuch zu Besuch vermehrten. Löcher in Jeans gehörten nach Mamma Carlottas Meinung geflickt, lange Haare waren nur etwas für Mädchen und Ohrringe erst recht. Manchmal war sie sogar drauf und dran, Felix zu verraten, wie sein Großvater, Gott hab ihn selig, über Männer geredet hatte, die aussahen wie Felix. Aber dazu musste sie erst mal im Wörterbuch nachschlagen, wie omosessuale auf Deutsch hieß.

Während sie die Zucchini in Scheiben schnitt, unverwandt von Kükeltje beobachtet, der kein Handgriff entging, fragte sie Felix: »Wird Signora Gysbrecht zum Abendessen kommen?« Sie ließ den Blick nicht von den Zucchini, damit er nicht merkte, auf welche Antwort sie hoffte.

Doch ihr Enkel ließ sich nichts vormachen. »Wetten, dass du nichts für eine Veganerin vorbereitet hast?«

Carlotta Capella, die der Meinung war, dass sie berühmt sowohl für ihre Gastfreundschaft als auch für ihre Höflichkeit war, ließ beides fahren. Wie so oft, wenn es um Svea Gysbrecht, die Freundin ihres Schwiegersohns, ging. »Wer so merkwürdige Essgewohnheiten hat, dürfte gar keine Einladung zum Essen annehmen. Was soll man denn einer Veganerin vorsetzen? Ein paar Möhren? Ein Stück Sellerie?«

Felix grinste von einem Ohr zum anderen. »Svea hat Kochbücher für Veganer. Soll ich sie bitten, dir eins zu leihen?«

Aber davon wollte Mamma Carlotta nichts hören. Kochen ohne Pollo, Prosciutto und Calamari, sogar ohne Sahne, Mascarpone, Parmesan und Eier? Das wollte sie gar nicht lernen. »Ach, wäre dein Vater doch noch mit Wiebke Reimers zusammen! Die hat alles mit Appetit gegessen, was man ihr hinstellte.«

Davon jedoch wollte Felix nichts hören. Wiebke war den Herzen der Kinder nie nahegekommen, während Erik mit ihr zusammen war. Svea hatte es leichter gehabt, weil sie die Mutter von Ida war, mit der Carolin und Felix befreundet waren.

»Wie geht es Ida?«, fragte Mamma Carlotta. »Macht ihr das Studium Spaß?«

»Zurzeit will sie alle Tiere der Welt retten.«

»Schon wieder?« Mamma Carlotta warf Kükeltje einen Blick zu, die ihr Heim im Hause Wolf Ida zu verdanken hatte. Der Hund, den Sveas Tochter bei den Wolfs einschmuggeln wollte, war von Erik nur im allerletzten Moment von der Schwelle gewiesen und dann notgedrungen von Svea aufgenommen worden. Goldhamster und Wellensittiche, Blindschleichen, Schildkröten oder Zwergkaninchen – Tiere in Not landeten alle bei Ida und hatten von da an keine Sorgen mehr.

»Sie hofft, irgendwann eine Tierarztpraxis auf Sylt zu eröffnen.« Felix betrachtete die letzte Feige, als überlegte er, ob sie statt auf der Vorspeisenplatte in seinem Mund landen sollte. »Für kleine Hunde mit Gucci-Mäntelchen und Katzen, die am strassbesetzten Halsband durch Kampen geführt werden.«

Mamma Carlotta bezweifelte, dass Ida eine Tierärztin für die Schickeria werden wollte, sie konnte sich Sveas Tochter eher auf einem Bauernhof bei der Geburt eines Kalbs vorstellen. »Dass sie mal eine Frau Doktor sein wird … grande.«

»Svea gefällt es nicht, dass Ida ausgerechnet in München Tiermedizin studiert.«

Dafür hatte Mamma Carlotta Verständnis. Wer wollte schon sein Kind in die Fremde ziehen lassen? Sie wusste noch, wie schwer ihr Herz gewesen war, als Lucia Panidomino verließ.

»Wird Signora Gysbrecht jetzt beim Abendessen dabei sein oder nicht?« Es war Mamma Carlotta anzusehen, dass sie allmählich ungeduldig wurde.

»Keine Ahnung.«

»Und Sören?«

»Der ist längst zu Hause. Papa und Sören wollten heute früh Feierabend machen.«

Diese Information entlockte Mamma Carlotta einen tiefen Seufzer. Die Anwesenheit von Eriks Freundin war viel leichter zu ertragen, wenn möglichst viele Gäste am Tisch saßen, die dafür sorgten, dass sie über Sveas Knabbern an einer Möhre und ihrem Stochern im Salat hinwegsehen konnte.

Felix stellte die Vorspeisenplatte auf den Tisch. »Wenn es hier heute Abend eine Diskussion über Ernährungsgewohnheiten gibt, dann treffe ich mich lieber mit Ben und Finn.«

»No, no!« Mamma Carlotta versprach hoch und heilig, nichts zu sagen, wenn Svea die Spaghetti zurückwies, weil sie einen Hauch von Ei enthielten, vom Hauptgericht nur den Kürbis essen und das Risotto nicht anrühren und sogar die Fragole fritte misstrauisch beäugen würde, weil sie zu Recht vermutete, dass die Schwiegermutter ihres Freundes die Erdbeeren nicht in Erdnussöl, sondern in Butter gebraten hatte.

Thies Dageför war um die vierzig, ein sehr schlanker, fast schmächtiger Mann. Oder wirkte er nur so, weil ihm die Hilflosigkeit und der Tod ein Stück seiner Größe genommen hatte? Wenn er von einem größeren, stärkeren Mann überwältigt worden war, hatte er vermutlich kaum eine Chance gehabt.

»Vielleicht war er ohne Argwohn«, meinte Sören. »Und dann … mit einem Mal …« Er fuhr mit der Handkante über seine Kehle.

»Wer einen anderen einem so grausamen Tod ausliefert, muss ihn sehr gehasst haben.«

Sören wurde nachdenklich. »Was war dieser Thies Dageför für ein Mensch?«

»Ich kannte ihn nicht«, antwortete Erik. »Vielleicht ein Saisonarbeiter?« Er zog den Hemdkragen vom Hals. Die Hitze in diesem winzigen Apartment war mörderisch, dick und schwer durch die Ausdünstungen, die von dem toten Körper ausgingen. Dennoch widerstand er der Versuchung, die Balkontür zu öffnen. Sie war mit einem Rollo versehen, das tagsüber die Sonne und nachts das Mondlicht aussperrte, aber es war nicht geschlossen worden. In den letzten Tagen hatte über Sylt ein wolkenloser Himmel gestanden, die Sonne hatte den Raum überhitzt. Er war klein, keine zwanzig Quadratmeter groß, ein Raum, der die ganze Wohnung ausmachte, Schlafzimmer, Küche, Wohnzimmer, Esszimmer. Von allem nur das Nötigste und alles so klein wie möglich. Ein schmaler Schrank, der wenig Kleidung enthielt, daneben ein Fach für Porzellan und Gläser. Dort lagen auch diverse Schriftstücke, und drei Aktenordner standen nebeneinander. Auf einem Tisch an der Wand standen zwei elektrische Kochplatten, Töpfe und Pfannen auf einem Regal, darüber Porzellanbecher, eine Kaffeedose, ein Süßstoffspender. Der Balkon war zur Abstellkammer umfunktioniert worden. Dort stand alles, was in der Wohnung einerseits keinen Platz hatte und andererseits wetterfest war. An zwei Wänden hingen kleine Aquarelle, die ohne Aussage waren, vermutlich vom Vermieter aufgehängt. Erik war sicher, dass dieses Apartment möbliert vermietet worden war, dass nicht Thies Dageför es eingerichtet hatte. Solche Wohnungen, klein, ungemütlich, stickig, waren an Feriengäste nicht leicht zu vermieten. Sie boten einem Sylter ohne Wohneigentum oder einem, der auf der Insel arbeiten wollte, die Möglichkeit, dort zu wohnen, wo er Arbeit hatte.

Das einzige persönliche Bild hing über dem Bett. Eine Kinderzeichnung, die ein Strichmännchen mit Stehhaaren zeigte, auf denen eine dreieckige grüne Mütze thronte. Es trug einen kurzen Rock, eine rote Schleife um den Hals und hielt eine lange Leine in der Hand, daran ein kleiner brauner Hund. Am unteren Rand der Zeichnung zeigten viele grüne Striche, dass der Hund und das Mädchen übers Gras liefen, im Hintergrund war ein Leuchtturm zu sehen, darüber blaue Wolken. Das Bild war mit kräftigen Klebestreifen an der Tapete befestigt, die aussahen, als hielten sie das Bild schon lange an der Wand.

Erik öffnete eine der beiden schmalen Türen auf der linken Seite des Zimmers. Sie führte in ein kleines Bad, die andere in einen Abstellraum, in dem Thies Dageför Staubsauger und andere Putzgeräte aufbewahrte. Ein Koffer stand an der hinteren Wand, ein offener Karton mit Büchern daneben und ein weiterer, der mindestens ein Dutzend Weinflaschen enthielt.

Erik wollte den großen Karton, in dem der Staubsauger verpackt gewesen war, mit dem Fuß zur Seite schieben, um zu sehen, ob sich dahinter etwas verbarg. Aber der Karton war zu schwer. Als er ihn öffnete, stellte er fest, dass er gut gefüllt war. Mit Papier, Fotoalben, Erinnerungen, ungeliebten Geschenken … »Den lassen wir ins Kommissariat bringen und sehen die Sachen dort in Ruhe durch.«

Sören nickte, sah auf die Uhr und trat aus dem Apartment. »Ich gehe nach unten und lasse Dr. Hillmot und die KTU ein. Die müssen jeden Augenblick hier sein.«

Erik trat mit Sören ins Treppenhaus und sah seiner Hand nach, die sich auf dem Treppengeländer abwärts bewegte. Erst als er unten Stimmen hörte, drehte er sich um und betrachtete den Toten aus dieser Entfernung von vier, fünf Metern. Er war offenbar verdurstet. Was für ein schrecklicher Tod! Und mit dem Abstand von einigen Schritten, der das besonders Grausame, die nur halb geschlossenen Augen, die papierne Haut, die aufgesprungenen Lippen, die blutig gescheuerten Gelenke, verbarg, war der Anblick noch schrecklicher, denn er verlieh dem Toten damit eine Sachlichkeit, die Erik weit mehr zusetzte als die Konfrontation mit seinem grausamen Ende. Er stellte sich in die offene Tür des Apartments und betrachtete die nackten Fußsohlen des Opfers. Wer hatte Thies Dageför so sehr gehasst, dass er ihm diesen Tod wünschte?

»Den kriegen wir«, murmelte Erik, als wollte er den Toten trösten.

Er lauschte auf die Stimmen, die heraufhallten, und dann auf die Schritte. Eilig und ungezähmt stapften und stiefelten sie die Treppe hoch. Keine Besucher, deren Schritte so unaufdringlich waren, wie die Begrüßung vor einer Wohnungstür sein würde. Nein, da kamen emsige Werktätige an, denen die Erscheinungsform ihres Eintreffens gleichgültig war.

Allen voran der Gerichtsmediziner, dessen Schnaufen immer dramatischer wurde, je höher er kam. Kurz vor dem Anstieg in die letzte Etage fügte er seinem Prusten und Keuchen noch ein asthmatisches Fiepen hinzu, das Erik in Sorge versetzte, weil es hier nicht mehr um die Demonstration einer körperlichen Anstrengung gehen konnte, sondern um die Verzweiflung von Dr. Hillmots Bronchien. Aber er blieb dennoch ganz ruhig. Er kannte Dr. Hillmot schon lange. Seit der Gerichtsmediziner unter Arthrose und Atemnot litt und es mit seiner Fettleibigkeit immer schlimmer wurde, erbitterte es ihn bei jedem Auffinden einer Leiche, dass der Mörder es ihm so schwer machte und er sich meistens auf die Knie begeben musste, um die ersten Untersuchungen vornehmen zu können. Diesmal würde er, wenn er sich darüber beklagte, dass dieses Haus keinen Aufzug besaß, sich immerhin daran erfreuen können, dass der Tote auf einem Bett lag, zu dem er sich nur ein wenig hinabbeugen musste.

Schon wenige Minuten später war aus Thies Dageförs kleiner Wohnung ein Bienenkorb geworden, in dem es summte und brummte, viel zu voll war und ständig einer einen anderen zur Seite schieben musste.

Kommissar Vetterich, der Leiter der Kriminaltechnischen Untersuchungsstelle, der seiner Arbeit eigentlich mit stoischem Gleichmut nachging, ließ diesmal ein Seufzen vernehmen und machte einen kurzen Besuch bei Erik auf dem kühlen Treppenabsatz. »Wir werden bald fertig sein. Die Wohnung ist ziemlich überschaubar. Da haben wir sämtliche Spuren im Nu gesichert.«

Erik nickte erfreut, dann lehnten sie sich gemeinsam ans Treppengeländer und schwiegen. Vermutungen äußerten beide nicht gern, das war Zeit- und Kraftverschwendung, und Sicherheiten gab es noch nicht.

Trotzdem machte Erik einen Versuch der Kommunikation. »Wohl verdurstet.«

Vetterich zog als Antwort nur die Mundwinkel herab. Was er von einem Mörder hielt, der sich diese Todesart ausgedacht hatte, sprach er nicht aus.

Dr. Hillmot trat zu den beiden. »Die Sache ist eindeutig. Multiples Organversagen.«

»Wann?«, fragte Erik, obwohl er wusste, wie unbeliebt diese Frage war.

Erstaunlicherweise blieb Dr. Hillmot ganz ruhig. Dass die Leiche nicht auf dem Fußboden, sondern im Bett gelegen hatte, tat seiner Laune anscheinend gut. »Im Moment noch schwer zu sagen. Das Austrocknen des Körpers geht langsam vonstatten, aber bei diesem Wetter reichen schon drei, vier Tage. Manchmal geht's auch schneller. Ich vermute, dass er vorgestern einen Schlaganfall erlitten hat. Bei Flüssigkeitsverlust wird das Blut dick, kann nicht mehr transportiert werden, und es kommt zu einem Schlaganfall. An dem ist er gestorben. Aber genauer kann ich das erst sagen, wenn ich ihn auf dem Tisch habe.«

»Der Mann ist Samstag noch gesehen worden. Vorgestern!«

Dr. Hillmot runzelte die Stirn. »Dann ist es sehr schnell gegangen.« Er drehte sich um, betrachtete den Toten, obwohl die Spurensucher den Blick auf ihn erschwerten, dann zuckte er die Schultern. »Vielleicht war er vorbelastet …« Er schob die Unterlippe hin und her und sah so aus, als suchte er nach einer Erklärung. »Vorgestern angekettet? Wann?«

»Mittags hat er noch gearbeitet. Also frühestens am Nachmittag.«

»Hm …« Dr. Hillmot sah jetzt so aus, als wäre er selbst gespannt auf das Ergebnis der Obduktion.

Erik wiegte den Kopf. »Es hat kein Kampf stattgefunden. Sieht so aus, als hätte Dageför seinen Mörder gekannt. Vielleicht hat er in der Nähe des Bettes gestanden. Ein Stoß vor die Brust, und er lag auf der Matratze.«

»Dann muss der Täter die Handschellen parat gehabt haben.« Sören sah seinen Chef zweifelnd an.

»Das geht schnell. Bedenken Sie, wie flott wir werden können, wenn sich jemand der Festnahme entziehen will.«

»Eine einzige Fesselung reicht zunächst. Die anderen drei konnte der Täter in aller Ruhe vornehmen.«

»Wahrscheinlich hatte er ihn erst geknebelt, damit er nicht schreien konnte.«

»Dann hat Thies Dageför vielleicht noch erfahren, warum er sterben soll, und wurde allein gelassen.« Sören schüttelte sich. »Gruselig.« Er sah seinen Chef hoffnungsvoll an. »War's das fürs Erste, Chef? Können wir nach Hause? Mit den Ermittlungen können wir erst richtig anfangen, wenn die Spurenlage klar ist.«

Erik zögerte. »Haben wir wirklich keinen Hinweis auf den Täter?«

»Ich sehe keinen.«

»Wir wissen nichts über Thies Dageför.«

»Hat das nicht Zeit bis morgen?«

»Haben Sie noch was vor?«

»Nö. Vor die Glotze und dazu ein Bier.«

»Dann können Sie vielleicht doch zum Abendessen zu uns kommen? Meine Schwiegermutter würde sich freuen.«

»Ehrlich?« Sören machte aus seiner Begeisterung keinen Hehl.

Erik sah auf die Uhr. »Es ist noch früh. Nach dem Dolce gehen wir ins Frangiflutti und erkundigen uns nach Thies Dageför. Und seine Wohnung sehen wir uns genauer an, sobald die KTU fertig ist.«

»Meinetwegen. Nach einem Essen bei Ihrer Schwiegermutter kann man ja Bäume ausreißen.« Sören zögerte mit einem Mal. »Kommt Ihre Freundin auch?«

Erik nickte. »Dann können Sie dabei helfen, Gespräche über Veganismus zu umschiffen.« Er lachte, obwohl ihn diese Aussicht kein bisschen amüsierte. »Meine Schwiegermutter preist immer ihre Toleranz. Aber für jemanden, der kein Fleisch, keinen Fisch und nicht einmal Nudeln oder Eier isst, bringt sie nicht das geringste Verständnis auf.«

Bello, der kleine, weiße Hund, den Ida auf Sylt zurückgelassen hatte, wurde ausgiebig gestreichelt und mit Koseworten überschüttet, erst dann erhielt Svea einen Händedruck, die Versicherung, dass man sich den ganzen Tag auf sie gefreut habe, und eine überschwängliche Entschuldigung, weil die Hausfrau noch immer nicht verstanden habe, was eine Veganerin nun eigentlich essen durfte und was nicht.

Über Sveas blasses, schmales Gesicht ging ein Lächeln, das zeigte, sie habe nichts anderes erwartet, und ihre Antwort »Schon gut, Signora!« bewies überdies, dass sie niemanden für so beschränkt hielt, dass er die vegane Lebensweise nicht verstand. »Sie sollen auf keinen Fall extra für mich etwas zubereiten.« Damit wurde außerdem klar, dass sie sich keine Illusionen machte. Der Schwiegermutter ihres Freundes war es zu lästig gewesen, ein Essen auf den Tisch zu bringen, das allen schmecken würde, auch einer Veganerin.

Mamma Carlotta, die sonst gern die Fähigkeit der Italiener pries, eine Kränkung in einer blumenreichen Rede zu verpacken, war diesmal entschlossen, jedes Wort genau so zu nehmen, wie es ausgesprochen worden war. »Es wird schon etwas dabei sein, was Ihnen schmeckt, Signora Gysbrecht.«

Bello machte sich zu einem Rundgang durchs Haus auf, als wollte er sich vergewissern, dass alles an seinem Platz stand, Svea machte zwei Schritte in den Raum hinein, dann blieb sie stehen und sah sich um, als wäre sie in einer Welt gelandet, die ihr neu war. Dabei musste sie mittlerweile unzählige Male hier gewesen sein, aber wenn Mamma Carlotta auf Sylt war, erschien Svea wie eine Fremde, ein bisschen sogar wie ein ungebetener Gast oder wie jemand, der schon beim Eintreten überlegte, wie er sich möglichst schnell wieder verabschieden konnte.

Sie war groß, ein wenig größer als Erik, und sehr schlank, ihre Haltung stets aufrecht, ihre Frisur immer makellos. Nicht kunstvoll frisiert, das nicht, aber die Haare waren immer so im Nacken zusammengebunden, dass ihr nicht die kleinste Strähne ins Gesicht fiel. Meist war sie ungeschminkt, diesmal jedoch konnte Mamma Carlotta einen Hauch von Rouge und ein wenig Lidschatten erkennen. Sie gab zu, dass Sveas ebenmäßiges Gesicht und ihre schönen Augen in diesem schlichten Rahmen am besten zur Geltung kamen, trotzdem hätte sie ihr gern zu einem kräftigen Lippenstift geraten, zu riesigen Ohrringen oder einer Frisur, die mindestens ein Zeitaufwand von einer halben Stunde erforderte. Eine Italienerin mochte es eben gern üppiger, schriller, prunkvoller, jedenfalls bevor ihr all das vom Alter verboten wurde, das in Italien schnell aus einer Ragazza eine Matrone machte. Carlotta selbst war in ihrer Jugend gar nicht dazu gekommen, mit viel Schminke, selbst gebasteltem Schmuck und Schleifen im Haar ihre Vorzüge zur Schau zu stellen. Sie war ja schon mit sechzehn schwanger geworden. Und während sie in den folgenden Jahren sieben Kinder zur Welt brachte, war keine Zeit gewesen, auf Attraktivität zu achten. Im Übrigen war das ja auch gar nicht mehr nötig gewesen. Sie hatte einen Ehemann und nicht mehr für sich zu werben brauchen.

Svea jedoch war noch keine vierzig Jahre alt und unverheiratet. Eine Frau in diesem Alter musste zeigen, dass sie sich Mühe gegeben hatte, ehe sie das Haus verließ. Wiebke hatte zwar auch nicht viel von dekorativer Kosmetik gehalten, aber allein mit ihren roten Locken und den vielen Sommersprossen Pracht entfaltet, wenn auch, ohne es zu wollen. Und ihre Kleidung hatte ein Übriges getan. Für eine Frau, die einem Mann gefallen wollte, fand Mamma Carlotta Cowboystiefel, bunte Schals und Miniröcke erheblich geeigneter als unauffällige Eleganz. Dass Sveas schlichte Noblesse sie beeindruckte, wollte sie sich auf keinen Fall eingestehen. Sie mochte auch nicht zugeben, dass Sveas Bluejeans perfekt saß, das weiße T-Shirt makellos war und die hellen Lederslipper sich in allerbester Qualität präsentierten. Sie hätte es gern gehabt, wenn die Jeans eine Nummer kleiner, das Shirt mit bunten Pailletten bestickt gewesen wäre und die Schuhe einen hohen Absatz gehabt hätten. Sveas Style war ihr einfach zu unauffällig. Friesisch eben. Dass es Mamma Carlotta gefiel, Sveas Formvollendung zu kritisieren, gestand sie sich ebenfalls nicht ein. Und dass ihr an Wiebke alles recht gewesen war, auch das Unvollkommene, schüttelte sie auch erfolgreich ab.

Svea ließ sich am Tisch nieder, so weit wie möglich vom Herd entfernt, während Felix sich auf den Boden hockte und mit Kükeltje und Bello spielte, die nach einigen Anfangsschwierigkeiten nun miteinander auskamen. Von Zuneigung konnte keine Rede sein, aber immerhin fuhr Kükeltje nicht mehr ihre Krallen aus, wenn sie Bello sah, und dieser erschreckte die Katze nicht mehr durch lautes Gebell. Sie hatten ein Agreement getroffen, das besonders gut funktionierte, wenn beide von Felix gekrault wurden. Dann war Bello wohl der Meinung, dass sich ein Besuch in diesem Haus lohnte, und Kükeltje, dass sich Entgegenkommen auszahlte.

Mamma Carlotta fragte Svea nach Idas Studium in München, erkundigte sich nach ihren derzeitigen Aufträgen und stieß bewundernde Laute aus, als sie hörte, dass Svea soeben damit begonnen hatte, die Villa eines Schlagerstars in Kampen zu gestalten.

»Die hat früher einem Politiker gehört, dessen Frau einen sehr schlechten Geschmack hatte.«

Zum Glück war dem Schlagerstar zu Ohren gekommen, dass es auf Sylt eine Innenarchitektin gab, der es stets gelang, einem Haus das Besondere zu lassen, das Individuelle zu geben und modernste Technik mit ansprechendem Design zu verbinden. So jedenfalls drückte Svea es aus, und Mamma Carlotta empfand tatsächlich einen Augenblick so etwas wie Stolz. Sie war schon auf dem besten Wege, Svea als Teil ihrer Familie zu sehen, der etwas Großartiges gelungen war, mit dem sie in ihrem Dorf ein wenig prahlen konnte. Aber bevor es so weit war, erkundigte sich Carlotta nach dem Politiker und dem Schlagerstar und hoffte auf Namen, die auf der heimatlichen Piazza für Eindruck sorgen würden. Prompt verspielte Svea diese einzigartige Möglichkeit, Teil von Mamma Carlottas Familie zu werden.

»Tut mir leid, top secret«, antwortete sie mit einem Lächeln, das Mamma Carlotta schwer kränkte. Sie sprach von Diskretion, ihrer Verschwiegenheitspflicht und Konventionalstrafe? Es war doch wohl selbstverständlich, dass man nahestehenden Personen alles anvertraute, was geheim bleiben musste, weil man sicher sein konnte, dass es vertraulich behandelt wurde. Skandalös! Mamma Carlotta schichtete zornbebend die Zucchini mit dem Käse in die Auflaufform, obwohl sie eigentlich die Absicht gehabt hatte, den Käse separat zu servieren, damit Svea sich an den Zucchini laben konnte. Aber diese Sonderbehandlung hatte sie nicht mehr verdient. Wer Mamma Carlotta nicht ins Vertrauen ziehen wollte, gehörte nicht zu ihrer Familie, und von dem, der nicht zu ihr gehörte, konnte erwartet werden, dass er sich zusammenriss und den Käse aß, der ihm vorgesetzt wurde. Wenn auch ein Schaf oder eine Kuh dafür Milch hergeben musste und nach Sveas Meinung ausgebeutet worden war! Blieben ja immer noch das Risotto, das sie essen konnte, und der Kürbis, wenn sie nicht bemerkte, dass das Püree mit heißer Milch zubereitet worden war. Genau genommen mussten unter das Risotto zum Schluss auch heiße Butter und Parmesan gerührt werden. Dass eine Italienerin zu jeder Zeit durch ihre Gastfreundlichkeit bestach, hatte sie völlig vergessen.

»Madonna!«, flüsterte Mamma Carlotta. Warum musste es unbedingt Svea sein? Warum nur hatte Erik sich mit Wiebke nicht mehr verstanden?

Sie war froh, dass sie von diesen Fragen erlöst wurde, als Erik eintraf und Sören in seiner Begleitung war. Freudestrahlend begrüßte sie den Mitarbeiter ihres Schwiegersohnes, der nun erst richtig glauben konnte, dass er auch als Überraschungsgast willkommen war.

Erik sah auf den ersten Blick, dass Svea sich nicht wohlfühlte. Sie saß wie eine Besucherin da, nicht wie die Frau, die zu anderen Zeiten gekommen war, um ein Stück Alltag mit ihm und den Kindern zu teilen. Sie hatte sich von seiner Schwiegermutter einen Stuhl anbieten lassen, auf dem sie sonst niemals Platz nahm, und die Hände im Schoß gefaltet, was er noch nie beobachtet hatte. Sie kam ihm so fremd vor, wie sie sich augenscheinlich fühlte.

Um die Distanz schleunigst zu überbrücken, beugte er sich über sie, um sie mit einem Kuss zu begrüßen. Sie hatte ihm das Gesicht entgegengehoben, neigte den Kopf aber plötzlich wieder, sodass er seine Lippen nur auf ihren Scheitel drücken konnte.

Während Sören von seiner Schwiegermutter mit der Speisefolge vertraut gemacht wurde, die ihn erwartete, flüsterte er

Svea zu: »Alles okay? Tut mir leid, dass ich zu spät bin. Ein neuer Fall.«

Sie schüttelte seine Worte ab, als wäre er ihr mit einer leicht durchschaubaren Ausrede gekommen. Ein Blick auf die Uhr zeigte ihm, dass sie höchstens zehn Minuten auf ihn gewartet haben konnte. Nicht lange genug für Fangfragen auf der einen Seite, unbequeme Antworten auf der anderen und den daraus resultierenden Ungemütlichkeiten. Warum war sie trotzdem so unzugänglich?

Erik war froh, dass Carolin in diesem Augenblick das Haus betrat. Kükeltje wand sich aus Felix' Armen und stolzierte in die Diele, denn sie hatte sich selbst mittlerweile die Aufgabe der Empfangsdame zugeteilt. Wer immer durch die Haustür kam, dem ging sie schnurrend um die Beine.

Carolin trat mit der Miene der Menschen ein, die wissen, wie schwer das Erwerbsleben ist und wie hart man sich sein Geld verdienen muss. Die Uniform der Hotelangestellten, der dunkelgrüne Rock mit der rot-weiß gestreiften, grün gepaspelten Bluse, hatte sie gegen Jeans und T-Shirt eingetauscht. Die Kleidung, die sie am Arbeitsplatz zu tragen hatte, wäre beinahe der Grund gewesen, die angebotene Ausbildungsstelle abzulehnen. Ein knielanger Rock und eine Hemdbluse! Carolin hatte es nicht fassen können, dass man von ihr verlangte, so etwas zu tragen! Tagelang war sie sicher gewesen, in diesem Outfit Juckreiz, Hautausschlag und Haarausfall zu bekommen und einem anderen Hotel den Vorzug geben zu müssen. Als sie dann merkte, dass es woanders genauso zuging, hatte es noch zwei weitere Tage gedauert, in denen sie sich mit der Aussicht auf eine Arbeit in der Modebranche beschäftigt hatte. Dann aber war eine Schulfreundin freudestrahlend mit der Neuigkeit erschienen, dass sie demnächst als Flugbegleiterin arbeiten wolle. Und da diese sich nicht von der Lufthansa-Uniform abschrecken ließ, war schließlich auch Carolin bereit gewesen, in einer Kleidung aufzutreten, die ihrer

Meinung nach bestenfalls für ihre Nonna geeignet gewesen wäre.

»Puh, ist das anstrengend!« Mit diesen Worten ließ sie sich auf den nächsten Stuhl fallen und streckte die Beine von sich, als hätte sie eine Wüstenwanderung hinter sich. Auffordernd sah sie von einem zum anderen und schien Champagner, ein kühles Tuch auf der Stirn und die Frage nach sonstigen Wünschen zu erwarten. Als ihr nichts dergleichen angeboten wurde, fasste sie ihren Bruder ins Auge. »Das eine sage ich dir ... wenn du noch einmal im Frangiflutti auftauchst, erzähle ich allen, dass du immer noch mit deinem Teddy schläfst.«

Das führte zu einer hitzigen Debatte, in der Mamma Carlotta das Wort führte, die Felix' Erscheinen im Frangiflutti verteidigte. Ihr diesbezüglicher Eifer bewies, was für Erik im Hotel nur ein Verdacht gewesen war. Sie hatte zwar Carolin nicht in Verlegenheit bringen wollen, wie es Felix' Ansporn gewesen war, aber sie war wegen ihrer Enkelin in der Hotellobby erschienen und nicht, um Alessia Fallaci zu treffen. Dass einer ihrer Nachkommen sich irgendwo aufhielt, mit etwas beschäftigt war, an etwas Freude hatte oder gar unter etwas litt, ohne dass sie die Örtlichkeiten und sämtliche Einzelheiten kannte, ertrug sie nicht. Einen so wichtigen Schritt ins Leben wie das Ende der Schulzeit und den Beginn einer Ausbildung musste sie einfach begleiten. Erik erinnerte sich dunkel, dass Lucias ältester Bruder Guido, als er eine Speditionslehre antrat, von seiner Mutter überredet worden war, sie während seines ersten selbstständigen Transportes auf dem Beifahrersitz mitfahren zu lassen. Und seine Schwägerin Francesca, die Krankenschwester geworden war, hatte sich darüber beklagt, dass ihre Mutter mit einem Mal beinahe täglich eine alte Nachbarin in dem Krankenhaus besuchte, in dem sie arbeitete, und dann ständig an ihrer Seite erschien, um unter Tränen der Rührung mit anzusehen, wie sie den Patienten die Bettpfanne unterschob oder den Blutdruck maß.

»Und du, Nonna ...!«

Zum Glück wurde Carolin von Sören unterbrochen, dem solche familiären Debatten immer ein wenig unheimlich waren. Er fragte nach Idas Studium und lenkte damit das Gespräch auf ein anderes Thema, das nicht halb so brisant war. So wandte sich Mamma Carlotta endlich dem Essen zu, das in der Hitze der Debatte in Vergessenheit geraten war. Während Svea von Idas neuen Erfahrungen sprach, holte Carlotta die Panini aus dem Ofen, die zu dem Schinken und den Feigen gegessen werden sollten. Besorgt beobachtete Erik seine Freundin, die eine Feige aß und dann den anderen dabei zusah, wie sie sich die Schinkenscheiben in den Mund schoben. Dass Svea dann beim Primo überhaupt nicht zulangte, schien seiner Schwiegermutter nicht weiter aufzufallen. Erik konnte sich nicht genug darüber wundern, dass sie, die sich sonst so viel auf ihre Gastfreundschaft zugutehielt, nicht daran gedacht hatte, für Svea Salat oder Gemüse bereitzuhalten. Sie übersah demonstrativ Sveas Teller und konzentrierte sich voll auf Carolin, die von einem Schimpansen erzählte, der seine Familie in den Urlaub begleitet hatte und sich auf Sylt nicht besonders wohlfühlte. »Den kalten Wind kann er nicht ab. Und wenn er allein im Zimmer bleiben muss, wird er aggressiv.«

Erst als das Risotto con la zucca gialla auf den Tisch kam, fiel Carolin ein, dass ein Kellner des Frangiflutti vermisst wurde. »Hast du herausgefunden, was mit Olivero ist?«, fragte sie ihren Vater.

Erik hätte sich am liebsten vor einer Antwort gedrückt und gern behauptet, er habe den Kellner nicht angetroffen. Aber das ging natürlich nicht. Am nächsten Tag würde Carolin sowieso erfahren, was geschehen war. »Er lebt nicht mehr«, antwortete er also und blickte nicht auf. »Wir haben ihn tot in seinem Bett gefunden.«

Er war zufrieden mit dieser Formulierung. Das war die Wahrheit, und niemand konnte ihn zwingen, während eines Abendessens von Mord und Totschlag zu reden.

»Herzinfarkt? Schlaganfall? Nierenversagen? Selbstmord?« Alle fragten durcheinander.

Nur Svea saß schweigend da und sah ihn an. Sie war die Einzige, die sofort begriffen hatte, dass Olivero Opfer eines Verbrechens geworden war. Aber sie sagte nichts dazu, genau wie Sören, der gemerkt hatte, dass Erik jetzt nicht über das entsetzliche Ende des Kellners reden wollte.

Carolin hatte Tränen in den Augen. »Der Arme.«

»Kanntest du ihn näher?« Ihre Nonna trug die schmerzverzerrte Miene zur Schau, die sie bei tragischen Todesfällen im Nu hervorzaubern konnte.

Carolin schüttelte den Kopf. »Eigentlich gar nicht. Ich habe nie mit ihm geredet. Er hatte ja im Restaurant zu tun. Aber er grüßte immer freundlich, wenn er an der Rezeption vorbeikam.«

»Un italiano?«, fragte Mamma Carlotta.

Carolin verneinte. »Du weißt doch, dass die Mitarbeiter im Frangiflutti mit italienischen Namen gerufen werden sollen.« Sie sah ihren Vater an. »Wie hieß er wirklich?«

Erik spießte ein paar Risottokörner einzeln auf, ehe er sich zu einer Antwort durchrang. »Ich kannte ihn nicht«, wich er aus, sah dann aber ein, dass sich niemand damit zufriedengeben würde. »Thies Dageför. Er ist erst seit Kurzem wieder auf der Insel. Wie ich hörte, hat er eine Weile in Italien …«

Er sah erschrocken auf, als Sveas Gabel zu Boden fiel. »Entschuldigung«, murmelte sie, ehe sie unter dem Tisch verschwand. Es dauerte lange, bis sie wieder auftauchte und die Gabel auf die Spüle legte, die Mamma Carlotta längst gegen eine saubere aus einer Küchenschublade ausgetauscht hatte. »Mir ist gerade eingefallen, dass ich noch mal ins Büro muss. Ich habe was vergessen.«

»Aber die Erdbeeren«, rief Mamma Carlotta. »Fragole fritte!«

»Tut mir leid, Signora.« Svea erhob sich und ging zur Tür.

Mit einem kurzen Winken verließ sie die Küche. Als Erik ihr folgte, hatte sie schon die Haustür geöffnet.

»Ist was?«, fragte er besorgt. »Hat jemand etwas Falsches gesagt? Oder … geht's dir nicht gut?«

»Ich sage doch, ich muss noch mal ins Büro. Ein Telefongespräch!«

»Das kannst du auch hier führen.«

»Die Nummer liegt auf meinem Schreibtisch.«

»Kommst du noch mal vorbei?«

Svea stellte ein Bein auf die erste Stufe und kümmerte sich nicht um Bello, der schon vor dem Auto stand und winselte. »Ich muss noch was für morgen vorbereiten.«

Erik sah ihr nach, wie sie zum Auto ging, die Tür öffnete und Bello auf den Rücksitz springen ließ. Er blieb auf dem Treppenabsatz stehen, bis sie abgefahren war. Sie winkte kurz und lächelte dabei. Aber er hatte trotzdem das Gefühl, dass etwas geschehen war, was sie aufgewühlt hatte. Aber was?

Carolin fand, dass sie als Werktätige Ruhe brauchte, und hatte sich mit Kükeltje auf die Hollywoodschaukel zurückgezogen, um sich dort von den Anstrengungen des Berufslebens zu erholen. Felix war in der Küche geblieben, nachdem Erik und Sören wieder aufgebrochen waren. Jedenfalls hatte er es dort so lange ausgehalten, bis die Fragole fritte komplett verzehrt waren. Dann war es ihm langweilig geworden, seiner Nonna bei der Beantwortung der Frage zu helfen, warum Svea so eilig das Haus verlassen und wo sie den Namen Thies Dageför schon einmal gehört hatte. Felix wollte auf keinen Fall über die Freundin seines Vaters diskutieren und war am Schicksal Thies Dageförs, den er nicht gekannt hatte, auch nur mäßig interessiert. Nicht einmal, als ihm klargemacht wurde, dass der arme Mann scheinbar einem Gewaltverbrechen zum Opfer gefallen war. Das hatte sich Mamma Carlotta zusammengereimt, als Erik ins Wohnzimmer gegangen war, um mit der Staatsanwältin zu telefonieren. Gut, dass sie sich entschlossen hatte, ein paar leere Flaschen in den Keller zu tragen, während Erik im Wohnzimmer telefonierte. Durch die Tür war sein Telefongespräch mühelos zu verstehen gewesen. Und da sie in der Küche gerade nicht vermisst wurde, hatte sie kurz stehen bleiben und zuhören können …

»Ans Bett gefesselt und geknebelt. Ein schrecklicher Anblick.«

Mamma Carlotta hatte eine Gänsehaut auf ihrem Rücken gespürt. Madonna, wozu Menschen fähig waren, wenn sie hassten! Auf der Piazza von Panidomino würde man an ihren Lippen hängen. Selbst wenn sie keine Einzelheiten erfahren würde – dieses Entsetzliche, das sie notfalls mit eigenen Worten ein wenig ausschmücken konnte, würde schon reichen.

»Die Wohnung ist winzig«, fuhr Erik fort. »Wir lassen die KTU erst mal ihre Arbeit tun, dann sehe ich mir mit Kommissar Kretschmer den Inhalt der Schränke an. Und wir sprechen im Hotel mit dem Arbeitgeber. Vielleicht hat der Tote auch Verwandte auf Sylt, die uns etwas verraten können. Freunde, Kollegen … wir werden schon was herausbekommen.«

Mamma Carlotta war in den Keller gestiegen, als Eriks Stimme sich der Tür näherte. Sie hatte genug gehört. Ihre Sorge um Carolin war jetzt viel ausgeprägter als ihre Neugier. Wie würde ihre Enkelin reagieren, wenn sie erfuhr, was dem bedauernswerten Kellner des Frangiflutti zugestoßen war? Das Kind war doch so sensibel!

Als Erik dann mit Sören das Haus verließ, um sich die Wohnung von Thies Dageför anzusehen und im Hotel Frangiflutti mehr über ihn zu erfahren, stellte Mamma Carlotta keine Fragen. Sie bat Erik nur, Alessia von ihr zu grüßen und ihr auszurichten, dass sie sich sehr auf ihr Treffen am nächsten Tag freue. Erik konnte es nicht leiden, wenn sie allzu großes Interesse an seiner Arbeit zeigte. Sie war immer stolz, wenn es ihr gelang, eine Frage, die ihr auf der Zunge lag, herunterzuschlucken, statt ihren Schwiegersohn damit gegen sie aufzubringen. Die Einzelheiten dieses Mordfalls würde sie noch erfahren, da war sie optimistisch. Mordfälle waren immer spannend, und mitzuerleben, wie Erik und Sören den Täter überführten, war das Salz in der Suppe ihres Lebens, die sie besonders gern mit ihren Nachbarinnen auf der Piazza ihres Heimatdorfes auslöffelte. Niemand hatte nach einer Reise so viel zu erzählen wie Carlotta Capella. Ganz abgesehen davon, dass die anderen Frauen ihres Alters niemals verreisten, nur selten aus ihrem Dorf herauskamen und schon von Abenteuern redeten, wenn sie in Città di Castello Zeuge eines Verkehrsunfalls oder eines Taschendiebstahls geworden waren.

Sie stellte die Spülmaschine an, knüllte das Spültuch zusammen, obwohl Erik es gern sah, wenn es glatt über dem Wasserhahn hing, und warf das feuchte Geschirrtuch auf einen Stuhl, statt es ordentlich an einen Haken zu hängen. Thies Dageför … wo hatte sie den Namen gehört? Es war noch nicht lange her, vielleicht nur Stunden.

Sie goss gerade das Basilikum, das in einem Töpfchen auf der Fensterbank stand, als es ihr einfiel. Tove Griess hatte den Namen genannt. In Verbindung mit Valerio Fallaci! Der Hotelier hatte Thies Dageför ruiniert? Sie schüttelte den Kopf. Nein, da war noch ein anderer Name gefallen. »Holger.« Schwer auszusprechen für eine Italienerin. Dieser war es, der ruiniert worden war. Von Valerio Fallaci? Und Thies Dageför hatte ihm dabei geholfen! Oder war es doch ganz anders gewesen? Sie starrte das Basilikumpflänzchen böse an, weil von ihm keine Hilfe kam, dann gab sie es auf. Nein, an die Einzelheiten konnte sie sich nicht erinnern. Es war wohl am besten, wenn sie morgen einen Cappuccino in Käptens Kajüte trank, um dort ihr Wissen an den Mann zu bringen. Wenn Tove und Fietje diesen Thies Dageför kannten, dann würden sie an seinem Schicksal interessiert sein. Und da Carlotta Capella für ihr Leben gern Neuigkeiten verkündete, die sogar einen Friesen erschüttern konnten, brannte sie schon jetzt darauf, die Botschaft loszuwerden.

Mamma Carlotta ging ins Wohnzimmer und blickte durch die Terrassentür in den Garten. Carolin saß mit Kükeltje auf dem Schoß auf der Hollywoodschaukel und schlief. Das arme Kind! Völlig erschöpft! Carlotta war voller Mitleid. Es war nicht leicht, den ganzen Tag an der Rezeption zu stehen, immer freundlich, stets zuvorkommend zu sein, auch dann, wenn sie müde und erschöpft war! Sie trat auf die Terrasse in der Hoffnung, Carolin würde sie hören, erwachen und sich gern von ihrer Nonna bedauern lassen. Aber leider geschah nichts dergleichen. Nur Kükeltje öffnete kurz die Augen, sah missmutig auf und wollte offenbar nicht gestört werden. Leise ging Mamma Carlotta ins Haus zurück und wünschte sich die Zeit zurück, in der Carolin ein Schulkind gewesen war, das am Nachmittag Zeit zum Spielen, Kraft genug für Hobbys gehabt hatte und voller Bereitschaft gewesen war, sich von ihrer Nonna unterhalten und verwöhnen zu lassen. Nun war sie auf dem besten Wege zur Erwachsenen. Wie die Zeit verging! Sie selbst sah bereits ihrem sechzigsten Geburtstag entgegen! Sie musste sich setzen, als sie daran dachte, dass ihr Dino dieses Alter schon nicht mehr erlebt hatte und ihre Mutter eine Greisin gewesen war, als er gefeiert wurde. Dabei fühlte sie sich doch noch so jung. Jünger, als sie tatsächlich war! Wie alt mochte dieser Thies Dageför gewesen sein? Vielleicht nur halb so alt wie sie.

Mamma Carlotta ging in die Küche zurück und von dort in die Vorratskammer. Dass das Schicksal ihr ein längeres Leben als Thies Dageför geschenkt hatte und sie sich darüber hinaus an diesem Leben erfreuen konnte, musste gefeiert werden. So was ging besonders gut mit dem Kirschlikör, von dem schon ihre Großtante in Palermo jeden Tag ein Gläschen getrunken hatte, weil er angeblich die reinste Medizin war …

Der diensthabende Rezeptionist des Frangiflutti bedauerte. »Signor Fallaci ist außer Haus.«

»Dann dürfte ich vielleicht mit der Signora sprechen?«, fragte Erik.

Er durfte. Alessia Fallaci erschien schon kurz darauf in der Lobby und führte die beiden Beamten in das Büro ihres Mannes. »Sie haben Neuigkeiten von Olivero?«

Sie hatte sich umgezogen, trug nicht mehr das rote Strickensemble, sondern einen dunklen Rock mit einer hellen Bluse, die locker über ihre Hüften fiel. Ihre Schuhe hatten schwindelerregende Absätze. Trotzdem war ihr Gang sicher und sogar ausgesprochen graziös. Eine wirklich außergewöhnlich attraktive Frau. Ein ganz anderer Typ als Mamma Carlotta, dachte Erik. Ihr war es selten um ihr Äußeres gegangen, sie hatte ihr Leben lang dafür gesorgt, dass es ihrer Familie gut ging, und dafür eigene Bedürfnisse zurückgestellt.

»Leider keine guten Neuigkeiten.« So behutsam wie möglich klärte Erik sie über das schreckliche Ende ihres Kellners auf und wartete geduldig, bis Alessia Fallaci ihr Entsetzen überwunden hatte. Während sie die Hände rang und den lieben Gott fragte, wie er etwas so Grausames zulassen könne, strich Erik sich den Schnauzer glatt und betrachtete die gerahmten Fotos, die im Direktionsbüro hingen und allesamt Motive der Toskana zeigten. Er merkte, dass Sören neben ihm unruhig wurde. Zwar wusste er durch den Kontakt mit Eriks Schwiegermutter, wie eine Italienerin mit emotionalen Wallungen umging, aber er war doch immer noch damit zu erschrecken, während Erik selbst längst gelernt hatte, einfach zu warten, bis die vielen Worte mit den unzähligen rollenden Rs und das Flehen um himmlische Gerechtigkeit ein Ende hatten. Er war dankbar, dass Alessia Fallaci es schon nach wenigen Augenblicken wichtiger fand, die beiden Polizeibeamten mit Espresso zu versorgen. Zwar stöhnte sie immer noch, während sie den Espressoautomaten bediente, aber ihr Interesse entfernte sich bereits von dem schaurigen Ergebnis und richtete sich auf die näheren Umstände.

»Ein Racheakt?«, fragte sie, während sie Erik und Sören die Espressotassen vorsetzte.

»Schon möglich«, antwortete Erik. »Was wissen Sie von Thies Dageför?«

»Eigentlich nur, dass er gern Gitarre spielte. Wenn er sie abends hervorholte, haben die Gäste immer gern zugehört.«

Erik sah sich um, als wäre er im falschen Haus gelandet. »Thies Dageför hat hier Gitarre gespielt?«

»Nicht hier.« Alessia griff sich an den Kopf. »Ich habe vergessen zu erwähnen, dass wir Thies Dageför schon in der Toskana kennengelernt haben. Nein, nicht wir, sondern mein Mann. Dageför arbeitete auf dem Weingut unseres Nachbarn. Als er hörte, dass mein Mann ein Hotel auf Sylt plant, hat er sich entschlossen, in seine Heimat zurückzukehren.«

»Kennen Sie jemanden, der einen Grund haben könnte, sich an ihm zu rächen?«

»Nein.«

Sören mischte sich ein. »Hat er Familie?«

Alessia schüttelte den Kopf. »Er ist alleinstehend.«

»Verwandte? Freunde?«

»Nicht, dass ich wüsste. Aber so gut kannte ich ihn nicht. Private Gespräche führe ich mit unseren Angestellten nicht.«

»Was wissen Sie über ihn?«

»Was in seinen Papieren steht. Er ist Sylter, soviel ich weiß.« Sie sah Erik fragend an. »Sie sind doch von hier. Kannten Sie ihn nicht?«

»Die Insel ist groß. Hier kennt nicht jeder jeden.«

Das sah Alessia Fallaci ein. »Soviel ich weiß, ist er in Morsum aufgewachsen. Das hat er mehrmals erwähnt. Und von einem unehelichen Kind hat er auch mal gesprochen.«

Erik dachte an die Kinderzeichnung über dem Bett. »Hier auf Sylt?«

»Das weiß ich nicht. Er hatte keinen Kontakt mit dem Kind.«

»Und die Mutter?«

»Mit der hatte er auch keinen Kontakt mehr.«

»Gibt es Bewerbungsunterlagen? Lebenslauf, Foto?«

Alessia schüttelte den Kopf. »Olivero musste sich nicht bewerben. Der Arbeitsvertrag ist sozusagen per Handschlag in Montalcino geschlossen worden.«

Erik stand auf. »Gibt es Mitarbeiter, die mit Thies Dageför befreundet waren oder einen besonders engen Kontakt mit ihm hatten?«

Alessia Fallaci zuckte mit den Schultern. »Wir haben unser Haus erst vor zwei Monaten eröffnet. Zu kurz für die Entstehung einer Freundschaft.«

Erik lächelte sie herzlich an. »Sie sprechen sehr gut Deutsch.«

Sie lächelte zurück. »Auf unserem Weingut in der Toskana hatten wir viele deutsche Feriengäste. Ich habe einen Deutschkurs absolviert, damit ich mit den Leuten reden konnte. Mein Mann hatte dafür keine Zeit, aber er spricht ebenso gut Deutsch.«

»Meine Schwiegermutter hatte auch keinen Deutschkurs nötig. Wie schnell sie diese Sprache gelernt hat! Wahnsinn!«

Alessia nickte anerkennend. »Carlotta hatte schon als Kind eine schnelle Auffassungsgabe. Ich habe sie immer bewundert, weil sie alles sofort verstand, was andere lange üben mussten. Eine clevere Person.«

Sie führte ihn ins Restaurant, sehr aufrecht, sehr sicher auf ihren hohen Absätzen, eine Herrscherin über ein kleines Reich. Die Mitarbeiter, die ihr begegneten, grüßten sie höflich, die Hotelgäste erhielten von ihr alle ein paar freundliche Worte und schienen sich damit zu fühlen, als wären sie ausgezeichnet worden.

Das Restaurant war nicht gut besucht. Es spielte eine untergeordnete Rolle, die Fallacis legten das Hauptaugenmerk auf das Hotel. »Wir haben insgesamt vier Kellner und eine Kellnerin. Sie arbeiten im Schichtdienst.« Sie erschrak, als hätte sie etwas Gedankenloses geäußert, dann korrigierte sie: »Jetzt also nur drei Kellner.«

Während sie die beiden Kollegen von Thies Dageför, die gerade Dienst taten, darum bat, einen Moment für den Kriminalhauptkommissar zu erübrigen, betrachtete Erik das Restaurant. Es war klein, aber behaglich eingerichtet. Der Innenarchitekt hatte sich um friesische Gemütlichkeit bemüht, sämtliche Accessoires waren blau, die Holzmöbel weiß, die Binsenstühle hatten ebenfalls ein weißes Gestell. Auf den blauen Tischläufern standen kleine weiße Vasen mit Margeriten und weiße Kerzenleuchter aus Porzellan, in denen blaue Kerzen steckten. Ob Svea diesen Raum auch so ausgestattet hätte? Erik wusste, dass sie sich um den Auftrag bemüht hatte und sehr enttäuscht gewesen war, als ein Hamburger Innenarchitekt den Zuschlag erhielt.

Die beiden Kellner waren sehr bestürzt, als sie hörten, dass ihr Kollege verstorben war. Erik verzichtete zwar auf Einzelheiten, aber da die Polizei ermittelte, war den beiden sofort klar, dass Thies Dageför einem Verbrechen zum Opfer gefallen war. Einen Verdacht hatte jedoch keiner der beiden. Dass Thies Dageför einen Feind gehabt hatte, konnten sie sich nicht vorstellen. Und über Privates hatten sie nur selten geredet.

Einer wusste, dass Thies eine Weile arbeitslos gewesen war. »Eigentlich war er ja Hotelkaufmann, hat aber als Kellner gejobbt. Immer nur befristete Verträge. In der Hochsaison hatte er zu tun, danach war Schluss. Aber er war längere Zeit mit einer Frau zusammen gewesen, die gut verdiente. Da war das nicht so schlimm, hat er gesagt.«

»Wissen Sie etwas über diese Frau?«, hakte Erik nach.

Aber der Kollege konnte sich nicht erinnern, dass Thies Dageför jemals einen Namen genannt hatte. »Ist ja auch schon ein paar Jahre her. Irgendwann ist er dann nach Italien gegangen. Ich habe ihn noch gefragt, warum er zurückgekommen ist. Italien ist doch schön.«

»Heimweh?«, fragte Sören.

Und der Kellner lachte. »So muss es wohl gewesen sein.« Ein Gast winkte nach der Rechnung. »Sie entschuldigen mich?«

Erik gab ihm zu verstehen, dass er keine weiteren Fragen habe. Und nach einer Viertelstunde hatten die beiden Kellner seine Visitenkarte erhalten und dazu die Bitte, ihn anzurufen, wenn ihnen irgendetwas einfallen sollte, was für die Ermittlungen wichtig sein konnte.

Einer von ihnen hatte die Visitenkarte nachdenklich in den Händen gedreht. »Komisch, jetzt erst wird einem bewusst, wie wenig man voneinander weiß. Obwohl man täglich viele Stunden zusammen ist.« Er wackelte mit dem Kopf, als wäre er mit seiner Formulierung unzufrieden. »Na ja, nicht wirklich zusammen ... Jeder hat seine Tische, die er bedient, jeder hat gut zu tun, trotzdem ...«

Erik nickte verständnisvoll, als der Kellner ergänzte: »Man hat ja auch mal Leerlauf, Zeit zum Reden ... aber eigentlich wusste ich von Olivero nur, dass er gern Gitarre spielte. Wohl auch ziemlich gut.«

Erik ließ den Mann kopfschüttelnd zurück. Während sie das Restaurant verließen, warf er Sören einen heimlichen Blick zu. Was wusste er eigentlich von seinem Assistenten? Auch nicht viel, wenn er ehrlich war. Dabei arbeiteten sie schon seit Jahren zusammen. Aber Sören gehörte nicht zu den Zeitgenossen, die viel redeten, genau wie er selbst. Er wusste von Sörens Eltern, wusste, dass er Geschwister hatte, dass seine Schwester bereits gestorben war und dass er viel mit seinem Freundeskreis unternahm. Das war's auch schon. Erik nahm sich vor, bei Gelegenheit mehr über Sören zu erfahren. War er vielleicht verliebt? Erik hatte keine Ahnung. Er hätte nicht einmal sagen können, ob Sören eine Freundin hatte. Ein Gefühl der Scham machte sich in ihm breit. Er sollte sich wirklich mehr für seinen Mitarbeiter interessieren, der ihm schließlich ans Herz gewachsen war …

Alessia Fallaci hatte sich mittlerweile in die Lobby zurückgezogen und erwartete sie dort. »Ich hoffe, Sie haben etwas erfahren, was Ihnen weiterhilft?«

»Wie haben Sie Thies Dageför kennengelernt?«

»Mein Mann ist auf ihn aufmerksam geworden. Er hatte gehört, dass nebenan, auf dem Nachbarweingut, ein Sylter arbeitet.« Alessia wies zu einer Sitzgruppe, aber Erik schüttelte den Kopf und blieb stehen. »Valerio hatte die Idee, auf Sylt ein Hotel zu eröffnen, und Thies Dageför konnte ihm helfen. Er kannte sich ja hier aus. Und während der Planungen muss ihn wohl das Heimweh gepackt haben. Als Valerio ihm vorschlug, auf Sylt für ihn zu arbeiten, hat er nicht lange gezögert.«

Erik hatte volles Verständnis für einen Mann, der es nicht im Ausland aushielt, sondern nach Sylt zurückkehren wollte. »Kannten Sie ihn nur flüchtig?«

»Dort waren viele Leute beschäftigt. Im Agriturismo, im Weinkeller, im Garten. Genau wie bei uns. Man braucht Zimmermädchen, Reinigungskräfte, Köche, Personal für den Service und die Rezeption …«

Sören unterbrach sie. »Haben Sie Ihr Weingut aufgegeben?«

»Das betreibt nun unser Sohn. Eduardo braucht etwas Eigenes. Mein Mann hat dem Nachbarn das Gut abgekauft, damit Eduardo vergrößern konnte. Sich selbst hat Valerio seinen Traum von diesem Hotel auf Sylt erfüllt.«

Eriks Handy läutete. Er zog es aus der Tasche und reichte es Sören, damit er das Gespräch annahm. Er selbst wollte sich die Zeit nehmen, sich gebührlich von Alessia Fallaci zu verabschieden. Seiner Schwiegermutter war es ja immer sehr wichtig, dass er zu den Menschen, die ihr etwas bedeuteten, besonders freundlich und höflich war. Während er sich wohlwollend über das geplante Treffen Alessias mit seiner Schwiegermutter äußerte, sich anhörte, wie sehr Signora Fallaci sich darauf freute und wie groß ihr Glück sei, Carlotta Capella wiedergefunden zu haben, achtete er nicht darauf, mit wem Sören am Telefon sprach. Dann aber stutzte er und wandte sich von Alessia ab. Was war da los?

In Sörens Gesicht stand Verblüffung. »Das kann doch nicht wahr sein. Noch mal von vorne, Vetterich.«

Der Leiter der Spurensicherung hatte also etwas Ungewöhnliches entdeckt? Etwas, was Sören derart entgeisterte, dass er es jetzt nicht schaffte, das Telefongespräch so leise zu führen, dass in der Lobby des Frangiflutti niemand auf ihn aufmerksam wurde?

»Okay, ich sage dem Chef Bescheid. Wir kümmern uns darum.«

Er reichte Erik das Handy und sah so aus, als wollte er sofort mit einer Neuigkeit herausplatzen.

Erik gab ihm ein Zeichen, damit zu warten, und sagte zu Alessia Fallaci: »Sie sehen, wir haben zu tun. Einen schönen Abend noch.« Erst draußen vor der Tür fragte er Sören: »Was ist los?«

Frau Kemmertöns, die Nachbarin der Wolfs, war eine Frau in Mamma Carlottas Alter, eine Friesin durch und durch. Sie redete nicht gern, und wenn, dann immer so, als setzte sie während des Gesprächs ein Wort aus seinen Silben zusammen und wunderte sich dann über das Ergebnis. Wenn sie sich bewegte, war es ähnlich. Es schien ihr wichtig zu sein, nichts zu tun, was nicht wirklich sein musste, und vor zwei, drei Schritten darüber nachzudenken, ob die Ortsveränderung auch mit einem einzigen Schritt zu bewältigen war. Emotional war sie ebenfalls nur schwer zu bewegen. Bei freudigen Ereignissen bemühte sie immerhin ihre Mundwinkel und bei erschütternden die außerordentliche Fähigkeit ihrer Brüste, die vibrieren konnten, wie Mamma Carlotta es noch nie bei einer Frau beobachtet hatte. Wenn der Busen von Frau Kemmertöns in Bewegung geriet, dann war das in etwa so, als versuchte Mamma Carlotta, ihre Begeisterung in Form von Stepptanz auszudrücken.

Als Frau Kemmertöns an diesem Abend vor der Tür erschien, war Mamma Carlotta beunruhigt. Zu ihrem großen Bedauern gehörte es nicht zu den Gewohnheiten der Nachbarin, ganz ungezwungen auf einen Plausch herüberzukommen. Frau Kemmertöns brauchte immer einen guten Grund für einen Besuch im Nachbarhaus, das wusste Mamma Carlotta inzwischen. Und sie wusste auch, dass es auf ganz Sylt so üblich war. Erik hatte seine Schwiegermutter entgeistert angesehen, als sie einmal den Wunsch geäußert hatte, zu Frau Kemmertöns in die Küche zu gehen, ihr beim Backen zuzusehen und währenddessen über das Wetter, die Familie und die Apothekerin zu sprechen, die so viel zugenommen hatte, dass eine Schwangerschaft dahinterstecken konnte.

»Ohne Einladung?«, hatte Erik gefragt.

Ein solcher Besuch, dem Mamma Carlotta diesen formellen Begriff niemals gegeben hätte, war Erik derart unangemessen vorgekommen, dass sie tatsächlich davon Abstand genommen und sich von da an diese Art von Zerstreuung auf Sylt versagt hatte, die in ihrem Dorf gang und gäbe war.

Nun aber stand Frau Kemmertöns vor der Tür, anscheinend ohne eine Tasse Mehl ausleihen oder um Hilfe bei der Herstellung eines Pizzateigs bitten zu wollen. Nein, sie war erschienen, weil sie echauffiert war, aufgebracht, erschüttert.

Mamma Carlotta erkannte es sofort. »Kommen Sie rein! Ich wollte mir gerade einen Kirschlikör eingießen. Mögen Sie auch einen?«

Bis Frau Kemmertöns sich positiv geäußert und den Kopf auf- und abbewegt hatte, war Mamma Carlotta längst im Vorratsraum verschwunden und mit der Likörkaraffe zurückgekommen.

Frau Kemmertöns schien sich zu wundern, wie sie währenddessen so schnell in die Küche und auf diesen Stuhl gekommen war, dann nahm sie das Glas, das wie durch Zauberhand vor ihr erschienen war, und prostete Mamma Carlotta zu.

»Was ist passiert?« Dass etwas passiert sein musste, war vollkommen klar.

Frau Kemmertöns holte tief Luft und ließ ihre Brust vibrieren. »Ich habe meinem Mann gesagt, dass ich heute Abend alleine ausgehen werde.«

Mamma Carlotta war verblüfft. Das war eine Aussage, die nicht einmal in ihrem Dorf üblich war. Eine Ehefrau ging nicht alleine aus, sie verließ das Haus für eine Besorgung oder für einen Besuch. Basta!

»Ausgehen?« Mamma Carlotta wollte sich vergewissern, dass ihre Deutschkenntnisse sie nicht im Stich gelassen hatten. »Sie meinen ... in ein Ristorante, in eine Bar, in ...« Andere Möglichkeiten fielen ihr nicht ein.

»Genau das«, antwortete Frau Kemmertöns. Und dann erzählte sie Mamma Carlotta, dass sie den ersten schweren Ehestreit ihres Lebens hinter sich habe. Bisher waren beide, sowohl Herr als auch Frau Kemmertöns, für eine heftige Auseinandersetzung viel zu phlegmatisch gewesen. Nun aber war ein Gespräch, das ganz harmlos begonnen hatte, eskaliert. Frau Kemmertöns hatte den Wunsch geäußert, bei dem Auftritt eines Shantychors im Haus am Kliff dabei zu sein, während Herr Kemmertöns, was eigentlich nicht anders zu erwarten gewesen war, der bequemen Art der Abendgestaltung den Vorzug gab: dem Fernsehen. Dafür brauchte er nicht extra aus den Hausschuhen zu steigen und auch kein frisches Hemd anzuziehen. Daraufhin hatte seine Frau rebelliert, was Herrn Kemmertöns noch nie untergekommen war. Sie hatte sich tatsächlich darüber beschwert, dass er immer nur zu Hause sitzen und in die Glotze gucken wollte, und sich dann sogar in die Äußerung des Wunsches verstiegen, mal etwas erleben zu wollen. Zum Beispiel einen Abend mit einem Shantychor. »Das ist doch nicht zu viel verlangt«, schloss sie.

Mamma Carlotta bestärkte sie in ihrem Wunsch und ihrer Ansicht, dass eine redliche Ehefrau nicht gleich liederlich genannt werden durfte, weil sie mal einen Abend außer Haus verbringen wollte. Aber Herr Kemmertöns war nicht bereit gewesen, auf sein Feierabendbier zu verzichten. Denn der Weg vom Süder Wung zum Haus am Kliff war zu weit, um ihn zu Fuß zurückzulegen. Jedenfalls war Herr Kemmertöns dieser Ansicht. Er sprach ja schon von Sport, wenn er zu Fuß zur Apotheke ging, weil der Arzt ihm Bewegung verordnet hatte. Für den exaltierten Wunsch seiner Gattin würde er also das Auto bewegen müssen, und das bedeutete, dass Herr Kemmertöns auf sein Bier verzichten musste, da seine Frau sich ja nie hatte entschließen können, den Führerschein zu machen.

Anders wäre es gewesen, wenn Frau Kemmertöns den Wunsch verspürt hätte, zum Essen auszugehen. Zwar fand ihr Mann, dass es viel einfacher und natürlich auch preiswerter sei, wenn seine Frau zu Hause kochte und ihm das Essen vorsetzte, während er die *Sportschau* sah, aber da es Gerichte gab, die bei Gosch leckerer waren als bei seiner Gattin, ließ er sich gelegentlich zu einem Besuch dort überreden.

Frau Kemmertöns aber hatte auf dem Gastspiel des Shantychors bestanden, ein Restaurantbesuch war schon deshalb keine attraktive Alternative gewesen, weil sie vor zwei Tagen beschlossen hatte abzunehmen. Zweifelnd betrachtete sie den Kirschlikör. »Wie viel Kalorien hat der eigentlich?«

Mamma Carlotta erfand auf die Schnelle eine völlig unglaubhafte Geschichte von einem quasi kalorienfreien Likör, der aus nichts als gesundem Obst bestand. Frau Kemmertöns leerte daraufhin beruhigt das Glas und kam auf ihr eigentliches Problem zurück. Auf ihren Mann, der nicht bereit war, das Konzert des Shantychors mit ihr zu genießen.

»Da hat er zu mir gesagt«, berichtete sie mit vibrierender Stimme und ebenso vibrierenden Brüsten, »ich solle doch einfach allein ausgehen. Und ich ... ich habe gesagt, dass ich das nun auch tun würde.« Das kurze rebellische Aufflackern in ihrem Blick wich jedoch schlagartig der bekannten Verzagtheit. »Aber wo soll ich denn hingehen?«

Felix kam in die Küche, um sich eine Flasche Cola aus dem Kühlschrank zu holen. Frau Kemmertöns unterbrach das Gespräch, da es ihr wohl peinlich war, ihre Eheprobleme in Gegenwart eines Sechzehnjährigen zu erörtern. Die unangenehme Stille, die sich prompt auftat, blieb Felix nicht verborgen, der sich mit den Worten »Okay, ich werde nicht noch einmal stören« wieder verzog.

»Bei Dunkelheit auf die Straße? Als Frau? Ganz allein?« Frau Kemmertöns konnte es sich nicht vorstellen. »Wenn mir was passiert! Ich könnte überfallen werden.«

»Dann nehmen Sie einfach das Fahrrad«, schlug Mamma Carlotta vor. »Das ist sicherer. Damit sind Sie schnell weg, wenn Sie sich bedroht fühlen. Und wenn Sie flott fahren, verbrauchen Sie sogar ein paar Kalorien.«

Sie hatte schon mehr als einmal beobachtet, dass Frau Kemmertöns immer nur so schnell fuhr, dass das Fahrrad nicht umkippte, und die Beine langsam und mit nur minimalem Kraftaufwand bewegte.

»Das Licht ist kaputt. Und meinen Mann werde ich nicht bitten, es zu reparieren.«

»Dann bleiben Sie einfach eine Weile hier und erzählen Ihrem Mann später, Sie wären allein zum Konzert des Shantychors gegangen.«

Frau Kemmertöns sah auf die Uhr. »Das hat ja längst angefangen.«

Nun kam Carolin herein, die in der Hollywoodschaukel von der Abendkühle geweckt worden war. Auch ihr Weg führte erst zum Kühlschrank und dann in die Vorratskammer, wo sie eine Weile rumorte und sich mit Kükeltje beriet, ob nicht etwas von dem Schinken und den Feigen übrig geblieben sei.

Dass in Frau Kemmertöns' sonst so lethargischen Zügen ein

Anflug von Gier auftauchte, fiel Mamma Carlotta sofort auf. Anscheinend hatte die Nachbarin seit dem Mittagessen keine feste Nahrung mehr zu sich genommen und war neben ihrer Empörung über den Ehemann nun auch noch hungrig, was ihren Ärger mit einer Aggressivität versah, die sie womöglich noch nie verspürt hatte.

Während Carolin nicht mitbekam, dass ihre Gegenwart unerwünscht war, wurde Frau Kemmertöns klar, dass der Aufenthalt im Hause Wolf nicht das war, was sie unter Ausgehen verstand und womit sie ihrem Mann später ein schlechtes Gewissen bereiten konnte. »Vielleicht könnten wir zusammen ausgehen?«, fragte sie hoffnungsvoll. »Käptens Kajüte ist ja nicht weit. Auf dem kurzen Stück wird uns schon nichts passieren.«

Sie hatte nicht damit gerechnet, auf Zustimmung zu stoßen, und war regelrecht erschrocken, als Mamma Carlotta aufstand und ihre Strickjacke holte. Sie brauchte nicht lange zu überlegen. Carolin hatte ja mitbekommen, dass der Vorschlag, einen Besuch bei Tove Griess zu machen, von Frau Kemmertöns gekommen war. Also konnte ihr später niemand einen Vorwurf machen, dass sie dort einkehrte, obwohl Erik seiner Schwiegermutter mehr als einmal geraten hatte, um diese Imbissstube einen großen Bogen zu machen. Sie hatte sogar Verständnis dafür. Tove Griess war ein Choleriker, der vor keiner Schlägerei haltmachte, und Fietje Tiensch, sein einziger Stammgast, war ein inselbekannter Spanner. Beide erhielten häufig Vorladungen ins Polizeirevier, und jeder von ihnen hatte dort schon die eine oder andere Nacht in Gewahrsam verbracht. Es war vollkommen verständlich, fand Mamma Carlotta, dass ihr Schwiegersohn ihren Kontakt mit diesen beiden missbilligte. Dass sie sich nicht danach richtete, war eine andere Sache. Zum Glück hatte sie die Lebenserfahrung gelehrt, dass es manchmal nur darauf ankam, die richtige Begründung zu finden. So hatte sie sich schon nach ihrem ersten Besuch auf Sylt eingeredet, dass sie Erik eine Gefälligkeit erwies, wenn er nichts von ihrer Freundschaft mit Tove Griess und Fietje Tiensch erfuhr. Schließlich sollte er sich nicht über seine Schwiegermutter ärgern müssen. Das war doch sehr nett und rücksichtsvoll von ihr.

Vorsichtshalber teilte sie ihrer Enkelin mit, dass die Nachbarin emotionalen Beistand brauche und sie sich bereit erklärt habe, sie zu begleiten. Man könne ja die Arme nicht bei Dunkelheit auf der Straße allein lassen! Carolin solle ihrem Vater, sollte er zwischenzeitlich heimkommen, sagen, dass die Nonna in Sachen Nachbarschaftshilfe unterwegs war.

Als sie vor der Tür von Käptens Kajüte ankamen, hatte Frau Kemmertöns sich bereits einen kleinen Teil ihrer Frustration von der Seele geredet und war entschlossen, den Rest mit Prosecco hinunterzuspülen. »Wenn der Wirt so was überhaupt im Angebot hat.« Von den Kalorien, die in einem solchen Getränk steckten, sprach sie zum Glück nicht.

Tove Griess hatte tatsächlich schon mitbekommen, dass Frauen gerne nach Prosecco fragten, und konnte sogar einen Hugo und einen Aperol Spritz anbieten.

Frau Kemmertöns entschloss sich, auch diese ihr unbekannten Varianten zu probieren, und da sie anschließend noch nicht sicher war, welches Getränk ihr am besten schmeckte, probierte sie das Angebot in umgekehrter Reihenfolge gleich noch einmal. Danach war sie sicher, dass ihr Prosecco auf Eis besonders gut gefiel. Mamma Carlotta wies vergeblich darauf hin, dass Tove Griess mit dem Eis ein gutes Geschäft machte, weil er in diesem Fall nur einen halben Prosecco einschenkte, aber einen ganzen berechnete. Doch Frau Kemmertöns war es egal, sie bestand auf dem Eis in ihrem Prosecco, und Mamma Carlotta erkannte bald, dass diese Entscheidung richtig war. So konsumierte die Nachbarin etwas weniger Alkohol und würde etwas später volltrunken sein. Dass sie sich auf dem besten Weg zu diesem Zustand befand, stellte sich schnell heraus.

Frau Kemmertöns' Zunge wurde schwer, Wörter mit mehr als zwei Silben gelangen ihr nur noch mit größter Willenskraft, und als sie sich erhob, um zur Toilette zu gehen, und diesen Weg nur im Zickzackkurs bewältigte, wusste Mamma Carlotta, dass es Zeit wurde zu gehen. Sie bat Tove, zu den nächsten Eiswürfeln im Proseccoglas Mineralwasser zu geben, damit Frau Kemmertöns heil nach Hause kam. Tove wehrte sich zunächst dagegen, änderte dann aber seine Meinung, weil ihm aufging, dass Frau Kemmertöns nicht merken würde, wenn er dieses Wasser-Eis-Gemisch als Prosecco abrechnete. Carlotta sah es im an der Nasenspitze an, sagte aber nichts dazu.

Sie stand vom Tisch auf und ging zur Theke, kaum dass Frau Kemmertöns außer Hörweite war. »Haben Sie es schon mitbekommen? Dieser Thies … wie hieß der noch weiter?«

Tove drehte sich weg, als wollte er nichts hören, aber Fietje merkte auf. »Thies Dageför.«

Carlotta nickte bestätigend. »Der ist tot.«

Fietje warf Tove einen Blick zu, der sich aber nicht umdrehte. »Ich habe so was gehört«, murmelte er, »konnte es aber nicht glauben.«

Mit einem Mal fuhr Tove Griess herum, so plötzlich, dass Mamma Carlotta erschrak. »Hat Ihr Schwiegersohn schon rausgekriegt, wer es war?«

Carlotta starrte in seine kleinen Augen, die von den dichten, struppigen Brauen überschattet wurden, und erkannte darin so etwas wie … Angst.

»Mein Schwiegersohn ermittelt unter Hochdruck.« Auf diese Formulierung, die sie einmal von Erik gehört hatte, war sie sehr stolz. Dann setzte sie die Miene auf, die sie auch für Kondolenzbesuche parat hatte. »Es tut mir sehr leid. Ich weiß ja, dass Sie ihn gut kannten. Im Hotel wurde er übrigens nicht Thies Dageför genannt, sondern Olivero. Signor Fallaci legt Wert auf italienisches Ambiente.«

Sie hatte nicht bemerkt, dass Frau Kemmertöns von der Toilette zurückgekehrt war. »Thies Dageför?«, fragte sie. »Was ist mit dem?«

Mamma Carlotta ging mit ihr zu dem Tisch zurück, an dem sie vorher gesessen hatten. »Sie kannten den Mann?«

Frau Kemmertöns fiel nicht auf, dass Carlotta im Präteritum sprach. »Der ist früher gelegentlich mit meinem Mann mal einen trinken gegangen. Vor ein paar Jahren, als Jupp noch bereit war, den Abend hin und wieder außer Haus zu verbringen.« Ihr kam ein Gedanke, und sie blickte Tove an, dem das nicht zu gefallen schien. »Die beiden haben sich immer hier getroffen. Stimmt's?«

Tove nickte widerwillig, und Frau Kemmertöns wurde mit einem Mal redselig. Ein Umstand, den Carlotta sich oft gewünscht hatte, wenn die Nachbarin nur nach längerem Fragen mit einer Neuigkeit herausrückte. Der Alkohol schien zumindest ihrem Mitteilungsbedürfnis gutzutun. »Mein Josef war Krankenpfleger in der Nordseeklinik«, begann sie. »Wussten Sie das?«

Mamma Carlotta wusste es nicht, nickte aber der Einfachheit halber.

»Und Thies Dageför war mit Frau Dr. Rebel zusammen.« Sie stieß ein verächtliches Lachen aus. »Ein Kellner und eine Ärztin, das passt doch nicht.« Sie schien mit Gegenrede zu rechnen und ergänzte deshalb: »Das haben alle gesagt. Alle! Und ich glaube, das wusste Thies Dageför sogar selbst. Als die Frau Doktor Stationsärztin wurde, hat sie die ganze Abteilung eingeladen, um ihre Beförderung zu feiern. Ohne Ehepartner«, ergänzte sie leicht verärgert, »nur der Chefarzt brachte seine Frau mit und sie selbst ihren Lebensgefährten. Also … Thies Dageför. Aber das hätte sie wohl besser nicht getan.«

Sie stieß einen Laut aus, der klang, als wäre ihr die Luft ausgegangen und als würde sie jetzt gern aufhören zu reden, weil das, was sie in diesen Minuten von sich gegeben hatte, eigentlich schon ihre Tagesration an gesprochenen Worten überstieg.

Aber Mamma Carlotta ließ sich nicht mit einer halben Erzählung abfertigen. »Was ist passiert?«

»Passiert?« Frau Kemmertöns glotzte sie an, als hätte sie vergessen, worum es ging. »Passiert ist nix. Nur dass Thies die ganze Klugscheißerei auf dieser Party nicht lange ertragen hat. Und mein Mann auch nicht. Die beiden haben sich einfach verdrückt und sind in Käptens Kajüte gegangen. Sie wollten keinen teuren Wein und keinen Schampus mehr trinken, sondern Bier und Schnaps.«

Nun brachte Tove ein Grinsen zustande, als wäre sein alkoholisches Angebot gelobt worden. »Von da an haben die beiden hier öfter einen gehoben. Obwohl sie vom Alter her gar nicht zusammenpassten.«

Fietje war scheinbar oft dabei gewesen. »Aber in ihrer Einstellung den studierten Leuten gegenüber passten sie sehr gut zusammen. Beide haben sich über die schlauen Ärzte aufgeregt, die viel besser verdienten als Krankenpfleger und immer das letzte Wort haben wollten.«

Frau Kemmertöns starrte Fietje so lange an, bis sie den Sinn seiner Worte nicht nur verstanden, sondern auch verarbeitet hatte. »Mein Jupp ist dann bald in den vorzeitigen Ruhestand gegangen. Der konnte unter Frau Dr. Rebel nichts mehr werden. Die hat glatt behauptet, er hätte ihren Lebensgefährten von ihrer Party weggelockt.« Empört ergänzte sie: »Dabei stimmt das gar nicht. Josef hat gesagt, Thies sei es gewesen, der unbedingt weggewollt hätte. Er fühlte sich in so … so einfacher Umgebung besser.«

»Ihr Mann hat inzwischen wohl eine andere Kneipe gefunden«, sagte Tove beleidigt. »Ich habe ihn jedenfalls hier nicht mehr gesehen. Seitdem … seit Thies …« Er brach ab, als hätte er zu viel verraten.

»Seit Thies so ausgerastet ist?«, half Frau Kemmertöns ihm auf die Sprünge. »Ja, davon hat Josef mir erzählt. Bald war dann Schluss mit Thies und der Frau Doktor. Und dann hat's nicht mehr lange gedauert, und Thies ist Holger in die Toskana gefolgt.« Sie blickte Tove an, als wollte sie ihn um Entschuldigung bitten. »Mein Josef hat keine bessere Kneipe gefunden, er geht seitdem nirgendwo mehr hin. Zu Fuß schon gar nicht. Der legt abends die Beine hoch und macht die Glotze an. Jeden Abend!«

Mamma Carlotta kannte den Wirt mittlerweile gut genug, um zu wissen, dass eine Erzählung erst dann so richtig interessant wurde, wenn er das Gespräch verhindern wollte. Und das wollte er in diesem Fall unbedingt, das merkte sie. Er redete mit einem Mal über das fünfzigjährige Geschäftsjubiläum von Gosch und dachte darüber nach, wie er selbst die Feierlichkeiten gestalten würde, wenn es mal heißen würde: fünfzig Jahre Käptens Kajüte. Aber Mamma Carlotta tat ihm den Gefallen nicht, darauf einzugehen. »Wieso ist Thies Dageför ausgerastet?«, fragte sie und sah nacheinander Frau Kemmertöns, Tove Griess und Fietje Tiensch an.

»Ich weiß es nicht«, antwortete die Nachbarin. »Ich war ja nicht dabei. Aber Josef hat mir erzählt, wie Thies getobt hat, als Holger plötzlich reich geworden war. Das ginge nicht mit rechten Dingen zu, soll er geschrien haben. Nur Betrüger hätten plötzlich das Geld, sich in der Toskana selbstständig zu machen.«

Fietje erinnerte sich sehr genau. »Der hatte Schaum vorm Mund.«

Und auch Tove konnte nicht umhin, sein Gedächtnis zu bemühen. »Thies war wohl der Meinung, dass Holger ein Ding gedreht hat.« Aber dann beendete er das Gespräch über Thies Dageför abrupt, indem er verlangte, dass er nun kassieren wolle. »Feierabend!« Was mit Thies Dageför geschehen sei, warum ihn jemand umgebracht habe, darüber könne man auch am nächsten Tag noch schnacken.

Frau Kemmertöns war einverstanden. Sie glaubte mittlerweile fest daran, dass ihr Mann vor Sorge verging und damit begonnen hatte, sie in ganz Wenningstedt zu suchen. »Auf Käptens Kajüte kommt der nie«, meinte sie zufrieden und fand, dass ihr Mann nun gestraft genug sei und sie nach Hause gehen könne. »Aber ich sage ihm nicht, wo ich gewesen bin. Soll er ruhig … ruhig denken, ich wäre … sonst wo gewesen.«

Dieses Sonstwo schien ein lasterhafter Ort zu sein, denn Frau Kemmertöns kicherte ausgiebig, ehe sie nach der Rechnung verlangte. Sie bestand darauf, Mamma Carlotta einzuladen, als Dank für ihre Frauensolidarität, und zählte das Geld auf den Tisch, was ziemlich lange dauerte.

Tove stand abwartend neben ihrem Stuhl, als er plötzlich unruhig wurde. Vor der Tür waren Motorengeräusche zu hören, ein Wagen fuhr vor, seine Scheinwerfer stachen durch die Fenster, dann erloschen sie, und eine Autotür klappte.

Der Mann, der nun Käptens Kajüte betrat, sah aus wie Vittorio de Sica. Das erkannte sogar Frau Kemmertöns, die ihn anstarrte, als formierten sich in ihrem Kopf sündhafte Gedanken. Vermutlich hätte sie ihren Mann gerne mit Vittorio de Sica eifersüchtig gemacht, erkannte aber im selben Moment, dass sie sich damit zu viel zumutete, und versuchte, sich zu erheben. Das gelang ihr erst beim dritten Versuch.

Tove strich ihr Geld ein und ging zur Theke, wo Valerio Fallaci auf ihn wartete. Dieser beachtete die beiden Frauen nicht und drehte ihnen den Rücken zu. Mamma Carlotta war froh darüber. Dass Carolins Chef zu der Ansicht kommen könnte, sie verkehre normalerweise nicht in Vier-Sterne-Hotels wie dem Frangiflutti, sondern in Imbissstuben wie Käptens Kajüte, wäre ihr unangenehm gewesen. Eilig schob sie Frau Kemmertöns aus der Tür und an dem Lieferwagen vorbei, an dem das Logo des Hotels Frangiflutti prangte.

Leider schaffte Frau Kemmertöns es nur bis zum nächsten Gartenzaun. Auf diesen stürzte sie mit einem Mal in völlig unerwartetem Tempo zu, stützte sich darauf und erbrach sich in das Staudenbeet dahinter. So lange und gründlich, dass

Mamma Carlotta währenddessen Gelegenheit hatte, Valerio Fallaci und Tove zu beobachten, die mit mehreren Holzstiegen aus der Imbissstube kamen und sie in den Lieferwagen trugen. Es klirrte leise darin. Weinflaschen?

Mamma Carlotta schob Frau Kemmertöns weiter bis zur nächsten Grundstückseinfahrt, die von zwei Betonpfeilern begrenzt wurde. Hier solle sie sich erholen, erklärte Mamma Carlotta, während sie beruhigend über den Rücken der Nachbarin strich und gleichzeitig beobachtete, wie Valerio Fallaci in den Lieferwagen stieg.

Tove blieb neben der Seitenscheibe stehen. »Und der Rest?«

»Der wird bald abgeholt«, bekam er zur Antwort. »Wahrscheinlich morgen. Von einem Hotel in Rantum. Die nehmen alles, was noch bei Ihnen steht.«

»Und dann?«

»Die nächste Sendung kommt bald«, sagte Valerio Fallaci. »Keine Sorge.«

Tove hob die Hand zur Bestätigung und ging in die Imbissstube zurück, während Fallaci Gas gab und in die Straße Im Grund einbog.

Frau Kemmertöns lehnte sich stöhnend an einen Betonpfeiler und ließ sich von Mamma Carlotta raten, dort zu warten, bis sie sich besser fühle. Zum Glück war Frau Kemmertöns derart wehrlos, dass sie sich nicht fragte, warum Mamma Carlotta sie verließ und wohin sie zu gehen gedachte.

»Bin gleich wieder da.«

Mamma Carlotta huschte am Gartenzaun entlang und stand schon wenige Meter weiter an der Hausecke von Käptens Kajüte. Dort ging es in den Hof, in dem es dunkel war. Nur aus der Küche drang ein kleines Licht. Die Tür war offen, die Kisten mit den Weinflaschen standen direkt daneben. Mamma Carlotta schob die Tür weiter auf, sodass sie leicht durch die Öffnung greifen konnte. Und das sogar, ohne einen Fuß in die Küche zu setzen, was ihr das gute Gefühl gab, nicht etwa Toves

Hausfrieden zu stören. Sie nahm eine Flasche heraus und hielt sie so, dass sie das Etikett erkennen konnte. »Brunello.« Das war das Einzige, was sie entziffern konnte. Aber das reichte ihr.

Tove hatte gesagt, er verkaufe den Wein für jemanden, der dafür keine Zeit habe. Für Valerio Fallaci? Ließ er Wein aus der Toskana nach Sylt bringen, um ihn hier von Tove Griess vertreiben zu lassen? Merkwürdig.

Frau Kemmertöns stand noch dort, wo Mamma Carlotta sie zurückgelassen hatte. Ihre Lebensgeister schienen sich wieder zu regen, dass sie den Alkohol von sich gegeben hatte, erwies sich als glücklicher Umstand. Sie war nicht nur zufrieden, weil sie sich nüchterner fühlte, sondern vor allem, weil sie die Kalorien wieder los war und ihrem großen Ziel, mindestens zwanzig Kilogramm abzunehmen, trotz Proseccogenuss näher gekommen war. Mamma Carlotta war froh, dass sie selbst nur bei jedem zweiten Glas zugelangt hatte und überdies mehr vertragen konnte als die Nachbarin, die sich nur hin und wieder einen Eierlikör genehmigte, und das auch nur, wenn sie Besuch bekam. In Italien dagegen gehörte ein Glas Rotwein zu jedem guten Essen dazu und nach vier Gängen auch unbedingt ein Grappa, damit die Verdauung nicht schlappmachte.

Carlotta schloss für Frau Kemmertöns die Haustür auf, dann überließ sie die Nachbarin ihrem Schicksal in Gestalt ihres Ehemannes, dessen polternde Schritte bereits auf der Treppe zu hören waren. So schnell sie konnte, lief sie nach Hause. Auf keinen Fall wollte sie in den Ehezwist hineingeraten und von Herrn Kemmertöns vernommen werden. Sollte sie sich vorwerfen lassen, den Alkoholgenuss seiner Frau nicht verhindert zu haben? Nein! Außerdem wollte die Nachbarin ja, dass ihr Mann darüber im Unklaren blieb, wie sie diesen Abend verbracht hatte. Sollte er sich ruhig Gedanken machen! Dann würde der nächste Shantychor auch vor dem Ehepaar Kemmertöns auftreten. Und dann durfte Mamma Carlotta sich darüber freuen, dass sie geholfen hatte, eine Ehe zu retten.

Es war dunkel. Die Beleuchtung im Treppenhaus gab nur ein schwaches Licht, das gerade so lange brannte, bis sie auf dem oberen Treppenabsatz angekommen waren. Im selben Augenblick erlosch es. Die letzten Meter bis zur Tür tasteten sie sich voran, im Rücken den Schein der Straßenbeleuchtung, die durch ein schmales Fenster fiel.

Erik und Sören waren kurz vorher bei dem Vermieter gewesen, der dieses Haus für seinen Eigentümer verwaltete. Leider hatte er nichts zu der Person des Mieters sagen können. Er erinnerte sich nicht einmal an ihn, wenn er auch glaubte, ihm bei der Mietvertragsunterzeichnung begegnet zu sein. Was er genau wusste, war, dass er danach nie wieder etwas von ihm gehört hatte. Thies Dageför zahlte pünktlich seine Miete, es kamen keine Beschwerden, weder von ihm noch von anderen Mietern, also hatte sich niemand um ihn gekümmert. Der Vermieter wusste nicht mehr als das, was die Polizei längst herausgefunden hatte.

Erik verzichtete darauf, die Treppenhausbeleuchtung wieder einzuschalten. Er fand das Schlüsselloch ohne Weiteres, öffnete die Tür und betrat das Apartment zaudernd. Auch ein paar Stunden vorher war er zögernd eingetreten, weil er niemals einen Tatort stürmte, sondern sich einem Opfer grundsätzlich behutsam näherte. In diesem Augenblick hatte sein Zögern jedoch einen anderen Grund. Es war die Ahnung, dass das Verbrechen eine Dimension erreicht hatte, von der er noch nichts wusste.

Der Anruf von Vetterich hat alles durcheinandergebracht. Die Staatsanwältin wusste noch nichts von diesen neuen Ermittlungsergebnissen. Sie hatte kurz vorher mit dienstlicher Sachlichkeit auf die Information reagiert, dass auf Sylt mal wieder ein Mord geschehen war. »Leuchten Sie das Umfeld des Toten aus. Die meisten Morde sind Beziehungstaten, das wissen Sie ja. Irgendeine Weibergeschichte, Eifersucht, Rache … das wird dahinterstecken. Fleißarbeit, Wolf! Sie werden schon auf irgendjemanden stoßen, der den Toten gehasst hat …«

Er würde Frau Dr. Speck bald erklären müssen, dass diese sogenannte Fleißarbeit ihn nicht weiterbringen würde.

Erik betätigte den Lichtschalter erst, als er die Tür hinter sich ins Schloss gedrückt hatte. Die Deckenbeleuchtung flammte auf, viel zu grell, viel zu hart und schattenlos. Aber Erik beließ es dabei, obwohl es auch eine Stehlampe und eine Wandleuchte über der Spüle gab. Er musste das Leben des Bewohners ausleuchten, ohne eine dunkle, gemütliche Ecke, in die sich die Wahrheit verdrücken konnte.

Die beiden Beamten sprachen kein Wort, sondern machten sich an die Arbeit. Den Inhalt der Schränke, die sie bereits inspiziert hatten, nahmen sie sich noch einmal vor, jede Ecke dieser winzigen Behausung wurde ein weiteres Mal genau geprüft.

Erik sprach erst, als er einen Umschlag mit Passfotos fand. Er zog sie heraus und fragte sich, ob er von diesen Fotos zur Wahrheit geführt worden wäre, wenn er sie früher gesehen hätte.

»Der Tote war der gleiche Typ«, murmelte er. »Vielleicht …« Er sprach nicht aus, was er vermutete oder womit er sich selbst beruhigen wollte.

Sören steckte gerade kopfüber in dem Bettkasten, in dem der Mieter der Wohnung einiges verstaut hatte. Winterkleidung, Sportgeräte, Wohnaccessoires, für die kein Platz gewesen war, die er aber nicht hatte wegwerfen wollen. »Der Mann war in einem erbärmlichen Zustand, Chef. Der sah sich ja selbst nicht mehr ähnlich. Sogar wenn er wirklich Thies Dageför gewesen wäre, hätten Sie ihn nicht erkannt.«

Erik betrachtete die Wohnung, als hoffte er, dass ihm bisher ein entscheidendes Detail entgangen war. Als ihm nichts auffiel, blieb sein Blick an Sören hängen, der ihn aufmerksam beobachtete. »Könnte Vetterich sich getäuscht haben?«

»Nie im Leben!« Diese Entgegnung kam, ohne dass Sören

nachdenken musste. »Wenn der sagt, dass es von dem toten Mann kaum Fingerabdrücke gibt, dann ist das so. Einer, der hier seit Monaten wohnt, hinterlässt jede Menge Fingerabdrücke.«

»Es gibt ja auch jede Menge. Aber von einem anderen.«

»Und der ist nicht polizeibekannt, das hat Vetterich sehr schnell festgestellt.«

»Also hat Thies Dageför diesen armen Tropf ans Bett gefesselt und geknebelt? Und ist dann abgehauen?«

Sören verzog das Gesicht, als würde er von Ekel gepackt. »Wer bringt denn jemanden in der eigenen Wohnung um? Im eigenen Bett?«

»Ein spontaner Entschluss. Er hat nicht nachgedacht. Ein Streit, Wut, Thies Dageför hat rotgesehen ...«

»... und hatte zufällig Handschellen dabei?« Sören schüttelte den Kopf. »Für mich sieht das nach Vorsatz aus, nach einer geplanten Tat.«

Erik wollte sich seiner Ansicht nicht anschließen. »Und wo ist Thies Dageför?«

»Er könnte ebenfalls umgebracht worden sein, und wir haben ihn nur noch nicht gefunden.«

»Ja, möglich ...«

»Erst mal müssen wir herausfinden, wer der Tote ist.«

»Ja, wir müssen ganz sicher sein, dass er wirklich nicht Thies Dageför ist. Vetterichs Aussage ist nicht genug. Jemand muss sich den Toten ansehen. Jemand, der Thies Dageför gut kannte.«

Sie sahen sich an und wussten, dass sie beide an denselben dachten.

»Heute noch?«, fragte Sören.

Erik sah auf die Uhr, als überlegte er, ob die Pathologie um diese Zeit noch geöffnet war. In Wirklichkeit war ihm gerade in diesem Augenblick Svea eingefallen. Sollte er sie anrufen und sie fragen, warum sie so eilig aufgebrochen war? Irgendetwas war während des Essens geschehen, wenn er auch keine Ahnung hatte, was es gewesen war. Hatte seine Schwiegermutter eine spitze Bemerkung gemacht, deren Anzüglichkeit ihm entgangen war? Svea war sehr empfindlich, wenn es um Mamma Carlotta ging, von der sie sich abgelehnt fühlte. Und sie hatte ihm schon mehr als einmal vorgehalten, dass Männer dickhäutiger seien als Frauen und immer nur das hörten, was sie hören wollten.

Er seufzte tief auf, dann erst antwortete er: »Nein, morgen früh reicht.«

Mamma Carlotta nahm ihre Espressotasse und ging in den Garten. Natürlich hatte sie sich vorher ihre Strickjacke übergezogen und pustete, als sie auf der Terrasse stand, in den Kaffee, damit er ihr Gesicht wärmte. Während ihres ersten Besuchs hatte sie täglich darüber geklagt, dass der Sommer auf Sylt dem Herbst in ihrer Heimat glich, aber mittlerweile hatte sie die frische, klare, wenn auch kalte Luft lieben gelernt. Sie perlte auf der Haut und prickelte an den Haarspitzen. Ein früher Morgen am Meer schien klarzumachen, dass etwas Neues begann, ein neuer Tag, eine neue Chance, die Möglichkeit, etwas besser zu machen als am Vortag. In Italien war ein Augustmorgen ein Aufguss der Abendhitze und eine Folge der Nacht, die unruhig gewesen war, weil die Zudecke zu warm und das Laken feucht vom Schweiß gewesen war.

Sie verließ die Terrasse, machte ein paar Schritte ins Gras und war sogar versucht, die Schuhe auszuziehen, um das Kalte, Feuchte an den Zehen zu spüren. Aber sie unterließ es dann doch und begnügte sich damit, dass ein paar lange Halme an ihren Beinen entlanghuschten und eine frische Spur hinterließen.

Im Nachbarhaus waren noch sämtliche Fenster geschlossen, die Rollläden heruntergelassen. Ob es dort eine Auseinandersetzung gegeben hatte? Oder war Herr Kemmertöns in der gewohnten Einsilbigkeit über die späte Heimkehr seiner Frau und ihren desolaten Zustand hinweggegangen, hatte die Angelegenheit am Morgen aus der Welt genuschelt und dann hinter einem Zeitungsblatt in Vergessenheit geraten lassen? Möglich war es. Sylter waren anders als italienische Ehemänner, die in solchen Fällen mit Mord und Todschlag drohten, alle Blumentöpfe aus dem Fenster warfen und die Dessous ihrer Frau gleich hinterher. Im Fall Kemmertöns war vermutlich nur noch die Frage interessant, ob die Nachbarin genauso wie ihr Mann die Kostprobe des Widerstands vergessen wollte oder Freude an der Freiheit gewonnen hatte. Wenn ja, dann musste Mamma Carlotta darauf achten, dass ihre diesbezüglichen Bemühungen zukünftig ohne Alkohol auskamen.

Sie ging über den Rasen bis zur Hollywoodschaukel, die Lucia sich lange vergeblich gewünscht hatte, weil Erik der Meinung war, dass in einen Sylter Garten ein Strandkorb gehörte. An ihrem letzten Geburtstag jedoch hatte er nachgegeben und endlich ihren Wunsch erfüllt. Aber sie hatte nicht lange Freude daran haben können.

»La mia piccola«, flüsterte Mamma Carlotta, ließ sich darauf nieder und versuchte, die Füße am Boden zu halten, um die Kontrolle über die Schaukel zu behalten. Sie wusste, dass Erik froh war, Lucia diesen Wunsch noch erfüllt zu haben, der ihr letzter gewesen war, ohne dass er es hatte ahnen können, und dass er es bereute, nicht eher dazu bereit gewesen zu sein. Nach Lucias Tod war die Hollywoodschaukel das wichtigste Gartenmöbel geworden, in das Erik sich zwar nie setzte, das er aber oft wehmütig betrachtete und sorgsam pflegte.

Mamma Carlotta erhob sich wieder. Ihr ging es genauso wie Erik, sie mochte diese Schaukel auch nicht und verstand nicht, warum ihre Tochter sie so wunderbar gefunden hatte.

Das Badezimmerfenster in der ersten Etage öffnete sich, Erik würde also bald zum Frühstück erscheinen. Es war noch früh, aber sicherlich hatte er viel zu tun, um den entsetzlichen

Mord aufzuklären. Felix musste zur zweiten Stunde in der Schule erscheinen, und Carolins Schicht im Hotel begann erst um neun. Im Stehen trank Mamma Carlotta ihren Espresso und ging in die Küche zurück. Sobald die Familie aus dem Haus war, würde sie nach Westerland radeln und sich eine neue Bluse kaufen. Dieser Entschluss fuhr ihr wie eine freudige Erregung durch den Körper. Wenn sie sich mit Alessia traf, wollte sie gut gekleidet sein. An deren Attraktivität konnte sie nicht heranreichen, schon in ihrer Jugendzeit hatte Alessia alle anderen überstrahlt, aber wenigstens wollte sie etwas tun, was ihr Aussehen verbesserte. Dieser Gedanke erzeugte Schwingungen in ihr, die sie dazu befähigten, gleichzeitig die Kaffeemaschine, den Backofen und die Herdplatte anzustellen und auf alle Geräte ein Auge zu haben. Während das Mahlwerk durch die Küche dröhnte, der Backofen leise summte und die Herdplatte zu glühen begann, freute sie sich auf den Tag, der vor ihr lag. Sicherlich würde sie, wenn sie sich im Hotel Frangiflutti aufhielt, ein Auge auf Carolin haben können, diesmal ohne sich sorgen zu müssen, den Unmut ihrer Enkelin zu erregen.

Sie hörte Eriks Schritte, die durchs Haus hasteten. So schnell? Am frühen Morgen? Dann war etwas ganz und gar nicht in Ordnung. Nun ging die Tür, die in den Keller führte, und seine Stimme murmelte die Treppe hinab. »Wo ist das blöde Ding nur?«

Mamma Carlotta ging in die Diele. »Suchst du etwas, Enrico?«

»Mein Handy!«, tönte es zurück. »Hast du es gesehen?«

»No!« Natürlich begab sie sich unverzüglich auf die Suche. »Vielleicht … nel soggiorno?« Sie ging ins Wohnzimmer, drehte die Kissen herum, die auf dem Sofa lagen, verrückte einen Sessel und schob den Tischläufer zurecht. Nichts! Mamma Carlotta gehörte nicht zu denen, die durch systematisches Suchen auf einen vermissten Gegenstand stießen, sie richtete mit dem Suchen meist eine Unordnung an, die das Suchen noch schwieriger machte. Sie schaffte es auch nicht, sich zu überlegen, wo sie das Handy zuletzt gesehen und wo Erik sich aufgehalten hatte, bevor es verschwand. Nein, sie hob einfach eine Kristallschale hoch, in der das Handy noch nie gelandet war, und durchblätterte einen Stapel Zeitschriften, der schon seit Wochen auf dem Beistelltisch lag und auf Entsorgung wartete.

»Im Wohnzimmer ist es nicht«, rief sie zur geöffneten Tür und hoffte, dass Erik es im Keller hören konnte.

Ehe sie in die Küche zurückging, betrachtete sie die Einrichtung des Raums, als überlegte sie gründlich, wo sie das Handy noch suchen könnte. In Wirklichkeit dachte sie daran, welchem Glück es zu verdanken war, dass das Wohnzimmer noch so aussah wie zu Lucias Lebzeiten. Bei ihrem letzten Besuch war der Raum leer gewesen, die Möbel, die Svea nicht gefielen, waren in einem Secondhandladen gelandet, und Svea hatte neues Mobiliar bestellt. Mamma Carlotta war traurig gewesen, todtraurig, dass alles, was Lucia einmal mit viel Liebe ausgesucht hatte, plötzlich nichts mehr wert sein sollte, nur weil Erik nun mit einer Innenarchitektin zusammen war. Aber zum Glück hatte er selbst im allerletzten Augenblick erkannt, dass er keine Designereinrichtung wollte, sondern die, an die er gewöhnt war, die zwar nicht stilvoll und modern, aber gemütlich war, in der er sich wohlfühlte und zu Hause war. Er hatte einfach den Secondhandladen angerufen und seine Möbel zurückgekauft. Mamma Carlotta hatte noch Sveas Gesicht vor Augen, konnte noch sehen, wie die Röte in ihre blassen Wangen geschossen war und sie an sich halten musste, um Erik nicht wütend anzufahren. Carlotta hatte den Verdacht, dass die Beziehung zwischen Erik und Svea seitdem nicht mehr so innig war wie vorher. Es hatte sich eine Kühle eingeschlichen, die den beiden noch nicht bewusst war. Sie konnten sich nicht erklären, warum es sie manchmal fror, wenn sie zusammen waren. Dass sie selbst mit dieser Entwicklung durchaus zufrieden war, gab Mamma Carlotta nicht einmal vor sich selbst zu. Aber natürlich fand sie, dass Erik damals richtig gehandelt hatte. Er hatte Lucia in seinem Leben gelassen, die Erinnerung an sie bei sich behalten und sich von Svea nichts nehmen lassen, was zu seiner Vergangenheit mit der Mutter seiner Kinder gehörte. Schlimm genug, dass es Svea gelungen war, das Schlafzimmer umzugestalten und sich Erik nun mit so lästigen Accessoires wie winzigen Dekokissen, einer unpraktischen Tagesdecke und überlangen Vorhängen herumplagen musste. Die Kissen warf er, bevor er schlafen ging, auf die Erde, die Tagesdecke knüllte er auf einer Kommode zusammen, und die Vorhänge gerieten ihm ständig unter die Füße. Carlotta wusste, dass er sich nach der alten Schlafzimmereinrichtung zurücksehnte. Der großartige neue Kleiderschrank, in dem das Licht anging, sobald man die Tür öffnete, und das Boxspringbett, von dem er sich noch nie mit Rückenbeschwerden erhoben hatte, waren Eriks einziger Trost. Carlotta wusste von den Kindern, dass Svea auch die Absicht gehabt hatte, die Küche völlig neu zu gestalten, und war dankbar, dass es dazu nicht gekommen war.

Erik rumorte immer noch im Keller herum. Sie fragte sich, ob es zu früh war, sich um das Rührei zu kümmern, und entschloss sich, den Schinken schon einmal auszubraten. Erik würde sein Handy sicherlich gefunden haben, bis er kross war, und Sören dann am Tisch sitzen, der sich immer auf sein Rührei freute.

Doch gerade als sie den Herd anstellen wollte, klingelte das Telefon in der Diele. Sie nahm es aus der Ladestation und meldete sich gewohnheitsgemäß: »Pronto!«

Die Verblüffung am anderen Ende währte nur kurz. Dann hörte Mamma Carlotta ein leises Lachen. »Die Schwiegermutter ist wieder zu Besuch? Buon giorno, Signora!«

Carlotta kannte diese Stimme. Und sie wusste, wie sich Eriks

Gesicht veränderte, wenn sie durch den Telefonhörer an sein Ohr drang. Sie hatte auch oft genug zu hören bekommen, wie unhöflich die Staatsanwältin war, dass sie sich nicht meldete, wenn sie anrief, dass sie ohne einen Gruß wieder auflegte, ihre Fragen nicht stellte, sondern durch die Telefonleitung schoss, ständig auf Tempo drängte und die Gesprächspausen, die Erik zum Überlegen brauchte, mit Empörung füllte, weil er so langsam war.

»La Dottoressa! Wie nett!«

Mamma Carlotta wusste, wie man mit wichtigen Persönlichkeiten umzugehen hatte. Und sie hatte sich auch schon ein paar Mal gefragt, es aber natürlich nie laut ausgesprochen, ob die Staatsanwältin möglicherweise viel netter war, als Erik behauptete. Vielleicht war ihr Schwiegersohn sogar selbst schuld daran, dass er von ihr so schlecht behandelt wurde. Er schaffte es einfach nicht, einer bedeutenden Person auch dann um den Bart zu gehen, wenn er sie nicht leiden konnte, und sie so lange mit Freundlichkeit zu überschütten, bis auf beiden Seiten genug Sympathie entstanden war, um miteinander auszukommen. In Italien machten das alle so, in Norddeutschland schien diese Art der Verständigung nicht geläufig zu sein.

»Ich versuche seit einer halben Stunde, Ihren Schwiegersohn auf dem Handy zu erreichen. Deswegen habe ich nun die Festnetznummer gewählt.«

»Scusi, Signora. Das Handy … Enrico sucht es gerade. Es ist wie vom Erdboden verschluckt.« Prompt fiel ihr ein, dass sie womöglich einen Fehler gemacht hatte, dass die Staatsanwältin nun zu der Ansicht kommen könnte, der Hauptkommissar sei schlampig und vergesslich, deswegen fügte sie hastig an: »Meine Schuld! Ich habe gestern aufgeräumt und sein Handy woanders hingelegt. Nur … ich weiß nicht mehr, wohin.«

Die Staatsanwältin lachte, die angeblich nicht einmal ein Lächeln zustande brachte, wenn ihr ein junger Hund vor die Füße geriet oder ein Kleinkind auf sie zutapste. Aber das hatte Carlotta ja nie geglaubt. Solche Frauen gab's doch gar nicht. Nicht einmal unter den Friesinnen. Dass in Italien sämtliche Frauen, sobald sie Tier- und Menschenbabys zu sehen bekamen, in Entzücken gerieten, verstand sich von selbst.

»Wann laden Sie mich mal wieder zum Essen ein, Signora?«

Diese Frage war ja geradezu ungeheuerlich. Mamma Carlottas Brust schwoll an vor Stolz, und gleichzeitig duckte sie sich unter dem strafenden Blick, der sie treffen würde, wenn sie Erik gestehen musste, dass sie für die unbeliebte Staatsanwältin kochen wollte. Als Frau Dr. Speck einmal nach Sylt gekommen war, um das Polizeirevier Westerland bei der Arbeit zu unterstützen, hatte sie Gefallen an Mamma Carlottas Kochkunst gefunden, auch an Eriks Familie, an seinem Leben in diesem kleinen geschlossenen Kosmos, und war manchmal sogar ausgesprochen zugänglich geworden. Erik hatte zwar behauptet, das mache ihm die Staatsanwältin kein bisschen sympathischer, aber Mamma Carlotta hatte ihm nicht ganz geglaubt.

»Jederzeit, Signora! Ich würde mich sehr freuen, wenn Sie mal wieder nach Sylt kämen.«

Erik kam aus dem Keller hoch, das Handy in der Hand, das er ihr zeigte, als hätte er Glück beim Goldschürfen gehabt. Anscheinend konnte er sich nicht vorstellen, mit wem seine Schwiegermutter telefonierte. Entsprechend entgeistert sah er aus, als er hörte: »Mein Schwiegersohn hat sein Handy gerade gefunden. Wie dumm von mir! Anscheinend habe ich es versehentlich mit in den Wäschekeller genommen und dort abgelegt. Un momento, Dottoressa!«

Er bekam den Hörer ans Ohr gedrückt und brauchte eine Weile, bis er ein »Moin!« herausgedruckst hatte. Solche Überraschungen am frühen Morgen waren für ihn nur schwer zu ertragen. Ärgerlich ging er ins Wohnzimmer, durchquerte es und verließ es durch die Terrassentür. Mamma Carlotta hörte nur noch, dass er sagte: »Die Sache mit Thies Dageför ist nicht so einfach, wie es zunächst aussah.«

Gerne wäre sie ihm gefolgt, um etwas herauszubekommen, was sie später Tove und Fietje erzählen konnte, aber in diesem Augenblick erschien Sören, der Mamma Carlotta strahlend in die Küche folgte und ausgiebig schnupperte, ehe er sich setzte. »Wie es hier wieder duftet!«

Lächelnd sah er zu, wie die Schwiegermutter seines Chefs das Rührei zubereitete, und ließ sich von dem Anruf der Staatsanwältin erzählen. Dass sie sich von Mamma Carlotta zum Essen einladen lassen wollte, erfreute ihn jedoch nicht besonders. »Die soll bloß nicht noch einmal hier aufkreuzen.«

Erik erschien in der Küche und setzte sich neben seinen Assistenten an den Tisch. »Wir sollten uns beeilen. Die Leiche muss identifiziert werden. Oder ... na, Sie wissen schon.« Er warf Sören einen Blick zu, der Mamma Carlotta alarmierte. Sie merkte sofort, wenn Erik etwas sagte, dessen Sinn sie nicht verstehen sollte.

»Ihr wisst noch gar nicht genau, wer der Tote ist?«

Sören war drauf und dran, ihr eine wahrheitsgemäße Antwort zu geben, aber Erik schien mal wieder der Ansicht zu sein, dass seine Arbeit sie nichts anging. Sehr ärgerlich! Da würde sie also in Käptens Kajüte nur erzählen können, dass es irgendein Geheimnis um den Tod von Thies Dageför gab, das Erik bisher nicht laut ausgesprochen hatte ...

Valerio Fallaci war erstaunt, als die beiden Polizeibeamten in seinem Büro erschienen. Er strich mit beiden Händen die Haare zurück, die er an diesem Morgen gegelt hatte, dabei kam unter seinen Achseln der Duft eines Deos hervor. Erik konnte sich eine gewisse Bewunderung nicht verkneifen, als Fallaci aufstand und seine makellose Hemdenbrust und die knitterfreie dunkle Hose präsentierte. »Sie haben den Fall schon aufgeklärt? Wer hat Olivero umgebracht?«

Erik erklärte umständlich, dass es ein Problem gab. »Es ist nicht mehr sicher, dass der Tote Thies Dageför ist.«

Fallaci sah ihn verblüfft an. »Aber er wurde doch in seiner Wohnung gefunden. In seinem Bett. Das haben Sie mir gesagt!«

Erik wurde nervös. »Jede Leiche muss identifiziert werden. Vorsichtshalber. Normalerweise natürlich von einem Angehörigen. Aber Thies Dageför …«

»… hat keine Angehörigen auf der Insel.« Valerio Fallaci schien zu begreifen, was von ihm erwartet wurde. Er sah nicht so aus, als gefiele ihm die Aussicht auf einen Besuch in der Pathologie.

»Wären Sie dazu bereit?«, fragte Erik.

Fallaci presste die Lippen aufeinander, dann antwortete er: »Muss ich ja wohl. Oder?«

Auf diese Frage ging Erik vorsichtshalber nicht ein, sondern bedankte sich nur und schlug vor, diese Angelegenheit nicht länger aufzuschieben.

Carolin sah ihren Vater entgeistert an, als er mit dem Hoteldirektor in die Lobby trat, und schien sich zu sorgen, dass Valerio Fallaci von ihm verhaftet worden war.

Aber er selbst war es, der ihr die Sorge nahm. »Bin gleich wieder da!«, rief er dem Rezeptionisten zu. »Der Hauptkommissar braucht meine Hilfe.«

Wenig später stieg er die Treppe zur Pathologie sehr langsam hoch und blieb auf der obersten Stufe stehen, um Luft zu schöpfen. Erik konnte ihn verstehen. Es war nicht angenehm, einem Toten gegenüberzutreten, erst recht nicht einem Mordopfer.

Aber Valerio Fallaci hatte noch eine andere Erklärung. »Ich leide unter Morbus Addison. Nebenniereninsuffizienz. In Stresssituationen muss ich aufpassen. Eine Addisonkrise kann mich umbringen.«

Erik hatte noch nie von dieser Krankheit gehört und machte sich nun Vorwürfe, dass er Valerio Fallaci in die Pathologie gebeten hatte.

Aber Fallaci winkte ab. »Schon gut. Das konnten Sie ja nicht wissen.«

»Wie wird die Krankheit behandelt?«, frage Erik.

»Mit Hydrocortison. Das klappt ganz gut.«

Mehr wollte Valerio Fallaci darüber nicht sagen. Er machte ein paar energische Schritte auf die Tür zu, hinter der ein unbekannter Toter auf ihn wartete.

Dr. Hillmot empfing sie mit der ihm eigenen Freundlichkeit, die nicht erkennen ließ, dass er sich bewusst war, was es für Fallaci bedeutete, hier einen Besuch zu machen. Plaudernd ging er ihnen voran, kümmerte sich nicht darum, dass Fallaci nur zögernd folgte, und öffnete schwungvoll die Klappe des Kühlfachs, in dem der Tote lag. Dass Fallaci blass wurde, bemerkte er nicht. Und dass er den Toten präsentierte wie ein Ladeninhaber einen schwer verkäuflichen Artikel, war ihm natürlich ebenfalls nicht klar.

Erik behielt Valerio Fallaci im Auge, damit er eingreifen konnte, wenn es den Anschein hatte, dass der Hotelier sich zu viel zugemutet hatte. Es wäre nicht das erste Mal, dass jemand beim Anblick einer Leiche schlappmachte, der sich vorher noch stark gefühlt hatte. Angesichts der Erkrankung, von der er soeben erfahren hatte, musste er besonders auf ihn achten.

Valerio Fallaci trat so dicht heran, wie es nötig war, sorgte aber für den Abstand, der ihn vor dem Schlimmsten bewahrte, den Augäpfeln, die durch die nicht ganz geschlossenen Lider schimmerten, dem rechten herabhängenden Mundwinkel, der dem Gesicht etwas Böses gab, und dem Rest der Lebendigkeit, die auf den Lippen des Toten lauerte. Fallaci richtete sich kerzengerade auf, wohl in dem unbewussten Wunsch, sich dem Toten nicht zu nähern, sondern auf ihn hinabzublicken. Er kniff die Augen zusammen und machte schließlich einen Schritt zurück. »Das ist nicht Olivero.«

»Thies Dageför«, korrigierte Erik.

»Das ist er nicht.«

»Sie sind ganz sicher?«

Valerio Fallaci drehte sich um und verließ den Raum. Erst vor der Tür blieb er stehen, drehte sich aber nicht zu Erik und Sören um, die ihm gefolgt waren. »Natürlich bin ich sicher. Das ist er nicht.«

Schweigend gingen sie die Treppe hinab, Fallaci immer noch voran. Sein Schritt war fest, er ging zügig und zögerte kein einziges Mal. Erst als sie wieder auf der Straße standen, fragte Erik: »Gibt es irgendwas, was uns bei unseren Ermittlungen helfen könnte? Ist Ihnen mal etwas an Ihrem Kellner aufgefallen? Wissen Sie etwas über seinen Umgang?«

»Nein!« Fallacis Blick ging dorthin, wo er sein wollte, zu seinem Auto, das in der Nähe geparkt war.

»Sie haben ihn bereits in der Toskana kennengelernt. Was war er für ein Mensch?«

»Wir haben nie über Privates gesprochen«, antwortete Fallaci. »Nur über Geschäftliches. Er arbeitete auf dem Weingut meines Nachbarn.«

»Das hat mir Ihre Frau schon erzählt.«

»Irgendwann bekam ich mit, dass er von Sylt stammte. Und da es schon länger mein Wunsch war, auf Sylt ein Hotel zu eröffnen, habe ich ihm davon erzählt und ihn um Hilfe gebeten.«

»Wobei sollte er Ihnen helfen?«

»Ich hatte zwei Angebote bekommen. Ein Hotel in List, das einen neuen Besitzer suchte, und dieses Haus in Wenningstedt, das geeignet war, zu einem Hotel umgebaut zu werden. Olivero … Thies Dageför hat mir zu dem Haus in Wenningstedt geraten, hat mir die Namen von Architekten, Bauunternehmern und anderen Handwerkern genannt. Und dann hat er mir gestanden, dass er Heimweh hatte und sich in der Toskana nicht mehr wohlfühlte.«

Sören mischte sich ein. »Daraufhin haben Sie ihm das Angebot gemacht, in Ihrem Sylter Hotel anzufangen?«

»Ich war froh, einen Einheimischen an meiner Seite zu haben.«

Fallaci machte ein paar Schritte auf sein Auto zu, Erik folgte ihm. »Sie können sich nicht vorstellen, was passiert ist? Hat er nie von einem Streit gesprochen? Von einer alten Rechnung, die noch offensteht? Von jemandem, der ihm böse mitgespielt hat, den er hasste?«

»Nein, nie.«

»Und Sie können sich auch nicht vorstellen, wo Thies Dageför jetzt ist? Wohin könnte er sich abgesetzt haben?«

»Keine Ahnung.«

Erik machte aus seiner Verärgerung keinen Hehl. Und er zeigte Valerio Fallaci deutlich, dass er ihm nicht glaubte. »Bitte überlegen Sie sich diese Aussage noch mal. Jetzt sind Sie verständlicherweise noch betroffen von dem Anblick des Toten. Das war nicht leicht für Sie. Wenn Sie zur Ruhe gekommen sind, fällt Ihnen vielleicht etwas ein, was uns weiterhilft.«

»Schon möglich«, räumte Fallaci ein, aber Erik spürte, dass er nur eine Chance suchte, sich zu entziehen. »Ich melde mich, wenn mir was einfällt.«

Seine Erleichterung, als er sich verabschiedet hatte, schien sehr groß zu sein. Er startete den Wagen mit so viel Gas, dass die Räder durchdrehten.

Annanitas Modestübchen in Wenningstedt führte wunderbare Blusen, aber keine einzige von denen, die Mamma Carlotta sich in den Kopf gesetzt hatte. Sie mochte es der Verkäuferin kaum gestehen, weil sie noch nie einen derart exaltierten Wunsch geäußert hatte. Vorsichtshalber trug sie ihn flüsternd vor, weil er dann etwas weniger unbescheiden daherkam. In einer Frauenzeitschrift hatte sie ein Foto von Königin Silvia gesehen, die eine Bluse trug, deren Kragen vorn zu einer Schleife gebunden wurde. So eine königliche Bluse wollte auch Mamma Carlotta tragen, wenn sie sich mit Alessia traf.

Für die Verkäuferin schien dieser Wunsch keineswegs ausgefallen zu sein. Sie zeigte größtes Verständnis, suchte den ganzen Laden nach einer solchen Bluse ab, fand aber schließlich nur eine in Größe 38 und schlug Mamma Carlotta vor, es bei Hellner in Westerland auf der Friedrichstraße zu versuchen. »Dort habe ich kürzlich Schluppenblusen im Schaufenster gesehen.«

Mamma Carlotta bedankte sich herzlich, nicht nur für den Tipp, sondern auch dafür, dass sie nun wusste, wonach sie verlangen musste: eine Schluppenbluse.

Das Modehaus Hellner kannte sie. Es war monatelang umgebaut worden und glänzte nun mit einer beeindruckenden Fassade und einem Angebot, das sie schon einmal in Augenschein genommen hatte. Wenn sie da an das kleine Konfektionsgeschäft von Signora Delfini dachte, in dem sich die weiblichen Bewohner von Panidomino mit Kittelschürzen, Stützstrümpfen und Miederwaren eindeckten! Signora Delfini würde sich wundern, wenn sie einmal einen Blick ins Modehaus Hellner werfen könnte.

Die Fahrt nach Westerland machte ihr nichts aus. Im Gegenteil, sie liebte den abschüssigen Teil der Westerlandstraße, wenn sie die Häuser von Wenningstedt hinter sich ließ, am Nordwäldchen vorbeiflog, die Nordseeklinik rechts liegen ließ und auf den Norderplatz zurollte. Meist hielt sie sich dann rechts und fuhr über die Steinmannstraße auf die Fußgängerzone von Westerland zu, diesmal aber blieb sie auf der Norderstraße. Am Hotel Stadt Hamburg stieg sie ab und schob ihr Fahrrad bis zur Sparkasse, dem grauen Gebäude mit den vielen roten Elementen. Dort stellte sie ihr Rad ab und ging zu Fuß weiter. Vor den Schaufenstern des Kaufhauses Jensen blieb sie eine Weile stehen und betrachtete die Auslagen, eine Schluppenbluse war jedoch nicht zu sehen. Sie nahm sich dennoch vor, dort danach zu fragen, wenn sie bei Hellner nicht fündig werden sollte. Die anderen Läden auf der Friedrichstraße erschienen ihr derart exklusiv, dass sie sich nie hineingetraut hätte. Sie befürchtete, dass man ihr an der Nasenspitze ansah, wie es um ihre Witwenpension und ihre Kaufkraft bestellt war. Bei Hellner dagegen fühlte sie sich sicher, weil man sich dort ungestört umsehen konnte, ohne dass eine Verkäuferin das Selbstbewusstsein ins Wanken brachte.

In der Friedrichstraße war wenig los. Wenn ein blauer Himmel über Sylt stand, wenn die Sonne schien und der Wind ein laues Lüftchen war, dann hielten sich die Urlauber am Strand auf. Erst gegen Mittag und dann wieder am Abend würden sich die Geschäfte füllen. Die Außengastronomie richtete sich aber schon jetzt auf ihre Besucher ein, die Tische vorm Fisch-Bistro Gosch an der nächsten Straßenecke waren sowieso niemals leer. Wenn die Touristen nicht über einem Fischfilet saßen, dann vor einem Bier oder einem Glas Wein.

Mamma Carlotta zögerte. Sie durfte sich nicht lange in Westerland aufhalten, wenn sie rechtzeitig ein Mittagessen auf den Tisch bringen wollte. Erik musste zwar häufig, wenn es einen neuen Mordfall gab, auf regelmäßige Mahlzeiten verzichten, aber wenn er dennoch pünktlich zum Essen erscheinen konnte, brauchte er besonders gehaltvolle Kost, damit nicht nur sein Körper, sondern auch sein Geist Nahrung für seine schwere Arbeit bekam. Das Gleiche galt für Carolin und auch für Felix, der in der Schule Höchstleistungen bringen sollte. Aber die Zeit war knapp, wenn sie die Schluppenbluse, die sie sich wünschte, nicht auf Anhieb fand. Würde sie es über sich bringen, ein Fischgericht bei Gosch zu kaufen, nach Hause zu befördern und in der Mikrowelle zu erhitzen, wenn die Familie zum Mittagessen kam? Der Straßenverkauf war im Gange, das Angebot lag schon bereit. Weder Erik noch die Kinder würden ihr übel nehmen, dass sie nicht selbst gekocht hatte, das wusste sie. Aber konnte sie es mit ihrem eigenen Gewissen vereinbaren, genau das zu tun, was Signora Corbona in ihrem Dorf täglich vorgeworfen wurde? Mamma Carlotta hatte sich immer fleißig an dem Klatsch beteiligt, wenn sie sich mit ihren Nachbarinnen auf der Piazza von der Arbeit ausruhte und Signora Corbona hinterherschaute, wie sie zum Pizzabäcker ging und mit einer großen Tüte nach Hause zurückkehrte.

Sie warf einen Blick zum Himmel, aber als ihr Dino, Gott hab ihn selig, die Sonne nicht mit einer Gewitterwolke verdunkelte, ging sie am Eingang des Modehauses Hellner vorbei, um sich die Sache wenigstens mal anzusehen. Vermutlich würde sie zu der Ansicht kommen, dass die Gerichte allesamt unappetitlich aussahen und lieblos zubereitet waren, und brauchte in diesem Fall ihr Gewissen nicht weiter zu quälen.

Diesen Gefallen tat ihr die Firma Gosch jedoch nicht. Das Dorschfilet auf roten Linsen sah köstlich aus, die Edelfischpfanne mit Safransauce sogar besser als die, die Mamma Carlotta selbst produzierte, und beim Kabeljau mit der Ingwer-Erdnuss-Kruste lief ihr das Wasser im Mund zusammen. Besser, sie ging jetzt erst mal zu Hellner und überlegte, während sie nach einer Schluppenbluse Ausschau hielt, ob ihr Hausfrauengewissen stark genug war für einen Einkauf im Fisch-Bistro, ihr Selbstbewusstsein forsch genug, um die Tüten mit dem roten Aufdruck an den Fahrradlenker zu hängen, und ihre Verdrängung derart robust, dass sie demnächst weiterhin auf der Piazza von Panidomino Signora Corbona die Ehre abschneiden konnte, was andernfalls ihrem italienischen Alltag einen Teil Wohlbehagen nehmen würde.

Sie hatte sich noch nicht zu einer Entscheidung durchgerungen, als sie durch etwas abgelenkt wurde, was sie sowohl die Schluppenbluse als auch das Angebot des Fisch-Bistros vergessen ließ. Vor der Insel-Apotheke, neben der großen Säule, die den Wasserstand des Meeres anzeigte, saßen eine Frau und ein Mann, vermutlich Wohnungslose, auf Schlafsäcken, neben sich mehrere Plastiktüten, die wohl ihr Hab und Gut enthielten. Der Mann hockte scheinbar schon länger da, während die Frau sich gerade erst einrichtete.

Der Mann hielt eine Gitarre auf dem Schoß und ließ die Finger mit den Saiten spielen. Es entstand eine Melodie, die Mamma Carlotta schon einmal gehört hatte, von der sie aber nicht wusste, wie sie hieß, ein Lied, das an ihrem Herzen anklopfte, das zu denen gehörte, mit denen viele Menschen eine schöne Erinnerung verbinden. Man sah das Aufblitzen der Aufmerksamkeit in vielen Gesichtern und nicht selten ein Lächeln. Dennoch blieb niemand stehen, um zuzuhören, und keiner bückte sich, um dem Straßenmusikanten ein Geldstück in die Dose zu werfen, die zu seinen Füßen stand.

Er war ein schmaler, blasser Mann, hatte einen Schlapphut so tief ins Gesicht gezogen, dass es kaum zu erkennen war, trug ein graues T-Shirt und eine schmutzige Jeans. Die untere Hälfte des Gesichts versteckte sich hinter einem Vollbart, eine Sonnenbrille verbarg seine Augen. Die Frau war ähnlich gekleidet, mit einer Jeans, die schon bessere Tage gesehen hatte, und einem dünnen schwarzen Pulli, der viel zu weit war. Trotz der Wärme trug sie eine Strickmütze, unter der sie ihre Haare verbarg.

Mamma Carlotta suchte nach einem Halt, den sie schließlich an der Sitzfläche eines der Hocker fand, die an den langen Holztischen bei Gosch standen. Sie fürchtete umzusinken und griff nach ihrem Herz, als müsste sie es hindern, aus der Brust zu springen. Sie wusste, warum die Bettlerin ihre Haare versteckte, die jetzt eine Dose vor sich aufstellte und daneben ein Schild mit der Aufschrift »Habe Hunger« platzierte. Die roten Locken waren derart auffällig, dass sie daran sofort erkannt worden wäre.

»Madonna!«, stöhnte Mamma Carlotta.

Was war geschehen, dass aus der Journalistin Wiebke Reimers eine Bettlerin geworden war? Wie konnte sie auf diese Weise ihr Dasein fristen, statt zu Erik zu gehen und ihn um Hilfe zu bitten, oder in ihre Küche zu kommen, um sich durchfüttern zu lassen? Wie war es überhaupt möglich, dass jemand, der jahrelang gut verdient hatte, innerhalb kurzer Zeit auf der Straße landete? Vor wenigen Wochen war Wiebke noch eine respektable Bürgerin gewesen – und nun war es damit vorbei? In Italien wurde immer davon geredet, dass in Deutschland jeder Bedürftige vom sozialen Netz aufgefangen wurde, das viel größer und weicher war als in anderen Ländern. Wie konnte es dann passieren, dass Wiebke Reimers von einem Tag auf den anderen dazu verurteilt war, Passanten um eine Spende zu bitten?

»Wollen Sie sich nun setzen oder nicht?«, fragte eine Stimme hinter ihr.

Sie antwortete nicht, sondern löste sich wortlos von dem Hocker und machte einen Schritt zur Seite. Carlotta Capella war sprachlos. Und das kam wirklich sehr, sehr selten vor …

Doch zum Glück hielt dieser Zustand nicht lange an. »Dio mio!«, flüsterte sie vor sich hin und machte einen Schritt auf Wiebke Reimers zu. Dann besann sie sich, trat zunächst an den Stand für den Straßenverkauf und erwarb ein Fischbrötchen, von dem sie wusste, dass Wiebke es mochte. Sie hatte es Mamma Carlotta einmal gestehen müssen, als sie von ihr mit einem Matjesbrötchen in der Hand vor der Konzertmuschel ertappt worden war. Wer Arbeit und Obdach verloren hatte, war hungrig, so viel stand fest. Und es war besser, mit einem Fischbrötchen auf Wiebke zuzutreten, damit sie es nicht zurückweisen konnte, was sie vermutlich tun würde, wenn sie gefragt wurde, ob sie hungrig oder durstig sei.

Mamma Carlotta hatte gerade ein Matjesbrötchen und eine Flasche Mineralwasser erstanden und wollte zu Wiebke gehen, da stellte sie fest, dass ein Mann in Uniform sich vor ihr aufgebaut hatte. Er redete streng mit Wiebke, während er den Mann, der weiter völlig unbeeindruckt Gitarre spielte, unbehelligt ließ.

Wiebke erhob sich, gestikulierte aufgeregt, schien etwas zu sagen, was den Uniformierten verärgerte, der mit zackigen

Gesten etwas von ihr verlangte. Ein Polizist? Mamma Carlotta machte einen langen Hals. Nein, auf dem Rücken seiner dunkelblauen Uniform stand etwas anderes: Ordnungsamt. Darunter konnte sie sich nichts vorstellen. Aber ein Beamter des Ordnungsamtes schien Macht zu besitzen, so viel Macht, dass Wiebke ihre Sachen zusammenpackte, obwohl sie es augenscheinlich nicht wollte. Der Gitarrenspieler sah nicht einmal auf. Er starrte weiterhin auf die Dose vor seinen Füßen, in die noch kein einziges Geldstück gefallen war, obwohl den Passanten sein Gitarrenspiel gefiel. Der Uniformierte wartete, bis Wiebke mit Packen fertig war, er schien den Verdacht zu haben, dass sie sich wieder niederlassen wollte, sobald er sich entfernt hatte. Schließlich rollte sie aber ihren Schlafsack zusammen, klemmte ihn unter den linken Arm und griff nach ihren Plastiktüten. Der Mann vom Ordnungsamt schien nun zu glauben, dass sie seinen Anweisungen folgen wollte, drehte sich um und ging auf die Einmündung Neue Straße zu, als wollte er sich nicht bei Gosch, sondern bei Fisch-Blum etwas zu essen kaufen.

Mamma Carlotta wartete einen Augenblick, bis sie sicher war, dass er nicht zurückkehren würde, dann wollte sie loslaufen, um zu Wiebke zu gelangen … aber wieder wurde sie aufgehalten. Von einem anderen Bild. Von einer neuen Erkenntnis.

In der Sylter Bank gegenüber öffnete sich die automatische Tür, eine Frau erschien, die sofort einen Schritt zurück machte, damit die Tür sich wieder schloss. Anscheinend wollte sie nicht gesehen werden. Als ein Bankkunde auf die Tür zutrat und sie sich erneut öffnete, wollte sie sich wohl weniger auffällig verhalten, trat auf die Straße, duckte sich, als wollte sie ihr Gesicht nicht erkennen lassen, und huschte in die Boutique, die rechts neben der Bank lag. »TraumStück« stand über dem Eingang. Kurz darauf sah Mamma Carlotta sie hinter den Auslagen. Sie sah um eine Schaufensterpuppe herum, machte einen langen

Hals und duckte sich erneut. Kein Zweifel, sie beobachtete Wiebke, die mit dem Mann sprach, der weiterhin auf dem Boden hockte und in die Saiten seiner Gitarre griff.

Mamma Carlotta tastete sich Schritt für Schritt von einem Passanten zum anderen, suchte Deckung mal hinter einem Ehepaar, das darüber diskutierte, welches Fischgericht in ihre Ferienwohnung getragen werden sollte, dann hinter einer jungen Mutter, die sich über einen Kinderwagen beugte, um ihrem Kind etwas zu trinken zu geben. Dann war sie an dem Stand angekommen, der in der Nähe des Geschäfts aufgebaut worden war, ein fliegender Händler, der billigen Modeschmuck anbot. Sie gab vor, an einem Paar silberner Ohrringe interessiert zu sein, hatte aber keinen Blick für den Schmuck, sondern sah zu, wie die Frau sich nun näher an die Ladentür traute, sie schließlich öffnete, aus dem Geschäft heraustrat, dann aber stehen blieb, den Kopf senkte und vorsichtig zu der Stelle blickte, an der Wiebke gesessen hatte. Svea Gysbrecht! Sie hatte Wiebke Reimers also auch erkannt. Aber warum versteckte sie sich vor ihr? Konnte sie nicht glauben, dass die Bettlerin auf der Friedrichstraße wirklich Eriks frühere Freundin war? Hatte sie erst sicher sein oder hatte sie sich ihr nicht zeigen wollen?

Mamma Carlotta zog sich hinter das große Brett zurück, auf dem der Straßenhändler sein Ohrschmuck-Angebot an kleinen Nägeln aufgehängt hatte, und sah zu, wie Svea eilig davonlief, mit gesenktem Blick, ohne sich ein einziges Mal umzudrehen. Carlotta hängte den Ohrring zurück und löste sich von dem Verkaufsstand.

»Non mi piace«, murmelte sie, ohne daran zu denken, dass der Verkäufer sie nicht verstehen würde. Aber dass ihr der Ohrring nicht gefiel, würde er wohl trotzdem begreifen.

Dann blieb sie wie angewurzelt stehen. Wiebke Reimers war verschwunden, nur der Mann hockte noch an seinem Platz und klimperte eine Melodie, die viel zu leise war, um die Passanten darauf aufmerksam zu machen. Carlotta ging zu ihm, legt ihm das Matjesbrötchen vor die Füße und stellte die Wasserflasche daneben.

Als er überrascht aufsah, fragte sie: »Wo ist die Frau, die eben noch hier gesessen hat?«

Er zuckte die Schultern. »Keine Ahnung. Kenn ich nicht.«

Carlotta hastete in dieselbe Richtung wie der Mitarbeiter des Ordnungsamtes, blickte nach rechts in die Paulstraße, ging dann aber, als sie Wiebke dort nicht sah, weiter auf die Strandstraße zu. Dort angekommen, blickte sie nach links und rechts, aber Wiebke war nicht zu sehen. Sie kehrte zurück, überquerte die Friedrichstraße, eilte an den Tischen von Gosch vorbei in die Bismarckstraße, aber auch hier keine Spur von Wiebke. Trotzdem lief Mamma Carlotta bis zu ihrem Ende, musste dann aber unverrichteter Dinge zurückkehren. Mit schwerem Herzen ging sie zur Sparkasse zurück, vor der ihr Fahrrad stand. An eine Schluppenbluse dachte sie nicht mehr, und die Idee, ein Fertiggericht von Gosch nach Hause zu transportieren, hatte sie ebenfalls vergessen.

Erik strich lange und ausgiebig seinen Schnauzer glatt, wie er es immer tat, wenn er überlegte, was zu tun war. »Haben wir an alles gedacht?«

Sören hockte sich auf die Fensterbank. »An der Fähre nach Römö und am Autozug wird man nach ihm Ausschau halten.«

»Der ist längst über alle Berge.«

»Deswegen haben wir die Fahndung ja auch auf ganz Deutschland ausgedehnt.« Sören stand auf und ballte die Fäuste. »Wichtiger ist herauszufinden, wer der Tote ist.«

»Aus der Kleidung hat sich kein Hinweis ergeben. Massenware! Der Abdruck des Gebisses ist an alle Zahnärzte in unserer Kartei gegangen. Vielleicht haben wir damit Erfolg.«

Sören fiel etwas ein. »Wir sollten uns den Staubsaugerkarton endlich ansehen.«

In der Abstellkammer des kleinen Apartments hatte der

Staubsauger neben seiner Verpackung gestanden, die Thies Dageför umfunktioniert hatte. Der Karton war voller Kleinkram – Fotos, Quittungen, Rechnungen, alte Schulhefte, Briefe, Sporturkunden. Sie hatten ihn mitgenommen, um ihn im Büro in Ruhe durchzusehen.

»Holen Sie ihn her«, bat Erik.

Er ging zu seinem Schreibtisch, zog die Schublade auf und betrachtete seine Pfeife mit einem sehnsüchtigen Blick. Wie gerne würde er sie jetzt anstecken, in der Zeremonie des Stopfens zur Ruhe kommen und anschließend jeden Gedanken an die Zimmerdecke paffen und zusehen, wie er verging. Aber selbstverständlich war das Rauchen im Polizeirevier verboten. Wenn Erik Nervennahrung brauchte, musste er auf die Schokolade zurückgreifen, die er in derselben Lade aufbewahrte. Trauben-Nuss!

Er holte sie gerade heraus, als sich die Tür wieder öffnete. Sören trat ein, aber ohne den Karton und mit einem Gesichtsausdruck, der Erik zu denken gab. Nicht alarmiert, wenn Sören zu einer sensationellen Schlussfolgerung gekommen war, die die Ermittlungsarbeit revolutionierte, nein, Verlegenheit machte sich auf seinen Zügen breit und die Frage, wie sein Chef nun reagieren würde.

Worauf?, fragte sich Erik und bekam schon im nächsten Moment die Antwort. Wiebke trat ein, und Sören schloss die Tür eilig von draußen.

»Hallo, Erik.«

Er schob langsam und sehr sanft die Schublade zu, drückte nach, als wäre es wichtig, dass sie fest geschlossen war, dann erst erhob er sich. »Wiebke.« Er machte einen Schritt auf sie zu und reichte ihr die Hand.

Sie war stehen geblieben, als traute sie sich nicht näher an ihn heran. Seine Hand ergriff sie zögernd, als sei ihr dieses Zusammentreffen unangenehm. Sie sah anders aus als sonst. Was ihre Kleidung betraf, war sie immer für eine Überraschung gut gewesen, hatte immer das getragen, was haarscharf an der Mode vorbeiging, und bei jedem Extrem oft erst kurz vor der Grenze zum Geschmacklosen haltgemacht. Sie hatte immer gern das Unkonventionelle betont, und er hatte manchmal mit ihr darüber diskutiert, dass jemand, dem ein provokanter Auftritt so wichtig war, letztendlich genauso förmlich und nicht weniger eingefahren war wie ein ausgemachter Spießer.

Aber heute wirkte ihr Outfit tatsächlich so planlos, wie sie es früher oft hatte darstellen wollen. Es wirkte sogar ungepflegt, was sie früher auf keinen Fall beabsichtigt hatte. Sie hielt eine Strickmütze in der Hand, und ihre Haare sahen so aus, als hätte sie sich die Mütze gerade vom Kopf gezogen.

»Bei diesem Wetter?« Erik zeigte auf die Mütze und schalt sich gleichzeitig einen Idioten. Da sah er Wiebke seit langer Zeit wieder und redete von ihrer Mütze, statt sie zu fragen, wie es ihr ging.

Aber sie lachte und schien sich zu entspannen. »Die Mütze ist Tarnung.«

Erik merkte, dass dieser Satz die Einleitung zu einem längeren Gespräch war, und bot ihr an, Kaffee zu besorgen. »Setz dich schon mal.«

»Nur wenn du Zeit hast.«

»Ist schon okay.« Natürlich hatte er keine Zeit. Ein neuer Mordfall trennte ihn immer von seinem Alltag und öffnete eine Enklave, in die niemand eindringen konnte. Aber das hätte er niemals zugegeben, diese Tatsache hatte früher oft genug zu Problemen zwischen ihm und Wiebke geführt. Außerdem wollte er für sie da sein. Es musste einen Grund geben, dass sie zu ihm ins Kommissariat kam. Das hatte sie schließlich noch nie getan, nicht einmal während sie ein Paar waren. Es würde einen wichtigen Grund für ihren Besuch geben.

Während er Rudi Engdahl um Kaffee bat und Sören aufforderte, schon mal damit anzufangen, den Inhalt des Staubsaugerkartons zu sichten, wurde ihm bewusst, dass sein Körper angespannt war, dass er seine Fingerspitzen spürte, dass er lokalisieren konnte, wo sein Herz saß, und in seinem Kopf einiges drunter und drüber ging.

»Alles in Ordnung«, sagte er dennoch, als er Sörens fragenden Blick auffing, und dachte prompt an Svea, die es womöglich gar nicht in Ordnung finden würde, dass er Besuch von Wiebke erhielt und sich so fühlte wie an dem Tag, an dem er sie kennenlernte. Ziemlich durcheinander.

Als er in sein Büro zurückkehrte, saß sie vor seinem Schreibtisch und sah ihn an, als hätte sie zwischenzeitlich über ihn nachgedacht. »Du hast dich verändert.« Und als fürchtete sie, er könne sie falsch verstehen, ergänzte sie schnell: »Zu deinem Vorteil. Deine neue Freundin scheint einen guten Einfluss auf dich auszuüben.«

»Wie meinst du das?«, fragte er, obwohl er genau wusste, was sie meinte. Ihr waren seine knappen Jeans, das schmal geschnittene Hemd und der fehlende Pullunder aufgefallen.

Wiebke bestätigte es, indem sie antwortete: »Du gehst mit der Mode! Das ist neu.«

Darüber wollte Erik nicht sprechen, weil er damit auch über Svea gesprochen hätte. Er ließ sich an seinem Schreibtisch nieder, obwohl er sich nicht wohlfühlte auf dem Thron des Hauptkommissars, der auf den unbequemen hölzernen Stuhl hinabsah, auf dem Wiebke hockte. Aber es gab in diesem Raum keine andere Sitzgelegenheit, mit der er sich ihr auf angemessene Weise hätte nähern können.

»Ich möchte dich um etwas bitten«, begann sie. »Du hast doch gute Kontakte zum Ordnungsamt.«

Erik ließ sich zu keiner Antwort hinreißen, solange er nicht wusste, worauf sie hinauswollte.

»Die Polizei und die Beamten des Ordnungsamtes arbeiten häufig zusammen«, stellte sie in den Raum. »Ich habe es heute mit so einem Ordnungsamtfuzzi zu tun bekommen.«

Das konnte Erik sich durchaus vorstellen. »Bist du etwa über eine Parkuhr gestolpert? Oder mit deinem Pick-up in die Friedrichstraße gefahren?«

Er erinnerte sich nur zu gut an Wiebkes Tollpatschigkeit und an ihr leichtes Blut, wenn sie unbedingt etwas erreichen, erfahren, fotografieren wollte. Das hatte ihn damals häufig erschreckt, ebenso wie ihre Unverfrorenheit, wenn sie einer Story auf der Spur war und dafür alle Regeln über Bord warf.

»Ich habe den Auftrag für eine tolle Reportage bekommen. ›Arm auf der Insel der Reichen‹. Obdachlosigkeit auf Sylt und so weiter.«

Erik verstand kein Wort. »Obdachlos sind hier auch Menschen, die Arbeit haben und normal verdienen. Inzwischen weiß jeder, dass auf Sylt Wohnraum fehlt. Kellner, Zimmermädchen, Gärtner wohnen auf Campingplätzen oder in abgestellten alten Wohnwagen. Das ist doch keine Reportage mehr wert.«

»Die meine ich nicht«, antwortete Wiebke. »In der Reportage soll es um echte Armut gehen, nicht um Wohnungsnot. Ich will herausfinden, wie man auf der Insel der Reichen mit Bettlern umgeht. Ob Reiche großzügiger sind als andere, ob Leute mit wenig Geld mitleidiger sind als Reiche …«

»Das Betteln ist auf Sylt verboten.«

»Genau das ist mein Problem. Straßenmusiker dagegen sind erlaubt. Aber ich habe kein Instrument.«

Nun begriff Erik. »Du willst …« Ihm verschlug es die Sprache.

Wiebke half ihm. »Ja, ich muss am eigenen Leib erfahren, wie die Leute mit Bettlern umgehen, sonst wird die Reportage nicht authentisch. Seit gestern sitze ich auf der Friedrichstraße mit einer Dose vor meinen Füßen. Ich habe mich neben einem Straßenmusikanten niedergelassen, als gehörte ich zu ihm, und dachte, das funktioniert. Ich kann mit ein paar Stöckchen auf dem Asphalt den Rhythmus schlagen. Aber der Typ vom Ordnungsamt hat mich weggeschickt.«

Erik betrachtete Wiebkes rundes Gesicht, das so jung wirkte, die unzähligen Sommersprossen, in die er sich sofort verliebt hatte, ihre bernsteinfarbenen Augen, in denen er versunken war, als er sie kennenlernte, ihre roten Locken, die ihn von Anfang an verzaubert hatten. Dann merkte er, dass seine Unruhe nicht nur aus Erinnerung, sondern auch aus Angst bestand. »Das ist gefährlich«, stieß er hervor.

»Ich sitze ja nur tagsüber da«, beruhigte ihn Wiebke. »Was soll schon passieren?«

»Und was kann ich für dich tun?«

»Dem Ordnungsamt Bescheid geben, dass man mich in Ruhe lassen soll. Der Typ, der neben mir sitzt, hat eine schriftliche Erlaubnis.« Sie grinste schief. »Ich könnte ja singen, dann allerdings wird dieser arme Teufel neben mir keinen Cent in seinen Hut bekommen.«

Erik versprach, beim Ordnungsamt anzurufen, um sich für sie einzusetzen, und Wiebke erhob sich, als wollte sie sich keine Sekunde länger als nötig in seinem Büro aufhalten. »Danke. Und erzähl bitte niemandem was davon. Wenn deine Schwiegermutter es erfährt, wird sie mir täglich was zu essen bringen. Das könnte auffallen. Wer gibt schon einer Bettlerin ein Almosen, wenn sie Antipasti und Dolce vor sich stehen hat?«

Wiebke lachte, und Erik stimmte ein. »Komm doch mal vorbei.«

Als Wiebke abwinkte, war er froh. »Besser nicht«, sagte sie, trat auf ihn zu, umarmte ihn und drückte ihm einen Kuss auf die Lippen. »Was vorbei ist, ist vorbei.«

»Aber wir bleiben Freunde?«

»Mein Gott«, seufzte Wiebke. »Ich dachte, so was sagen die Leute nur in Romanen.« Sie ging zur Tür und legte die Hand auf die Klinke. »Besser, wir versprechen uns nichts, was wir nicht halten können.«

Warum hatte sie ihn dann geküsst? Erik starrte noch auf die

Tür, als sie sich schon längst hinter Wiebke geschlossen hatte. Natürlich war es nur ein flüchtiger Kuss gewesen, aber kein Küsschen in die Luft, wie sie Freunde und Bekannte bekamen, sondern eine Berührung ihrer Lippen mit seinen. Er fühlte ihren weichen Mund noch, und er schmeckte ihn, als er mit der Zunge über seine Lippen fuhr.

Sören kam ins Zimmer, als Erik gerade die Nummer des Ordnungsamtes gewählt hatte und am anderen Ende abgehoben wurde. Der Assistent blieb stehen, ein Foto in der Hand, und bekam mit, worum sein Chef bat. Zum Glück ging es schnell, der Mitarbeiter des Ordnungsamtes kannte Erik und war bereit, bei Wiebke ein Auge zuzudrücken. Erik beschrieb sie, wurde nervös, als er Sörens Blick auf seinem Gesicht spürte, und gab sich große Mühe, über Wiebke so zu sprechen, als ginge es um eine flüchtige Bekannte.

Ob er Sören überzeugt hatte? Er legte auf und wandte sich umgehend dem Dienstlichen zu. »Haben Sie was gefunden?«

Sören legte ihm das Foto vor, das er bis dahin unruhig in den Händen gedreht hatte. Es zeigte zwei Männer, ungefähr gleich groß, mit ähnlicher Haarfarbe, beide blass, mit einem schmalen Gesicht. »Sie sehen sich ähnlich«, murmelte Erik. »Brüder?«

Sören sagte nichts dazu, er tippte nur mit der Bleistiftspitze auf den Mann, der eine Gitarre hielt und so aussah, als wollte er zu singen beginnen. »Schauen Sie sich den Mann mal genau an.«

Nun bereute Mamma Carlotta doch, dass aus dem Erwerb der Schluppenbluse nichts geworden war. Sie versuchte es mit einer weißen Bluse und einem dunklen Rock, aber Felix, dem sie ihr Outfit vorführte, schüttelte den Kopf. »Du siehst aus wie eine Krankenschwester.«

Es folgte eine Diskussion darüber, wie Krankenschwestern heutzutage gekleidet waren, dann inspizierte Mamma Carlotta ihren Kleiderschrank erneut und holte das Blümchenkleid heraus, das sie sich für ihre erste Reise nach Sylt gekauft hatte. Sie genoss die Dankbarkeit, die sie erfüllte, als sie es betrachtete. Diese erste Reise war das größte Abenteuer ihres Lebens gewesen. Zum ersten Mal nach Rom, zum ersten Mal in ein Flugzeug, zum ersten Mal in ein fremdes Land, zum ersten Mal all das sehen, was zu Lucias Leben an Eriks Seite gehört hatte!

Aber Felix schüttelte auch diesmal den Kopf. »Der Fetzen ist uralt.«

Wieder kam es zu einem Streitgespräch, das sich darum drehte, wie weit eine gut gekleidete Frau mit der aktuellen Mode gehen musste, und Felix trug auch diesmal den Sieg davon.

Mamma Carlotta stieg erneut die Treppe hoch und öffnete noch einmal den Kleiderschrank. Diesmal kam sie mit einer himbeerfarbenen Bluse in die Küche zurück, die sie mit einer schwarzen Hose kombiniert hatte, die eigentlich nur angeschafft worden war, damit sie bequem Fahrrad fahren konnte.

»Geht ja gar nicht«, sagte Felix. »Oben hui und unten pfui.«

»Come?«

Felix setzte ihr auseinander, dass eine Hose, die schon auf dem Fahrradsattel blank gescheuert worden war, unmöglich mit einer Bluse kombiniert werden konnte, die erst zwei- oder dreimal getragen worden war.

Natürlich führte auch diese Behauptung in eine hitzige Debatte. Die Italienerin und der Enkel mit dem ausgeprägten italienischen Erbteil schenkten sich nichts. Am Ende behauptete Mamma Carlotta, Felix wolle ihr nur deshalb nicht zustimmen, weil er zu Mittag lediglich die Reste des Abendessens bekommen habe, und Felix stimmte prompt ein Wehklagen an, weil seine Nonna ihn mit zwei Löffeln Risotto und den restlichen Spaghetti abgespeist hatte.

»Dein Vater hatte keine Zeit, zum Essen zu kommen, Felice, und Carolina isst heute im Hotel. Gut, dass ich das früh genug erfahren habe. Warum sollte ich für dich etwas kochen, wenn noch genug vom Abendessen übrig ist?«

Felix führte ein Dutzend Argumente an, warum eine Großmutter ihrem Enkel jeden Wunsch von den Augen abzulesen habe, und Carlotta parierte mit ungefähr zwei Dutzend Gegenargumenten. Dann ging sie erneut in ihr Zimmer, zog das schwarze Kostüm kurz in Erwägung, holte das dunkle Kleid heraus, das sie beim Wiedersehen mit Alessia getragen hatte, hängte es aber zurück und holte schließlich das rote Kleid aus dem Schrank, das sie an ihrem sechzigsten Geburtstag anziehen wollte und das für das Treffen mit Alessia eigentlich viel zu pompös war.

Aber gerade dieses Kleid fand Gnade vor Felix' Augen. »Endlich! Das ist okay.«

Mamma Carlotta musste noch eine Weile lamentieren, weil das rote Kleid das neueste, beste und teuerste war und sie nun keine Gelegenheit haben würde, ihrem Bekleidungsstil für ihren sechzigsten Geburtstag die Krone aufzusetzen, aber darauf hatte Felix eine einfache Antwort. »Dann kaufst du dir eben ein neues Kleid.«

Seine Nonna war verblüfft über diese simple und überzeugende Lösung und fühlte sich in ihrem roten Kleid nun sehr wohl. Als sie das Haus verließ, schlich jedoch eine lästige Frage hinter ihr her: Warum wollte sie gut aussehen, wenn sie sich mit Alessia traf? Die Antwort sprang ihr schon im nächsten Augenblick in den Nacken: weil Alessia immer die Schönste gewesen war, von allen Jungen begehrt, von allen Mädchen beneidet. Heute war sie immer noch attraktiv, war die Frau eines Hoteliers, täglich so gekleidet, wie Mamma Carlotta sich höchstens für eine Geburtstagsfeier anzog, brauchte sicherlich keinerlei Hausarbeit zu verrichten und musste sich nie die Hände schmutzig machen. Ja, sie wollte mit Alessia konkurrieren, das gestand sie sich nun ein, so wie früher, als alle Mädchen so aussehen wollten wie Alessia.

Am liebsten wäre sie zurückgegangen, hätte das rote Kleid wieder ausgezogen und sich so gekleidet, als wollte sie bei Feinkost Meyer einkaufen. Die Zeit des Konkurrierens war vorbei, es war nicht mehr wichtig, so attraktiv wie möglich zu sein. Sie selbst war in ihrem Leben angekommen, Alessia ebenfalls und alle Mitschülerinnen, mit denen sie damals von einer glanzvollen Zukunft an der Seite eines erfolgreichen Mannes geträumt hatte, auch. Aber die Zeit war zu knapp, um sich umzuziehen, also ging Carlotta weiter und versuchte zu vergessen, dass sie sich über sich selbst ärgerte.

Diesmal konnte sie das Hotel Frangiflutti kerzengerade betreten und mit energischen Schritten auf die Rezeption zugehen, wo Carolin stand und ihr lächelnd entgegensah. »Wow, Nonna! So schick?«

Carlotta sah das Wohlwollen in den Augen ihrer Enkelin und fühlte sich nun noch wohler in ihrem roten Kleid. »Ich bin mit Signora Fallaci verabredet, das weißt du ja.«

»Papa und Sören sind bei ihr im Restaurant«, entgegnete Carolin. »Es geht um Olivero. Du sollst einen Moment warten.«

Der Rezeptionist flüsterte Carolin einen Auftrag zu, und sie gab ihrer Großmutter mit einem Wink zu verstehen, dass sie woanders gebraucht wurde.

Carolin verschwand, der Rezeptionist beschäftigte sich mit irgendwelchen Papieren, in der Lobby saßen nur zwei Männer, die in Prospekten blätterten und nicht den Eindruck erweckten, dass ihnen an einer Plauderei mit einer gelangweilten Italienerin gelegen war. Mamma Carlotta brauchte nicht lange, bis sie sich eingeredet hatte, dass dort, wo ein Familienmitglied sich aufhielt, auch sie ein Recht zu sein hatte und dass sie eigentlich gar nichts von Eriks Besuch bei Alessia wissen musste. Sie hatte sich im Nu selbst überzeugt und folgte dem Schild »Zum Restaurant«.

Als sie neben Alessia erschien, gab sie sich überrascht. »Enrico! Du hier?«

Wie erwartet war keiner so unhöflich, ihr zu verstehen zu geben, dass ihr Erscheinen nicht erwünscht war. Alessia umarmte sie und bot ihr einen Platz an. »Ich glaube, wir sind gleich fertig. Setz dich, Carlotta.« Sie bestellte einen Espresso und lächelte sie liebenswürdig an. »Eigentlich wollte dein Schwiegersohn meinen Mann sprechen, aber der ist nicht im Haus.«

Sie nahm das Foto, das in der Mitte des Tisches lag, zur Hand, ohne zu merken, dass Erik es gerade an sich nehmen wollte. Carlotta wagte erst jetzt, ihren Schwiegersohn anzusehen, um an seinem Gesicht abzulesen, ob ihr Erscheinen ihn verärgerte. Aber er ignorierte sie und holte sein Notizbuch hervor. »Holger Callesen«, murmelte er, während er schrieb. »Er besaß also das Weingut, das nun Ihr Sohn übernommen hat, Signora?«

Alessia nickte, und Sören legte den Kopf schräg, um das Foto betrachten zu können. »Und dieser Holger Callesen war mit Thies Dageför befreundet?«

»Holger stellte ihn uns eines Tages vor. Mein Freund aus Deutschland, sagte er, der wird nun bei mir arbeiten.« Über Alessia Fallacis Gesicht ging ein Lächeln. Sie blickte zum Eingang und winkte mit einer kleinen Geste. »Mein Mann! Der kann Ihnen mehr erzählen.«

Valerio Fallaci erschien wie der Herrscher eines kleinen Reichs, hoch aufgerichtet, damit ihm die Krone nicht vom Kopf fiel, mit dem Blick auf alles, was ihm untertan war. Sein weißes Hemd hatte unter der Wärme nicht gelitten, die Bügelfalte seiner Hose ebenso wenig. Er hauchte seiner Frau einen Kuss auf die Stirn, begrüßte Mamma Carlotta mit großer Herzlichkeit und die beiden Polizeibeamten mit hochgezogener Stirn. »Gibt's was Neues?«

Erik antwortete, indem er aufstand, Sören stürzte seinen Kaffee herunter und erhob sich ebenfalls. Fallaci verstand. »Gehen wir in mein Büro.«

Er schritt voran, Erik folgte ihm, während Sören das Foto von Alessia erbat, ehe er den beiden nachging.

Carlotta wartete nur so lange, bis sie außer Hörweite waren. »Der Mann auf dem Foto, wie hieß der noch gleich?«

»Thies Dageför. Der Kellner, der tot aufgefunden wurde. Im Hotel nannten wir ihn Olivero.«

»Ich meine den anderen.«

»Holger Callesen.«

»Holger …« Mamma Carlotta gab sich Mühe, das H deutlich auszusprechen, und fügte dem letzten Buchstaben ein kleines E an. Ja, diesen Namen hatte Fietje genannt. Ein gewisser Holger war von Valerio Fallaci ruiniert worden. »Ist das ein häufiger Name?«

Alessia zuckte die Achseln. »Non ho idea! Auf Sylt vielleicht.« Sie wischte das Thema aus der Luft und winkte einen Kellner herbei, damit er für Mamma Carlotta das Kuchenangebot herunterbetete. Nachdem sie sich für Stachelbeertorte und Alessia für ein Stück Schwarzwälder Kirschtorte entschieden hatte, wechselten die beiden ins Italienische. Mamma Carlotta stellte fest, dass Alessia zwar wusste, wie der Hotelname Frangiflutti übersetzt wurde, aber keine Ahnung hatte, was Wellenbrecher eigentlich waren. Zum Glück wusste Carlotta Bescheid, die sich einmal von Erik hatte erklären lassen, was es mit diesen vierarmigen Betonkolossen auf sich hatte, die sie am Strand unterhalb der Westerländer Kurpromenade gesehen hatte.

»Sie nehmen den Wellen einen Teil ihrer Kraft. Die Ufermauer von Westerland ist immer wieder durch die starke Brandung beschädigt worden. Die Wellenbrecher halten sie stabil. Man nennt sie auch …« Für dieses schwierige Wort musste sie tief Luft holen und sich konzentrieren. »Tetrapoden.«

Alessia zeigte sich angemessen interessiert, dann kamen die beiden wieder auf Angelegenheiten zu sprechen, die bedeutsamer waren.

Der Name Holger geisterte noch eine Weile durch Carlottas

Kopf, und der Vorsatz, auf dem Rückweg einen Abstecher in Käptens Kajüte zu machen, um den Namen dort fallen zu lassen, wurde an die Pinnwand der Gegenwart geklebt, dann aber ging es im Eiltempo zurück in die Vergangenheit. Der Tag der Einschulung, die schneeweiße Schürze, die Alessia für diesen Anlass bekommen hatte, während Carlotta sich mit einer grauen zufriedengeben musste, die ihre Mutter aus einem alten Rock ihrer kurz zuvor verstorbenen Tante genäht hatte. Dann folgte die Suche nach den Namen der Mitschüler, die Erinnerungen an die Lehrer, das Lachen über verübte Streiche und schließlich das Seufzen über die erste Liebe. Auf diesem Gebiet hatte Mamma Carlotta nicht viel vorzuweisen. Ihre erste Liebe, die sie mit sechzehn gefunden hatte, war zu ihrem Ehemann geworden, mit siebzehn hatte sie ihr erstes Kind zur Welt gebracht. Dann war eine Zeit gefolgt, die aus jeder Menge Arbeit bestanden, aber dennoch viele glückliche Momente bereitgehalten hatte und unter einem großen Netz der Zufriedenheit zusammengehalten worden war, in das nicht einmal Löcher gerissen wurden, als Dino krank und schließlich zum Pflegefall wurde. Bitterkeit machte ihre Stimme erst leise und rau, als sie erzählte, wie schwer es gewesen war, Lucia nach Norddeutschland ziehen zu lassen, ohne zu wissen, wie sie dort leben würde, und nicht einmal zu ihrer Beerdigung nach Sylt kommen zu können. »Aber Dino brauchte mich. Er akzeptierte niemanden an seinem Bett, nur mich.«

Alessia hatte ihr stumm zugehört, beeindruckt von Carlottas Fähigkeit, sich an dem zu freuen, was sie hatte, und nicht an das zu denken, was sie hätte bekommen können. Es schien ihr in diesem Augenblick aufzugehen, dass sie selbst mit viel größeren Erwartungen ins Leben gestartet war, und fragte sich nun, ob sie sich gerade deswegen nicht hatten erfüllen lassen.

Sie faltete die Hände und senkte den Kopf. »Könnte Gott mich strafen wollen? Ist es mir, als ich jung war, zu sehr um den schönen Schein gegangen? War ich hochmütig? Habe ich auf andere herabgesehen, die von der Natur nicht so reich gesegnet waren?«

Carlotta brauchte nicht lange nachzudenken. In ihrer Erinnerung war Alessia nie arrogant gewesen, nicht stolz auf ihre Schönheit oder gar überheblich gegenüber anderen, die ihr Aussehen bewunderten. »Es ist nicht deine Schuld, dass du immer über deine Schönheit definiert wurdest. Eher …« Sie suchte nach Worten.

»Ein Fluch?«, fragte Alessia.

Dass sie nicht glücklich geworden war, erkannte Carlotta bald. Dabei hatte es mal so ausgesehen, als legte sich ihr das Glück zu Füßen, und Alessia durfte entscheiden, ob sie es aufheben, darüber hinwegsteigen oder zertreten wollte. Carlotta fragte sich, wofür Alessia sich eigentlich entschieden hatte. In der Schule hatte sie sich zunächst durchboxen müssen, ihre Lese- und Rechtschreibschwäche war damals noch etwas, was nicht diagnostiziert, sondern angeprangert und belacht wurde. Sie war nicht krank, wenn sie die Buchstaben durcheinanderwarf, sondern faul und aufsässig. Aber zum Glück war sie bildhübsch, was ihre Lehrer und Angehörigen immer wieder zu dem Seufzer veranlasste, sie werde sich vermutlich gut verheiraten, und damit wäre dann alles in Ordnung. Eine Ehefrau brauchte keine Orthografie, es reichte, wenn sie ihren Einkaufszettel schreiben und ihn auf dem Markt entziffern konnte.

Als das mit dem Durchboxen in der Schule nicht klappte, verlegte Alessia sich aufs Durchmogeln, darin wurde sie Meisterin. Die beiden Frauen lachten, als sie sich daran erinnerten, wie Alessia einem attraktiven Philosophieprofessor einen Text vorlas, den sie zuvor mit Carlottas Hilfe auswendig gelernt hatte. Ihr Verehrer kam allerdings dahinter, dass ihm etwas vorgemacht worden war, noch bevor er um Alessias Hand anhalten konnte. Allen anderen Männern war es vollkommen egal, wie gut Alessia lesen und schreiben konnte, einer nach dem anderen verliebte sich in sie, es schien, als hätte sie nur die

Qual der Wahl und brauchte sich lediglich den auszusuchen, der ihr am meisten bieten konnte.

»Aber diese Männer wollten immer nur das eine. Vor der Hochzeit! Das kam für mich nicht infrage. Meine Mutter hat mir täglich ins Gewissen geredet, damit ich mich nicht herschenkte, sondern meine Unschuld bewahrte. Mama war ja sehr gläubig. Ich habe sie oft darum beneidet, dass sie so viel Kraft aus dem Glauben ziehen konnte. Sie ist jeden Tag in die Kirche gegangen und hat gebetet, dass ich nicht schwanger wurde, solange ich noch ledig war.«

Von Liebe hatte Alessia zum ersten Mal gesprochen, als sie Valerio kennenlernte. Vorher hatte sie bei jedem Mann abgewogen, was sie von ihm erwarten durfte, was sie ihm geben musste, wie die Kosten-Nutzen-Rechnung aussah. So war es ihr von der Mutter eingebläut worden, die sich gesagt hatte, es müsse einen Sinn haben, dass der Herrgott sie mit einer so schönen Tochter gesegnet hatte. Aber sie hatte auch immer warnend den Zeigefinger gehoben. Schöne Mädchen wollten alle Männer besitzen, sodass sie am Ende dann weniger wert waren als die Mauerblümchen, deren Jungfräulichkeit nie in Gefahr gewesen war.

In dieser Einstellung war sie von dem alten Pfarrer des Dorfes bestärkt worden, der das Wort Moral im Munde bewegte wie einen fetten Bissen, den er nicht herunterzuschlucken wagte. Aber als Valerio sie mit seinem Charme umgarnte, gab es für Alessia keine Überlegungen mehr. Er, der Einzige ohne Geld und mit keinem nennenswerten familiären Hintergrund, dafür mit viel Charme, Attraktivität und ausgeprägter Überredungskunst gesegnet, eroberte Alessias Herz im Sturm. Roberto, der Sohn eines Fabrikbesitzers aus Pienza, der sich schon als Sieger im Rennen um Alessias Gunst gesehen hatte, musste klein beigeben. Valerio war es, der das schönste Mädchen von Panidomino zum Traualtar führte, ein Habenichts mit großen Plänen und der festen Absicht, sie in die Tat umzusetzen. Niemand sollte später noch sagen, Alessia hätte sich für den Falschen entschieden. Alle würden sie sich wundern, wenn er erst das toskanische Weingut des kinderlosen Onkels geerbt und daraus eine Goldgrube gemacht hatte …

Mamma Carlotta sprach aus, was in Alessias Augen zu lesen war, was diese vermutlich selbst niemals in Worte gefasst hätte. »Du bist … un trofeo für ihn gewesen.«

»Eine Trophäe, ja.« Alessia stiegen Tränen in die Augen, aber tapfer entgegnete sie: »Ich habe mich nun einmal für ihn entschieden und vor Gott geschworen, dass ich zu ihm stehen werde. Er ist mein Mann. Basta! In unserer Familie hat es noch nie eine Scheidung gegeben. Meine Mama …«

Ja, Carlotta erinnerte sich, dass Alessias Mutter von jeher die Geschicke ihrer Familie gelenkt und dafür gesorgt hatte, dass die Kinder ihr Leben so einrichteten, wie sie es für richtig hielt. Alessias Mutter würde vermutlich vor lauter Empörung, und um ihre Tochter zu strafen, zum Pflegefall werden und Alessia das Leben zur Hölle machen. Eine Scheidung musste eine himmlische Strafe nach sich ziehen, und Alessias Mutter würde sich bewogen fühlen, als Vollstrecker aufzutreten.

Leise, so leise, dass es kaum zu verstehen war, fügte Alessia an: »Ich wollte, ich hätte mich damals nicht gegen Roberto entschieden. Seine Gefühle für mich waren ehrlich. Für ihn wäre ich keine Trophäe gewesen. Er hat mich wirklich geliebt.«

Erik und Sören beschlossen, zum Meer zu gehen und dort zu überlegen, wie es weitergehen sollte. Es waren nur wenige Schritte bis zur Seestraße, dort führte der Weg direkt zum Horizont. Fietje Tiensch, der Strandwärter von Wenningstedt, empfing sie neben seinem Strandwärterhaus und ließ sie mit großer Geste passieren, als täte er ihnen einen Gefallen, wenn er sie an den Strand ließ, ohne eine Gebühr zu erheben.

Sie stiegen die hohe Holztreppe, die zum Strand hinabführte, ein paar Stufen hinab und blieben an der ersten Ausbuchtung des Geländers stehen. Dort gab es eine kleine Bank, auf der sich die Gäste niederlassen konnten, um den Sand aus den Schuhen zu schütteln und ihre Füße zu säubern, ehe sie den Nachhauseweg antraten. Sie setzten sich jedoch nicht, sondern lehnten sich ans Geländer und blickten nach Norden.

Das Meer war fröhlich an diesem Tag, lebhaft, aufgeregt. Die Wellen hüpften heran und sprangen an den Strand, als müssten sie das lange Ausrollen noch üben. Viel weiße Gischt erschien schon weit draußen auf der behänden Brandung und hopste den Kindern auf die Füße, die an der Wasserkante spielten, Burgen bauten und Kanäle anlegten.

Nach einer Weile des Schweigens sagte Sören: »Kann es wirklich sein, dass Fallaci seinen früheren Nachbarn nicht erkannt hat?«

Erik hielt es für möglich. »Wir hatten ihn gefragt, ob der Tote Thies Dageför ist. Diese Frage hat er uns beantwortet.«

»Und nicht erkannt, dass Holger Callesen vor ihm liegt?«

»Das Leid, das zu seinem Tod führte, hatte ihn sehr verändert.«

»Trotzdem.« Sören wollte sich mit dieser Erklärung nicht zufriedengeben.

»Sie meinen, Fallaci wollte ihn nicht erkennen?«

Ja, das war der Verdacht, den Sören sofort geäußert hatte. »Aber warum?«

Wieder senkte sich das Schweigen über sie. Es lastete niemals auf den beiden, immer schwebte es über ihnen, konnte wegfliegen oder sie einhüllen. Erik und Sören waren Menschen, die sich unter dem Schleier des Schweigens wohlfühlten.

Entsprechend schwer fiel es Erik, ihn zu zerreißen. »Kann es sein, dass Fallaci so wenig von Holger Callesen weiß, wie er behauptet? Er hätte etwas geerbt ...«

»Eine Million«, warf Sören spöttisch ein.

»... einen Kredit aufgenommen und davon das Weingut

gekauft. Aber wer Callesen so viel Geld vermacht hat, weiß Fallaci angeblich nicht.«

»Und nichts von Callesens Lebensumständen hier auf Sylt. Von seinem Privatleben in der Toskana will er auch nichts mitbekommen haben.«

»Wir müssen herausfinden, ob Callesen auf Sylt Verwandte hat, die uns mehr erzählen können. Oder Freunde, die etwas über ihn wissen.«

»Eine Million!«, stöhnte Sören, als könnte er nicht fassen, dass jemand so viel Geld bekam, ohne dafür arbeiten zu müssen.

»Vielleicht hat er ein Haus auf Sylt geerbt und zu Geld gemacht?« Erik stieß sich vom Geländer ab und stieg die Treppe wieder hoch. »Häuser auf der Insel können noch wesentlich mehr bringen als eine Million.«

»Schauen wir mal, welche Spuren Holger Callesen auf Sylt hinterlassen hat.«

»Noch ist der Tote nicht einwandfrei identifiziert.«

»Das hat Fallaci nun davon. Er muss ihn sich ein zweites Mal ansehen. Dr. Hillmot wird uns dann sagen, zu welchem Schluss er gekommen ist.« Auf der obersten Stufe drückte er Sören den Autoschlüssel in die Hand. »Sie fahren. Ich muss jetzt wohl die Staatsanwältin anrufen.«

Schon das erste Freizeichen, das an Eriks Ohr drang, wurde von ihr abgeschnitten. So war es immer, wenn die Staatsanwältin an ihrem Schreibtisch saß. Anscheinend hatte sie nie das Bedürfnis, einen Gedanken, einen Satz zu Ende zu führen oder wie Erik erst einmal Luft zu holen, sich zu räuspern und die Stimme zurechtzurücken.

»Speck!«

Obwohl Erik wusste, dass ihr Name, wenn sie sich meldete, klang, als wäre eine Knallerbse in sein Ohr geraten, erschrak er immer wieder aufs Neue. Und ein Schreck fuhr ihm immer direkt ins Sprachzentrum. »Äh … also …«

»Was ist los, Wolf?«

Viel zu langsam für die Staatsanwältin und auch viel zu umständlich setzte er ihr auseinander, dass der Tote auf einem Foto von Alessia Fallaci erkannt worden war und von deren Mann noch einmal in Augenschein genommen werden sollte. »Valerio Fallaci kannte Holger Callesen.«

»Aber er hat nicht ausgesagt, dass der Tote Callesen ist?«

»Er hat nur erklärt, dass es sich nicht um Thies Dageför handelt.«

»Ist der Tote sehr entstellt?«

Erik zögerte, dann antwortete er: »Ich meine, Fallaci hätte ihn erkennen müssen.«

»Wollte er den Tod dieses Mannes verschleiern? Das würde bedeuten, dass er seine Finger im Spiel hat.«

»Bis jetzt gibt es dafür keine Hinweise.«

»Haben Sie mir nicht gesagt, dass der Sohn der Fallacis das Weingut von Holger Callesen übernommen hat? Na hören Sie mal! Wenn das kein Hinweis ist!«

»Anscheinend hat Callesen das Gut selbst zugrunde gerichtet. Er hat Wein gepanscht, sich dabei aber nicht besonders klug angestellt. Er war ja kein Experte. Fallaci sagt, man sei ihm schnell auf die Schliche gekommen, daraufhin habe niemand mehr bei Holger Callesen Wein gekauft. Von dem Agriturismo allein konnte er nicht leben, er machte Schulden. Sein Ruf litt, sodass auch bald keine Feriengäste mehr kamen, weil die Vermittlungsagentur ihn auch fallen ließ. Ein regelrechter Erdrutsch. Am Ende war er dankbar, dass sich ein Käufer fand.«

»Wir müssen herausbekommen, was sich in der Toskana abgespielt hat.«

»Erst mal will ich hier ermitteln«, wehrte Erik ab. »Holger Callesen hat vielleicht Verwandte auf Sylt, die mir mehr sagen können.«

»In Ordnung. Und behalten Sie diesen Fallaci im Auge. Der Mann kommt mir verdächtig vor.«

»Gut, mache ich. Ich glaube auch, dass der Kerl Dreck am Stecken hat.«

»Fragen Sie mal Ihre Schwiegermutter, Wolf. Die hat doch überall Verwandte in Italien. Vielleicht kann sie über die etwas herausbekommen.«

Nun erschrak Erik schon wieder. Das fehlte noch, dass Carlotta Capella sich in die Ermittlungen einmischte!

»Wie heißt der Ort, wo Callesen sein Weingut hatte?«, fragte Frau Dr. Speck.

»Ich weiß nicht …«

»Das bekomme ich heraus. Eine Kleinigkeit! Ich kümmere mich darum.«

Es knackte in der Leitung, die Staatsanwältin hatte aufgelegt. Wie immer ohne ein einziges Abschiedswort. An diese Unhöflichkeit war Erik zwar gewöhnt, dennoch erbitterte sie ihn stets aufs Neue. Wütend warf er das Handy in seinen Schoß, statt es ordentlich wegzustecken. »Die mischt sich schon wieder ein. Und sie bringt es fertig, meine Schwiegermutter in die Sache hineinzuziehen. Am Ende sitzt sie wieder in meiner Küche und lässt sich mit Antipasti, Primo, Secondo und Dolce verwöhnen. Verdammt!« Er starrte wütend die rote Ampel an, vor der Sören gehalten hatte, um nach links in den Kirchenweg einzubiegen, wo das Polizeirevier lag. »Wir müssen uns beeilen, Sören. Schnelle Ermittlungsergebnisse! Sonst funkt uns die Staatsanwältin dazwischen. Lassen Sie uns sofort die anderen Hinweise ansehen, die Sie in dem Staubsaugerkarton gefunden haben.«

Die Ampel wurde grün, Sören startete. »Dieser Liebesbrief! Vielleicht bringt der uns weiter.«

Der helle, frische Nachmittag war schwer geworden, gesättigt von den Gerüchen des Tages, die der Wind zu vertreiben versuchte. Er hatte schon einiges aufgewirbelt, dieser allgegenwärtige Wind, den Geruch der Sonnenmilch in den Strandkörben, den Mief, der aus den Abfallbehältern stieg, die Fettschwaden aus den Eingängen der Restaurants und die Dunstglocke, die über der Außengastronomie lag. Er senkte sogar allzu schrilles Lachen um zwei, drei Töne, zeichnete das Möwengeschrei weicher und gab allen Stimmen ein feines Echo. Und natürlich führte er schon jetzt die Kühle des Abends herbei, als wollte er warnen: Holt eure Jacken und Steppwesten hervor!

Carlotta Capella bog in den Hochkamp ein, beschwingt und gut gelaunt. Dass die Luft viel kälter war als in Umbrien und der Wind sich anfühlte, als stünde der italienische Winter schon bereit, machte ihr diesmal nichts aus. Sie hatte einen wunderbaren, erinnerungsträchtigen, durch und durch verplauderten Nachmittag hinter sich und fühlte sich wohl. Nicht einmal der Gedanke an Wiebke konnte daran etwas ändern, obwohl er sie nach wie vor bedrückte.

Alessia war ebenso schockiert gewesen wie sie selbst, obwohl sie Wiebke gar nicht kannte. »Auf der Straße gelandet? Terribile! Und das im wohlhabenden Deutschland! Auf dieser Insel der Schönen und Reichen!«

Die Frage, wie Carlotta der armen Wiebke helfen konnte, nahm viel Zeit in Anspruch, ebenso die Überlegung, ob Erik davon erfahren musste und ob man diese Neuigkeit den Kindern zumuten konnte. Nach gründlichem Meinungsaustausch kamen die beiden Frauen zu der Ansicht, dass es Erik sicherlich interessierte und er vermutlich alles tun würde, um Wiebke zu helfen, dass man es aber den Kindern besser vorenthielt. Wiebke würde es nicht recht sein, wenn Carolin und Felix ihr etwas zu essen brächten und sie mit Almosen beschämten.

»Warum bettelt sie ausgerechnet auf Sylt?«, fragte Alessia.

»Vermutlich, weil es hier viele reiche Leute gibt, die großzügiger sind als in Hamburg.«

»Und dafür nimmt sie in Kauf, von der Familie Wolf erkannt zu werden?«

Diese Frage konnte Mamma Carlotta nicht beantworten.

Ja, warum saß Wiebke nicht in Köln oder Düsseldorf auf der Straße? »Sie hat wirklich alles getan, damit man sie nicht erkennt.«

Alessias Frage war damit nicht beantwortet, das spürte sie. Sie stieß wie der Einkaufswagen eines Dränglers in einer langen Schlange vor der Kasse in ihre Hacken, tat weh, ließ sie vorwärts taumeln. Sie schimpfte über die Rücksichtslosigkeit der drängelnden Frage, wurde aber den Schmerz in den Hacken nicht so schnell los. Zum Glück konnte sie ihn verdrängen, als sie an das dachte, was Alessia ihr anvertraut hatte: den wahren Grund, warum Valerio Fallaci ein Hotel auf Sylt eröffnet hatte.

»Roberto ist wieder aufgetaucht.« Alessias Lächeln war glücklich und traurig zugleich.

Der Mann, den sie geheiratet hätte, wenn Valerio ihr keinen Antrag gemacht hätte, hatte ein Jahr nach Alessias Hochzeit eine Römerin geheiratet und war in deren Heimatstadt gezogen. Vor einem Jahr war sie gestorben und Roberto in die Toskana umgesiedelt, hatte dort ein Haus gekauft und sich in Alessias Nähe niedergelassen.

»Nicht in Panidomino, sondern in Montalcino.« Valerio war sofort klar gewesen, dass Roberto in Alessias Nähe leben wollte. Und wenn er das wollte, dann würde er auch versuchen, sie zurückzugewinnen. »Dass ich in meiner Ehe nicht glücklich war, wusste Roberto längst. Er hatte Kontakt zu Jugendfreunden aus Panidomino gehalten, mit denen ich ebenfalls in Verbindung geblieben bin. So hatte ich auch von dem Tod seiner Frau erfahren, dass seine Tochter einen Franzosen geheiratet hatte und nach Paris gezogen und sein Sohn nach Südamerika ausgewandert war. Roberto hielt nichts mehr in Rom.«

Mamma Carlotta war an Liebesdramen immer sehr interessiert, eine unglückliche, eine unerfüllte Liebe brachte sofort ihre Fantasie in Gang. Eheliche Untreue verabscheute sie selbstverständlich, fand sie aber gleichermaßen spannend und sogar verzeihlich, wenn sie sich einreden konnte, dass der betrogene

Partner sich mitschuldig gemacht hatte. Das war in diesem Fall schnell erledigt, denn dass Valerio Fallaci seine Frau nur geheiratet hatte, weil er sie allen anderen wegschnappen, sich mit ihr schmücken und aus einem Wettstreit als Sieger hervorgehen wollte, musste ihm unbedingt vorgeworfen werden. Andererseits … war von ehelicher Untreue überhaupt die Rede gewesen? Alessia sprach von Verlockung, von Reue und großen Gefühlen, ohne zu erklären, ob sie ihre eigenen oder Robertos meinte. Wenn sie der Versuchung nachgegeben hatte, wenn ihre Gefühle für Roberto ihre Prinzipien durcheinandergeworfen und sie etwas getan hatte, was sie jeden Sonntag beichten musste, dann war davon jedenfalls nicht die Rede. Es gab also überhaupt keinen Grund für moralische Empörung.

»Ich weiß, dass mein Mann mich nicht liebt«, sagte Alessia mit tränenerstickter Stimme, »dass er mich vermutlich nie geliebt hat. Aber er würde nicht zulassen, dass mich ein anderer bekommt.« So leise, dass es keiner ihrer Angestellten mitbekam, erzählte sie, was sie kurz nach Robertos Erscheinen in der Toskana beobachtet hatte: Ihr Mann hatte häufig mit Thies Dageför geredet, die beiden hatten die Köpfe zusammengesteckt, über Plänen gebrütet und ständig etwas zu besprechen gehabt. Auf Alessias Fragen waren keine Antworten, sondern nur Ausflüchte gekommen.

»Und dann hat Valerio mir von einem Tag auf den anderen eröffnet, dass wir nach Sylt ziehen werden. Er hat es nicht einmal für nötig gehalten, mich zu fragen, was ich davon halte und ob ich damit einverstanden bin. Es ging nur darum, mich von Roberto zu trennen und ihm vor Augen zu führen, dass er mich niemals bekommen wird. Dass Valerio die Macht hat, das zu verhindern!« Sie hatte nach Carlottas Hand gegriffen, als brauchte sie Halt. »Dabei war das vollkommen unnötig. Ich würde mich niemals scheiden lassen. Das ist eine schwere Sünde. Meine Mutter wird bald neunzig. Es wäre ihr Tod, wenn sie erführe, dass ich mich von Valerio trenne. Andererseits …«

Die Ergänzung, dass eine Mutter, die bald neunzig wurde, eine überschaubare Anzahl von Jahren zu leben hatte, hing in der Luft, wurde aber nicht ausgesprochen.

Mamma Carlotta ging auf die weit geöffnete Tür von Käptens Kajüte zu. Zum Glück drangen keine Stimmen heraus, das Abendgeschäft hatte noch nicht begonnen, Toves Tageskasse füllte sich wie immer nur mühsam mit Mineralwasserflaschen, die Spaziergänger oder Radfahrer kauften, und Eis und Süßigkeiten, die die Kinder ihren Eltern auf dem Weg zum Strand abbettelten. Zwar gab es in der Imbissstube auch eine Kuchentheke, aber Tove bot dort aus gutem Grunde nur Backwerk an, das nicht innerhalb eines Tages verkauft werden musste. Am liebsten Marmorkuchen, der es eine Weile in dem gläsernen Fach seiner Theke aushielt und dem Gast nicht unbedingt auf den ersten Blick zu erkennen gab, dass er staubtrocken war. Carlotta hatte einmal miterlebt, dass jemand den Marmorkuchen beanstandete und behauptete, er sei steinhart. Daraufhin hatte Tove ihn auf den Namen dieses Gebäcks hingewiesen und erklärt, er lege Wert darauf, dass der Kunde wisse, was ihn erwarte. Sein Kirschkuchen enthalte Kirschen, die Aprikosentorte selbstverständlich Aprikosen, und der Gast solle froh sein, dass er keinen Sandkuchen im Angebot habe.

Fietje Tiensch hatte gerade Feierabend gemacht und ließ sich von Tove ein Bier zapfen. Er grinste, als Mamma Carlotta eintrat. »So schnieke, Signora?«

Mamma Carlotta war entzückt, dass der Strandwärter ihr rotes Kleid wahrnahm und sogar positiv beurteilte. Zwar kannte sie die Vokabel »schnieke« nicht, war aber sicher, dass sie ein Kompliment zu hören bekommen hatte.

Tove sah sie von oben bis unten an, konnte sich aber nicht entschließen, in Fietjes Anerkennung einzustimmen. »Sie sehen ja heute aus wie mein Ketchupspender«, brummte er und wehrte ab, als Fietje ihm klarmachen wollte, was ein Gentleman einer Frau schuldig war.

Aber Mamma Carlotta war nicht an männlichen Artigkeiten, sondern daran interessiert, eine Neuigkeit loszuwerden. »Wie heißt dieser Holger, von dem Sie gestern gesprochen haben?«, begann sie, nachdem sie sich auf einen Hocker geschoben und sich gemütlich eingerichtet hatte, indem sie die Unterarme auf die Theke legte und die Füße in den Verstrebungen des Stuhls verhakte. Mit einer Attraktion herauszuplatzen, das war nicht ihr Ding. So was musste gut vorbereitet und die Spannung gesteigert werden, erst auf ihrem Höhepunkt ließ sie die Katze aus dem Sack. So was war bei Friesen einfach. Sie unterbrachen einen Bericht nicht, sondern warteten mit stoischem Gleichmut ab, was auf sie zukam, während ein Italiener schon die Hände über dem Kopf zusammenschlug und den Himmel anrief, wenn er zu ahnen begann, worauf die Erzählung hinauslief. »Also, wie heißt er?«

»Holger! Haben Sie doch selbst gesagt.« Tove war entweder an der Neuigkeit nicht sonderlich interessiert oder wollte über diesen Holger aus irgendeinem Grund nicht sprechen.

Beides wirkte auf Carlottas Mitteilungsfreude wie Benzin auf ein loderndes Feuer. »Ich meine natürlich den Nachnamen.«

Fietje war es, der einsprang. »Callesen.« Er sah Tove fragend an. »Stimmt's?«

»Frag nicht so blöd«, knurrte Tove und beschwerte sich lang und breit darüber, dass eine Signora an seiner Theke saß, die scheinbar nur zum Schnacken gekommen war und nicht daran dachte, etwas zu bestellen, wie das in einem Imbiss üblich war.

»Un Cappuccino, per favore.« Wenn er aber glaubte, Mama Carlotta wäre damit von ihrem Thema abgelenkt worden, hatte er sich getäuscht. Während Tove an seinem Kaffeeautomaten hantierte, sagte sie: »Esattamente! Diesen Namen habe ich heute gehört.« Bedeutungsvoll fügte sie an: »Von meinem Schwiegersohn.«

Fietje trank einen Schluck Jever, Tove goss Milchschaum über den Espresso und bestäubte ihn mit Kakao, dann endlich bekam Mamma Carlotta eine Frage zu hören, auf die sie beharrlich gewartet hatte. »Wo?«

»Im Hotel Frangiflutti.«

»Na und?«

Carlotta ließ sich den Cappuccino vorsetzen, betrachtete ihn lange, als zweifelte sie an seiner Qualität, dann griff sie nach dem Zuckerstreuer und antwortete: »Er ist tot.«

Noch immer war die Reaktion nicht so, wie sie es liebte. Sie blickte nicht in zwei verblüffte, sondern in gleichmütige Gesichter. Jedenfalls schien es so. Aber als sie genauer hinsah, wurde ihr schnell klar, dass Tove es darauf anlegte, ihrem Blick auszuweichen und seine Miene zu verbergen. Er spülte die sauberen Gläser noch einmal, während Fietje seine Bommelmütze in den Nacken schob.

»Der auch?«, fragte Tove.

Mamma Carlotta wollte sich mit dieser spartanischen Reaktion nicht zufriedengeben und legte nach: »Es gibt nur einen Toten.«

»Und was ist mit Thies?«, fragte Tove, als ginge es um einen Wurstlieferanten, den er länger nicht gesehen hatte. »Wo ist der?«

Darauf hatte Mamma Carlotta keine Antwort. Stattdessen reagierte sie mit einer Frage: »Haben Sie nicht gesagt, Valerio Fallaci sei skrupellos?« Sie sah nun Fietje so lange an, bis er es nicht mehr aushielt und aufblickte. »Sie haben sogar vermutet, er stecke mit der Mafia unter einer Decke. Und dieser Holger wäre von ihm ruiniert worden.«

Fietje merkte, dass sie auf etwas hinauswollte, was ihm nicht gefallen würde, und auch Tove schienen ihre Fragen nicht zu behagen. Er spülte zwei weitere Gläser, die längst kopfüber zum Abtropfen neben dem Zapfhahn standen, und hielt sich mit einer Entgegnung zurück.

Carlotta sah Tove Griess scharf an. »Trotzdem machen Sie Geschäfte mit Valerio Fallaci?«

Tove wollte protestieren, erinnerte sich aber, dass die Schwiegermutter von Hauptkommissar Wolf den Hotelbesitzer am Vorabend an seiner Theke gesehen hatte, und setzte zu der Erklärung an, Valerio Fallaci gehöre neuerdings zu seinen Stammgästen …

Doch Mamma Carlotta ließ ihn nicht ausreden. Als sie wortlos das Geld für den Cappuccino auf die Theke legte und nichts auf seine Ausflüchte erwiderte, begriff Tove, dass er durchschaut worden war. Wütend warf er die Münzen in seine Kasse und antwortete nicht auf ihr »Arrivederci!«, als sie Käptens Kajüte verließ.

Sören hatte alles aussortiert, was für ihre Ermittlungen nicht von Belang war. Übrig geblieben waren ein Bild, das aus einer Zeitung ausgeschnitten worden war, und ein Brief. Das Bild zeigte eine Frau von etwa fünfzig Jahren, groß und sehr schlank, mit formeller Frisur, in einem dunkelblauen Abendkleid, am Hals ein Collier, das teuer aussah. Am rechten Rand des Bildes war der Arm eines Mannes zu erkennen, seine Gestalt war jedoch abgeschnitten worden.

Sören hatte sich die Frau anscheinend schon lange angesehen. »Die kommt mir bekannt vor.«

Erik drehte das Bild um und sah auf der Rückseite nach, ob sich der Name der Zeitschrift dort fand. Aber vergeblich. »Eine Prominente?«

Sören zuckte die Achseln. »Irgendeine gesellschaftliche Bedeutung wird sie wohl haben. Sonst wäre ihr Bild nicht in der Zeitung erschienen. Vermutlich eine Ausgabe der Yellowpress.«

»Warum hat Thies Dageför das Bild ausgeschnitten?«

»Fragen Sie mich was Leichteres.«

»Diese Frau muss eine Bedeutung für ihn haben. Kein junger Mann schneidet das Bild einer älteren Frau aus, nur … nur weil ihm ihr Kleid gefällt oder …« Erik fiel kein weiterer möglicher Grund ein.

»Vielleicht stammt dieser Brief von ihr?« Sören setzte ein breites Grinsen auf, mit dem er wohl zu verstehen geben wollte, dass er diesen Fall für ausgeschlossen hielt.

Es war wieder wunderbar mit dir, mein Süßer! Ich freue mich schon auf morgen. Kommst du wieder zu mir? Ich habe an der Rezeption einen Schein liegen lassen. Du kannst jederzeit kommen, ohne dass man dir dumme Fragen stellt. Und dann will ich sofort das Muttermal küssen, die Mondsichel, die niemand zu sehen bekommt, außer mir … Dein Schmetterling.

Erik fühlte sich nicht wohl, als er diese Zeilen las. Die Staatsanwältin hatte ihm schon einmal vorgehalten, er sei nicht zielbewusst genug, er mache sich zu viele Gedanken über die Opfer, die kein Intimleben mehr haben durften, damit man ihrem Mörder auf die Spur kam. Erik fiel es nach wie vor schwer, in das ganz Persönliche eines Menschen einzudringen, vielleicht in ein Geheimnis seines Lebens, das jedem zugestanden werden musste, und etwas ans Licht zu zerren, das diesem Menschen wichtig, womöglich sogar heilig gewesen war. So wie dieser Brief vielleicht. »Er muss ihm wichtig gewesen sein, wenn er ihn aufbewahrt hat.« Nun würde er an einer Pinnwand im Polizeirevier landen, wo alles aufgespießt wurde, was die Beamten der Lösung des Falls näher bringen würde, und jeder konnte sich ansehen, was der Tote für ein Mensch gewesen war. Erik schüttelte sich. Schrecklich.

»Ein Muttermal in Form einer Mondsichel?«, fragte er, als wollte er sich bestätigen lassen, dass er alles richtig verstanden hatte.

»Scheinbar an einer intimen Stelle. Wenn es sonst niemand zu sehen bekommt …«

Beide schwiegen eine Weile, ihre Blicke gingen zwischen dem Brief und dem Bild der Frau hin und her.

»Schmetterling«, murmelte Sören und nahm das Bild der

fremden Frau wieder zur Hand. »Können Sie sich vorstellen, dass sie von Thies Dageför Schmetterling genannt wurde?«

»Wenn man verliebt ist, ist alles möglich.«

Sören schüttelte den Kopf. »Sie ist viel älter als Thies Dageför.«

»Wir wissen nicht, ob diese Nachricht wirklich für Dageför bestimmt war. Und ob der Brief und die Frau im Abendkleid etwas miteinander zu tun haben, ist auch vollkommen offen.«

»Sie muss in einem Hotel gewohnt haben«, überlegte Sören. »Ich gebe Enno ein Foto von Thies Dageför und das Bild dieser Frau mit. Er soll alle Hotels abklappern und fragen, ob die beiden gesehen worden sind.«

Polizeimeister Enno Mierendorf gehörte mit Rudi Engdahl zu den engsten Mitarbeitern des Hauptkommissars. Er versah seinen Dienst im Revierzimmer und hatte hauptsächlich mit Anfragen zu tun, die aus der Bevölkerung kamen. Wann immer jemand das Revier betrat, stöhnte er laut auf, als ginge es mal wieder drunter und drüber. Auch dann, wenn sich stundenlang kein einziger Tourist über einen Handtaschendiebstahl beklagt hatte.

Erik nickte. »Am besten erst mal die Luxushotels. Wenn diese Frau auf Sylt gewohnt hat, dann sicherlich nicht in einem Mittelklassehotel.« Er starrte das Foto lange an, und Sören merkte, dass es in seinem Kopf arbeitete. Er wartete ab, bis Erik bereit war, etwas zu sagen: »Ich werde Wiebke fragen. Ihr sind ja solche Leute vertraut, die in Klatschspalten landen. Vielleicht erkennt sie am Druck oder am Papier sogar die Zeitschrift.«

Rudi Engdahl kam in den Raum, der Polizeiobermeister in den Fünfzigern, extrem schlank und drahtig, von Erik oft wegen seiner Figur beneidet, die ihm die Natur geschenkt hatte. Engdahl trieb genauso wenig Sport wie Erik, sah aber aus wie ein Marathonläufer. »Wo der Tote auf Sylt gewohnt hat, haben wir noch nicht rausgefunden. Von den Hotels und den Vermietern von Ferienwohnungen sind nur Absagen gekommen.«

»Irgendwo muss er doch abgestiegen sein«, überlegte Erik, »als er nach Sylt zurückkam.«

»Vielleicht ist er privat untergekommen«, mutmaßte Sören.

Rudi Engdahl hielt den Zettel in die Höhe, den er noch in der Hand hielt. Nun legte er ihn auf Eriks Schreibtisch. »Vielleicht bei seiner Schwester in Hörnum? Bendine Janssen. Ist mit Redmer Janssen verheiratet. Der arbeitet in einem Kiosk am Hafen. Sie ist in Elternzeit, hat vor ein paar Monaten Zwillinge bekommen. Vorher hat sie in dem Edeka-Markt in Hörnum an der Kasse gesessen.«

»Gut.« Erik stand auf. »Dann werden wir mit Frau Janssen mal reden.« Er zog seine Jeans in eine halbwegs bequeme Höhe und unternahm wieder einmal den Versuch, alles, was er brauchte, in ihren Taschen zu verstauen.

Sören beobachtete ihn grinsend. Als das Telefon klingelte, nahm er den Hörer ab, weil er sah, dass Erik Schwierigkeiten hatte, seine Hand aus der vorderen Jeanstasche herauszuziehen, wo er gerade seinen Führerschein untergebracht hatte.

»Kretschmer, Apparat Wolf!«

Am anderen Ende war Dr. Hillmot. Sören hörte ihm zu, ohne ihn zu unterbrechen. Als Erik endlich auch sein Kleingeld verstaut hatte, fiel ihm auf, dass sein Assistent sehr schweigsam war. Gespannt wartete er darauf, dass Sören das Telefonat beendete. »Gibt's was Neues?«

Sören sah verwirrt aus. »Dr. Hillmot sagt, er hat Klebereste in Holger Callesens Gesicht gefunden. Nicht von dem Klebestreifen, der ihm den Mund verklebt hat, sondern auch andere. Dr. Hillmot geht davon aus, dass Callesen einen künstlichen Bart getragen hat. Anscheinend hatte er sich längere Zeit vor seinem Tod das Gesicht nicht gewaschen.«

Nachdenklich nahm Erik seinen Autoschlüssel und ging zur Tür. »Dann hat er sich also verkleidet, als er nach Sylt kam? Er wollte nicht erkannt werden?«

»Das könnte der Grund sein.«

»Aber wir haben in Thies Dageförs Wohnung keinen künstlichen Bart gefunden.« Erik öffnete langsam die Tür und schob sie ein paar Zentimeter auf. »Warum wollte er nicht erkannt werden, Sören?«

»Weil er Angst vor Thies Dageför hatte?«

»Aber der hat ihn trotzdem erkannt.« Er zog die Tür zehn Zentimeter weiter auf, aber der Spalt war immer noch nicht breit genug, um sie hindurchzulassen. »Warum hatte er Angst vor Dageför?«

Sören wurde jetzt ungeduldig. »Was weiß ich! Das müssen wir eben herausfinden.«

»Und wo Thies Dageför ist.«

»Ja, das auch.« Sören klopfte Erik auf den Rücken. »Denn man tau, Chef.«

Mamma Carlotta nahm sich nicht die Zeit, ihr rotes Kleid gegen ein Kleidungsstück auszutauschen, das für einen Einkauf bei Feinkost Meyer geeigneter gewesen wäre. In ihrem Dorf ging sie immer in der Kittelschürze einkaufen, die sie morgens anzog und erst abends wieder ablegte. Dieses Kleidungsstück, vornehmlich in dunkler Farbe, allenfalls mit ein paar Streublümchen versehen, trugen all ihre Nachbarinnen und Freundinnen. Uniform der Matronen, so hatte Erik es einmal genannt, als er glaubte, sie wäre nicht in seiner Nähe. Mamma Carlotta war tödlich beleidigt gewesen, eine Matrone genannt zu werden, und Lucia hatte lange gebraucht, um die beiden wieder zu versöhnen.

Die dunkle Kittelschürze trug sie in Panidomino weiterhin, aber auf Sylt niemals. Auch weil Carolin ihr deutlich gemacht hatte, dass auf dieser Insel andere Maßstäbe galten. In dem roten Kleid, das für sie so etwas wie ein Festgewand war, würde sie bei Feinkost Meyer vermutlich nicht einmal auffallen. In ihrem Dorf hingegen würde man sie fragen, ob sie zu einem runden Geburtstag eingeladen oder auf dem Weg zu einem Konzert in Città di Castello sei.

Letztlich fiel sie dann aber auch bei Feinkost Meyer auf, denn die Touristen dort waren alles andere als fein oder festlich, wenn auch teuer gekleidet. Ihre Shorts und Polohemden trugen Embleme, die Mamma Carlotta mittlerweile vertraut waren, die Schuhe, die sie bisher ausgetretene Latschen genannt hatte, gehörten zu einem Look, der sehr teuer war, die federleichten Steppwesten kosteten doppelt so viel wie ihr rotes Kleid, das hatte sie auf der Friedrichstraße feststellen müssen. Dennoch war es auf Sylt immer besser, overdressed zu sein – diesen Begriff hatte sie von Carolin gelernt –, als in Kittelschürze zu erscheinen. So versuchte sie, sich nicht anmerken zu lassen, wie schwer es ihr fiel, in einem roten Kleid den Salat zu betasten, ehe sie ihn in den Einkaufswagen legte, und die Champignons zu prüfen, ehe sie sich entschloss, sie in eine Tüte zu schaufeln. Unauffällig säuberte sie ihre Hände an einer Plastiktüte, als sie die Obst- und Gemüseabteilung verließ. Das fehlte noch, dass sie ihr bestes Kleid schmutzig machte! Wenn sie es in die Reinigung bringen musste, würde es nicht fertig sein, wenn sie ihren Geburtstag feiern wollte. Während sie den Laden nach roten Linsen absuchte, fiel ihr zwar ein, was Felix ihr geraten hatte, aber ob sie sich wirklich dazu durchringen konnte, ein neues Kleid zu kaufen, war noch nicht sicher. Also aufpassen!

Ob Svea sich wundern würde, dass sie an diesem Abend zwei Gerichte auf den Tisch brachte, die eine Veganerin essen konnte? Die Suppe von roten Linsen enthielt kein einziges tierisches Produkt und der Salat mit den warmen Champignons auch nicht, wenn sie die Honig-Senf-Vinaigrette dazu servierte, die sie auch dann manchmal machte, wenn es nicht darauf ankam, ein veganes Essen zu servieren. Natürlich musste sie behaupten, sie habe keinen Honig, sondern Agavendicksaft verwendet, aber die Lüge würde ihr glatt über die Lippen gehen.

Die Puttanesca und die Giotto-Creme würden für Svea allerdings nicht genießbar sein. »Va bene«, flüsterte Mamma Carlotta. Das wäre auch zu viel des Guten gewesen. Svea würde sich dann womöglich fragen, was Eriks Schwiegermutter damit bezweckte, dass sie ihr so weit entgegenkam. Nein, Svea durfte nicht misstrauisch werden, nur so zuvorkommend, dass sie auf Carlottas raffinierte Fragen die eine oder andere Antwort gab, die etwas über ihre Eifersucht verriet. Hatte Svea etwa einen guten Grund, auf Wiebke eifersüchtig zu sein? Einen, von dem Carlotta nichts wusste? Hatte Svea den Verdacht, dass Erik immer noch in Wiebke verliebt war? Wollte sie sich Gewissheit verschaffen? Mamma Carlotta gab vor sich selbst nur ungern zu, dass es ihr gefallen würde, wenn Erik sich erneut seiner Exfreundin zuwandte. Natürlich redete sie sich ein, dass es ihr vor allem darum ging, Wiebke von der Straße zu holen und ihr in Eriks Haus wieder ein Zuhause zu geben, aber es gelang ihr nicht recht, sich selbst zu glauben. Nein, vor allem ging es ihr darum, Svea nicht mehr an ihrem Tisch sitzen zu haben und nicht mehr dabei zusehen zu müssen, wie sie in einem Salat herumstocherte.

Als sie die Einkäufe in die Küche trug, war sie entschlossen, das Gespräch auf ihre Beobachtung zu bringen. Wenn sie in Gegenwart von Eriks Freundin darauf zu sprechen kam, dass sie Wiebke auf der Friedrichstraße als Bettlerin gesehen hatte, musste Svea reagieren. Wenn nicht, dann hatte sie etwas zu verbergen. Und wenn Erik erschrocken nachfragen und laut darüber nachdenken würde, wie Wiebke zu helfen sei, dann würde sie Svea genau im Blick haben. Noch während Carlotta das rote Kleid gegen ein leichtes, unempfindliches Hauskleid eintauschte, fragte sie sich, was geschehen würde, wenn Svea sich verächtlich über Wiebke äußerte. Mamma Carlotta wusste nicht genau, was sie sich wünschte.

Während sie Essig, Öl und Honig für die Vinaigrette verrührte, wanderten ihre Gedanken von Svea zu Tove Griess. Was hatte er mit diesem Holger zu tun, den Erik tot aufgefunden hatte? Und mit diesem Thies, in dessen Bett der Tote gelegen hatte? Auch zwischen Valerio Fallaci und Tove Griess gab es eine Verbindung, die Mamma Carlotta noch nicht durchschaute. Dass der attraktive Hotelier sich ausgerechnet den Wirt von Käptens Kajüte als Geschäftspartner ausgesucht hatte, kam ihr verdächtig vor. Gab es keinen anderen, der seinen Wein auf Sylt vertreiben wollte? Oder war alles ganz harmlos und diese Geschäftsverbindung nur dadurch entstanden, dass das Frangiflutti in der Nähe von Käptens Kajüte lag?

Mamma Carlotta hatte sich noch nicht zu einer Meinung durchgerungen, als das Telefon klingelte. Sie hatte gerade die Giotto-Kugeln in den Mixer geworfen und wollte Kakao und Zucker hinzugeben, ließ aber die Zubereitung des Dolces im Stich und eilte in die Diele. Wollte Erik etwa ankündigen, dass er nicht zum Essen kommen könne? Oder Svea ausgerechnet heute die Einladung zum Abendessen absagen?

Aber eine andere Stimme meldete sich, eine, die Erik nicht leiden konnte, mit einem Namen, der ihm nicht selten den Schweiß auf die Stirn trieb, den sie, wenn sie ihn anrief, nicht einmal nannte, was ihn jedes Mal schrecklich ärgerte. Wenn er wüsste, dass die Staatsanwältin sich, wenn sie seine Schwiegermutter kontaktierte, durchaus wie ein zivilisierter Mensch verhielt, wäre sein Zorn vermutlich noch größer.

»Eva-Mathilda Speck hier! Moin, Signora!«

Mamma Carlotta riss den Mund auf wie ein Karpfen, der soeben an Land gezogen worden war. So selten sie normalerweise um ein Wort verlegen war, wenn sie mit einer Respektsperson konfrontiert wurde, verschlug es ihr gelegentlich die Sprache. Schon wieder die Staatsanwältin! Eine Frau, die einen Doktortitel trug! Eine Person, die die Macht hatte, ihren Schwiegersohn, einen Hauptkommissar, zur Schnecke zu machen! So jemand beehrte sie mit einem Anruf! »Signora Dottoressa! Wie nett, dass Sie anrufen!« Sprachlosigkeit befiel sie immer nur kurz, im Nu fielen ihr sämtliche Artigkeiten ein, die in einem solchen Fall von der Zunge rollen mussten, und sie hielt sich mit keiner Freundlichkeit, keinem noch so übertriebenen Kompliment zurück. Die Lehrer ihrer Kinder, ihre Vorgesetzten oder die Honoratioren ihres Dorfes wurden alle mit Freundlichkeit überschüttet, mit Weihnachtsgebäck und mit dem versteckten Lob über Carlottas Nachkommen bedacht. Sie war davon überzeugt, dass dieser Weg der beste und leichteste war, um zum Erfolg zu gelangen. Dass sie in diesem Fall nicht dazu kam, von dem außergewöhnlichen Arbeitseifer ihres Schwiegersohns zu reden, von seinem unermüdlichen Fleiß und seiner dennoch unaufhörlichen Sorge für seine Familie, lag nur daran, dass die Staatsanwältin sie nicht zu Wort kommen ließ. »Ist Ihr Schwiegersohn schon zu Hause?«

»No, no!« Wieder sollte ein Loblied auf Erik folgen, der selbstredend, wenn ein Mord passiert war, erst in den späten Abendstunden heimkam, aber wieder wurde sie unterbrochen.

»Macht nichts. Ich wollte ja auch Sie etwas fragen. Sie als Italienerin …«

Nun verschlug es Mamma Carlotta erneut die Sprache. La Dottoressa wollte sie sprechen? Sie höchstpersönlich? Madonna! Was konnte sie schon einer so wichtigen Dame erzählen?

»Ich dachte, ich rufe Sie besser gleich an. Von Ihrem Schwiegersohn bekomme ich ja doch nur eine blöde Antwort.«

»Blöde?« Mamma Carlotta wusste nicht, wie sie auf diesen Anwurf reagieren sollte. Erik verteidigen, ohne dass sie ahnte, worauf die Sache hinauslief? Oder besser abwarten, was kommen würde?

Sie entschied sich für Letzteres, obwohl von einer wirklichen Entscheidung keine Rede sein konnte, da die Staatsanwältin ihr keine Zeit zu einer Entgegnung ließ. »Ihr Schwiegersohn hält ja weder etwas von Frauenpower noch von Frauensolidarität.«

Diese beiden Schlagwörter überforderten Mamma Carlotta. Worauf wollte die Staatsanwältin hinaus?

»Sie haben vermutlich mitbekommen, dass auf Sylt schon wieder ein Mord geschehen ist?«

»No, no!«, rief Mamma Carlotta erschrocken, die wusste, wie geheim Eriks Ermittlungen immer waren. Dass sie in Käptens Kajüte über den Toten gesprochen hatte, fiel ihr zwar siedend heiß ein, aber der Staatsanwältin würde sie niemals verraten, dass sie wusste, was sie offiziell nichts anging.

»Nein? Ach, ich dachte ...« Was die Staatsanwältin gedacht hatte, behielt sie für sich. Knapp, aber vollständig berichtete sie Mamma Carlotta, dass ein Toter im Bett eines anderen gefunden worden war und diese beiden noch vor Kurzem gemeinsam in der Toskana gelebt hatten, der eine als Besitzer eines Weingutes, der andere als dessen Angestellter. Und dass ein Hotelier, der nach Sylt gezogen war, früher ebenfalls dort gelebt hatte, wo diese beiden Freunde ihr Glück versucht hatten, erwähnte sie ebenfalls. »Aber der Name tut nichts zur Sache.«

Das bestätigte Mamma Carlotta lebhaft, was sie vermutlich unterlassen hätte, wenn ihr nicht sofort klar gewesen wäre, von wem die Staatsanwältin sprach. Sie wisse ja von ihrem Schwiegersohn, wie wichtig es sei, während der laufenden Ermittlungen die Geheimhaltung zu wahren. Gespannt wartete sie auf das, was folgen würde. Ob sie jetzt etwas von Valerio Fallacis Geschäften mit Tove Griess erfuhr?

»Ich weiß doch«, fuhr Frau Dr. Speck fort, »dass Ihre Verwandten über ganz Italien verstreut sind.«

Woher wusste sie das? Hatte Erik darüber gesprochen? Nein, vermutlich sie selbst. Mamma Carlotta erinnerte sich schwach, dass es im März, als die Staatsanwältin nach Sylt gekommen war, um Erik und Sören bei den Ermittlungen zu helfen, zu vielen persönlichen Gesprächen gekommen war. Schon möglich, dass sie einen Überblick über ihre Familie gegeben hatte, nicht nur über die engere, sondern auch über jene Angehörigen, die ihr Heimatdorf verlassen und woanders ihr Glück versucht hatten.

»Ich brauche einen Dolmetscher«, ergänzte die Staatsanwältin, was Mamma Carlotta nun überhaupt nicht verstand.

»Un interprete?« Sie hatte schon einmal mit ihren Sprachkenntnissen bei Ermittlungen geholfen, die bis nach Italien reichten. Ein langes Telefonat hatte sie damals in Eriks Auftrag geführt und alles herausbekommen, was er wissen wollte. Ob sie diesmal im Auftrag der Staatsanwältin telefonieren durfte? Sie spürte bereits das Lampenfieber in ihrer Körpermitte kreiseln. Wie aufregend wäre es, wenn sie ein Telefonat damit einleiten könnte, dass una procuratrice sie beauftragt habe, bei höchstwichtigen polizeilichen Ermittlungen behilflich zu sein.

Sie schwelgte bereits in Vorfreude, als Frau Dr. Speck fragte: »Waren Sie schon mal in Montalcino?«

»Io? No! Ma la mia cugina ...«

»Wer?«

»Meine Cousine! Sie wohnt in Montalcino. Sie hat mich oft eingeladen, sie zu besuchen, aber ...«

»Spricht sie Deutsch?«, unterbrach die Staatsanwältin.

»Concetta? No!«

»Können Sie Ihre Cousine fragen, ob sie das Weingut der Fallacis kennt? Und das Nachbargut? Das hat mal Holger Callesen gehört. Sie wissen schon, der Tote.«

»Sì. Natürlich kann ich Concetta fragen. Nessun problema.«

»Gut, dann werde ich Ihren Schwiegersohn gleich anrufen. Ist besser, wenn er weiß, was ich vorhabe, ehe wir die Sache angehen. Er soll wenigstens gefragt werden, ehe ich seine Schwiegermutter in diesen Fall reinziehe.«

Felix kam die Treppe herunter, als Mamma Carlotta das Telefon zurücklegte. »Die Staatsanwältin? Was wollte die denn?«

Mamma Carlotta griff nach seinem Arm. »Du musst mir helfen, Felice. Ich weiß nicht, was ich tun soll. Wenn die Staatsanwältin einen Wunsch an mich richtet, muss ich ihn doch erfüllen. È vero? Aber was, wenn dein Vater es nicht möchte? Wenn er mir übel nimmt, dass ich mache, was die Staatsanwältin will?«

Felix ließ sich bereitwillig in der Küche nieder, sah seiner Nonna beim Sahneschlagen zu, ließ sich eine übrig gebliebene Giotto-Kugel in den Mund schieben und vorjammern, dass sein Vater sicherlich nicht damit einverstanden sein würde, wenn die Staatsanwältin Angehörige der Familie Wolf rekrutierte, um einen Mordfall zu lösen.

»Wenn du's nicht willst, dann lass es doch.«

»Dio mio! Als wenn das so einfach wäre ...« Anscheinend konnte ein Junge von sechzehn Jahren die diplomatischen Verwicklungen noch nicht mal erahnen, die sich ergeben konnten, wenn jemand etwas verlangte, der die Macht dazu hatte, während gleichzeitig ein Verwandter das Gegenteil forderte und beide Seiten irgendwie berücksichtigt werden mussten.

Als Felix sich zwei weitere Giotto-Kugeln geholt hatte, ohne seiner Nonna bei der Beantwortung ihrer quälenden Fragen geholfen zu haben, wurde er aus der Küche geschickt. Mamma Carlotta beschloss, sich jetzt erst mal ausschließlich ums Abendessen zu kümmern, die offenen Fragen beiseitezuschieben und darauf zu warten, dass Erik heimkam und seine Meinung zu dem Ansinnen der Staatsanwältin äußerte.

Sie zerkleinerte die Schalotten und schnitt sich dabei in den linken Zeigefinger, befreite die Petersilienblätter von den Stielen, warf dann aber die Blätter statt der Stiele in den Abfall, zerbröselte die getrocknete Chilischote und rieb sich anschließend die Augen. Daraufhin musste sie ins Bad stürzen, um sich Wasser ins Gesicht zu werfen, bis die Augen zu brennen aufhörten und sie wieder einen klaren Blick hatte. Als sie in die Küche zurückkehrte, immer noch mit geröteten Augen, wurde ihr klar, dass sie vorsichtiger sein musste. Wenn sie emotional aufgewühlt war, konnte leicht ein Unglück geschehen, das wusste sie. Alle Arbeiten, die mit einem Messer oder heißem

Öl zu tun hatten, erledigte sie besser, wenn sich ihre Unruhe gelegt hatte.

Gut, dass der Weg endlich wieder frei ist«, seufzte Erik, als Sören auf der Hörnumer Straße gen Süden fuhr.

Die Sanierungsmaßnahmen der L 24 hatten von allen Syltern viel Geduld erfordert. Gemeinsam schimpften die beiden auf die vielen Monate, in denen jede Fahrt in den Süden der Insel über zahlreiche Umwege geführt hatte, und stöhnten über die Verkehrsbehinderungen, die zu erwarten waren, wenn man nach Keitum fahren wollte. Eine Vollsperrung zwang hier zu umständlichen Umfahrungen der Baustellen.

Danach waren sie bereit, sich wieder ihrem Fall zuzuwenden. »Holger Callesen ist also inkognito auf Sylt erschienen. Mit einem angeklebten Bart. Wahrscheinlich auch mit Perücke und irgendwelchen Klamotten, in denen ihn keiner erkannte.«

»Aber Thies Dageför hat er augenscheinlich nicht täuschen können.«

»Warum wollte Callesen nicht erkannt werden?«

Erik zögerte. »Vermutlich, weil er etwas vorhatte, für das er später nicht zur Rechenschaft gezogen werden wollte.«

Sören seufzte. »Ich hoffe, seine Schwester kann zur Klärung beitragen.«

»Haben Sie uns angekündigt? Nicht, dass wir vergeblich nach Hörnum fahren.«

»Nein, nein, sie weiß Bescheid. Sie ist zu Hause und erwartet uns.« Er warf einen Blick zur Seite. »Bei ihr ist Holger Callesen nicht untergekrochen. Sie sagt, sie hat schon lange nichts mehr von ihm gehört.«

»Haben Sie ihr vom Tod ihres Bruders erzählt?«

»Natürlich nicht! Todesnachrichten werden nicht am Telefon überbracht. Jedenfalls nicht, wenn es sich vermeiden lässt.«

Sie fuhren durch Rantum, redeten über den riesigen Mast der Loranstation, der schon von Weitem zu sehen war, da klingelte Eriks Handy. »Die Staatsanwältin«, stöhnte er nach einem Blick aufs Display, ehe er den grünen Knopf drückte. Vorsichtshalber hielt er das Handy eine Handbreit vom Ohr entfernt, er kannte ja ihre Art zu reden, laut, zackig, gelegentlich auch unbeherrscht.

»Ich habe Ihnen versprochen, Wolf, den Ort durchzugeben, in dem Callesen sein Weingut hatte.«

»Und?« Eriks Interesse hielt sich in Grenzen. Von dieser Information erwartete er keine bahnbrechenden Erkenntnisse. Die Staatsanwältin sollte später bloß nicht so tun, als hätte sie damit entscheidend zur Aufklärung des Falles beigetragen.

»Montalcino«, kam es wie aus der Pistole geschossen zurück. Frau Dr. Speck sprach den Ortsnamen sogar perfekt aus. »Natürlich liegt das Weingut nicht direkt im Ort, sondern drei, vier Kilometer außerhalb. Wir müssten uns da mal umsehen. Was meinen Sie?«

»Umsehen?« Erik wiederholte es ungläubig. Meinte die Staatsanwältin etwa, er solle in die Toskana fahren, um dort zu ermitteln? »Dafür müssen wir Amtshilfe beantragen.«

Nun lachte sie so schrill, dass er das Gesicht verzog und Sören ein flehentliches Zeichen schickte. Die Staatsanwältin lachte! Hatte man sie jemals lachen hören?

Doch, es fiel ihm wieder ein. Im März, als sie unbedingt vor Ort sein und die Ermittlungen persönlich leiten wollte, hatte sie einen Abend in seinem Haus verbracht. Oder waren es sogar zwei oder drei gewesen? Jedenfalls hatte sie sich begeistert von seiner Schwiegermutter bekochen lassen und war tatsächlich ein paar Stunden zu einer Person geworden, die man sympathisch nennen konnte. Nur wenn man wollte, natürlich. Aber Erik wollte das auf keinen Fall. Seine Schwiegermutter jedoch schwärmte seitdem in den höchsten Tönen von »la dottoressa« und wollte nicht mehr verstehen, dass er diese Frau nicht leiden konnte.

Sören hatte seinen Blick verstanden, weil er scheinbar das

Lachen der Staatsanwältin gehört hatte, so laut war es gewesen. Erik drückte die Lautsprechertaste, damit sein Assistent auch den Rest verstehen konnte. »Umsehen war nicht das richtige Wort, Wolf. Umhören trifft es eher. Wir sollten telefonieren mit Leuten, die dort wohnen, um etwas zu erfahren von dem Weingut und diesem Fallaci, der es übernommen hat.«

»Sein Sohn«, stellte Erik richtig. »Wir sind übrigens auf dem Weg zu Callesens Schwester. Sie lebt in Hörnum. Mal sehen, ob sie uns etwas sagen kann.«

»Gut, Wolf!« Das klang derart anerkennend, dass man der Ansicht sein konnte, sie sei tatsächlich mit ihm zufrieden. Wieder warf Erik seinem Assistenten einen vielsagenden Blick zu. Was war mit der Staatsanwältin los?

»Wussten Sie übrigens, dass Sie Verwandte in Montalcino haben, Wolf?«

Nun hätte er Sören am liebsten gebeten anzuhalten, weil er das Gespräch nicht mehr ertrug, während er sich gleichzeitig mit ziemlich hoher Geschwindigkeit vorwärtsbewegte. Aber sein Flehen verstand Sören natürlich nicht. »Verwandte? Ich?«, brachte er mühsam hervor.

Wieder lachte Frau Dr. Speck. »Anscheinend bin ich besser über Ihre Verwandtschaft informiert als Sie selbst, Wolf.«

Nun begriff Erik. »Sie haben mit meiner Schwiegermutter telefoniert.«

»Bingo!« Das Tirilieren in ihrer Stimme wurde ihm immer unerträglicher. »Eine Cousine Ihrer Schwiegermutter! Ich möchte, dass Sie mit ihr telefonieren, Wolf. Besser vielmehr ... Ihre Schwiegermutter übernimmt das Telefonat. Oder sprechen Sie perfekt Italienisch?«

Am liebsten hätte er bejaht, konnte sich aber gerade noch beherrschen. Nein, er sprach weiß Gott nicht gut Italienisch, perfekt schon gar nicht. Er konnte sich bestenfalls einigermaßen verständigen und erfolgreich radebrechen, wenn er Leute vor sich hatte, die ihm die Chance gaben, sich zusätzlich mit

Gebärden und Mimik auszudrücken, die überdies abwarten konnten, bis er herausgebracht hatte, was er sagen wollte, und an deren Mienen er ablesen konnte, ob er verstanden wurde. Am Telefon war alles viel schwieriger. Und da er diese Cousine in Montalcino nicht persönlich kannte, wäre es noch schwieriger. Möglich aber auch, dass er sie durchaus kannte, sich nur nicht an sie erinnern konnte, was für den Einstieg in ein Gespräch garantiert nicht von Vorteil sein würde.

»Unter diesen Umständen muss meine Schwiegermutter aber Einzelheiten erfahren«, gab er zu bedenken und hoffte, den Plan der Staatsanwältin damit zu durchkreuzen. »All das, was normalerweise ein Dienstgeheimnis ist.«

»Ich bitte Sie, Wolf! Ihre Schwiegermutter wird niemals etwas verraten, was nicht ans Licht der Öffentlichkeit kommen soll. Da bin ich mir ganz sicher. Dafür kenne ich sie mittlerweile gut genug.«

Erik verschlug es die Sprache. Die Staatsanwältin kannte seine Schwiegermutter also schon besser als er selbst? Sie war sich ganz sicher, was ihre Verschwiegenheit anging? Er hatte mit einem Mal das Gefühl, als würde ihm alles aus der Hand genommen, was ihm als Familienvater zustand, und als müsste er es ausgerechnet der Staatsanwältin überlassen.

»Kommt nicht infrage«, antwortete er. »Wozu habe wir Dolmetscher?«

Sören fuhr nun nach Hörnum hinein, passierte das neue Hapimag-Ressort auf der rechten Seite mit der Bushaltestelle davor und nahm das Gas weg, weil er scheinbar nicht mehr sicher war, wo die Budersandstraße lag, obwohl er vorher noch behauptet hatte, dass er im Schlaf dorthin finden würde.

»Sie wissen doch, wie das ist«, kam es zurück. »Ein bis zwei Tage dauert es, bis ein Dolmetscher in meinem Büro erscheint, wenn ich ihn heute noch anfordere.«

Erik glaubte ihr kein Wort. Wenn die Staatsanwältin etwas wollte, orderte sie es so lange und hartnäckig, bis die gesamte

Staatsanwaltschaft in Aufruhr war und alle versuchten, ihren Wunsch unverzüglich zu erfüllen, nur damit sie endlich Ruhe gab. »Außerdem dachte ich, dass Sie dabei sein möchten, wenn der Dolmetscher mit Montalcino telefoniert. Aber wollen Sie deswegen extra nach Flensburg kommen? Dann verlieren Sie ja glatt einen Tag Ihrer Ermittlungsarbeit. Oder soll ich den Dolmetscher nach Sylt schicken? Dann geht ebenfalls ein wertvoller Tag verloren. Und es steht immer noch nicht fest, ob die Cousine Ihrer Schwiegermutter überhaupt bereit ist, einem Fremden etwas zu erzählen.«

Erik gab sich geschlagen. Dass die Staatsanwältin einen Narren an seiner Schwiegermutter gefressen hatte, wusste er ja. Zwischendurch war es ihm mal wie eine Chance erschienen, besser mit Frau Dr. Speck auszukommen, über den veränderten privaten Kontakt zu einem neuen dienstlichen Verhältnis zu finden. Aber jetzt wollte er unbedingt, dass alles wieder so war wie früher, dass sie nicht mehr lachte, während sie telefonierten, und nicht mehr von seiner Schwiegermutter sprach.

»Am besten, Sie reden später mit ihr darüber.« Wieder lachte sie so laut, dass Sören hinter dem Steuer zusammenzuckte. »Sie werden gleich ein wunderbares Abendessen vorgesetzt bekommen. Wenn ich nicht irre, wieder vier Gänge. Ich habe mir nicht erklären lassen, was Ihre Schwiegermutter zurzeit in der Küche zurechtzaubert, sonst hätte ich solchen Appetit bekommen, dass ich mich sofort in den Zug gesetzt hätte, um pünktlich zu den Antipasti auf Sylt zu sein.«

Hoffte die Staatsanwältin etwa, dass er sie ermunterte, den nächsten Zug zu nehmen? Da war sie aber schiefgewickelt! Er quittierte ihr Lachen mit einem müden »Haha« und tat so, als hätte er ihre Idee für einen Witz gehalten. Einen schlechten Witz, wohlgemerkt.

Sören war inzwischen links abgebogen, ohne dass Erik es bemerkt hatte, fuhr den Wagen an den Straßenrand und zeigte auf ein kleines rotes Backsteinhaus, an dem unzählige Stockrosen standen. »Wir sind da.«

Erik beendete das Telefon mit der Staatsanwältin und steckte das Handy aufatmend weg. »Puh! Dass sie meine Schwiegermutter ins Herz geschlossen hat, macht die Zusammenarbeit nicht einfacher. Im Gegenteil!«

Dass Sören darauf nicht antwortete, verbitterte ihn. War sein Assistent etwa der Meinung, er solle diese Wertschätzung nutzen, damit die Zusammenarbeit in Zukunft reibungsloser ablief? Sören hatte schon öfter diesbezügliche Anmerkungen gemacht, und auch in den Augen von Rudi Engdahl und Enno Mierendorf hatte er gelegentlich lesen können, dass sie ihrem Chef dankbar wären, wenn er den Kontakt zur Staatsanwaltschaft Flensburg angenehmer gestalten würde. Bis jetzt hatte er sie glauben machen können, dass er dazu nicht in der Lage sei. Aber wenn die Staatsanwältin so weitermachte, würde ihm die Argumentation bald schwerfallen.

Sie gingen auf das Haus der Janssens zu, und Erik vergaß seinen Ärger, der im Nu von dem absorbiert wurde, was ihm bevorstand. Er ging langsam, verharrte nach zwei, drei Schritten, tat so, als hätte er Schmerzen im rechten Fuß, und ging dann steifbeinig weiter. Er brauchte Zeit! Er brachte es nicht fertig, aus einer Gemütsaufwallung heraus in ein Gespräch zu gehen, das Tränen, Trauer und Verzweiflung auslösen würde. Gern hätte er auch nach dem Schellen eine Weile gewartet, bis geöffnet wurde, aber Bendine Janssen stand schon in der Tür, bevor Sören die Klingel erreicht hatte.

Sie war eine Frau von Mitte dreißig, robust, gesund, rotbackig. Ihr Händedruck war fest, ihre Miene so ernst, als wüsste sie bereits, was auf sie zukam. Schweigend führte sie Erik und Sören durchs Wohnzimmer, das aussah, als hätte Bendine Janssen nicht viel Zeit, für Ordnung und Sauberkeit zu sorgen, und von dort auf die Terrasse. Der Garten war klein, durch die große Wäschespinne, die auf dem Rasen stand, wirkte er noch kleiner. Darauf flatterten winzige Strampler, Hemdchen, Höschen und mehrere Schlafsäcke.

Erst als die beiden Platz genommen und ein Glas Wasser vor sich stehen hatten, fragte sie: »Ist Holger was passiert?«

»Wie kommen Sie darauf?«, fragte Erik zurück.

»Ich habe so lange nichts von ihm gehört. Telefonisch kann ich ihn nicht erreichen, weder auf dem Handy noch auf dem Festnetz. Das ist doch nicht normal.« Sie horchte zu einem kleinen Fenster in der Nähe der Terrasse, das vermutlich zum Kinderzimmer gehörte. Dahinter war ein feines Stimmchen zu vernehmen, kein Schreien, eher ein Drucksen oder Wimmern.

»Wenn die Zwillinge nicht wären, hätte ich mich schon in den Flieger gesetzt.«

Erik riss sich von dem Anblick der Babywäsche los. »Es tut uns leid, Frau Janssen …«

»Er ist tot?« Nun setzte sie sich zu ihnen.

»Er wurde ermordet.«

»Von wem?« Diese Frage kam so schnell, dass Erik regelrecht erschrak. Aber noch ehe er sich wundern konnte, begann sie zu weinen und schien an der Antwort nicht mehr interessiert zu sein.

Erik ließ sie weinen, gab ihr die Zeit, die sie brauchte, während Sören unruhig hin und her rutschte. Das zarte Stimmchen aus dem Kinderzimmer steigerte sich zu kräftigem Geschrei.

Bendine Janssen wischte sich über die Augen und stand auf. Sie verschwand im Haus und kam kurz darauf mit einem winzigen Baby zurück. »Man kann froh sein, wenn nur eins schreit«, sagte sie. »Zwillinge sind echt anstrengend.«

Erik signalisierte Verständnis und sah zu, wie Bendine Janssen den Winzling an ihre Schulter lehnte und ihm den Rücken tätschelte. Beruhigt stellte er fest, dass das Weinen des Kindes leiser wurde und die Augen der Mutter mittlerweile wieder trocken waren.

Nun schien sie sich zu erinnern, worüber sie mit Erik gesprochen hatte. »Ich habe Holger lange nicht gesehen. Seit er in die Toskana gegangen ist. Zwischendurch hat er mal einen Besuch auf Sylt gemacht, aber wir haben uns nicht getroffen.«

»Warum nicht?«, fragte Erik, konnte sich aber die Antwort schon denken.

»Wir haben uns zerstritten, bevor er wegzog«, antwortete Bendine Janssen so leise, als schämte sie sich dieser Tatsache. »Eigentlich haben wir uns nie gut verstanden, schon als Kinder nicht. Als Erwachsene sind wir uns aus dem Weg gegangen.« Ihr Gesicht wurde ärgerlich, sie runzelte die Stirn und verzog den Mund. »Ich hatte kein Verständnis für seinen Entschluss. Wie auch? Er wollte mir ja nicht verraten, woher er das Geld für ein Weingut hatte.«

Das Baby zappelte und wimmerte wieder, Bendine Janssen stand auf und machte ein paar Schritte hin und her, was das Kind augenblicklich beruhigte.

»Eine Million! Mir war von vornherein klar, dass das nicht mit rechten Dingen zugehen konnte. Nun hat er anscheinend die Quittung bekommen.« Sie setzte sich wieder und sah Erik und Sören fragend an. »Wenn ihn jemand umgebracht hat, dann sicherlich wegen dieser Million. Hat er sie gestohlen? Oder ...« Sie brach ab, wartete auf eine Antwort und klopfte dem Baby währenddessen sanft den Rücken.

»Wir wissen es nicht.« Erik rückte seinen Stuhl zur Seite, damit ihn die Sonne nicht traf, die durch einen Spalt zwischen Markise und Dachkante stach.

Bendine Janssens Stimme wurde nun höhnisch. »Angeblich hat er sie geerbt. Aber von wem, das wollte er nicht sagen.« Den folgenden Satz spuckte sie aus, über den Kopf des Säuglings, voller Verächtlichkeit. »Das sollte ich glauben? In unserer Verwandtschaft hat es niemand so dicke, dass er eine Million vererben kann. Und ich wüsste auch nicht, dass Holger jemanden kannte, der so reich ist.« Sie seufzte tief auf. »Aber er war ja sicher, dass ich nicht zur Polizei gehen würde.«

»Und das haben Sie tatsächlich nicht getan«, stellte Sören fest.

»Natürlich nicht. Er war doch mein Bruder. Und erzählen Sie mir jetzt nicht, ich hätte es tun müssen. Ich zeige meinen Bruder nicht an. Und wenn er plötzlich zwei Millionen hat, die er verjubeln will.« Sie warf den beiden Polizeibeamten einen Blick zu, als erwartete sie Vorhaltungen, und sprach weiter, nachdem diese ausblieben. »Aber natürlich habe ich ihm klargemacht, was ich von einem Bruder halte, der zum Betrüger geworden ist.« Ihre Enttäuschung war jetzt mit der Trauer fertig geworden. »Nur gut, dass unsere Eltern das nicht mehr miterlebt haben.«

»Erzählen Sie mir mehr von Ihrem Bruder«, bat Erik. »Damit ich mir ein Bild von ihm machen kann.«

Sie begann zögernd. »Holger war ein Mann ohne … ohne Tiefgang. Immer freundlich, immer fröhlich. Wenn es Probleme gab, verzog er sich. Das Leben sollte leicht sein, so stellte er sich das vor. Er konnte nicht lieben, aber auch nicht hassen. Manchmal kam er mir vor wie ein Mann ohne Gefühle, ohne negative, aber eben auch ohne positive, leidenschaftliche, schwärmerische. Wer ihn nicht so gut kannte, fand ihn unkompliziert und gutmütig. Ja, er war unkompliziert, weil er sofort, wenn Komplikationen auftauchten, verschwand. Und gutmütig erschien er, weil es ihm gleichgültig war, was andere machten. Er akzeptierte seine Mitmenschen nicht, wie manche glaubten, sie waren ihm egal.« Mit einem Mal kam es ihr wohl so vor, als hätte sie zu hart über ihren Bruder geurteilt, und verlegen setzte sie hinzu: »Mehr oder weniger.« Dann wieder heftiger: »Er ließ jeden machen, wie er wollte, aber nicht aus Toleranz, sondern aus Gleichgültigkeit.« Sie sah aus, als wollte sie weiterreden, blieb dann aber mit einem Mal still.

Erik wartete vergeblich, dann fragte er: »Sie haben also keine Ahnung, was er getan hat, um an diese Million zu kommen?«

»Erst wollte ich mich umhören, ob es irgendwo einen Bankraub oder Ähnliches gegeben hat, aber dann … dann habe ich mir gesagt, dass ich es gar nicht wissen will. Am Ende wäre ich doch noch gezwungen gewesen, der Polizei einen Hinweis zu geben.« Sie sah Erik und Sören entschuldigend an. »Verraten wollte ich Holger trotzdem nicht. Ich bin froh, dass ich nie etwas gehört oder gelesen habe. Von einem Überfall oder so …«

Sören sah aus, als wäre er in den letzten Minuten eingelullt worden von den Erzählungen Bendine Janssens. Die Sonne sammelte ihre letzte Kraft und trug sie auf diese windgeschützte Terrasse. Tatsächlich war eine einschläfernde Atmosphäre entstanden, wozu Bendines Stimme beigetragen hatte. Sie sprach ohne Höhen und Tiefen, ihre Stimme plätscherte, sie folgte den schaukelnden Bewegungen, mit denen sie das Baby wiegte, damit es nicht wieder zu schreien begann.

Sören richtete sich nun auf, als wollte er verhindern, dass er wegdöste. »Was hat Ihr Bruder beruflich gemacht?«

»Er war ein paar Jahre Geschäftsführer in einem Restaurant in List. Aber das ging dann pleite. Ob wegen Holger oder trotz Holger … ich weiß es nicht. Er träumte damals schon von der Selbstständigkeit, von einem eigenen Bistro oder so. Er zog dann nach Husum, weil er dort die Chance hatte, ein kleines Gasthaus zu übernehmen, aber das hat auch nicht geklappt.«

»Und dann die Million«, ergänzte Erik.

»Ja«, bestätigte sie mit Nachdruck. »Da war er fein raus.«

»Wann war das?«

Sie brauchte nicht lange zu überlegen. Dieses Ereignis hatte sich in ihr Gedächtnis eingebrannt. »Vor fünf Jahren. Ziemlich genau.«

»Kennen Sie Thies Dageför?«, fragte Sören.

Bendine Janssen zuckte die Schultern. »Mit dem war Holger befreundet. Ich habe ihn zwei- oder dreimal gesehen, aber gekannt? Nein, gekannt habe ich ihn nicht.«

Erik und Sören verständigten sich mit einem Blick und erhoben sich gemeinsam. »Sollte Ihnen noch etwas einfallen, was uns weiterhelfen könnte ...«

»... dann melde ich mich bei Ihnen, schon klar.«

Sören legte eine Visitenkarte auf den Tisch, die Bendine Janssen nicht beachtete. »Was ist denn eigentlich mit seinen Hinterlassenschaften?«, erkundigte sie sich vorsichtig. »Mit seinem ... Erbe?«

Erik hatte das Bedürfnis, ihr sofort alle Hoffnungen zu nehmen, dass sie als einzige Verwandte von Holger Callesen durch Erbschaft zu Geld kommen konnte. »Er hat eine grandiose Pleite hingelegt und das Weingut verkaufen müssen. Wie es scheint, ist ihm nichts geblieben von der Million.« Wenn es denn eine gegeben hat, setzte er in Gedanken hinzu.

»Gar nichts?« Bendine Janssen sah mehr erschrocken als enttäuscht aus.

Sören bestätigte es. »Gibt es Freunde oder Bekannte Ihres Bruders, die uns helfen könnten?«

Bendine Janssen zögerte. »Ich weiß nur von Thies Dageför. Andere Freunde sind mir nicht bekannt. Holger war jemand, der Bekanntschaften hatte, keine Freunde.«

»Und was wissen Sie von Dageför?«

»Nicht viel. Nur dass er ein Kind hat hier auf Sylt.«

»Kennen Sie auch die Mutter dieses Kindes?«

»Nein. Ich weiß nicht einmal, ob Sohn oder Tochter, und habe keine Ahnung, wer die Mutter ist.« Sie zog die Stirn kraus und sah plötzlich so aus, als fiele ihr noch etwas ein. Erik beugte sich gespannt vor. »Thies war mit einer Frau zusammen, die ihn ausgehalten hat. Er war häufig arbeitslos, fand es aber wohl nicht weiter schlimm, weil die Frau gut verdiente.« Bendine Janssen schüttelte sich, als hätte sie etwas Ungenießbares gegessen. »Mein Ding wäre das ja nicht. Ich als Frau soll Geld verdienen, und mein Partner macht es sich auf meine Kosten bequem? Nee!« Sie schüttelte sich noch einmal. »Als ich das hörte, war dieser Typ bei mir unten durch.«

Der Salat war angerichtet, die Giottocreme stand im Kühlschrank, die Suppe wartete auf der heißen Herdplatte, und die Puttanesca musste nur noch mit geriebenem Pecorino bestreut werden. Mamma Carlotta hatte alles erledigt, es blieb nichts mehr zu tun. Mit Carolins Eintreffen war in Kürze zu rechnen, wann Erik seine Ermittlungen fürs Abendessen unterbrechen konnte, war dagegen vollkommen unklar. Und Svea machte ja nie Feierabend, wenn die Zeit dafür reif war, sondern immer erst, wenn alles erledigt war oder sie vor lauter Müdigkeit vom Stuhl fiel. Möglich also, dass sie erst kam, wenn die anderen schon beim Dolce saßen und Mamma Carlotta nicht mehr hoffen durfte, dass die Zubereitung von zwei veganen Gerichten ausreichend gewürdigt wurde. Wenn Svea erschöpft aus dem Büro kam, das wusste Carlotta mittlerweile, war sie oft zu müde zum Essen und auch für ein lebhaftes Gespräch. Temperament war ohnehin nicht ihre Stärke, doch womöglich würde Svea dann sogar zu müde für jede Eifersucht sein. Aber vielleicht auch zu müde für Selbstbeherrschung? Mamma Carlotta wollte unbedingt eine Reaktion von ihr, wenn sie Erik in Sveas Beisein von Wiebke erzählte. Er sollte dann erkennen, dass Svea nicht ohne Grund eifersüchtig war, dass ihm Wiebke nach wie vor etwas bedeutete, dass er sich die Liebe zu ihr nur versagt hatte, weil sie zu kompliziert geworden war. Aber war die Liebe zu Svea etwa einfach? Nein! Das musste ihm mehrmals täglich auffallen, wenn er sich mit dem Knopf seiner Jeans quälte, und auch wenn er die Einrichtung seines Hauses betrachtete, die ständig in Gefahr war, von Svea ausgetauscht zu werden.

Kükeltje, die in den letzten beiden Stunden auf Felix' Bett gedöst hatte, kratzte an der Tür. Während der Zubereitung des Abendessens war sie aus der Küche verbannt worden, weil sie immer darauf hoffte, dass eine Kostprobe für sie abfiel, und dabei ständig der Köchin zwischen die Beine geriet. Jetzt hatte sie wohl gemerkt, dass es zwischen Herd und Kühlschrank ruhiger geworden war, und maunzte so herzergreifend, als könnte sie bereits erahnen, dass die Herrin der Küche bald Zuspruch nötig haben würde.

Mamma Carlotta selbst merkte es erst eine halbe Stunde später. In dieser kurzen Zeit wurde ihr der Glaube an die Menschen geraubt, so hätte sie es in Italien ausgedrückt und dabei die Zustimmung von sämtlichen Nachbarinnen bekommen. In Norddeutschland drückte man derartige Enttäuschungen weniger dramatisch aus. Hier durfte höchstens von vergeblicher Liebesmüh geredet werden. Und selbst dann würde Erik der Meinung sein, dass seine Schwiegermutter ganz schön übertrieb.

Er selbst hatte nur ihr Missvergnügen zu spüren bekommen, weil er als Erster angerufen hatte, um sich und Sören vom Abendessen abzumelden. Als Carolin anrief, die sich nach Feierabend mit einer Freundin treffen wollte, statt das Vier-Gänge-Menü ihrer Großmutter zu würdigen, spitzte sich die Enttäuschung schon zu, und Felix, der sich spontan mit seinen Freunden Ben und Finn getroffen hatte, bekam dann in voller Lautstärke und wortschwallmäßig zu hören, was seine Nonna davon hielt, wenn sich ein Familienmitglied nach dem anderen vom Essen abmeldete. Svea hatte Pech. Sie rief als Letzte an, als Mamma Carlotta gerade ihre Reizbarkeit gen Himmel richtete und Dino und Lucia vorklagte, wie rücksichtslos la famiglia sei. In diesem Augenblick klingelte das Telefon, und Svea entschuldigte sich mit viel Arbeit, die keinen Aufschub duldete. Mamma Carlotta reichte es nun. Ihre Reaktion auf Sveas entschuldigende Worte war brüsk, als sie um Verständnis gebeten wurde, brummte sie nur ärgerlich ein paar italienische Worte, die Svea nicht verstand und auch nicht verstehen sollte, und ihre Abschiedsgrüße, die sonst oft so lang waren wie das gesamte Telefonat, fielen derart knapp aus, dass sie selbst erschrak, als sie das Telefon zur Seite legte, ohne mehrmals Grazie gerufen und so lange Ciao gejubelt zu haben, bis auf der anderen Seite aufgelegt worden war. In diesem Fall hatte sie sich mit einem einzigen Ruf dieser Art begnügt und auf Dankbarkeit ganz verzichtet. Wofür? Dafür, dass Svea Bescheid sagte, wenn sie nicht zum Essen kommen konnte, obwohl extra für sie zwei vegane Gerichte auf den Tisch kommen sollten? Das war kein Grund, sich zu bedanken, in so einem Fall war ein Anruf nichts als eine Selbstverständlichkeit.

Mamma Carlotta schimpfte und brummte noch eine Weile vor sich hin, lüftete einen Topfdeckel und warf ihn scheppernd zurück, fing an, den Tisch abzuräumen, ließ es dann aber bleiben und beschloss schließlich, dass das trockene Basilikum auf der Fensterbank dafür büßen müsse, dass sie mit einem Abendessen in der Küche saß, das niemand haben wollte. Das Basilikum landete im Müll, obwohl es mit reichlich Wasser zu retten gewesen wäre. Danach ging es Mamma Carlotta zwar noch nicht besser, aber sie war ihren Zorn immerhin losgeworden. Sie schimpfte nicht mehr, sie klapperte nicht mehr mit Geschirr und Topfdeckeln, sie lief nicht mehr hin und her und hieb nicht mehr die Fäuste auf den Tisch. Erlahmt ließ sie sich auf einen Stuhl fallen und überlegte, was nun zu tun sei.

Fernsehen? »No!« Dann würde, wenn die Familie nach Hause kam, der Eindruck entstehen, es ginge ihr gut, und sie hätte den ruhigen Abend genossen. »Per niente!« Eine Zeitschrift lesen? Dazu fehlte ihr die Ruhe. Einen Besuch machen? Hier auf Sylt gab es niemanden, der die Küchentür geöffnet hielt, sich gern beim Abtrocknen helfen ließ und dafür bereit war, sich anzuhören, wie wenig Dank man als Frau für all die schwere Arbeit und Aufopferung erhielt.

Mamma Carlotta legte die Hände in den Schoß und sah sich ratlos um. Die Küche war zu einem stillen Ort geworden, zu einem Raum, in dem nichts anderes getan werden konnte, als zu warten. Das aber war so gar nicht nach ihrem Geschmack. Warten, ohne zu wissen, wie lange? Nein, nicht mit ihr! Ihr fiel wieder das Telefongespräch mit der Staatsanwältin ein. Sie dachte darüber nach, was sie vorgeschlagen hatte, und beschloss kurzerhand, dass sie das Telefonat mit Italien, das sie in

Kürze als Dolmetscherin führen sollte, schon mal vorbereiten konnte. Dann hatte ihre Cousine die Chance, sich auf die Fragen der Staatsanwältin einzustellen und sich die Antworten reiflich zu überlegen, ehe sie vor lauter Schreck und Ehrfurcht verstummte, falsche Auskünfte gab oder statt über die Fragen, auf die die Staatsanwältin Antworten haben wollte, über das Essen in Holger Callesens Weingut redete, über irgendeinen Gast, der sich schlecht benommen hatte, oder ein Zimmermädchen, das von einem Kellner schwanger geworden war.

Mamma Carlotta war froh, eine Beschäftigung gefunden zu haben, holte das Telefon aus der Diele, ließ sich auf einem Küchenstuhl nieder, stand noch einmal auf, um Vin Santo und Cantuccini aus der Vorratskammer zu holen, und wählte die Telefonnummer ihrer Cousine, nachdem sie sich eingegossen und den ersten Cantuccini in den Vin Santo getaucht hatte.

Concetta war hocherfreut über Carlottas Anruf und schlagartig in heller Aufregung, als sie hörte, was von ihr erwartet wurde. Eine Auskunft, um polizeiliche Ermittlungen voranzutreiben? Ihre Meinung zu einem Geschehen in ihrer Nähe? Das fand Concetta genauso aufregend wie Mamma Carlotta. Die Familie Fallaci war ihr natürlich gut bekannt, dass Valerio mit seiner Frau nach Sylt gezogen war, wusste sie auch, und dass ihr Sohn das Weingut der Familie vergrößert hatte, war ihr ebenfalls bekannt. Von Holger Callesen konnte sie leider nicht viel berichten, war aber bereit, herumzufragen und ihren Wissensstand zu aktualisieren. Über die schöne Alessia Fallaci, über deren Leben als das attraktivste Mädchen von Panidomino und als enttäuschte Ehefrau redeten die beiden dann so lange, bis Concetta das Gespräch abbrechen musste, weil ihr Mann nach Hause gekommen war und sein Abendessen haben wollte. Sie verabschiedeten sich voneinander in dem guten Gefühl, eine brisante Angelegenheit sorgfältig vorbereitet zu haben, und in der wunderbaren Gewissheit, für wichtige Leute von großer Bedeutung zu sein. »A presto, Concetta!«

Als Carlotta das Telefon zurück in die Diele brachte, sah sie einen Schatten vor der milchverglasten Eingangstür. Jemand stieg die Stufen hoch und hob die Hand ... aber Mamma Carlotta war schneller und öffnete schon, bevor Frau Kemmertöns klingeln konnte. Die Nachbarin erschrak zu Tode, als die Tür aufgerissen wurde, machte einen Schritt zurück und wäre beinahe rückwärts die Treppe heruntergefallen. Zum Glück gelang es ihr im letzten Moment, sich am Geländer festzuhalten. Danach brauchte sie erst mal eine Weile, bis sie sich von ihrem Schreck erholt hatte, und widersetzte sich Mamma Carlottas Hand, die sie ins Haus ziehen, in die Küche schieben, auf einen Stuhl drücken und ihr zur Beruhigung Vin Santo und Cantuccini kredenzen wollte. Frau Kemmertöns musste zunächst ihre Kurzatmigkeit in den Griff bekommen und zu dem Vertrauen zurückgelangen, dass ihr Herz nicht aus der Brust springen würde.

Das war jedoch bald geschehen, und kurz darauf saß Frau Kemmertöns in der Küche und hatte einen Vin Santo vor sich stehen. Die Cantuccini wies sie energisch zurück, auch von dem verschmähten Abendessen wollte sie keine noch so kleine Kostprobe haben. »Sie wissen doch, ich will abnehmen.«

Wie am Vorabend trug sie eine dunkelbraune Hose, eine helle Bluse und darüber eine leichte Steppweste, die lang genug war, ihre Problemzonen zu verbergen. Das hatte sie Mamma Carlotta einmal augenzwinkernd erklärt. Diesmal war sie modisch noch einen Schritt weiter gegangen. Ein farblich passendes Tuch hatte sie sich um den Hals geknotet, keck an der Seite gebunden, sodass die beiden Spitzen unternehmungslustig abstanden.

»Angeblich soll man ja Sport treiben, wenn man abnehmen will, aber das ist mir zu anstrengend. Ich versuche es erst mal mit weniger essen.«

Dass alkoholische Getränke Kalorien enthielten, ignorierte sie. Wenn sie von ihrer demnächst schlanken Linie sprach, ging es immer nur um den Verzicht auf feste Nahrung, vornehmlich um Sahnesaucen, Süßspeisen und Schmorgerichte.

Den vorangegangenen Abend hatte sie erstaunlich gut überstanden, was wohl daran lag, dass sie sich von nun an keine Schwächen mehr zugestehen wollte. Ihr Mann war zwar höchst beunruhigt gewesen, als sie nach Hause gekommen war, und hatte großzügig über ihr Lallen und Schwanken hinweggesehen, sich dann aber zu Bett begeben, als er festgestellt hatte, dass seine Frau den allein verbrachten Abend ansonsten ohne Schaden an Körper und Seele überstanden hatte.

»Er hat nicht mal gefragt, wo ich gewesen bin«, empörte sich Frau Kemmertöns und ließ ihren Busen vibrieren. »Stellen Sie sich das mal vor!«

Mamma Carlotta stellte es sich vor und fand es ungeheuerlich. Ihr Dino hätte diese Toleranz nicht aufgebracht. »Niemals!«

Allerdings wollte Frau Kemmertöns von Toleranz in diesem Zusammenhang nichts hören. Sie sprach vielmehr von Gleichgültigkeit und Bequemlichkeit, denn eine Stunde zuvor hatte sie ihrem Mann vorgeschlagen, dem Kurkonzert in Westerland beizuwohnen. »Und wissen Sie, was er gesagt hat?« Sie starrte Mamma Carlotta so lange an, bis diese den Kopf schüttelte, weil sie sich beim besten Willen nicht vorstellen konnte, wie Herr Kemmertöns reagiert hatte, aber durchaus Schlimmstes befürchtete.

»Er hat gesagt ...« Frau Kemmertöns' Busen fing schon wieder an zu vibrieren, »... ich solle doch einfach das Radio anstellen. Dann könnte er *Wer wird Millionär?* gucken und hätte seine Ruhe.«

Mamma Carlotta demonstrierte ihre Fassungslosigkeit, indem sie Frau Kemmertöns ein weiteres Glas Vin Santo einschenkte. Und diese trank ihn unverzüglich aus, ohne von Kalorien oder von ihrem Gesundheitszustand zu reden. »Daraufhin habe ich gesagt, dass es mir zu langweilig wäre, vor dem

Radio zu sitzen, und ich alleine zum Kurkonzert gehen würde.« Schwungvoll setzte sie das Glas ab und war dann über ihre eigene Dynamik erschrocken. »Er hat mich nicht mal gefragt, wie ich nach Westerland kommen wolle. Mit dem Taxi, hätte ich geantwortet, aber er wollte es gar nicht wissen. Natürlich hätte er sich schrecklich über diese Geldverschwendung aufgeregt, aber …« Sie schnappte empört nach Luft und war unfähig, den Satz zu vollenden.

»… es interessierte ihn nicht«, ergänzte Mamma Carlotta und hatte nun ihrerseits eine Menge zu erzählen von ungerechten Familienangehörigen, denen ein Denkzettel guttun würde.

Frau Kemmertöns bedankte sich für Carlottas Verständnis, indem sie genauso viel für sie aufbrachte und zu allem nickte, was ihr zu Ohren kam. Von dort war der Weg nicht weit zu dem heroischen Entschluss, den Frau Kemmertöns bereits mit schwerer Zunge hervorbrachte: »Wir gehen zusammen aus. Sollen die sich doch alle fragen, wo wir sind, mein Mann und Ihre …« Sie hatte den Überblick über die Familie Wolf bereits verloren. »… Ihre Leute.«

So weit wollte Mamma Carlotta es allerdings nicht treiben. Einen Zettel zu hinterlassen war eine Sache der Fairness.

Habe eine Verabredung. Kann spät werden.

Wer diesen Zettel las, musste sich keine Sorgen machen, dass der Nonna etwas zugestoßen sein könnte, durfte aber durchaus unter der Frage leiden, mit wem um alles in der Welt sie verabredet war und wann sie nach Hause zu kommen gedachte.

Schon wenige Minuten später überquerten zwei unternehmungslustige Damen die Westerlandstraße, die beide das herrliche Gefühl genossen, endlich einmal das zu bekommen, was ihnen schon lange zustand, und sich an diesem Abend zu holen, was sie verdienten!

Erik sah auf die Uhr. »Wir müssen uns beeilen. Wenn die Geschäfte schließen, ist nicht mehr viel los auf der Friedrichstraße.«

»Sagen Sie das nicht.« Sören gab aber trotzdem Gas. »In den Kneipen ist doch immer Betrieb.«

»Wer bettelt, ist auf Passanten angewiesen, die die Straße entlangbummeln«, meinte Erik. »Außerdem wird es kalt. Ich nehme an, dass Wiebke bald ihre Sachen zusammenpacken wird. Wenn sie es nicht schon längst getan hat ...«

Sie parkten in der Bismarckstraße im absoluten Halteverbot, und Erik eilte los, während Sören im Wagen blieb, um notfalls ein Bußgeld abzuwehren, aber auch um seinen Chef allein mit Wiebke Reimers reden zu lassen.

Tatsächlich steckte Wiebke gerade ihre Decke, die Dose mit dem Kleingeld und eine Wasserflasche in ihre Plastiktüte, und auch der Straßenmusikant an ihrer Seite schob die Gitarre in eine Schutzhülle. Eriks Schritte wurden langsamer, und schließlich blieb er stehen, um Wiebke zu betrachten. Unwiderstehlich war ihm ihr Anblick in diesem Moment. Was nahm sie alles auf sich, um erfolgreich zu sein! Wie weit sie ging, wenn sie etwas unbedingt wollte! In die kurz aufwallende Bewunderung schoss wie ein Wasserstrahl in züngelndes Feuer die Erkenntnis, dass sie nicht so viel auf sich genommen hatte, als es darum ging, ihre Liebe zu retten. Nein, für dieses Ziel war sie nicht so weit gegangen.

Erik brauchte eine Weile, bis er auf Wiebke zugehen konnte, ohne all das Private mitzunehmen, das ein Polizeibeamter niemals im Gepäck haben sollte. Das gelang ihm erst, als Wiebke aufsah und ihn entdeckte. Nun schaffte er die letzten Schritte und ging zu ihr.

»Mein Unterstützer! Haste mal 'nen Euro?«

Erik erschrak. Nicht nur über diese Bitte, auch über ihr Grinsen und ihre verblüffende Veränderung. Sie hatte sich in kurzer Zeit den Verhältnissen angepasst, ihrer Stimme einen neuen

Klang gegeben und aus ihren Augen das Verbindliche gelöscht. Ihr Blick hatte exakt das Dreiste bekommen, das aus der Verzweiflung entsteht, und schien sagen zu wollen, dass es für Demut noch zu früh war.

Verlegen beschloss er, ihr Spiel mitzuspielen, griff in die Tasche, holte seine Geldbörse hervor und reichte ihr ein Geldstück.

Wiebke betrachtete es. »Donnerwetter! Zwei Euro sogar! So spendabel war heute noch keiner.«

Der Mann neben ihr hatte seine Gitarre verstaut und sah kurz auf. Erik schrak vor dem Vorwurf zurück, dass ein Zwei-Euro-Stück ein billiges Almosen war.

»Wir könnten was zusammen essen.« Er war betroffen darüber, dass seine Stimme zitterte, und sprach lauter, damit sie mehr Kraft erhielt und sich stabilisierte. »Du hast sicherlich Hunger.«

»Klar! Heute ist noch nicht viel in meinen Magen gekommen.«

Erik warf dem Mann einen Blick zu, der ihm den gebeugten Rücken zukehrte, während er sein Geld zusammensuchte, das er an diesem Tag erhalten hatte, und in den Innentaschen seiner Jacke verstaute. Wiebke warnte Erik mit den Augen, und er verstand. Er durfte ihre Rolle nicht verraten, musste ihr Inkognito wahren.

Er nickte zu Gosch hinüber. »Wie wär's?«

Sie nickte, beugte sich zu dem Mann und tuschelte ihm etwas von einem alten Bekannten aus besseren Zeiten zu. »Bleib noch ein bisschen, Jan«, hörte Erik sie sagen. »Ich bettel ihm ein Fischbrötchen ab, das bringe ich dir dann.«

Der Mann nickte und ließ sich wieder nieder, die Kapuze tief in die Stirn gezogen, verborgen in ihrem Schatten und hinter seinem struppigen Bart. Anscheinend wollte er sein Gesicht niemanden sehen lassen. Erik wurde von heftigem Mitleid gepackt.

Sie fanden einen Platz etwas abseits, im Schutz einer größeren sehr ausgelassenen Gruppe, in der niemand darauf geachtet hatte, dass Erik eine Frau von der Straße an den Tisch holte. Er ging zur Theke, bestellte Bier und Apfelschorle und ein Fischfilet mit Kartoffelsalat für Wiebke.

Er merkte schnell, dass sie sich nicht wohlfühlte, als er ihr Essen und Trinken vorsetzte. »Du musst deine Rolle schon weiterspielen«, sagte er leise, »und diese milde Gabe von mir annehmen. Sonst merkt der Gitarrenspieler, dass mit dir was nicht stimmt.«

Sie ging auf seine Bemerkung nicht ein und fing an, den Kartoffelsalat zu essen, als sei sie hungrig. »Was willst du von mir?«

»Sag mir, wo du wohnst, dann brauche ich dich nicht auf der Straße zu belästigen.«

»Schon gut. Du willst doch etwas.« Wieder stieg in ihr Lächeln das Dreiste, Unhöfliche, Unersättliche, das es früher nicht gegeben hatte. »Oder geht es dir nur darum, einer Bedürftigen etwas zu spendieren?«

Sie lachte, aber er stimmte nicht in ihr Lachen ein. Das fehlte noch, dass sie sich aus dieser Reportage einen Spaß machte und vergaß, wie ernst es war, auf der Straße zu leben, auch dann, wenn es für eine begrenzte Zeit und auf dem unsichtbaren Polster eines guten Honorars war.

Er zog den Zeitungsausschnitt aus der Innentasche seiner Jacke und schob ihn neben Wiebkes Teller. »Kennst du diese Frau?«

Sie legte die Gabel weg und nahm das Bild zur Hand. »Johanna Fiedler«, sagte sie nach kurzem Nachdenken. »Wahrscheinlich auf dem Presseball.«

»Fiedler?« Der Name kam ihm bekannt vor.

»Die Tochter des Kaufhauskönigs. Millionenschwer! Zweimal geschieden, wenn ich mich recht erinnere, und kinderlos. Soviel ich weiß, hat sie häufig Urlaub auf Sylt gemacht.«

»Ist sie oft in den Klatschspalten aufgetaucht?«

»Klar.« Wiebke aß jetzt weiter. »Ich habe selbst einen Artikel über sie geschrieben, als sie starb.«

»Sie ist tot?«

Wiebke betrachtete ihn kopfschüttelnd. »Du bekommst ja wirklich gar nichts mit. Sie war lange krank, keine Ahnung, woran sie litt. Aber ihr Tod war keine Überraschung. Jedenfalls nicht für diejenigen, die sie näher kannten. Die Öffentlichkeit war durchaus überrascht, weil sie sich gut gehalten hat. Noch ein paar Wochen vor ihrem Tod hat sie sich in der Öffentlichkeit gezeigt, hat an irgendeiner Preisverleihung teilgenommen. Man hat ihr die Krankheit nicht angesehen.«

Erik starrte das Foto an. »Johanna Fiedler«, wiederholte er, als hätte er Angst, diesen Namen zu vergessen.

Der Abend war lau, und er blieb es, als der Wind eingeschlafen war. Frau Kemmertöns hakte sich bei Mamma Carlotta ein und ließ sich von ihr mitziehen. Sie, die sich sonst in so kleinen Schritten vorwärtsbewegte, dass es den Anschein erweckte, sie wolle eigentlich stehen bleiben, schritt nun weit aus und steigerte sich zu einem Tempo, das Mamma Carlotta ihren Bummelschritt nannte. Sie hatten also einen Kompromiss gefunden, den Frau Kemmertöns forsch und Mamma Carlotta gemütlich nannte, mit dem sie aber beide zufrieden waren. Frau Kemmertöns ging auch erstaunlich bereitwillig auf den Vorschlag ein, zunächst einen Spaziergang zu machen und erst dann so lange irgendwo einzukehren, bis sie sicher sein konnten, dass Herr Kemmertöns vor Sorge verging und die Familie Wolf in heller Aufregung war. Während sie aufs Wenningstedter Kurzentrum zugingen, versicherten sie sich immer wieder, dass sie alle diesen Denkzettel verdient hatten.

In den Geschäften im Haus am Kliff waren bereits die Lichter angegangen, der Abend fiel auf Sylt herab. Er kam immer spät, aber wenn er da war, wurde es schnell dunkel. Sie betrachteten die Auslagen der Buchhandlung, die ihre Schaufenster mit Leuchttürmen, hölzernen Möwen und Muscheln dekoriert hatte, und standen lange vor der Boutique, die Kleidungsstücke führte, die auch für reifere Damen interessant waren. Frau Kemmertöns gestand, dass sie schon seit Tagen mit einem rosa Blazer liebäugelte, der angeblich nur darauf wartete, von ihr erwählt zu werden.

»Allerdings müsste ich mindestens zwei Kilo abnehmen und meinem Mann den Preis verschweigen.«

Womit sie wieder beim Thema waren. Herr Kemmertöns war also nicht nur ein Mann, der seine Frau am Abend nicht begleiten wollte, der sie in den Gefahren eines Kurortes allein ließ, sondern darüber hinaus einer, der ihr eine kleine modische Extravaganz nicht finanzieren wollte.

Mamma Carlotta pries daraufhin so lange die Freuden der Witwenschaft, bis Frau Kemmertöns einen derart nachdenklichen Blick aufsetzte, dass es ihr angebracht erschien, auch auf die Kehrseite eines solchen Verlustes hinzuweisen und dann schleunigst das Thema zu wechseln. Das neue Thema war ein Eis im Iismeer und die Überlegung, in diesem Restaurant den Abend zu beschließen.

Frau Kemmertöns wollte jedoch unbedingt auf ein Eis verzichten, um möglichst bald in den rosa Blazer zu passen, und hielt auch die Idee, im Iismeer zu bleiben, nicht für klug, weil dort die Speisekarte sehr verführerisch war. Sie hatte gegen Mittag eine Mahlzeit zu sich genommen, die die letzte des Tages sein sollte, und war entschlossen, es in den folgenden Tagen genauso zu halten. »Mit einem leeren Magen ins Bett! Die Pfunde werden nur so purzeln.« Aber sie hatte noch einen anderen Grund, auf einen Besuch im Iismeer zu verzichten. »Besser, unser Rückweg ist so kurz wie möglich.« Damit bewies sie eine weise Voraussicht, mit der sie gleichzeitig ankündigte, wie sie diesen Abend zu verbringen gedachte: so wie den vorherigen. Nicht mit kalorienfreiem Mineralwasser, sondern mit Getränken, die eine Schlankheitskur nicht gerade unterstützten und außerdem in einem leeren Magen viel Unheil anrichten konnten. In Mamma Carlotta entstand die Sorge, dass Frau Kemmertöns, bis sie sich emanzipiert hatte, zur Schnapsdrossel geworden war, oder ihr Mann einen ganz falschen Eindruck von den Bemühungen seiner Frau erhielt.

Sie gingen zur Kliffkante, wo die Dunkelheit, wenn man den vielen Lichtern den Rücken zukehrte, gerade zu einem schweren Vorhang wurde, der unten, um Fuß der Düne, nur gelegentlich ein paar gischtgekrönte Wellen durchließ, als sollten sie die Zuschauer auf die eigentliche Vorführung einstimmen. Sie gingen ein paar Meter weiter, sorgten für ausreichenden Abstand zu den vielen Gosch-Gästen, die ihre Fischbrötchen verzehrten, und Frau Kemmertöns dachte laut darüber nach, wie schön es wäre, es ihnen gleichzutun. Sie war Mamma Carlotta dankbar, denn diesmal war sie es, die dafür sorgte, dass diese Kalorienzufuhr unterblieb. Mit einer derart kulinarischen Verirrung wie einem Fischbrötchen, behauptete sie, würde sie ihr Hausfrauengewissen nicht einmal belasten, wenn ihr der Hungertod drohte. Hätten sie dagegen die Frage diskutiert, ob ein Garnelenspieß diesem Abend die richtige Würze geben könnte, wäre die Entscheidung womöglich anders ausgefallen. Denn Mamma Carlotta merkte mittlerweile, dass auch ihr Magen leer war. Ihr fehlte das Abendessen, das zu Hause in der Küche wartete und vermutlich schon von Kükeltje ins Auge gefasst worden war. Sie versuchte, ihr Hungergefühl zu verdrängen, und Frau Kemmertöns zwang ihren Appetit nieder, dachte an den rosa Blazer und an ihren Mann und zog Mamma Carlotta in Richtung Hochkamp. Dem italienischen Restaurant auf der linken Straßenseite, das schon seine bunten Lichterketten angeknipst hatte, schenkten sie keinen Blick, steckten, als sie der Geruch von Pizza, Pasta und Pomodori traf, ihre Nasen in das laue Lüftchen, das vom Meer kam, und passierten die Versuchungen heldenhaft. Nein, Carlotta Capella wollte nicht schuld daran sein, dass die Nachbarin ihre guten Vorsätze in Sahnesauce ertränkte.

»Käptens Kajüte ist am besten«, erklärte Frau Kemmertöns. »Was dort zu essen angeboten wird, führt niemanden in Versuchung.«

Eine ergriff den Arm der anderen noch fester, als gälte es, die jeweils andere vor den Gefahren der Gastronomie zu schützen. So bogen sie in den Hochkamp ein. Frohgemut, beschwingt und sogar ein bisschen ausgelassen trotz der leeren Mägen.

Aber dann fiel diese Stimmung von Mamma Carlotta ab, als wäre ein Eimer Wasser über ihrem Kopf ausgeleert worden. Fassungslos starrte sie das Auto an, das am Straßenrand stand. Sie kannte es. Dieser dunkelgrüne Golf sah zwar aus wie viele andere, aber das Kfz-Kennzeichen war so einprägsam, dass Mamma Carlotta es sofort erkannte. NF-SG 444! Sveas Wagen!

Frau Kemmertöns wunderte sich, als Mamma Carlotta sich von ihr löste, mit einem Mal sehr langsam ging und schließlich sogar stehen blieb. »Was ist los, Signora?«

Mamma Carlotta antwortete nicht. Sie war unfähig, auf Frau Kemmertöns' Frage zu reagieren. Was machte Svea hier? Sie hatte das Abendessen abgesagt, weil im Büro sehr viel zu erledigen war. Was tat sie dann hier? Gab es einen Kunden in dem Apartmenthaus? War sie mit dem Besitzer verabredet, weil er seine Inneneinrichtung neu gestalten, die Wohnungen moderner ausstatten wollte und deshalb die Hilfe einer Innenarchitektin nötig hatte? Möglich …

Aber Mamma Carlotta dachte an den Vormittag in Westerland, an ihre Beobachtung auf der Friedrichstraße, und ließ den Blick fliegen. Von einem Haus zum anderen, einem Vorgarten zum nächsten, zu jedem Zaun und Friesenwall. Aber niemand war zu sehen. Es war dunkel und still auf dem Hochkamp. Nur das Licht über der Eingangstür von Käptens Kajüte leuchtete ihnen entgegen.

Frau Kemmertöns griff erneut nach Carlottas Arm, als

brauchte sie Ermunterung, ehe sie die Imbissstube betrat. Doch schon im nächsten Augenblick blieb sie wie angewurzelt stehen. Eine dröhnende Stimme war zu hören.

»Auf meinem Grundstück wird nicht herumgeschnüffelt. Raus mit dir!«

Eilig lief Mamma Carlotta Toves Stimme entgegen, Frau Kemmertöns folgte ihr vorsichtig.

»Raus hier!«

Nun wurde eine junge Frau hinter der Hausecke hervorgedrängt, Toves Pranken stießen noch einmal zu, sie stolperte auf die Straße, hielt dabei ihre Mütze fest, als fürchtete sie, sie könne ihr vom Kopf fallen und sie verraten. Wiebke trug noch immer die unvorteilhafte Kleidung und die ausgetretenen Schuhe. Und sie ließ sich stoßen und anschreien, ohne sich zu wehren.

Sören hatte sich nach einer Weile zu Erik gesellt, der keine Anstalten machte, sich zu erheben. »Was ist los, Chef? Brauchen Sie Zeit, um sich von diesem Gespräch zu erholen?«

Erik hatte zornig auffahren wollen, sich dann aber geduckt, als er merkte, dass Sören recht hatte. Ja, er musste das Zusammentreffen mit Wiebke verarbeiten, aus dem Gespräch mit ihr zurückfinden in die Normalität und sich daran erinnern, dass es nicht mehr zur Normalität gehörte, mit Wiebke zu sprechen. Dieser Jan, der plötzlich hinter ihnen erschienen war, hatte ihn sehr schmerzhaft darauf hingewiesen, dass er nicht mehr viel wusste von Wiebke, dass er sie an ein Leben verloren hatte, das er nicht mehr mit ihr teilte, dass ein Fremder, der auch für sie fremd war, sich zwischen sie drängen konnte, als wäre er, Erik, der Fremde.

»Was ist denn nun mit dem Fischbrötchen?«

Er hatte seinen Ärger herunterschlucken, zur Theke gehen, ein Fischbrötchen kaufen und es Jan in die Hand drücken müssen. Dass er vergessen hatte, das Foto von Johanna Fiedler einzustecken, hatte er erst bemerkt, als er zurückkam und sah, dass Jan es betrachtete. Wiebke schien ihm sogar zu erklären, was es mit dem Foto auf sich hatte.

Als er näher kam, hatte er sie sagen hören: »Dieser Mann ist Polizist. Ich kenne ihn aus der Zeit, als ich noch ein bürgerliches Leben geführt habe. Du weißt ja ...«

Ja, Jan wusste natürlich, wie schnell es gehen konnte, aus dem bürgerlichen Leben herauszufallen. Das wussten alle, die auf der Straße leben mussten. Er hatte wortlos das Fischbrötchen entgegengenommen, Erik nicht gedankt und war davongegangen.

Erik hatte ihm nicht nachgesehen. »Weiß er, dass du Journalistin bist?«

Wiebke hatte sich an die Stirn getippt. »Ich will rausbekommen, was in seinem Leben passiert ist. Meinst du, das würde er mir erzählen, wenn er wüsste, dass ich seine Geschichte demnächst an eine Zeitschrift verkaufe?« Sie hatte gesehen, wie sich sein Gesicht verdüsterte, und schnell hinzugesetzt: »Natürlich werde ich einen anderen Namen benutzen und so viel verändern, dass er sich selbst nicht wiedererkennt. Erst recht niemand von früher, als es ihm noch besser ging.«

»Was hast du ihm für eine Geschichte von dir erzählt?«

»Gewalttätiger Ehemann, Scheidung, Arbeitslosigkeit, Schulden ... Viel musste ich nicht erzählen. Er interessiert sich nur für sich selbst, nicht für andere.«

Erik hatte Sören gebeten, mit Wiebke allein reden zu dürfen, es wie ein Privatgespräch aussehen zu lassen, nun gestand er sich ein, dass dieser Wunsch mit einer Menge Hoffnung verbunden gewesen war. Nicht nur, dass er glaubte, mehr von Wiebke zu erfahren, wenn sie mit ihm allein war, er wollte auch, dass sie ihm etwas anvertraute, weil es eine gemeinsame Vergangenheit gab, die dieses Vertrauen möglich machte. Letztendlich hatte er wohl nichts erfahren, was ihm vorenthalten worden wäre, wenn Sören dabei gewesen wäre, aber er schaffte es dennoch, sich einzureden, dass er ein durch und durch vertrauliches Gespräch mit Wiebke geführt hatte. Als ihm aufgegangen war, wie schwierig es war, zu einer Intimität zurückzufinden, die er früher genossen hatte und die er mit einem Mal unbedingt zurückhaben wollte, hatte er von seinem neuen Fall zu sprechen begonnen. Jedes Mal, wenn die Frage in ihm aufgekommen war, warum er nach einer Vertraulichkeit suchte, die doch längst vergangen war, hatte er sie abgeschüttelt und weitergeredet, wie er es früher getan hatte, als er noch mit Wiebke zusammen gewesen war. Dass er oft Einzelheiten verschwiegen hatte, weil er fürchten musste, dass Wiebke daraus eine Story machte, hatte er verdrängt. Der Wunsch, ihr etwas anzuvertrauen und dafür mit dem gleichen Vertrauen belohnt zu werden, war übermächtig. Er hatte ihr von dem Toten erzählt, der in einem Bett angekettet worden und dort jämmerlich umgekommen war, auch, dass sie zunächst geglaubt hatten, dass der Tote der Mieter der Wohnung war, und erst später herausbekommen hatten, dass es sich um einen früheren Freund des Mieters handelte.

»Das Foto von Johanna Fiedler haben wir in diesem Apartment gefunden. Der Mieter muss eine Beziehung zu ihr gehabt haben. Oder zumindest ein außergewöhnliches Interesse an ihr.« Immerhin hatte er den Namen von Thies Dageför nicht genannt und sich in dem Moment für seine Diskretion selbst gelobt. Doch schon jetzt, kurze Zeit später, wusste er, dass er alles andere als diskret gewesen war.

»Haben Sie was rausbekommen?«, fragte Sören, dem es wohl schien, dass sein Chef so schnell wie möglich aus seinem Privatleben ins Dienstliche zurückkehren wollte.

Erik wollte nicht gern über das Gespräch mit Wiebke reden und erst recht nicht eingestehen, dass er ihr mehr von dem Mordfall Holger Callesen berichtet hatte, als notwendig und vernünftig gewesen war. Deshalb antwortete er mit einer Gegenfrage: »Ist Enno schon mit den Fotos losgezogen?«

»Wahrscheinlich.«

»Dann rufen Sie ihn bitte an. Er soll nach dem Namen Johanna Fiedler fragen.«

Sören stockte mitten in der Bewegung, mit der er sein Handy hervorholen wollte. »Die Tochter des Kaufhauskönigs?«

Erik ging statt einer Antwort zur Theke und holte zwei Fischbrötchen, eins mit Matjes und eins mit Brathering. Er legte sie beide vor Sören hin. »Suchen Sie sich eins aus.«

Sören zauderte. »Und Ihre Schwiegermutter?«

»Ich habe uns abgemeldet. Wir müssen mal in Ruhe schnacken, ohne dass meine Schwiegermutter ständig dazwischenredet.«

Sören griff nach dem Matjesbrötchen und biss ohne jede Begeisterung hinein. Noch während er den riesigen Zwiebelring aus dem Mundwinkel hinter die Zähne schob, sagte er: »Dann will ich aber auch ein Bier.«

Als Erik mit zwei Gläsern von der Theke zurückkam, nickte Sören zu seinem Handy, das vor ihm auf dem Tisch lag. »Enno weiß Bescheid. Er fängt in Westerland an. Und Rudi kümmert sich um die Raubüberfälle, bei denen vor fünf Jahren eine Million erbeutet wurde.«

Sie prosteten sich zu und tranken. Sören war bereits mit seinem Fischbrötchen fertig und sah Erik dabei zu, wie er den Kampf mit dem Brathering und den Zwiebelringen aufnahm. Er wusste, dass sein Chef eine Weile beschäftigt sein würde, und begann, ohne aufgefordert zu werden, zu rekapitulieren: »Wir haben einen Toten, der in der Wohnung von Thies Dageför umgebracht wurde. Holger Callesen, der mit Dageför befreundet war. Der hat seinen Freund wahrscheinlich auf dem Gewissen.«

Erik schüttelte den Kopf, sodass die Zwiebelringe, die ihm aus dem Mund schauten, hin und her flogen.

»Wahrscheinlich, habe ich gesagt. Kann natürlich auch sein, dass es anders war.« Sören wartete Eriks Zustimmung nicht ab, sondern fuhr fort: »Thies Dageför stand irgendwie in Verbindung mit Johanna Fiedler, einer schwerreichen Frau.«

Wieder schüttelte Erik den Kopf, war aber noch nicht in der Lage zu antworten, weil der Bissen, den er sich gerade einverleibte, zu groß war, um etwas zu sagen.

»Okay, von einem Kontakt kann man nicht reden, wohl aber von einem Interesse an ihr. Sonst hätte Dageför das Foto nicht aus der Zeitung ausgeschnitten.« Sören trank einen weiteren Schluck Bier, ehe er fortfuhr: »Und wir haben den Liebesbrief. Ob Johanna Fiedler ihn geschrieben hat, wissen wir nicht. Aber möglich wäre es. Wir werden eine Schriftprobe veranlassen, wenn wir mit ihren Angehörigen Kontakt aufgenommen haben.«

Eriks Mund war in diesem Augenblick leer. »Thies und Holger lebten in Italien. In Montalcino, wie die Staatsanwältin herausgefunden hat.« Er verzog das Gesicht zu einer Grimasse, die sagen sollte, dass sie das auch leicht selbst hätten ermitteln können. »Callesen steuerte auf eine Pleite zu, Dageför beschloss, die Seiten zu wechseln, wieder nach Sylt zu gehen und für Fallaci zu arbeiten.«

»Aber Holger Callesen ist ihm gefolgt.«

»Was war zwischen den beiden vorgefallen, dass dieser Besuch auf Sylt mit Callesens Tod endete?«

»Vielleicht müssen wir die Spur in Italien aufnehmen. Wenn wir wüssten, was dort passiert ist …«

Erik gefiel der Gedanke nicht. »Das dauert! Wir müssten Amtshilfe beantragen. Bis die bewilligt ist …«

»Von Weinpanscherei war die Rede«, überlegte Sören weiter, ohne Eriks Einwurf zu beachten.

»Damit hat Holger Callesen seinen Ruin eingeleitet.«

»Ganz schön blöde. Eine Million erben und nicht zufrieden sein! Aber so ist das wohl mit der Gier. Wer viel hat, will immer noch mehr.«

»Nur woher hatte er sie, diese Million …?«

»Das kriegen wir auch noch raus.« Sören schüttelte den Gedanken ab. »Dageför war längere Zeit mit einer Frau liiert, die gut verdiente, sodass seine Arbeitslosigkeit keine Rolle spielte. Und es ist von einem unehelichen Kind die Rede gewesen. Vielleicht sollten wir da ansetzen.«

»Aber wir wissen keine Namen. Weder von dem Kind noch von seiner Mutter.«

»Dageför hatte einen Unfall vorm Bahnhof.« Sören starrte auf das Fischbrötchen, das in Eriks Mund verschwand, ohne es zu sehen. »Wann war das eigentlich?«

Erik runzelte die Stirn. »Ich glaube … Verdammt, was hat Alessia Fallaci gesagt? Mittwoch …«

Sören wischte seine Frage aus der Luft. »Egal! Wir fahren in der Nordseeklinik vorbei und erkundigen uns. Wenn es Mittwoch war, dann könnte Callesen angekettet worden sein, während Dageför im Krankenhaus lag. Er käme dann als Mörder nicht mehr in Betracht. Wir müssen Dr. Hillmot noch mal nach den Zeiten fragen.«

»Wenn Dageför es nicht war, müsste jemand einen Schlüssel zu seiner Wohnung gehabt haben.«

»Und den Vorsatz, Thies Dageför den Mord in die Schuhe zu schieben.«

Erik schüttelte sich. »Er wird aus dem Krankenhaus entlassen, fährt im Frangiflutti vorbei, um sich gesund zu melden, hilft dort sogar aus, weil gerade so viel zu tun ist. Dann fährt er nach Hause und entdeckt in seiner Wohnung einen Toten?«

»Kein Mensch haut dann einfach ab, statt zur Polizei zu gehen.«

»Es sei denn, er hat ein schlechtes Gewissen. Oder Angst, dass man ihn für den Mörder halten könnte.«

»Der Todeszeitpunkt lässt sich ziemlich genau ermitteln. Er hätte ein tolles Alibi gehabt.«

»Vielleicht wusste er nicht, wie genau die Gerichtsmedizin heutzutage arbeitet.«

»Oder er hat irgendwas mit dem Tod zu tun. Er war vielleicht nicht derjenige, der Callesen angekettet hat, aber einer, der den Hass geschürt hat, den ein Mörder für eine solche Tat aufbringen muss.«

Erik wischte sich gründlich den Mund ab. »Fallaci hat was damit zu tun. Irgendetwas muss in Italien vorgefallen sein, von dem wir keine Ahnung haben.«

»Ja, schon komisch, dass er Callesens Leiche nicht erkannt haben will.«

Erik seufzte. »Mir scheint, wir müssen wirklich mit der Cousine meiner Schwiegermutter telefonieren.«

In diesem Augenblick ging Eriks Handy. Er nahm das Gespräch an, lauschte angestrengt, dann nickte er. »Okay, danke. Aber noch was ... Versuchen Sie, etwas über die Hinterbliebenen von Johanna Fiedler herauszufinden. Ja, ja, die Erbin dieses Kaufhauskönigs.« Ärgerlich ergänzte er, als er das Gespräch beendet hatte: »Lieber Himmel, ich scheine wirklich der Einzige zu sein, der diese Dame nicht gekannt hat.« Er steckte das Handy zurück in seine Jackentasche. »Kein Raubüberfall, sagt Rudi Engdahl, ein Entführungsfall vor fünf Jahren, aber nichts, womit Holger Callesen zu einer Million gekommen sein könnte.«

Sören trank sein Glas aus und stellte es so dynamisch zurück, als wollte er unbedingt noch heute den Mordfall Holger Callesen aufklären. »Ich schlage vor, wir fahren zur Nordseeklinik. Und gleich morgen früh fragen wir Dr. Hillmot, ob er uns sagen kann, wann Callesen angekettet wurde.« Er sah auf die Uhr. »Der hat garantiert längst Feierabend gemacht.«

Frau Kemmertöns war empört. »Wie können Sie so mit der armen Frau umgehen?«

»Von wegen arme Frau!« Tove versetzte Wiebke einen weiteren Stoß und ließ erst von ihr ab, als sie Richtung Westerlandstraße taumelte.

»Signorina!« Mamma Carlotta lief ihr nach, aber Wiebke blieb nicht stehen und drehte sich auch nicht zu ihr um. Sie wehrte sie mit der linken Hand ab und murmelte: »Lassen Sie mich besser in Ruhe, Signora.«

Das klang so hart und abweisend, dass Carlotta tatsächlich stehen blieb. Mit brennenden Augen folgte sie Wiebkes Gestalt. Wo wollte sie hin? Wo würde sie eine Übernachtungsmöglichkeit finden? Wie war sie überhaupt von Westerland nach Wenningstedt gekommen?

Sie hörte, während sie Wiebke nachstarrte, die Stimme von Frau Kemmertöns, die Tove Griess davon zu überzeugen versuchte, dass er sich geirrt habe. »Das war doch diese Journalisten, die Exfreundin von Hauptkommissar Wolf! Haben Sie die denn nicht erkannt? Die kann noch nichts Böses im Schilde geführt haben.«

Tove brummte etwas Unverständliches, was aber versöhnlicher klang als alles, was er Wiebke nachgeschimpft hatte. »Wenn sich jemand in meinem Küchenhof herumdrückt, darf er sich nicht wundern, wenn er rausfliegt.« Er kehrte in seine Imbissstube zurück und ließ die Tür offen stehen. Anscheinend ging er davon aus, dass die beiden Frauen den Abend an seiner Theke beschließen wollten.

Wiebkes Gestalt hatte sich mittlerweile in der Dunkelheit verloren, ihre Schritte waren Teil der Geräusche ringsum geworden, ein Fensterladen, der sich öffnete, eine Katze, die an einem Friesenwall entlanghuschte, zwei Männer, die aus einem Haus kamen, ein Fahrrad, das umfiel.

Mamma Carlotta stellte fest, dass Frau Kemmertöns bereits in der Imbissstube verschwunden war. Mit einiger Anstrengung löste sie sich von dem Bild, in dem Wiebke nicht mehr zu sehen war, und aus dem bitteren Gefühl, eine Hilfe versagt, zu schnell klein beigegeben zu haben. Sie ging zur Eingangstür von Käptens Kajüte und drehte sich noch einmal um. Da sah sie einen Schatten am Rand des Lichtkegels einer Laterne vorbeihuschen und auf den Eingang vom Hotel Wiesbaden zuhalten. Wiebke? Nein, unmöglich! Eine Hotelübernachtung konnte sie sich garantiert nicht mehr leisten.

Fietje saß vor einem leeren Bierglas und sah Tove kopfschüttelnd an. »Ein Dieb in deinem Küchenhof, in dem es nur Gerümpel gibt? Was soll der denn da klauen? Oder hast du Angst, dass dir jemand den Brunello wegtrinkt?«

»Halt's Maul«, brummte Tove.

Frau Kemmertöns versuchte es mit einem Barhocker, blieb aber nicht lange sitzen, sondern fand, dass es sich am Tisch bequemer reden ließ. »Außerdem sind wir dann nicht so nah bei dem Marmorkuchen. Ich weiß zwar, dass der nicht schmeckt, aber wenn ich den jetzt in die Finger bekäme …«

Tove sah die beiden Frauen an. »Was darf's sein? Das Gleiche wie gestern?«

Weder Carlotta noch Frau Kemmertöns konnten sich daran erinnern, was sie am Tag zuvor zu sich genommen hatten. Aber Tove wusste es noch. »Prosecco, Hugo, Aperol Spritz.« In welcher Reihenfolge und Menge sie das alles konsumiert hatten, konnte er nicht mehr genau sagen, glaubte aber, dass es darauf nicht ankäme. Mamma Carlotta entschied sich an diesem Abend jedoch für das Altbewährte, den Rotwein aus Montepulciano. Frau Kemmertöns hoffte dagegen, dass viele Getränke sie so satt machen könnten wie viel feste Nahrung, und beschloss, sich den Magen mit allem zu füllen, was Tove topaktuell nannte. Unternehmungslustig zupfte sie ihr Halstuch zurecht, das sie Nickituch nannte, ein Begriff, der Mamma Carlotta fremd war. »Dann komme ich vielleicht über meinen Hunger hinweg.« Tove sah auf die Uhr. »Sie müssen flott trinken, ich schließe bald. Um Mitternacht will ich zu Hause sein.«

»Ja, ja.« Mamma Carlotta und Frau Kemmertöns steckten an ihrem Tisch die Köpfe zusammen, malten sich aus, wie man sie zu Hause empfangen würde, kicherten und sahen sich verstohlen an, als wollte jede von der anderen wissen, ob sie sich nicht doch ein bisschen vor der Heimkehr fürchtete.

»Was soll ich meinem Mann sagen, wo ich gewesen bin?«

»Vielleicht … gar nichts.« Mamma Carlotta gefiel dieser Gedanke. »Soll er sich doch selbst fragen, wo seine Frau den Abend verbracht hat.«

»Prost!« Mamma Carlottas Entgegnung war genau das gewesen, was Frau Kemmertöns brauchte. »Und Sie?«

»Ich?« Mamma Carlotta warf ihrer Nachbarin einen Blick zu, als wollte sie sie um Entschuldigung bitten. »Ich werde Enrico wohl erzählen müssen, dass es in Ihrer Ehe Schwierigkeiten gibt und ich Ihnen helfen wollte. Bei Eheproblemen braucht ja jede Frau eine Freundin, der sie ihr Herz ausschütten kann. Das wird Enrico verstehen.«

Frau Kemmertöns zögerte, dann nickte sie. »Meinetwegen. Ihr Schwiegersohn wird nicht darüber reden. Und er wird meinen Mann garantiert nicht darauf ansprechen. Der hat ja noch gar nicht kapiert, dass wir ein Eheproblem haben. Und ich möchte nicht, dass er es von Ihrem Schwiegersohn erfährt.«

Dass Erik mit Herrn Kemmertöns ein Gespräch von Mann zu Mann führen wollte, konnte sich auch Mamma Carlotta nicht vorstellen. Persönliche Gespräche waren sowieso nicht Eriks Stärke, über den Verlauf einer fremden Ehe zu reden wäre ihm höchst unangenehm, erst recht, wenn die beiden Ehepartner ihm so wenig vertraut waren wie die Kemmertöns. Zwar wohnte er schon seit Jahrzehnten Tür an Tür mit ihnen, aber über einen freundlichen Gruß und ein belangloses Gespräch über den Zaun war er nie hinausgekommen. Ob auch Lucia es so gehalten hatte? Carlotta wollte Frau Kemmertöns gerade fragen, ob sie mit ihrer Tochter gelegentlich Kaffee getrunken und geplaudert hatte, da merkte sie, dass die Nachbarin unruhig wurde. Immer wieder blickte sie zu Toves Kuchentheke, wo der einsame Marmorkuchen von einer Neonröhre beschienen wurde. Frau Kemmertöns sah aus, als wollte sie ihre Diät mitsamt dem rosa Blazer über Bord werfen.

»Ich glaube, ich muss mal an die frische Luft«, stöhnte sie plötzlich.

»Ist Ihnen nicht gut?«, fragte Mamma Carlotta erschrocken.

»Nein, nein …« Frau Kemmertöns stand auf und hielt sich an der Tischkante fest.

»Soll ich mitkommen?«

»Bloß nicht.« Das klang sehr bestimmt.

»Wollen Sie nicht lieber …« Mamma Carlotta wies zu dem Schild »WC«.

»Da bin ich einmal gewesen. Nie wieder.« Frau Kemmertöns schwankte zur Tür.

Mamma Carlotta sah ihr besorgt nach und kämpfte gegen ihren Drang zu helfen, auch dort, wo Hilfe nicht erwünscht war. Sie wusste, dass es Menschen gab, die lieber allein waren, wenn ihnen übel wurde. Früher war sie immer aufgestanden, wenn sie ein Familienmitglied im Badezimmer würgen hörte, war zu ihm geeilt, hatte die Stirn gehalten, den Rücken getätschelt und später Tee gekocht. Dann aber musste sie erfahren, dass ihre Kinder sich einschlossen und nichts von der Hilfe ihrer Mutter wissen wollten, vor allem nichts von ihren Fragen. Und sie würde nie vergessen, als Erik einmal von einer Magen-Darm-Grippe befallen worden war und hilflos vor der Toilettenschüssel kniete. Dass sie sich erlaubt hatte, ins Badezimmer zu kommen, um ihm beizustehen, hielt er ihr heute noch manchmal vor. Übelkeit und Erbrechen sei ein Zustand, hatte er ihr erklärt, in dem jeder Mensch allein sein wolle.

So blieb Mamma Carlotta an ihrem Tisch sitzen, trank ihr Glas aus, leerte auch das Glas von Frau Kemmertöns und wartete auf deren Rückkehr. Aber vergeblich. Sie blickte auf die Uhr, erzählte Tove und Fietje etwas von Signor Accursio aus ihrem Dorf, der zwei Ehefrauen gehabt und mit der ersten schon Silberhochzeit gefeiert hatte, ehe er endlich als Bigamist entlarvt wurde. Das dauerte mindestens eine halbe Stunde, ohne dass Frau Kemmertöns zurückkam.

»Ich mache jetzt zu«, verkündete Tove, nahm Fietje das Bierglas weg, das noch einen kleinen Rest enthielt, und ging in den Vorratsraum und das winzige Örtchen, das er seine Sanitäreinrichtungen nannte, um nachzusehen, ob die Fenster geschlossen waren. Die Frage, ob er Frau Kemmertöns durchs Fenster gesehen habe, war sinnlos, aber Mamma Carlotta stellte sie trotzdem. Schließlich brauchte sie für den Heimweg die beruhigende Gewissheit, alles für die Nachbarin getan zu haben.

»Was soll die bei mir im Hof machen?«, blaffte Tove. »Mir in die Mülltonnen kotzen? Dann kann sie morgen was erleben.«

»Die ist nach Hause gegangen«, sagte Fietje, »ist doch klar. Der war wohl ein bisschen blümerant.«

»Kein Wunder!« Mamma Carlotta ahnte, was die Vokabeln blümerant bedeutete. »So viel Prosecco auf leeren Magen, das konnte ja nicht gut gehen.«

Sie stand auf und ging zur Theke, um zu bezahlen, während Tove den Gastraum durchquerte, um die Fenster zu kontrollieren. Aus dem hinteren Teil von Käptens Kajüte ertönte ein Rumpeln, ein Schlag, der von einer Tür herrühren konnte.

»Ist da schon wieder einer in meinem Hof?« Tove lief aus der Eingangstür, um dem Eindringling den Weg abzuschneiden, falls er zur Straße flüchten sollte. Fietje und Mamma Carlotta bewegten sich nicht, lauschten auf Schreie, Schläge, Gezeter und wüstes Schimpfen. Aber nichts dergleichen drang an ihre Ohren. Sie hörten, wie Tove die Imbissstube von hinten wieder betrat, die Tür verriegelte und durch die dunkle Küche in den Thekenraum zurückkehrte. »Da hat wohl ein Tier ein leeres Fass umgeworfen«, brummte er.

Das konnte Mamma Carlotta sich gut vorstellen. Hinter der Imbissstube stand jede Menge Gerümpel herum, überquellende Abfalltonnen, Berge von Plastikbechern, leere Mayonnaise- und Ketchupspender und alles, was Tove im Lauf der

Jahre aussortiert und dann vergessen hatte. Im hinteren Teil des Grundstücks gab es einen alten Schuppen. Der Weg dahin war längst zugewachsen, von Unkraut überwuchert, und der alte Verschlag war vermutlich angefüllt mit Dingen, die allesamt in den Müll gehörten.

Fietje hatte sich so schwer von seinem Stammplatz gelöst, als wäre er dort zwischenzeitlich festgewachsen, und schlurfte zur Tür, Tove löschte das Licht und zog Mamma Carlotta hinter sich her. »Dass Ihr Schwiegersohn das zulässt«, brummte er. »Eine Frau sollte um diese Zeit nicht mehr allein auf der Straße sein.«

Mamma Carlotta wartete auf das Angebot, sie mit seinem Lieferwagen in den Süder Wung zu fahren, damit ihr nichts geschah, aber darauf wartete sie vergeblich. Tove fuhr in entgegengesetzter Richtung davon, hupte, als er Fietje überholte, und war auch schon um die Ecke verschwunden. Mamma Carlotta stand mutterseelenallein auf dem Hochkamp und fragte sich, warum sie auf den Vorschlag der Nachbarin eingegangen war, den Abend außer Haus zu verbringen. Eine verrückte Idee! Noch verrückter war, dass Frau Kemmertöns beschlossen hatte, ohne sie den Heimweg anzutreten. Genau genommen war das sogar ein Grund, beleidigt zu sein. Da hatte sie viele Stunden ihrer Zeit geopfert, um der Nachbarin im Kampf gegen schlechte eheliche Gewohnheiten beizustehen, und nun wurde sie einfach stehen gelassen!

Mamma Carlotta machte ein paar Schritte, zögerte dann aber. Sie konnte sich nicht entschließen loszulaufen. Mit einem Mal war sie ganz sicher, dass etwas nicht stimmte. Nein, Frau Kemmertöns hätte ihr Bescheid gesagt, wenn sie wirklich heimgegangen wäre. Es musste etwas geschehen sein, Mamma Carlotta war sich mit einem Mal ganz sicher. Dieses Poltern, das aus dem hinteren Teil der Imbissstube gekommen war, aus der Küche oder dem Hof dahinter ... Sie musste herausfinden, was los war. Sollte sie nach Hause gehen, ohne zu wissen, ob Frau

Kemmertöns wohlbehalten in ihrem Bett lag? Und am nächsten Morgen von Herrn Kemmertöns erfahren, dass seine Frau verschwunden war? Eine entsetzliche Vorstellung! Nein, sie musste der Sache auf den Grund gehen, obwohl es natürlich wesentlich klüger gewesen wäre, diesen Entschluss zu fassen, solange sie noch mit männlichem Beistand rechnen konnte. Andererseits konnte sie sich ausmalen, wie dieser ausgesehen hätte. Tove hätte ihr auseinandergesetzt, wie viel Nachtruhe ein schwer arbeitender Gastronom brauchte, und Fietje hätte sich währenddessen verdrückt und so getan, als hätte er nichts mitbekommen. Vielleicht war es ja wirklich so, dass Frau Kemmertöns es nicht fertiggebracht hatte, ihren angegriffenen Magen noch einmal den Gerüchen der Imbissstube auszusetzen, und Mamma Carlotta vor lauter Übelkeit vergessen hatte. Aber dann dachte sie wieder an das Geräusch in Toves Küchenhof. Sollte sie es wagen, dort nach dem Rechten zu sehen? Die Antwort auf diese Frage ergab sich im nächsten Augenblick von selbst. Denn Mamma Carlotta entdeckte auf dem Boden ein Halstuch. Frau Kemmertöns' Nickituch …

Erik saß am Küchentisch und starrte den Zettel an, den seine Schwiegermutter hinterlassen hatte. »Habe eine Verabredung. Kann spät werden«. So was war noch nie vorgekommen. Mit wem hatte sie eine Verabredung? Und wieso verabredete sie sich mit jemandem, wenn sie für die Familie ein Abendessen zubereitet hatte? Erst jetzt machte er sich klar, wie der Abend für seine Schwiegermutter verlaufen war. Sie hatte gekocht – Antipasti, Primo, Secondo und Dolce –, dann hatte er sich und Sören vom Essen abgemeldet, Svea hatte es vorgezogen, im Büro zu bleiben, auch Carolin und Felix war etwas anderes wichtiger gewesen als das Abendessen. Erik sah sich um. Der Salat stand vorbereitet da, in der Pfanne gebratene Champignons, daneben das Dressing. Eine mittlerweile kalte Suppe hatte er in dem großen Topf gesehen, die Puttanesca war fertig, und ein Dolce stand im Kühlschrank. Das alles hatte seine Schwiegermutter zubereitet und dann eine Absage nach der anderen erhalten. Keiner von ihnen hatte darüber nachgedacht, was es für sie bedeutete, ein Vier-Gänge-Menü völlig vergeblich gekocht zu haben, bei dem womöglich sogar die Wünsche einer Veganerin berücksichtigt worden waren. Jeder von ihnen hatte nur an seine eigenen Interessen gedacht und ihre darüber völlig vergessen.

Erik stand auf und machte ein paar Schritte hin und her. So ging es nicht weiter. Er musste unbedingt mit den Kindern darüber sprechen. Die Nonna war nicht auf Sylt, um für sie zu arbeiten, sie sollte die Zeit hier genießen und ein wenig Urlaub machen, wenn sie davon auch nie etwas hören wollte. Urlaub hatte sie ja in ihrem ganzen Leben nicht gemacht. Umso wichtiger war es, ihr auf Sylt einmal zu zeigen, dass das Leben etwas anderes zu bieten hatte als Arbeit in der Küche und Aufopferung für die Familie. Es war für Carlotta selbstverständlich, ja, aber das durfte nicht bedeuten, dass es ohne Dank hingenommen wurde. Er musste darauf achten, dass sie die Insel, die ihrer Tochter zur Heimat geworden war, auch einmal genießen konnte, einen Tag am Strand verbringen, einen Spaziergang durch die Braderuper Heide machen, auf die Uwe-Düne steigen und den Ausblick über die Insel genießen, mal wieder nach List fahren, um in der nördlichsten Fischbude Deutschlands zu essen. Das hatte er bisher nur ein einziges Mal mit ihr gemacht, und es hatte ihr sehr gut gefallen.

Lucias Worte fielen ihm wieder ein. »Ich weiß, meine Mutter ist anstrengend, ihre Neugier, ihr ständiges Reden und dass sie sich in alles einmischt … aber sie hat ein gutes Herz, Erik. Und sie hat bisher nicht viel vom Leben gehabt. Ich hoffe, sie bekommt irgendwann eine Belohnung für alles, was sie für die Familie getan hat. Wenn Papa nicht mehr lebt und wir Kinder alle auf eigenen Füßen stehen …«

Lucias Vater war über zwanzig Jahre ein Pflegefall gewesen.

Klaglos hatte Carlotta sich um ihn gekümmert, täglich an seinem Bett gesessen, war mehrmals während der Nacht aufgestanden, um ihn umzubetten, hatte tagsüber dennoch ihre Arbeit erledigt und jede Bitte, die an sie gerichtet wurde, erfüllt. Es wurde wirklich Zeit, dass sie endlich ein bisschen Dank für ihren lebenslangen Einsatz erhielt. Und was hatte er getan? Er hatte mal wieder seine Arbeit über alles gestellt und mit Sören ein Fischbrötchen in Westerland gegessen, statt nach Hause zu fahren und seiner Schwiegermutter dafür zu danken, dass sie seine Familie versorgte.

Jetzt hätte er gern gehabt, dass Sören mit ihm nach Hause gekommen wäre, sich zu ihm gesetzt und sich angehört hätte, was ihm auf der Seele lag. »Verrückt!« Erik schüttelte den Kopf. Noch nie hatte es solch privaten Gespräche zwischen ihm und seinem Mitarbeiter gegeben, nicht einmal mit einem guten Freund hatte er gesprochen, wenn er Probleme hatte – und nun ausgerechnet mit Sören, der viel jünger war und sich in einer ganz anderen Lebenssituation befand? »Völlig unmöglich!«

Nein, er wollte niemanden an seinem Schuldgefühl teilhaben lassen. Er würde sich einfach ändern und dafür sorgen, dass auch die Kinder demnächst darauf achteten, ihrer Großmutter rücksichtsvoller zu begegnen.

Er gähnte und wäre schrecklich gern schlafen gegangen. Aber auf keinen Fall wollte er gleich in der ersten Stunde seiner Besinnung der neuen Erkenntnis zuwiderhandeln. Nein, er würde warten. Vermutlich bekam er sowieso kein Auge zu, ehe er wusste, wo seine Schwiegermutter diesen Abend verbracht hatte, und bevor sie wusste, wie leid es ihm tat, dass sie von der Familie schlecht behandelt worden war.

Er zog sich eine Jacke über und ging in den Garten. Die kalte Nachtluft würde ihm guttun und die Müdigkeit vertreiben. Am besten, er dachte über seinen Fall nach, ganz in Ruhe, ohne gestört zu werden. Und unter keinen Umständen durfte er an die Staatsanwältin denken. Das Gespräch, das er heute mit ihr geführt hatte, vergaß er am besten so schnell wie möglich wieder. Dumm nur, dass sie selbst vermutlich schon bei nächster Gelegenheit darauf zurückkommen würde.

Er zwang sich, an den Besuch in der Nordseeklinik zu denken. Der junge Arzt, der sie empfangen hatte, sah sich die Krankenunterlagen von Thies Dageför an und zuckte dann die Schultern. »Nichts Schlimmes. Wir befürchteten eine Gehirnerschütterung, deswegen haben wir ihn zur Beobachtung dabehalten, aber der Verlauf war unauffällig. Ein paar Prellungen, eine Schürfwunde, blaue Flecken, das war's. Wir konnten ihn unbesorgt wieder gehen lassen.«

»Wann wurde er eingeliefert und wann entlassen?« Erik zog seinen Notizblock hervor, während der Arzt seine Unterlagen studierte.

»Von Mittwochabend bis Samstagvormittag war er hier.« Er sah Erik und Sören an, als hätten die beiden eine Beanstandung vorgebracht. »So lange dauert das eben, bis alle Untersuchungen durchgeführt worden sind. Im Grunde waren das ja nur zwei Tage, Donnerstag und Freitag.« Er legte die Krankenakte zur Seite. »Warum sprechen Sie nicht mit Frau Dr. Rebel? Die kennt Herrn Dageför näher.«

Erik ahnte, was der junge Arzt sagen wollte. »Sie war ...«

»... mit ihm zusammen, ja.« Er ging zur Tür und rief in den Flur: »Sonja, sag mal eben Imke Bescheid. Sie soll kommen. Hier wollen zwei Polizeibeamte mit ihr reden.«

Währenddessen flüsterte Sören: »Aha, die gut verdienende Frau, die Thies Dageför ausgehalten hat, wenn er keine Arbeit hatte.«

Es dauerte nicht lange, bis Dr. Imke Rebel eintrat und der junge Arzt sich verabschiedete, der keinen Hehl daraus machte, dass er froh war, wieder seinen eigentlichen Aufgaben nachgehen zu können. Die Ärztin war um die vierzig, eine müde aussehende Frau, durchaus hübsch, wie Erik feststellte, aber zu erschöpft, um ihrem Aussehen Beachtung zu schenken. Die dunklen Haare hatte sie nachlässig im Nacken gebunden, die Strähnen, die ihr ins Gesicht gefallen waren, einfach hinter die Ohren geschoben. Sie war ungeschminkt, aber ihre vollen Lippen und die großen dunklen Augen verhalfen ihr zu einer Ausstrahlung, die eine Unterstützung nicht unbedingt nötig hatten. Erik stellte sich vor, wie Dr. Rebel mit Make-up und frisch frisiert aussehen würde, statt des zerdrückten Kittels ein Abendkleid und statt der flachen Gesundheitsschuhe High Heels tragen würde, und wunderte sich prompt, dass diese Frau einen arbeitslosen Kellner durchgefüttert hatte.

Sie setzte sich, lehnte sich zurück und bog den Rücken durch, als hätte sie vorher zu lange stehen müssen. Regungslos hörte sie sich an, was Erik und Sören ihr berichteten. Dass Thies Dageför verschwunden sei, dass man ihn für tot gehalten habe, dass in seiner Wohnung eine Leiche gefunden worden sei, die als sein Freund Holger Callesen identifiziert worden war.

»Sie glauben, er hat ihn umgebracht?«

»Wir können es nicht ausschließen«, antwortete Erik vorsichtig. »Er ist verschwunden.«

»Würden Sie ihm so eine Tat zutrauen?«, fragte Sören. Und als Dr. Rebel nicht antwortete, setzte er hinzu: »Sie kennen ihn gut. Sie waren eine Weile mit ihm zusammen.«

Sie seufzte tief auf. »Es ist erstaunlich, wie wenig man von einem Menschen weiß, mit dem man zusammenlebt.«

Erik hakte nach. »Er hat Sie enttäuscht? Sie haben sich von ihm getrennt, weil Sie gemerkt haben, dass er anders war, als Sie dachten?«

Nun zuckte sie die Schultern. »Wahrscheinlich war ich blind. Alle haben mir gesagt, dass er anderen Frauen schöne Augen macht, aber ich wollte es nicht glauben.«

»Er hat Sie also betrogen.« Erik ließ es wie eine Feststellung klingen. »Wie lange waren Sie zusammen?«

»Zwei oder drei Jahre.« Sie dachte kurz nach. »Zweieinhalb. Ist schon eine Weile her.« Sie blickte auf ein Bild an der Wand, ohne es zu sehen. »Eine schöne Zeit, ehrlich. Jedenfalls das erste Jahr. Möglich, dass ich selbst schuld daran war, dass unsere Beziehung scheiterte. Erst habe ich nichts darauf gegeben, was hinter unserem Rücken getuschelt wurde. ›Eine Ärztin und ein Kellner! Die ist ihm doch haushoch überlegen. Wahrscheinlich ist er gut im Bett, und alles andere interessiert sie nicht.‹« Nun blickte sie Erik und Sören wieder an. »Als er dann das erste Mal arbeitslos wurde, kam noch eine andere Variante hinzu: ›Der ist nur hinter ihrer Kohle her. Wie praktisch, wenn man mit einer gut verdienenden Ärztin zusammen ist, da ist es nicht so schlimm, wenn man keinen Job hat.‹« Sie stand auf und sah auf die beiden Beamten herab, kühl und emotionslos, wie es schien. »Ich habe mich dann tatsächlich davon beeinflussen lassen, das war wohl mein Fehler. Am Anfang hatte ich nichts davon hören wollen, am Ende kam es dann doch darauf an, dass Thies nur ein Kellner war, der außerhalb der Saison keinen Job hatte.« Sie ging zur Tür und legte eine Hand auf die Klinke. »Jetzt bin ich mit einem Kollegen zusammen.«

»Das war der Grund für Ihre Trennung? Sie sprachen eben von Untreue.«

Sie zögerte. »Ja, gelegentliche Affären hatte Thies auch. Aber …« Mit einem Schulterzucken beendete sie den Satz.

»Hatten Sie nach dem Ende Ihrer Beziehung noch Kontakt zu ihm?«

Sie kam an den Tisch zurück und setzte sich wieder. »Wir haben uns zwei-, dreimal zufällig getroffen. Er hat mir erzählt, dass er nach Italien gehen wolle, zu Holger. Ich habe mich gewundert, als er Mittwoch eingeliefert wurde. Ich dachte, er wäre noch in der Toskana.«

»Können Sie uns die Namen von Verwandten oder Freunden nennen?«

Dr. Rebel dachte nach. »Verwandte hat er keine. Jedenfalls keine nahen und keine, mit denen er in Kontakt stand. Er war Einzelkind, seine Eltern waren schon lange tot. Irgendwelche

Cousins oder Cousinen mag es geben, er hat aber nie von solchen Verwandten geredet.« Sie sah so aus, als machte sie sich in diesem Augenblick zum ersten Mal Gedanken über die Qualität der Beziehung, die längst vorbei war. »Thies war ein Eigenbrötler. Er konnte gut mit Frauen, ansonsten war ihm an Gesellschaft nicht gelegen. In der Freizeit spielte er Gitarre oder saß vorm Fernseher, wenn ich Gäste einladen wollte, war er genervt. Waren wir selbst mal irgendwo eingeladen, fand er todsicher eine Ausrede, um nicht mitkommen zu müssen.«

»Wie verbrachte er seine Freizeit?«, fragte Sören. »Er hatte ja viel davon, wenn er arbeitslos war.«

»Dann kümmerte er sich um den Haushalt«, antwortete die Ärztin. »Das machte er gut.«

»Er ging nie aus?«

»Manchmal verzog er sich in so eine grässliche Kneipe am Hochkamp. Eine Imbissstube. Mit dem Wirt verstand er sich prima. Ich bin aber nie mitgegangen. In diese Bude hätten mich keine zehn Pferde gebracht. Wenn Holger auf Sylt war, haben die beiden sich dort die halbe Nacht volllaufen lassen.« In ihr Gesicht stieg eine Bitterkeit, die Erik aufmerken ließ. »Der Gipfel war, als er mit einem Pfleger dort gelandet ist. Ich hatte eine kleine Feier ausgerichtet, als ich Stationsärztin wurde, und Thies kam mal wieder mit der Anwesenheit so vieler Akademiker nicht klar.« Ihre Stimme wurde jetzt schrill und heftig. »Es ist ein Unding, wenn sich der Lebenspartner der Stationsärztin mit einem Krankenpfleger zusammentut und der Party den Rücken kehrt. Erst Stunden später kam er nach Hause, wieder mal aus Käptens Kajüte, natürlich volltrunken. Da hat er, zusammen mit Josef Kemmertöns, viel mehr Spaß gehabt als mit all den Doktoren zusammen.«

»Nach einer glücklichen Beziehung klingt das wirklich nicht«, sagte Sören trocken.

Über Dr. Imke Rebels Gesicht zog etwas, was Erik zwar nicht beim Namen nennen konnte, was er aber sofort verstand. Es hatte zwischen ihr und Thies etwas gegeben, was alles andere aufgewogen hatte. Jedenfalls für eine Weile.

Er zog das Foto von Johanna Fiedler heraus. »Kennen Sie diese Frau?«

Sie zuckte gleichgültig die Schultern. »Muss ich?«

»Glauben Sie, dass Thies Dageför sie kannte?«

Nun erschien Interesse in ihrem Gesicht. »Sie wollen mich fragen, ob er was mit ihr hatte?« Sie beugte sich über das Foto. »Die ist älter als er. Und sie sieht aus, als hätte sie wesentlich mehr Geld als ich.« Sie versuchte zu lachen, aber es wurde nichts daraus. Ihr Blick war mit einem Mal nachdenklich und entschlossen. »Einmal ist mir zugetragen worden, Thies wäre im Hotel Stadt Hamburg mit einer älteren Frau gesehen worden. Ich habe es nicht geglaubt. Obwohl ... er ist charmant, er kann zuhören, er kann auf eine Frau eingehen. Kurz darauf hatte ich das Gefühl, dass er sich von mir abwandte. Er war nur noch mit mir zusammen, weil es praktisch war.«

Sie sah aus, als wollte sie das Gespräch beenden und zu ihrer Arbeit zurückkehren. Schnell fragte Erik: »Dieser Holger Callesen ... kannten Sie den auch?«

»Flüchtig. Ein Kumpel von Thies, der mir nicht besonders gut gefiel.«

»Was wissen Sie von Holger Callesen?«

»Soweit ich das beurteilen kann ... ein Mann, der viel wollte, aber nichts schaffte. Ähnlich wie Thies. Wenn er von seiner kurzen Selbstständigkeit in Husum sprach, war es ihm immer wichtig herauszustellen, dass nicht er schuld an seiner Pleite war, sondern die Lieferanten, die Mitarbeiter, der Verpächter, die Bank ... Wenn Holger nach Sylt kam, ist er mit Thies immer um die Häuser gezogen. Ohne mich.«

»Die beiden verstanden sich also gut?«

Sie wurde nachdenklich. »Es gab einen Streit, kurz vor Ende unserer Beziehung ... Ich weiß aber nichts Näheres. Thies wollte mir nichts verraten. Jedenfalls ließ er plötzlich kein gutes

Haar mehr an seinem Kumpel. Das war, kurz bevor Holger in die Toskana ging. Ich glaube, Thies war neidisch. Es sah so aus, als hätte Holger es nun geschafft.«

Sören beugte sich vor und sah die Ärztin eindringlich an. »Hat Thies Dageför darüber gesprochen, woher Holger Callesen das Geld für das Weingut hatte?«

Erik spürte, dass Sören einen Punkt angesprochen hatte, der Dr. Rebel auch schon zu denken gegeben hatte. »Er sprach von einem Erbe. Eine Million! Aber angeblich hatte Thies keine Ahnung, wer Holger eine Million vererbt hatte.« Sie lachte spöttisch. »Ich hab das nie geglaubt.« Sie stand wieder auf. »Ich muss weitermachen.«

Ohne einen Gruß verließ sie den Raum. Erik und Sören sahen sich achselzuckend an. »Besonders aufschlussreich war das nicht«, meinte Sören.

»Nur für mich.« Erik grinste. »Josef Kemmertöns ist mein Nachbar.«

»Der Krankenpfleger, der mit Thies Dageför in Käptens Kajüte versackt ist?«

»Und der Ehemann der Frau, mit der meine Schwiegermutter neuerdings um die Häuser zieht. Frau Kemmertöns will aus ihrem Mann, der jeden Abend vor dem Fernseher verbringt, plötzlich einen Nachtschwärmer machen.«

Sören schüttelte den Kopf, als wollte er sagen »je öller, je döller«, zog dann aber sein Handy hervor und wählte eine Nummer auf seiner Kontakteliste. »Enno? Bist du schon unterwegs wegen Johanna Fiedler? Am besten, du gehst zuerst ins Hotel Stadt Hamburg. Vielleicht hast du da Erfolg.«

Als er sein Handy zurücksteckte, hatte Erik nachdenklich gesagt: »Wir müssen herausfinden, woher Holger Callesen die Million hatte.«

Sören hatte genickt. »Ja, diese Million gibt Rätsel auf.«

Nun stellte Erik fest, dass er, während er an das Gespräch mit Dr. Imke Rebel dachte, das Nachbarhaus angestarrt hatte. Im

Schlafzimmerfenster flammte Licht auf, Herr Kemmertöns erschien am Fenster. Ob er nicht schlafen konnte? Erik versuchte, das Ziffernblatt seiner Uhr zu erkennen. Beinahe Mitternacht! Wo nur seine Schwiegermutter blieb?

Mamma Carlotta drückte sich an die Hauswand und lauschte. Nichts als Stille rauschte an ihr Ohr, nur Geräusche in der Ferne. Nah waren nur das Knirschen ihrer Schritte und ihr eigener Atem. Als sie an der Hausecke angekommen war, machte sie einen langen Hals, um den Hof von Käptens Kajüte überblicken zu können. Alles ruhig! Nichts zu sehen. Kein Würgen, kein Stöhnen war zu hören, kein Rascheln von Kleidung. Ein leises Huschen zwischen dem Gerümpel, eine winzige Bewegung, aber nichts, was sie erschrecken konnte. Eine Maus oder gar eine Ratte, auf keinen Fall etwas, was ihr gefährlich werden konnte. Dass Frau Kemmertöns allein nach Hause gegangen war, erschien ihr jetzt plötzlich doch wahrscheinlich, obwohl sie es kurz vorher nicht hatte glauben können. Aber sie merkte schnell, dass ihre Angst nach einem Vorwand suchte, damit sie nicht nachgeben musste. Und im selben Moment wurde ihr klar, dass sie unmöglich allein nach Hause gehen und sich ins Bett legen konnte, ohne zu wissen, was mit der Nachbarin geschehen war. Sie würde kein Auge zubekommen und sich am nächsten Morgen schwere Vorwürfe machen, wenn sie in der Nacht etwas versäumt hatte. Nein, sie musste dieser Sache nachgehen. Die Frage, was sie tun würde, wenn sie keinen Hinweis auf Frau Kemmertöns' Verbleib fand, schob sie beiseite. Ob es dann richtig war, Erik zu alarmieren, würde sie entscheiden, wenn ihre Suche erfolglos geblieben war.

Beherzt machte sie einen Schritt voran und hob Frau Kemmertöns' Nickituch auf. Die schwere Dunkelheit wurde leichter, als ihre Augen sich daran gewöhnt hatten. In den Nachbargärten gab es Licht, aus einem großen Wohnzimmerfenster in der Nähe strömte der Schein einer Deckenleuchte, sie konnte jetzt einige Umrisse erkennen. Vorsichtig und leise setzte sie einen Fuß vor den anderen, immer erst, nachdem sie das Gelände vor sich mit Blicken abgetastet hatte und sicher sein konnte, dass es nichts gab, auf das sie treten oder an das sie stoßen konnte. Immer wieder knetete sie in Gedanken die Fakten, die ihr bekannt waren. Frau Kemmertöns hatte frische Luft gebraucht, anscheinend war ihr übel geworden, aber sie hatte nicht noch einmal die Toilette von Käptens Kajüte aufsuchen wollen, was Mamma Carlotta gut verstehen konnte. War sie vielleicht auf die Straße gelaufen, um sich dort zu erleichtern? Nein! Eine Frau mit derartigen Problemen suchte sich einen Ort, an dem sie unbeobachtet war. Sie würde sich hier irgendwo einen Platz suchen, um … Nein, was Frau Kemmertöns hier getan hatte, wollte sie sich lieber nicht vorstellen. Aber sie musste es eilig gehabt haben, so eilig, dass sie den Verlust ihres Halstuches nicht bemerkt hatte. Oder sie war darüber hinweggegangen und hatte sich vorgenommen, das Halstuch aufzunehmen, wenn sie zurückkehrte. Aber … war sie zurückgekehrt? Anscheinend nicht.

Mamma Carlotta gelangte in die Nähe der gläsernen Tür, die aus der Küche in den Hof führte, und starrte hindurch, ohne etwas zu erkennen und ohne darauf zu hoffen, dort etwas zu finden. Vielleicht war es nur der Wunsch, dem Hof, dem Gerümpel, den Fässern und Stiegen, die sich dort aufeinanderstapelten und ein gutes Versteck boten, den Rücken zuzukehren. In der Glasscheibe konnte sie außerdem sehen, was hinter ihr geschah. Richtete sich jemand hinter dem Stapel alter Plastikstühle auf? Wurde sie belauert?

Nein, alles blieb ruhig. Mamma Carlottas Pulsschlag beruhigte sich. Anscheinend war es wirklich so gewesen, wie Tove gesagt hatte. Frau Kemmertöns war derart übel gewesen, dass sie nur noch nach Hause wollte. Eigentlich verständlich! Sehr, sehr schlecht musste sie sich gefühlt haben, sodass sie nicht einmal mehr an ihr Halstuch gedacht hatte. Kein Wunder! Sie hatte viel getrunken, ohne vorher etwas gegessen zu haben. Das hatte ja nicht gut gehen können!

Mamma Carlotta machte kehrt, um zurückzugehen. Auf Geräuschlosigkeit achtete sie jetzt nicht mehr. Das Licht, das in diesem Augenblick den Nachbargarten erhellte, erschien ihr viel heller, als es war. Da war der Bewegungsmelder an der Kellertür angegangen, vermutlich durch ein streunendes Tier. Mamma Carlotta bemühte sich, dieser Sache keine Bedeutung beizumessen, zur Straße zu gehen und schleunigst nach Hause zurückzukehren. Erik und die Kinder würden schon auf sie warten und sich fragen, wo sie blieb.

Es war nur ein kurzes Aufblitzen, der Schein des Bewegungsmelders hatte die Küche getroffen und einen Strahl auf den Tisch gelenkt. Darauf lagen mehrere Packungen Toastbrot, daneben in Folie verpackte Kräuterbutter, die Tove nicht in den Kühlschrank gelegt hatte. Und unter dem Tisch lag ein Paar Schuhe. Nein, es lag nicht. Die Schuhe standen auf den Hacken und zeigten ihre Sohlen. Es waren Damenschuhe. Und sie gehörten Frau Kemmertöns …

Herr Kemmertöns stand immer noch am Schlafzimmerfenster, unbeweglich, beinahe wie erstarrt. So, als wartete er ebenfalls auf jemanden und fragte sich, warum man ihn zum Warten verurteilt hatte. Wenn das so war, dann hatte Herr Kemmertöns noch keine Antwort gefunden, im Gegensatz zu Erik Wolf. Der wusste, warum seine Schwiegermutter ihn warten ließ. Das hatte sogar die Staatsanwältin sofort erkannt, die damit eine Sensibilität bewies, die er ihr niemals zugetraut hatte. Er ärgerte sich jetzt noch, dass er ihr wahrheitsgemäß geantwortet hatte, statt sie mit einer Ausrede abzuspeisen. »Meine Schwiegermutter macht einen Besuch in der Nachbarschaft, das kann dauern.« Oder: »Sie hat eine alte Freundin aus Kindertagen getroffen, wenn die zu reden anfangen, finden sie kein Ende.«

Aber was hatte er geantwortet, als sie angerufen und den

Wunsch geäußert hatte, Mamma Carlotta zu sprechen? »Meine Schwiegermutter ist nicht da. Weg! Sie hat nur einen Zettel auf dem Küchentisch zurückgelassen.«

Es hatte nicht lange gedauert, dann war die Staatsanwältin auch dem Rest auf die Schliche gekommen: Mamma Carlotta war auf einem Vier-Gänge-Menü sitzen geblieben, kein Familienmitglied war nach Hause gekommen, jeder hatte sie mit einer Ausrede abgespeist.

»Das geht ja gar nicht, Wolf!« Erik hatte der Staatsanwältin nicht einmal widersprechen können.

»Was wollen Sie überhaupt von ihr?«

»Ich möchte, dass sie ihre Cousine in der Toskana anruft. Wir müssen endlich rausfinden, was sich in Italien zugetragen hat. Ich glaube, der Schlüssel des Falls liegt da unten.«

Ja, das glaubte er mittlerweile auch. Aber ob ihnen die Cousine da weiterhelfen konnte?

»Ich rufe gegen zehn noch mal an.« Damit hatte die Staatsanwältin aufgelegt. Nein, nicht einfach aufgelegt. Zum ersten Mal hatte sie ein forsches »Ciao!« angefügt.

Tatsächlich war sie Punkt zehn Uhr erneut am Apparat gewesen. »Sie ist immer noch nicht zurück, Wolf?«

»Um zehn fängt für eine Italienerin der Abend erst an.«

Das bestätigte sie, wobei ihr vermutlich bewusst war, dass Erik sich damit vor allem selbst beruhigen wollte. Und dann hatte sie ihn sogar getröstet. »Machen Sie sich keine Sorgen, Wolf! Das wird schon. Ihre Schwiegermutter ist kein Typ, der lange böse sein kann. Wenn sie merkt, wie verstört Sie sind, wird sie Ihnen verzeihen. Auf der Stelle!«

Verstört? Er war verstört? Wie kam die Staatsanwältin auf solchen Unfug? »Ich bin nicht …« Doch, er war verstört. Nicht wütend, wie er Frau Dr. Speck gern weisgemacht hätte. Und er machte sich Sorgen.

»Ich weiß gar nicht, wo ich sie suchen könnte.«

»Als Polizist oder als Schwiegersohn?«

Er zögerte. »Beides.«

»Sie können ja den Kollegen von der Nachtschicht einen dezenten Wink geben. Sie sollen die Augen offen halten, wenn sie Streife fahren. Aber ... ob Ihre Schwiegermutter das will?«

Erik fand genauso viele Gründe, die dafür wie dagegen sprachen, und er merkte, dass seine Stimme zitterte, während er sie aufführte.

»Nun beruhigen Sie sich erst mal«, sagte die Staatsanwältin schließlich. »Sie sind ja total neben der Spur.« Nach einer kurzen Pause fügte sie an: »Ich mache mir natürlich auch Sorgen. Aber ich glaube nicht, dass Ihrer Schwiegermutter etwas zugestoßen ist.«

Warum sie das nicht glaubte, konnte sie nicht erklären. Aber Erik glaubte es auch nicht und konnte es ebenfalls nicht erklären. Dennoch versuchte er es: »Sie will mir einen Denkzettel verpassen und drückt sich jetzt in irgendwelchen Ecken herum, bis sie glaubt, dass es spät genug ist und ich reichlich Angst ausgestanden habe.«

»So wird's sein.«

»Aber in solchen Ecken kann durchaus etwas passieren. Meine Schwiegermutter ist manchmal sehr vertrauensselig.«

»Ich schlage vor, wir warten noch bis Mitternacht.«

Wir? Machte sie sein Problem mit seiner Schwiegermutter nun sogar zu ihrem eigenen?

»Sobald sie nach Hause kommt, soll sie mich anrufen. Auf dem Handy! Vor Mitternacht gehe ich nie schlafen, wenn sie dann immer noch nicht da ist, sehen wir weiter.«

Schon wieder: wir!

»Sie tun mir leid, Wolf! Ehrlich! Ich kann Sie verstehen. Und ich weiß ja, dass Sie Ihrer Schwiegermutter nicht wehtun wollten. Sie sind eben ein engagierter Kriminalbeamter und setzen den Dienst über Ihr Privatleben. Wenn Sie nicht dienstlich unterwegs gewesen wären, hätte Ihre Schwiegermutter das Essen nicht umsonst gekocht.«

Erik verschlug es die Sprache. Frau Dr. Speck hatte Mitleid mit ihm? Sie verstand ihn? Und sie würdigte seine Arbeit? Darauf fiel ihm keine Entgegnung ein. Auch deshalb nicht, weil sie unrecht hatte. Er hätte durchaus zum Essen zu Hause sein können. Aber er hatte es vorgezogen, mit Sören ein Fischbrötchen in der Friedrichstraße zu essen, um in Ruhe mit ihm sprechen zu können, ohne ständig von dem Gerede seiner Schwiegermutter unterbrochen zu werden. Ausgerechnet ein Fischbrötchen! Wo es doch für Mamma Carlotta keine schlimmere Geschmacksverirrung gab als diesen kalten, feuchten Fisch, der mit riesigen Zwiebelringen zwischen zwei Brötchenhälften geklemmt wurde!

Er saß noch mit dem Telefon in der Hand da, als die Staatsanwältin bereits aufgelegt hatte. »Keine Sorge, Wolf! Alles wird gut!«

Hatte sie das tatsächlich gesagt?

An diesem Punkt seiner Erinnerungen schlug die Uhr der Friesenkapelle Mitternacht. Herr Kemmertöns verschwand vom Fenster, als hätte er sich vorgenommen, bis zu diesem Augenblick zu warten und keinen Moment länger, und unmittelbar nach dem letzten Schlag ging Eriks Handy. Die Staatsanwältin!

»Jetzt werden wir wohl etwas unternehmen müssen, Wolf!«

Zusätzlich zu seiner Angst beschlich Erik nun noch die Sorge, dass ihm der Fall seiner Schwiegermutter in den nächsten Minuten aus der Hand genommen und zum Fall der Staatsanwältin werden würde.

Mamma Carlotta pochte an die Küchentür. »Frau Kemmertöns!« Sie rüttelte an der Klinke, aber die Tür bewegte sich keinen Zentimeter, und auch die beiden Füße rührten sich nicht. Bewegungslos zeigten die Schuhspitzen zur Decke. Hektisch sah sich Mamma Carlotta um. Sie musste die Scheibe einschlagen. Aber womit?

Sie griff nach dem Erstbesten, einem Mayonnaisespender aus Plastik, mit dem sie jedoch nichts ausrichten konnte. Eine kleine Kiste schwang sie gegen die Scheibe, ebenfalls vergeblich. Sie brauchte ein Werkzeug, am besten einen Hammer, damit würde sie die Scheibe zertrümmern können. Aber in der Nähe befand sich nichts, was sich dafür eignete. Aufgeregt bahnte sie sich einen Weg zu dem Schuppen am Ende des Grundstücks, der sehr baufällig wirkte. Die Tür hing in den Angeln, war nur zugeschoben, konnte aber nicht mehr verschlossen werden. Mamma Carlotta riss sie auf und erblickte als Erstes eine Reihe von Werkzeugen, die auf einem Regalbrett an der Seite des Schuppens lagen. Sie sahen aus, als wären sie an einem Tag, der schon lange zurücklag, dort aufgereiht und dann vergessen worden. Schon hatte Mamma Carlotta einen Hammer ergriffen, da wurde ihr klar, was der Schuppen sonst noch enthielt. Ein Moped stand da, auf dem Gepäckträger eine aufgerollte Isomatte und eine Decke, daneben eine zusammengeklappte Sonnenliege, die Tove ausgemustert hatte. Darauf lag eine Taschenlampe, die sogar funktionierte. Mamma Carlotta leuchtete den Schuppen aus und staunte. Das Moped war nicht neu, aber gut gepflegt, nichts, was Tove aussortiert und dann vergessen haben könnte.

Die Erkenntnis traf sie wie ein Schlag ins Gesicht und ließ sie Frau Kemmertöns für einen Moment vergessen. Wiebke! Hier hatte Wiebke sich eingerichtet, um nicht auf der Straße schlafen zu müssen. »Madonna!« Wiebke kannte Käptens Kajüte, war oft genug zusammen mit Mamma Carlotta in Toves Imbissstube eingekehrt und wusste, dass sie dort einigermaßen sicher war. Wenn Tove abgeschlossen hatte und nach Hause gefahren war, konnte sie ungestört die Liege ausklappen und in dem Schuppen schlafen. Sie musste nur darauf achten, am nächsten Morgen früh genug diesen Platz zu verlassen und auf die Straße zurückzukehren.

Noch einmal flüsterte Mamma Carlotta: »Madonna!« Und

das Mitleid mit Wiebke war so gewaltig, dass sie glaubte, es nicht aushalten zu können. Wie war es möglich, dass eine bis dahin erfolgreiche Journalistin derart abrutschen konnte? Im reichen Deutschland! Mamma Carlotta verstand es nicht. Sie musste unbedingt mit Wiebke reden und dann versuchen, ihr zu helfen.

»Enrico!« Ja, er würde wissen, wie Wiebke zu unterstützen war. Warum hatte sie sich nicht an ihn gewandt? Schämte sie sich?

So musste es sein. Carlotta hatte ja selbst gesehen, wie Wiebke von Tove behandelt worden war. Eine Pennerin! So jemand konnte nicht mit Freundlichkeit rechnen. Anscheinend hatte sie sich an diesem Abend früher schlafen legen wollen, hatte nicht gewartet, bis die Imbissstube geschlossen war, und war prompt von Tove erwischt worden. Nun traute sie sich vermutlich nicht wieder her.

Oder … Mamma Carlotta stockte. Hatte Wiebke etwas damit zu tun, dass Frau Kemmertöns in der Küche lag und sich nicht rührte? War die Nachbarin ihr in die Quere gekommen? Hatte Wiebke sich mittlerweile so aus der Gesellschaft isoliert, dass sie den richtigen zwischenmenschlichen Umgang verlernt hatte und jeden niederschlug, der ihr gefährlich wurde?

Die Fragen rasten durch Carlottas Kopf, ihr kam es so vor, als hätte sie eine halbe Stunde auf der Stelle gestanden, ohne sich zu rühren. In Wirklichkeit waren es nur Sekunden gewesen, aber für Frau Kemmertöns womöglich zu lang. Sie brauchte Hilfe. Sofort! Für Wiebke und all die Fragen war später Zeit.

Mamma Carlotta hastete zurück, stolperte über einen leeren Olivenölkanister, stürzte, fiel auf die Knie, in etwas Dunkles, Weiches, Stinkendes, griff mit der rechten Hand in Brennnesseln und schaffte es, den Hammer, den sie in der Linken hielt, nicht zu verlieren. Mühsam rappelte sie sich auf und lief weiter, stieg über einen umgekippten Stuhl, schob einen Sack beiseite, der so leicht war, als wäre er mit Altpapier gefüllt, dann stand sie wieder vor der Tür. Nichts hatte sich verändert. Frau Kemmertöns lag noch immer unter dem Tisch und zeigt ihre Schuhsohlen, die einen Besuch beim Schuster nötig hatten.

Mamma Carlotta zögerte und überlegte. Tove war von hinten hereigekommen, hatte die Tür abgeschlossen und war durch die dunkle Küche zurückgekehrt. Gut möglich, dass er Frau Kemmertöns überhaupt nicht hatte sehen können. Sehr wahrscheinlich sogar. Nein, ganz sicher! Das Geräusch, das sie kurz vorher gehört hatten, war vermutlich entstanden, als Frau Kemmertöns in der Küche ohnmächtig geworden war. Oder war sie niedergeschlagen worden? Aber was hatte sie in der Küche zu suchen gehabt?

»Ugualmente!« Mamma Carlotta holte aus und schlug zu. Die Scheibe klirrte, ein Glasregen stob ihr entgegen. Erschrocken schützte sie ihr Gesicht mit dem linken Arm. Dann griff sie durch das große Loch, das entstanden war, und drückte die Klinke an der Innenseite der Tür herunter …

Die Staatsanwältin hatte Zeit. Sie, die tagsüber stets auf zackige Auskünfte bedacht war, die jedes überflüssige Wort verabscheute und jede Art von Saumseligkeit beklagte, schien um Mitternacht ein anderer Mensch zu sein. Die private Frau Dr. Eva-Mathilda Speck plauderte am Telefon und versuchte, einem Sylter Kriminalhauptkommissar zu helfen, der vor Sorge verging.

»Hat Ihre Schwiegermutter kein Handy?«

»Nein, sie hasst diese Telefoninos.«

»Da hilft nur eins, Wolf: warten. Und wie übersteht man eine Zeit des Wartens am besten? Indem man sich ablenkt!«

Erik ging mit dem Handy am Ohr ins Haus zurück, setzte sich aufs Sofa, schob sich eins seiner alten grünen Kissen in den Rücken und legte die Füße auf den Tisch.

»Ich habe es schon mal gesagt, Wolf: Die Lösung des

Falls liegt in Italien. Warum bringt dieser Thies Dageför seinen Freund um? Erst schien doch alles wunderbar zu sein. Holger Callesen erbt eine Million, geht nach Italien und bietet seinem Freund Thies die Möglichkeit, bei ihm zu arbeiten.«

»Aber von wem hat er die Million bekommen? Seine Schwester kann es sich nicht erklären. Einen Verwandten oder irgendeinen anderen ihm nahestehenden Menschen, der ihm etwas vererben könnte, gibt es nicht.«

»Egal!«

Erik nahm die Füße vom Tisch. »Ich glaube nicht, dass das egal ist. Holger Callesen wird sich das Geld irgendwie ergaunert haben.«

»Haben Sie schon ...?«

»Ja«, unterbrach er sie, ehe sie die Frage gestellt hatte. »Ein Mitarbeiter hat sämtliche Fälle in der fraglichen Zeit recherchiert. Raubüberfälle, Entführungen usw. Er hat nichts gefunden. Vielleicht eine Sache, die nie aktenkundig geworden ist.«

»Und Sie denken, Thies Dageför ist seinem Freund auf die Schliche gekommen?«

»Schon möglich. Vielleicht hat er ihn erpresst.«

»Dann hätte Callesen Thies Dageför umgebracht und nicht umgekehrt.«

Erik lehnte sich wieder zurück und legte die Füße auf den Tisch. »Sie haben recht, in Italien muss etwas passiert sein.«

»Deswegen soll Ihre Schwiegermutter ja mit ihrer Cousine in Montalcino telefonieren. Am besten gleich morgen früh. Vielleicht weiß die mehr.«

»Wir müssen aufpassen«, gab Erik zu bedenken. »Meine Schwiegermutter ist eine alte Freundin von Alessia Fallaci. Deren Sohn hat davon profitiert, dass Holger Callesen sein Weingut verlor. Er hat es sich einverleibt und damit das Gut der Fallacis vergrößert.«

»Sie haben Fallaci in Verdacht?«

Erik zögerte. »Es gibt keinen konkreten Grund, ihn zu verdächtigen. Nur … dass er bei der Identifizierung Holger Callesen nicht erkannt haben will. Und dass er mit Thies Dageför nach Sylt gekommen ist …«

»Das hat Fallaci erklären können. Er brauchte Hilfe, und Dageför hatte Heimweh.«

»Trotzdem …«

»Sie haben recht, Wolf. Wenn es auch keinen konkreten Verdacht gibt, wir dürfen Fallaci nicht aus dem Fokus verlieren. Ihre Schwiegermutter muss also wissen, dass sie den Fallacis gegenüber unbedingt schweigen muss.« Die Staatsanwältin lachte, als ginge es darum, irgendein pikantes Detail ihrer Garderobe nicht an die große Glocke zu hängen. »Das klappt schon.«

Erik schüttelte sich, als müsste er einen Gedanken loswerden, der sich ungebeten in seinem Kopf breitmachte. Ein pikantes Detail ihrer Garderobe! Das war es gewesen, was ihn vor Jahren in der Gunst der Staatsanwältin ins Bodenlose hatte stürzen lassen. Dabei war er völlig schuldlos gewesen. Er konnte nichts dafür, dass die Fassade der Staatsanwaltschaft in Flensburg erneuert wurde und die Bauarbeiter viel Lärm machten. Er konnte auch nichts dafür, dass die Staatsanwältin sein Klopfen nicht gehört hatte. Erst recht war er völlig schuldlos daran, dass er damit einem Geheimnis auf die Spur gekommen war, was er erstens nicht beabsichtigt hatte und zweitens auf keinen Fall gewollt hatte: Wenn sie am Fenster stand und nachdachte, kratzte sie sich gern an der Rückseite ihrer Oberschenkel. Dass er seitdem von ihrer Vorliebe für halterlose Strümpfe wusste, quälte Erik manchmal. Dass die Staatsanwältin von der Frage gequält wurde, wie er mit diesem Wissen umgegangen war, hatte sie immer wieder deutlich gemacht: Sie hatte ihn für etwas bestraft, was er niemals getan hatte. Anscheinend konnte sie sich nicht vorstellen, dass er über das, was er gesehen hatte, eisern geschwiegen hatte.

Lautes Lachen prallte in diesem Augenblick ins Haus, und

Erik war froh, dass das Gespräch unterbrochen wurde, das so ganz anders verlief, als er es gewöhnt war, und noch weitaus anders, als er erwartet hatte.

Die Wohnzimmertür sprang auf, Carolin stürmte herein und erschrak, als sie ihren Vater sah. Er hatte das Licht nicht angemacht, weil die Terrassentür noch offen stand und er die Mücken nicht hereinlocken wollte. Auch die drei kichernden Mädchen, die ihr folgten, erschraken über den Mann, der im Dunkeln auf dem Sofa saß, stellten prompt das Kichern ein und zögerten. Aber Carolin winkte sie durch, ließ sie in den Garten gehen und kündigte an, dass sie bald mit einer Flasche Rotwein folgen würde.

Erik versuchte, Carolin und ihre Freundinnen zu ignorieren. »Ich sorge dafür, dass meine Schwiegermutter sich morgen früh bei Ihnen meldet.«

»Alles klar, Wolf! Bis morgen!« Und wieder rief Frau Dr. Speck »Ciao!«, ehe sie auflegte.

Eriks entgeisterte Miene spiegelte sich im Gesicht seiner Tochter. Sie sah ihn mit einem Mal an, als machte sie sich Sorgen. »Was ist los, Papa?«

Er legte das Telefon zu Seite. »Die Staatsanwältin.«

Carolin verdrehte die Augen. Ein Anruf der Staatsanwältin konnte der Grund für alles Mögliche sein: schlechte Laune, stundenlange Schweigsamkeit, Wutausbrüche oder Appetitlosigkeit. Das kannte sie. »Sagst du der Nonna, dass wir jetzt gern die Reste des Abendessens hätten?«

»Die Nonna ist nicht da.«

Carolin, die sich gerade auf die Suche nach dem Rotwein begeben wollte, stockte. »Nicht da?«, fragte sie ungläubig. »Wo ist sie?«

Erik merkte, dass er dasaß wie ein Häufchen Elend, brachte es aber nicht fertig, seine Niedergeschlagenheit zu verbergen. Carolin erschrak, wollte sich zu ihm setzen, seine Hand nehmen und ihn fragen, ob er Fieber habe. Aber er schüttelte sie ab, sprang auf und ging in die Küche. Dort wartete er, bis Carolin ihm gefolgt war. Mit einem Mal wurde Erik laut. So was kam bei ihm selten vor. Und während sich die Kinder, wenn ihre Großmutter laut wurde, die Ohren zuhielten und einfach abwarteten, waren sie ernsthaft beunruhigt, wenn bei ihrem Vater das Gleiche passierte. Er zeigte auf die Töpfe, den gedeckten, aber unberührten Tisch und den vorbereiteten Salat. »Abgehauen ist sie«, brüllte er so laut, dass er selbst am meisten erschrak. »Wahrscheinlich bucht sie morgen ihren Flug um und kommt so schnell nicht wieder nach Sylt! Kein Wunder, hier wird sie ja nur ausgenutzt. Alle machen, was sie wollen, und keiner nimmt Rücksicht auf sie!«

Carolin stand mit offenem Mund in der Tür, neben ihr erschien Felix, der gerade nach Hause gekommen war und sich kaum in die Nähe seines tobenden Vaters traute. Ben und Finn, seine Freunde, tauchten neben ihm auf, machten aber gleich wieder auf dem Absatz kehrt und verzogen sich, die drei Mädchen drückten sich hinter Carolin her zur Haustür und verschwanden ebenfalls.

Als die Tür ins Schloss fiel und von draußen Stimmen hereindrangen, die sich fragten, was denn um Himmels willen in Caros Vater gefahren sei und wieso Felix' alter Herr von jetzt auf gleich den Zampano gab, ließ Erik sich auf einem Küchenstuhl sinken und starrte die Teller an, auf denen gefaltete Stoffservietten standen.

Frau Kemmertöns richtete sich stöhnend auf und griff sich an den Kopf. Dann weiteten sich ihre Augen, sie starrte Mamma Carlotta an, die sich über sie beugte und erleichtert rief: »Sie leben! Grazie a dio!«

Obwohl sich Frau Kemmertöns entspannen und die Augen wieder schließen wollte, musste sie zulassen, dass ihre Arme ergriffen und der Oberkörper in die Höhe gezogen wurden. In dieser Position hätte sie gern etwas ausgiebiger Luft geschöpft, ehe sie sich vom Fußboden erheben musste, eine Notwendigkeit, die sich seit über zwanzig Jahren nicht mehr ergeben hatte. Genau genommen, seit sie am Heiligen Abend nach ihrem Einzug im Süder Wung über das Kabel für die elektrische Weihnachtsbeleuchtung gestolpert war. Nachdem sie bäuchlings vor dem Christbaum gelandet war, hatte sie sich auf alle viere begeben und sich an der Tischkante hochziehen können. Jetzt sah sie größere Schwierigkeiten auf sich zukommen, auf die sie sich gern gründlich vorbereitet hätte. Doch Mamma Carlotta ließ keine Ruhe, bis sie der Nachbarin geholfen hatte, auf die Beine zu kommen.

»Was ist passiert?«

Dazu konnte Frau Kemmertöns keine klaren Angaben machen, und auf die Frage, wie sie in die Küche von Käptens Kajüte gekommen war, äußerte sie sich sichtlich ungern. Aber während Mamma Carlotta ihr über die Splitter der zerschlagenen Scheibe an die frische Luft half, sah sie bereits ein, dass sie Farbe bekennen musste. Wie erwartet, wurde sie so lange mit Fragen, Vermutungen, Selbst- und anderen Vorwürfen attackiert, dass sie sich schon ergab, als Mamma Carlotta sie draußen an eine Wand lehnte und sie neben der ganzen Fragerei so genau untersuchte, wie das bei Dunkelheit möglich war. »Also! Was wollten Sie da?«

»Ich hatte so schrecklichen Hunger.«

Frau Kemmertöns schüttelte Mamma Carlottas Hände ab, die sich an jedem Körperteil zu schaffen machten, das ihr in die Finger geriet, und griff sich an den Hinterkopf. Beide Frauen schrien auf, als die Hand blutverschmiert zurückkam.

»Dio mio! Wir müssen einen Krankenwagen rufen. Und die Polizei verständigen! Ich werde Enrico anrufen. Haben Sie ein Telefonino dabei?«

Das einzig Hilfreiche, was Frau Kemmertöns mit sich führte, war eine Packung Papiertaschentücher, mit der sie sich notdürftig die Hände reinigte. Auf Carlottas Frage, wie sie an ein

Telefonino kommen könnten, schüttelte sie den Kopf, und das immer nachdrücklicher, je öfter sie gefragt wurde. »Keine Polizei. Kein Krankenwagen.« Sie stieß sich schwerfällig von der Mauer ab und nahm die Hausecke ins Visier, hinter der es zur Straße ging. »Wenn mein Mann hört, wie gefährlich es nachts in Wenningstedt zugeht, lässt er mich nie wieder allein ausgehen. Und dann ...« Sie rülpste ungeniert und machte ein paar Schritte auf die Hausecke zu. »... dann wird unsere Ehe so bleiben, wie sie jetzt ist.«

Der Gedanke schien nicht angenehm zu sein und verlieh Frau Kemmertöns die Kraft der Aufsässigkeit, mit der sie noch nie im Leben hatte umgehen müssen. Für ihre Verhältnisse kam sie sehr schnell an der Hausecke und dann auf dem Hochkamp an. Dort stand eine Laterne, die genug Licht gab, sodass Mamma Carlotta sich die Verletzungen ansehen konnte. »Sie waren bewusstlos! Besser wäre es, wenn sie vorsichtshalber einen Arzt aufsuchten. Wir gehen nach Hause und rufen in der Nordseeklinik an. Va bene?«

Aber auch davon wollte Frau Kemmertöns nichts wissen. Ihrem Mann sollte ein Argument für striktes Zuhausebleiben bei Dunkelheit in die Hände gespielt werden? »Auf keinen Fall!«

Herr Kemmertöns sollte sich vielmehr stattdessen fragen, wie lustig das Nachtleben in Wenningstedt war, und vor allem darüber nachdenken, wie und wo seine Frau es genossen hatte. Frau Kemmertöns hatte sich fest vorgenommen, es so lange und so bunt zu treiben, bis ihr Mann endlich in Unruhe versetzt worden war.

»Was ist denn eigentlich passiert?«, fragte Mamma Carlotta immer wieder. »Ihnen war gar nicht übel?«

»Ein leerer Magen erzeugt auch so etwas wie Übelkeit. Ich wollte mir nur eine Scheibe Toastbrot und ein bisschen Kräuterbutter holen, ohne dass es jemand merkt. Dann wollte ich zurückkommen und noch einen trinken.« Wieder rülpste sie, aber diesmal so dezent, dass Mamma Carlotta darüber hinwegsehen konnte. »Oder zwei.«

»Warum haben Sie sich nichts bestellt? Pommes frites, eine Bratwurst? Oder meinetwegen den trockenen Marmorkuchen?«

Nun breitete sich Scham auf Frau Kemmertöns' Gesicht aus. »Ich wollte nicht zugeben, dass ich mich nicht beherrschen kann.«

Carlotta wischte das Geständnis aus der Luft, damit es Frau Kemmertöns nicht länger belastete. »Hat jemand nach Ihnen die Küche betreten?«

Frau Kemmertöns dachte nach und schüttelte dann den Kopf. »Derjenige muss schon drin gewesen sein.«

»Wer war das?«

»Keine Ahnung.«

»Mann oder Frau?«

»Ich habe niemanden gesehen.« Sie griff nach Carlottas Arm. »Kommen Sie. Ich möchte nach Hause.«

Mamma Carlotta sah zurück in die Dunkelheit des Küchenhofs. »Aber die Scheibe … ich habe sie zerschlagen …«

Frau Kemmertöns wurde nun energisch und machte damit glaubhaft, dass sie das Abenteuer in der Küche von Käptens Kajüte gut überstanden hatte. »Tove ist versichert. Und wenn nicht, ist er selbst schuld. Wollen Sie das etwa Ihrem Schwiegersohn gestehen?« Sie zeigte in die Dunkelheit des Hofes.

»No!« Das wollte Carlotta auf keinen Fall.

»Na also. Und ich werde meinem Mann nicht verraten, dass ich in der Küche von Käptens Kajüte nach Essbarem gesucht habe.«

Sie hakten sich ein und fanden zu dem Schritt zurück, mit dem sie gemeinsam losgezogen waren. Wenn er auch nicht mehr ganz so unternehmungslustig war.

»Irgendein Penner, der sich auch was zu essen holen wollte«, mutmaßte Frau Kemmertöns.

Mamma Carlotta wäre am liebsten stehen geblieben. »Penner?« War von Wiebke die Rede? War sie zurückgekehrt, um in dem Schuppen ihren Schlafplatz einzurichten? Hatte sie vorher aus der Küche etwas zu essen holen wollen und war dabei von Frau Kemmertöns gestört worden? Was für ein grauenhafter Gedanke!

Sie kamen unter der nächsten Straßenlaterne an, die heller war als die erste, und Mamma Carlotta stoppte die Nachbarin, damit sie ihren Hinterkopf gründlicher untersuchen konnte. Tatsächlich war die Wunde nur oberflächlich, blutete nicht mehr und ließ sich mit einer geschickten Ordnung der Frisur leicht überdecken. Zu ihrer Beruhigung trug diese Tatsache trotzdem nicht bei. »Was ist, wenn Sie eine … wie sagt man? Wenn Sie eine commozione cerebrale haben? Sie waren immerhin bewusstlos!«

»Vor Schreck«, behauptete Frau Kemmertöns. »Aber ich habe morgen früh sowieso einen Termin bei meinem Hausarzt. Der kann sich die Sache ja mal angucken.« Sie konnte schon wieder lächeln, als hätten die Aufregungen dieses Abends lediglich aus Hugo, Prosecco und Aperol Spritz bestanden. »Und morgen ziehen wir beide wieder los.«

Mamma Carlotta warf einen Blick zurück, ehe sie Frau Kemmertöns folgte. Sveas Auto war nicht mehr zu sehen.

Der nächste Morgen begann kühl. Dichte Wolken hingen am Himmel, es ging ein leichter Wind, der manchmal ganz unerwartet aufstöhnte und dann in einer kalten Bö gegen die Insel anging, als wäre er von ihr geärgert worden. Erik war früh aufgestanden, hätte gerne einen seiner alten Pullunder angezogen, der ihm für dieses Wetter genau richtig erschien, unterließ es dann aber und ging in die Küche, wo es noch dunkel und kalt war. Mamma Carlotta brachte diesen Raum immer in Windeseile zum Glühen und Duften, sie schaffte es, ihn in wenigen Minuten mit Geborgenheit zu füllen. Immer wenn sie wieder nach Umbrien gefahren war, vermisste er sie nach ihrer Abreise vor allem in der Küche. Er lächelte, während er die Espressomaschine anstellte. Dass er sie jemals vermissen könnte, hätte er nach ihrem ersten Besuch auf Sylt niemals gedacht. Damals war er froh gewesen, dass endlich wieder Ruhe herrschte.

Das Mahlwerk der Espressomaschine hatte jeden Laut erstickt, aber als der Kaffee in die Tasse tropfte, hörte er von oben den Schrei: »Enrico!«

Kurz darauf wurde die Tür aufgerissen, und Mamma Carlotta erschien – das Gesicht voller Empörung und voller Fragen. »Was machst du hier? Warum bist du schon so früh auf? Warum hast du mir gestern Abend nicht gesagt, dass das Frühstück eher fertig sein muss?«

Sie hatte sich augenscheinlich noch nicht frisiert, sich nach dem Duschen nur ein leichtes Kleid übergeworfen und war die Treppe heruntergehastet, als sie Geräusche in der Küche gehört hatte. Erik fröstelte es beim Anblick ihrer nackten Arme, aber Mamma Carlotta war bereits derart in Rage, dass sie nicht spürte, wie kühl der Morgen war.

»Ich wollte doch nur …« Er hatte ihr am Abend versprochen, ihr zukünftig mehr zur Hand zu gehen, sie häufiger zu unterstützen, die Kinder anzuhalten, ihrer Nonna zu helfen und überhaupt mehr Rücksicht auf sie zu nehmen.

»Es reicht, wenn alle zum Essen kommen«, hatte sie entgegnet. »Das andere schaffe ich allein.«

Mit einer so heftigen und schnellen Bewegung drückte sie ihn auf einen Stuhl, dass er sich nicht dagegen wehren konnte. »Trink deinen Espresso und lass mich nur machen.«

Erik ergab sich und sah ihr beim Zubereiten des Frühstücks zu, was ihn stets ganz schwindelig machte. Mit der linken Hand knallte sie die Pfanne auf den Herd, riss mit der rechten den Kühlschrank auf und holte die Eier heraus, hantierte mit der Olivenölflasche, als hätte sie eine dritte Hand, und griff schon nach dem Messer, um den Schinken fürs Rührei zu würfeln, ehe sie die Flasche zurückgestellt hatte.

Was war er froh gewesen, als sie am Abend unversehrt in der Tür gestanden und sich gewundert hatte, dass Erik auf sie wartete und sich sogar Sorgen machte!

»Hast du meinen Zettel nicht gefunden?«

Sie hatte tatsächlich geglaubt, diese lapidare Information wäre ausreichend gewesen, ihm die Unruhe zu nehmen und ihn versöhnlich zu Bett gehen zu lassen. Dass sie den Abend außer Haus verbracht hatte, um der Familie einen Denkzettel zu verpassen, hatte sie weit von sich gewiesen, obwohl er in ihren Augen einen kleinen Schalk erkannt hatte, der ihm verriet, dass sie diesen Effekt zumindest billigend in Kauf genommen hatte.

»Wenn auf Sylt ein Mord passiert ist, hast du keine Zeit, das weiß ich doch. Die Kinder sollen nicht meinetwegen zu Hause bleiben. Und Signora Gysbrecht …« Diesen Satz hatte sie abgebrochen, und Erik war ziemlich sicher, dass er die Vollendung auch nicht hätte hören wollen. »Ich bin nur ausgegangen, um Frau Kemmertöns einen Gefallen zu tun.«

Während sie die Eier verquirlte, die Panini in den Ofen schob, den Tisch deckte, alles aus dem Kühlschrank holte, was zum Frühstück angeboten werden sollte, und ihn daran hinderte, ihr zu helfen, berichtete sie ausführlicher als am Abend von den Eheproblemen der Nachbarn. Dass Frau Kemmertöns das Bedürfnis verspürte, gelegentlich abends auszugehen, verblüffte Erik. Eigentlich hatte er angenommen, sie sei viel zu träge für solche Aktivitäten. Und dass Herr Kemmertöns dazu gebracht werden sollte, hin und wieder den Fernseher auszustellen, die Pantoffeln aus- und ein frisches Hemd anzuziehen, amüsierte ihn. »Frau Kemmertöns meint wirklich, das kriegt sie hin, indem sie abends ohne ihn unterwegs ist?«

»So lange, bis er sich endlich Sorgen um seine Frau macht.

Dann wird er schon bereit sein, mit ihr zu kommen, meint Frau Kemmertöns.«

Erik dachte an Herrn Kemmertöns, den er am Vorabend am Schlafzimmerfenster gesehen hatte. »Und bis es so weit ist, musst du sie begleiten?«

»Sie traut sich bei Dunkelheit nicht allein auf die Straße.«

Erik wurde ärgerlich. »Wenn sie sich emanzipieren will, dann auch richtig!«

»Es geht nicht um emancipare. Sie will nur erreichen, dass ihr Mann am Abend mal was mit ihr unternimmt.«

»Wo seid ihr überhaupt gewesen?«

Mamma Carlotta drehte ihm den Rücken zu, während sie antwortete: »Ich weiß nicht, wie diese Gaststätte hieß, ich kenne mich ja nicht so gut aus in la gastronomia von Sylt.«

Erik fragte nicht weiter nach. Er verspürte nicht die geringste Lust, sich mit den Eheproblemen der Kemmertöns zu beschäftigen.

Doch er merkte auf, als seine Schwiegermutter ergänzte: »Ich habe etwas Interessantes von Frau Kemmertöns erfahren. Kann sein, dass es dir bei deiner Arbeit hilft.«

Erik hatte gerade sein Handy hervorgezogen und legte es nun auf den Tisch, ohne eine Nummer zu wählen. »Geht es um den Mordfall?«

»Um diesen Thies Dageför. Herr Kemmertöns kennt ihn gut.«

Erik fiel das Gespräch mit Frau Dr. Rebel wieder ein. »Ich weiß.«

Mamma Carlotta ließ die Schnittlauchröllchen im Stich. »Das weißt du? Auch dass die beiden sich gelegentlich in Käptens Kajüte getroffen haben?«

»Ja, auch das.«

»Aber sicherlich hast du keine Ahnung, dass Thies Dageför dort einen Tob … Tobsucht … Madonna, was für ein Wort!«

»Tobsuchtsanfall?«

»Sì, den hat er bekommen. Vor ein paar Jahren. Als er erfahren hat, dass sein Freund auf rätselhafte Weise reich geworden war.«

»Holger Callesen?«

»Sì. So hieß er. Und Thies Dageför war wohl der Meinung, er hätte ein Ding gedreht. So sagt man doch, oder?«

»Überfall, Bankraub, Kidnapping?«

»Das weiß ich natürlich nicht. Das wusste auch Frau Kemmertöns nicht. Und Thies Dageför anscheinend auch nicht.« Sie betrachtete ihren Schwiegersohn genau. »Hilft dir das weiter?«

Erik brummte etwas Zustimmendes, nahm sein Handy wieder zur Hand und wählte die Nummer des Polizeireviers Westerland. Enno Mierendorf, der Frühschicht hatte, meldete sich.

»So zeitig hatte ich noch nicht mit Ihnen gerechnet, Chef. Wenn ich gewusst hätte, dass Sie schon im Dienstmodus sind …«

»Gibt's was Neues? Haben Sie herausgefunden, wo Johanna Fiedler auf Sylt abgestiegen ist?«

»Sören hatte recht: im Hotel Stadt Hamburg.«

Felix erschien in der Küche, an seiner Seite Kükeltje, die mal wieder in seinem Bett übernachtet hatte. Erfreut, mit aufgestelltem Schwanz, lief sie auf die Köchin zu, der prompt ein paar Schinkenwürfel aus der Hand fielen, rein zufällig natürlich.

Felix begrüßte seine Nonna mit einem Kuss auf die Wange und nahm ihr den Pfannenwender aus der Hand. »Ich mache das selbst.«

Mamma Carlotta war dermaßen überrumpelt, dass sie es sich gefallen ließ und nervös dabei zusah, wie Felix in der Pfanne herumrührte. »Tut mir leid, das mit gestern Abend, Nonna.«

Nun wurde er mit einem Mal seinem Onkel Guido, Carlottas Ältestem, so ähnlich, dass die Rührung keinen negativen

Gedanken mehr zuließ. Diesen Blick hatte Guido schon als kleiner Junge aufsetzen können, wenn er seine Mama umschmeicheln wollte. Und genauso machte es nun Felix. »Heute Mittag kann ich leider nicht zum Essen kommen. Sportunterricht! Dazu habe ich überhaupt keine Lust, aber was soll ich machen?«

»Und was wirst du essen?« Seiner Nonna war eine ausreichende Ernährung weitaus wichtiger als körperliche Ertüchtigung.

»Ich hole mir einen urgesunden Salat aus der Kantine.«

Auch sein Lächeln war jetzt so wie das seines Onkels, wenn er seiner Familie weismachen wollte, dass er selten an sein eigenes, aber immer an das Wohlergehen derer dachte, die zu ihm gehörten.

Kurz darauf erschien Carolin, die partout nicht zulassen wollte, dass die Nonna ihr einen Panino aufschnitt, sondern ihr das Messer aus der Hand nahm und sich selbst um das Zerteilen kümmerte. »Heute Mittag muss ich im Hotel bleiben, Nonna, so leid es mir tut. Ich muss eine Gruppe aus Australien betreuen.«

Erik sah, dass seine Schwiegermutter nervös wurde und froh war, als Sören erschien, der nicht wusste, dass die Familie Wolf entschieden hatte, Mamma Carlotta demnächst bei der Hausarbeit zu unterstützen. Er ließ sich bereitwillig das Rührei auftun und kam auch nicht auf die Idee, die Schnittlauchröllchen eigenhändig darüberzustreuen.

»Wir machen gleich einen Besuch im Hotel Stadt Hamburg«, sagte Erik. »Vielleicht erfahren wir dort etwas über Johanna Fiedler.«

Sören schob sich eine Gabel Rührei in den Mund. »Im Hotel Stadt Hamburg ist man sehr diskret.«

»Es wird sich schon jemand finden, der sich durch unsere Dienstausweise beeindrucken lässt.«

Freudestrahlend stieß Sören ein paarmal »grazie!« hervor,

als Mamma Carlotta ihm die Feigenmarmelade hinschob, dann fuhr er fort: »Ich habe letzte Nacht noch ein bisschen recherchiert. Seit Johanna Fiedlers Tod ist nicht mehr viel von der Sippe der Fiedlers übrig. Sie selbst war Einzelkind, ihr Vater auch, über die Familie ihrer Mutter weiß ich nichts. Von den Fiedlers gibt es nur noch einen Großcousin von Johanna. Der war scheinbar auch ihr Erbe, ihr nächster Verwandter. Vielleicht weiß der mehr. Er sitzt jetzt auf einem hübschen Anwesen und kann seine Hände für den Rest seines Lebens in den Schoß legen. Übrigens gar nicht weit von hier.«

Erik legte die Gabel auf den Teller zurück und sah Sören erwartungsvoll an. »Wo?«

»In der Nähe von Husum.«

Mamma Carlotta wurde nervös. Warum stand Erik so früh auf, wenn er nun zu Hause herumtrödelte? Etwa weil er ihr bei der Zubereitung des Frühstücks zur Hand gehen wollte? Madonna! Er hatte natürlich nicht ganz unrecht, sie war am vorangegangenen Abend verärgert gewesen. Und sie wäre auf Frau Kemmertöns' Vorschlag, gemeinsam auszugehen, niemals eingegangen, wenn die Familie sich zum Essen versammelt hätte. Aber sie wusste ja, wie beschäftigt ihr Schwiegersohn war, wie viel seine Freundin zu tun hatte und dass die Kinder ihren Freiraum brauchten. Kein Grund, jetzt so zu tun, als wäre sie eine gebrechliche alte Frau, der alles abgenommen werden musste, oder eine Xanthippe, die ihre Familie drangsalierte, wenn es mal nicht nach ihrem Kopf ging. Und was war mit dem armen Sören? Er trank nun schon seinen dritten Espresso, bestrich vor lauter Langeweile seinen vierten Panino mit Feigenmarmelade, ließ sich von Felix erzählen, dass sein Geschichtslehrer ein Verehrer von Putin sei, und hörte sich an, dass Carolin an diesem Tag eine australische Gästegruppe betreuen musste und der Chef perfektes Englisch von ihr erwartete.

Die Kinder waren schon aus dem Haus, als Erik mit dem Telefon aus dem Wohnzimmer zurückkehrte. »Dr. Hillmot kann nicht genau sagen, wann Callesen angekettet wurde«, sagte er zu Sören. »Nur den Todeszeitpunkt kann er einigermaßen bestimmen.«

»Also ist Thies Dageför nicht aus dem Schneider«, konstatierte Sören. »Ein Alibi hat er nicht.«

Mamma Carlotta hätte gerne gefragt, was damit gemeint war, aber sie kam leider nicht dazu, sich unauffällig zu erkundigen.

»Rudi wird einen Termin mit Thomas Fiedler machen.«

»Dem Großcousin von Johanna Fiedler?«

»Ja, er hat heute noch Zeit.« Er wandte sich mit so förmlicher Höflichkeit an seine Schwiegermutter, dass sie nicht nur verblüfft, sondern auch ungehalten war. »Sollten wir zum Abendessen nicht zu Hause sein können, sagen wir natürlich rechtzeitig Bescheid. Man kann nie wissen ... Wir fahren am besten mit dem Zug nach Husum, und der ist nur eine gute Stunde unterwegs, aber je nachdem, wie lange das Gespräch dauert ...«

»Schon gut, Enrico!«

Von ihrem Zorn am vergangenen Abend hatte ja niemand etwas mitbekommen, und länger als eine Nacht hielten Vorwürfe bei ihr nie an. Sie war froh, dass am Morgen nichts geradezurücken war, was sie in der Nacht durch Vorhaltungen in ein Ungleichgewicht gebracht hatte. Wenn ihr Anspruch auch zulässig war und wenn die Familie jetzt auch völlig zu Recht unter einem schlechten Gewissen litt, die Folgen – die Beteuerungen, sich bessern zu wollen – waren ihr vor allem lästig.

Sie wollte von Eriks Entschuldigungen nichts mehr hören. Das war ja beinahe so wie bei den Piraccinis in Panidomino. Signora Piraccini war eine Zange, mit der nicht gut Kirschen essen war, und ihr Mann konnte die Ehe nur bei geistiger und körperlicher Gesundheit überleben, wenn er möglichst devot daherkam und seiner Gattin keinen Grund zu Beanstandungen gab. War sie etwa auch so? No! Mit keiner einzigen Silbe hatte sie sich über das Ausbleiben der Familie am Vorabend beklagt. Sie war nur mit Frau Kemmertöns ausgegangen. Mehr nicht! Das konnte ihr niemand vorwerfen. Schon deshalb nicht, weil es ja gar nicht ihr Wunsch, sondern der von Frau Kemmertöns gewesen war. Hoffentlich hatte sich die Nachbarin von dem Schlag auf den Kopf erholt. Sie musste unbedingt nachher bei den Nachbarn unter irgendeinem Vorwand vorbeischauen und sich nach dem Gesundheitszustand von Frau Kemmertöns erkundigen.

»Und heute Mittag?«, fragte sie, nachdem sie die Sorge um Frau Kemmertöns abgeschüttelt hatte. »Das Menü von gestern Abend ist noch da.«

»Selbstverständlich essen wir heute Mittag hier.« Wieder dieses steife Entgegenkommen! Nur Sören reagierte so, wie Mamma Carlotta es gewöhnt war: Er war hocherfreut, und das völlig schnörkellos.

»Wird Signora Gysbrecht auch kommen? Ich habe zwei vegane Gerichte zubereitet.«

Erik zögerte. »Ich frage sie.«

Während er Sveas Nummer wählte, dachte Mamma Carlotta hektisch nach. Sie hatte sich vorgenommen, Erik in Sveas Gegenwart von Wiebkes Abstieg zu erzählen. Sie wollte auf Sveas Reaktion achten und vor allem wissen, ob sie zugab, Wiebke beobachtet zu haben. Sollte sie unbefangen darüber reden, war das, was Mamma Carlotta jetzt noch Eifersucht nannte, wohl doch nur Taktgefühl gewesen. Wenn Svea dann auch noch eine Erklärung dafür geben konnte, warum ihr Auto gestern zu später Stunde am Hochkamp gestanden hatte, konnte sie der neuen Freundin ihres Schwiegersohns leider nichts am Zeug flicken.

Die Gelegenheit würde günstig sein. Dass die Kinder mittags nicht zu Hause sein konnten, war in diesem Fall positiv, wenn Erik auch so tat, als wäre er drauf und dran, Felix vom Sportunterricht abzumelden und Valerio Fallaci zu bitten, seine Tochter von der Betreuung der australischen Gästegruppe auszuschließen. Was für ein Unsinn! Dazu kam, dass sie Zeit haben würde, bei Tove vorbeizuschauen. Sie musste wissen, wie er auf die zerschlagene Scheibe reagiert hatte. Wenn er zur Polizei ging, würde es Untersuchungen geben, und im Nu würde Wiebkes Schlafplatz in Gefahr sein. Womöglich würde sie noch in Verdacht geraten, die Scheibe zertrümmert zu haben.

Sie musste unbedingt mit Erik reden. Natürlich würde sie nicht verraten, wo Wiebke ihre Nächte verbrachte, aber dass sie seine frühere Freundin auf der Friedrichstraße gesehen hatte, konnte sie ohne Weiteres preisgeben.

»Schön!«, hörte sie Erik nun sagen. »Meine Schwiegermutter wird sich freuen. Und ich lege den Termin in Husum so, dass wir in Ruhe essen können. Sagen wir … gegen eins?«

Er lächelte so versonnen, als bekäme er etwas zu hören, was ihm sehr gut gefiel, und lächelte noch, als er das Telefon längst vom Ohr genommen hatte. »Svea tut es auch sehr leid, dass du gestern vergeblich gekocht hast.«

»Dann könnten wir jetzt eigentlich starten.« Sören erhob sich.

Aber Erik drängte ihn auf seinen Stuhl zurück. »Ich habe Ihnen noch nicht erzählt, dass wir heute als Erstes ein Telefongespräch führen sollen.« Er sah seine Schwiegermutter bedeutungsvoll an. »Frau Dr. Speck möchte, dass du Concetta anrufst.«

»Sì! Volentieri!« Mamma Carlotta blickte auf die Uhr. Deswegen also die Trödelei! Erik wusste natürlich, dass Concetta morgens erst mal ihre vier Kinder zur Schule bringen und das Essen für ihren Mann vorbereiten musste, das er mit zur Arbeit nahm. Mittlerweile war es nach acht, nun würde sie ihre Cousine erreichen können. Diese Zeit war günstig, jetzt machte sie die Betten, lüftete und deckte den Frühstückstisch ab. Später würde sie vielleicht auf dem Markt und dann telefonisch nicht mehr erreichbar sein. »Was soll ich sie fragen?«

»Sie soll dir alles erzählen, was sie von den Fallacis weiß. Und von Holger Callesen. Vielleicht hat sie auch Thies Dageför kennengelernt.«

»D'accordo!« Mamma Carlotta griff nach dem Telefon, wurde aber von Erik noch einmal zurückgehalten. »Eigentlich lassen wir so etwas ja von vereidigten Dolmetschern erledigen. Du musst jetzt sehr gut zuhören und mir alles so wiedergeben, wie du es gehört hast. Nichts hinzufügen, nicht übertreiben ...«

»Io?« Mamma Carlotta wehrte empört ab. »Wort für Wort werde ich übersetzen. Alles genau so, wie Concetta es mir erzählt.«

»Und anschließend kein Wort darüber verlauten lassen.«

»Certo!«

Es stellte sich heraus, dass Concetta schon auf Carlottas Anruf wartete. »Gut, dass du mich vorgewarnt hattest, Carlotta. Ich wusste erst gar nicht, wen ich fragen könnte, da fiel mir ein, dass ja Marinella auf dem Weingut von Holger Callesen als Köchin gearbeitet hat. Du erinnerst dich an Marinella? Sie hat damals versucht, mir kurz vor der Hochzeit den Verlobten auszuspannen.«

O ja, Mamma Carlotta erinnerte sich. Mit ungeduldigen Handbewegungen wehrte sie Erik ab, der nicht wollte, dass sich die beiden in Erinnerungen verloren. Er drängte darauf, dass seine Schwiegermutter zur Sache kam.

Ein paar Minuten dauerte es dann doch, bis Concetta über die schreckliche Erinnerung hinweg war, die sie nach eigenem Bekunden nie ganz überwunden und Marinella selbstverständlich auch nicht verziehen hatte. »Sag deinem Schwiegersohn, Carlotta, und auch dieser Staatsanwältin, was es mich für Überwindung gekostet hat, ausgerechnet Marinella zu fragen. Die arbeitet nämlich immer noch auf dem Weingut, jetzt natürlich für Eduardo Fallaci.«

Mamma Carlotta gab an Erik weiter, wie außerordentlich

großmütig und heldenhaft sich Concetta verhielt, und er spielte das Spiel mit und ließ seinen verbindlichsten Dank ausrichten, während Sören sich ein weiteres Panino mit Feigenmarmelade bestrich.

Eigentlich hätte Concetta gerne noch länger darüber gesprochen, wie dick Marinella geworden war, wie unvorteilhaft sie sich kleidete und dass sie mit dem Mann, den sie geheiratet hatte, wahrlich nicht den Hauptgewinn gezogen hatte. Aber sie sah ein, dass sie sich kurzfassen musste, weil polizeiliche Ermittlungen nicht warten durften.

»Weiß dein Schwiegersohn, dass Holger Callesen das Weingut aufgeben musste, weil er gepanschten Wein verkauft hat?«

Erik nickte. Ja, das war bekannt. Was er aber nicht wusste, war, dass in Montalcino das Gerücht umging, Holger Callesen sei unschuldig. Jemand anderes habe den Wein gepanscht, um ihn zur Aufgabe zu zwingen. Er sollte aus der Gegend vertrieben werden. Dass er Brunello aus Montalcino in Flaschen verkaufte, die in Wirklichkeit nur einen kleinen Teil Brunello und einen großen Teil Billigwein enthielten, mit unerlaubten Zugaben, die eine höhere Qualität vortäuschten und im Ergebnis sogar gesundheitsschädlich waren. »Salzsäure wurde darin gefunden.«

Concetta behauptete, sie habe es aus zuverlässiger Quelle – nicht von Marinella, die ja viel zu dumm sei, um einen guten Wein von einem gepanschten zu unterscheiden, sondern von einem Freund ihres Mannes, der sich auskenne. »Adelfo! Du erinnerst dich? Das ist der, der während unserer Hochzeit betrunken ins Büfett gefallen ist.«

Gerne hätte Mamma Carlotta sich an dieser Erinnerung ein wenig länger erfreut, aber Erik merkte natürlich, dass die beiden Damen abschweiften, und brachte seine Schwiegermutter mit einer strengen Geste auf den Weg der Fakten und sachlichen Berichterstattung zurück.

»Adelfo sagt, er habe gelegentlich verdächtige Gestalten in

der Nähe von Callesens Weinkeller gesehen, die darauf geachtet hatten, von Callesen nicht erwischt zu werden. Er glaubt sogar, dass auch andere davon etwas gemerkt hätten. Aber keiner wollte sich auf Callesens Seite stellen und ihn verteidigen. Als ihm vorgeworfen wurde, seinen Wein zu panschen, damit er einen höheren Ertrag erwirtschaften konnte, stand er ganz allein da. Nach dem Etikett verkaufte er einen erstklassigen Brunello, in Wirklichkeit jedoch einen minderwertigen Wein für viel Geld. Aber er hat geschworen, dass er nichts davon wusste.«

Mamma Carlotta übersetzte es, und Erik bat sie, sich nach Eduardo Fallaci zu erkundigen. »Könnte er der Drahtzieher gewesen sein?«

Concetta hielt es für möglich. »Als die Fallacis sich Callesens Weingut einverleibten, waren viele der Ansicht, dass Eduardo dahintersteckte. Oder vielmehr sein Vater ...«

Mamma Carlotta erschrak. Sie dachte an Toves Weinlager, an die Kisten, die Valerio Fallaci abgeholt hatte, und an den Weinkenner, der in Käptens Kajüte einen Brunello getrunken und sich über die Qualität beschwert hatte. War Valerio Fallaci auf die Idee gekommen, den gepanschten Wein nach Sylt zu liefern, statt ihn zu vernichten? Valerio, der schuld an dem Unglück ihrer Freundin Alessia war, hatte es vielleicht verdient, zur Rechenschaft gezogen zu werden, aber wenn das geschah, dann würde wohl auch Tove entlarvt werden.

»Sag deinem Schwiegersohn, er soll Valerio Fallaci mal so richtig auf den Zahn fühlen. Dass der sich nach Norddeutschland abgesetzt hat ...«, Concettas Stimme senkte sich zu einem Flüstern, »darüber wird hier viel geredet. Wein, Weib und Gesang – das war immer Fallacis Motto. Gesungen hat er wenig, aber bei Weibern hat er nie Nein gesagt. Und Wein ... damit kennt er sich aus.«

Erik machte ihr Zeichen, sie solle übersetzen, aber Carlotta schaffte es nicht, Concetta zu unterbrechen. Überhaupt wollte sie lieber erst darüber nachdenken, ob ihr daran gelegen war, dass Valerio Fallaci und damit womöglich auch Tove in Verdacht geriet.

»Adelfo meint ja, die Mafia steckt dahinter.«

Diese Behauptung übersetzte Mamma Carlotta nur flüchtig. »Wenn in Italien etwas nicht mit rechten Dingen zugeht, wird es immer der Mafia in die Schuhe geschoben.«

Natürlich musste sie mit Concetta noch ein wenig über die Kinder plaudern, sich anhören, wie talentiert sie seien, wie hübsch die Mädchen und wie draufgängerisch die Jungen, wie begabt und klug alle vier. Und daraufhin war es nicht zu umgehen, dass Carlotta über Carolins steile Karriere im Hotelgewerbe redete und behauptete, dass Felix ein begabter Musiker sei …

Erik wandte sich ab. Er wusste, wie lang diese Abschiedszeremonie dauern konnte. Er hatte genug gehört. Es war also wirklich so, wie er vermutet hatte und wie es auch die Staatsanwältin annahm. In Italien musste etwas geschehen sein, was später aus Thies Dageför einen Mörder und aus Holger Callesen ein Mordopfer gemacht hatte. Und dass die Mafia damit zu tun haben könnte, glaubte er nicht.

Er wählte die Nummer der Staatsanwältin, als Carlotta gerade erst von dem vierten ihrer vielen Enkelkinder erzählte, das über eine derart glockenreine Stimme verfügte, dass der Pfarrer angeblich jeden Sonntag darauf bestand, dass sie die Orgelmusik mit ihrem Gesang begleitete, woraufhin dann die ganze Gemeinde in Tränen der Rührung ausbrach …

Die Geschäftsführerin des Hotels Stadt Hamburg freute sich, als Erik ihr Büro betrat, und er begriff zum Glück, ohne lange überlegen zu müssen, dass er eine Klassenkameradin begrüßte, die er jahrelang nicht gesehen hatte. Es passierte ihm selten, dass er jemanden, dem er länger nicht begegnet war, auf Anhieb erkannte. Und diesmal war er besonders froh darüber. Ihr

Vorname fiel ihm nicht ein, aber immerhin hatte ihr Nachname an einem Schild neben der Tür gestanden, und er war zuversichtlich, dass ihm während der Unterhaltung die Erinnerung an vieles andere kommen würde, was den Gesprächsverlauf vereinfachte.

»Erik! Wie nett, dich wiederzusehen! Ich wollte schon mal im Polizeirevier vorbeikommen, aber ...« Sie hob die Schultern und deutete an, dass ihr guter Vorsatz immer wieder der Eile des Alltags zum Opfer gefallen war.

Erik stellte ihr seinen Mitarbeiter vor, dann beteuerte er, wie sehr er sich gefreut hätte, sie im Polizeirevier zu einer Tasse Kaffee begrüßen zu dürfen, und fügte an, dass der Kaffee dort aber leider nicht besonders gut sei. »Sicherlich nicht halb so gut wie in diesem Haus.«

Sie lachten herzlich, und im selben Moment fiel Erik ihr Vorname ein. Frauke! Sie hatte zu den Mauerblümchen der Klasse gehört, was man heute kaum noch für möglich hielt. Aus Frauke Tengelmann war eine gut aussehende, taffe Person geworden, die augenscheinlich ihren Platz im Leben gefunden hatte. Ihr dunkles Kostüm saß perfekt, ihre Figur war schlank und drahtig, ihr Gesicht trug ein dezentes Make-up, ihr Haarschnitt stammte von einem Friseur, der sein Handwerk verstand. Die Art, wie sie Kaffee für die Polizeibeamten bestellte, beeindruckte ihn. Freundlich, aber bestimmt, im Tonfall einer Chefin, aber mit den Worten eines Gastes.

»Du bist dienstlich hier, nehme ich an?«

Erik bejahte lächelnd und erzählte Frauke Tengelmann von dem Fall, der ihn zurzeit beschäftigte. »Ein Mann steht im Verdacht, der hier vor ein paar Jahren einen Gast regelmäßig besucht hat.«

»Vor ein paar Jahren?« Frauke Tengelmann zog ein Gesicht, als wollte sie ihm erklären, wie viele Gäste während der letzten Jahre im Hotel Stadt Hamburg ein und aus gegangen waren.

»Seit wann arbeitest du hier?« Erik hatte bereits die Bitte auf den Lippen, einen Mitarbeiter fragen zu dürfen, der seit mindestens fünf Jahren hier tätig war.

Aber Frauke Tengelmann antwortete: »Ich habe hier schon meine Ausbildung gemacht.«

Erik war erleichtert. »Dann kanntest du Johanna Fiedler?«

»Um die geht es?« Frauke lachte. »Klar, an die kann ich mich erinnern. Sie gehörte ja zu unseren VIPs.« Über ihr Gesicht ging ein Schatten. »Ich war traurig, als ich von ihrem Tod erfuhr. Nicht weil wir einen Gast verloren hatten, sondern weil sie eine sehr angenehme Person war. Aber ...« Sie zuckte mit den Schultern. »Wir waren ja darauf vorbereitet. Sie war lange krank. Wenn sie auscheckte, haben wir uns jedes Mal gefragt, ob wir sie noch einmal wiedersehen würden.«

»Woran litt sie?«, fragte Sören.

»Keine Ahnung, sie sprach nie darüber. Ich glaube, auch die Öffentlichkeit hat nichts davon erfahren. Sie hielt sich sehr gut, sah bis zu ihrem Ende attraktiv aus. Eine sehr gepflegte Frau.«

Nun zog Erik das Foto aus der Tasche, das Thies Dageför und Holger Callesen zeigte. »Bei ihrem letzten Sylt-Aufenthalt hat sie von einem dieser beiden Männer häufig Besuch bekommen.«

Ohne zu zögern zeigte Frauke Tengelmann auf Thies. »Der kam beinahe täglich. Wir hatten eine Vereinbarung mit Frau Fiedler getroffen. Er durfte auch bei ihr übernachten.«

»Eine Liebesgeschichte also?«

Frauke Tengelmann nickte. »Er war zwar deutlich jünger, aber es schienen große Gefühle im Spiel zu sein. Jedenfalls bei ihr.«

»Bei ihm nicht?«, fragte Sören.

»Alles sah danach aus, aber ... wenn ein junger Mann sich in eine ältere Frau verliebt, die steinreich ist, kommen einem ja automatisch Bedenken.«

»Kennst du den anderen Mann auch?«

Sie beugte sich über das Foto und schüttelte den Kopf. »Nein, nie gesehen.«

»Er ist tot«, mischte sich Sören ein. »Und Thies Dageför steht im Verdacht, ihn ermordet zu haben.«

Frauke Tengelmann sah erschrocken aus. »Thies Dageför … So heißt der Mann, in den Johanna Fiedler verliebt war?« Bereitwillig erzählte sie, was ihr von Johanna Fiedler bekannt war, was aber nicht über das hinausging, was auch ein aufmerksamer Leser der Regenbogenpresse wusste. Erik revanchierte sich mit unverfänglichen Einzelheiten zum Mordfall Holger Callesen. Dann tauschten sie noch ein paar Erinnerungen aus, wurden aber beide bereits nervös. Frauke Tengelmann warf einen Blick zur Uhr, Erik hatte es sich im selben Augenblick verkniffen. Beide waren zufrieden, als sie die Unterredung beenden konnten.

»Wenn du noch Fragen hast, immer gerne«, sagte die Geschäftsführerin zum Abschied.

»Und wenn du noch einmal am Polizeirevier vorbeikommst«, antwortete Erik, »werde ich für den besten Kaffee sorgen, den wir zu bieten haben.«

Der Abschied war herzlich und täuschte darüber hinweg, dass der Besuch für eine viel beschäftigte Geschäftsführerin zu lange gedauert hatte.

»Besonders ergiebig war das nicht«, maulte Sören, als sie vor dem Hotel standen und das Rathaus betrachteten, als gehörten sie zu den Feriengästen, die zum ersten Mal auf Sylt waren. »Jetzt wissen wir, dass Johanna Fiedler den Liebesbrief wirklich Thies Dageför geschickt hat. Das war's auch schon.«

»Nicht so voreilig«, mahnte Erik. »Noch ist nicht sicher, dass Johanna Fiedler ihn geschrieben hat.«

Als hätte er auf sein Stichwort gewartet, rief Polizeiobermeister Rudi Engdahl an. Er verkündete, dass Thomas Fiedler die Herren von der Polizei am Nachmittag erwarten werde. »Er ist ab Mittag zu sprechen. An seinem Arbeitsplatz. Sie können kommen, wann Sie wollen.«

Carlotta warf sich ihre Strickjacke über, obwohl sie das Gefühl hatte, vor Aufregung zu glühen. Aber das war nur eine innere Hitze, sie würde dennoch frieren, sobald sie sich an die kalte Nordseeluft begab.

Eilig holte sie Lucias Fahrrad aus dem Schuppen. Zwar hatte sie Zeit genug, da das Mittagessen ja bereits fertig war, aber die Gelassenheit, einen Fuß vor den anderen zu setzen, brachte sie jetzt nicht auf. Dieses Mal war es ihr auch gleichgültig, wie sie angezogen war. Zum Fahrradfahren trug sie immer die einzige Hose, die sie besaß, ihr rotes Kleid hatte einen engen Rock, in dem sie nicht einmal auf den Sattel gekommen wäre, und an eine Schluppenbluse verschwendete sie diesmal keinen Gedanken.

Die Sommerwärme schien sich hinter dem kalten Wind zu verstecken, wurde nur kurz in einer Flaute spürbar und dann wieder von einer Bö unter den weiten, wehenden Mantel genommen. Die Wolken jagten über den Himmel, schneeweiß vor sommerlichem Blau, die Sonne blitzte manchmal hervor und war ebenso schnell wieder verschwunden.

Als sie in den Hochkamp einbog, fiel ihr ein, dass sie vergessen hatte, sich nach Frau Kemmertöns' Befinden zu erkundigen. Das musste sie unbedingt nachholen, sobald sie zurück war. Sie seufzte, als sie an den kommenden Abend dachte. Ob Frau Kemmertöns wirklich ihren Plan fortführen und erneut den Abend ohne ihren Mann verbringen wollte? Trotz der schrecklichen Erfahrung des Vorabends? Mamma Carlotta hoffte sehr, dass sie die Nachbarin davon abbringen konnte, und, wenn sie bei ihrem Vorhaben blieb, wenigstens davon zu überzeugen war, dass sie selbst keine Zeit hatte, sie zu begleiten. Sie musste sich auf das Abenteuer vorbereiten, das sie am nächsten Tag erwartete.

Erik war schrecklich verärgert gewesen, hatte es aber nicht gewagt, der Staatsanwältin zu widersprechen. Zwar hatten all seine Sätze mit Wenn und Aber begonnen, doch sämtliche Bedenken waren von Frau Dr. Speck aus der Telefonleitung gewischt worden. Sie würde sich jetzt um diesen Fall kümmern, damit Erik ihn ruhmreich zu Ende führen konnte. Ja, so hatte sie sich tatsächlich ausgedrückt. Und auf seinen Hinweis, dass Beweise, die auf diese Art gefunden wurden, vor Gericht nicht zu verwenden waren, hatte sie nicht einmal reagiert. Sie wollte herausfinden, was in Italien geschehen war, basta! Und wenn sie es wusste, würde sie es irgendwie schaffen, aus ihrem Wissen etwas zu machen, was den Täter hinter Schloss und Riegel brachte.

Die Staatsanwältin hatte so laut gesprochen, dass Carlotta keine Mühe hatte, zumindest den Sinn ihrer Worte zu verstehen. Dass sie sich in Eriks unmittelbarer Nähe aufhielt, solange er mit Frau Dr. Speck telefonierte, fiel ihrem Schwiegersohn nicht auf. Es schien ihn nicht zu wundern, dass sie ausgerechnet in diesem Moment ausgiebig den Tisch blank wischte und sich sehr viel Zeit dafür nahm.

»Es macht keinen Sinn, Wolf, die italienischen Kollegen damit zu beauftragen. Die kennen die Zusammenhänge nicht, die wissen nicht, wie sie fragen müssen. Wenn in Montalcino jemand Dreck am Stecken hat, wird er erstens kein Wort sagen und zweitens genau wissen, welchen Verdacht wir haben. Nein, wir müssen raffinierter vorgehen. Niemand darf erfahren, warum ich mit Ihrer Schwiegermutter in Italien bin. Wenn man als harmlose Touristin ein bisschen herumfragt, erfährt man viel mehr. Vor allem zusammen mit Ihrer Schwiegermutter. Solange ich mit ihr unterwegs bin, kommt kein Mensch auf die Idee, dass wir nicht einfach nur neugierig sind, sondern raffinierte Vernehmungsmethoden anwenden.«

Mamma Carlotta war davon überzeugt, dass Frau Dr. Speck schaffte, was sie sich vorgenommen hatte, und sie ahnte, dass

Erik es auch wusste, es nur nicht zugeben wollte. Und sie, Carlotta Capella aus Panidomino, war dazu auserkoren, der Gerechtigkeit zum Siege zu verhelfen. Das hätte sie am liebsten so laut verkündet, dass ganz Sylt darüber Bescheid wusste.

Aber leider hatte die Staatsanwältin sie zum Schweigen verdonnert. Sie hatte sogar verlangt, nicht einmal ihrer Cousine etwas zu verraten. Das war wirklich sehr bedauerlich, aber dummerweise nicht zu ändern. Frau Dr. Speck hatte ja recht, Concetta würde es überall herumerzählen, damit die Verantwortlichen warnen und den Erfolg der Unternehmung gefährden.

»Ihr Schwiegersohn hat mir verraten, dass Sie mit Alessia Fallaci gut bekannt sind. Natürlich dürfen Sie auch ihr gegenüber nichts erwähnen. Wenn ihr Sohn Dreck am Stecken hat, dann genügt ein Anruf seiner Mutter, und er weiß Bescheid. In so einem Fall kann er in aller Seelenruhe Spuren verwischen und alle Mitwisser bestechen, damit sie ihren Mund halten.«

»Certo!« Mamma Carlotta versprach alles, was die Staatsanwältin verlangte, und sah darüber hinweg, dass Erik die Augen verdrehte, weil er ihr nicht glaubte. »Es geht hier nicht nur um Weinpanscherei, Signora, sondern vor allem … um Mord. Vergessen Sie das nicht.«

Mamma Carlotta hörte auf, in die Pedale zu treten, als Käptens Kajüte in Sicht kam. Insgeheim hatte sie damit gerechnet, einen Polizeiwagen vor dem Haus zu sehen und Polizisten, die Spuren suchten und Protokolle aufnahmen. Aber um Käptens Kajüte herum war es so ruhig wie immer.

Eigentlich wäre Mamma Carlotta gern auf dem schnellsten Wege zu Alessia ins Frangiflutti gefahren, aber es konnte nicht schaden, einen Stopp in Käptens Kajüte einzulegen, um in Erfahrung zu bringen, wie Tove reagiert hatte, als er an diesem Morgen seine Küche betrat. Verdächtigte er womöglich Frau Kemmertöns? Dann musste Carlotta alles tun, um seinen Verdacht zu zerstreuen. Und wenn er die Polizei verständigt hatte, dann musste sie dafür sorgen, dass sie, die Schwiegermutter von Hauptkommissar Wolf, in diesem Zusammenhang nicht erwähnt wurde.

Angst und Sorge zogen mit einem Mal einen eisernen Ring um ihr Herz. Wenn die Polizisten nach Spuren in Toves Küchenhof suchten, stießen sie womöglich auch auf Wiebkes Schlafplatz! Wenn sie etwas zurückgelassen hatte, woran sie zu identifizieren war, hatte man sie vielleicht schon bald wegen schwerer Körperverletzung am Wickel. Dass Wiebke es gewesen war, die sich in Toves dunkler Küche etwas zu essen gesucht und dann Angst vor Entdeckung bekommen hatte, erschien Mamma Carlotta mittlerweile so gut wie sicher. Wie schrecklich, dass Wiebke nicht nur ihren Platz in der Gesellschaft verloren hatte, sondern nun sogar in eine Ecke gerutscht war, in die sie wahrlich nicht gehörte: in die der Gesetzesbrecher. Es gab nur diese eine Möglichkeit. Niemand anders hatte sich in der Küche der Imbissstube aufhalten und Frau Kemmertöns niederschlagen können.

Sie setzte die Unschuldsmiene auf, in der sie geübt war. So war sie früher Dino gegenübergetreten, wenn sie eine überflüssige Geldausgabe erklären musste oder auf die Frage gefasst war, wo sie sich um Himmels willen während der vergangenen zwei Stunden rumgetrieben habe. Diese harmlose Miene war vor allem dann besonders wichtig, wenn sie sich nicht nur mit zwei Nachbarinnen über die Untugenden einer dritten ausgetauscht, sondern dabei auch noch etliche Vin Santo konsumiert hatte.

»Buon giorno!«

»Moin.« Tove Griess hatte zu tun. Er füllte gerade mehrere Plastikbecher, in denen er neuerdings Coffee to go verkaufte. Das ging zum Glück schnell, die drei Männer, die vor der Theke gewartet hatten, nahmen ihre Becher und gingen.

Als sie mit Tove allein war, bestellte sie einen Espresso

und erkundigte sich scheinheilig nach seinem Wohlergehen. »Come sta?«

Obwohl Tove diese Frage mittlerweile übersetzen konnte, antwortete er nicht. Er ließ seinen Kaffeeautomaten zischen, knallte die gefüllte Espressotasse auf die Theke und blaffte: »Bei mir ist letzte Nacht eingebrochen worden.«

Mamma Carlotta griff sich ans Herz, ein bisschen zu theatralisch, aber da Tove von italienischen Übertreibungen nichts verstand, fiel ihm das nicht weiter auf. »Madonna! Ist etwas gestohlen worden?«

»Komischerweise nicht. In der Kasse fehlt kein Cent.« Er gab dem Zuckertopf einen Stoß, sodass er vor Carlottas Tasse landete. »War ja auch abgeschlossen. Und war sowieso nur ein bisschen Wechselgeld drin. Die Scheine nehme ich immer mit nach Hause.« Dass jemand Interesse an seinen Vorräten gehabt haben könnte, schien er nicht für möglich zu halten. »Wenn ich den Kerl erwische! Was meinen Sie, was es kostet, eine neue Tür einzusetzen?«

»Haben Sie schon die Polizei verständigt?«

»Wozu?«

»Allora … damit sie den Täter sucht.«

Tove lachte wie ein heiserer alter Seehund. »Die haben was Besseres zu tun. Außerdem will ich die nicht im Haus haben. Die schnüffeln überall rum und finden Sachen, die sie nichts angehen.«

»Aber … Sie sind versichert?«

»Muss ich mal nachsehen. Wenn ja, ist mir natürlich eine Menge geklaut worden.« Er ließ den Blick durch die Imbissstube wandern. »Die Radioanlage, sämtliche Sektgläser …«

»… die Weinvorräte«, warf Mamma Carlotta ein und blickte Tove scharf an.

Aber er ließ sich nichts anmerken. »Ja, ja, die natürlich auch.«

Das Gespräch wurde unergiebig, als feststand, dass Tove

weder Frau Kemmertöns noch die Schwiegermutter des Hauptkommissars in Verdacht hatte. Aber die Erleichterung, die Mamma Carlotta empfand, verwandelte sich bald in ein gegensätzliches Gefühl: ein schlechtes Gewissen. Wenn Tove nicht versichert war, musste er die Küchentür aus eigener Tasche bezahlen. Andererseits … hätte sie Frau Kemmertöns hilflos in Toves Küche zurücklassen sollen? Außerdem hatte die Nachbarin sie gebeten, nichts zu verraten, und sogar Tove würde einsehen, dass sie Erik nicht erzählen konnte, wo sie den vergangenen Abend verbracht hatte. Erst recht konnte sie ihm nicht gestehen, dass sie die Küchentür von Käptens Kajüte eingeschlagen hatte.

Mamma Carlotta stürzte ärgerlich den Espresso hinunter. Eigentlich war sie gar nicht schuld an dem, was geschehen war. Sie hatte nichts Böses getan. Sie hatte Frau Kemmertöns begleitet, weil sie darum gebeten worden war, und sie später gerettet, wie es ihre Pflicht gewesen war. Was konnte man ihr schon vorwerfen? Derjenige war schuld, der Frau Kemmertöns niedergeschlagen hatte. Wiebke? Ja, Wiebke. Aber sie durfte erst recht nicht verraten werden. Wiebke hatte ja kein Geld für Schadenersatz. Und warum hatte sie auch die Küchentür verschlossen, als sie geflüchtet war?

Mamma Carlotta dachte über diesen merkwürdigen Umstand nach, dann fiel ihr ein, dass die Tür, wenn sie ins Schloss fiel, automatisch verschlossen war. Jedenfalls nachts. Tagsüber setzte Tove diese Automatik außer Kraft, damit er sich nicht versehentlich selbst aussperrte, aber bevor er Feierabend machte, sorgte er dafür, dass sich die Tür nicht von außen aufdrücken ließ. Wiebke musste also schon in der Küche gewesen sein, als Tove alle Türen verriegelte. Es gab ja genügend Verstecke dort, unter dem Tisch, hinter dem Herd oder einer offenen Tür.

»Was ist los, Signora?« Tove starrte sie an, als wollte er ihre Gedanken lesen. »Sie gucken ja so, als hätten Sie gerade das Ei des Kolumbus entdeckt.«

Mamma Carlotta bestellte vor lauter Verlegenheit einen weiteren Espresso, den sie eigentlich gar nicht wollte, und gönnte sich sogar zwei gehäufte Löffel Zucker. Wer einmal vom rechten Weg abgekommen war, löste damit anscheinend eine Lawine aus. Es ging immer weiter bergab. Der Weg von der Wohnungslosen zur Diebin und sogar zur Gewalttäterin war nicht weit.

»Sind Sie gekommen, um Ihr Mitgefühl auszudrücken? Weil bei mir letzte Nacht eingebrochen worden ist?«

Mamma Carlotta fuhr zusammen, wurde aus ihren Gedanken gerissen, fand aber zum Glück einen Halt in der Realität und war dankbar, dass sie nichts an Reaktionsschnelle eingebüßt hatte. »Davon wusste ich doch nichts«, entgegnete sie und sah aus wie das reinste Unschuldslamm. »Ich wollte ... ich wollte Ihnen erzählen, dass ich morgen früh nach Italien fliege.«

Das hatte sie eigentlich nicht erzählen wollen, aber es schien ihr sicherer zu sein, aus einem konkreten Grund in Käptens Kajüte eingekehrt zu sein. Am Ende brachte Tove sie doch noch mit den Ereignissen des vergangenen Abends in Verbindung.

»Das war aber diesmal ein kurzer Sylturlaub.«

»No, no, er ist noch nicht zu Ende. Ich fliege morgen nach Firenze und komme übermorgen nach Sylt zurück.«

»Hä?« Das Fragezeichen in Toves Gesicht begann unter dem Haaransatz und endete an der Kinnspitze.

Mamma Carlotta holte tief Luft, um zu erzählen, dass sie vor einer Stunde am Telefon zu einer bedeutenden Hilfskraft der Staatsanwaltschaft geworden war und auch in der Toskana bei hochwichtiger Ermittlungsarbeit helfen würde. Als rechte Hand der Staatsanwältin! Als ihre Dolmetscherin, man konnte sogar sagen ... als Geheimagentin. Ja, das war kein übertriebener Ausdruck. Die Sache war geheim, und ein Agent war so etwas wie ein Vermittler. Und da sie in geheimer Mission der Staatsanwältin Kontakte vermitteln würde, passte dieser schrecklich wichtige Ausdruck ganz genau.

Nachdem jedoch in ihren Gedanken mehrmals das Wort »geheim« vorgekommen war, fiel ihr ein, dass sie sich um ein Haar verplappert hätte. Natürlich durfte Tove kein Sterbenswörtchen davon erfahren, warum sie mit der Staatsanwältin nach Florenz flog. Sie hatte es Erik versprochen, er hatte es ihr mehr als einmal eingeschärft. Gut, dass noch keine vertrauliche Information über ihre Lippen gekommen war!

»Urlaub«, behauptete sie nun.

»Mit wem?«, fragte Tove, der sich vollkommen zu Recht nicht vorstellen konnte, dass die Schwiegermutter des Kriminalhauptkommissars allein unterwegs sein wollte.

»Mit …« Mamma Carlotta kam ins Schwitzen. »Mit einer Bekannten.«

»Von Sylt?«

»No, no, von … aus …« Sie stockte und sah Tove an der Nasenspitze an, dass er sie durchschaute. Er spürte, dass sie ihm etwas verheimlichen wollte. So wie früher ihr Dino. Und immer hatte sie dann versucht, wenigstens nicht die Unwahrheit zu sagen, wenn sie schon etwas verschweigen wollte. Dann hatte sie es eigentlich immer geschafft, grundehrlich auszusehen. »Aus Flensburg.«

»Flensburg?« Toves Gesicht zog sich in die Breite. »Da könnte man ja glatt meinen, Sie machten Urlaub mit der Staatsanwältin.«

Dass er ins Schwarze getroffen hatte, merkte er, als die Röte in Carlottas Gesicht schoss und ihre Finger zu zittern begannen. Verblüfft starrte er sie an. »Nun sagen Sie bloß, das stimmt wirklich.«

Carlotta wurde immer hektischer. »Das hat nichts mit der Arbeit meines Schwiegersohns tun. Nicht das Geringste!« Sie sah, dass Tove kein Wort glaubte, aber darauf kam es nicht an. Es ging nur darum, dass sie nichts verraten hatte und später notfalls die Finger zum Schwur heben konnte. Sie hatte geschwiegen. Für die Gedanken der anderen konnte sie nichts …

Erik und Sören waren zu Fuß zum Hotel Stadt Hamburg gegangen und wanderten nun zurück. An der Sparkasse vorbei, zur Einmündung der Friedrichstraße in die Maybachstraße, die sie überquerten, obwohl die Ampel rot war. Sie schwiegen, bis sie an der dicken Wilhelmine angekommen waren, der Bronzefigur in der Wilhelmstraße am Anfang der Westerländer Fußgängerzone. Nur mit einer Badehaube bekleidet saß sie in ihrem kleinen Brunnen, wusch sich den üppigen Körper und zeigte ihre vollen Brüste.

Sie beschlossen, sich in der Bäckerei an der Ecke einen Coffee to go zu holen, und setzten sich auf eine der Bänke in der Nähe, um ihn in der Sonne zu trinken. Währenddessen betrachteten sie die dicke Wilhelmine, als sähen sie sie zum ersten Mal.

Sören seufzte. »Wir können nur hoffen, dass Ihre Schwiegermutter in der Toskana etwas herausfindet.«

Erik stellte den Becher so heftig neben sich auf der Bank ab, dass etwas Kaffee herausschwappte. »Bei der Staatsanwältin piept's wohl. Mit meiner Schwiegermutter nach Italien! Das widerspricht allen Regeln der Polizeiarbeit.«

Nach diesem Ausbruch trat Stille ein. Sie sahen den Vorübergehenden nach, Syltern, die eilig vorbeiliefen, Touristen, die Richtung Bahnhof schlenderten, Eltern mit Kindern, die mit Laufrädern unterwegs waren, ausgestattet wie kleine Rennfahrer. Das alles betrachteten sie, ohne es wirklich zu sehen.

»Ich glaube«, sagte Sören langsam und sehr bedächtig, »der Staatsanwältin geht es gar nicht um irgendwelche Ermittlungen. Die will Urlaub mit Ihrer Schwiegermutter machen.«

Erik nahm einen Schluck von seinem Kaffee und stellte den Becher dieses Mal etwas sanfter zur Seite. Er holte seine Pfeife aus der Innentasche seiner Jacke. Erst als er alles beisammenhatte, um sie zu stopfen und anzuzünden, fragte er: »Wie kommen Sie denn auf diesen Unsinn?«

Sören sprach lebhafter. »Die hat bestimmt noch ein paar Urlaubstage, die in den nächsten Wochen verfallen werden. Aber wie wir die Staatsanwältin kennen, hat sie keine Freunde, mit denen sie diese Tage verbringen könnte. Von Verwandten war auch nie die Rede. Ich glaube, die hat niemanden! Und dass sie einen Narren an Ihrer Schwiegermutter gefressen hat, wissen wir längst.«

»An ihrer Kochkunst«, korrigierte Erik schwach, wusste aber, dass er damit nicht richtiglag.

Sören schüttelte prompt den Kopf. »Die Signora ist die Einzige, die immer nett zu ihr war.«

»Weil sie weiß, dass die Staatsanwältin wichtig für meine Arbeit ist.« Er hielt das Streichholz über seine gestopfte Pfeife, sog und paffte, bis sie glühte. »Meine Schwiegermutter ist zu allen Leuten nett, die wichtig sind. Der Pastor, die Ausbilder ihrer Kinder, die Lehrer ihrer Enkelkinder …«

»Das weiß die Staatsanwältin nicht. Sie glaubt, dass sie von ihrer Schwiegermutter gemocht wird.«

Erik hätte gern widersprochen, aber er wusste, dass Frau Dr. Speck mit ihrem Gefühl gar nicht so falschlag. Seine Schwiegermutter hatte ihm zwar nie deutlich gesagt, dass ihr die Staatsanwältin gefiel, weil sie wusste, dass sie ihn damit auf die Palme gebracht hätte, aber er hatte oft genug ihren erstaunten Blick aufgefangen, wenn er über die Staatsanwältin schimpfte, und es war ihm nicht entgangen, dass Mamma Carlotta häufig versuchte, ihn zu mäßigen, wenn ihn der Zorn überkam. »Das muss verhindert werden«, stöhnte er, stieß Rauchwolken in die Luft und übersah den strafenden Blick eines Feriengasts.

»Was?«

»Dass die Staatsanwältin und meine Schwiegermutter demnächst dicke Freundinnen sind. Stellen Sie sich das mal vor!«

Sören stellte es sich vor und sah so aus, als hätte er an einem verdorbenen Matjes gerochen. »Dann taucht sie immer auf Sylt auf, sobald Ihre Schwiegermutter hier ist.«

»Und will mit uns essen.«

»Wenn Ihr Gästezimmer frei ist, sogar bei Ihnen übernachten.«

Erik, der gerade seinen Kaffeebecher leerte, verschluckte sich so heftig, dass Sören ihm lange den Rücken klopfen musste, bis er wieder zu Luft kam. Als sein Handy klingelte, fühlte er sich noch immer nicht in der Lage, das Gespräch anzunehmen, sondern gab Sören ein Zeichen, damit der es für ihn erledigte.

Der Name des Anrufers schien Sören nichts zu sagen. Er musste zweimal nachfragen, bis endlich das Licht des Erkennens seine Miene erleuchtete. »Ich verstehe! Sie hatten uns den Schlüssel von Thies Dageförs Wohnung gegeben.« Das Licht erlosch wieder, und Sörens Miene war voller Bedauern, obwohl sein Gesprächspartner es nicht sehen konnte. »Nein, tut mir leid, Herr Kleinau. Der Mörder ist noch nicht gefasst.«

Eriks Atemwege hatten sich nun so weit beruhigt, dass er wieder seine Pfeife in den Mund stecken konnte. Währenddessen beobachtete er Sören, dessen Mienenspiel einiges verriet. Jetzt zum Beispiel wurde er aufmerksam, richtete sich auf und fragte: »Sie wissen genau, dass es Thies Dageför gehört?«

Er nickte, während er der Antwort lauschte. Dann bedankte er sich und beendete das Gespräch.

Er betrachtete Erik lange, als interessierte es ihn, wie das mit dem Pfeifenrauchen funktionierte, und Erik wartete geduldig, bis Sören sagte: »Das war Herr Kleinau, der in dem Haus den Fahrradverleih betreibt. Ihm ist aufgefallen, dass Thies Dageförs Moped nicht mehr an seinem Platz steht.«

»Gestohlen?«, fragte Erik.

»Vielleicht. Kann aber auch sein, dass Thies Dageför es sich geholt hat. Und das …« Sören überlegte, ehe er, sicherer geworden, fortfuhr: »Das würde bedeuten, dass er noch auf der Insel ist.«

Erik stand auf und warf seinen leeren Kaffeebecher in einen Abfallkorb. »Es kann auch bedeuten, dass er es sich geholt hat, ehe er sich aus dem Staub machte.«

Mamma Carlotta war sehr zufrieden mit sich. Sie hatte eine Möglichkeit gefunden, wie sie einerseits die Anordnungen ihres Schwiegersohns und der Staatsanwältin befolgen konnte, andererseits aber nicht alles in sich verschließen musste, was rauswollte. Über Sensationen, die sie am eigenen Leib erlebte, kein Wort verlieren? Schrecklich! Und beinahe unmöglich! Sie hatte sich überlegt, wem sie sich anvertrauen und die äußeren Umstände erzählen könnte, ohne natürlich das streng Dienstliche auszuplaudern, sodass sie sich dann immer noch sagen könnte, dass sie nichts verraten hatte, was ein Dienstgeheimnis war. Eigentlich kam für so etwas nur ein Familienangehöriger infrage. Aber Carolin musste ins Hotel und Felix in die Schule. Frau Kemmertöns? Die war nur mit ihrer Ehe und dem Erreichen ihrer schlanken Figur beschäftigt und kannte weder die Staatsanwältin noch die Toskana. Also blieben nur Tove und Fietje. Beide interessierten sich nicht sonderlich für ihre Neuigkeiten, ließen sie reden und behielten alles für sich, davon war sie überzeugt. Nicht weil sie besonders verschwiegen waren, sondern weil sie gar keine Lust hatten, etwas weiterzutragen. Immer verließ sie die Imbissstube mit dem guten Gefühl, etwas losgeworden zu sein, was sie andernfalls belastet hätte.

In diesem Fall war jedoch besonderes Fingerspitzengefühl gefragt gewesen. Und sie hatte es geschafft! Carlottas Zufriedenheit hielt an, während sie ihr Fahrrad aufschloss, um weiter ins Hotel Frangiflutti zu fahren. Ein Flug nach Florenz, mehr hatte sie nicht verlauten lassen. Zusammen mit der Staatsanwältin, das hatte Tove auch erfahren. Aber sonst? »Niente!«

Als Alessia sie gebeten hatte, zu einem zweiten Frühstück ins Hotel zu kommen, war Mamma Carlotta hocherfreut gewesen. Natürlich fiel ihr sofort ein, was die Staatsanwältin ihr eingeschärft hatte. Nichts durfte sie Alessia verraten, gar nichts! Sie würde ihren Sohn natürlich warnen, wenn er etwas Ungesetzliches getan hatte. Zunächst würde sie ihn ermahnen, ihm Vorhaltungen machen, ihn und sich selbst fragen, was sie in seiner Erziehung nur falsch gemacht habe ... aber dann würde sie dafür sorgen, dass Eduardo von jedweder Strafe verschont blieb, wie es jede Mutter tun würde. Nein, Carlotta würde schweigen wie ein Grab. Auch deshalb, weil sie sehr an dem interessiert war, was Alessia ihr anvertrauen wollte. Das war der Grund ihres Anrufs gewesen. »Es gibt nur einen Menschen, dem ich das sagen kann, Carlotta.«

Wenn ihr an diesem Morgen ein Geheimnis verraten werden sollte, dann war das ja beinahe genauso gut, als würde sie selbst ein Geheimnis mit einer Person teilen, der sie vertraute. Was mochte Alessia auf dem Herzen haben? Ein Problem mit ihrem Mann? War er ihr nicht treu? Dann konnte Carlotta froh sein, dass sie das Mittagessen schon fertig hatte, denn untreue Ehemänner waren ein stundenfüllendes Thema, das von allen Seiten beleuchtet werden musste. Männer hatten ja kein Verständnis dafür, dass Frauen über jede delikate Einzelheit reden mussten, wenn es um Eheprobleme ging. Dino hatte jahrelang mit einem Mann Seite an Seite im Weinberg gearbeitet, von dem schließlich irgendwann bekannt geworden war, dass er seit fast zwanzig Jahren ein Verhältnis mit einer Serviererin in einer Pizzeria hatte, in der er mit seiner Frau gern essen ging. Zwanzig Jahre! Wie konnte man so etwas in sich einschließen, ohne verrückt zu werden? Dino jedenfalls hatte von nichts gewusst und hatte es auch ganz normal und völlig verständlich gefunden, dass sein Kollege all die Jahre geschwiegen hatte. Sonst wäre es ja nicht so lange ein Geheimnis geblieben, hatte er gemeint, schließlich könne man nie sicher sein, ob derjenige, dem man es anvertraute, wirklich schwieg. »Discrezione«, hatte sie ihn oft sagen hören und sich geärgert, wenn er so tat, als hätte sie dieses Wort noch nie gehört und wüsste nichts von dessen Bedeutung. Männer verstanden einfach nicht, warum absolute Diskretion manchmal nicht nur nicht möglich, sondern nicht einmal sinnvoll war. Erik war das nicht begreiflich zu machen, und auch Dino hatte nie verstanden, dass seine Frau unbedingt reden musste, dass Reden wie eine Medizin war, wie ein Gewürz, das dem Alltag das Fade nahm und sowohl Glück als auch Trauer ins rechte Maß rückte. Sogar nach Lucias Tod hatte sie reden müssen, während Dino in dumpfes Brüten verfallen war. Dass sein Gesundheitszustand sich von da an dramatisch verschlechtert hatte, musste damit zu tun haben, dass er nicht reden wollte, davon war Mamma Carlotta überzeugt.

Während sie in die Straße Im Grund einbog, dachte sie an einen Feriengast, den sie in Panidomino kennengelernt hatte. Damals hatte sie sich gerade sehr darüber geärgert, dass Dino ihr vorgehalten hatte, sie rede zu viel und sie vernachlässige ihre Arbeit, wenn sie stundenlang mit ihren Nachbarinnen plauderte. Über diesen unglaublichen Vorwurf hatte sie natürlich nicht schweigen können, sondern dem Nächstbesten davon erzählt, der ihr über den Weg lief. Das war der Feriengast gewesen, dessen Name sogar ein Professorentitel schmückte, dessen Meinung also Bedeutung hatte. Als er hörte, dass Carlotta Capella Geschwätzigkeit und Klatschsucht vorgeworfen worden war, hatte er ihr erklärt, dass sie, selbst wenn sie nur über Belangloses plauderte, sich auf einen tieferen Sinn dieser angenehmen Ablenkung berufen durfte. Von dem Professor hatte sie gelernt, dass jemand, der stets gesprächsbereit war, sich die Sorgen seiner Mitmenschen anhörte und seine eigenen nicht in sich verschloss, der Menschheit einen Dienst erwies. »Im Gespräch werden viele Wunden geheilt«, hatte er gesagt, »gerade die seelischen. Mancher Arztbesuch erübrigt sich, wenn jemand die Möglichkeit hat, sich sein Leid von der Seele zu reden.«

Er hatte Mamma Carlotta ermutigt, sich nicht von ihrem Mann einschränken zu lassen, wenn es um interaktive Kommunikation ging. Sie hatte erst im Wörterbuch nachschlagen müssen, bis sie verstand, was »comunicazione interattiva« bedeutete. Seitdem benutzte sie dieses schöne Wort häufig, wenn ihre Kinder ihr vorwarfen, dass das Essen zu spät fertig geworden war, weil sie sich mal wieder mehr um die Eheprobleme der Bäckersfrau als um das Schälen der Möhren gekümmert hatte. Dann sagte sie gern, sie habe comunicazione interattiva betrieben und der Bäckersfrau den Weg zum Arzt erspart, vielleicht sogar die Ehe des Bäckers gerettet, womöglich sogar dessen Leben, denn die Bäckersfrau hatte erkennen lassen, dass sie ihrem Mann bei seinem nächsten Seitensprung den Hals umdrehen wolle.

Alessia begrüßte sie mit einer herzlichen Umarmung. Sie verströmte einen teuren Duft, hatte eine frisch gepuderte Haut, einen knallroten Lippenstift aufgetragen, in der gleichen Farbe wie der Lack auf ihren Fingernägeln, und Mamma Carlotta bemerkte, dass ihre Frisur jeder Gefühlsaufwallung gewachsen war. Das viele Haarspray verhinderte, dass sich das, was sie am Morgen im Badezimmer kunstvoll arrangiert hatte, im Lauf des Tages veränderte. Auch sie trug eine Hose, aber ihre war schneeweiß und sehr eng, dazu trug sie eine bunte Tunika. Carlottas Hose war vor allem praktisch und bequem, und ihre Strickjacke verdeckte nicht die Tatsache, dass sie ihre bunte Bluse schon bei der Zubereitung des letzten Abendessens getragen hatte. Dennoch führte Alessia sie ins Restaurant wie einen hohen Gast und flüsterte ihr zu, sie habe dafür gesorgt, in einer Ecke mit Carlotta zu sitzen, in der sie nicht belauscht werden konnten.

Mamma Carlottas Neugier war damit nicht nur geweckt, sondern schoss in die Höhe wie ein Langschläfer, der feststellte, dass er seine eigene Hochzeit verschlafen hatte. Was wollte Alessia ihr anvertrauen? Mamma Carlotta hatte Mühe, sich mit Fragen zurückzuhalten, bis der Kellner ihnen das Frühstück serviert hatte. Als er endlich außer Hörweite war, sorgte Alessia zunächst dafür, dass Carlotta zugriff, legte ihr persönlich den Lachs auf den Teller und rief schließlich sogar nach einem Glas Champagner, sodass Mamma Carlotta zwischenzeitlich über all diese Herrlichkeiten vergaß, dass Alessia ein vertrauliches Gespräch mit ihr führen wollte.

Dann aber beugte sie sich vor, damit sie leise reden konnte. »Kannst du mir helfen, Carlotta? Es gibt niemanden, den ich darum bitten könnte.« Dass sie Italienisch sprach, lag sicherlich auch daran, dass sie auf diese Weise erst recht nicht belauscht werden konnten. »Ich bin nicht sicher, ob du darauf eingehen wirst. Wenn nicht ... ich würde es dir nicht übel nehmen. Aber ich weiß, dass du schweigen und niemandem verraten würdest, worum ich dich gebeten habe. Selbst dann nicht, wenn du mich verurteilst.«

Nun war Mamma Carlottas Neugier kaum noch zu bändigen. »Worum geht's, Alessia?«

»Um Roberto!« Das kam so leise, dass es kaum zu verstehen war. Dass Alessia sich dabei bekreuzigte, weckte schlimmste Befürchtungen in Mamma Carlotta.

Vorsichtig vergewisserte sie sich: »Mit dem du so gut wie verlobt warst? Der nach dem Tod seiner Frau wieder in deine Nähe gezogen ist?«

Alessia ergänzte: »Den Valerio ausgeschaltet hat, indem er mit mir nach Sylt gezogen ist.« Sie warf Carlotta einen Blick zu, als wollte sie in ihren Augen lesen, was sie darüber dachte. »Er liebt mich immer noch.«

Das überraschte Carlotta nicht. »Und du?«

Alessia schien auf diese Frage nicht antworten zu wollen. »Er ist hier! In Wenningstedt! Er wohnt im Hotel Wiesbaden.«

»Um Himmels willen!« Mamma Carlotta trank das Champagnerglas aus, verhinderte aber, dass Alessia gleich ein zweites orderte. Alkohol am Vormittag durfte der Anregung dienen, aber man musste dafür sorgen, dass er nicht das Hirn vernebelte. Jedenfalls dann nicht, wenn man sich mit einem so pikanten Fall zu befassen hatte. »Was will er? Dich zurückgewinnen?«

Alessia nickte. »Ich weiß nicht, was ich tun soll. Wenn jemand davon erfährt!«

»Du hast gesagt, eine Scheidung käme nicht infrage …«

Wieder nickte Alessia, aber diesmal nicht ganz so nachdrücklich. »Ich habe vor Gott geschworen, Valerio treu zu sein, bis der Tod uns scheidet.« Sie schluckte hart und bekreuzigte sich erneut. »Andererseits … er hat sich nicht an sein Gelübde gehalten.«

Carlotta wusste nicht, was Alessia von ihr erwartete. Sollte sie ihr zureden, auf die eheliche Treue zu pfeifen und den Schwur vor dem Traualtar zu vergessen? Bei diesem Gedanken hätte sie sich beinahe selbst bekreuzigt. »Wie kann ich dir helfen?«, fragte sie vorsichtig.

»Ich muss mir darüber klar werden, ob ich Robert noch liebe. Aber wie soll ich das herausfinden, wenn ich keine Zeit mit ihm verbringen kann? Ich brauche etwas Freiraum.«

Carlotta ahnte, worauf das hinauslaufen sollte, tat aber so, als verstünde sie nicht, was Alessia von ihr wollte. Das verschaffte ihr ein paar Sekunden, in denen sie sich fragen konnte, was wichtiger war: ein moralischer Grundsatz oder die Not einer Freundin. Ehebruch oder Treue bis in den Tod? Eine Ehe, die unter falschen Voraussetzungen entstanden war, oder die Chance, sich frei zu machen und neu zu beginnen?

Sie hatte noch keine Antworten auf diese Fragen gefunden, als Alessia tuschelte: »Kannst du mich gelegentlich decken? Wenn ich Valerio sage, dass ich mit dir verabredet bin, wird er nicht misstrauisch sein. Dass wir uns gerade wiedergefunden haben, ist eine so gute Gelegenheit für mich. Ich könnte mehrere Stunden mit Roberto zusammen sein und mit ihm reden.«

Mamma Carlotta vergaß, dass sie eheliche Untreue eigentlich missbilligte und nicht unterstützen wollte. Wenn Dino noch lebte, hätte sie sich die Sache zweimal überlegt, weil er ihr heftige Vorwürfe gemacht hätte, wenn er dahintergekommen wäre. Aber in diesem Fall wusste sie sofort, dass sie großzügiger sein musste. Valerio Fallaci hatte Alessia ja auch betrogen, er hatte sie um ihr Lebensglück gebracht, indem er sie Roberto ausgespannt hatte, obwohl er sie nicht wirklich liebte, sondern nur besitzen wollte.

»Certo, Alessia! Du kannst auf mich zählen.«

Alessia sah aus, als wollte sie ihr um den Hals fallen, ließ es aber bleiben, weil ein Kellner sich in der Nähe zu schaffen machte. Erst als er sich wieder entfernt hatte, dankte sie Carlotta mit Tränen in den Augen. »Morgen oder übermorgen? Ich würde Valerio sagen, dass wir zusammen in der Sansibar essen wollen. Dann noch ein Strandspaziergang ... so was kann sich stundenlang hinziehen.«

Mamma Carlotta zögerte. Was sollte sie tun? Einfach nicken und schweigen, wie es die Staatsanwältin verlangt hatte?

Alessia verstand ihre Unschlüssigkeit falsch. »Du wirst in Wenningstedt unterwegs sein? Wo Valerio dich sehen könnte? Wir müssen natürlich einen Termin finden, wo du garantiert zu Hause sein wirst.«

»Das ist es nicht ...« Mamma Carlotta zögerte jetzt nicht länger. Was sie Alessia anvertrauen musste, würde ja niemals ans Licht kommen. Schon deswegen nicht, weil Alessia genauso viel daran gelegen war zu schweigen. »Ich fliege morgen früh für zwei Tage in die Toskana.« Sie zögerte, dann ergänzte sie: »Verwandtenbesuch.«

Sie wunderte sich nicht, dass Alessia diese Tatsache hinnahm, ohne in Rufe des Erstaunens auszubrechen. Für sie waren solche Unterbrechungen des Alltags wohl schon immer an der Tagesordnung gewesen. Carlotta war erleichtert, dass Alessia nicht nach dem Grund dieser Reise fragte. So konnte sie so verschwiegen sein, wie Erik und die Staatsanwältin es wollten, wenn sie es auch andererseits bedauerte, dass sie so gar nicht in Versuchung geriet, eine klitzekleine Andeutung zu machen.

»Du kannst sagen, dass du dich mit mir triffst, ohne Angst zu haben, dass ich deinem Mann über den Weg laufen werde.«

»Du fliegst nach Florenz?«

»Sì.«

»Und von dort?«

Wieder zögerte Mamma Carlotta. Durfte sie verraten, dass ihr Ziel der Ort war, in dem Alessia bisher gelebt hatte? Nein, das würde viel zu viel verraten. »In die Toskana«, antwortete sie. »Zu meiner Cousine.« Das war nicht gelogen, aber weit genug von der Wahrheit entfernt. »Wenn ich zurück bin«, ergänzte sie, »weißt du vielleicht, wie es mit dir und Roberto weitergehen soll.«

Alessia drückte ihre Hand. »Das werde ich dir nie vergessen, Carlotta.«

Dann aber veränderte sich ihre Miene, ihr schien ein beunruhigender Gedanke zu kommen. »Wieso besuchst du deine Cousine, während du auf Sylt bist? Von Panidomino wäre es nur eine kurze Autofahrt in die Toskana.«

Mamma Carlotta rang nach Worten, wurde dann aber einer Antwort enthoben, weil Alessia sie selbst fand: »Vermutlich ein Geburtstag?«

»Genau!«, stieß Mamma Carlotta hervor.

Alessia schien nichts von ihren Nöten zu bemerken. »Roberto wird glücklich sein, wenn er hört, dass du uns helfen willst. Endlich mal Zeit zum Reden!«

Mamma Carlotta fand zu den Fakten zurück, aus denen dieses Gespräch entstanden war. »Ich hoffe nur, dass dein Mann und mein Schwiegersohn keinen Kontakt miteinander haben. Enrico könnte zufällig erwähnen, dass ich zurzeit nicht auf der Insel bin …« Aber sie winkte schon ab, ehe Alessia etwas erwidern konnte. »Nonsenso! Das wird er niemals tun.«

»Warum nicht?« Diese Frage kam ganz harmlos daher, Alessias Ton verriet jedoch, dass sie von kleinen Nebensätzen begleitet wurde, die sie nicht aussprach.

»Weil …« Mamma Carlotta begann prompt zu stottern. »Weil er während laufenden Ermittlungen niemals über private Angelegenheiten reden würde. Er ist ja sowieso ein Mensch, der nicht gern über Familiäres plaudert.«

Alessia sah sie nicht an, während sie fragte: »Könnte es sein, dass du in der Toskana Eduardo begegnest?« Sie wartete zum Glück eine Antwort nicht ab. »Dann darfst du dich auf keinen Fall mit deinem Namen vorstellen. Er könnte am Telefon mit seinem Vater darüber sprechen. Und der würde sich wundern, dass ich mit einer Frau in der Sansibar verabredet bin, die zur gleichen Zeit in Italien ist. Mein schöner Plan wäre gescheitert.«

Mamma Carlotta erschrak, aber sie fasste sich schnell wieder. »Die Toskana ist groß. Warum sollte ich ausgerechnet auf Eduardo treffen? Wir kennen uns doch gar nicht.«

»Es gibt ja manchmal diese merkwürdigen Zufälle«, murmelte Alessia. Sie warf Carlotta einen Blick zu, der sie ins Schwitzen brachte. »Fliegst du allein?«

Würde Alessia es glauben, wenn Carlotta nun so tat, als wäre sie ebenso gewandt wie die Gattin eines Hoteliers, bestiege ebenso selbstverständlich ein Flugzeug für einen Kurztrip und dächte ebenso wenig über die Geldausgaben nach wie jemand, dem es auf ein paar Hundert Euro nicht ankam? Carlotta tat ihr Bestes, sich wie eine welterfahrene, emanzipierte Frau zu geben, für die eine Reise nach Florenz eine Kleinigkeit war, aber sie merkte, dass sie scheitern würde, noch ehe sie zu Ende gesprochen hatte. Vorsichtig antwortete sie deshalb: »Eine Bekannte von Enrico begleitet mich.«

Erik stöhnte auf. »Von Thies Dageför keine Spur. Wo ist der Kerl geblieben?«

Sören gab sich zuversichtlicher. »Wir kennen jetzt das Kennzeichen seines Mopeds. Wo immer er damit unterwegs ist …«

»… wird er noch lange nicht erkannt«, unterbrach ihn Erik.

»Haben Sie jemals nach dem Kennzeichen eines Mopeds geguckt?«

»Wenn ich von einer entsprechenden Fahndung weiß, selbstverständlich!«

Beide standen sie am Fenster von Eriks Büro und sahen hinaus. Die Sonne war hinter einem Wolkenschleier verborgen, aber gelegentlich wurde er aufgerissen, die Sonne stand dann grell leuchtend über der Insel, um nur wenige Minuten später wieder alles in ein von Wolken vernebeltes milchiges Licht zu tauchen. Laute, fröhliche Stimmen drangen von draußen herein. Eine Touristengruppe überquerte den Bahnhofsvorplatz, zog ihre Koffer an den grünen Skulpturen vorbei und lachte über die schrägen Reisenden im Wind. Fahrräder überquerten die Kreuzung und entfernten sich über die Keitumer Landstraße aus ihrem Blickfeld. Sylt gehörte zurzeit den Urlaubern.

»Ich nehme sowieso eher an«, fuhr Erik fort, »dass das Moped geklaut wurde. Wenn es gesehen wird, haben wir den Dieb, aber nicht Thies Dageför.« Das Moped hatte seinen Platz am niedrigsten Punkt der Rampe gehabt, in der Ausbuchtung gegenüber des Kellereingangs, in dem mehrere Räder abgestellt worden waren. Das hatte Erik bei der Ortsbesichtigung gesehen. Leider hatte der Betreiber des Fahrradverleihs nicht sagen können, wann es verschwunden war. Vielleicht hatte Thies Dageför sich, nachdem er Holger Callesen dem Tod ausgeliefert hatte, direkt auf sein Moped gesetzt und war geflüchtet, vielleicht war es aber auch erst in der vergangenen Nacht gestohlen worden.

Erik sah auf die Uhr. »Zeit zum Mittagessen. Danach fahren wir nach Husum zu Thomas Fiedler.«

Sie trafen gleichzeitig mit Svea ein, die aus der anderen Richtung kam, aus ihrem Büro in der Nähe des Dorfteichs. Sie war blass und wirkte nervös.

Erik zog sie zur Begrüßung in seine Arme. »Ärger im Büro?«

Sie entwand sich ihm. »Nicht mehr als sonst.«

Dann war sie also so unruhig, weil sie sich verpflichtet fühlte, beim Mittagessen zu erscheinen? Normalerweise hätte sie sich nicht mehr als einen Snack gegönnt, für den sie nicht einmal die Arbeit unterbrechen musste. Jetzt würde sie Zeit für Antipasti, Primo, Secondo und Dolce aufbringen müssen.

»Mir geht's ja genauso«, raunte er ihr zu, während sie auf die Haustür zugingen. »Ich hätte auch Besseres zu tun, als ein Vier-Gänge-Menü zu mir zu nehmen. Wir müssen dringend nach Husum zu einer Vernehmung.«

Svea begrüßte Mamma Carlotta höflich, aber ohne jede Herzlichkeit, was Erik wehtat. Wie konnte er nur dafür sorgen, dass sich diese beiden Frauen einander annäherten?

Mamma Carlotta überschüttete Svea mit einer Gastfreundschaft, die Erik genauso wehtat, weil sie in ihrer Übertreibung ebenso verletzend war wie Sveas Kühle. Sören, der die Spannungen spürte, brachte das Gespräch auf ihren Fall, als fürchtete er, dass ein privates Gespräch für Zündstoff sorgen könnte. Erik war erstaunt, dass Svea nicht gelangweilt reagierte, sondern Interesse zeigte. Sie fragte nach Einzelheiten, erging sich in Vermutungen, die Erik nur mit einem Lächeln quittierte, und erkundigte sich, ob er bereits einen Verdacht habe, wo dieser Thies Dageför geblieben sein könne.

Mamma Carlotta servierte den Salat mit warmen Champignons und der Vinaigrette und genoss Sveas Dank sichtlich, weil sie ihretwegen eine vegane Vorspeise auf den Tisch brachte. Während sie aßen, erzählte Erik die Vorgeschichte, dass das Mordopfer an eine Million Euro gekommen, damit in die Toskana gegangen und sein Freund Thies Dageför ihm irgendwann gefolgt war. »Dort muss etwas passiert sein«, schloss Erik, »was zu diesem Mord geführt hat.«

Sören warf Mamma Carlotta einen anerkennenden Blick zu. »Die Signora wird morgen mit der Staatsanwältin nach Florenz fliegen. Vielleicht bekommen die beiden etwas heraus.«

Svea sah Mamma Carlotta überrascht an. »Sie? Mit der Staatsanwältin?«

Erik legte eine Hand auf Sveas. »Das sind sehr vertrauliche Informationen. Du darfst darüber natürlich kein Wort verlieren.«

Sie schüttelte seine Hand ab. »Das versteht sich ja wohl von selbst.«

Mamma Carlotta nickte stolz. »Als Dolmetscherin.« Dieses Wort brachte sie zwar nur mühsam, aber doch verständlich heraus. Sie gab jedem von ihnen noch etwas Salat und ein paar Champignons auf den Teller, obwohl alle abwehrten. »Ich muss mir etwas zum Anziehen kaufen.« Jetzt sah sie Svea auf eine Weise an, die Erik alarmierte. Diesen Blick kannte er doch. Wenn Mamma Carlotta jemanden derart scharf ins Auge fasste, verfolgte sie mit ihren Fragen einen anderen Zweck, als ihr Gegenüber ahnte. »Gestern Vormittag habe ich versucht, mir in Westerland eine Schluppenbluse zu kaufen, aber ich habe leider keine gefunden. Und Sie, Signora? Haben Sie etwas Hübsches eingekauft? Ich meine, ich hätte Sie in der Sylter Bank gesehen. Direkt neben dieser kleinen Boutique mit dem schönen Namen. TraumStück!«

Svea zuckte zusammen, die Mamma Carlottas Redefluss wie sonst an sich vorbeirauschen lassen wollte. Erik fiel auf, dass sie jetzt plötzlich aufmerkte. Sie begriff, dass sie ihn sich nicht einfach über die Füße plätschern lassen konnte, sondern gezwungen wurde, aus dem Bach zu schöpfen. »Ich? Gestern? Nein, da müssen Sie sich getäuscht haben. Ich war gestern Vormittag im Büro.«

»Scusi, Signora! Dann habe ich mich wohl geirrt.«

Erik sah von einer zur anderen, fragte sich, was zwischen den beiden vorging, hatte das unangenehme Gefühl, Zeuge eines Gemetzels zu werden, wusste aber nicht, wer wen angriff, wer die Oberhand gewann und wer Blessuren davontrug.

Nun wandte Mamma Carlotta sich an ihn, und er wich automatisch zurück, weil ihm klar wurde, dass er nun in das Gefecht hineingezogen werden sollte, ohne zu ahnen, auf welche Seite er sich zu schlagen hatte und worum es überhaupt ging. »Ich habe eine schreckliche Entdeckung gemacht, Enrico«, begann sie, sah aber nicht ihn, sondern weiterhin Svea an. »Ich habe auf der Friedrichstraße Wiebke gesehen. Als Bettlerin! Wie ist das möglich, Enrico?« Sie wartete seine Antwort nicht ab, sondern fragte Svea: »Sie kennen Wiebke Reimers? Enricos … Ex?«

Svea schob den Teller zur Seite, als wäre ihr der Appetit vergangen. »Nein. Erik hat mir von ihr erzählt, aber ich habe sie nie gesehen.«

Nun wandte Mamma Carlotta sich wieder Erik zu, als hätte sie von Svea alles erfahren, was sie hatte wissen wollen. »Was ist mit Wiebke passiert? Wie kann jemand in so kurzer Zeit auf der Straße landen und alles verlieren? Ich dachte, in la Germania wäre das nicht möglich. Dio mio, Enrico! Du musst Wiebke helfen.«

Mamma Carlotta war froh, als Erik und Sören auf die Uhr schauten und zum Aufbruch drängten. Dass Svea keinen Augenblick länger als die beiden am Tisch sitzen bleiben würde, war ihr sowieso klar. Und während sie bei früheren Gelegenheiten gekränkt gewesen war, wenn Svea durchblicken ließ, dass sie nur wegen Erik und des Familienfriedens einer Einladung Mamma Carlottas folgte, war sie diesmal erleichtert, als sich die Tür auch hinter Svea geschlossen hatte. Sie brauchte Zeit, um nachzudenken. Sie brauchte sogar Ruhe und Ungestörtheit, um ihre Gedanken zu ordnen. Das kam selten vor. Eigentlich sah Mamma Carlotta immer erst klar, wenn sie lange und ausgiebig über ein Problem geredet hatte, in diesem Fall aber war das anders. Mit wem hätte sie reden sollen? Es gab ja niemanden, dem sie sich anvertrauen konnte. Erik und Sören kamen von vornherein nicht infrage, Svea erst recht nicht, Alessia durfte sie nichts verraten, und nicht einmal Tove und Fietje konnten als Gesprächspartner herhalten. Keinem von ihnen durfte sie die Wahrheit gestehen. Frau Kemmertöns ebenso wenig.

Als sie im Nachbarhaus gewesen war, um sich nach ihrem Befinden zu erkundigen, war sie zunächst nur dankbar gewesen, als sie hörte, dass der Arzt sich ihrer Kopfverletzung angenommen hatte. Der Schlag war nicht so stark gewesen, wie befürchtet, die Ohnmacht wohl eher eine Folge des großen Schreckens und des niedrigen Blutdrucks. Auch der leere Magen hatte vermutlich dazu geführt, dass der Angriff von hinten diese Folgen gehabt hatte. Dass auch leichtsinniger Alkoholgenuss zu diesem Blackout geführt hatte, hatte der Arzt Frau Kemmertöns unverblümt ins Gesicht gesagt.

»Heute Abend also immer im Wechsel. Currywurst, Prosecco, Pommes frites, Hugo, Schokoeis, Aperol Spritz!« Frau Kemmertöns schien dem Sinn des Lebens auf den Grund gekommen zu sein. »Eine Diät mache ich erst, wenn mein Mann mit mir ausgegangen ist.«

Und dann hatte Mamma Carlotta zu hören bekommen, was sie insgeheim erwartet und befürchtet hatte: Herr Kemmertöns hatte noch immer nicht die Neigung erkennen lassen, sich zu bessern, und so war seine Frau entschlossen, einen weiteren Abend ohne ihn außer Haus zu verbringen. Irgendwann musste er sich doch mal fragen, was seine Frau ins Nachtleben von Sylt trieb. Vor allem musste er sich endlich die Sorgen machen, auf die Frau Kemmertöns bisher vergeblich wartete. Auch in der letzten Nacht hatte sie ihn im Bett vorgefunden, scheinbar sorglos schlummernd, und beim Frühstücken hatte er sich hinter dem Zeitungsblatt verschanzt und lediglich die Frage gestellt, wo sie gewesen und wann sie heimgekommen sei. Sie hatte sich absichtlich vage ausgedrückt, etwas von einem Hugo gefaselt und darauf gewartet, diesen Namen erklären zu müssen, aber ihr Mann hatte sich wortlos den Sportnachrichten gewidmet. Frau Kemmertöns war verbittert gewesen, als er sich nicht einmal die Mühe machte nachzufragen und darauf zu bestehen, etwas über den Verlauf ihres angeblich so vergnüglichen Abends zu erfahren.

Mamma Carlotta hatte versucht, der Nachbarin auszureden, dass ihre Hilfe notwendig war, um den Ehemann ein weiteres Mal auf die Probe zu stellen. Dass sie am nächsten Morgen eine Reise nach Florenz antreten würde, schien ihr Grund genug zu sein. Aber Frau Kemmertöns hatte ihre Ausrede nicht akzeptieren wollen. Und jetzt, nach diesem Mittagessen, war Carlotta bereit, es noch einmal zu wagen. Sie musste herausfinden, was in Toves Schuppen vor sich ging.

Während sie das schmutzige Geschirr in die Spülmaschine packte, schimpfte sie mit Wiebke, obwohl nichts davon an deren Ohren dringen konnte. So erleichtert sie einerseits war, dass es Wiebke gut ging, so empört war sie doch andererseits darüber, dass sie von ihren Plänen nichts erfahren hatte.

Unglaublich, was sie für eine gute Reportage auf sich nahm! Wenn sie Wiebke das nächste Mal sah, würde sie darauf bestehen, ein langes Gespräch mit ihr zu führen. Ob als scheinbare Bettlerin in Verkleidung oder als Journalistin, die so aussah wie immer, das war Carlotta egal. Sie musste wissen, was Wiebke in Toves Schuppen zu suchen gehabt hatte. Wenn sie es nicht war, die dort schlief, wer war es dann? Stellte Wiebke sich diese Frage ebenfalls? War sie jemandem gefolgt? Hatte sie unter der Kleidung eine Kamera versteckt, mit der sie etwas aufnehmen wollte, was später auf dem Titelblatt einer Zeitschrift für Aufsehen sorgen würde? Auch darüber durfte sie nicht reden. Erik hatte es ihr eingeschärft. Wiebke musste unerkannt bleiben, das war ihr wichtig, er hatte ihr versprochen zu schweigen. Zu dumm! So eine interessante Geschichte!

Aber was war mit Svea? Zweimal hatte sie gelogen. Nein, sogar dreimal. Sie hatte behauptet, Wiebke nicht zu kennen, sie noch nie gesehen zu haben, war angeblich nicht in der Friedrichstraße gewesen, um Wiebke zu beobachten, und hatte ihr

Auto in der vergangenen Nacht auch nicht am Hochkamp abgestellt. Auf Mamma Carlottas Frage hatte sie gelacht und so getan, als sei ihrer Wahrnehmungsfähigkeit nicht mehr zu trauen.

»Und das, obwohl Sie doch erst sechzig sind!«

Das war der Gipfel gewesen. Mit dieser Andeutung, sie sei auf dem besten Wege zur senilen Alten, hatte Svea sich um die restlichen Sympathien gebracht, zu denen sich Mamma Carlotta immer wieder aufraffte, wenn Sveas Besuch erwartet wurde. Erik war mit einer Frau zusammen, die log, die seine Schwiegermutter diffamierte, die die Erinnerung an seine Frau auslöschen wollte, indem sie abschaffte, was Lucia einmal ausgesucht hatte, und die ihn nicht so nahm, wie er war, die sein Äußeres verändern wollte und der vermutlich irgendwann auch sein Inneres nicht mehr recht sein würde. Warum merkte Erik nicht, was sich hinter Sveas Fassade abspielte? Es wurde Zeit, dass ihm jemand vor Augen führte, dass Svea nicht die Richtige für ihn war. Und wer war dafür besser geeignet als seine Schwiegermutter?

Thomas Fiedler war ein Mann von gut dreißig Jahren. Mittelgroß und schlank, mit einem Gesicht, das man schnell wieder vergaß, und glatten braunen Haaren. Er war gekleidet wie viele andere in seinem Alter, trug Jeans, Turnschuhe und ein T-Shirt, das nicht so aussah, als wäre es von einem bekannten Designer entworfen worden. Einen reichen Erben hätte Lieschen Müller sich anders vorgestellt. Er war ein durchschnittlicher Typ, höflich, freundlich, zugewandt, sichtlich darum bemüht, einen guten Eindruck zu machen. Er wusste nicht, warum er von der Polizei Besuch bekam, hatte von Rudi Engdahl nur erfahren, dass es um seine verstorbene Tante ging. Er versuchte, seine Neugier zu zügeln, was ihm jedoch nicht gut gelang.

Thomas Fiedler hatte darum gebeten, dass man ihn an seinem Arbeitsplatz aufsuchte. In diesen Tagen hatte er in den

Messehallen Husums zu tun, wo eine Ausstellung vorbereitet wurde, die er finanzierte und in etwa zwei Wochen eröffnen würde. Auf eigene Kosten versuchte er mit seiner Ausstellung, einen anderen Blick auf den großen Sohn der Stadt, auf Theodor Storm, zu werfen. Erik erfuhr erst jetzt, dass Thomas Fiedler sich trotz seiner Jugend bereits einen Namen in der Storm-Forschung gemacht hatte. Schon vor dem Tod seiner Tante hatte er Zeit und Arbeitskraft in die Theodor-Storm-Gesellschaft gesteckt, seit ihrem Ableben unterstützte er die Erinnerung an den Dichter auch finanziell sehr großzügig. Der Eindruck, mit dem Erik und Sören in Westerland den Zug bestiegen hatten, hatte sich schon während der Fahrt gründlich geändert. Polizeiobermeister Rudi Engdahl hatte ihnen Informationen über die Familie Fiedler und vor allem über Thomas Fiedler mitgegeben. Wenn sie geglaubt hatten, einen jungen Mann vorzufinden, der es sich mit dem Reichtum seiner Tante gut gehen ließ, hatten sie sich getäuscht. Thomas Fiedler hatte sich zum Ziel gesetzt, ihr Geld so anzulegen, wie sie selbst es offenbar gewünscht hatte. Nicht umsonst war er zum Haupterben auserkoren worden. Ihm hatte Johanna Fiedler vertraut, und wie es schien, völlig zu Recht.

Mit dem Taxi waren sie vom Bahnhof zu den Messehallen gefahren und dort von Fiedler in Empfang genommen worden. Er führte sie zu den Künstlergarderoben am Ende der Halle, wo eine junge Frau gerade Kaffee und Gebäck anrichtete.

Thomas Fiedler wies auf zwei schmale Sessel. »Ich hoffe, es ist Ihnen recht so. Gemütlich ist es hier zwar nicht, aber wir sind ungestört.« Er selbst nahm auf einem unbequemen Drehstuhl Platz, sah die beiden Beamten an, sprang dann wieder auf und goss Kaffee ein. »Es geht um meine Tante?«

Erik räusperte sich, ehe er bat: »Erzählen Sie uns von ihr.«

Thomas Fiedler runzelte die Stirn. »Was es von ihr zu sagen gibt, weiß jeder, der in den Zeitungen nicht nur politische, sondern auch gesellschaftliche Nachrichten gelesen hat.«

»Etwas darüber hinaus. Was war sie für eine Frau? Wie hat sie gelebt?«

Thomas Fiedler zögerte immer noch. »Würden Sie mir bitte erst mal sagen, worum es geht?«

Diese Bitte war verständlich. Erik erzählte, dass ein junger Mann auf Sylt tot aufgefunden worden war. »Ermordet. In der Wohnung eines Freundes, der verschwunden ist.«

Thomas Fiedler sah ihn erstaunt an. »Was hat meine Tante damit zu tun?«

Sören klinkte sich ein. »Wir haben einen Zeitungsausschnitt gefunden, der ein Foto Ihrer Tante zeigt. Der Mieter der Wohnung schien Interesse an ihr gehabt zu haben.«

Erik warf ein: »Thies Dageför. Kennen Sie den Namen?«

Thomas Fiedler überlegte nicht lange. »Nie gehört.«

»Und wir haben einen Liebesbrief gefunden, der womöglich von Ihrer Tante stammt.«

»Ach so, jetzt verstehe ich.« Er stand auf und ging zu einem Garderobenständer, an dessen Fuß eine Aktenmappe lehnte. »Der Polizist, der diesen Termin vereinbart hat, sagte mir, ich solle eine Schriftprobe meiner Tante bereithalten.«

»Sie haben eine?«, fragte Erik hoffnungsvoll.

»Natürlich.« Thomas Fiedler zog ein Blatt aus der Mappe und reichte es Erik. »Ein Brief, den sie mir geschrieben hat, als ich noch in Marburg studierte.«

Erik griff in die Innentasche seiner Jacke und holte den Brief heraus, den sie in dem Staubsaugerkarton in Dagefőrs Wohnung gefunden hatten.

Thomas Fiedler machte einen langen Hals. »Das ist die Schrift meiner Tante.«

»Sieht ganz so aus.« Erik reichte Sören beide Briefe, damit er sie wegsteckte. »Aber wir müssen sichergehen. Wir werden ein grafologisches Gutachten in Auftrag geben. Wenn dann feststeht, dass Ihre Tante den Brief geschrieben hat …«

»Was dann?«, unterbrach Thomas Fiedler.

»Dann würden wir der Frage nachgehen, ob Ihre Tante irgendetwas mit dem Tod des jungen Mannes zu tun hat, den wir in Thies Dagefôrs Wohnung gefunden haben.«

»Was meinen Sie damit?«

Erik zuckte mit den Schultern. »Wir suchen zurzeit die Nadel im Heuhaufen. Jeder Hinweis ist uns wichtig.«

Sören ergänzte: »Hatte Ihre Tante gelegentlich ... Liebesbeziehungen zu jüngeren Männern?«

Thomas Fiedler zog die Mundwinkel herab. »Das entzieht sich meiner Kenntnis. Ich habe mich nie dafür interessiert. Meine Tante konnte tun und lassen, was sie wollte. Ihr war immer nur wichtig, dass die Öffentlichkeit nichts über ihr Privatleben erfuhr. Diese Paparazzi sind überall.«

Erik wurde prompt von dem Gedanken an Wiebke in Anspruch genommen, deswegen war es Sören, der das Gespräch fortsetzte: »Von einer Liebesbeziehung, die sie auf Sylt eingegangen ist, wissen Sie also nichts? Es muss während ihres letzten Aufenthaltes dort gewesen sein. Thies Dagefôr hat sie häufig im Hotel Stadt Hamburg besucht und auch dort übernachtet.«

Thomas Fiedler wurde nachdenklich. Als wollte er die Beantwortung dieser Frage hinausschieben, begann er vom Leben seiner Tante zu erzählen. Von ihrer Kindheit in einem kleinen Schloss am Ammersee, als einziges Kind, verwöhnt und vergöttert vom millionenschweren Vater. »Sie hat stets darunter gelitten, dass sie immer nur die reiche Tochter ihres Vaters war, nicht die intelligente Tochter, die liebenswerte Tochter. Die Männer, die sie umwarben, waren oft nur am Geld ihres Vaters interessiert.« Thomas Fiedler lachte, als ginge es um ein Kind, das sich etwas zu Weihnachten gewünscht hatte, was viel zu teuer war. »Sie war immer total hingerissen, wenn sie glaubte, einen Mann gefunden zu haben, dem es nicht um ihr Geld ging, sondern nur um sie. Um ihre Person!« Traurig fuhr er fort, dass sie leider immer wieder enttäuscht worden sei. Zwei

Ehen, die beide kinderlos geblieben waren, hatten nicht lange gedauert. »Als sie krank wurde und wusste, dass sie nicht mehr lange leben würde, klagte sie oft darüber, dass ihr die wahre Liebe verwehrt worden war. Alles hatte sie sich kaufen können, aber eine ehrliche Liebe nicht.«

»Woran litt sie?«

»An Leberzirrhose. Und das, obwohl sie nie getrunken hat.«

Es trat Stille ein, als wüsste keiner von ihnen mehr etwas zu sagen. Dann aber meinte Thomas Fiedler leise: »Ja, sie hat sich kurz vor ihrem Tod noch einmal verliebt. Ich war sehr überrascht, als ich das hörte, damit hatte ich nicht gerechnet. Dieser letzte Liebhaber ... der war wesentlich jünger als sie.«

»Thies Dageför?«

»Ich sagte Ihnen doch, dass ich den Namen noch nie gehört habe.« Er dachte nach, schüttelte dann den Kopf. »Der hieß ... fällt mir gerade nicht ein.« Er starrte auf seine Schuhspitzen, aber auch dort war der Name nicht abzulesen. »Ich habe erst bei der Testamentseröffnung davon gehört. Diesen letzten Liebhaber hatte sie in ihrem Testament bedacht.«

»Testament?« Über Eriks rechten Arm kroch eine Ahnung, so leicht, dass sie kaum zu spüren war, aber doch lästig. Er wischte sie mit einer Bewegung seiner linken Hand zur Seite, spürte aber, dass sie sofort zurückkam.

»Sie hat uns eine Erklärung hinterlassen«, fuhr Thomas Fiedler fort. »In der stand, dieser Mann habe sie glücklicher gemacht als alle anderen vorher.« Er schüttelte den Kopf. »Na ja, die Affäre war sehr kurz. Nicht lang genug, um in einer Enttäuschung zu enden. Aber sie schien wirklich davon überzeugt zu sein, dass sie in diesem Mann die wahre Liebe gefunden hatte. Und aus Dankbarkeit hat sie ihm eine Million hinterlassen.«

Sören fuhr in die Höhe, während Erik bewegungsunfähig war und nicht mehr daran dachte, seinen rechten Arm zu kratzen. »Eine Million?«

Thomas Fiedler war regelrecht erschrocken. »Ja. Warum bringt Sie das so auf?«

Sören hielt es nicht mehr auf seinem Stuhl. Er erhob sich und baute sich vor Thomas Fiedler auf. »Hieß dieser letzte Liebhaber vielleicht ... Holger Callesen?«

Thomas Fiedler sah verwundert zu ihm auf. »Ja, richtig. Jetzt fällt es mir wieder ein. Holger Callesen.«

Ihr Koffer war gepackt. »Nur leichtes Handgepäck«, hatte die Staatsanwältin gesagt. »Wir bleiben ja nicht lange.«

Als Mamma Carlotta das erledigt hatte, war sie zu Feinkost Meyer gegangen, um frisches Brot und Sellerie für die Kartoffel-Sellerie-Suppe zu kaufen, die die Familie am Abend auf dem Herd vorfinden sollte. Außerdem Himbeeren und Ricotta für das Dolce, das sie über die Abwesenheit der Nonna hinwegtrösten sollte. Erik hatte zwar die Augen verdreht, aber schließlich Verständnis gezeigt, dass seine Schwiegermutter dabei helfen musste, die Ehe der Nachbarn zu retten. Es war ihm sogar recht gewesen, das hatte Mamma Carlotta im Nu durchschaut, denn er wusste nicht, wann er aus Husum zurückkehren würde. So war er erleichtert, dass zu Hause keine Köchin damit beschäftigt war, ein kompliziertes Abendessen warm und frisch zu halten, und damit vor allem das Schuldgefühl sämtlicher Familienangehöriger warm und frisch hielt. Felix hatte sich nur ausbedungen, dass die Nonna so viel Suppe kochte, dass auch Ben und Finn, seine beiden Freunde, davon satt werden konnten.

»Zustände sind das«, hatte er geseufzt und dazu breit gegrinst. »Am Abend will die Nonna auf die Piste und am nächsten Tag einen Trip nach Florenz machen. Was ist nur aus unserer Welt geworden?«

Er war enttäuscht, als er keinen Sturm der Entrüstung erntete, der ihm in Carolins Anwesenheit gewiss gewesen wäre. Seine Großmutter war viel zu beschäftigt mit dem, was ihr bevorstand. Das Machogebaren, mit dem Felix so gern spielte, erreichte sie nicht. Es war ihr im Übrigen nicht halb so fremd, wie Carolin und Felix dachten. Was ihr Enkel von sich gab, um die weiblichen Mitglieder seiner Familie zu ärgern, war eine Meinung, die in ihrem Bergdorf, wo die Zeit langsamer lief, noch mit Überzeugung vorgebracht wurde. Nicht nur von Männern, sondern sogar von den Frauen selbst.

»Die Staatsanwältin sagt, wir werden auf dem Weingut übernachten, das Eduardo Fallaci gehört. Sie hat mich als ihre Tante ausgegeben. Dio mio! Ob sie mich Tante Carlotta nennen wird?«

»Dann lass das nicht Papa wissen.«

»Aber wir werden uns duzen müssen. Felice, stell dir das vor …«

Ihr Enkel mit dem italienischen Temperament spielte ihr ein kurzes Theaterstück vor, sprang vom Stuhl auf, schüttelte die Fäuste zur Zimmerdecke, raufte sich die Haare, verdrehte die Augen … und ließ sich grinsend wieder auf dem Stuhl nieder. »Papa wird wahnsinnig.«

Dass sich seelische Erschütterung bei seinem Vater ganz anders äußerte, hatte er offenbar vergessen, dass es jedoch zu einer seelischen Erschütterung kommen würde, war ihm genauso klar wie seiner Nonna.

»Dass du nur mit niemandem darüber sprichst, Felice. Die Sache ist sehr geheim. Eigentlich dürftest du gar nichts davon wissen.«

Felix winkte genervt ab. »Das hat Papa mir schon eingeschärft.«

»Wenn das nur gut geht«, jammerte seine Nonna weiter. »Und was ist, wenn ich Concetta zufällig treffe? Wie soll ich erklären, was ich auf dem Weingut von Eduardo Fallaci mache? Mit der Staatsanwältin an meiner Seite, die sich meine Nichte nennt? Wenn ich Concetta etwas verrate, weiß es am nächsten Tag ganz Montalcino.«

Sie schnitt den Sellerie in einem Tempo in Scheiben, das Felix Sorgen bereitete: »Vorsicht, Nonna! Deine Finger!«

Im selben Augenblick passierte es. Mamma Carlotta schrie auf, ließ das Messer fallen, nahm den linken Zeigefinger in den Mund und gab Felix aufgeregte Zeichen, damit er ihr ein Pflaster holte. Bis er die Packung gefunden hatte, hielt sie den Finger unter kaltes Wasser und ließ das Blut in die Spüle tropfen.

»Wie konntest du mich so erschrecken? Ich schneide mich sonst nie. Nur wenn mich jemand warnt. So was bringt mich durcheinander.«

Felix verklebte ihr schuldbewusst den Finger und nahm ihr das Messer aus der Hand, um den Rest des Selleries zu schneiden. Währenddessen überlegte seine Großmutter, ob sie von Marinella wiedererkannt werden könnte. »Alessia sagt ja, ich hätte mich kaum verändert.«

Felix zweifelte diese Tatsache frech an und wurde zur Strafe auch mit dem Zerkleinern der Kartoffeln beauftragt, während Mamma Carlotta den verletzten Finger in die Höhe hielt, um das unangenehme Pochen zu lindern.

»Ich weiß nicht, was sich die Staatsanwältin von dieser Reise erhofft. Dein Vater sagt, das hätte auch die italienische Polizei übernehmen können.«

»Ich glaube, die Speck ist scharf auf Papa.«

Diese Bemerkung trieb Mamma Carlotta mit einem Schrei in die Höhe, sodass es nun Felix war, der den Finger unter kaltes Wasser halten musste. »Bist du verrückt geworden, Nonna? Man erschreckt sich ja zu Tode. Das kannst du nicht machen, solange ich ein Messer in der Hand halte.«

Eilig riss Mamma Carlotta ein weiteres Pflaster aus der Packung, die zum Glück noch auf dem Tisch lag. »Warum redest du auch solchen Unsinn, Felice? Dein Vater und die Staatsanwältin ... Nonsenso!«

»Der gefällt es hier«, beharrte Felix und verzog das Gesicht, als würde ihm ohne Betäubung der Finger amputiert. »Hast du das nicht gemerkt, als sie im März auf Sylt war? Die hat hier am Tisch gesessen, als wollte sie nie wieder aufstehen.«

Mamma Carlotta ließ sich lange darüber aus, dass es Männern an Feingefühl mangele und sogar ein Bengel wie Felix schon beweise, dass er von dem, was im zwischenmenschlichen Bereich geschah, keine Ahnung hatte. »Dein Vater kann Frau Dr. Speck nicht leiden, und da sie ihm ständig Schwierigkeiten macht, scheint es bei ihr genauso zu sein.«

Dann nutzte sie dieses Thema, um auf Svea zu sprechen zu kommen, klagte über ihre Essgewohnheiten, ihren Wunsch, dieses Haus neu zu gestalten und Eriks Garderobe gleich mit zu verändern. Aber zu neuen oder gar vertraulichen Informationen, wie sie gehofft hatte, kam sie dadurch nicht.

Felix reagierte gleichgültig. Svea sei zum Glück selten hier, und solange sie nicht für ihn koche, sei sie ihm egal. »Hauptsache, sie will nicht bei uns einziehen«, schloss er und zog sich zurück, da er sich aufgrund seiner schweren Verletzung leider nicht mehr an der Küchenarbeit beteiligen könne.

Das war Mamma Carlotta sehr recht. So konnte sie, während sie die Kartoffel-Sellerie-Suppe kochte und die Ricotta-Törtchen mit Himbeersauce vorbereitete, über das nachdenken, was sie erwartete. Alessia durfte nicht erfahren, dass sie auf dem Weingut ihres Sohnes übernachten würden, das war sonnenklar, und erst recht nicht, dass ihr Mann mit dem Tod von Holger Callesen in Verbindung gebracht wurde. Ein Verwandtenbesuch! Dabei war Carlotta geblieben. Dass Eriks Bekannte, von der sie begleitet wurde, die Staatsanwältin war, hatte Alessia natürlich nicht erfahren. Der Blick, den sie Carlotta zugeworfen hatte, war allerdings misstrauisch gewesen. Nein, nicht misstrauisch, eher aufmerksam, sehr aufmerksam. Als wollte sie herausfinden, ob Carlotta die Wahrheit sagte, als hätte sie bemerkt, dass ihre Angaben zwar den Mantel der Wahrheit trugen, dass er aber am Kragen und am Ärmel vom Lügen schäbig geworden war.

Während sie die Himbeeren für das Dolce pürierte, kam sie zu der Ansicht, dass es keine Rolle spielte, ob Alessia ihr glaubte oder nicht, was sie durchschaute, ohne es zu sagen, war ebenfalls ohne Bedeutung. Wichtig war nur, dass sie, die Schwiegermutter des Kriminalhauptkommissars, kein Dienstgeheimnis verraten hatte. Was das anging, konnte sie die Finger zum Schwur heben …

Mamma Carlotta gelang ohne Weiteres, was Dino gern das Kneten der Wahrheit genannt hatte. Das schaffte sie am besten während des Kochens, wenn nicht nur die Zutaten in mundgerechte Stücke geschnitten wurden, sondern die Wahrheit gleich mit. Wenn Saucen gerührt und Sahne geschlagen wurde, ließen sich Fakten ebenso gut rühren und schlagen, bis aus den Zutaten der Wahrheit etwas geworden war, das allen gut bekam. Zwei, drei Prisen Fantasie machten aus jedem Gericht etwas Besonderes, und es war auch sinnvoll, das eine oder andere Fragezeichen unterzurühren, das machte jede Wahrheit schmackhaft. Ein Erdbeer-Soufflé bestand schließlich immer noch im Wesentlichen aus Erdbeeren, trotz Sahne, Zucker und Grappa.

Als das Essen fertig war, hatte sie sich erfolgreich eingeredet, dass sie alles richtig gemacht hatte, und konnte ohne ein schlechtes Gewissen an Alessias dankbare Umarmung denken. Dass die Freundin etwas durchschaut hatte, war schließlich bestenfalls zu ahnen, wissen musste sie gar nichts. Schließlich war die Staatsanwältin die Herrin des Verfahrens und Carlotta Capella nur eine Handlangerin.

Sie fanden einen Waggon, der nur schwach besetzt war. Ein älteres Ehepaar mit mehreren großen Koffern, das wohl einem längeren Syltaufenthalt entgegensah, beide schwerhörig, beide nur auf ihr Gepäck konzentriert, zwei Geschäftsreisende, die mit ihren Laptops beschäftigt waren, und eine junge Frau, die telefonierte. Erik und Sören setzten sich in die hinterste Ecke des Wagens, weit weg von den anderen Fahrgästen, und Erik wählte noch einmal Dr. Hillmots Nummer.

»Hoffentlich geht er endlich ran.«

Auf dem Weg zum Bahnhof hatten sie es vergeblich versucht, der Ruf war ins Leere gegangen. Nun aber meldete sich Dr. Hillmot, erzählte, dass ihn der Hunger übermannt habe und er im Bahnhofsrestaurant ein Schnitzel zu sich nehmen musste, sonst wäre ihm vor Schwäche das Seziermesser aus der Hand gefallen. Nun fühlte er sich stark genug für eine Anfrage und deren Beantwortung. »Ein Muttermal? Sichelförmig?«

»An prominenter Stelle«, flüsterte Erik und vergewisserte sich mit einem vorsichtigen Blick, dass ihr Telefonat keine Aufmerksamkeit erregte.

»Was meinen Sie damit?«

»Da, wo es normalerweise niemand sieht.«

»Am Unterleib?«, dröhnte Dr. Hillmot. »Warten Sie! Ich sehe nach.«

Er rief schon nach wenigen Minuten zurück. »Kein Muttermal! Vom Bauchnabel abwärts muttermalfrei. Auf dem Rücken einige Leberflecke, aber in der Form alle unauffällig. Nichts Sichelförmiges.«

Erik beendete das Gespräch und sah Sören ratlos an. »Also hatte Johanna Fiedler zwei Liebhaber? Holger Callesen und … Thies Dageför?«

»Wissen wir, ob der ein sichelförmiges Muttermal am Unterleib hat?«

»Aber wenn der Liebesbrief ihm galt …«

»Wissen wir nicht.«

»Und wie passen zwei Liebhaber zu der Aussage des Großcousins? Johanna Fiedler hatte kurz vor ihrem Tod die Liebe ihres Lebens kennengelernt.«

»Holger Callesen!«

»Und ihm eine Million hinterlassen, um ihm für seine Liebe zu danken.«

»Und gleichzeitig schreibt sie Thies Dageför einen Liebesbrief?«

»Wir wissen nicht, wie alt der Brief ist.«

»Sie meinen, erst war sie in Thies Dageför verliebt, und dann hat sie sich dessen Freund zugewandt?«

»Möglich wäre es.«

»Dann ist vielleicht Eifersucht das Motiv? Wenn Thies Dageför Johanna Fiedler auch geliebt hat ...«

Erik unterbrach ihn. »Wut! Rache! Eine Million, die einer bekommt und ein anderer haben wollte, ist ein starkes Motiv.«

»Nach so vielen Jahren? Als die Million schon weg war?«

Sie blickten sich ratlos an, dann sagte Erik leise: »Vielleicht sollte ich noch mal mit Wiebke reden.«

»Was könnte die denn wissen?« Sörens Blick wurde misstrauisch, als vermutete er eine andere Motivation seines Chefs. »Wissen Sie, wo sie abgestiegen ist?« Er brauchte nur einen Blick in Eriks Gesicht zu werfen, um festzustellen, dass er keine Ahnung hatte. »Sie wollen sie noch einmal von ihrem Platz auf der Friedrichstraße zu Gosch einladen? Der frühere Bekannte, der sich mildtätig zeigt?«

Erik runzelte ärgerlich die Stirn. Ihm gefiel nicht, was Sören sagte. Ungehalten war er aber auch deshalb, weil er sich mit einem Mal erinnerte, dass er Wiebke nach ihrem Aufenthaltsort gefragt und keine Antwort erhalten hatte. »Sie kennt sich in der Promiszene aus«, meinte er hilflos. »Und sie hat einen Artikel über Johanna Fiedler geschrieben. Sicherlich gut recherchiert. Wer weiß, was sie bei dieser Gelegenheit alles erfahren hat.«

»Meinetwegen«, brummte Sören. »Das machen Sie sicherlich allein. Oder?«

Erik schüttelte Sörens Argwohn ab. »Nur wenn uns nichts Besseres einfällt.«

Ihm gefiel Sörens Grinsen nicht, als dieser sagte: »Die Staatsanwältin und Ihre Schwiegermutter werden schon was rausbekommen. Wetten? Die sind ja beide von der fixen Sorte.«

Erik spürte, dass sich in seinem Magen ein Knoten bildete, der sich nicht lösen wollte, auch als er seinen Oberkörper hoch aufrichtete, ihn streckte und tief durchatmete. »Die Staatsanwältin ist wirklich verrückt«, murmelte er. »Total verrückt.«

Nun wurde Sörens Lächeln wieder so, wie Erik es kannte. »Wie Ihre Schwiegermutter! Vielleicht passen die beiden deswegen so gut zusammen.«

Carlotta Capella folgte der Sonne, die in einen wolkenlosen Himmel aufgestiegen war. Das Flugzeug hatte pünktlich abgehoben und die Staatsanwältin kurz ihre Hand gedrückt, als die Flughöhe erreicht worden war. »Ich bin gespannt, ob wir was rausbekommen. Wenn nicht, haben wir uns einen Kurzurlaub gegönnt. Auch nicht schlecht.«

Wir! Carlotta war ganz schwindelig geworden, während die Staatsanwältin so redete, und musste sich gewaltig zusammenreißen, um nicht überzuschnappen. Wir! Damit waren die äußerst wichtige Staatsanwältin und Mamma Carlotta aus Umbrien gemeint. Unfassbar!

Sie hatte versucht, ihr Reisefieber in den Griff zu bekommen, als Erik sie zum Flughafen fuhr, aber es war ihr nicht recht gelungen. Wie sollte man auch ruhig bleiben, wenn man mit einer so bedeutenden Person eine Reise machte, als Dolmetscherin fungieren und schrecklich wichtige Dinge herausfinden sollte? Dass Erik Frau Dr. Speck begrüßte, als entrisse sie ihm die Schwiegermutter, um sie an einen Frauenhändler zu verschachern, trübte die Vorfreude ein wenig, aber Mamma Carlotta konnte sich bald einreden, dass ein Erfolg für ein besseres Verhältnis zwischen dem Polizeirevier Westerland und der Staatsanwaltschaft in Flensburg sorgen könnte. In Zukunft würde die Zusammenarbeit vielleicht reibungslos verlaufen, die Staatsanwältin würde freundlicher sein, Erik am Telefon höflich begrüßen, sich ebenso höflich von ihm verabschieden und ihm die Zeit geben, die er brauchte, um zu antworten. Carlotta wusste, dass auch Sören auf diesen Effekt hoffte. Erik selbst allerdings wollte nichts davon wissen, dass diese Unternehmung, die er für völlig verrückt hielt, irgendwelche positiven Auswirkungen auf seine Arbeit haben könnte.

Die Staatsanwältin orderte trotz der frühen Stunde ein Fläschchen Champagner. »Wir müssen anstoßen, denn natürlich werden wir uns ab jetzt duzen. Sonst würden wir sofort auffallen.«

In Mamma Carlottas Kopf begann sich alles zu drehen, noch ehe sie den ersten Schluck getrunken hatte. Champagner! Und dann noch in den frühen Morgenstunden! Und von nun an sollte sie Frau Dr. Speck mit ihrem Kosenamen anreden? Tilla! Dio mio! Ob dieser Name wirklich über ihre Lippen kommen würde?

Der Champagner trug nicht dazu bei, ihren Optimismus zu stärken. Bisher war sie der Meinung gewesen, dass Champagner so etwas wie eine Medizin sei, der aus jeder Lebenslage etwas Besonderes machte. Nun war sie enttäuscht. Genau wie jeder andere Alkohol, der zur falschen Zeit genossen wurde, vernebelte er nur die Sinne und nahm ihr die Frische. Frau Dr. Speck … nein, Tilla schien es genauso zu gehen. Sie schloss schon bald die Augen und döste, bis sie die Alpen überquerten, vor sich hin. Aber vermutlich döste sie nicht, sondern machte sich ganz viele bemerkenswerte Gedanken, damit der Mord an Holger Callesen in den nächsten Tagen aufgeklärt werden konnte.

Mamma Carlotta tat es der Staatsanwältin gleich und schloss ebenfalls die Augen. Ihre Gedanken wanderten allerdings nicht in die Zukunft, zur Lösung des Falls, sondern zum Vortag, der einige Aufregungen bereitgehalten hatte. Wenn sie an das Gespräch mit Alessia dachte, spürte sie immer noch die Verkrampfung in der Magengegend. Schrecklich, wenn man jedes Wort auf die Goldwaage legen musste, weil man mit einem Geheimnis jonglierte, das einerseits nicht in den Mund genommen werden durfte, das sich aber andererseits ständig einmogelte wie ein zusätzlicher Ball in eine Balljonglage. Wenn sie jetzt, nach mehreren Stunden, an das Gespräch mit Alessia dachte, war sie nicht einmal sicher, ob sie wirklich nichts gesagt hatte, was bei der Freundin unliebsame Gedanken in Gang setzen könnte. Nur gut, dass ihre Unterhaltung bald unterbrochen worden war. Von einem blendend aussehenden Mann mit eisgrauen Haaren, dunklen Augen und der getönten Haut eines Südländers. Er verbeugte sich vor Carlotta und hauchte Alessia einen Kuss an die Schläfe, ohne dass seine Lippen sie berührten. Als er auf Italienisch sagte: »Was für ein reizender Zufall!«, wusste Mamma Carlotta schlagartig, um wen es sich handelte und dass es alles andere als ein Zufall war, dass er in diesem Augenblick auftauchte. Roberto Ricci! Sie glaubte sogar, sich an den Mann aus Pienza zu erinnern, der damals Alessias Zukünftiger genannt worden war. Bis Valerio Fallaci auftauchte …

Die beiden benahmen sich wirklich sehr unauffällig. Dass Alessia ihm zuflüsterte, man könne sich gemeinsam zu einem kleinen Strandspaziergang aufmachen, das sei ganz unauffällig und überhaupt nicht gefährlich, solange Carlotta dabei sei, bekam niemand mit. Was das Personal laut und deutlich zu hören bekommen hatte, waren Höflichkeiten gewesen, die ohne Bedeutung schienen. Roberto fragte scheinheilig nach Valerio, Alessia bedauerte, ihr Mann sei zurzeit nicht im Haus. Danach verabschiedete sich Roberto mit schönen Worten, und kaum hatte er das Hotel verlassen, hatte Alessia geflüstert: »Avanti, Carlotta! Machen wir einen kleinen Strandspaziergang!« Laut hatte sie gesagt: »Du wolltest mir doch die Wellenbrecher zeigen. Diese Tetrapoden …«

Zu dritt an der Wasserkante entlangzubummeln war völlig unauffällig. Niemand schenkte ihnen einen Blick, und wenn jemand beobachtet hätte, wie Alessia Fallaci mit einem Unbekannten redete und lachte, dann wäre er nicht auf die Idee gekommen, dass hier etwas Unrechtes im Gange war. Denn die

Frau in ihrer Begleitung ließ ja erkennen, dass es nichts gab, was Anstoß erregen konnte.

Roberto hatte sich herzlich bei Carlotta bedankt, weil sie bereit war, seine Liebe zu Alessia zu beschützen und ihnen die Möglichkeit zu geben, ein wenig Alleinsein zu genießen. Dass sie zwei Tage nicht auf der Insel sein würde, hatte ihn interessiert, sodass Carlotta erneut gezwungen gewesen war, mit den Worten zu jonglieren, ohne dass eins aus dem Rhythmus fiel und die Pläne der Staatsanwältin verriet. Alessia hatte nur immer wieder geseufzt: »Solange Valerio nichts davon weiß, dass Carlotta in Italien ist, kann ich behaupten, mich mit ihr zu treffen. Das ist eine großartige Gelegenheit. Er kann ihr nicht begegnen.«

Mamma Carlotta hatte sich trotz allen Verständnisses nicht wohlgefühlt. Einen Ehebruch zu begünstigen war eigentlich eine Sünde, beinahe so groß wie der Ehebruch selbst, und musste wahrscheinlich sogar gebeichtet werden. Sie mochte sich nicht vorstellen, wie der Pfarrer reagieren würde, wenn er hörte, was Roberto Ricci gesagt hatte: »Ich hätte Fallaci damals schon umbringen sollen, als er mir triumphierend erzählte, dass Alessia seinen Heiratsantrag angenommen hat. Meine Vorfahren stammen aus Sizilien! Dort macht man kurzen Prozess, wenn es um die wahre Liebe geht. Aber damals habe ich klein beigegeben. Heute würde ich das nicht noch einmal tun.« Und dann hatte er es immer wieder in den Himmel, aufs Meer und in den Sand vor seinen Füßen gestöhnt: »Ich bringe ihn um, wenn er sie nicht gehen lässt.« Als Alessia zu weinen anfing, hatte er sich sehr zusammennehmen müssen, um sie nicht in seine Arme zu ziehen und ihre Tränen wegzuküssen. »Ich weiß, du hast Angst vor einer Scheidung, cara. Aber wir werden täglich im Dom eine Kerze anzünden. Oder nach Assisi pilgern! Ich bin auch bereit, der Kirche eine große Summe zu spenden. Vielleicht gelingt es uns dann sogar, deine Ehe nicht scheiden, sondern annullieren zu lassen.« Als Alessias Schluchzen nur noch lauter und verzweifelter wurde, ergänzte er: »Wir werden beichten. Jeden Tag! Und jede Strafe auf uns nehmen, die uns der Pfarrer auferlegt. Dann wird uns verziehen, und wir können glücklich werden.«

Alessia brachte nur mühsam hervor, dass lediglich der Tod eine Ehe auflösen dürfe. »Was Gott zusammengefügt hat, darf der Mensch nicht scheiden.«

»Ich will nicht warten, bis du Witwe geworden bist!« Carlotta war schockiert über die Deutlichkeit von Robertos Worten. Sie passten nicht zu der Romantik, mit der sie vor sich selbst einiges verschleiert hatte, damit es ihr Gewissen nicht quälte. »Wenn Valerio auch krank ist, er kann noch viele Jahre leben. So lange will ich nicht warten.«

»Meine Mutter«, schluchzte Alessia. »Es wird sie umbringen. Und meine Familie wird mich verstoßen. Eine Scheidung ist schon schlimm genug. Aber dann noch Ehebruch ...«

Roberto Ricci schien unfähig, seinen Jähzorn zu zügeln und aus seiner rasenden Liebe eine positive Macht zu erschaffen. »Noch einmal wird er mir nicht die Liebe meines Lebens nehmen. Nicht noch einmal!«

Mamma Carlotta hatte eine Gänsehaut nach der anderen bekommen. So gerührt sie einerseits über die Gewalt seiner Gefühle war, Robertos Leidenschaft war ihr bald unheimlich geworden, und sie hatte sich gefragt, ob es möglich war, dass er seine Drohungen wahr machte.

Sie schreckte auf, als das Flugzeug schwankte und ruckelte und der Pilot die Fluggäste bat, sich anzuschnallen, weil ein Schlechtwettergebiet durchflogen werden musste. Wenn Valerio Fallaci eine Scheidung verweigerte und Roberto seine Geliebte mit Gewalt aus den Fesseln der Ehe löste, dann hatte Carlotta sich womöglich am Tod des Ehemannes mitschuldig gemacht. Madonna!

Sie warf einen Blick nach links und stellte fest, dass die Staatsanwältin nur kurz aufgeschreckt, dann aber wieder eingeschlafen war. Sie merkte nicht, dass die Flugbegleiterin die Champagnergläser einsammelte und Carlotta bat, ihre Rückenlehne senkrecht zu stellen.

Sie schloss die Augen erneut und hoffte, ebenfalls ein wenig schlafen zu können. Sie war müde. Bis zuletzt hatte sie ja darauf gehofft, Frau Kemmertöns könne es sich anders überlegen und darauf verzichten, ihren Mann erneut auf die Probe zu stellen. Aber leider war sie, wie schon an den beiden Abenden zuvor, vor der Tür erschienen, um mit Mamma Carlotta das Nachtleben zu genießen, wie sie es nannte. Mamma Carlotta hatte einen letzten Versuch gemacht, ihr verständlich zu machen, dass ein Mensch, der am nächsten Tag eine Flugreise unternahm, ausreichend Schlaf bekommen musste, das wusste doch jeder. Aber Frau Kemmertöns, die noch nie geflogen war, hatte nach Gründen gesucht, die dagegensprachen, und schließlich schnell einen gefunden. Wer sich in ein Flugzeug setzte, musste damit rechnen, dass sein letztes Stündlein geschlagen hatte, und tat gut daran, diesen letzten Abend seines Lebens so richtig zu genießen. Und dazu gehörte neuerdings nach Meinung von Frau Kemmertöns der Besuch von zwielichtigen Lokalitäten, der Genuss von Prosecco, Hugo und Aperol Spritz und spätes Nachhausekommen. Mamma Carlotta hatte sich geschlagen gegeben. Aber als sie der Nachbarin folgte, tat sie es mit dem festen Vorsatz, Frau Kemmertöns notfalls in Käptens Kajüte allein zu lassen, wenn sie darauf bestehen sollte, die Geduld ihres Mannes bis in die frühen Morgenstunden auf die Probe zu stellen.

Dann allerdings … ja, dann war sie ganz froh gewesen, dass sie sich auf die Eheprobleme der Nachbarn eingelassen hatte. Denn die Beobachtung, die sie gemacht hatte, war etwas, was ihr schwer zu denken gab. Gut, dass die Staatsanwältin ihr Gelegenheit gab, darüber nachzudenken, indem sie den Flug verschlief …

Sören war an diesem Morgen nicht zum Frühstücken erschienen. Wozu auch? Auf ein liebevoll zubereitetes Rührei mit sorgfältig gewürfeltem Schinken konnte er nicht hoffen. Im Hause Wolf war an diesem Tag nur in aller Frühe ein hastiger Imbiss eingenommen worden, und Erik hatte seine Schwiegermutter anschließend nach Hamburg gefahren, wo die Staatsanwältin auf sie wartete.

Als er zurückkehrte, war der Vormittag schon weit fortgeschritten. Er rollte vom Autozug, fuhr aber nicht auf den Parkplatz des Polizeireviers, der nur wenige Hundert Meter entfernt lag, sondern lenkte den Wagen ins Stadtzentrum von Westerland. Auf der Boysenstraße fand er eine Lücke, um sein Auto abzustellen, und war mit wenigen Schritten auf der Friedrichstraße.

Schon von Weitem hörte er die Musik. Ein Gitarrist spielte, der sein Instrument beherrschte. »La Paloma«! Kein Stück, das Erik gefiel, dennoch horchte er auf, weil es ausgezeichnet gespielt wurde.

Als er beim Gosch-Bistro ankam, erkannte er, woher die Musik kam. Der Straßenmusikant saß vor der Insel-Apotheke, neben ihm Wiebke, die mit zwei Stöckchen den Rhythmus auf dem Pflaster schlug und so tat, als wäre sie die Partnerin des Gitarristen. Erik stellte sich an die rundlaufende Theke, hörte zu und betrachtete Wiebke, die nicht aufblickte, sondern sich ganz auf den Takt konzentrierte. Jedenfalls so lange, bis sie merkte, dass ihr scharfer Rhythmus nicht zu dem weichen Lied passte. Sie beendete ihren Teil der Darbietung und beschränkte ihren Beitrag darauf, sich für die Geldstücke zu bedanken, die in die aufgestellte Dose fielen, die der Gitarrist vor sich stehen hatte. Gern ließ sie sich auch auf ein Gespräch ein, und Erik fragte sich, was sie antworten mochte, wenn sie gefragt wurde, wie sie in das Leben auf der Straße geraten war. Er sah, dass sie diese Gespräche provozierte, sich nicht nur fragen ließ, sondern ihrerseits Fragen stellte. Die Passanten, die ihr arglos antworteten, ahnten natürlich nicht, dass sie einer Journalistin Auskünfte gaben und ihre Meinungen demnächst in gedruckter Form nachzulesen sein würden.

Er zwang sich zu warten, bis der Gitarrenspieler eine Pause einlegte. Dann erst wollte er zu Wiebke gehen, wieder den Wohltäter spielen und sie zu einem Essen bei Gosch einladen, damit er keinen Argwohn erregte. Er merkte nicht, wie er in Wiebkes Anblick versank, in ihren niedergeschlagenen Blick, der doch keine Demut bewies, ihre gebückte Haltung, die trotzdem nicht unterwürfig war. Aber davon bekamen die Passanten nichts mit. Sie sahen ja nur, was sie erwarteten.

Eriks Gedanken schweiften ab, während der Gitarrist in einen neuen Rhythmus fiel: »Hit the road, Jack«! Und tatsächlich versuchte Wiebke sich nun im Gesang. Es schien nicht verabredet zu sein, denn der Gitarrist blickte erstaunt auf, grinste dann aber und senkte den Blick wieder auf die Saiten.

Mittlerweile waren viele stehen geblieben und hörten zu. Und als das Stück endete, gab es Applaus. Erik ging auf Wiebke und den Gitarristen zu und hörte einen Mann sagen: »Hast du zwischenzeitlich Unterricht genommen? Vor ein paar Tagen hast du noch rumgestümpert, und jetzt ...« Er verzog anerkennend den Mund und suchte nach einem Geldstück. »Donnerwetter!«

Erik blieb wie angewurzelt stehen und sah mit einem Mal nicht mehr Wiebke und den Gitarrenspieler vor sich, sondern Alessia Fallaci. Und das Foto, auf dem zwei Männer zu sehen waren: Thies Dageför und sein Freund Holger Callesen. Einer hielt eine Gitarre, Erik wusste nicht mehr, welcher. Und Alessia Fallaci sagte, Holger habe oft auf der Gitarre rumgeklimpert, Thies dagegen hätte sehr gut gespielt ...

Er betrachtete den Mann genauer, sein bärtiges Gesicht, von dem nicht viel zu erkennen war, den Schlapphut, den er tief in die Stirn gezogen hatte. Sein Bart bedeckte die untere Hälfte des Gesichtes, der Schatten des Hutes die obere. Waren Bart und Hut eine Verkleidung? Dr. Hillmots Bemerkung fiel ihm wieder ein: Holger Callesen hatte vor seinem Tod einen künstlichen Bart getragen …

Erik machte ein paar entschlossene Schritte auf den Straßenmusiker zu. Wiebke war es, die aufsah und ohne jede Freude sagte: »Ach, Erik! Hast du mal wieder 'nen Euro für mich?«

Erik antwortete nicht, er sah Wiebke nicht einmal an. Er zückte sein Portemonnaie, zog seinen Dienstausweis heraus und bat den Mann: »Darf ich mal Ihre Papiere sehen?«

Der Gitarrist erhob sich, ohne ihn anzublicken, und legte, während er die Taschen seiner Jacke absuchte, sein Instrument nicht aus der Hand. Schließlich schien er in der Innentasche fündig zu werden. »Ah, hier …«, sagte er, und Erik entspannte sich, der bis zu diesem Augenblick mit allem gerechnet hatte, mit einem gezückten Messer, mit Pfefferspray, mit irgendeinem Angriff. Er streckte schon die Hand aus, um die Papiere entgegenzunehmen, da kam der Angriff doch noch. Der Gitarrist stieß ihn mit der Faust gegen die Brust, sodass Erik zurücktaumelte, dann fuhr er herum und rannte in die Boysenstraße hinein. Ehe Erik sich von seinem Schreck erholt hatte und ihm folgen konnte, hatte der Mann schon einen Vorsprung, der schwer einzuholen war. Erik machte sich da keine Illusionen. Er wusste, wie unsportlich er war, aber er versuchte natürlich trotzdem, den Mann zu erwischen. Doch schon nach wenigen Metern sah er ein, dass er nur Erfolg haben konnte, wenn der Mann sich den Fuß verstauchte, stürzte oder von einem Auto erfasst wurde. Obwohl ihn die Gitarre behinderte, war er wesentlich schneller als Erik und dazu erheblich ausdauernder. Eriks Atem ging bereits schwer, als er sah, dass der Mann hinter dem Schuhmarkt einbog, auf einen Privatparkplatz lief, hinter den parkenden Autos auf eine Mauer sprang, über ein Geländer und damit aufs Nachbargrundstück flüchtete. Erik wusste, dass er nicht aufgeben durfte, wusste aber ebenso gut, dass er schon jetzt verloren hatte. Als er selbst auf die Mauer geklettert war und das Geländer überwunden hatte, war der Verfolgte schon über das Nachbargrundstück gerannt und hatte seinen Fluchtweg ins Auge gefasst: die Mülltonnen an der hinteren Grenze, die vor einem Bretterzaun standen. Er warf die Gitarre auf eine Tonne, kletterte mühelos auf die andere, griff wieder nach seinem Instrument und sprang über den Zaun. Im selben Moment war er verschwunden. Und Erik gab auf …

Er zog sein Handy aus der Tasche und rief Sören an, damit er die Streife alarmierte. »Noch trägt er einen Schlapphut und einen Bart. Wahrscheinlich wird er beides sofort ablegen. Formulieren Sie eine Fahndung nach dem Foto, das wir von Thies Dageför haben.«

»Wir haben bereits eine Fahndung draußen«, antwortete Sören ungehalten.

»Die war viel zu allgemein. Jetzt suchen wir ihn auf Sylt, nicht mehr deutschlandweit. Wir müssen verhindern, dass er die Insel verlässt.«

Sören reagierte nach wie vor ruhig. »Wir sollten herausfinden, wo er sich bisher aufgehalten hat. Gibt es auf Sylt jemanden, der ihm Unterschlupf gewährt haben könnte? Dann wird er sich dorthin zurückgezogen haben.«

Dazu konnte Erik nichts sagen. Er beendete das Gespräch und kehrte zur Insel-Apotheke zurück, wo noch immer einige Leute standen, die darüber debattierten, was es mit der Flucht des Straßenmusikers auf sich haben könnte. Wiebke allerdings war verschwunden. Anscheinend hatte sie es vorgezogen, sich nicht in die Diskussionen hineinziehen zu lassen. Wo war sie hingegangen? Wo wohnte sie? Wie konnte er sie erreichen, um mit ihr zu sprechen? Was wusste sie von Thies Dageför? Momentan war sie die Einzige, von der Erik sich Hilfe erhoffte.

Er starrte auf den Platz, auf dem die beiden gesessen hatten. Nichts erinnerte mehr an die Straßenmusikanten. Und nicht nur Wiebkes Isomatte und ihr Rucksack waren verschwunden, auch die Sachen des Gitarristen waren nicht mehr da. Gestohlen? Nein, das konnte Erik sich nicht vorstellen. Er suchte nach anderen Gründen, aber am Ende gab's nur eine Erklärung: Wiebke hatte sie mitgenommen.

Mamma Carlotta fragte sich, was Frau Kemmertöns an diesem Abend wohl unternehmen würde. Entweder wagte sie es, allein auszugehen, oder sie gab ihrem Mann endlich die Chance, sie zu begleiten. Irgendetwas würde sich hoffentlich geändert haben, wenn Carlotta nach Sylt zurückkehrte. Es war weder für Frau Kemmertöns noch für sie selbst gesund, Abend für Abend Prosecco, Hugo und Aperol Spritz in größeren Mengen zu konsumieren und erst nach Mitternacht heimzukommen. So ging das nicht weiter. Mamma Carlotta war fest entschlossen, die Nachbarin in Zukunft nicht mehr zu unterstützen. Frau Kemmertöns musste ein anderes Mittel finden, ihren Mann und den Verlauf ihrer Ehe zu ändern oder sich eben mit dem abfinden, was sie hatte.

Es war schon dunkel gewesen, als sie mit Frau Kemmertöns am Hotel Wiesbaden vorbeigekommen war. Trotzdem hatte Carlotta den Pick-up erkannt, der auf dem Hotelparkplatz stand. Wiebkes Wagen! Hier wohnte sie also! Carlotta hatte einen langen Blick zu dem einzigen erleuchteten Fenster geworfen und sich gefragt, ob Wiebke unter der Dusche stand und sich den Schmutz der Straße abwusch oder in der Badewanne lag und den Komfort genoss, von dem eine Wohnungslose nur träumen konnte. Wer aber war es, der in Toves Schuppen übernachtete? Wem gehörten der Schlafsack und das Moped? Wusste Tove, dass er einen Untermieter hatte? Ließ er zu, dass jemand in seinem Schuppen schlief und sich in seiner Küche mit Essbarem versorgte? Das würde erklären, warum er über die eingeschlagene Scheibe mit erstaunlicher Gleichgültigkeit hinweggegangen war.

Sie warf einen Blick zu der Staatsanwältin neben sich, die mit leicht geöffnetem Mund schlief. Erik suchte den Mörder von Holger Callesen. Konnte es sein, dass dieser nicht von der Insel geflohen, sondern bei Tove untergekrochen war? Hielt Tove die Hand über einen Mörder? Vielleicht … mit der Unterstützung von Valerio Fallaci? Womöglich steckten sie beide, der Wirt von Käptens Kajüte und Alessias Ehemann, mit dem Mörder unter einer Decke?

Mamma Carlottas Atmung ging schneller, sie rutschte auf ihrem Sitz hin und her, weil die Gedanken und Mutmaßungen sie derart unruhig machten, dass sie jetzt gerne aufgestanden wäre, um den Stewardessen beim Verteilen der Getränke zu helfen, damit ihre Nervosität zu etwas Sinnvollem führte. Still sitzen war nicht ihr Ding. Erst recht nicht, wenn schwere Gedanken bewegt werden wollten. Sie wurde erst wieder ruhiger, als ihr einfiel, dass sie Erik eigentlich von einem solchen Verdacht erzählen musste. Gut, dass er ihr erst jetzt gekommen war und nicht in einem Augenblick, in dem ihr Schwiegersohn vor ihr saß und unter dem ungelösten Fall litt. Sie musste ihm helfen einerseits … andererseits würde sie damit womöglich Tove verraten. Irgendwie hing er in dieser Weingeschichte mit drin, und das konnte ihn seine Konzession kosten. Wo sollte sie, wenn Käptens Kajüte geschlossen wurde, demnächst ihren Cappuccino trinken und alle Neuigkeiten loswerden? Nein, Tove, Fietje und die schmuddelige Imbissstube gehörten inzwischen zu ihrem Leben, zumindest zu dem Teil ihres Lebens, der sich auf Sylt abspielte.

Sie hatte den Abend mit Frau Kemmertöns erneut in Käptens Kajüte beschlossen, bei dieser Gelegenheit ihre Reise nach Florenz erwähnt und Tove und Fietje genau beobachtet. Dass sie mit der Staatsanwältin zusammen reisen würde, weil diese eine Dolmetscherin brauchte, hatte sie ebenfalls angesprochen. Und es war ihr nicht entgangen, dass Tove hektisch und fahrig wurde. Das Glas, das er gerade für Fietje zapfte, fiel ihm ins

Spülwasser, was den Strandwärter zu der Bemerkung verleitete: »Was bist du denn so figgerig?«

Was diese Vokabel bedeutete, hatte Carlotta nicht herausbekommen. Da aber Tove als Antwort ein Jever zapfte, dessen untere Schaumkante weit unter dem Eichstrich lag, konnte sie sich denken, dass es etwas Despektierliches gewesen sein musste. Und wenn Tove nun schon mal figgerig war, dann konnte sie ihn vielleicht aus der Reserve locken, die bei einem Friesen ja das reinste Bollwerk war. Und es hatte tatsächlich gereicht, den Namen Thies Dageför zu erwähnen und sich zu fragen, wo der Mann nur geblieben sein könnte, um Tove den Rest zu geben. Frau Kemmertöns hatte aufgeregt auf Carlottas Arm getippt, um sie zum Gehen zu bewegen. Wenn Tove Griess wütend wurde, schlug das viele Menschen in die Flucht, auch Frau Kemmertöns, die so schnell nichts erschüttern konnte. Ihr Busen fing an zu vibrieren, als Mamma Carlotta partout nicht zur Kenntnis nehmen wollte, dass sie den Aperol Spritz hinunterstürzte und nach dem Geld in ihrer Tasche suchte.

Genau genommen dachte Carlotta gar nicht an sie, vergaß beinahe, dass sie neben ihr auf dem Barhocker saß, derart war sie auf Tove konzentriert. »Was da neuerdings in Ihrer Küche lagert«, sagte sie mit düsterer Stimme, ohne es beim Namen zu nennen, »sollte schleunigst verschwinden.«

Tove starrte sie an, als verstünde er kein Wort, aber sie entdeckte in seinen Augen dennoch die kleine böse Ahnung, die hinter dem Vorhang der Arglosigkeit hervorlugte. »Warum denn das?«

Nun mischte sich Fietje ein. »Stell dich nicht dümmer, als du bist, Tove.« Dabei blickte er nicht auf, sondern starrte in sein Jever und zog seine Bommelmütze noch ein bisschen tiefer in die Stirn. Ehe Tove etwas erwidern konnte, sah er auf und blickte Mamma Carlotta freundlich an. »Wo soll's denn hingehen, Signora? Zusammen mit der Staatsanwältin?«

Carlotta merkte, dass Fietje alles durchschaute. »Nach Montalcino«, antwortete sie und sah so lange in Fietjes Gesicht, bis dieser reagierte.

»Ist das nicht der Ort, wo das Weingut von Valerio Fallaci liegt?«

Nun blickten sie beide Tove an, als wollten sie unbedingt herausfinden, ob er endlich verstanden hatte. Er ließ sich nichts anmerken, aber Carlotta war nicht bereit, ihm noch weitere Hinweise zu geben. Wenn er jetzt nicht einsah, was er zu tun hatte, dann war ihm nicht zu helfen. Und wenn er nicht begriff, dass sie dafür sorgen wollte, ihn mit heiler Haut aus dieser Angelegenheit herauszuholen, dann musste er eben mit den Folgen klarkommen.

Frau Kemmertöns machte den Versuch, sich einzumischen. Wahrscheinlich wollte sie wissen, wovon Carlotta eigentlich redete, aber dann war es ihr doch zu kompliziert, sich nach Einzelheiten zu erkundigen. Immerhin schien die Stimmung nicht mehr ganz so angespannt zu sein, also bestellte sie einen weiteren Aperol Spritz. »Als Absacker.«

Tove schien erleichtert, dass er eine Beschäftigung bekam, suchte lange nach der Flasche, während Fietje nun scheinbar für klare Verhältnisse sorgen und der Geheimniskrämerei ein Ende machen wollte. »Ihr Schwiegersohn hatte doch diese Freundin mit den roten Haaren. Ist die nicht Journalistin?«

Mamma Carlotta nickte nur, weil plötzlich eine Spannung in der fettgeschwängerten Luft von Käptens Kajüte lag, die nicht durch kräftiges Lüften zu beseitigen gewesen wäre.

Frau Kemmertöns bekam einen Schluckauf, versuchte aber trotzdem einen Beitrag und wollte erzählen, dass Wiebke Reimers kürzlich von Tove aus dem Küchenhof gejagt worden war. Sie wurde jedoch mit einer energischen Handbewegung Carlottas zum Schweigen gebracht, und Fietje fuhr fort: »Und jetzt hat er diese andere. Die Innenarchitektin.«

In die Pause, die sich auftat, stieß Mamma Carlotta ein atemloses »Genau!« hervor.

»Das ist ja komisch mit den beiden. Was wollen die dauernd hier?« Er beschrieb mit dem rechten Arm einen großen Bogen, der die Imbissstube, die Straße davor und den Hof dahinter umfasste.

»Hast du wieder rumgeschnüffelt?«, ging Tove dazwischen. »Statt nach Hause zu gehen, wenn ich dichtmache, bist du wieder durch die Gegend geschlichen und hast die Leute beobachtet?«

Mamma Carlotta verdrängte gern die Tatsache, dass Fietje als Spanner galt, der schon oft von erzürnten Feriengästen angezeigt worden war und dann vor Eriks Schreibtisch erscheinen musste. In diesem Fall jedoch glaubte sie nicht daran, dass er Wiebke oder Svea durch nachlässig geschlossene Fenster beobachtet hatte. Er schien auf etwas anderes hinauszuwollen. Und als Mamma Carlotta daran dachte, wie Svea sich auf der Friedrichstraße vor Wiebke versteckt und ihr Auto schräg gegenüber von Käptens Kajüte abgestellt hatte, dann konnte sie sich denken, dass Fietjes Worte etwas damit zu tun hatten.

»Ich möchte wissen, was die Journalistin mit den roten Haaren ständig hinter dem Haus zu suchen hat.« Fietje schien nun wieder mit sich selbst zu reden und starrte in sein Bier, als wäre er allein.

»Die war schon wieder in meinem Küchenhof?«, ereiferte sich Tove.

»Gestern.«

»Ich habe die schon mal rausgeworfen. Vorgestern.«

Mamma Carlotta antwortete nicht, Frau Kemmertöns hätte es wohl gern getan, fand aber so schnell nicht die richtigen Worte, und Fietje wartete, bis er nicht mehr damit rechnen konnte, dass jemand anders ihm den nächsten Satz abnehmen würde.

»Und dann die blonde Innenarchitektin! Die ist ihr nachgeschlichen. Mannomann, was hat die aufgepasst, damit sie nicht gesehen wurde!« Er trank das Glas aus, weil er nach so vielen Sätzen seine Stimme auffrischen musste. »Zwei Freundinnen vom Hauptkommissar, die jetzige und die ehemalige, heimlich hinter Toves Imbissstube. Das muss doch etwas zu bedeuten haben.«

Ja, das musste etwas zu bedeuten haben. Mamma Carlotta griff nach dem Arm der Staatsanwältin, damit sie die Rückenlehne senkrecht stellte und den Tisch vor sich hochklappte, weil der Landeanflug auf Florenz eingeleitet wurde. Dass es Svea nur darauf ankam, Wiebke zu beobachten, konnte sie sich nicht mehr vorstellen. Und warum war Wiebke hinter Toves Haus geschlichen, obwohl sie nicht in seinem Schuppen, sondern im Hotel Wiesbaden übernachtete? Das konnte nur mit demjenigen zu tun haben, der sich wirklich dort versteckte. Thies Dageför? Aber was hatte Svea mit dem zu tun?

Während die Staatsanwältin ihre Frisur ordnete und die Bluse zurechtzupfte, überlegte Mamma Carlotta, wie sie Erik auf die richtige Spur lenken konnte. Er suchte Thies Dageför, und sie wusste womöglich, wo er ihn finden konnte. Sobald sie wieder auf Sylt war, würde sie dafür sorgen, dass Erik hinter Käptens Kajüte nach ihm suchte. Und wenn Tove dann nicht verstanden hatte, dass er den Wein, den er in seiner Küche lagerte, vernichten musste, war er selbst schuld. Schwierig würde es nur sein, Erik einen Wink zu geben, ohne erklären zu müssen, wie sie dahintergekommen war, wo Thies Dageför sich verbarg. Da musste sie sich noch etwas einfallen lassen. Und sie musste herausbekommen, warum sowohl Wiebke als auch Svea sich ständig dort herumdrückten, wo dieser Thies Dageför sich aufhielt. Oder … war es ganz anders? Gab es einen anderen, der sich dort versteckte? Auch dann blieb da noch die Frage, ob Tove etwas davon wusste oder nicht …

Sören empfing seinen Chef mit einer Tafel Schokolade. »Trauben-Nuss! Das hilft Ihnen vielleicht.«

Erik warf seinen Autoschlüssel auf den Schreibtisch und achtete nicht darauf, dass er über die Tischplatte schlitterte und auf der anderen Seite zu Boden fiel. Er ging ans Fenster und trommelte zwei-, dreimal gegen die Scheiben, als wollte er ihre Stabilität testen. Dann erst nahm er Sörens Angebot an. Er lächelte sogar, als er sich ein Stück Schokolade in den Mund schob. »Danke. Das tut wirklich gut. Wenn es auch nicht hilft.« Er setzte sich, lehnte sich zurück, atmete tief ein und öffnete beim Ausatmen den Hosenknopf. Sören versuchte darüber hinwegzusehen, ließ sich auf dem Stuhl vor Eriks Schreibtisch nieder und fing an zu kippeln. Das tat er gern, wenn er nachdachte, obwohl er wusste, dass Erik es nicht leiden konnte, dem es schwerfiel, sich zu konzentrieren, wenn er jeden Augenblick damit rechnen musste, dass Sören rücklings ins Zimmer fiel.

»Der war verdammt flott auf den Beinen! Ich habe ihn schnell aus den Augen verloren! Wenn ich nur wüsste, wohin er sich verdrückt hat! Hoffentlich finden die Kollegen ihn.«

Sören machte eine beruhigende Geste. »Dann hat sich Dageför also die Verkleidung seines Opfers übergezogen und ist auf Sylt geblieben.«

»Um den Ermittlungen nahe zu sein?«

»Oder weil er kein Geld für eine Zugfahrkarte hatte.«

Erik ballte die Fäuste. »Zu dumm, dass ich nicht weiß, wo Wiebke wohnt. Vielleicht hat sie irgendeine Beobachtung gemacht. Oder er hat ihr etwas erzählt, was uns weiterhilft.«

Sören war nicht der Meinung, dass eine Aussage von Wiebke Reimers sie weiterbringen könnte. »Wir sollten überlegen, wo er sich versteckt. Wo hat er bisher übernachtet? Da, wo Holger Callesen gewohnt hat? Oder irgendwo am Strand? Oder gibt es jemanden auf der Insel, der ihm Unterschlupf gewährt hat? Wenn ja, dann könnte er sich auch jetzt dort verkrochen haben.«

»Wenn das Versteck sicher genug ist.« Erik öffnete die Fäuste wieder und bewegte die Finger, als wollte er herausfinden, ob sie noch funktionierten. »Aber wenn es sicher ist, werden wir es so schnell nicht finden. Andererseits wird er es nicht wagen, den Zug über den Hindenburgdamm zu nehmen oder mit der Fähre nach Dänemark überzusetzen.«

»Wenn er es versucht, dann haben wir ihn. Dort stehen unsere Leute und sehen sich alle Passagiere und Autoinsassen genau an.«

»Damit wird er rechnen. Vermutlich bleibt er auf der Insel, bis die Kontrollen eingeschlafen sind.«

Sören sah sich mit einem Mal um, als suchte er etwas in einer Zimmerecke, hinter Eriks Schreibtisch oder unter einem Stuhl. »Thies Dageför hat seine Gitarre mitgenommen, als er abgehauen ist?« Als Erik nickte, fuhr er fort: »Und alles andere? Der hatte doch einiges dabei, wenn ich mich nicht irre. Etwas zum Unterlegen, eine Tasche. Oder war es ein Rucksack? Eine Plastiktüte?«

Als sein Chef nicht antwortete, ihn nicht einmal ansah, fiel das Fragende aus seinen Augen und wurde von einer Erkenntnis eingenommen, die wie eine Gewitterwolke in seinem Blick aufzog. »Ihre Ex saß neben ihm?«

Erik sah ihn noch immer nicht an. »Sie war weg, als ich zurückkam.«

Nun entlud sich das Gewitter in Sörens Augen. »Mensch, Chef! Was hat die mit Thies Dageför zu tun?«

Eriks Stimme war kaum zu verstehen. »Sie will seine Story.«

Der erste Blitz schlug ein, Sören sprang auf. »Die durchsucht jetzt seine Sachen, damit sie etwas Brisantes für ihre Reportage findet? Und wir gucken in die Röhre?«

Erik brachte es nicht fertig, seinem Assistenten eine Antwort zu präsentieren, die Sören einerseits befriedigte und andererseits nichts von seinen Gefühlen verriet. Es stellte sich schnell heraus, dass es auch nicht nötig war. Sören wusste, was in seinem Chef vorging, und fragte nicht weiter. Er setzte sich wieder und fing erneut an zu kippeln.

Eine Stille tat sich auf, die erst durch das Klingeln des Telefons unterbrochen wurde. Sören nahm das Gespräch an, als Erik keine Anstalten machte, zum Hörer zu greifen. Das Telefonat dauerte keine Minute. Sören dankte, verabschiedete sich und sagte zu Erik: »Die Schriftprobe von Johanna Fiedler wurde bestätigt. Sie hat den Liebesbrief geschrieben. Definitiv.«

»An wen?«, fragte Erik.

»An den Mann mit dem Muttermal am Unterleib.«

»Also nicht an Holger Callesen. Aber dem hat sie eine Million vererbt, weil er sie am Ende ihres Lebens sehr glücklich gemacht hat.« Erik glättete seinen Schnauzer und starrte währenddessen an die Zimmerdecke. »Wenn wir wüssten …« Er sprach den Satz nicht zu Ende, sondern griff zum Telefon und wählte eine Nummer. »Ist Frau Dr. Rebel zu sprechen?«

Die Ärztin kam schnell an den Apparat, machte aber sofort deutlich, dass sie nicht viel Zeit hatte.

»Ich habe nur eine Frage«, erklärte Erik, formulierte vorsichtig, wartete geduldig, bis Frau Dr. Rebel ihre Verwunderung in Worte gefasst hatte, und sagte nichts dazu, dass sie nicht verstehen wollte, warum die Polizei eine solche Frage stellte.

Dann endlich antwortete sie: »Ja, ein sichelförmiges Muttermal in der Schambehaarung. Ist normalerweise nicht zu sehen …«

Erik bedankte sich, unterband weitere Nachfragen, legte auf und ließ die Ärztin mit ihrer Verwunderung allein. Er brauchte Sören nichts zu erklären. Der begriff sofort, dass der Liebesbrief, den Johanna Fiedler geschrieben hatte, tatsächlich an Thies Dageför gerichtet gewesen war.

»Ich möchte wissen«, murmelte Erik, »wo die beiden sich kennengelernt haben. Einen gemeinsamen Bekanntenkreis hatten sie sicherlich nicht. Und ich glaube auch nicht, dass sie im selben Stammlokal verkehrten.«

Wieder brüteten sie eine Weile vor sich hin. Und Erik war dankbar, dass Sören sich nicht weiter beklagte, weil es in Thies' Gepäck womöglich einen Hinweis gegeben hätte. Er tat seinem Chef den Gefallen, sich nicht über Wiebke Reimers zu beschweren, was Erik ihm hoch anrechnete.

Schließlich fiel Sören etwas anderes ein. »Frau Dr. Rebel hat gesagt, Thies wäre oft in Käptens Kajüte zu Gast gewesen. Vielleicht sollte man mit Tove Griess reden.«

»Schaden kann es nicht.« Erik kniff die Augen zusammen, weil ihm eine Erinnerung kam. »Meine Schwiegermutter hat mir erzählt, dass Thies Dageför in Käptens Kajüte einmal ausgerastet ist. Das war, als Holger Callesen Millionär geworden war.«

Das Telefon klingelte erneut, und diesmal nahm Erik den Hörer ab. Ein Lächeln ging über sein Gesicht, das gleichermaßen erfreut wie erstaunt war. »Caro? Bist du nicht bei der Arbeit?«

Carolins Stimme war leise. Sie sprach schnell, als wollte sie das Gespräch möglichst kurz halten. »Herr Riefling hat gesagt ...«

»Wer ist das?«

»Der Chef der Rezeption. Ihm kommt etwas komisch vor. Mir auch. Und er meinte, ich soll dich anrufen.«

»Was? Raus mit der Sprache.«

Er musste auf Carolins Antwort warten und dachte schon, die Verbindung sei unterbrochen worden. Aber anscheinend hatte seine Tochter sich nur in eine stille Ecke zurückgezogen, denn ihre Stimme klang nun anders, war ohne jeden Hall. »Hier schleicht seit Tagen ein Mann durchs Hotel, der nicht bei uns wohnt. Ein dunkler Typ, offenbar Südländer, sehr elegant gekleidet. Herr Riefling hat ihn schon mal angesprochen, aber er hat nicht erklärt, was er im Frangiflutti will.«

»Warum sagst du nicht Signor Fallaci Bescheid?«

»Der ist nicht da.«

»Verreist?«

»Keine Ahnung.«

»Und seine Frau?«

»Die scheint den Mann zu kennen.«

»Dann ist doch alles in Ordnung.«

Carolin zögerte. »Ich habe ihn im Weinkeller erwischt.«

»Erwischt?«

»Er hat dort nichts zu suchen. Als ich reinkam, hat er sich versteckt. Aber ich habe ihn gesehen und ihn aufgefordert, den Keller zu verlassen.«

»Das hat er getan?«

»Ja.« Carolins Stimme zitterte nun. »Herr Riefling meint, der ist von der Mafia.«

Beinahe hätte Erik gelacht. Wenn ein Mann mit schwarzen Haaren, dunklen Augen und in eleganter Kleidung sich ungewöhnlich verhielt, war immer gleich von der Mafia die Rede. »Das ist keine Sache für die Polizei, Caro. Erzähl Signor Fallaci, was du beobachtet hast.«

»Ich sage doch, er ist nicht da.«

»Wer vertritt ihn? Seine Frau? Dann melde es ihr.«

»Habe ich ja. Er hat ihr was von einem Versehen erzählt, in der Tür geirrt. Den Rest konnte ich nicht hören. Jedenfalls hat sie gesagt, ich soll mich nicht darum kümmern. Es wäre alles okay.«

»Na also. Dann wird es auch so sein. Du hast alles richtig gemacht, Caro. Mehr kannst du nicht tun.«

Erik legte den Hörer so vorsichtig zurück, als wäre er aus Porzellan. »Ob da wirklich die Mafia im Spiel ist?« Er erzählte Sören von Carolins Verdacht. »Die Mafia ist überall. Warum nicht auch im Weinanbau? Da gab's doch vor über zehn Jahren mal Hilfe aus Brüssel. Sizilien sollte mit Milliarden wirtschaftlich fit gemacht werden. Und dann ist das Geld in dunkle Kanäle versickert. Die Mafia hat ja beste Beziehungen zur Politik.«

»Hilfe aus der EU für den Weinanbau?«

»Für Straßen und Wasserleitungsnetze, Häfen und Brücken, Museen und Kläranlagen. Warum nicht auch für den Weinanbau? Es ging um die Entwicklung Siziliens. Aber ein Teil der Subventionen ist irgendwo hängen geblieben. Natürlich in Mafia-Familien. Da soll sogar Berlusconi seine Finger im Spiel gehabt haben.«

Sören stöhnte, als würde ihm das alles zu viel. »Mafia? Berlusconi? Nee, Chef! Nicht auf Sylt!«

Aber an Erik blieb dieser Gedanke hängen wie eine Klette an einer Strickjacke. Könnte Holger Callesen das Opfer der Mafia geworden sein? Und Thies Dageför versteckte sich hinter der Maske des obdachlosen Straßenmusikanten, weil er sich fürchtete, ebenfalls zum Opfer zu werden?

»Und wie passt Johanna Fiedler da rein?«

Darauf konnte Erik keine Antwort geben.

In der Mitte der Ankunftshalle stand ein Mann, der ein Schild in die Höhe hielt, auf dem »Speck« stand. Bedruckt war das Schild außerdem mit dem Emblem des Weinguts Fallaci.

»Aha!« Die Staatsanwältin zog energisch ihren Rollkoffer zu dem Mann mit dem Schild. »Buon giorno!«, sagte sie. »Mein Name ist Speck, das ist meine Tante.« Sie wies auf Mamma Carlotta.

Der Mann antwortete auf Deutsch. Es war Eduardo Fallaci persönlich, der sie abholte. Ein großer, schlanker, sehr attraktiver Mann von etwa Mitte dreißig. Er trug einen dunklen Anzug mit einem weißen T-Shirt, seine nackten Füße steckten in hellen Lederslippern.

»Der Chef persönlich?«, fragte Frau Dr. Speck anzüglich. »Welche Ehre! Und Deutsch sprechen Sie auch.«

Eduardo Fallaci nahm beiden Frauen den Koffer ab und ging Richtung Ausgang. »Ich hatte zufällig in Firenze zu tun. Ein Treffen mit einem Zulieferer. Ich konnte beides gut miteinander verbinden.«

Die Fahrt dauerte knapp zwei Stunden. Währenddessen unterhielt Eduardo Fallaci sie mit Informationen über die Toskana, den Weinanbau und den Agriturismo, der immer erfolgreicher wurde. »Die Leute machen lieber Urlaub in der Natur als in einem Stadthotel.« Er erwähnte auch, dass seine Eltern nach Deutschland gegangen seien, um es dort auf einer Insel mit einem Hotel zu versuchen, und ihm damit die alleinige Verantwortung für den elterlichen Betrieb übergeben hatten.

Die Staatsanwältin hatte sich auf dem Beifahrersitz niedergelassen, während Mamma Carlotta hinter ihr Platz genommen hatte. Sie war ungewöhnlich schweigsam. Die Sorge, etwas Falsches zu sagen, lähmte sie. Die Staatsanwältin mit ihrem Kosenamen Tilla anzusprechen war schon nicht einfach, von ihr Tante Carlotta genannt zu werden war beinahe noch schwieriger, und die Angst, in das gewohnte Sie zu verfallen und Frau Dr. Speck la dottoressa zu nennen, ließ sie verstummen. Hoffentlich hielt sie das durch!

Sie beobachtete Eduardo Fallaci vom Rücksitz aus, wie er sich der Staatsanwältin so oft wie möglich zuwandte, sie zu beeindrucken versuchte, ihr mit seinem Wissen zu imponieren und gelegentlich ein Kompliment einfließen zu lassen, was er sehr gut beherrschte. Eduardo Fallaci war nicht nur ein gut aussehender, sondern auch ein sehr charmanter Mann. Was für ein Glück, dass er nicht ahnte, wen er in seinem Wagen beförderte! Die Staatsanwältin spielte ihre Rolle derart überzeugend, dass er vermutlich nicht auf die Idee kommen würde, was sie im Schilde führte. Sie war eine interessierte Touristin, die sich an der herrlichen Landschaft erfreute und nur ganz nebenbei und völlig unauffällig Interesse am Weinbau bekundete.

Als sie die Auffahrt zum Agriturismo Fallaci hochfuhren, die mit Zypressen gesäumt war und durch eine gepflegte Rasenfläche führte, wandte die Staatsanwältin sich um. »Hier wird es uns gefallen, Tante Carlotta.« Sie erklärte Eduardo Fallaci: »Leider haben wir diesmal wenig Zeit. Aber wenn es uns gefällt, werden wir demnächst einen längeren Urlaub bei Ihnen machen.«

Eduardo lächelte zufrieden und lenkte den Wagen um das Hauptgebäude herum in einen großen Hof, in dem einige Tische unter riesigen Sonnenschirmen standen. Daran saßen ein paar Feriengäste, die allesamt einen äußerst zufriedenen Eindruck machten. Träge genossen sie den Schatten und beobachteten, wie Eduardo den Wagen parkte, den Damen beim Aussteigen half und ihr Gepäck aus dem Kofferraum holte.

Er wies zu einem Gebäude, das weiter entfernt stand. »Das war einmal die Unterkunft für die Arbeiter. Wir haben das Haus umgebaut. Nun enthält es zwanzig Ferienzimmer. Es wird Ihnen sicherlich gefallen.«

»Ein stattliches Anwesen«, staunte die Staatsanwältin und sah sich um.

»Wir hatten die Chance, zwei Güter zusammenzulegen«, erklärte Eduardo Fallaci. »Unser Nachbar verstand nichts vom Wein. Ein Deutscher, der zu Geld gekommen war und meinte, hier noch reicher werden zu können. Als er aufgeben musste, haben wir sein Gut übernommen. So konnten wir den Agriturismo erweitern.«

Mamma Carlotta sah sich um. Herrlich, diese gepflegten Rasenflächen, die kleinen Sitzgruppen, die sich hinter niedrigen Büschen versteckten. Ein wirklich schöner Ort, um sich zu erholen! Sie genoss die Stille, das sanfte Licht, die vertraute Wärme, die sich über sie wölbte, dachte aber gleichzeitig an den Wind auf Sylt, an die frische Luft auf der Insel und an den Himmel, der selten so blau war wie hier, sondern meist von Wolken betupft wurde.

Eduardo ging ihnen voran in das Haus, das am weitesten entfernt stand. Frau Dr. Speck … nein, Tilla folgte ihm hoch aufgerichtet, sehr selbstbewusst. Mamma Carlotta bewunderte sie dafür. Sie selbst nutzte ja gerne jede Gelegenheit, sich einzubilden, sie könne sich wie eine Dame von Welt bewegen, schlich nun aber hinter der Staatsanwältin her wie das Küchenmädchen hinter der gnädigen Frau.

Neben der Tür sah sie eine Kiste stehen, in der wohl die Auflagen für die Terrassenmöbel aufbewahrt wurden. Jemand hatte versucht, den Aufkleber darauf zu überpinseln, jedoch war der Name des Besitzers noch immer zu erkennen. »Agriturismo Holger Callesen«. Das Haus, in dem sie wohnen würden, hatte also einmal dem Deutschen gehört, der jetzt in der Pathologie von Westerland lag. Die Stelle, wo es früher mal eine Grenze gegeben haben musste, war nicht mehr auszumachen.

Sie wohnten in der ersten Etage. Eduardo Fallaci riss mit so großer Geste die Türen auf, als warteten dahinter irgendwelche Kostbarkeiten, die nur auserwählte Gäste zu sehen bekamen. Jede von ihnen betrat ein Zimmer, das bequem, aber nicht luxuriös eingerichtet war. So schlicht, wie es zu diesem Haus passte, aber mit vielen Accessoires, die es behaglich machten. Jedes Zimmer besaß ein breites Bett, über dem sich ein Baldachin wölbte, einen alten Schrank, dessen Türen schon knarrten, wenn man nur an ihm vorbeiging, kleine, runde Tische, mosaikbesetzt, mit geschwungenen Metallbeinen, bunte Teppiche und helle, luftige Gardinen, die sich bauschten, sobald ein Windzug hereinkam. Jedes Zimmer hatte eine Tür, die auf einen kleinen Flur ging. Von dort ging es ins Bad. Ein gemeinsames Bad!

»Sie sind ja Verwandte«, sagte Eduardo Fallaci, »deswegen habe ich Ihnen unsere Familienzimmer gegeben.« Während die Staatsanwältin einen Blick ins Badezimmer warf, nutzte er die Gelegenheit, sie von Kopf bis Fuß zu betrachten. Sie gefiel ihm, daran hatte Mamma Carlotta keinen Zweifel. Kein Wunder! Dr. Eva-Mathilda Speck war eine attraktive Frau. Mamma Carlotta hatte schon heimlich, nur in Gedanken, den Verdacht formuliert, dass Erik der einzige Mann war, der von ihrem Anblick unbeeindruckt blieb. Carlotta hatte die Staatsanwältin bisher nur tipptopp gepflegt gesehen, sorgfältig frisiert, mit einem perfekten Make-up und immer gut, passend und teuer gekleidet. Anders als Svea, die ebenfalls Designerkleidung trug, aber auf schlichte, unauffällige Eleganz setzte, entsprach die Staatsanwältin eher dem Bild, das eine Italienerin von Attraktivität hatte. In Mamma Carlottas Heimat holte eine Frau das Letzte aus sich heraus. Immer! Jedenfalls, wenn sie noch jung war. Und auf alle Fälle, wenn sie einen Mann wollte.

Dass sie sich mit der Staatsanwältin das Badezimmer teilen musste, versetzte ihr einen kleinen Schrecken. Madonna! Eine solche Intimität! Wie sollte sie damit umgehen?

Frau Dr. Speck allerdings schien kein Problem damit zu haben. Sie lächelte Mamma Carlotta zu, als sie ihre Inspektion beendet hatte. »Das macht uns nichts aus. Oder, Tante Carlotta?«

»No, no.«

Eduardo zog sich zufrieden zurück, nicht ohne in Aussicht gestellt zu haben, die beiden Damen am Abend zu einer Besichtigung der Kellerei einzuladen. »Es würde mich freuen, wenn ich Ihnen alles zeigen dürfte.«

Die Staatsanwältin nickte huldvoll, stellte Interesse in Aussicht und schickte ihm ein Lächeln hinterher, das durchaus verheißungsvoll genannt werden konnte. Eduardo jedenfalls zog die Tür ins Schloss wie ein Mann, der eine Chance erkannt hatte und sie nutzen würde. Mamma Carlotta hatte es durch die offene Verbindungstür genau gesehen.

Die Staatsanwältin kicherte, als Eduardo gegangen war. »Den werde ich um den Finger wickeln. Das wird uns sicher bei den Ermittlungen helfen.« Sie erschien in der Tür von Mamma Carlottas Zimmer. »Ich mache mich ein bisschen frisch, dann sehen wir uns mal um. Vielleicht finden wir ein Zimmermädchen, das wir ausfragen können.« Sie verschwand im Bad, und Mamma Carlotta hörte Fläschchen klirren und Dosen klappern. Das Beautycase, das die Staatsanwältin mit sich führte, schien wohlgefüllt zu sein. Die Glasplatte über dem Waschbecken würde vermutlich nicht ausreichen, um alles unterzubringen, was sie zu ihrer Körperpflege benötigte.

Mamma Carlotta stellte sich ans Fenster und blickte über das Gelände, schließlich öffnete sie es und lehnte sich hinaus. Nun konnte sie ein Gebäude erkennen, das wie eine Scheune aussah. Dahinter schien der Weinkeller zu liegen. Mamma Carlotta spürte, wie sich das dumpfe Gefühl, fehl am Platze zu sein, in der Aufregung auflöste, die sie immer überkam, wenn sie etwas Neues erwartete.

Die Badezimmertür klappte, kurz darauf ertönte die Stimme der Staatsanwältin. »Wir sind gut angekommen, Wolf! Und die Kontaktaufnahme mit Eduardo Fallaci ist bereits erfolgt.« Sie lachte zufrieden. »Ihre Schwiegermutter? Der geht's gut. Wir werden uns jetzt ein wenig umsehen und schauen, was wir herausbekommen.« Wieder hörte Mamma Carlotta ein Kichern. Erik schien etwas gesagt zu haben, was sie amüsierte. Sie konnte sich beim besten Willen nicht vorstellen, was das gewesen sein könnte. Dass Erik der Staatsanwältin etwas ins Ohr geschmeichelt hatte, war jedenfalls undenkbar. Oder doch? Es musste ja einen Grund haben, dass sie das Gespräch nicht grußlos beendete, wie Erik es immer wieder beklagte, sondern ein neckisches »Ciao!« ins Handy rief, ehe sie es weglegte.

Erik hatte noch die Stimme der Staatsanwältin im Ohr, hatte noch über ihr verändertes Verhalten nachgedacht, sich gefragt, warum sie mit einem Mal freundlich und nicht mehr so barsch war, wie er sie bisher kannte ... da hatte Carolin angerufen. Sie wollte unbedingt mit ihm sprechen.

»Gleich zu Hause! Wir werden jetzt heimfahren.« Er legte auf und erhob sich. »Fahren wir nach Wenningstedt und machen uns die Suppe warm«, sagte er zu Sören. »Kartoffel-Sellerie-Suppe! Die ist lecker.«

Sören verstand. »Und wenn wir schon mal dort sind, gehen wir nach dem Essen zu Tove Griess?«

Felix stand am Herd und rührte im Topf, damit die Suppe nicht anbrannte. Als Carolin ihre Mittagspause antrat, war alles fertig. Sie setzte sich ihrem Vater gegenüber, und Erik wurde schlagartig klar, dass sie wieder von dem angeblichen Mafioso sprechen wollte. »Der ist mir unheimlich«, erklärte sie. »Er bewegt sich im Haus, als wäre er Hotelgast, sitzt in der Lobby und liest Zeitung, geht ins Restaurant ...«

»... das jedem offensteht, nicht nur den Hotelgästen.«

Carolin wurde jetzt heftiger. »Und dass er sich in den Weinkeller schleicht? Findest du das normal?«

Nein, normal fanden das weder Erik noch Sören. Nur Felix kam mit einer Erklärung, die aber niemanden überzeugte. »Der Wein ist zu teuer im Frangiflutti. Der Typ hat sich da unten einen angezwitschert.«

Carolin bedachte ihren Bruder mit einem vernichtenden Blick. »Er hat die Etiketten genau studiert. Das habe ich gesehen. Dann hat er mich gehört und sich versteckt.«

Sören legte den Löffel zur Seite. »Das ist wirklich merkwürdig.«

Erik wurde nervös. »Carolin hat gesagt, Alessia Fallaci kennt den Mann. Sie soll sich nicht darum kümmern.« Er sah seine Tochter an, damit sie seine Worte bestätigte.

Sören wurde nur noch nachdenklicher. »Sie wäre nicht die Erste, die von der Mafia unter Druck gesetzt wird. Natürlich darf sie nichts verraten.«

»Puh!« Erik schob den Teller beiseite und sah seine Kinder streng an. »Kein Wort zu irgendwem! Verstanden?« Dann wandte er sich an Sören. »Wir müssen mit der Staatsanwältin telefonieren.« Er suchte nach seinem Handy, während Carolin die Teller abräumte und das Dessert aus dem Kühlschrank holte.

Sören grinste seinen Chef an. »So schnell? Und so bereitwillig? Nur weil sie neuerdings ›Ciao‹ sagt, wenn das Gespräch beendet ist?«

Das hatte Erik derart verblüfft, dass er es Sören unverzüglich erzählt hatte. Nun warf er ihm einen bitterbösen Blick zu, sodass Sören sich duckte und schwieg. Er sagte kein Wort zu Felix und Carolin, während Erik telefonierte, hörte nur zu und blickte erst auf, als Erik das Telefonat beendet hatte. Er ging nicht einmal das Wagnis ein, sich nach dem Verlauf des Gesprächs zu erkundigen. Abwartend sah er seinen Chef an.

»Von einer Wein-Mafia hat sie noch nie was gehört. Aber sie wird Nachforschungen anstellen.« Erik seufzte. »Ich fürchte, das wird in zwei Tagen nicht zu machen sein.«

»Länger können sie nicht bleiben. Noch lässt sich der Aufenthalt mit einem Kurzurlaub erklären, währenddessen die Staatsanwältin zufällig auf irgendwas gestoßen ist, was uns weiterhilft. Wenn sie länger in der Toskana recherchiert, kann sie mit einer Dienstaufsichtsbeschwerde rechnen. Und Sie gleich mit. Weil Ihre Schwiegermutter dabei ist.«

Sie gingen zu Fuß zum Hochkamp. Während sie den Süder Wung entlangliefen, sprachen sie kein Wort, beim Überqueren der Westerlandstraße sagte Erik: »Vielleicht hat Holger Callesen sich auf die Forderungen der Mafia nicht eingelassen.«

»... und ist als Bettler auf der Friedrichstraße gelandet.«

»Und Valerio Fallaci? Ist der auch ein Opfer der Mafia?«

Sören brauchte nicht lange zu überlegen. »Ich glaube eher, dass der dazugehört.«

»Wenn das so ist«, meinte Sören düster, »dann steckt Valerio Fallaci hinter dem Mord an Holger Callesen.«

»Und Thies Dageför?«

»Der weiß, dass ihm der Mord in die Schuhe geschoben werden soll. Deswegen ist er getürmt.«

Eriks Miene wurde sorgenvoll. »Verdammt, ich muss mit Wiebke reden. Wenn die dahinterkommt, ist sie in Gefahr.«

»Meinen Sie, er könnte ihr etwas erzählt haben?«

»Der hat keine Ahnung, wer sie wirklich ist. In seiner Situation entsteht schon mal der Wunsch, sich was von der Seele zu reden. Wiebke ist schlau. Da reichen schon ein paar unbedachte Bemerkungen.«

»Wir müssen auch mit Fallaci reden. Möglich, dass er von Callesen und Dageför mit Schweigegeld erpresst wurde.«

»Dann wollte er die beiden Erpresser loswerden.«

»Ja, wir müssen ihm mal auf den Zahn fühlen.«

»Aber vorsichtig! Er darf nicht mitbekommen, dass wir einen Verdacht haben.«

Mamma Carlotta fühlte sich wie ein Gast im eigenen Leben. Sie kannte sich nach wie vor in ihrem Leben aus, konnte sich aber nicht mehr frei darin bewegen, die äußeren Umstände hatten sich so verändert, wie sie es noch nie erlebt hatte. Sogar ihr Innenleben, ihre Gefühle, ihre Gedanken, ihre Überzeugungen wurden anders, je länger sie sich in der Gegenwart der Staatsanwältin aufhielt. Sie freute sich schon jetzt darauf, am Abend schlafen zu gehen und sich dann wenigstens sagen zu können, dass sie in einem Bett ruhte, das ihr gehörte ... oder das ihr zumindest zustand. Alles andere musste sie mit Frau Dr. Speck teilen, was nicht schlimm gewesen wäre, wenn sie eine Frau wie jede andere gewesen wäre. Zum Beispiel wie ihre Schwägerin Alicia, mit der Carlotta während einiger Familienfeste, wenn die Übernachtungsmöglichkeiten knapp wurden, das Zimmer und manchmal sogar das Bett und zusätzlich mit der ganzen Familie das Bad geteilt hatte. Dann war sie immer noch sie selbst gewesen, hatte reden können, sobald ihr das Herz überfloss, und den Haushalt in die Hand nehmen können, wenn sie merkte, dass ihr Tempo und ihr Organisationstalent gefragt waren. Hier war alles anders. Sie konnte nicht einfach ins Bad platzen, erst nachdem sie sich vergewissert hatte, dass die Staatsanwältin sich dort nicht aufhielt. Hier konnte sie auch nicht drauflosreden, weil sie mit einem Mal Angst hatte, etwas Falsches zu sagen, über das sich eine studierte Dame wie Frau Dr. Speck lustig machen könnte, oder etwas zu verraten, was ein Dienstgeheimnis war. Außerdem wusste sie nicht, wie man sich in einer Ferienanlage wie dieser verhielt. Noch nie war sie irgendwo gewesen, wo das Ziel nichts als Müßiggang war. Aber sie begriff, dass sie die Zimmermädchen wohl ihre Arbeit machen lassen musste und ihnen das Bettenaufschütteln nicht abnehmen durfte, genauso wenig natürlich, wie sie in der Küche auftauchen und dort zur Hand gehen konnte. Mamma Carlotta merkte zum ersten Mal in ihrem Leben, dass sie sich nur dann am richtigen Platz fühlte, wenn sie einen Kochlöffel, ein Staubtuch oder ein Bügeleisen in die Hand nehmen konnte.

Wie zu erwarten, war die Staatsanwältin frei von jeder Hemmnis. Sie schien sich wohlzufühlen und Mamma Carlottas Scheu nicht wahrzunehmen. Sie klopfte kurz an und riss auch schon die Tür auf, ohne auf eine Aufforderung zu warten. »Sind Sie so weit? Äh … bist du so weit? Komm, wir machen einen Spaziergang über das Gelände. Vielleicht entdecken wir was.«

Mamma Carlotta knöpfte ihre Bluse zu und nickte. Eigentlich hätte sie sich gerne noch gekämmt, wozu sie bisher nicht gekommen war, weil die Staatsanwältin das Bad blockiert hatte, aber sie fuhr sich mit den Fingern durch ihre Locken und vertraute darauf, dass das reichen würde.

Die Mittagshitze spannte einen großen Bogen über die Toskana, eine Dunstglocke, in die nichts eindrang, kein Windhauch, und aus der nichts entkam. Es war still. Wer konnte, hielt jetzt eine Siesta. Mamma Carlotta hätte es auch gern getan. Daheim, in Umbrien, pochte sie auf eine kurze Unterbrechung des Tages, wenn die Wärme alles lähmte und die Kraft zum Erliegen kam. Aber die Staatsanwältin schien noch nie etwas von Ruhepause gehört zu haben. Sie hatte ihr Make-up aufgefrischt und damit anscheinend auch ihre Tatkraft. Mamma Carlotta passierte es selten, dass sie auf Menschen traf, die ihrer eigenen Energie und Beweglichkeit weit voraus waren.

Die Staatsanwältin hatte sich ein weißes Kleid angezogen,

etwas zu eng, ein wenig zu kurz, aber ihr hübsches Dekolleté und ihre kurzen Beine mit den runden Waden kamen darin gut zur Geltung. Wie immer trug sie hohe Absätze und bewegte sich jetzt nur mühsam über den Rasen, indem sie auf Zehenspitzen ging, damit die Pfennigabsätze nicht versanken. Schon nach wenigen Schritten streifte sie sich die Sandaletten von den Füßen und ging barfuß. Mamma Carlotta hätte es ihr gerne gleichgetan, aber als sie die rot lackierten Fußnägel und das zarte Fußkettchen der Staatsanwältin sah, verließ sie der Mut. Wenn sie selbst die Schuhe auszog, würde sie auf ihrer Hornhaut weiterlaufen müssen. Bei diesem Gedanken fühlte sie sich nicht wohl und behielt ihre Pantoletten an, die bei jedem Schritt an ihre Fersen klatschten.

»Man könnte meinen«, lachte die Staatsanwältin, »deine Füße klatschen Beifall.«

Sie amüsierte sich über ihren eigenen Ausspruch, während Mamma Carlotta das Gefühl hatte, gemaßregelt worden zu sein. Madonna, sie musste aufpassen, dass ihre Wahrnehmung nicht verrutschte. Die praktischen Pantoletten, die sie in Panidomino von März bis Oktober trug, würden auch hier gut genug sein. Trotzig setzte sie in Gedanken hinzu: Und wenn nicht, dann kann ich es auch nicht ändern.

In einem kleinen Haus am Ende des Geländes, das höchstens drei oder vier Zimmer enthalten konnte, hörten sie Stimmen, eine herrische, laute, die daran gewöhnt war, Anordnungen zu erteilen, und eine leise, die sich längst damit abgefunden hatte, nur Ja oder Nein zu murmeln. Als Mamma Carlotta und die Staatsanwältin näher kamen, erschien eine Frau in der offenen Tür, die schlagartig ihr Lächeln anknipste, als sie die beiden Frauen sah, die sie sofort als Gäste erkannte. »Buon giorno!«

Sie war höchstens dreißig, eine sehr schöne Frau mit dunklen Augen und braunen schulterlangen Locken. Sie trug ein Kostüm, ähnlich wie Carolin es im Frangiflutti tragen musste, mit einem Emblem auf der linken Brust, auf dem das Wappen des Weingutes zu erkennen war. Sie reichte erst Mamma Carlotta, dann der Staatsanwältin die Hand. »Ich bin Tania Augora, die Hausdame. Wenn Sie irgendwelche Wünsche haben …«

Sie wartete nicht ab, ob das der Fall war, sondern hastete gleich weiter in Richtung Haupthaus. Mamma Carlotta hatte noch sehen können, dass ihr Lächeln so schnell wieder von ihrem Gesicht verschwand, wie es hineingesprungen war.

»Mit der ist nicht gut Kirschen essen«, flüsterte die Staatsanwältin, während sie Tania Augora einen langen Blick nachschickte.

Eine junge Frau trat nun aus dem Haus, höchstens Ende zwanzig, klein und zierlich, mit einem Berg schmutziger Bettwäsche auf dem Arm. »Buon giorno«, grüßte auch sie artig, aber ihr Lächeln war echt, obwohl ihre Augen noch verdunkelt waren von einer Enttäuschung, vielleicht von einem ungerechten Tadel. Sie ließ die Wäsche in einen großen Behälter fallen, der neben der Tür stand, und machte sich daran, ins Haus zurückzugehen.

Aber die Staatsanwältin sah anscheinend ihre Chance und hielt sie zurück. »War das die Chefin?«, fragte sie mit einem vielsagenden Blick in Richtung Haupthaus. »Die Frau von Eduardo Fallaci?«

Sie wurde nicht verstanden, denn die junge Frau, an deren Kittel der Name »Raffaella« stand, sprach kein Deutsch.

Mamma Carlotta war gezwungen, die Frage der Staatsanwältin zu übersetzen. Schließlich war sie als Dolmetscherin zu dieser Reise eingeladen worden.

»Der Juniorchef ist nicht verheiratet«, antwortete Raffaella, ohne Anstalten zu machen, wieder ins Haus zu gehen und weiter ihrer Arbeit nachzugehen. »Das war seine Freundin. Tania hätte es gerne, dass er sie endlich heiratet, aber bis jetzt …« Sie sprach den Satz nicht zu Ende.

»Frag sie nach Thies und Holger«, forderte die Staatsanwältin, während sie Raffaella noch immer anlächelte, wohl um ihr zu verstehen zu geben, dass sie nicht nur an ihren Auskünften, sondern vor allem an ihr selbst interessiert war.

Raffaella gehörte zu denen, die gerne redeten und sich genauso gern ausfragen ließen. Dass die beiden Damen von der Insel kamen, von der Holger Callesen und Thies Dageför oft gesprochen hatten, schien ihr der Beweis zu sein, dass ihr Interesse berechtigt war. Und als ihr einfiel, dass der Seniorchef nach Sylt gezogen war, fühlte sie sich wohl geradezu verpflichtet, die gewünschten Auskünfte zu erteilen. Dass sie damit so manches in Worte kleidete, was ihr bisher nur durch den Kopf gegeistert war, machte sie sich vermutlich nicht einmal selbst klar. Bereitwillig erzählte sie, dass sie schon seit Jahren hier arbeite, früher für Holger Callesen, denn dieser Teil des Fallaci-Gutes habe ehemals ihm gehört. Er sei ein sehr netter Chef gewesen, betonte sie und drückte damit gleichzeitig aus, ohne es direkt zu sagen, dass der derzeitige Besitzer des Agriturismo weniger umgänglich war.

Dann verfiel sie in Plauderei, wie Mamma Carlotta es liebte, wie es der Staatsanwältin jedoch weniger gefiel, die immer wieder versuchte, durch zugeflüsterte Anmerkungen die Strategie der Befragung aufrechtzuerhalten. Aber Carlotta war sicher, dass sie mehr aus Raffaella herausbekommen würde, wenn sie es zuließ, dass auch Dinge zur Sprache kamen, die ohne Wert für die Ermittlungsarbeit war. Raffaella hatte jetzt einen Weg gefunden, ihr Gewissen reinzuhalten, räumte die Schmutzwäsche aus ihrem Behälter heraus und umgekehrt wieder herein und schien, während sie einen flüchtigen Beobachter glauben machte, sie arbeite hart, selbst zu der Ansicht zu kommen, schwer beschäftigt zu sein. Währenddessen erzählte sie, dass Thies und Holger zwar alte Freunde gewesen waren, dass sie aber gleich etwas von den Spannungen zwischen ihnen bemerkt habe. Und dann sei sie einmal Zeugin eines Streits geworden. Sie nahm ein Putztuch aus ihrer Kitteltasche und wischte sinnlos über die Fensterbänke, während sie erzählte, dass Thies Dageför seinen Freund an ein Versprechen erinnert habe. »Aber Signor Callesen hat ihn vertröstet, das hatte er anscheinend schon oft getan.«

»Wahrscheinlich ging es um den gepanschten Wein?«, versuchte es Mamma Carlotta mit einer Offensive.

Aber Raffaella schüttelte den Kopf. »No, no, das Versprechen schien etwas Privates zu sein. Es ging um eine Frau.« Mehr hatte sie leider nicht mitbekommen, aber von der Weinpanscherei wusste sie einiges. Holger Callesen hatte so wütend herumgeschrien, als sich herausgestellt hatte, was mit seinem Wein geschehen war, dass es kein Geheimnis bleiben konnte. Er sei hintergangen worden, jemand wolle ihn fertigmachen, er wisse auch genau, wer das sei, und den Grund kenne er ebenfalls. Sogar das Wort »Mafia« war gefallen, erzählte Raffaella flüsternd. »Dann ziehen immer alle die Köpfe ein und haben Angst, in etwas hineingezogen zu werden, was nicht zu überblicken ist.«

»Ist er wirklich hintergangen worden?«, fragte Carlotta leise, obwohl niemand in der Nähe war, der sie belauschen konnte. »Wollte ihn jemand fertigmachen?«

Auch Raffaella flüsterte nun. »Der Chef, der Seniorchef, steckt dahinter. Davon bin ich überzeugt. Eduardo tut ja immer nur, was sein Papa sagt. Jetzt, wo er auf der Insel in der Nordsee ist, kann er endlich mal allein entscheiden. Er könnte sogar Tania heiraten, aber das will er gar nicht.«

Mamma Carlotta merkte, dass Raffaella von den knallharten Fakten ins Zwischenmenschliche abdriften wollte. Obwohl auch sie eigentlich mehr an einer komplizierten Liebesgeschichte als an Weinpanscherei und Mord interessiert war, hatte sie aber dennoch nicht vergessen, was ihre Pflicht war. »Meine Cousine hat mir erzählt, Holger habe gar nichts von der Weinpanscherei gewusst.«

»Cousine?« Raffaella sah sie nun mit großen Augen an.

Mamma Carlotta beeilte sich, ihr zu versichern, ihre Cousine habe nichts mit dem Weingut Fallaci zu tun. »Aber sie kennt Alessia Fallaci«, setzte sie hinzu und fand sich sehr gewitzt, indem sie nicht Valerios Namen, sondern den seiner Frau erwähnte.

Raffaella machte eine wegwerfende Geste. »Die Arme! Die durfte ja immer nur nach der Pfeife ihres Mannes tanzen.«

»Madonna!« Mamma Carlotta gab sich angemessen erschüttert.

»Ich glaube auch«, fuhr Raffaella fort, »dass Holger reingelegt worden ist. Der Alte wollte das Weingut für seinen Sohn. Und Thies hat ihm geholfen, es zu bekommen. Das glaube ich auch. Sì! Als Holger und Thies den großen Streit gehabt hatten, war nämlich Schluss mit Freundschaft. Finito! Thies hat sich von dem Senior einwickeln lassen, und Holger war im Nu ruiniert. Er ist mit einem Rucksack von hier weggegangen. Da passte alles rein, was ihm noch gehörte. Er war ganz weiß vor Hass, als er sich von uns verabschiedete.«

Mit einem Mal veränderte sich ihre Miene. Ihr Blick war zum Haupthaus gefallen, sie erschrak, fuhr herum und hastete ins Haus zurück. Die Staatsanwältin bemerkte als Erste, dass Eduardo über den Rasen auf sie zukam. »Schön, dass ich Sie sehe«, rief er schon von Weitem und ergänzte, als er vor ihnen stand: »Darf ich Sie heute Abend einladen?« Seine Frage galt vor allem der Staatsanwältin, aber notgedrungen richtete er sie auch an Mamma Carlotta. »Ich möchte Ihnen gerne meinen Weinkeller zeigen. Wir werden eine Weinprobe machen und dann eine Kleinigkeit essen. Ein Picknick in der Scheune.«

Er ließ sich von der Staatsanwältin versichern, man freue sich sehr über seine Einladung, und ging zufrieden davon. Mamma Carlotta beobachtete, wie Frau Dr. Speck ihm nachsah, ein bisschen wie die Schlange ihrer Beute, aber auch wie eine Frau, die einen Mann attraktiv fand …

Tove Griess war nie erfreut, wenn er Besuch von der Polizei erhielt, und er machte aus seinen Gefühlen keinen Hehl. »Ich hoffe, Sie sind privat hier.«

Erik ließ sich umständlich auf einem Barhocker nieder, während Sören es vorzog, stehen zu bleiben und sich an die Theke zu lehnen. »War ich jemals privat hier?«, fragte Erik.

Tove machte ein nachdenkliches Gesicht. Dann fiel ihm wohl ein, dass der Hauptkommissar und sein Assistent zwar gelegentlich einen Kaffee bei ihm getrunken hatten, aber immer eine unangenehme Frage der Grund gewesen war. Oder irgendeine Information, die Tove lieber nicht gehört hätte.

»Worum geht's?«, fragte er, nachdem er die Bestellung aufgenommen hatte, kehrte Erik den Rücken und machte sich lange am Kaffeeautomaten zu schaffen.

»Um Thies Dageför«, antwortete Sören und wartete, dass Tove sich umdrehte.

Das dauerte lange, aber schließlich blieb Tove nichts anderes übrig, als den beiden Polizisten ihren Kaffee vorzusetzen. Erik rechnete mit der Behauptung, der Wirt kenne den Namen nicht, aber er irrte sich. Tove brummte: »Den habe ich seit Ewigkeiten nicht mehr gesehen. Soviel ich weiß, ist der in Italien.«

»Er war in Italien«, korrigierte Erik und erzählte Tove, dass Thies Dageför nach Sylt zurückgekehrt sei und eine Stelle als Kellner im Frangiflutti angenommen habe. »Ganz in der Nähe! Und da hat er sich nie bei Ihnen gemeldet? Ich dachte, Sie seien mal befreundet gewesen.«

»Wer hat Ihnen das denn erzählt?« Tove reagierte so wütend, dass Fietje, der gerade in die Imbissstube schlurfte, zurückwich und Anstalten machte, sein Mittagsbier woanders zu trinken. Da Erik ihn jedoch bereits zur Kenntnis genommen hatte, zog er es vor, nicht durch planlose Flucht aufzufallen, seinen Stammplatz einzunehmen und so zu tun, als bekäme er von dem Gespräch nichts mit.

»Der ist früher gelegentlich bei mir eingekehrt«, erklärte Tove. »Das war's auch schon.«

»Holger Callesen auch?«

»Jau. Aber der ist ja nun tot.«

Erik sah ihn mit genau kalkulierter Konzilianz an. »Als Wirt erfährt man vieles aus erster Hand?«

»Jau.«

»Ich habe gehört, dass Thies Dageför hier, vor Ihrer Theke, einen bemerkenswerten Wutanfall bekommen hat. Damals, als Holger Callesen zu Geld gekommen war und sich ein Weingut in der Toskana leisten konnte.«

»Wer sagt das? Jupp?«

Erik brauchte eine Weile, bis ihm wieder einfiel, dass Herr Kemmertöns mit Vornamen Josef hieß und von seiner Frau Jupp gerufen wurde.

Tove wartete nicht auf seine Bestätigung. »Glauben Sie etwa, Thies hat Holger umgebracht, weil er vor Jahren mal wütend auf ihn war?«

»Warum war er wütend? Warum konnte er sich nicht für seinen Freund freuen?«

»Was weiß ich? So schlimm kann das ja auch nicht gewesen sein mit seiner Wut. Wäre er sonst zu Holger nach Italien gegangen?«

»Sie wissen, dass Callesen in der Toskana nicht sein Glück gefunden hat?«

»Woher soll ich das wissen?«

Sören war es diesmal, der antwortete: »Weil ein Wirt vieles aus erster Hand erfährt.«

Die Tür öffnete sich, ein Gast erschien, der die Stirn krauste, als er das Ambiente von Käptens Kajüte betrachtete. Scheinbar war er zum ersten Mal hier. Er zögerte, ehe er an die Theke trat. »Ein Brunello, bitte.«

»Hab ich nicht«, blaffte Tove. »Einen Rotwein aus Montepulciano kann ich Ihnen anbieten.«

»Ein Freund von mir hat hier einen Brunello getrunken«, beharrte der Gast. »Zu einem recht günstigen Preis. Und er hat gesagt, Sie geben den Wein auch flaschenweise ab.«

»Das muss ein Irrtum sein.« Tove warf Fietje einen Blick zu, als erwartete er von ihm, den Gast beim Schlafittchen zu packen und auf den Hochkamp zu befördern. Aber natürlich rührte sich Fietje nicht, verlangte nicht einmal ein Jever, sondern starrte den Gast an, als befürchtete er das Schlimmste.

Erik und Sören hielten sich zurück, beobachteten aber Toves Anstrengungen, den unerwünschten Gast loszuwerden, sehr genau. Prompt wurde Tove immer nervöser, sodass Fietje schließlich eingriff. »Den gibt's bei Gosch! Ich möchte wissen, wer das Gerücht verbreitet hat, dass Tove neuerdings Edelweine ausschenkt.«

Nun hatte Tove sich wieder gefangen. »Ja, echt! Seit Wochen geht das schon so.«

Der Mann wollte zunächst noch protestieren, überlegte es sich dann aber anders und drehte sich mürrisch um. Als er gegangen war, beugte Erik sich über die Theke und stellte fest, dass auch Sören die Ellbogen aufstützte und sich vorneigte, sodass Tove sich regelrecht bedroht fühlen musste. »Ich kann im Nullkommanichts einen Durchsuchungsbeschluss erwirken, Herr Griess. In dem Fall würde Kommissar Kretschmer hierbleiben und darauf achten, dass Sie nichts verändern.« Er ließ die Worte wirken und bemerkte erstaunt, dass Tove Griess ziemlich ruhig blieb. »Wir können uns aber auch darauf verständigen, dass Sie mir erlauben, mich hier umzusehen. Das spart Zeit.«

»Darf man fragen, was Sie suchen?«, frage Tove, und sein Ton war so frech, dass Eriks Hoffnungen sanken.

»Das werden Sie erfahren, wenn ich es gefunden habe.«

»Nichts dagegen einzuwenden!« Tove warf sich in die Brust und brüskierte Erik mit einem Grinsen, das ihn so zornig machte, dass er sich zusammenreißen musste, um es Tove nicht merken zu lassen. »Ich habe eine weiße Weste.« Er zeigte in die Küche und zu der Tür seines Vorratsraumes. »Bedienen Sie sich, Herr Hauptkommissar.«

Erik wusste nun, dass er nichts finden würde, aber jetzt musste er tun, was er angekündigt hatte. Zusammen mit Sören blickte er in Toves Küche und in den Vorratsraum. Nichts Verdächtiges. Keine Weinkisten, keine Rotweinfässer, keine Holzstiegen, in denen Flaschen gelagert werden konnten. Wutschnaubend blieb er in der Küche stehen und war froh, dass Tove Griess nicht darauf bestanden hatte, der Durchsuchung beizuwohnen, sondern hinter der Theke geblieben war, weil drei Gäste erschienen waren, die nach Coffee to go verlangten.

»Es war so eine Idee«, flüsterte er. »Hätte doch sein können.«

»Stimmt, Chef«, raunte Sören zurück. »Dageför und Fallaci haben sich in der Toskana kennengelernt. Thies hat vielleicht nicht nur bei der Suche nach einem Hotelgebäude geholfen, sondern Fallaci auch jemanden vermittelt, der die gepanschten Weine auf Sylt vertreibt. Das hätte doch gepasst.«

Erik seufzte auf. »Jetzt ist er gewarnt.«

»Wenn wir auf dem richtigen Dampfer sind ... wo könnte er den Wein gelagert haben, wenn nicht hier?«

Erik machte einen Schritt auf die Tür zu, die in den Hof führte. Erst in diesem Augenblick fiel ihm auf, dass ein Teil der Tür notdürftig verklebt war. »Was ist das?«

Sören ging in den Gastraum. »Was ist mit Ihrer Tür passiert, Herr Griess? Ein Einbruch?«

Tove gab sich gleichmütig. »Die habe ich vorgestern so vorgefunden, als ich den Laden aufmachte. Da hat wohl jemand gedacht, bei mir wäre was zu holen.« Er lachte, aber es klang künstlich.

»Das haben Sie sicherlich angezeigt?«

»Wozu?« Tove sah aus, als wollte er sich an die Stirn tippen. »Wollen Sie mir weismachen, Sie hätten sich sofort auf die

Suche nach dem Täter gemacht? Die Bullen ... ich meine, die Polizei hat Wichtigeres zu tun, das weiß man doch.«

»Und was ist mit der Versicherung? Die verlangt, dass ein Einbruch angezeigt wird. Sonst zahlt sie nicht.«

»Versicherung!« Tove spuckte das Wort aus, als hätte er mit Institutionen dieser Art schon viel Ärger gehabt. »Für das Geld, das ich gespart habe, indem ich auf Versicherungen pfeife, kann ich die Scheibe locker ersetzen.«

Erik öffnete die Tür und trat in den Hof. Kopfschüttelnd betrachtete er das Gerümpel, das dort herumlag. Was für ein Durcheinander! Er mochte sich nicht ausmalen, welches Ungeziefer hier herumhuschte und den Weg in die Küche fand, wenn die Tür lange genug offen stand. Wo könnte Tove den Wein aufbewahren? Er blickte von draußen in die Küche und entschied, ohne lange zu überlegen, dass er an Toves Stelle die Kisten in der Ecke am Fenster aufeinandergestapelt hätte, die frei war.

Er betrat die Küche erneut und betrachtete die Schleifspuren in der Ecke. Dort hatte einmal etwas gestanden, was weggeräumt worden war. Hatte Tove Lunte gerochen? War womöglich in der Toskana etwas schiefgelaufen? Hatte die Staatsanwältin direkt nach ihrer Ankunft einen Fehler gemacht und Eduardo gleich darauf telefonisch Alarm geschlagen?

Aber er sagte nichts. Die Spuren auf der Erde waren nicht deutlich genug, um Tove auf den Kopf zuzusagen, dass er an dieser Stelle Weinkisten gestapelt hatte. Genauso wenig konnte er ihm vorhalten, dass der Einbruch in seiner Küche dem Brunello gegolten hatte. War jemand hier eingedrungen, der wusste, dass Tove teuren Wein ausschenkte und nachts die Kisten herausgeholt hatte? Das würde erklären, warum Tove den Einbruch nicht angezeigt hatte.

Erik trat erneut in den Hof und suchte den Boden nach Spuren ab. Sören folgte ihm und fragte leise: »Ist was, Chef?«

Ehe Erik antworten konnte, hörte er Tove Griess in seinem

Rücken. »Nun ist aber Schluss, Herr Hauptkommissar! Von einer Durchsuchung meines Küchenhofs war nicht die Rede.«

In diesem Augenblick fiel Eriks Blick auf den Schuppen, der sich an den hinteren Zaun drängte, so klein, windschief und unscheinbar, dass er hinter den aufgestapelten alten Plastikstühlen kaum zu sehen war. Er machte einen Schritt darauf zu und wusste sofort, dass er auf der richtigen Spur war, als in seinem Rücken Toves Gezeter losging, der unbedingt verhindern wollte, dass der Hauptkommissar den Schuppen öffnete, dem verrosteten Schloss den Rest gab, von der herausfallenden Tür womöglich erschlagen oder von dem Werkzeug, das von den Regalbrettern stürzte, am Kopf getroffen wurde …

Mamma Carlotta wusste nun, warum die Staatsanwältin so erfolgreich war. Nicht nur, weil sie viel arbeitete und auch dann noch im Büro saß, wenn Familienväter und -mütter längst ihren Feierabend genossen, sondern auch, weil sie gleichermaßen mutig wie skrupellos war. Wenn Carlotta Capella etwas tat, was entweder zu einem großen Erfolg oder aber zu einem Fiasko führte, dann geschah es meist unüberlegt, dann hatte sie nicht nachgedacht, sich kopfüber in ein Abenteuer gestürzt und später erst gemerkt, dass es eins war und sie sich nicht überlegt hatte, wie es zu Ende zu führen und heil zu überstehen war. Bei der Staatsanwältin … nein, Mamma Carlotta wollte sich nun zwingen, Frau Dr. Speck auch in Gedanken so zu nennen, wie sie es tun musste, wenn andere zugegen waren. Bei Tilla also war es anders. Sie ging kaltblütig auf eine Sache zu, die ihr wichtig war, und nahm dafür jeden Nachteil in Kauf, damit sie zum Ziel kam, der Gerechtigkeit zum Sieg verhalf oder aber durchaus auch, um jemandem Schaden zuzufügen, der es ihrer Meinung nach verdient hatte.

Eduardo Fallaci hatte es ihrer Meinung nach verdient. Oder sein Vater. Da wollte sie jetzt keinen Unterschied sehen. »Die beiden schnappen wir uns. Wenn wir die Beweise haben, sagen wir Erik … ich meine, deinem Schwiegersohn Bescheid. Dann kann er sie zwar leider nicht verwerten, aber er tappt von da an nicht mehr im Dunkeln.«

Mamma Carlotta zeigte nicht, wie verwundert sie war. Erik? Erstaunlich, dass Tilla wusste, wie ihr Schwiegersohn mit Vornamen hieß. Und noch erstaunlicher, dass sie ihn beim Vornamen nannte, wenn sie von ihm sprach. Tilla war auf dem besten Wege, rätselhaft zu werden, während sie bis zu diesem Augenblick für Mamma Carlotta vor allem eine überaus wichtige und respekteinflößende Person gewesen war. Nun aber wurde sie zu einer Frau, die vor nichts zurückschreckte. Sie hatte Carlotta hinter einen Busch gedrückt, sich selbst dahinter zu Boden geworfen und war vorwärts gerobbt. Und das, ohne auf ihr weißes Kleid zu achten. Sie hatte nur ihr Ziel vor Augen! Und das hieß Eduardo Fallaci und Tania Augora. Die beiden standen vor dem Eingang der Scheune und führten ein heftiges Streitgespräch. Zunächst war kein Wort zu verstehen gewesen, aber als Mamma Carlotta es notgedrungen so wie Tilla machte und sich ebenfalls bäuchlings der Stelle näherte, an der die beiden ihren Konflikt austrugen, konnte sie bald nicht nur jedes Wort verstehen, sondern die beiden sogar sehen. Carlotta kannte das Prinzip, dass jeder, der einen anderen sah, auch von diesem gesehen werden konnte, und stellte sich vor, wie peinlich es wäre, von Eduardo entdeckt und aus dem Gebüsch gezerrt zu werden, mit schmutziger Kleidung vor ihm zu stehen und eine Erklärung herauszudrucksen, die er nicht glauben würde …

Aber Eduardo war viel zu erregt, um auf etwas anderes zu achten als darauf, Tania die Meinung zu sagen, ohne dass jemand etwas davon mitbekam. Es gab ein paar Sitzgruppen in der Nähe, auf denen einige Gäste saßen, die die Siesta beendet hatten. Sie waren auf Eduardo und Tania aufmerksam geworden, weil Menschen, die nichts anderes zu tun haben, als sich zu erholen, gerne auf Menschen aufmerksam werden, die es nicht so gut haben wie sie selbst.

»Deine Eifersucht macht mich krank!«, schnaubte Eduardo.

»Gib mir keinen Grund zur Eifersucht, dann geht es uns beiden gut.« Tania legte weit weniger Wert auf Diskretion und tat ihren Gefühlen keinen Zwang an. »Ich habe doch gesehen, wie du sie angeglotzt hast.«

Tilla wurde unruhig. »Was reden die?«

»Ich übersetze es später«, flüsterte Mamma Carlotta zurück, die mit einem Mal von dem Gefühl gequält wurde, dass von Tilla Speck die Rede war.

»Ja, sie interessiert mich«, fuhr nun Eduardo auf. »Aber nicht als Frau, du Dummerchen. Ich habe dir doch gesagt, dass jemand kommen wird, der mir Schwierigkeiten machen kann.«

Mamma Carlotta durchfuhr es heiß und kalt. Während sie vorher noch versucht hatte, ihre Kleidung so weit wie möglich von der staubigen Erde fernzuhalten, ließ sie nun alle Spannung fahren, streckte sich aus, als kapitulierte sie vor einem Feind, und ließ das Gesicht auf die Unterarme sinken. Madonna! Eduardo wusste, dass sie kommen würden?

»Und dieser Jemand ist zufällig eine attraktive Frau?«

»Was kann ich dafür? Wir müssen uns etwas einfallen lassen. Wenn die Lieferung verladen wird, muss sie beschäftigt sein. Wir können keine Überraschungen gebrauchen.«

Tanias Stimme wurde immer höhnischer. »Was du mit Beschäftigung meinst, kann ich mir denken.«

»Ja, ich werde mich selbst um sie kümmern, bis die Luft rein ist. Aber nicht nur um sie, sondern auch um die Alte, die sich als ihre Tante ausgibt.«

Carlottas Kopf fuhr hoch. Alte? Was für eine Unverschämtheit!

Aber Tanias Eifersucht war entweder besonders ausgeprägt, oder sie hatte mit Eduardo schon so viel erlebt, dass sie an nichts anderes als an Lug und Betrug denken konnte, wenn er ihr etwas erklärte. »Ich glaube dir kein Wort!«, fauchte sie.

»Meinetwegen«, kam es genervt zurück. »Es reicht, wenn du

dich um die Lieferung kümmerst. Ich sorge dafür, dass der Rest klargeht.«

Die Stimmen der beiden wurden nun leiser und unverständlich. Carlotta hob den Kopf. Eduardo hatte Tanias Arm ergriffen und zog sie mit sich zum Haupthaus. Den Gästen, deren Blicke ihnen interessiert folgten, nickte er liebenswürdig zu.

Woher wusste Eduardo, dass ihm Schwierigkeiten drohten? Das musste er von seiner Mutter erfahren haben. Carlotta stöhnte leise. Anscheinend war sie doch nicht diskret genug vorgegangen, als sie von ihrer Reise gesprochen hatte. Alessia hatte sich den Rest zusammengereimt und ihren Sohn gewarnt.

Tilla stieß sie an. »Was haben die beiden geredet?«

Mamma Carlotta war froh, dass sie Zeit gewann, dass sie einer Antwort zunächst enthoben wurde, wenn der Grund auch alles andere als angenehm war. Denn ein böses Knurren ließ sie erstarren. Das struppige Fell, das Carlotta an ihrem Arm spürte, und der faulige Atem, der ihr Gesicht streife, wollten eigentlich einen Schrei aus ihrer Kehle lösen. Aber die Angst war zu groß, um zu schreien. Nicht einmal Tilla Speck gab einen Laut von sich ...

Erik stand in der Tür des Schuppens und starrte auf das, was er sah. »Wer schläft hier?«, fragte er, obwohl ein Blick auf das Kennzeichen des Mopeds schon verriet, wer dort untergekrochen war.

Tove riss die Augen auf. »Was ist das denn? Hier pennt einer? Das wird ja immer schöner. So weit ist es mit der Wohnungsknappheit auf Sylt schon gekommen?«

»Reden Sie keinen Unsinn«, ging Erik dazwischen. »Ich frage Sie noch einmal: Wer schläft hier?«

In Toves Gesicht veränderte sich etwas. Er sah mit einem Mal so aus, als müsste er etwas verraten, was ihm sehr schwerfiel, als hätte er hier seine Mutter oder seinen Bruder campieren lassen.

»Raus mit der Sprache!«

»Wissen Sie das denn wirklich nicht?«, fragte Tove und knetete die Hände.

»Doch, ich weiß es! Aber ich will es von Ihnen hören.«

Tove trat einen Schritt näher heran, warf einen Blick in den Schuppen, schüttelte den Kopf, als könnte er nicht fassen, was er da sah, dann sagte er: »Ich verstehe es nicht, wie so eine Frau ... ich meine, die hatte doch mal einen guten Job ... wie kann das sein?«

»Eine Frau? Von wem reden Sie?«

»Vielleicht hätte ich es Ihnen sagen sollen ...« Tove schlug sich vor die Stirn, als wäre ihm erst jetzt dieser Gedanke gekommen. »Trotzdem ... dass sie hier pennt, habe ich nicht mitgekriegt. Nur dass sie sich gelegentlich hier rumtrieb. Ein paarmal habe ich sie aus meinem Küchenhof gescheucht.«

»Wen?«

»Wen?« Tove glotzte, als wäre er nach dem Unterschied zwischen Ketchup und Mayonnaise gefragt worden. »Na, Ihre frühere Freundin! Diese Rothaarige!«

Erik war sicher, dass er jetzt nicht viel intelligenter aussah als Tove. »Die haben Sie hier rausgescheucht? Das glauben Sie doch selbst nicht.«

»Fragen Sie Ihre Schwiegermutter! Die war einmal dabei.«

»Meine Schwiegermutter? In Käptens Kajüte? Sind Sie betrunken?«

Tove drehte sich um und machte ein paar Schritte zum Haus zurück. Anscheinend brauchte er ein paar Meter Distanz. »Nicht, dass sie zu meinen Gästen zählt. Normalerweise nicht. Aber in den letzten Tagen ... oder vielmehr Nächten ...«

Erik winkte ab. Er wollte nicht hören, was Tove ihm zu berichten hatte. Frau Kemmertöns also! Sie hatte seine Schwiegermutter überredet, den Abend in Käptens Kajüte zu verbringen. Zorn stieg in ihm auf. Es wurde Zeit, dass die Ehe der Nachbarn wieder ins Lot kam. Nur um Frau Kemmertöns zu helfen, hatte seine Schwiegermutter es auf sich genommen, in Käptens Kajüte einzukehren, wo der hygienische Standard bedenklich, der Kaffee schlecht und das Essen eine Katastrophe war. Kein Wunder, dass sie ihm nicht verraten hatte, wo sie mit Frau Kemmertöns gewesen war. Sicherlich hatte sie sich geschämt. Sie wusste ja, was er von Tove Griess und seiner verkommenen Imbissstube hielt. Aber warum hatte sie nichts davon gesagt, dass sie Wiebke gesehen hatte? Dass sie miterleben musste, wie Tove Griess sie aus seinem Küchenhof scheuchte?

Er schlug sich vor die Stirn. Natürlich aus demselben Grund. Sie wollte ihm nicht gestehen, dass sie Gast bei Tove gewesen war.

Er folgte dem Wirt und war schon beinahe an der Küchentür angekommen, da fiel ihm die drängendste aller Fragen ein. Was hatte Wiebke hier zu suchen gehabt? Die Behauptung des Wirts war natürlich blanker Unsinn. Wiebke war nicht auf einen Schlafplatz wie diesen angewiesen. Wenn Tove sie wirklich aus seinem Hof verscheucht hatte, dann musste das einen anderen Grund haben.

»Dass Frau Reimers hier übernachtet hat, ist eine faustdicke Lüge, Herr Griess. Also … geben Sie einfach zu, dass Thies Dageför sich hinter Ihrem Haus versteckt hat. Das Moped gehört ihm.«

Tove sah prompt so aus, als könnte er kein Wässerchen trüben. Das allein machte ihn schon verdächtig. Aber was immer Erik ihm vorhielt, er wies alles weit von sich, wollte von nichts was wissen, empörte sich darüber, dass ein flüchtiger Verbrecher sich in seinem Schuppen eingenistet hatte, ohne dass es ihm aufgefallen war, und verstand überhaupt nicht, dass Erik den Verdacht hatte, Thies Dageför könne sich mit seinem Einverständnis im Schuppen ein Obdach gesucht haben. »Völlig aberwitzig!« Wie käme er denn dazu? Das sei ja unerhört! »Erst suchen Sie irgendwelchen Wein bei mir, und dann soll ich einen Verbrecher aufgenommen haben? Also wirklich!« Tove war die personifizierte Entrüstung. Und als Sören ihm alles, was gegen ihn sprach, noch einmal vorhielt, nur mit anderen Worten, wuchs seine Empörung sogar noch.

Sie tropfte an den beiden Polizeibeamten ab, aber dass sie keinen Beweis hatten, machte den beiden zu schaffen.

»Wir sehen uns wieder«, sagte Erik schließlich mit düsterer Miene, in der Hoffnung, Tove Griess damit ein wenig Angst zu machen. Was aber komplett misslang. Als Erik durch die Küchentür in den Gastraum zurückging, folgte Tove ihm beschwingten Schrittes, wenn auch mit der ernsten Miene eines zu Unrecht beschuldigten Bürgers.

Erik sah sich um. Fietje Tiensch war verschwunden. An seinem Platz stand nur noch ein leeres Glas.

Der Mann war empört. Wütend betrachtete er das weiße Kleid der Staatsanwältin, das zusätzlich zur toskanischen Erde und zum Rasen des Agriturismo vom Sabber seines Hundes ruiniert worden war, und Mamma Carlotta, die mit fliegenden Fingern den Schmutz von ihrer weitaus praktischeren Kleidung klopfte. Er schien aber auch zu merken, dass sie sich damit Zeit verschaffen wollte.

Die brauchte sie tatsächlich, um dem Mann zu erklären, warum zwei Damen, eine zu elegant gekleidet für Indianerspiele und die andere zu alt dafür, bäuchlings hinter einem Gebüsch gelegen hatten und zur Beute seines Jagdhunds geworden waren, der alles apportierte, was am Boden lag. Eifrig hatte er einen besonders kapitalen Fang gemeldet. Der Mann war der Nachbar der Fallacis, der Vater von Raffaella, der gekommen war, um seiner Tochter mitzuteilen, dass ihre Großmutter schwer erkrankt sei.

»Was machen Sie hier?«, fragte er entgeistert und verärgert zugleich. Er fragte es immer wieder und immer lauter, je länger er auf eine vernünftige Erklärung warten musste.

Die Staatsanwältin verstand zwar nicht den Wortlaut seiner Forderung, der Sinn entschloss sich ihr jedoch schnell. Sie blitzte Carlotta an: Los! Sag was!

Mamma Carlotta fiel einfach nichts ein, was einigermaßen glaubhaft erschien, faselte etwas von einem Sturz ihrer Nichte, von dem sie, die Tante, derart erschreckt worden war, dass sie gleichfalls zu Boden gefallen war … Aber sie erkannte am Gesicht des Mannes schnell, dass er ihre Worte für eine faule Ausrede hielt und darüber sehr erzürnt war. Vielleicht ärgerte ihn aber auch vor allem die Tatsache, dass er sich keinen Reim auf das Benehmen der beiden Damen machen konnte, da es weit und breit nichts gab, was belauert werden könnte. Carlottas Gehaspel konnte er sich beim besten Willen nicht erklären.

Tilla, die dank ihrer guten Intuition begriff, was den Mann so aufbrachte, flüsterte Mamma Carlotta zu: »Sag ihm, wir suchen meinen Ohrring.«

Also erweiterte Mamma Carlotta ihre hanebüchenen Rechtfertigungen mit dieser Variante, und tatsächlich zeichnete sich nun so etwas wie ein mildes Verständnis auf dem Gesicht des Hundebesitzers ab. Dass Frauen, wenn ihr Äußeres einen, wenn auch nur winzigen Schaden erleidet, zu den merkwürdigsten Taten fähig sind, war ihm als Italiener nur allzu vertraut, und anscheinend konnte er sich keinen anderen Grund dafür vorstellen, warum sich eine Dame ihr weißes Kleid ruinierte und dabei von einer Italienerin, die er wohl eher nicht als Dame bezeichnen würde, unterstützt wurde. Da Eduardo und Tania nicht mehr zu sehen waren, konnte er sich zum Glück keine andere Wahrheit vorstellen als die, die ihm soeben präsentiert wurde. Und da Mamma Carlotta nun Oberwasser bekam und es schaffte, die Gestik und Mimik hervorzuzaubern, die sie auch für kirchliche Zeremonien parat hatte, wurde der Mann immer zugänglicher und die Leine, mit der er den Hund hielt, immer kürzer. Nach einem scharfen Kommando war dieser auch endlich bereit, die beiden Frauen nicht mehr wie frisch erlegtes Wild zu betrachten, und legte sich lammfromm zu den Füßen seines Herrchens nieder. Als Mamma Carlotta dann noch durchblicken ließ, dass ihr die Tochter des Mannes gut bekannt sei und sie Raffaella zu den besonders fleißigen und umsichtigen Mitarbeiterinnen des Gutes zählte, war das Herz des Mannes endlich erobert, und man trennte sich mit vielen schönen Worten und diversen Komplimenten voneinander.

Das dauerte der Staatsanwältin, die sich nicht gern mit Phrasen aufhielt, die die Arbeitszeit verkürzten, natürlich viel zu lange. Aber sie unterbrach Carlottas Worte nicht, weil ihr wohl klar geworden war, dass sie dieser ausufernden Rhetorik ihre heile Haut zu verdanken hatte.

»Puh!«, machte sie, als Mann und Hund außer Hörweite waren. »Das war peinlich.«

Dieser Ansicht war Mamma Carlotta ebenfalls, und sie schlug vor, erst mal aufs Zimmer zu gehen und sich frisch zu machen. »So kannst du hier nicht rumlaufen«, sagte sie mit einem Blick auf das Kleid der Staatsanwältin.

»Okay. Während ich mich umziehe, kannst du mir erzählen, was Eduardo und seine Tussi geredet haben.«

»Tussi?«

»Seine Freundin, seine Verlobte, seine Mätresse! Was weiß ich!«

Mamma Carlotta hätte sich auch gerne umgezogen, aber Tilla wollte nun keinen Augenblick länger warten. Sie zog Carlotta in ihr Zimmer und forderte: »Schieß los! Was haben die beiden gesagt?«

Sie zog den Reißverschluss ihres weißen Kleides auf und ließ es achtlos zu Boden fallen. Mamma Carlotta brauchte nun erst mal Zeit, um sich in den Anblick ihrer Unterwäsche zu vertiefen. Ein weißer Spitzen-BH, ein ebenso weißer Slip, der vorn mit kleinen Strasssteinen bestickt war! Als Tilla sich umdrehte, sah Mamma Carlotta, dass dieser Slip auf der Rückseite nur aus einem Band bestand, das sich zwischen die runden Pobacken der Staatsanwältin schmiegte und darin sogar teilweise verschwand. Sie war unfähig, den Blick davon zu nehmen, und schaffte es nicht, den Gedanken an Erik beiseitezuschieben. Ob Lucia jemals solche Unterwäsche getragen hatte? Wiebkes Höschen und BHs waren gelegentlich in ihre Wäsche geraten, da hatte es sich um solide Baumwollteile gehandelt. Und Svea? Nein, solche Reizwäsche konnte sie sich unter Sveas grundsolider Designerkleidung auch nicht vorstellen. Madonna!

»Also los! Was haben sie gesagt?«

Während sie hinter Tilla die Treppe hochgestiegen war, hatte sie zum Glück Zeit gehabt, sich zurechtzulegen, was sie verraten und was sie in sich verschließen wollte. Wenn sie auch als Dolmetscherin der Staatsanwaltschaft hier war und genau das übersetzen musste, was sie gehört hatte, war sie nun doch entschlossen, aus der Wahrheit etwas zu machen, was sie selbst nicht in Schwierigkeiten bringen konnte. Was änderte es an der Wahrheit, wenn sie eingestand, dass sie wohl unvorsichtig gewesen war, als sie Alessia von ihrer Reise in die Toskana erzählt hatte? Nichts! Rein gar nichts änderte sich! Wichtig war nur das Ergebnis. Und das würde sie getreulich übersetzen.

»Sie haben von einer Lieferung gesprochen, die heute Abend rausgehen soll.«

»Sie meinen, Eduardo will uns heute Abend aus dem Verkehr ziehen?« Ehe Mamma Carlotta eine Antwort finden konnte, winkte sie schon ab. »Quatsch! Woher soll er wissen, dass wir etwas darüber erfahren wollen?«

Mamma Carlotta atmete erleichtert auf. »Vielleicht könnten wir der Sache auf die Spur kommen, wenn wir herausfinden, wie und wo die Sachen verladen werden. Möglicherweise kommen wir sogar mit den Leuten ins Gespräch und erfahren etwas.«

Die Staatsanwältin dachte nach. »Dann müssen wir Eduardos Einladung absagen.« Sie hatte den Inhalt ihres Kleiderschrankes inspiziert und sich für ein buntes, weites Sommerkleid entschieden. Während sie es anzog, wurde sie sehr nachdenklich. »Vielleicht hat er doch Wind bekommen? Kann ihm jemand gesteckt haben, warum wir hier sind?«

»No, niente!« Mamma Carlotta waren vor lauter Angst und Aufregung die deutschen Vokabeln entfallen.

Die Staatsanwältin vergaß, den Reißverschluss ihres Kleides zu schließen, und sank aufs Bett, den Blick auf Mamma Carlotta geheftet, ohne sie zu sehen. »Wer weiß, dass du in die Toskana gefahren bist?«

»Niemand.« Nur Tove Griess und Alessia, aber sie hatten ja beide nicht den wahren Grund für diese Reise erfahren.

»Jemand, der es ahnen könnte?«

»No, no.«

Nur gut, dass sie es mit ihrem Gewissen nicht vereinbaren konnte, von Alessia zu reden! Schließlich hatte sie ihr versprochen, über ihren Seitensprung Stillschweigen zu bewahren! Ihre Reise in die Toskana war nur zur Sprache gekommen, damit Alessia sich während ihrer Abwesenheit ohne Angst mit Roberto treffen konnte. Vielleicht war es gar nicht Alessia gewesen, die Carlottas Pläne durchschaut hatte. Auch Tove könnte mit Valerio Fallaci in Kontakt getreten sein und ihm verraten haben, dass eine deutsche Staatsanwältin und die Schwiegermutter des leitenden Ermittlers in der Toskana auftauchen würden. Dio mio! Sie war also gleich zweimal leichtsinnig gewesen. In diesem Fall wäre es Alessias Mann gewesen, der seinen Sohn gewarnt hatte. Und dann wusste er, dass seine Frau ihn belog. Er würde ihr nachgehen, wenn sie behauptete, sich mit Carlotta treffen zu wollen, und würde sie mit Roberto zusammen erwischen. Die Idee, dass auch Svea von ihrer Reise mit der Staatsanwältin wusste, verwarf sie sofort wieder.

»Niemand«, antwortete sie mit fester Stimme, »kann wissen, warum wir hier sind.«

Die Staatsanwältin stand auf, stellte sich mit dem Rücken zu

Mamma Carlotta und bat sie, den Reißverschluss hochzuziehen. »Wir gehen auf Nummer sicher.« Ihre Stimme klang jetzt sehr entschlossen. »Wenn Eduardo Wind davon bekommen hat, will er uns nur einladen, damit wir nichts von dem mitbekommen, was hier passiert. Ich werde mir also mit ihm den Weinkeller ansehen und mich über das Picknick in der Scheune freuen.« Sie drehte sich um und stieß Mamma Carlotta ihren rechten Zeigefinger an die Brust. »Und du bekommst im allerletzten Moment eine Magenverstimmung. Ich werde Eduardo sagen, dass du leider den Abend im Bett verbringen musst.«

Mamma Carlotta ahnte, worauf das hinauslaufen sollte. »Dio mio!«

Bevor Erik die Gartenpforte der Kemmertöns durchschritt, fragte er sich, ob er jemals bei den Nachbarn geklingelt hatte. Er konnte sich nicht daran erinnern. Zwar pflegte er mit den Kemmertöns eine angenehme Nachbarschaftsbeziehung, wie er fand, aber der Kontakt beschränkte sich auf das eine oder andere belanglose Gespräch über den Gartenzaun. Erik war damit sehr zufrieden. Aber nun fiel ihm wieder ein, dass Lucia sich häufig über den dürftigen Kontakt beklagt hatte. In ihrer Heimat hatte Nachbarschaft einen ganz anderen Stellenwert als auf Sylt, wo die Häuser geschlossen blieben.

Er sah auf die Uhr, während er die laut knarrende Gartentür hinter sich zuzog. »Ich glaube, ich gehe heute Abend mal wieder mit Svea essen. Seit meine Schwiegermutter auf Sylt ist, läuft meine Beziehung auf Sparflamme. Das war bei Wiebke nicht so.«

Sören antwortete nicht, und Erik führte das Gespräch nicht weiter, als er bemerkte, dass Herr Kemmertöns im Garten arbeitete. Er war froh, nicht klingeln und seiner Frau erklären zu müssen, warum er ihren Mann sprechen wollte. Seit er wusste, dass die Kemmertöns Eheprobleme hatten, fürchtete er sich ein wenig davor, beiden gleichzeitig zu begegnen.

Herr Kemmertöns war überrascht, als er Erik und Sören bemerkte. »Das sieht ja so aus, als kämen Sie dienstlich«, scherzte er – und wunderte sich nicht schlecht, als Erik bejahte.

Er war ein vierschrötiger Mann mit starkem Übergewicht, einem stets rot angelaufenen, schweißglänzenden Gesicht und einem kahlen Schädel, der von einem grauen Haarkranz gesäumt wurde. Seine Augen waren klein, unter den verquollenen Lidern kaum zu erkennen, seine Nase dafür umso größer. Er hatte sich schlecht rasiert, sein Kinn war stoppelig.

Nervös wischte er sich die Hände an seiner Hose ab. »Wollen wir reingehen?«

Aber Erik wehrte ab. »Es dauert nicht lange.« So lapidar wie möglich, denn er wollte Herrn Kemmertöns nicht in die Rolle der Verteidigung oder gar des Schuldbewussten drängen, erwähnte er den Namen Thies Dageför und dessen Bekanntschaft mit Herrn Kemmertöns.

»Den habe ich schon lange nicht mehr gesehen.« Nun war sie doch da, die Verteidigung, die aus einem Schuldbewusstsein entstanden war, das jeder Grundlage entbehrte.

Erik überhörte diesen Satz und kam auf den Abend zu sprechen, an dem Thies Dageför in Käptens Kajüte ausgerastet war. »Können Sie sich daran erinnern?« Und als Herr Kemmertöns nickte: »Können Sie sich das auch erklären? Gönnte er seinem Freund den Geldsegen nicht?«

Herr Kemmertöns stellte die Harke weg und ließ sich auf ein Mäuerchen sinken, das den Nutzgarten von der Rasenfläche und den Blumenbeeten trennte. Erik und Sören hockten sich neben ihn. Herr Kemmertöns schnaufte tief auf, dann hatte er sich zu einer Meinung durchgerungen. »Ich war früher öfter mal in Käptens Kajüte«, begann er, schien aber froh zu sein, als er an Eriks Gesten erkannte, dass die Vorgeschichte bekannt war. »Holger habe ich selten gesehen, den kannte ich nur flüchtig. Aber Thies hat mir oft von ihm erzählt. Die beiden waren ein Herz und eine Seele. Kam mir jedenfalls so vor …« Herr

Kemmertöns dachte noch einmal über diese Aussage nach und nickte dann bekräftigend. »Ja, sie waren dicke Freunde. Deswegen habe ich mich ja auch über Thies' Wutanfall gewundert. Die Million stehe Holger nicht zu, hat er gesagt. Das sei Betrug. Ich glaube, er hat sogar von Diebstahl gesprochen.«

»Also doch«, murmelte Erik.

»Plötzlich war Holger nicht mehr sein Freund, sondern ein Betrüger und Dieb.«

Erik sah ihn verständnislos an. »Was meinte er damit?«

»Das habe ich ihn auch gefragt. Aber dazu wollte er nichts sagen. Jedenfalls hat er das ständig wiederholt. Holger habe sich Kohle unter den Nagel gerissen, die ihm nicht zustand. Tove hat sich dann noch eingemischt. Wenn die Million gestohlen sei, müsse er eben zur Polizei gehen. Aber Thies hat gesagt, das ginge nicht.« Herr Kemmertöns zuckte mit den Schultern. »Wie gesagt, ich hatte Thies lange nicht gesehen. Aber dann sah ich ihn einmal aus diesem neuen Hotel kommen. Da hat er mir erzählt, dass er bei Holger gekündigt hat. Wir sollten mal bei Gelegenheit wieder einen in Käptens Kajüte trinken, meinte er, dann wollte er mir erzählen, was in der Toskana passiert war. Aber dabei ist es dann geblieben.« Herr Kemmertöns sah zum Küchenfenster, das gerade von seiner Frau geschlossen wurde. »Ich war lange nicht in Käptens Kajüte. Aber neulich, vor ein paar Tagen, war ich mal dort. Vor der Tür, meine ich. Nicht drinnen. Ich habe da nur mal durchs Fenster geguckt. Weil … das ist nämlich so …«

Erik hob die Hände, als wollte er Herrn Kemmertöns' Worte abwehren. »Ich weiß. Ihre Frau und meine Schwiegermutter – sie haben die letzten Abende zusammen dort verbracht. Ausgerechnet in Käptens Kajüte.« Er lachte und war selbst erschrocken über dieses künstliche Geräusch, das aus ihm herauskam. »In dem Alter wollen sich die Damen noch emanzipieren.« Dass er von Eheschwierigkeiten etwas wusste, musste Herr Kemmertöns nicht wissen.

»Tove soll da jetzt auch Aperol Spritz und dieses ganze neumodische Zeug ausschenken. So was mögen Frauen ja angeblich.«

»Sie wollten nachsehen, ob bei Ihrer Frau alles okay ist?«

Das hörte sich doch gut und fürsorglich an. Keineswegs nach Kontrolle. Dazu konnte Herr Kemmertöns friedfertig nicken. »Ja, sie saß mit Ihrer Schwiegermutter am Tisch und schnackte.« Nun bekam sein Blick mit einem Mal etwas Wachsames. Erik machte sich auf eine Frage gefasst, die er ungern beantworten würde. Und da kam sie auch schon: »Was ist denn los mit Thies? Warum interessiert Sie das mit der Million? Ist doch schon Jahre her?! Und wieso ... wieso muss Thies sich jetzt verstecken? Hat er was ausgefressen?«

Erik wusste nicht, was er antworten sollte, er war froh, dass Sören einsprang: »Wir suchen ihn«, sagte er schlicht und ergreifend, und Erik wunderte sich, dass sich Herr Kemmertöns damit zufriedengab.

Er sah Erik erstaunt an. »Hat Ihre Freundin Ihnen nicht erzählt, wo Thies steckt?«

»Meine frühere Freundin, meinen Sie?«

»Nee, Ihre jetzige. Diese Feine, Blonde, Idas Mutter.«

In Erik entstand ein Gefühl, als rieselte feiner Sand durch seine Adern, sein ganzer Körper fühlte sich an wie die Füße nach einem Strandaufenthalt, wenn sie nur notdürftig vom Sand befreit worden waren. »Svea? Was könnte sie mir erzählen?«

»Erst habe ich Thies ja gar nicht erkannt, als er hinter Käptens Kajüte hervorkam. Dieser angeklebte Bart und der Schlapphut! Aber etwas an seinen Bewegungen hat mich stutzig gemacht. Er hat einen auffälligen Gang, der Thies. Er schlackert immer so mit den Beinen.« Herr Kemmertöns dachte nach. »Und mit den Armen auch.«

»Er schlackert?« Mehr konnte Erik nicht sagen.

»Ja, und dann ist er zu Ihrer Freundin ins Auto gestiegen. Die hatte wohl auf ihn gewartet.«

Erik starrte seinen Nachbarn an, als ginge ihm jetzt erst auf, dass er seit Jahren Zaun an Zaun mit Richard Gere lebte.

Sören sah nicht minder verblüfft aus, fing sich aber schneller wieder. »Sind Sie sicher?«

»Klar!« Dieser Tonfall ließ keinen Zweifel zu. Herr Kemmertöns stand auf und griff wieder nach seiner Harke. »Aber sagen Sie meiner Frau bitte nichts davon, dass ich ihr nachspioniert habe.«

Sören war es, der es versprach, der Herrn Kemmertöns dankte und ihm versicherte, er habe ihnen sehr geholfen. Dann schob er Erik aus dem Garten, der unfähig schien, aus eigener Kraft einen Fuß vor den anderen zu setzen.

Die Staatsanwältin bereitete sich auf den Abend und das Rendezvous mit Eduardo vor. Ungeniert zog sie sich vor Carlotta aus und durchsuchte ihr Gepäck nach dem richtigen Outfit. Dann bat sie darum, als Erste unter die Dusche gehen zu dürfen. »Ich muss mich gründlich zurechtmachen, das dauert. Dieser Eduardo ist ein verdammt attraktiver Typ.«

»Aber Sie werden doch nicht …«

Tilla Speck unterbrach sie lachend. »Keine Sorge! Ich fange nichts mit ihm an. Meinen Sie, ich will mit dieser Tania Ärger kriegen? Mit der Dame ist nicht zu spaßen!« Sie ging ins Bad und rief über die Schulter zurück: »Aber wenn ich mir den Abend für den Beruf um die Ohren schlagen muss, dann will ich wenigstens ein bisschen Spaß haben.«

Seufzend ging Mamma Carlotta in ihr Zimmer. Aber noch bevor sie die Tür geschlossen hatte, hörte sie im Zimmer der Staatsanwältin das Handy läuten. »Telefono!«, rief sie, bemerkte dann aber, dass die Dusche rauschte. Tilla würde weder sie noch das Telefon hören.

»Madonna!«, flüsterte sie und ließ einen besonders innigen Moment folgen, den sie ihrem Dino widmete. »Wer hätte gedacht, dass ich so was mal erleben würde? Ein Ausflug in die

Toskana! Mit dem Flugzeug! Keine Reise wie von Italien nach Sylt, um Verwandte zu besuchen! Nein, Ermittlungen zusammen mit der Staatsanwältin! Dio mio!«

Und da sie schon mal dabei war, verhandelte sie weiter mit Dino. Hatte sie alles richtig gemacht? Oder hatte er dort oben auf seiner Wolke bemerkt, dass sie sich die Wahrheit mal wieder zurechtgelegt hatte, wie sie am besten zu handhaben war? Immerhin hatte sie Tove gewarnt, also dafür gesorgt, dass alles Ungesetzliche ein Ende hatte. Das musste Dino, wenn ihm da oben im Himmel noch nicht alles Menschliche fremd geworden war, anerkennen. Und sie hatte einen Freund vor Strafe bewahrt. Dass sie damit gleichzeitig Erik die Ermittlungsarbeit erschwert hatte, lag ihr natürlich auf der Seele. Eigentlich ging die Familie immer vor. Aber auf diese Reise in die Toskana verzichten? Dino musste einsehen, dass sie ein solches Angebot unmöglich hatte ausschlagen können.

Erik warf das Handy auf den Küchentisch. »Sie geht nicht dran.« Er ging zur Kaffeemaschine, stellte sie an und holte zwei Espressotassen heraus. »Ich wollte wirklich, meine Schwiegermutter besäße ein Handy. Dann brauchte ich Frau Dr. Speck nicht anzurufen.«

Sören ließ sich am Tisch nieder. »Sie wollen von ihr wissen, ob er die Wahrheit gesagt hat? Ob Ihre Schwiegermutter wirklich gesehen hat, wie er Frau Reimers aus seinem Küchenhof scheuchte?«

»Tove Griess kann man nicht glauben.«

»Aber warum sollte er eine solche Aussage erfinden? Das macht doch keinen Sinn.«

Erik setzte die Produktion von zwei Espressi in Gang und drehte sich zu Sören um. »Ja, Sie haben recht, ich will es nicht wahrhaben. Was hat Wiebke hinter Käptens Kajüte zu suchen? Thies Dageför? Das kann nicht sein. Der hat den ganzen Tag neben ihr auf der Friedrichstraße gesessen.«

»Und am Abend ist er zu Frau Gysbrecht ins Auto gestiegen.«

»Das kann auch nicht sein.«

»Herr Kemmertöns war davon überzeugt, ihn erkannt zu haben. Und Ihre Freundin auch!«

»Aber was hat Svea mit dem Kerl zu tun?«

Sören antwortete nicht, verwies nicht auf das Telefonat, das Erik geführt hatte, während sie vom Gartentor der Kemmertöns zur Haustür der Wolfs gegangen waren. Svea hatte nicht viel Zeit gehabt, wie immer, war kurz angebunden gewesen, auch wie immer. Wenn sie in der Arbeit steckte, war sie nie zu langen Telefonaten bereit. Ihre Antwort war wie aus der Pistole geschossen gekommen. Herr Kemmertöns reime sich etwas zusammen. Was habe sie mit einem Obdachlosen zu tun? Eine Unverschämtheit, zu behaupten, sie habe in der Nacht auf ihn gewartet! »Du glaubst diesen Unsinn hoffentlich nicht.«

Schnell hatte er gemurmelt, dass er selbstverständlich Svea mehr Glauben schenke als Herrn Kemmertöns, aber erst jetzt wurde ihm klar, warum er mit einem unguten Gefühl geantwortet und das Gespräch beendet hatte.

Er stellte die Espressotassen auf den Tisch und setzte sich zu Sören, weil er glaubte, das, was er zu sagen hatte, im Stehen nicht herauszubekommen. »Sie erinnern sich an das Mittagessen gestern? Als meine Schwiegermutter Svea gefragt hat, ob sie ihr Auto am Abend am Hochkamp abgestellt hat?«

Sören sah kein bisschen überrascht aus. Er hatte also auch schon daran gedacht, aber noch nicht den Mut gefunden, seinen Chef daran zu erinnern. »Sie hat es geleugnet. Und als Ihre Schwiegermutter meinte, sie in der Friedrichstraße gesehen zu haben, hat sie das ebenfalls bestritten.«

»Sylter Bank«, überlegte Erik. »Meine Schwiegermutter hat gesagt, sie habe Svea in der Sylter Bank gesehen. Direkt neben der Boutique … der Name fällt mir nicht ein. Wo ist die Sylter Bank, Sören?«

»Gegenüber der Insel-Apotheke«, kam es zurück. Auch das

hatte Sören sich anscheinend schon überlegt, bevor Erik darauf gekommen war. »Vor der Insel-Apotheke haben Thies Dageför und Frau Reimers gesessen.«

Erik spürte, dass er an Größe verlor, dass er immer kleiner wurde, auf seinem Stuhl zusammensackte, weil ihm eine weitere Erinnerung gekommen war. Der Abend, als in seinem Haus zum ersten Mal der Name Thies Dageför gefallen war. Svea hatte es mit einem Mal sehr eilig gehabt, war aufgesprungen und hatte vorgegeben, dringend noch einmal ins Büro zu müssen. Das war ihm doch gleich komisch vorgekommen …

Er sprang auf und lief zwischen Spüle und Tisch hin und her. »Ich verstehe das nicht.« Er blieb vor Sören stehen, der ängstlich zu ihm aufsah. »Holger Callesen ist nach Sylt gekommen, anscheinend mittellos, hat sich verkleidet auf die Friedrichstraße gesetzt und auf der Gitarre geklimpert. Dann wurde er in der Wohnung von Thies Dageför ermordet, und dieser nahm seinen Platz ein.«

»Und jetzt ist er verschwunden«, ergänzte Sören.

»In Italien hat Holger Callesen sein Gut entweder mit Weinpanscherei selbst zugrunde gerichtet, oder es wurde ihm übel mitgespielt, damit er aufgibt.«

»Von Valerio Fallaci oder seinem Sohn. Oder?«

»Nur sie haben davon profitiert. Sie konnten das Gut von Callesen billig bekommen und ihr eigenes vergrößern.«

»Reicht das als Motiv?« Sören stand nun ebenfalls auf, als brauchte er Bewegung. »Als Callesen viel Geld von Johanna Fiedler erbte, war Thies schrecklich wütend. Von Betrug hat er geredet, von Diebstahl! So als hätte Callesen eine Bank überfallen.«

»Das haben wir ja zunächst auch geglaubt.«

»Aber er hat ein Erbe angetreten. Wieso also redet Dageför von Betrug?«

»Und wieso geht er dann später zu ihm in die Toskana und arbeitet für ihn?«

»Dort muss etwas passiert sein. Dageför hat daraufhin die Seiten gewechselt.«

»Und was hat das alles mit Wiebke und Svea zu tun?«

Auf diese Frage schüttelte Sören genauso ratlos den Kopf wie sein Chef. »Ich schlage vor, wir gehen ins Frangiflutti. Vielleicht sehen wir klarer, wenn wir noch einmal mit Valerio Fallaci gesprochen haben.«

Tilla Speck hatte sich auf den Weg zum Weinkeller gemacht. Carlotta hatte vom Fenster aus beobachtet, wie sie von Eduardo begrüßt wurde. Mit zwei gehauchten Küssen auf ihre linke und rechte Schläfe und einer bedauernden Miene. Da hatte sie ihm vermutlich offenbart, dass ihre Tante leider unpässlich sei und an der Besichtigung des Weinkellers und dem Picknick in der Scheune nicht teilnehmen könne. Nun ergriff er ihren Arm, wies den Weg, erklärte ihr wohl, was sie zu sehen bekommen würde, und verhielt sich genauso wie jeder andere Mann, der eine Frau zu beeindrucken versuchte. Carlotta konnte nicht aufhören, an die Reizwäsche der Staatsanwältin zu denken und an die Sorgfalt, mit der sie sich für diesen Abend zurechtgemacht hatte. Wie war es möglich, dass Erik die Reize dieser Frau nicht erkannte? Wie konnte er immer nur von ihrer barschen Art reden, von ihrer Unhöflichkeit, ihrer Rücksichtslosigkeit, ohne einmal darüber nachzudenken, dass sie privat anders sein mochte als im Dienst?

Wieder läutete das Handy im Zimmer der Staatsanwältin. Sie hatte es also nicht mitgenommen. Ein Telefonino passte auch nicht zu einem Abend, wie sie ihm entgegensah. Der Vibrationsalarm war zusätzlich zum Klingelton eingestellt worden, mit ihm bewegte sich das Handy auf der Kommode gefährlich auf deren Rand zu.

Carlotta rettete es in die Nähe der Wand und sah dabei aufs Display. »Wolf«! Erik rief also an. Was wollte er? Ob der Anruf dringend war? Sollte sie ihn annehmen? Aber was konnte sie ihm erzählen? Dass die Staatsanwältin ein Rendezvous mit Eduardo Fallaci hatte? Und dass sie selbst die Gelegenheit nutzen wollte, sich unauffällig umzusehen? Wenn der Eindruck richtig war, dass Tilla und ihre Tante an diesem Abend aus dem Verkehr gezogen werden sollten, dann hieß das, dass in der Nähe etwas geschehen würde, was nicht ans Licht kommen durfte.

Erik würde nicht damit einverstanden sein, dass sie sich allein auf die Suche nach einem Geheimnis machte. Und ehe er ihr etwas verbat, war es besser, ihn gar nicht wissen zu lassen, was sie plante.

Sie legte das Handy aufs Bett, verließ das Zimmer, zog die Tür hinter sich zu und ging ins Bad. Vermutlich war es klug, jetzt zu duschen und sich umzuziehen. Sie würde das Badezimmer für sich allein haben und musste nicht befürchten, dass Tilla Speck genauso viel Einblick in ihre Unterwäsche bekam wie sie in deren.

Staunend betrachtete sie das Kosmetikangebot, das sich vor dem Spiegel aufreihte. Bodylotion, Tagescreme, Nachtcreme, Augencreme, Dekolletécreme, Fußcreme! Wofür sollte das alles gut sein? Eine einzige Dose Allzweckcreme reichte doch für alles aus! Sie betrachtete ein Parfümfläschchen, das sehr teuer aussah, und erlaubte sich sogar, ein ganz klein wenig davon auf ihren Handrücken zu sprühen und daran zu schnuppern. »Celeste! Einfach himmlisch!«

Den lilafarbenen Nagellack hätte sie am liebsten auch ausprobiert, wagte es aber nicht. Nur von dem Serum, das angeblich die Haut straffte, gab sie etwas auf die Spitze ihres Zeigefingers und massierte es in die Haut ein. Gespannt betrachtete sie ihr Spiegelbild. Passierte etwas? Straffte sich ihre Haut? Aber nach wenigen Minuten zog sie enttäuscht die Mundwinkel herab. Gar nichts war geschehen! Warum benutzte die Staatsanwältin so ein Zeug, das offensichtlich wirkungslos war?

Als sie in die Duschkabine stieg, wurde sie mit Shampoo für

blondiertes Haar konfrontiert, mit Feuchtigkeitsspülung und Haarkur und einer Duschseife, die die Haut nicht reinigte, sondern angeblich auch pflegte, weil ihr feinstes extra-natives Bio-Olivenöl zugefügt worden war. »Dio mio!«

Hier geriet sie nicht in Versuchung. Nein, mit Olivenöl wollte sie sich auf keinen Fall waschen. Sie mochte sich nicht vorstellen, wie es fett auf ihrem Körper glänzte. »No!« Sie blieb bei ihrem eigenen Stück Seife und fühlte sich anschließend frisch und sauber. Auch ohne natives Olivenöl, das bei ihr nur in der Küche etwas zu suchen hatte.

Als sie erneut ans Fenster trat, senkte sich die Dämmerung über die Toskana, die hier schon früh und dann sehr schnell das milchige Licht undurchdringlich machte und schließlich in der Dunkelheit auflöste. Schon klärten sich die Konturen dort, wo künstliches Licht den Abend hinauszögerte, die Luft begann zu duften und lockte mit erfrischender Kühle.

Als hätte sie einen kleinen Abendspaziergang vor, schlenderte sie über das Hotelgelände, und als wollte sie ihren Füßen Erfrischung gönnen nach einem langen heißen Tag, zog sie die Pantoletten von den Füßen und ging barfuß durchs Gras. Tatsächlich eine köstliche Belebung. Ringsum herrschte Stille. Ein leises Lachen war vom Haupthaus zu hören, dann eine Stimme, die jemanden rief. Anschließend senkte sich wieder Lautlosigkeit über das Anwesen. Während Mamma Carlotta weiterschlenderte, dachte sie an Holger Callesen. Ein Teil davon hatte einmal ihm gehört. Wie stolz mochte er gewesen sein, als er sein Gelände abschritt, wie glücklich und zuversichtlich. Und wie schrecklich musste es gewesen sein, als er alles verlor, als sein kleines Weingut Teil des großen Gutes der Fallacis wurde.

Nun fragte sie sich auch, wie es Alessia gegangen sein mochte, als Valerio von ihr verlangte, nach Sylt zu ziehen. Als sie die Freundin dort wiedertraf, war es ihr nicht wie ein Verzicht erschienen. Sylt war eine schöne Insel, wer dort sein Auskommen fand, hatte es gut getroffen. Nun aber hielt Carlotta es für möglich, dass es Alessia schwergefallen war, dieses Stück Land zu verlassen. Hatte sie den Abschied auf sich genommen, um ihrem Sohn zu ermöglichen, das Gut alleine zu führen? »Naturalmente!« Eine Mutter opferte sich gerne für ihre Kinder auf. Aber sie hatte auch Roberto verlassen müssen. Sicherlich hatte sie nicht ahnen können, dass er ihr nach Sylt folgen würde. Oder hatte er es angekündigt? Ihr versprochen »Ich hole dich zu mir, amore mio«? Wenn sie an den heißblütigen Italiener dachte, konnte sie sich gut vorstellen, wie er vor Alessia auf die Knie gefallen war und Schwüre in den Himmel gesandt hatte.

Hatte Alessia den Umzug nur ertragen, weil sie wusste, dass Robert sie nicht allein lassen würde? Vielleicht entschied sich in diesen Tagen ihr Schicksal. Sie konnte ihrem Mann sagen, sie sei mit Carlotta Capella verabredet, und würde Zeit und Ruhe haben, mit Roberto über die Zukunft zu sprechen. Mit dem Mann, der sie wirklich liebte, der sie immer geliebt hatte! Mamma Carlotta, die Scheidungen genau wie Alessia verurteilte und der Meinung war, dass der Mensch nichts trennen durfte, was Gott verbunden hatte, merkte, dass sie in diesem Fall zu einer anderen Ansicht bereit war. Valerio hatte Alessia betrogen, indem er ihr Liebe vorgaukelte, und außereheliche Affären durfte man ihm vermutlich auch unterstellen. Er hatte seine Frau dem Mann entrissen, mit dem sie glücklich geworden wäre. Er hatte sie nach Sylt entführt, ihr die Heimat genommen, als er Angst haben musste, dass Alessia sich doch noch für die wahre Liebe entschied. Hatte er es da nicht verdient, dass er für diesen Betrug bestraft wurde? Carlotta hoffte nur, dass ihr Name nicht ins Spiel kommen würde, wenn Alessia sich entschließen sollte, die Scheidung einzureichen.

Ein helles Lachen schreckte sie auf, und erschrocken duckte sie sich in den Schatten eines Gebüschs. Die Staatsanwältin verließ zusammen mit Eduardo den Weinkeller und ging mit ihm zur Scheune. Er versuchte, den Arm um sie zu legen, aber immer wieder entzog sie sich ihm, allerdings so neckisch, dass er nicht an ihre Ablehnung glaubte und immer wieder zugriff. Als die beiden das Scheunentor hinter sich schlossen, sah Eduardo noch einmal hinaus und blickte sich um, als erwartete er noch etwas.

Und wirklich! Kurz darauf kamen drei Mitarbeiter des Gutes an. Einer schleppte einen Kerzenleuchter, fünfarmig, scheinbar aus schwerem Silber, die anderen beiden trugen Geschirr und Besteck und eine große Platte, auf der Appetithäppchen angerichtet waren. Eduardo legte sich richtig ins Zeug. Eine kleine Wehmut ergriff Mamma Carlotta. Auf all diese Köstlichkeiten musste sie verzichten. Eigentlich schade.

Sie wollte sich gerade abwenden, da sah sie, dass die Mitarbeiter die Scheune mit leeren Händen wieder verließen. Und dann entdeckte sie ein Zimmermädchen. Es handelte sich um Raffaella, die sich ungewöhnlich verhielt. Sie trat hinter einen Busch, als sie ihre Kollegen erblickte, und kam erst wieder hervor, als die drei nicht mehr zu sehen waren. Sie schaute sich immer wieder um, während sie auf die Scheunentür zulief. Und als sie sicher war, dass sie nicht beobachtet wurde, tat sie etwas sehr Merkwürdiges. Sie drehte den Schlüssel, der außen steckte, und lief eilig davon.

Mamma Carlotta sah ihr verblüfft nach. Raffaella hatte ihren Chef mit der Staatsanwältin eingeschlossen. Warum? Hatte Eduardo ihr den Auftrag gegeben? Ja, so musste es sein. Er hatte Angst, dass Tilla Speck zu früh gehen würde. Erst wenn die Luft rein war, würde Raffaella den Schlüssel wieder in die andere Richtung drehen. Was war hier im Gange?

Carolin sah ihrem Vater und seinem Assistenten lächelnd entgegen. In der Uniform der Hotelangestellten – grün-weiß-rot, wie es sich für ein italienisches Hotel gehörte – kam sie ihm fremd vor. Nicht mehr sein kleines Mädchen, sondern eine junge Frau, mit der er verwandt war. Diesen Eindruck musste er zunächst abschütteln, ehe er an die Rezeption trat.

»Schaffst du das schon?«, fragte Erik vorsichtig. »So ganz allein?«

»Herr Riefling ist in der Nähe«, antwortete sie. »Ich kann ihn jederzeit rufen.« Dann setzte sie ein professionelles Lächeln auf, und Erik merkte, wie sehr ihn das rührte, ohne erklären zu können, warum. »Wie kann ich dir helfen, Papa?«

»Ich muss Signor Fallaci sprechen.«

»Der ist nicht da.«

Erik wechselte einen Blick mit Sören. »Wann kommt er zurück?«

Das professionelle Lächeln fiel aus Carolins Gesicht, sie sah nun besorgt aus. »Keine Ahnung. Ich habe ihn heute noch nicht gesehen.« Sie sah sich ängstlich um. »Aber der Mafioso ist noch da. Und der benimmt sich, als wüsste er, dass der Chef nicht da ist. Er gibt sich keine Mühe, nicht aufzufallen.«

Erik sah sich um. »Ist der hier irgendwo?«

Carolin schüttelte den Kopf. »Er ist mir unheimlich«, flüsterte sie. »Der kommt aus dem Nichts, ist plötzlich da und genauso plötzlich wieder verschwunden.«

Erik schüttelte diese Gangsterversion ab. Dennoch blieb ein kleiner Stachel dort sitzen, wo bei ihm die Vernunft regierte. Wenn Felix einen Mann derart beschrieben hätte oder gar seine Schwiegermutter, wären die Worte sofort vergessen gewesen, aber Carolin neigte nicht zum Dramatisieren.

Trotzdem ging er nicht darauf ein. »Sicherlich ist Signor Fallaci gestern heimgekommen und hat heute auswärts zu tun.«

Aber Carolin blieb dabei. »Er hat mehrere Termine platzen lassen. Wir haben Anrufe von Leuten bekommen, die vergeblich auf ihn gewartet haben.«

»Was sagt die Signora dazu?«

»Sie meint, wir sollen die Gespräche für ihren Mann zu ihr durchstellen. Ich nehme an, sie hat alle Geschäftspartner beschwichtigt und sich eine Ausrede überlegt, warum ihr Mann die Termine nicht eingehalten hat.«

»Dann melde mich bei ihr an.«

Carolin beugte sich über die Theke der Rezeption. »Rede bitte nicht von dem Mafioso, Papa. Ich bin sicher, davon will sie nichts hören. Als Herr Riefling sie auf den Mann angesprochen hat, war sie verärgert. Ich möchte keine Schwierigkeiten bekommen.«

»Okay, versprochen.«

Carolin richtete sich auf, aus der Tochter wurde wieder die Hotelangestellte. »Ich weiß aber nicht, wo Signora Fallaci ist.«

»Kannst du sie suchen?«

»Ich darf die Rezeption nicht allein lassen.«

»Also gut, wir warten.« Erik und Sören zogen sich in die Sitzgruppe der Lobby zurück.

Kaum hatten sie Platz genommen, raunte Sören: »Der Kerl hat sich abgesetzt.«

»Sie meinen, die Staatsanwältin hat sich auffällig verhalten?«

»Wer weiß, was in der Toskana passiert. Sie haben die Speck nicht erreichen können. Wenn Eduardo dahintergekommen ist, was sie vorhat, hat er seinen Vater verständigt, und der ...«

»... ist getürmt?« Erik sah seinen Assistenten ungläubig an.

Aber Sören geriet nun richtig in Fahrt. »Nicht wegen der Weinpanscherei. Aber wenn er Holger Callesen umgebracht hat ...« Er sprach den Satz nicht zu Ende, weil soeben Alessia Fallaci die Lobby betrat.

Erik stand auf und begrüßte sie, Sören lüftete nur kurz den Unterkörper, während er Alessia die Hand reichte, und ließ sich wieder zurücksinken. Erik hätte ihn am liebsten für diese Unhöflichkeit ermahnt.

»Wir würden gerne Ihren Mann sprechen«, bat Erik.

Alessia deutete an, dass er sich wieder setzen dürfe, und

Sören zeigte, dass ihm nun einfiel, wie der Unterschied zwischen italienischer und friesischer Höflichkeit aussah. Er fuhr in die Höhe und ließ sich dann mit Erik gemeinsam wieder ins Sofa sinken.

Alessia saß nur auf der vorderen Kante ihres Sessels, die Knie fest zusammengepresst. »Tut mir leid, mein Mann ist nicht da.«

»Darf ich fragen, wann Sie ihn zurückerwarten?«, fragte Erik.

Alessia musste sich einen Ruck geben, ehe sie antwortete: »Ich weiß es nicht.«

»Wie darf ich das verstehen?«

Nun wandte sie das Gesicht ab, als wollte sie ihre Tränen nicht sehen lassen. »Er ist letzte Nacht nicht nach Hause gekommen.«

Erik warf Sören einen Blick zu, der erwiderte ihn mit der gleichen Intensität. Beide dachten sie das Gleiche, das war damit klar. »Verreist?«, fragte Erik und beobachtete Alessia genau. »Wann wird er wiederkommen?«

Sie antwortete so leise, dass es kaum zu verstehen war. »Ich weiß es nicht.«

Erik machte keinen Hehl daraus, dass er ihr nicht glaubte. »Das müssen Sie mir schon genauer erklären.«

Alessia nickte, als hätte sie das Urteil eines Richters angenommen. »Er macht das öfter. Damit hat er mich immer bestraft, wenn ich nicht seiner Meinung war oder etwas getan habe, was ihm nicht passte.«

»Bestraft?« Erik glaubte, sich verhört zu haben.

»Er hat mich schon ein paar Tage nach unseren Flitterwochen betrogen. Im ersten Jahr unserer Ehe hat er immer wieder versprochen, dass es das letzte Mal gewesen sei. Die Mühe macht er sich mittlerweile nicht mehr. Sobald es Streit gegeben hat, verschwindet er für zwei, drei Tage. Zu irgendeiner Frau! Wahrscheinlich zu einer Prostituierten, ich weiß es nicht.« Sie warf Sören einen Blick zu, als hielte sie ihn für zu jung für Probleme, die in einer langjährigen Ehe entstehen können. Ihre Aufmerksamkeit richtete sie danach nur noch auf Erik. »Mein Mann ist … wie soll ich sagen … er hat einen sehr ausgeprägten Sexualtrieb. Er hat Wünsche, die … die er wirklich besser von einer Frau erfüllen lässt, die dafür bezahlt wird.« Alessia lachte freudlos. »Länger als drei Tage ist er bisher nie weg gewesen.«

»Und was ist mit dem Hotel? Jeder Geschäftsmann hat doch Termine …« Erik überlegte, wie er die Frage formulieren sollte, ohne Carolins Namen zu nennen. Ihr würde es vielleicht nicht recht sein, wenn Alessia erfuhr, was sie ihm anvertraut hatte. Diskretion war in der Hotelbranche ein wichtiger Begriff. »Das Tagesgeschäft muss weiterlaufen.«

»Dafür hat er ja mich.« Nun wurde Alessias Gesicht hart und undurchdringlich. »Er betrügt mich, und ich muss währenddessen seine Arbeit miterledigen.«

Carolin zuliebe verzichtete Erik darauf, sie auf die Termine anzusprechen, die Valerio hatte platzen lassen, auf die Verabredungen, die er nicht eingehalten hatte. Würde ein Mann, der sich für ein paar Tage für ein sexuelles Abenteuer seinen Pflichten entzog, nicht darauf achten, dass er seine Geschäftspartner nicht verärgerte?

Vorsichtig fragte er: »Haben Sie nachgesehen, ob er alles mitgenommen hat, was er normalerweise bei sich hat, wenn er … sich so eine Auszeit nimmt?«

»Das brauche ich nicht. Ich kenne das ja, ich weiß, wie das abläuft. Es ist immer wieder das Gleiche.«

»Sie haben also nicht nachgesehen, ob Kleidungsstücke fehlen, Kosmetikartikel, die er mitzunehmen pflegt …«

Nun fiel ein Teil ihrer Sicherheit von ihr ab. »Wir haben getrennte Schlafzimmer, ich habe nicht in seinem Schrank nachgesehen.«

»Und im Badezimmer?«

»Er bewahrt alles, was er braucht, in einem Spiegelschrank auf. Ich habe nicht reingeguckt.«

»Und seine Medikamente?«

»Die vergisst er ganz sicher nicht.«

»Wo bewahrt er sie auf?«

»Sein Hydrocortison trägt er immer bei sich. Das ist wichtig für ihn.«

»Wären Sie so nett nachzusehen, ob er wirklich alles dabeihat, was er gewöhnlich mitnimmt?«

In Alessias Gesicht stieg plötzlich Angst. »Warum? Haben Sie … irgendeinen Verdacht? Glauben Sie, mein Mann ist entführt worden? Oder ihm ist etwas zugestoßen?«

Erik sah ihr geradewegs in die Augen. »Würden Sie es merken, wenn Ihr Mann nicht für ein paar Tage verreist ist, sondern die Absicht hat, nie wieder zurückzukommen?«

Ihre Stimme war nur ein Hauch. »Ich müsste in seine Schränke gucken, in seinen Nachttisch und …«

Erik ließ sie nicht aussprechen. Er stand auf und blickte auf sie herab. »Können wir das bitte zusammen erledigen? Jetzt sofort?«

Mamma Carlotta starrte die Tür an, von der sie wusste, dass sie nun verschlossen war. Mit einem Mal kam ihr ein anderer Gedanke. Hatte Eduardo sie verschließen lassen, damit die Staatsanwältin nicht fliehen konnte? Carlotta dachte an seinen begehrlichen Blick, seine Komplimente, die Avancen, die er ihr gemacht hatte, und leider auch an ihre aufwendige Körperpflege und die Sorgfalt, mit der sie sich für das Treffen zurechtgemacht hatte. Erledigte Raffaella öfter solche Dienste für ihren Chef? Nahm sie dann vielleicht, wenn es nicht gut für Eduardo lief, sogar die Schuld auf sich? »Scusi, ich habe versehentlich abgeschlossen, ich wusste nicht, dass jemand da drin war!«?

Vorsichtig schlich sie um die Scheune herum, bemüht, lautlos zu gehen und nirgendwo anzustoßen, kein Geräusch zu verursachen. Schließlich sah sie ein winziges Fenster, das aber leider zu hoch war, um ins Innere schauen zu können. Carlotta sah sich um und entdeckte eine Regentonne, die leer war. Sie rollte sie unter das Fenster und kletterte darauf, indem sie sich an einer stabilen Ranke festhielt, die die Mauer emporwucherte. Sehen konnte sie leider immer noch nichts, aber sie vernahm jetzt die Stimmen von Eduardo und der Staatsanwältin. Das Fenster war nicht fest verschlossen, es stand einen Spalt offen.

»Ich bin froh, dass Ihre Tante nicht mitkommen konnte«, sagte er und setzte hastig hinzu: »Wenn es mir natürlich auch leidtut, dass sie sich nicht wohlfühlt.«

Und dann erkundigte er sich, ob es in Deutschland einen Mann gäbe, der auf sie warte, der womöglich am späten Abend noch anrufen und ihr eine gute Nacht wünschen würde.

Die Staatsanwältin verneinte. »Wenn Sie wissen wollen, ob ich verheiratet bin: Nein! Aber … verliebt.«

Mamma Carlotta musste sich an der Ranke festhalten, um nicht ins Rutschen zu kommen. Dass Tilla ihr Herz verloren hatte, war ihr nie in den Sinn gekommen.

»Glücklich verliebt?«, fragte Eduardo mit Schmelz in der Stimme, als wollte er ihr anbieten, viel von dem, was der andere Mann versäumte, gutzumachen.

»Nein, nicht wirklich. Genau genommen weiß dieser Mann nichts davon. Und er wird es auch wohl nie erfahren.«

»Warum nicht? Ist er verheiratet?«

»Nein, verwitwet. Aber … wir verstehen uns nicht.«

Eduardo lachte, erst freiheraus und dann gedämpft, als lachte er in Tillas Haare. »Sie sind in einen Mann verliebt, mit dem Sie nicht klarkommen?«

»Beruflich. Privat haben wir nichts miteinander zu tun.«

»Ihr Chef?«

»Nein, nein …« Die Staatsanwältin murmelte etwas von gelegentlichen Telefonaten und Meetings und versuchte, ihren

Beruf so unklar darzustellen, dass Eduardo nicht erraten konnte, womit sie ihr Geld verdiente.

»Ist dieser Mann so … wie ich?« Man hörte seiner Stimme an, dass er näher an die Staatsanwältin herangerückt war.

»Das genaue Gegenteil.« Mamma Carlotta war sicher, dass Tilla jetzt von Eduardo abrückte. »Er ist so, wie ich einen Mann eigentlich nicht mag. Langsam, schwerfällig, humorlos.«

Mamma Carlotta klammerte sich an die Ranke. Die Regentonne unter ihr wackelte, aber um nichts in der Welt hätte sie diesen Horchposten freiwillig aufgegeben.

»Sieht er gut aus?« Eduardos Stimme wurde nun ungeduldig. Er hatte offenbar andere Pläne, als mit der Staatsanwältin über den Mann zu reden, in den sie verliebt war.

»Eigentlich eher durchschnittlich. Er ist nicht besonders groß, nicht besonders schlank, legt keinen gesteigerten Wert auf sein Äußeres, aber … er ist ein Mann, der zu seinen Überzeugungen steht. Das imponiert mir. Er ist niemand, der sein Fähnchen nach dem Wind hängt. Wenn er etwas sagt, dann meint er das so, und dann bleibt er dabei. Und wer zu ihm gehört, der kann sich felsenfest auf ihn verlassen. Er ist ein guter Familienvater, auch das gefällt mir.«

Mamma Carlotta merkte, dass die Kraft in ihren Händen nachließ. Sie klammerte sich mit so einer Inbrunst an die Ranke, dass die Borke in ihre Hände schnitt. Aber sie wollte es nicht zur Kenntnis nehmen, weil ihre Knie zitterten und sie ohne den Halt der Ranke von der Regentonne gefallen wäre.

»Und er weiß nichts davon, dass er Ihnen gefällt?«

Die Staatsanwältin lachte leise. »O nein! Er hat keine Ahnung. Darauf würde er nie kommen. Ich behandle ihn ja immer so schlecht wie möglich, damit er es nicht merkt.«

Was Eduardo darauf entgegnete, bekam Mamma Carlotta nicht mehr mit. Denn sie hörte mit einem Mal Schritte. Ganz in ihrer Nähe. Sehen konnte sie nichts, aber das rhythmische Rascheln im Gras konnte nicht von einem Tier stammen. Es huschte nicht, es trat zu, es waren keine leichten Bewegungen, sondern gut überlegte, wenn auch leise Schritte. Mamma Carlotta ließ es nun darauf ankommen. Zeit, vorsichtig von der Regentonne herunterzusteigen, hatte sie nicht. Sie musste es mit einem kühnen Sprung versuchen. Verzweifelt kniff sie die Augen zu und ließ sich in die entgegengesetzte Richtung fallen, weg von den Schritten, die sie gehört hatte …

Alessia begann im Badezimmer, einem großen, hellen Raum, schwarz-weiß gefliest, mit zwei Waschbecken, einer geräumigen Dusche und einer riesigen Badewanne, die auch als Whirlpool dienen konnte. Erik und Sören sahen ihr zu. Sie öffnete den Spiegelschrank, in dem ihr Mann alles aufbewahrte, was er brauchte, während Alessias Kosmetik, ihre Schminkutensilien und sämtliche Artikel zur Körperpflege auf einem Mauervorsprung aufgereiht waren, der wohl extra dafür angelegt worden war.

Alessia runzelte die Stirn, als sie die Medikamentenschachtel zur Hand nahm. »Das Hydrocortison.« Mit einer heftigen Bewegung stellte sie es zurück. »Vermutlich sein Vorrat. Davon hat er immer genug im Haus.«

Dann aber wurden ihre Handgriffe zögerlicher. Sie nahm das Rasierzeug ihres Mannes heraus, ein Aftershave, eine Hautcreme. »Merkwürdig. Das nimmt er immer mit.«

»Lassen Sie uns bitte auch im Schlafzimmer nachsehen«, drängte Erik.

Sie ging ihm voran, über einen mit dicken Teppichen ausgelegten Flur, und öffnete eine Tür. Dass dieser Raum von einem Mann bewohnt wurde, war auf den ersten Blick zu erkennen. Maskuline dunkle Möbel, eine karge Einrichtung, nur wenig Dekoration, ein sehr zweckmäßig ausgestatteter Raum, den eine Frau anders eingerichtet hätte. Ohne zu zögern ging Alessia zu einem Wandschrank und öffnete ihn. Sie musste die Garderobe, die dort hing, eine ganze Weile inspizieren, ehe sie, wenn auch unsicher, sagte: »Mir scheint, es fehlt nichts. Nur das, was er vorgestern getragen hat. Sicher bin ich mir allerdings nicht.« Sie drehte sich um und bemühte sich sichtlich um Tapferkeit. »Wenn er seine … Ausflüge unternimmt, packt er immer Freizeitkleidung ein.« Sie wies auf einige Jeans und Polohemden, in denen Valerio in der Ausübung seiner Tätigkeit als Hotelier wohl nie gesehen wurde.

»Wo sind seine Papiere?«, fragte Sören. »Personalausweis und Führerschein, seine Brieftasche, Geld, Scheck- und Kreditkarten?«

Alessia antwortete nicht, sondern stöckelte auf ihren High Heels so schnell wie möglich, aber nicht besonders flott die Treppe hinab. Vor einem kleinen Jugendstiltisch in der Diele blieb sie stehen. »Dort legt er alles ab, wenn er heimkommt. Brieftasche, Autoschlüssel …«

»Er hat es also mitgenommen.«

»Kann auch sein, dass es im Hotel ist.«

Erik rief im Hotel an. Die Stimme seiner Tochter meldete sich. »Hotel Frangiflutti, Carolina Wolf am Apparat. Was kann ich für Sie tun?«

Carolin war verblüfft, als sie die Stimme ihres Vaters hörte. »Papa?«

»Geh bitte in das Büro von Signor Fallaci. Und sieh nach, ob er dort Brieftasche und Autoschlüssel aufbewahrt.«

»Aber … darf ich das denn?«

Erik warf Alessia einen fragenden Blick zu. »Sie sind einverstanden, dass meine Tochter nachsieht?«

Sie nickte. »Rechte Schreibtischschublade.«

Es dauerte nicht lange, und Carolin meldete: »Nichts da. Weder Brieftasche noch Schlüssel.«

Vorsichtig steckte Erik sein Handy wieder in die Innentasche seiner Jacke. »Wir haben Grund zu der Annahme, dass Ihr Mann das Weite gesucht hat, Signora. Wir müssen wohl davon ausgehen, dass er geflüchtet ist.«

»Aber … warum sollte er das tun?«

»Wenn wir eine Fahndung rausgeben, werden wir nach dem mutmaßlichen Mörder von Holger Callesen suchen.«

»Sie meinen … mein Mann hat …?« Alessia ging ins Wohnzimmer und ließ sich aufs Sofa fallen.

Erik folgte ihr und blieb vor ihr stehen. »Hat Ihr Mann Kontakte zur Mafia? Oder hat er sich mit ihr angelegt? Hat er in die eigene Tasche gewirtschaftet und ist von der Mafia bedroht worden? Musste er fliehen, weil er um sein Leben fürchtet?«

Auf jede Frage schüttelte Alessia Fallaci den Kopf. Nein, sie wisse von nichts. Dass Carolin und der Rezeptionschef von einem Mafioso gesprochen hatten, der durchs Hotel geisterte, ließ Erik auch diesmal ungesagt. Carolin würde damit nicht einverstanden sein. Und selbst wenn er ihren Namen nicht ins Spiel brachte, würde Alessia sofort wissen, auf welchem Weg Erik etwas über diesen Mann gehört hatte.

»Wohin könnte sich Ihr Mann gewandt haben, Signora?«, fragte Sören. »Ist er nach Italien zurückgegangen?«

Alessia Fallaci schien unfähig zu sein, irgendwelche Vermutungen zu äußern. Und Erik hatte Verständnis dafür. Sie tat ihm leid. Was sie ihm von ihrer Ehe erzählt hatte, konnte er nur mit Mühe fassen, und fragte sich, warum es Frauen gab, die an einer Ehe festhielten, die sie so unglücklich machte. Aber er durfte eben nicht nach den Erfahrungen urteilen, die auf Sylt und überall dort gemacht wurden, wo Frauen gleichberechtigt waren. In Panidomino waren sie es nur auf dem Papier, das wusste er. In so einem kleinen Bergdorf war die Zeit stehen geblieben, dort war es noch immer normal, verheiratet zu bleiben, bis der Partner gestorben war, selbst wenn man ihn am Ende hasste und sich nichts sehnlicher wünschte, als von ihm getrennt zu sein. Aber Scheidung? Seine Schwiegermutter erzählte oft, wie man in ihrem Dorf mit Frauen umging, die sich scheiden ließen. Nicht einmal diejenigen bekamen Mitleid, deren Männer die Scheidung betrieben. Beide wurden sie geächtet, die Verlassenen und die, die verließen. In Deutschland mochte es in den Sechzigerjahren noch so gewesen sein, in Italien war es nach wie vor so. Jedenfalls in den abgeschiedenen Dörfern, unter den Frauen, die von Männern abhängig waren, die nie ihr eigenes Geld verdient und immer nur für die Familie gesorgt hatten.

Er betrachtete Alessia Fallaci, die noch immer um Fassung rang. Auch sie? Gehörte sie ebenfalls zu diesen Frauen, die demütig alles ertrugen, um der noch größeren Demütigung zu entgehen, die eine geschiedene Frau ertragen musste? Er konnte es sich nur schwer vorstellen. Sie lebte doch ganz anders als die Frauen in Panidomino. Andererseits ... sie war dort geboren und aufgewachsen, hatte dort gelernt, wie sich eine Frau zu benehmen hatte, und es vielleicht nicht geschafft, dem neuen Frauenbild zu folgen.

Wieder griff er zu seinem Handy und rief erneut die Rezeption an. Und wieder hatte er Carolin am Ohr. »Komm bitte zu Signora Fallaci, Caro. Sie sollte jetzt nicht allein sein. Kümmer dich um sie.«

Alessia lehnte zwar ab, aber Erik nahm die Bitte nicht zurück. Er hielt es für richtig, dass Alessia weibliche Unterstützung hatte. Aber ihm war auch noch ein anderer Gedanke gekommen.

Als Carolin erschien, war er es, der die Tür öffnete. Er nahm seine Tochter beiseite und flüsterte ihr zu: »Achte darauf, was sie tut. Wenn sie telefoniert, vielleicht sogar mit ihrem Mann, dann muss ich das wissen.«

Carolin kam nicht zum Antworten, nickte nur verwirrt. Dann ging sie zu Alessia, bot ihr an, einen Kaffee zu machen, und Erik schob Sören Richtung Ausgang. Als die Tür hinter ihnen zufiel, sagte Sören: »Woran denken Sie?«

Erik antwortete erst, als sie die Treppe in die Lobby hinabgingen. »Kann sein, dass sie ihrem Mann trotzdem hilft, obwohl er sie so schlecht behandelt.«

»Vielleicht behauptet sie auch nur, dass ihr Mann so grausam zu ihr ist. So eine Behandlung zu dulden, das passt eigentlich nicht zu ihr.«

»Das finde ich auch. Meine Schwiegermutter hätte mir zudem schon davon erzählt.«

»Sie meinen, sie deckt ihn? Damit ihn die Mafia nicht erwischt?«

»Oder damit wir ihn nicht erwischen.«

»Als Mörder von Holger Callesen.«

»Der muss nach Sylt gekommen sein, um Fallaci unter Druck zu setzen.«

»Womit?«

»Vielleicht konnte er nun Beweise vorlegen, dass Fallaci ihn absichtlich ruiniert hat. Er wollte seine Million zurück.«

»Fallaci wollte ihn loswerden und hat es so aussehen lassen, als wäre Thies der Täter?«

»Callesen und Dageför hatten ja anscheinend ein Hühnchen miteinander zu rupfen. Er hat wohl darauf gehofft, dass wir das rauskriegen und damit Thies Dageför ein Motiv unterstellen.«

Sören blieb mitten in der Lobby stehen. »Dumm nur, dass wir noch immer nicht wissen, was zwischen Thies und Holger vorgefallen ist.« Er ging Erik voran und blieb auf der Straße stehen. »Callesen erbt eine Million, weil Johanna Fiedler ihm dankbar ist für seine Liebe. Aber Thies ist der Mann, dem sie einen Liebesbrief geschrieben hat.«

Mamma Carlotta blieb stocksteif im Gras liegen, wagte nicht zu atmen und lauschte auf die Schritte, die sich zum Glück von ihr weg bewegten. Anscheinend war sie noch einmal davongekommen. Wer immer sich dieser Scheune genähert hatte, er hatte sie nicht bemerkt. Die Erleichterung überkam sie wie eine Schwäche, von der sie sich erst erholen musste. Madonna! Wie hätte sie sich rausgeredet, wenn sie beim Lauschen ertappt worden wäre! Ein schrecklicher Gedanke!

Die Schwäche verlor sich allmählich, ihre Kraft kehrte zurück und damit der Mut, sich zu bewegen. Leise natürlich, so vorsichtig, dass kein Geräusch entstand. Das Rascheln ihrer Kleidung, die Bewegung eines Zweiges, Gras, das die Hauswand berührte, das alles war so sacht, dass es niemanden warnen würde. Als sie endlich aufrecht saß, war sie sicher, dass sie sich durch keinen Laut verraten hatte. Angestrengt lauschte sie in die Dunkelheit. Erst als die Stille zu rauschen begann, hörte sie wieder das Schleichen im Gras, nicht mehr rhythmisch, sondern schleppend. Und dann – ein winziger metallischer Klang, nur für den zu vernehmen, der unbedingt etwas hören wollte, der lauschte, der darauf gefasst war, etwas aufzuschnappen. Eduardo Fallaci und die Staatsanwältin würden es nicht hören. Der Fluss ihres Gesprächs hatte sich nicht verändert.

Mamma Carlotta kam vorsichtig auf die Beine und warf einen langen Blick zu der Regentonne. Nein, noch einmal würde sie sie nicht erklimmen, dazu fehlte ihr der Mut. Aber als hätte die Angst ihr Gehör geschärft, konnte sie nun, wenn auch nur mit größter Anstrengung, verstehen, was in der Scheune gesprochen wurde. Obwohl sie nicht mehr so nah an der Fensteröffnung war, wurde sie von einigen Sätzen und Wörtern erreicht, deren Sinn sie sich erschließen konnte.

»Nein, geben Sie sich keine Mühe, mein Herz ist nicht frei«, sagte die Staatsanwältin gerade. »Wenn er auch nie erfahren wird, wie es in mir aussieht, würde ich sicherlich nicht mit einem anderen Mann versuchen, diesen einen zu vergessen. Wir werden weiterhin zusammenarbeiten, ich werde weiterhin unfreundlich zu ihm sein, und er wird mich weiterhin nicht ausstehen können.«

»Das ist unsinnig«, antwortete Eduardos Stimme. »Wenn man verliebt ist, versucht man doch, den anderen für sich zu gewinnen.«

»Dafür ist es zu spät. Außerdem passen wir nicht zusammen.«

Mamma Carlotta hörte Eduardos ungläubiges Lachen. »So was Verrücktes habe ich noch nie gehört.« Dann entstand eine kleine Pause. »Oder ... oder erzählen Sie mir das nur, um mich auf Abstand zu halten?«

Nun war es die Staatsanwältin, die lachte, leise, sehr selbstbewusst. »Habe ich das nötig? Ich sage, was ich will. Und wenn ich Sie nicht küssen möchte, brauche ich mir dafür keine Geschichte auszudenken.«

Mamma Carlotta schwirrte der Kopf. Von wem redete die Staatsanwältin? In wen war sie verliebt? Das hörte sich ja beinahe so an, als spräche sie von ... Nein, diesen Gedanken wollte sie nicht in ihren Kopf lassen, erst recht nicht über ihre Lippen bringen. Völlig unmöglich!

»Der Mann ist zu beneiden«, sagte Eduardo. »Von Ihnen geliebt zu werden ...«

»Er weiß es nicht und wird es niemals erfahren.« Die Stimme der Staatsanwältin war jetzt sehr bestimmt. So, als spräche sie von einem Fall und machte Erik deutlich, was er zu tun habe. »Ich erzähle Ihnen das nur, damit Sie sich keine Hoffnungen machen. Dieser ganze Aufwand, den Sie getrieben haben, der Kerzenleuchter, der Wein, die Canapés ... tut mir leid.«

»Das habe ich nicht deswegen gemacht. Haben Sie vergessen, dass auch Ihre Tante eingeladen war?«

Die Antwort bekam Mamma Carlotta nicht mehr mit. Denn in diesem Augenblick kam ein Motorengeräusch auf das Gut zu. Die Stille, in die es bis zu diesem Augenblick gehüllt gewesen war, wurde zerrissen. Kein Pkw kam heran, sondern ein Lieferwagen mit rumpelnder Karosserie. Und das Geräusch kam nicht von der Auffahrt, sondern näherte sich der rückwärtigen Grenze.

Sie vergaß die schleichenden Schritte und die Worte der Staatsanwältin, die ihr nach wie vor rätselhaft waren. Ihr Instinkt schlug Alarm. Sie wusste mit einem Schlag, dass jetzt etwas geschah, was niemand erfahren sollte. Jedenfalls nicht die Staatsanwältin und die Schwiegermutter des Kriminalhauptkommissars von Sylt. Alessias Sohn hatte dafür gesorgt, dass sie nichts mitbekommen würden, da die Staatsanwältin in der Scheune festsaß. Er wusste eben nicht, dass Carlotta Capella seine Pläne durchschaute.

Vorsichtig löste sie sich von der Wand der Scheune und schlich dem Motorengeräusch entgegen, das immer lauter wurde und immer näher kam …

Sören war auf sein Rennrad gestiegen und nach Hause gefahren, mürrisch und lustlos, denn in seiner Wohnung erwartete ihn kein italienisches Essen, sondern bestenfalls eine Dose Ravioli oder eine Packung Miracoli. Dem Wortlaut nach auch italienisch, aber Sören wäre es nie in den Sinn gekommen, diese Gerichte in einem Atemzug mit denen zu nennen, die die Schwiegermutter seines Chefs ihm vorzusetzen pflegte. Erik sah ihm verständnisvoll hinterher. Er selbst freute sich auch darauf, dass Mamma Carlotta am nächsten Tag wieder in der Küche stehen würde. Kurz stellte er sich die Frage, ob es noch Reste von dem gab, was sie für die Zeit ihrer Abwesenheit vorbereitet hatte, doch dann beschloss er, dass es Zeit wurde, mal wieder ein paar ungestörte Stunden mit Svea zu verbringen. Er holte sein Handy aus der Tasche, rief Felix an, machte ihm den Vorschlag, den Pizzadienst zu verständigen, und bot sogar an, die Kosten für drei Pizzen zu übernehmen, damit seine beiden Freunde auch noch satt wurden. Felix war mit diesem Arrangement sehr zufrieden, und Erik schob den Gedanken an Carolin beiseite, die er verdonnert hatte, sich um Alessia Fallaci zu kümmern. Sein schlechtes Gewissen, dass er sich einen schönen Abend mit Svea gönnen wollte, während seine Tochter ihrer Chefin Beistand leisten musste, belastete ihn, aber er fand, dass er das Recht hatte, seine Beziehung zu pflegen. Das war an diesem Abend am einfachsten zu erledigen, indem er sie zum Essen einlud. Er würde versuchen, einen Tisch im »Stadtgeflüster« zu bekommen, einem Restaurant in Westerland, wo sogar ein veganes Drei-Gänge-Menü angeboten wurde.

Er wollte sie überraschen und wählte, während er zum Süder Wung ging, ihre Privatnummer. Es wunderte ihn nicht, dass dort niemand abnahm. Svea arbeitete häufig bis in den späten Abend hinein. Sie würde noch im Büro sein. Und dort würde er jetzt erscheinen, ohne sich vorher anzumelden. Sie würde sich freuen, ganz sicher.

Im Süder Wung wollte er zunächst gleich ins Auto steigen und bis zum Dorfteich fahren, in dessen Nähe Sveas Büro lag, aber dann entschloss er sich doch, sich zunächst umzuziehen und sein Hemd gegen das T-Shirt einzutauschen, das er kürzlich auf Sveas dringendes Anraten bei Jensen in Westerland erworben hatte. Es war ihm viel zu jugendlich, aber wie immer hatte er am Ende doch nachgegeben. Svea würde sich freuen. Eine gute Voraussetzung für einen schönen Abend! Ob sie bereit sein würde, bei ihm zu übernachten? Vermutlich nicht, das hatte sie noch nie getan, wenn seine Schwiegermutter zu Besuch war. Natürlich konnte er auch bei ihr schlafen, aber wenn er an Carolin dachte, schob er diese Idee gleich wieder weg. Nein, er würde sich, wenn sie Feierabend gemacht hatte, anhören, wie es Alessia ging, was Carolin getan hatte, um sie zu trösten, und sich vielleicht sogar etwas anhören, was seine Ermittlungen weiterbrachte. Er trat ja auf der Stelle, das musste er sich eingestehen. Und er wartete darauf, dass ein Anruf aus Italien kam und die Staatsanwältin ihm etwas Entscheidendes mitteilte. Vielleicht hatte sie dort etwas erfahren, was den Mordfall Holger Callesen in einem ganz anderen Licht erscheinen ließ. Er traute ihr zu, dass sie innerhalb eines Tages die Beweise zusammenhatte, die er brauchte, um Valerio Fallaci als Mörder festzunehmen, oder Thies Dageför am Schlafittchen hatte, sollte der in die Toskana geflüchtet sein, nachdem er beinahe von Erik auf der Friedrichstraße festgenommen worden war.

Vielleicht war auch er der Mörder seines Freundes und der Hotelier nur ein kleiner, geldgieriger Betrüger?

Erik schüttelte den Kopf, während er die Haustür aufschloss. »Was für ein Unsinn!«, murmelte er vor sich hin. Thies Dageför musste noch auf der Insel sein, und selbst wenn er es einer nachlässigen Kontrolle zu verdanken hatte, Sylt den Rücken zu kehren, konnte er nicht so schnell in der Toskana gelandet sein. Er hatte kein Geld, er konnte weder eine Bahnfahrkarte noch ein Flugticket bezahlen, und per Anhalter außer Landes zu kommen, wäre viel zu auffällig und riskant für ihn.

Im Haus war es still, Erik war allein. Felix war noch mit Ben und Finn unterwegs, er konnte seine Gedanken fliegen lassen, ihnen nachgehen oder sich von ihnen lösen. Vielleicht würde er während des Essens auf das zu sprechen kommen, was er von Herrn Kemmertöns erfahren hatte. Dann würde er zusammen mit Svea darüber lachen, was der Nachbar beobachtet haben wollte. Und Svea würde sagen: »Ein Fremder soll zu mir ins Auto gestiegen sein? Der gute Mann braucht eine Brille.«

Sie würde seine quälenden Bedenken zerstreuen und vielleicht auch noch einmal versichern, dass Mamma Carlotta sich ebenfalls getäuscht hatte, als sie meinte, Svea in der Sylter Bank, gegenüber der Insel-Apotheke, gesehen zu haben.

Er betrachtete sich im Spiegel, war alles andere als zufrieden mit seinem Erscheinungsbild, ärgerte sich darüber, dass er Svea nachgegeben und dieses T-Shirt mit dem albernen Aufdruck gekauft hatte, wandte sich dann aber ab und stieg die Treppe hinab. Er würde eine leichte Sommerjacke darüberziehen und dann zu vergessen versuchen, dass er ein T-Shirt trug, das ihm nicht gefiel. Hauptsache, es gefiel Svea und er gefiel ihr! Nur darauf sollte es heute Abend ankommen.

Als er vor dem Haus am Lerchenweg ausstieg, sah er, dass in ihrem Büro noch Licht brannte. Vorfreude stieg in ihm auf. Er sah Svea vor sich, ihre hübsche Kehrseite, wenn sie sich über eine Zeichnung beugte, ihre Hände, die einen Stift hielten und mit unglaublicher Leichtigkeit eine Skizze korrigierten, ihren aufmerksamen Gesichtsausdruck, während sie darüber nachdachte, ob alles so war, wie es sein sollte. Und als er die Treppe hochstieg, ärgerte er sich darüber, dass er keine Blumen gekauft hatte. Er war so recht in der Stimmung, Svea an diesem Tag zu verwöhnen und in Staunen zu versetzen. Schade, dass er nicht an einen Strauß Rosen gedacht hatte! Erik zögerte, stieg dann aber die letzten Stufen hoch. Nein, jetzt wieder umkehren, das kam nicht infrage.

Er klingelte und hört sofort Sveas schnelle Schritte. Sie riss die Tür auf, als erwarte sie jemanden. Einen Kunden? Mit Erik jedenfalls hatte sie nicht gerechnet. Sie starrte ihn an, als könnte sie nicht glauben, dass er vor ihrer Tür stand.

»Überraschung gelungen?« Erik lächelte so lange, bis er Svea endlich angesteckt hatte. Als über ihr Gesicht ein kleines Leuchten ging, zog er sie in die Arme. »Feierabend«, flüsterte er. »Wir gehen jetzt essen.«

Sie schob ihn weg und lachte ungläubig. »Und was ist mit …« Sie brach ab und schlug sich vor die Stirn. »Ach, richtig! Deine Schwiegermutter ist in Italien.«

Sie ging ihm voran zu ihrem Arbeitsplatz. »Ich muss nur schnell alles zusammenräumen, dann bin ich bereit.«

Er nickte, ließ Svea gewähren, störte sie nicht, während sie Papiere zusammenfaltete und Schriftstücke ein letztes Mal überflog, ehe sie sie sorgfältig abheftete. Er wanderte an den Wänden ihres Büros vorbei, betrachtete die Zeichnungen, die dort hingen, die Pläne, an denen Svea gearbeitet hatte, und bewunderte ihre Kreativität. Neben dem Fenster hingen ein paar private Fotos, denen er bisher nur einen flüchtigen Blick gegönnt hatte. Svea und Ida, Svea mit ihren Eltern, Svea und Ida mit Bello, Ida auf einem Pferd, das Svea am Zügel hielt. Und dann noch … Er stockte, blieb stehen und schob so weit wie möglich den Kopf vor. Was war das? Er starrte auf das Bild und brauchte eine Weile, bis er begriff, was es in ihm auslöste.

Dann erst wandte er sich zu Svea um, die in diesem Augenblick auf ihn aufmerksam wurde. Und im nächsten Moment schien sie etwas zu erahnen …

Gelegentlich kam es ihr so vor, als würde sie verfolgt, aber wenn sie sich umsah, entdeckte sie weit und breit niemanden. Auf den Rasenflächen waren nun die automatischen Sprenganlagen angegangen, die die Feriengäste verscheuchten, die vor dem Schlafengehen einen Spaziergang machen wollten. Das feine Rauschen, das sich wie ein leichter Sommerregen anhörte, trennte sie von anderen Geräuschen, der feuchte Nebel war wie eine Gardine, die jemand zwischen ihr und den Häusern des Weingutes geschlossen hatte. Trotzdem zog sie sich hinter jedem Busch zurück, der sich bot, um nach einem Verfolger Ausschau zu halten. Aber hinter ihr war alles menschenleer. Es schien die Angst zu sein, die sie verfolgte.

Das Motorengeräusch schwoll kurz an und erstarb dann. Türen schlugen, Stimmen waren zu hören. Drei Männer schienen in dem Wagen gesessen zu haben, der hinter der südlichen Begrenzung des Gutes abgestellt wurde, hinter einem hohen Zaun, zu hoch, um darüberzuklettern. Mamma Carlotta konnte eine männliche Gestalt erkennen, die dicht an den Zaun herantrat und dann zum Wagen zurückging.

»Nichts zu sehen«, sagte er auf Italienisch. »Wir sind zu früh.«

»Warten wir also«, kam es zurück.

Die Scheinwerfer erloschen. Einen Augenblick noch schimmerte die Erinnerung an das Licht durch den Abend, dann war es dunkel. Kurz darauf glommen zwei rote Punkte auf, und Tabakgeruch wehte zu Mamma Carlotta herüber.

Was passierte hier? Worauf warteten die Männer? Geschah nun das, was Eduardo Fallaci verbergen wollte? Was die Staatsanwältin nicht sehen sollte? Würde Raffaella den Schlüssel erst zurückdrehen, wenn dieser Wagen wieder abgefahren war?

Oder beobachtete Mamma Carlotta irgendeine banale Tätigkeit, wie es sie in jedem Weingut gab? Das Verladen von Wein und anderen Produkten, die verschickt wurden? Etwas, was die Feriengäste nicht stören sollte und deswegen nach Einbruch der Dunkelheit geschah?

Mamma Carlotta reckte den Hals, aber natürlich war der Aufdruck an der Seite des Lieferwagens nicht zu entziffern. Sie konnte nicht einmal mit Sicherheit sagen, dass es einen gab.

Die Männer begannen zu reden, erst leise, als wollten sie nicht gehört werden, dann wurden sie unbefangener, sprachen lauter und lachten gelegentlich. Und schließlich konnte Mamma Carlotta sie verstehen. Sie redeten darüber, dass sie in einem Rutsch durchgefahren waren, ohne länger anzuhalten, als es für Toilettenpausen nötig gewesen war. Einer hatte den anderen abgewechselt, wer nicht fuhr, hatte geschlafen. So wollten sie es auch auf dem Rückweg machen. Aber wie ihr Ziel hieß, konnte Mamma Carlotta nicht heraushören. Gen Norden, das war das Einzige, was sie verstand. Die drei redeten über einen Platzregen, der sie in Süddeutschland überrascht hatte, von einem waghalsigen Porschefahrer, der sie rechts mit stark überhöhter Geschwindigkeit überholt hatte, und schließlich von ihren Frauen, Familien und den Kindern. Aus dem Gespräch wurde ein Einerlei von Wörtern und Sätzen, es plätscherte dahin, ein Wort wie das andere, keins rief eine Emotion oder eine andere Ansicht hervor. Es war nur ein Austausch von Satzreihen, nicht von Meinungen. Ein eintöniger Fluss.

So lange, bis der Name »Holger« fiel. Mamma Carlotta horchte auf. Und noch als sie sich fragte, ob sie richtig gehört hatte, wurde auch der Name »Thies« ausgesprochen. Jetzt war sie alarmiert.

»Holger ist wirklich tot?«

»Ermordet! Ich hab's aus zuverlässiger Quelle.«

»Wo ist er gestorben?«

»Auf Sylt!«

»Da, wo er hergekommen ist?«

»Wenn man alles verloren hat, geht man zurück in die Heimat. Ist doch klar!«

»Und Thies? Der ist doch auch auf Sylt mit dem Chef.«

»Mit dem früheren Chef, meinst du wohl.«

»Nein, meine ich nicht. Eduardo kann sich noch so lange einbilden, dass er jetzt das Sagen hat. Der Alte wird immer der Chef bleiben.«

»Wie kann Holger so verrückt sein, nach Sylt zu gehen? Wusste er nicht, dass Fallaci dort ein Hotel aufgemacht hat? Und dass Thies mitgegangen ist?«

»Vielleicht ist er ja gerade deswegen nach Sylt gegangen.«

»Du meinst ...«

»Rache! Ja!«

»Ich blicke da nicht mehr durch. Ich habe mal einen Streit zwischen den beiden mitgekriegt. Es war davon die Rede, dass Holger Schulden zurückzahlen müsse.«

»Habe ich auch gehört. Holger hat Thies übers Ohr gehauen.«

»Thies hat gesagt, das Geld, das Holger geerbt hat, stünde ihm zu.«

»Allora ... Wenn einer erbt, gibt es ein Testament. Und ein Testament ist gültig.«

»Ja, aber er hat gesagt – ich hab's mit eigenen Ohren gehört –, nur der Name hätte geerbt, nicht die Person.«

»Was meinte er damit?«

Über den Weg, der am Zaun entlanglief, außerhalb des Grundstücks rumpelten nun einige Handkarren.

»Da seid ihr ja endlich.«

»Warum so eilig? Ihr kommt schon früh genug wieder los. Auf Sylt könnt ihr dann einen Tag Pause machen.«

Sylt! Sie hatten tatsächlich von Sylt gesprochen.

»Wieder Wenningstedt?«

»Dieselbe Adresse wie immer.«

»Ist der Absatz wirklich so gut, wie Eduardo sagt?«

»Das klappt prima. Eduardo ist zufrieden.«

Ein zweiter Handkarren rumpelte heran. »Jetzt noch das Olivenöl, den Balsamico und die getrockneten Tomaten. Auf Sylt gibt's genug Läden, die wir beliefern können.«

Mamma Carlotta spitzte die Ohren, aber nun herrschte plötzlich Stille. Warum sprachen die Männer nicht weiter? Warum redeten sie nicht mehr über die Lieferungen nach Sylt?

Im nächsten Augenblick begriff sie, warum. Noch bevor einer der drei rief: »Da brennt es.«

Mamma Carlotta fuhr herum. Ein kreisrunder Schein stand über dem Rasen des Weingutes. Es knisterte und rauchte. Die Scheune! Mamma Carlotta sprang auf und rannte los. Die Scheune brannte! Die verriegelte Tür! Der Schlüssel, den Raffaella umgedreht hatte! Die Schritte, die sie gehört hatte. »Dio mio!« Sie musste die Tür öffnen. Sofort! Solange es noch möglich war. »Tilla!«

Sveas Augen veränderten sich, wurden wachsam und fragend. »Was ist los, Erik?«

Er zeigte auf das Bild. Seine Hand zitterte, er konnte es nicht verhindern. »Was ist das?«

Svea lachte, als wäre sie erleichtert, aber ihr Blick blieb konzentriert. »Diese Bilder hat Ida gemalt. Zwischen fünf und zehn hat sie ganze Stapel von Papier mit Buntstiften bearbeitet. Damals hatten wir einen Hund, einen kleinen wie Bello, ein brauner Mischling. Leider habe ich keine Fotos von ihm, nur Idas Bilder.«

Erik pochte auf ein Bild, das ein Strichmädchen zeigte, eine Hundeleine in der Hand. »Das hier! Was ist das?«

Svea wurde nervös. »Sag ich doch! Ida mit Sammy. So hieß der Hund. Damals hat sie diese Bilder im Dutzend gemalt.«

»Und verschenkt?«

Nun geschah etwas in Sveas Gesicht. Aus der Aufmerksamkeit in ihrem Blick wurde Gewissheit. Sie verstand ihn, da war Erik sicher, wenn sie auch fragte: »Was willst du damit sagen?«

Er machte einen Schritt auf sie zu, verhinderte, dass sie nach einer Zeichnung griff, um sie zusammenzurollen. »Ein ganz ähnliches Bild habe ich schon einmal gesehen.«

»Wo?«

Diese Frage musste er eigentlich nicht beantworten. Es war ihm klar, dass sie es wusste. Trotzdem entgegnete er: »In der Wohnung von Thies Dageför.«

Ins Schwarze getroffen! In ihren Augen wurde nicht der geringste Funke angezündet, keine Überraschung zeigte sich, kein Schreck, auch kein Schuldbewusstsein. Sie antwortete nicht. Entweder weil sie ahnte, dass Erik die Antwort kannte, oder weil sie das Antworten ihm zuschieben wollte.

Noch aber hatte er keine Antwort, nur eine Vermutung. »Was hast du mit Thies Dageför zu tun?«

Ihr Lächeln verlor das Überhebliche und nahm jetzt Überdruss an. »Er ist Idas Vater.«

Erik drehte sich um, weil er sie nicht mehr ansehen konnte. Nicht mehr ansehen wollte. Idas Vater! Er hatte nicht oft mit Svea über ihn gesprochen, höchstens zwei- oder dreimal. Eine kurze Beziehung war es gewesen, die noch vor der Geburt der Tochter zerbrochen war. Dieser Mann hatte keinen Kontakt zu Ida gehabt, hatte keinen haben wollen, war ohne Interesse an seinem Kind gewesen. Sie wisse nicht, was aus ihm geworden sei, hatte sie ihm erklärt. Und er hatte aufgehört zu fragen, weil er spürte, dass sie nicht über ihn reden wollte. Erst von Ida hatte er zu hören bekommen, was mit ihrem Vater geschehen war.

»Ida hat mir erzählt, dass ihr Vater tot ist. Ein Verkehrsunfall.«

»Ich bin sicher, dass sie damit besser zurechtkommt als mit der Tatsache, dass er nichts von ihr wissen will. Als er nach Italien ging, habe ich ihr gesagt, er sei tödlich verunglückt. Für mich war er ja längst gestorben.« Sie warf den Kopf zurück, als müsste sie sich selbst zeigen, dass sie über den Dingen stand. »Ich war froh, dass er wegging. So konnte ich nach Sylt zurückkehren.«

»Wie hast du erfahren, dass er wieder hier ist?«

»Ich habe ihn gesehen. Zufällig. Auf der Friedrichstraße. Wenn er sich auch verkleidet hatte, ich habe ihn trotzdem erkannt. Schon an seinem Gitarrenspiel.« Nun griff sie doch nach der Zeichnung und rollte sie zusammen. »Ich bin froh, dass er für Ida gestorben ist. Ein Vater, der auf der Straße sitzt und bettelt – so einen Vater will kein Kind.«

Erik musste eine Weile nachdenken, musste das, was er wusste, mit dem verbinden, was jetzt in seinem Kopf entstand. »Es stimmt also, was Herr Kemmertöns gesagt hat. Thies Dageför ist zu dir ins Auto gestiegen.«

Svea verstaute die Zeichnungsrolle viel sorgfältiger, als es nötig war. »Ich war ihm gefolgt, weil ich wissen wollte, wo er wohnt.« Sie stieß einen Laut aus, der wohl ein verächtliches Lachen sein sollte, sich aber eher anhörte wie ein Stöhnen. »Hinter Käptens Kajüte. In einem Schuppen! Mein Gott!«

»Du hast dich ihm gezeigt?«

»Ich musste verhindern, dass er sich Ida nähert. Wenn er auch nie Interesse an ihr hatte, wenn jemand am Ende ist, fällt ihm womöglich ein, wo es Menschen gibt, die ihm helfen können.«

»Er hat dich um Hilfe gebeten?«

»Ich habe sie ihm angeboten. Ein bisschen Geld, damit er Ida in Ruhe lässt, und die Zusicherung, dass ich ihn nicht verrate.«

In Erik entstand ein Gefühl, das völlig neu für ihn war. Noch nie war er von so einem Konglomerat aus Wut, Hass, Liebe und Hilflosigkeit bedrängt worden. Ein gefährliches Gemisch, das wurde ihm sofort klar, aus dem Ungerechtigkeit und Ablehnung entstehen konnte. Dennoch tat er nichts, um es zu unterdrücken, im Gegenteil. »Du weißt, dass ich Thies Dageför suche. Er könnte ein Mörder sein.«

Svea antwortete nicht. Wozu auch? Sie musste ihm nicht sagen, dass es ihr wichtiger gewesen war, Ida vor der Wahrheit zu beschützen. Er konnte es sogar verstehen. Trotzdem wünschte er sich, dass sie Idas Vater ein anderes Angebot gemacht hätte. Eins, das nicht nur Ida, sondern auch ihm geholfen hätte.

»Wenn er auf seiner Flucht einen weiteren Mord begeht, dann …«

Nein, das war gemein. Hundsgemein! Eine solche Drohung konnte nur zwischen Wut und Rache entstehen. Ein Schlag unter die Gürtellinie! So etwas tat man nicht. Erst recht nicht Erik Wolf, Kriminalhauptkommissar von Sylt. Komischerweise verspürte er trotzdem keine Scham, sondern eine Genugtuung, die ihm selbst wehtat. So weh wie die Enttäuschung, die Svea ihm zugefügt hatte. Dennoch sprach er den Satz nicht zu Ende und hätte auch den Anfang gerne ungesagt gelassen.

Das Schweigen, das zwischen ihnen stand, führte sie von Sekunde zu Sekunde weiter voneinander weg. Svea schien darauf zu warten, dass er ein verständnisvolles Wort hervorbrachte, aber er wusste, dass er dazu nicht in der Lage sein würde. Er hätte Thies Dageför längst verhaften können! Svea hatte die ganze Zeit gewusst, wo er steckte, sie hatte mit Thies geredet und ihm das Angebot gemacht, ihn nicht zu verraten. Er wusste, dass er ungerecht war, wenn er sich jetzt sagte, dass Svea der Vater ihres Kindes wichtiger gewesen war als der Mann, der sie liebte, aber er hielt dennoch an diesem Gedanken fest, weil er ihm guttat, weil er sich von ihm jetzt schon trösten lassen konnte. Jetzt schon …

Ja, er würde den Trost brauchen. Aber dann wollte er sich nicht vorwerfen müssen, dass er nicht alles versucht hat.

»Wo ist Thies Dageför? Wohin ist er geflüchtet? Wo kann ich ihn finden?«

»Ich weiß es nicht.« Das sagte sie, ohne ihn anzusehen.

Er drehte sich um und verließ Sveas Büro ohne ein Wort. Und sie ließ ihn gehen ohne ein Wort.

Niemand folgte ihr, und niemand kam ihr entgegen. Zwar hörte sie aufgeregte Stimmen hinter sich, aber wenn die Fahrer des Lieferwagens und die Mitarbeiter des Gutes Hilfe holen wollten, würde das eine Weile dauern. Sie mussten erst zum Haupteingang zurück, um auf das Gelände zu gelangen. Hoffentlich hatte einer von ihnen ein Handy dabei, um die Feuerwehr zu verständigen. Während Mamma Carlotta auf die Scheune zulief, schoss ihr der Gedanke durch den Kopf, dass die Staatsanwältin ihr Handy im Zimmer gelassen hatte. Hoffentlich hatte Eduardo eins dabei, mit dem er bereits Hilfe herbeitelefoniert hatte.

Nun hörte sie die Staatsanwältin schreien, und kurz darauf sah sie die Klinke der Scheunentür, die auf- und niedergedrückt wurde. Auf und nieder, immer schneller. »Hilfe!«

»Raffaella!«, schrie Eduardo Fallaci.

»Ich komme!«, rief Mamma Carlotta zurück, kämpfte gegen die Hitze an, die sie bereits bedrängte, schlug den Unterarm vors Gesicht und hastete auf die Tür zu, den Arm bereits vorgestreckt, um den Schlüssel zu ergreifen ... Der Schlüssel! Wie erstarrt blieb sie stehen, vergaß für einen Augenblick die Gefahr. Der Schlüssel steckte nicht mehr. »Er ist weg«, schrie sie erstickt.

Eduardo und Tilla hatten sie gehört. »Schließen Sie auf!«, brüllte Eduardo.

»Der Schlüssel ist weg!« Mamma Carlotta konnte nur schluchzen. Ob die beiden es hörten, wusste sie nicht. »Ich hole Hilfe!«, schrie sie und rannte zum Haupthaus.

Dort war man bereits auf das Feuer aufmerksam geworden. Dass sich jemand in der Scheune aufhielt, ahnte jedoch niemand. Schreiend lief Mamma Carlotta auf die Gruppe zu, die auf der Terrasse stand und sich ängstlich fragte, was zu tun sei.

»Wo ist Raffaella?«, schrie sie. »Raffaella!«

Niemand hatte sie gesehen, und es kam auch gar nicht darauf an, sie zu finden, das begriff Mamma Carlotta schlagartig. Sie wusste genau, dass Raffaella den Schlüssel nicht abgezogen hatte. Das musste jemand anderes getan haben. Derjenige, dessen Schritte sie gehört hatte? Ja, derjenige, vor dem sie sich versteckt hatte, der ihr Angst gemacht hatte, von dem sie sich verfolgt gefühlt hatte. Nicht derjenige, sondern diejenige! Eine Frau, so viel war klar!

»Tania! Wo ist Tania Augora?«

Allmählich kam Leben in die Gäste, einer nach dem anderen erkannte nun, dass sich in der Scheune Menschen aufhielten, die eingeschlossen waren und nicht hinauskonnten. Einige Männer rannten los, griffen auf dem Weg zur Scheune nach Gartengeräten, die herumstanden, anscheinend, um die Tür aufbrechen zu können.

»Wo ist Tania Augora?«, keuchte Mamma Carlotta.

Aber niemand konnte ihr eine Antwort geben, sie erntete ratlose Blicke. Das Feuer breitete sich aus, die Flammen schlugen höher, das Prasseln tat den Ohren weh. Die Sirenen der Feuerwehr kamen zum Glück näher. Aber Mamma Carlotta wollte nicht warten, bis der Wagen angekommen war und die Schläuche ausgerollt wurden. Sie lief zur Scheune zurück, obwohl warnende Stimmen sie aufhalten wollten.

»Tilla!«

In einiger Entfernung blieb sie stehen und sah, wie die Männer sich daranmachten, das Scheunentor aufzubrechen. Sie hörte bereits das Holz splittern, die Rufe der Männer, Tillas Schreie, Eduardos Gebrüll ... Da sah sie die reglose Gestalt in der Nähe des Hauses, das abseits stand, niedrig und vernachlässigt, als gehöre es nicht zu dem gut gepflegten Agriturismo. Ein Nebengebäude, kein Haus für Feriengäste, sondern eins für Gerätschaften und Gartenmöbel, für Zubehör, das in der Weinkellerei gebraucht wurde, oder für all das, was aussortiert, aber noch nicht weggeworfen worden war. Das Haus hatte kleine Fenster mit blinden Scheiben, bei der Restaurierung der alten Häuser des Gutes war es ausgelassen worden. Derart bewegungslos stand die Frau da, dass sie beinahe eins wurde mit der dunklen Fassade. Wenn die Flammen nicht die Umgebung erhellt hätten, wäre sie nicht zu sehen gewesen.

Die Feuerwehr hielt gerade auf der anderen Seite des Zauns, direkt hinter dem Lieferwagen. Im Nu hatten die Feuerwehrmänner den Zaun niedergetrampelt, schon rollten die Schläuche auf die brennende Scheune zu. Die mutigen Feriengäste zogen sich zurück, erleichtert, dass nun Fachleute eintrafen, die wussten, was zu tun war, und dafür bestens ausgerüstet waren. Kurz darauf wurde aus dem Prasseln ein Zischen, der Rauch verstärkte sich, aber die Hitze wurde schnell erträglicher. Carlotta war froh, dass die Stimmen noch immer zu hören waren. Tilla Speck und Eduardo Fallaci lebten.

»Wir sind gleich bei Ihnen«, hörte sie einen Feuerwehrmann rufen. »Keine Angst! Es ist bald vorbei!«

Ein Ruck ging durch die reglose Gestalt. Die Frau machte eine Bewegung mit dem rechten Arm, als wollte sie jemanden schlagen. Bevor sie sich abwenden konnte, war Mamma Carlotta schon bei ihr. »Signora! Warten Sie!«

Tania Augora blieb erschrocken stehen. Ihre Augen weiteten sich, als sie mit einem Mal jemanden vor sich sah, aus ihren Augen sprach der blanke Irrsinn.

»Warum haben Sie das getan?«

»Er soll in der Hölle schmoren«, kam es zurück, so voller Hass, dass es Mamma Carlotta eiskalt den Rücken hinunterlief. »Und die Frau gleich mit.«

»Aber warum? Die beiden haben nichts miteinander.«

Nun folgte ein geisterhaftes Lachen, hohl und blechern, als heulte es aus einem Trichter heraus. Ja, es war ein Lachen, das heulen konnte. »Mir hat er gesagt, sie würden nicht allein sein. Die Tante wäre ja dabei. Aber er hat gelogen. Die beiden waren allein. Ich überlasse ihn nicht einer anderen. O nein! Wenn ich ihn nicht bekomme, kriegt ihn keine. Keine!«

»Signora …« Mamma Carlotta machte einen Schritt auf die Frau zu, die kreidebleich zu der Scheune starrte. »Sie haben den Schlüssel abgezogen und dann das Feuer gelegt.«

»Sie hatten Kerzen in der Scheune«, kam es tonlos zurück. »Kein vernünftiger Mensch zündet Kerzen in einer Scheune an.«

»Sie dachten, niemand wird Sie verdächtigen, den Brand gelegt zu haben?« Mamma Carlotta bemühte sich um Sachlichkeit und versuchte, ohne Vorwürfe auszukommen. Sie hoffte, dass Tania Augora mit ihr kommen würde, dass sie womöglich nicht durchschaute, was Carlotta vorhatte. Sie musste die Frau der Polizei übergeben, dafür sorgen, dass sie keinen Schaden mehr anrichten konnte. Sie war ja nicht bei Sinnen. Tania Augora war geistesgestört, verrückt vor Liebe! Sie war eine Gefahr. Jemand musste dafür sorgen, dass sie niemandem mehr schaden konnte.

»Kommen Sie, Signora.« Carlotta griff nach Tanias Arm. »Gehen wir. Es ist vorbei.«

Sie war auf die Frage gefasst gewesen, wohin der Weg führen sollte, was Carlotta vorhabe, aber sie hatte nicht mit Gewalt gerechnet. Brandstifter waren Menschen, die heimtückisch handelten, die den offenen Kampf und einen Angriff scheuten, die anderen schadeten, ohne sich zu erkennen zu geben. Als Tania Augora nach ihr griff, war Mamma Carlotta derart überrascht, dass sie unfähig war, sich zu wehren. Und als sie von ihr durch die Tür gestoßen wurde, schaffte sie es nicht, der Kraft dieser Frau etwas entgegenzusetzen. Als sie sich umdrehte, sah sie in eine Fratze der Gewalt. Madonna! Was würde mit ihr geschehen?

Erik lief, als wäre er auf der Flucht. So schnell wie möglich, während er sonst, wenn er sich überhaupt zu Fuß bewegte, auf gemächliches Vorankommen Wert legte. Aber diesmal war es anders. Er wollte weg, weg von Svea, weg von dem Bild, das Ida gemalt hatte, weg auch von seinen Gefühlen für Svea. Erst als er am Dorfteich angekommen war, wurde ihm klar, dass er sein Auto vergessen hatte, dass es immer noch vor dem Haus stand, in dem Svea ihr Büro hatte. Aber für nichts in der Welt wäre er zurückgegangen, um es zu holen. Er würde am nächsten Tag Sören schicken. Ihn selbst packte Angst bei dem Gedanken, Svea noch einmal zu begegnen. Nicht Angst vor ihr, natürlich nicht, aber Angst vor den eigenen Gefühlen und vor der Konsequenz, um die er nicht herumkam. Er wollte ihr nicht sagen, dass es aus war, wollte aber auch von seiner Liebe nicht mehr reden. Nicht heute und morgen sicherlich auch noch nicht. Weder das eine noch das andere sollte ausgesprochen werden. Heute nicht! Erst später …

Er verließ die Straße und setzte sich am Rande des Dorfteichs auf eine Bank. Konnte er Verständnis für Svea aufbringen? Er versuchte es mit aller Macht, aber es gelang ihm nicht. Nein, es war nicht richtig gewesen, das Schicksal zu verbiegen, dem Kind den Vater zu nehmen, dem Vater das Kind. Ida war erwachsen, sie konnte selbst entscheiden, wie sie mit ihrem Vater umgehen wollte, und Thies Dageför hat trotz allem das Recht, seine Tochter zu sehen. Ein Recht, das niemand verspielen konnte. Dass er dieses Recht verkauft hatte, weil er sich in einer verzweifelten Situation befand, änderte nichts daran. So ein Recht war nicht zu verkaufen. Svea hätte nicht nur die Möglichkeit, sondern sogar die Pflicht gehabt, Erik den Aufenthaltsort von Thies Dageför zu verraten. Zu dieser Meinung kam er angesichts des Friedens auf dem Dorfteich, in der Stille um ihn herum, in dem Gefühl, dass das Leben gerade von ihm abrückte und ihn allein ließ. Svea war mit einem Mal weit entfernt, er hätte nicht nach ihr greifen können, nicht einmal nach einer schönen Erinnerung. Sogar die Kinder waren in diesem Augenblick nicht in seiner Nähe, seine Schwiegermutter auch nicht. Und … Wiebke? Es schien, als setzte sie sich gerade an seine linke Seite. Aber es war die Frau auf der anderen Seite, deren Hand er ergriff. »Ach, Lucia!«

Er hielt sie fest, als er sich erhob und seinen Weg fortsetzte. Wie ein Betrunkener schwankte er an ihrem unsichtbaren Arm und hoffte, dass niemand ihn sah, der glaubte, der Hauptkommissar habe sich einen Rausch angetrunken. Er war stocknüchtern! Er erkannte Svea jetzt so, wie sie war, und auch Wiebke. Lucia sowieso. Sie sah er nicht, ihre Nähe fühlte er, ihre Wärme würde immer bei ihm bleiben. Diese Erkenntnis tat ihm gut, und er hoffte, dass auch die Kinder die Wärme ihrer Mutter nie verlieren würden.

Er nahm das Handy aus der Tasche und wählte seine Festnetznummer, um herauszufinden, ob jemand daheim war. Er wollte jetzt nicht in ein leeres Haus kommen, er brauchte Gesellschaft. Verblüfft blieb er stehen, während er auf das Freizeichen lauschte. Gesellschaft? Eigentlich war er lieber ungestört, wenn er von schweren Gedanken gequält wurde. Aber an diesem Abend wollte er tatsächlich jemanden bei sich haben, dem er erzählen konnte, was geschehen war. So, wie er sich früher zu Lucia gesetzt hatte, wenn sie auf ihn gewartet hatte …

Aber zu Hause nahm niemand ab. Felix war wohl noch mit Ben und Finn unterwegs. Und Carolin …? Sie hatte Dienst bis zehn, jetzt fiel es ihm wieder ein. Er blieb auf der rechten Seite der Westerlandstraße und bog in den Hochkamp ein, um von dort in die Straße Im Grund zu gehen, wo das Frangiflutti lag. Er würde Carolin abholen und mit ihr zusammen nach Hause gehen. Der Gedanke tat ihm gut. Ob er auch seiner Tochter gefiel, spielte an diesem Abend keine Rolle.

Noch einmal holte er das Handy heraus und wählte die Nummer der Staatsanwältin. Aber auch diesmal erreichte er nur die Mailbox. Während er vorher wieder aufgelegt hatte, hinterließ er diesmal eine Nachricht: »Hier Wolf! Es scheint so, als wäre Valerio Fallaci geflohen. Möglich, dass er sich nach Italien absetzt. Vielleicht sogar auf das Gut seines Sohnes. Halten Sie also bitte die Augen offen. Und sagen Sie meiner Schwiegermutter, sie soll vorsichtig sein. Jemand, der auf der Flucht ist, ist gefährlich. Wem sage ich das? Aber meine Schwiegermutter muss man darauf hinweisen, dass Valerio Fallaci möglicherweise ein Mörder ist. Solange man es ihr nicht ausdrücklich erklärt, denkt sie immer noch an den Ehemann ihrer Freundin.« Er zögerte, dann fügte er hinzu: »Schönen Abend noch« und legte auf.

In der Nähe des Hotels Wiesbaden tauchte ein Mann im Licht einer Laterne auf, im dunklen Anzug, sehr elegant gekleidet, ein Südländer mit schwarzen Haaren und angegrauten Schläfen, älter als Erik, vermutlich um die sechzig. Mit großen Schritten überquerte er den Parkplatz des Hotels und ging auf den Eingang zu.

Dort war er gerade verschwunden, als Erik eine Person auffiel, die sich aus der Bepflanzung des Nachbargrundstücks löste, als hätte sie sich dort versteckt, als wollte sie nicht gesehen werden wollen. Jetzt traute sich das junge Mädchen auf die Straße.

»Caro! Was machst du denn hier?«

Carolin blieb stehen wie vom Donner gerührt, etwa zehn Meter von der Einfahrt zum Hotelparkplatz entfernt. »Papa?«

Sie trug noch ihre Hoteluniform, die sie immer ablegte, bevor sie heimkam. Jetzt lief sie ihm eilig entgegen und griff nach seinem Arm. »Das war er!«, zischte sie und wollte ihren Vater am Eingang des Hotels vorbeiziehen.

»Wer?« Erik verstand nicht, was in seiner Tochter vorging, und bewegte sich keinen Meter voran.

»Der Mafioso«, flüsterte Carolin, obwohl der Mann längst im Hotel verschwunden war und sich sonst niemand in ihrer Nähe aufhielt.

Erik starrte seine Tochter an. »Was?«

»Herr Riefling hat gesagt, ich soll ihm nachlaufen. Er will wissen, wo er wohnt.«

»Warum?«

»Damit du Bescheid weißt! Wann wirst du endlich was unternehmen?«

Obwohl Carolin immer noch an ihm herumzerrte, blieb Erik stehen wie ein Baum. »Was sollte ich unternehmen, Caro? Ich habe keinen Grund, gegen den Mann vorzugehen. Anscheinend tut er nichts Verbotenes. Signora Fallaci kennt ihn sogar.«

»Er war heute Abend bei ihr. «

»Da siehst du es. Ein Bekannter von ihr, mehr nicht.«

Den Gedanken, das Ganze höre sich so an, als handle es sich um einen Liebhaber, sprach er nicht aus. Nun folgte er seiner Tochter doch. Aber während er den Eingang des Hotels Wiesbaden passierte, warf er einen langen Blick auf den Parkplatz. Nur drei Autos standen dort. Ein großer Mercedes, ein kleiner Sportwagen und … ein Pick-up. Nun brachte Erik wieder keinen weiteren Schritt zustande, sosehr Carolin auch drängte. Wiebkes Pick-up! Hier also wohnte sie. Im Hotel Wiesbaden wusch sie sich den Schmutz von der Straße ab und erholte sich. Hier hatte sie Thies Dageförs Habseligkeiten durchsucht, schrieb vermutlich schon an ihrer Reportage, hielt alle Erfahrungen fest, die sie mit herzlosen Passanten gemacht hatte, und ließ das Schicksal des Mannes einfließen, neben dem sie für einige Tage auf der Friedrichstraße gesessen hatte.

»Komm, Papa!«

Aber Erik hörte Carolins Stimme nicht. Wie lange saß Wiebke eigentlich schon dort? Er hatte sie nicht gefragt. Länger als Thies Dageför? Hatte sie schon neben Holger Callesen gesessen und geschwiegen, als er verschwand und ein anderer seinen Platz einnahm? Das sah Wiebke ähnlich, die damit sofort eine Sensationsstory gewittert hatte. Der Gedanke an Svea drängte sich wieder an ihn heran. Hatte auch Wiebke ihm nicht verraten, dass neben ihr etwas Seltsames geschah? Dass ein Mann einen anderen ersetzte? Er hielt es für möglich, dass sie erst ihre Story in Sicherheit bringen wollte, ehe sie zu Erik kam, um ihm zu helfen.

Sie bogen in die Straße Im Grund ein, und jetzt drang endlich in Eriks Kopf, was Carolin ihm erzählte. »Signora Fallaci hat mich nicht lange bei sich behalten. Sie hat gesagt, ich solle ruhig wieder an meine Arbeit gehen, sie komme zurecht. Ich bin also wieder gegangen, aber …« Carolin warf ihrem Vater einen verlegenen Blick zu. »Ich habe gewartet und gehört, dass sie telefonierte. Ich konnte ihre Stimme hören, aber nicht verstehen, was sie sagte. Und dann … dann habe ich in einer Ecke hinter dem Aufzugschacht noch ein paar Minuten gewartet. Und prompt kam der Mafioso …«

»Der Mann, von dem du glaubst, dass er ein Mafioso ist.«

»Der kam und wurde sofort eingelassen. Noch bevor er klingelte.«

Sie waren vor dem Frangiflutti angekommen. Carolin sah auf die Uhr. »Ich ziehe mich nur schnell um, dann können wir zusammen nach Hause gehen.«

»Okay.« Erik folgte seiner Tochter in die Lobby und setzte sich dort in einen Sessel. Er grüßte Herrn Riefling, der an der Rezeption stand und so aussah, als wollte er zu ihm kommen, um nun auch seinerseits seine Besorgnis über den Mafioso auszudrücken, der im Frangiflutti ein und aus ging. Erik griff schnell nach einer Zeitung, weil er hoffte, dass der Chef der Rezeption davon Abstand nehmen würde. Schlimm genug, dass Carolin ihn damit bedrängte! Er konnte es nicht leiden, wenn besorgte Bürger der Ansicht waren, sie müssten der Polizei auf die Sprünge helfen und ihnen Ratschläge erteilen, damit sie wussten, wie sie ihre Arbeit zu verrichten hätten.

Vermutlich wäre Herr Riefling tatsächlich zu ihm gekommen, denn die Lobby war leer, es gab niemanden, der das Gespräch mitbekommen konnte. Und das wäre dem Rezeptionisten, der die Diskretion in Person war, natürlich sehr wichtig. Aber bevor er sich von der Theke lösen konnte, klingelte das Telefon. Herr Riefling meldete sich nicht mit dem Namen des Hotels und der Frage, was er für den Anrufer tun könne, sondern brummte nur seinen Namen in den Hörer. Also ein internes Gespräch, ein Anruf von einem Mitarbeiter, der keine besondere Höflichkeit verdiente.

Erik legte die Zeitung wieder weg, die ihn nicht interessierte, und hoffte, dass das Gespräch so lange dauern würde, bis Carolin kam, um mit ihm nach Hause zu gehen. Aber er hatte Pech, das spürte und sah er schnell. Das Gesicht des Rezeptionisten wurde blass, seine Kinnlade sackte herab, er brachte nur ein mühsames Stottern hervor. Und dann fiel sein Blick auf Erik. »Die Polizei? Die … die ist schon hier.«

Die Tür fiel hinter Tania Auguro in Schloss, Mamma Carlotta hörte, wie sich der Schlüssel drehte. Sie saß auf einem Schemel, ihre Handgelenke waren gefesselt und mit einem schweren Tisch verbunden worden, der sich durch kein Ziehen und Zerren bewegen ließ. Sie taten weh, Tania hatte die Fessel rücksichtslos zugezogen, so eng wie möglich, Carlottas Mund hatte sie mit einem breiten Klebeband verschlossen. Mamma Carlotta konnte nicht mehr als ein Wimmern von sich geben, das draußen niemand hören konnte. Was würde nun geschehen? Das Flackern des Irrsinns in den Augen von Tania Augora hatte ihr große Angst gemacht, so wie die Sorge, es mit einer Frau zu tun zu haben, die keiner Logik, keiner Vernunft zugänglich war. Tania hatte auf kein Wort der Besänftigung reagiert, Mamma Carlotta wusste nicht einmal, ob sie ihr überhaupt zugehört hatte.

Sie gab es auf, an den Fesseln zu zerren und mit ihrer Stimme Töne hervorzubringen, die doch nicht gehört wurden. Sie musste zur Ruhe kommen, nachdenken, vorausschauen, wie Tanias Pläne aussahen. Das Erste, was ihr einfiel, trug zu ihrer Beruhigung bei. Tania würde fliehen wollen und hatte deshalb die Zeugin, die sie verraten könnte, eingesperrt, damit sie ihre Flucht nicht vereiteln konnte. Mamma Carlotta atmete auf. Dann brauchte sie nur zu warten, bis sie gefunden wurde. Das konnte nicht lange dauern. Dann aber drängte sich ein anderer Gedanke heran. Würde es Tania reichen, die Zeugin nur für eine Weile aus dem Verkehr zu ziehen? Vielleicht wollte sie gar nicht fliehen, sondern bleiben! Dann würde sie dafür sorgen, dass Mamma Carlotta ein für alle Mal den Mund hielt. Die Frau war kaltblütig, zu allem fähig. Sie hatte die Scheune angezündet und damit sogar den Mann, den sie doch liebte, dem Tod überlassen, die Frau, auf die sie eifersüchtig war, erst recht. Warum sollte sie das Gleiche nicht noch einmal versuchen?

Der Brandgeruch war noch immer sehr stark. Von der Scheune kam er – oder hatte Tania auch in diesem Schuppen schon Feuer gelegt? Das Prasseln und Knistern hatte immer noch kein Ende gefunden. Kam es von der Scheune – oder hatte es schon hier, in ihrer Nähe angefangen?

Mamma Carlotta zwang sich, Ruhe zu bewahren und einen klaren Gedanken zu fassen. Nur mit Umsicht konnte sie es schaffen, sich zu retten oder dafür zu sorgen, dass sie befreit wurde. Sie sah sich um, so weit es ihr möglich war, drehte den Kopf, um herauszufinden, ob es etwas in ihrer Nähe gab, was sie erreichen, was ihr helfen konnte. Wo war sie überhaupt gelandet? Was war das für ein Haus, in das Tania sie gestoßen hatte? Sie hatte an einen Aufbewahrungsort für Gartenmöbel oder Gerätschaften für die Gärtner gedacht, aber nun sah sie Zubehör für die Weinherstellung. Sie erkannte es ziemlich genau, denn das flackernde Feuer der Scheune warf Licht durch die kleinen Fenster. Ein wenig kannte sie sich ja aus. In Panidomino lebten einige Weinbauern in ihrer Nähe, sie war oft in einem Weinkeller gewesen und kannte auch die Räume, in denen alles aufbewahrt wurde, was zur Weinherstellung nötig war.

Es kam ihr vor, als wäre sie in einem Labor gelandet. Viele leere Flaschen sah sie, diverses Zubehör, einen großen Korb voller Korken, daneben eine mechanische Vorrichtung, um sie in Flaschen zu pressen. Auf einem kleinen Tisch sah sie Wachs und mehrere Stempel liegen, mit denen die Korken versiegelt wurden. Sie betrachtete das alles argwöhnisch. Warum war die Herstellung nicht automatisiert worden? Geschah hier etwas, was niemand sehen sollte? Was bei einer Besichtigung der Weinkellerei ausgespart wurde? Nun erkannte sie auch in einem Regal unzählige Etiketten, teilweise noch unbeschriftet, viele aber auch mit einem Aufdruck versehen. »Brunello di Montalcino«! Das gleiche Etikett, das die Flaschen getragen hatten, die in Toves Küche gestapelt waren. Mamma Carlotta war mit einem Mal sicher, dass sie hier in der Weinwerkstatt gelandet war, in der Holger Callesen seinen Wein gefälscht hatte. Oder … in der die Fallacis den Brunello fälschten?

Nun war Schluss mit den klaren Gedanken. Die Angst machte sie erneut zunichte. Dio mio! Wenn sie der Weinpanscherei auf die Spur gekommen war, dann würde es noch unwahrscheinlicher sein, dass sie hier lebendig wieder herauskam. Dann hatte womöglich auch Eduardo einen Grund, sie mundtot zu machen.

Wieder versuchte sie verzweifelt, ihre Stimme einzusetzen. »Hmhmhm!« Aber sie wusste, dass man sie draußen nicht hören würde. Die Mauern waren dick, die Tür war stabil. Sie war gefangen. Die Feuerwehrleute kümmerten sich um den Brand, alle anderen vermutlich um Eduardo und Tilla, die sicherlich Hilfe benötigten. Wann würde es der Staatsanwältin auffallen, dass die Schwiegermutter des Hauptkommissars fehlte?

Obwohl sie an nichts anderes denken konnte als daran, unbeschadet aus diesem Haus zu kommen, zitterte nun doch die

Erinnerung durch ihren Kopf. Was hatte die Staatsanwältin erzählt? Sie hatte von einem Mann gesprochen, in den sie verliebt sei, ein Mann, der sie nicht mochte und zu dem sie unfreundlich und gemein war! Alles, was sie über diesen Mann gesagt hatte, traf auf ihren Schwiegersohn zu. Madonna! War das möglich? Sie musste sich geirrt haben, hatte wohl etwas falsch verstanden, hatte auf zufällige Ähnlichkeiten gehört …

Sie schob diese verrückten Gedanken zur Seite, als sie draußen etwas hörte, was nicht so weit weg war wie die Stimmen der Feuerwehrleute, wie der Lärm, den ihre Geräte machten. Sie hörte die leise Stimme einer Frau und die kräftige eines Mannes, sie hörte Schritte und ein Klappern am hinteren Fenster. Aber es war klein und sehr hoch angebracht. Hindurchzusehen war unmöglich.

»Hmhmhm!«

Sie bewegte sich verzweifelt, während sie versuchte, sich Gehör zu verschaffen, und schließlich fiel der Schemel um, und sie landete auf dem Boden. Unter der Tür gab es einen Spalt, durch den sie einen Schein ausmachen konnte. Er war rot …

Herr Riefling hatte seine liebe Mühe, die Contenance zu wahren, die für ihn zu seinem Beruf dazugehörte. Er war ein hochgewachsener, sehr schlanker Mann, der wie viele große Menschen dazu neigte, gebeugt zu gehen, weil er es gewöhnt war, sich häufig zu bücken, um sich den Kopf nicht zu stoßen. Aber in dieser Situation richtete er sich hoch auf und war damit mehr als einen Kopf größer als Erik.

»Sie bleiben an der Rezeption, Carolina!«

Als er die Tür zum Innenhof öffnete und hindurchschritt, streifte sein Kopf die obere Türkante. Trotz seiner Aufregung ging er gemessenen Schritts und fand sogar die Ruhe zu einigen Erklärungen.

»Die innere Verbindung zwischen dem Haupthaus und dem

hinteren Gebäude ist noch nicht fertig. Irgendeine Bestimmung des Brandschutzes. Signor Fallaci hat sich schon mehrmals sehr darüber geärgert. Die deutsche Gesetzgebung ist für einen Italiener wohl immer ein Grund zur Aufregung. Natürlich hatte er damit gerechnet, dass das Hotel bei der Eröffnung komplett fertig sein würde, auch das Nebengebäude. Wir hatten sogar schon Buchungen, die dann storniert werden mussten. Sehr unangenehm.«

Sie hatten den Innenhof überquert und traten durch die Tür des hinteren Gebäudes. Es roch noch nach Mörtel und Farbe, die Böden und Treppenstufen waren zwar gereinigt, aber die Teppiche fehlten noch, und die Wände waren ohne jeden Schmuck.

»Die Zimmer sind so weit fertig«, erklärte Herr Riefling, während er die Stufen zur ersten Etage hochstieg, »es fehlt nur noch die letzte Genehmigung.«

Als sie in der ersten Etage des dreistöckigen Gebäudeteils angekommen waren, fiel endlich das Distinguierte von ihm ab, er überließ sich der Tragödie, die er bis zu diesem Augenblick nicht hatte wahrhaben wollen. Herr Riefling gehörte wohl zu den Menschen, die erst dann an eine Katastrophe glaubten, wenn sie sie vor sich sahen.

Das war nun der Fall, und zwar in Form eines völlig aufgelösten Zimmermädchens, das auf dem Flur hin und her lief und laut weinte. Als sie Herrn Riefling sah, machte sie Anstalten, auf ihn zuzulaufen, und es kam Erik sogar so vor, als wollte sie sich in seine Arme werfen, aber seine Gegenwart hielt sie wohl davon ab. Stattdessen steigerte sie ihr Weinen in der Lautstärke noch beträchtlich und antwortete auf Eriks Frage, was denn eigentlich passiert sei, nur mit einem Wink auf die Tür eines Zimmers. Dort war also etwas geschehen. Etwas Schreckliches. Das Zimmermädchen wandte sich ab und schlug die Hände vors Gesicht, als Erik die Klinke herunterdrückte, und Herr Riefling machte einen Schritt zurück.

Erik öffnete die Tür, langsam und bedächtig, wie es seine Art war. Das Bild, das sich ihm bot, war entsetzlich. So schrecklich, wie er es vor wenigen Tagen schon einmal gesehen hatte. Ein Mann war ans Bett gefesselt worden, der Mund verklebt, hilflos seinem Ende ausgeliefert.

Mit einem Mal merkte sie, dass sich die Fesselung durch ihren Sturz gelockert hatte. Tania hatte nicht viel Zeit gehabt, als sie sie am Tisch festgebunden hatte, sie war nervös gewesen, hatte fahrige Finger gehabt und war mit ihren Gedanken woanders gewesen. Die Knoten, die sich im ersten Moment schmerzhaft zugezogen hatten, schnitten nun nicht mehr ins Fleisch. Mamma Carlotta begann zu zerren, mit aller Kraft, die noch in ihr war. Viel Kraft, das spürte und beruhigte sie. Einen Teil der Fesselung hatte sie auf diese Weise bald gelöst, und dann dauerte es nur noch einen Augenblick, und ihre linke Hand war befreit. Mit einer schnellen Bewegung riss sie sich das Klebeband vom Mund. »Hilfe!«

Als sie zu schreien begann, merkte sie erst, wie groß draußen der Lärm war, gegen den sie anschreien musste. Aber die Stimmen, die durcheinanderriefen, machten ihr auch Mut. »Hilfe!«

Nun war es ein Leichtes, mit der linken Hand auch die rechte zu befreien. »Hilfe!«

Sie hatte sich gerade vom Tisch losgemacht, als es an der Tür rüttelte. »Ist jemand da drinnen?«

»Hilfe!« Sie rappelte sich hoch, lief zur Tür, wollte sie öffnen ... aber sie war verschlossen. Verzweifelt schlug sie dagegen. »Hilfe!«

Die Männerstimme, die hereindrang, klang ruhig und besänftigend. Mamma Carlotta verlor sofort einen großen Teil ihrer Angst. Da war jemand auf der anderen Seite der Tür, der ihr helfen würde. Ganz sicher! »Sie hat mich eingeschlossen!«

Sie hörte, wie der Mann mit einer anderen Person sprach und dass dabei Tanias Name fiel. Das erzeugte eine so große Beruhigung in ihr, dass sie zurückging und sich an den Tisch setzte, an den sie kurz vorher noch gefesselt gewesen war. Sie war bereit zu warten. Da draußen war jemand, der wusste, wo sie war, und derjenige würde auch einen Weg finden, zu ihr vorzudringen und sie zu befreien.

Es geschah jedoch nichts. Die Stimmen hatten sich entfernt, nun waren wieder nur noch die Geräusche zu hören, die von der brennenden Scheune herüberdrangen. Feuerwehrmänner, die sich etwas zuriefen, nachgebende Balken, ein warnender Schrei. Dieses Haus schien mit einem Mal vergessen zu sein, es gehörte wohl zu den Gebäuden, die nicht mit dem Generalschlüssel zu öffnen waren.

Kein Wunder! Mamma Carlotta sah sich etwas gründlicher um, stand auf, blickte in den nächsten Raum, der voller Weinzubehör war. Eduardo Fallaci würde nicht wollen, dass sich hier jemand umsah. Vermutlich hatte nur er einen Schlüssel. Aber wo war er? Ins Krankenhaus eingeliefert worden? Zusammen mit der Staatsanwältin? Litten sie an Rauchvergiftung oder hatten sonstige Verletzungen davongetragen? Wie lange würde Mamma Carlotta hier ausharren müssen, bis jemand den Schlüssel gefunden hatte? Sie blickte nach oben zu den winzigen Fenstern, die nur dazu dienten, etwas Licht hereinzulassen. Sie waren schon lange nicht mehr geöffnet worden, dichte Spinnweben hatten sich von einem Fensterrahmen zum anderen gespannt.

In diesem Augenblick hörte sie die Schritte, die auf die Tür zukamen. Und schon im nächsten Augenblick öffnete sie sich. Raffaella und ihr Vater standen vor ihr.

»Grazie a dio!«, stieß Raffaella hervor, griff nach Mamma Carlottas Armen und zog sie ins Freie. »Man hat mir gesagt, dass Sie mich suchen. Ich konnte mir denken, wo ich …«

Mamma Carlotta ließ sie nicht aussprechen. »Wo ist die

Staatsanwältin?«, fragte sie und warf einen Blick zu der rauchenden Scheune.

Raffaellas Vater sah sie verständnislos an. »Was für eine Staatsanwältin?«

»Meine Nichte! Ich rede von meiner Nichte!«

»Die sucht Sie überall.«

Mamma Carlotta sah, dass Raffaella einen langen Blick in das Haus warf, in dem sie die schrecklichsten Stunden ihres Lebens verbracht hatte. Stunden? Nein, sicherlich waren es nur Minuten gewesen. Aber es war ihr vorgekommen wie viele Stunden. Ehe Raffaella einen Schritt ins Haus setzen konnte, hielt Mamma Carlotta sie zurück. »Die Fälscherwerkstatt eines Weinpanschers?«, fragte sie, ohne auf eine Antwort zu warten. »Sie können Ihrem Chef jetzt nicht mehr helfen. Sie haben dafür gesorgt, dass die Staatsanwältin nichts von der Lieferung bemerkte, für alles andere sind Sie nicht verantwortlich.«

»Dieses Biest«, flüsterte Raffaella, und Mamma Carlotta wusste, dass sie Tania Augora meinte.

»Sie sollten, wenn der Lieferwagen weg war, den Schlüssel zurückdrehen und behaupten, Sie hätten versehentlich die Scheune abgeschlossen? Das hatte Eduardo Fallaci Ihnen eingeschärft?«

Raffaella nickte, während in das Gesicht ihres Vaters blanker Zorn stieg. »Halt den Mund! Willst du deine Stelle verlieren?«

Raffaella sah ihren Vater trotzig an. »Ich finde woanders Arbeit.«

»Nicht wenn Eduardo überall herumerzählt, dass du indiskret bist und Lügen über deinen Chef verbreitest.«

»Das sind keine Lügen. Ich weiß schon lange, dass keiner mitkriegen soll, was das für Lieferungen sind, die nach Norddeutschland gehen. Eduardo denkt ja, ich bin zu blöde. Mir könne man irgendwelche Befehle erteilen, ohne dass ich mir Gedanken mache.«

»Zum Denken bist du hier nicht angestellt. Was der Chef

macht, geht dich nichts an. Du hast nur seine Anweisungen zu befolgen.«

»Ich bin nicht taub und auch nicht blind. Ich habe gehört, was der Senior gesagt hat, bevor er nach Sylt zog. Er müsse hier weg, weil es sonst Mord und Totschlag gäbe.«

»Halt den Mund«, fuhr ihr Vater sie an.

Aber Raffaella schien endlich loswerden zu wollen, was sie wusste. »Ich habe auch mitgekriegt, dass Holger ermordet worden ist. Auf Sylt! Da, wo der Senior jetzt lebt.«

Mamma Carlotta griff nach Raffaellas Arm. »Sie meinen, Valerio Fallaci hat Holger Callesen umgebracht?«

Nun wurde Raffaella unsicher. »Was weiß ich? Ich kann nur vermuten.«

Ihr Vater sah eine Chance einzugreifen. »Der Senior hat Callesen jahrelang nicht gesehen. Warum sollte er ihn jetzt umbringen?«

Nun war es Mamma Carlotta, die dazwischenging. »Sie meinen, es ist Zufall, dass Fallaci und Callesen beide auf Sylt sind?« Raffaellas Vater fand darauf keine Antwort, und Carlotta fuhr fort: »Thies Dageför ist auch auf Sylt.«

»Alle drei?« Raffaellas Stimme klang triumphierend. »Das konnte ja nicht gut gehen. Holger hat Thies betrogen, Thies hat Holger mit Rache gedroht, der Senior hat Thies auf seine Seite gezogen und dafür gesorgt, dass Holger bankrottgeht. Jeder der drei hat einen Grund, einen der anderen beiden umzubringen.«

»Auch Valerio Fallaci?«, fragte Mamma Carlotta und übersah die Hand des Vaters, der seine Tochter wegziehen wollte.

»Klar!«, gab Raffaella zurück. »Jedenfalls dann, wenn Holger beweisen konnte, dass er von Fallaci betrogen worden ist.«

Raffaellas Vater war froh, dass er einen Grund fand, dieses Gespräch zu beenden. Er wies zu einer Frau, die über den Rasen gelaufen kam und mit beiden Armen winkte. »Ihre Nichte, Signora.«

Erik wurde erschrocken angesehen, als er mit dem klingelnden Handy aus dem Zimmer herauskam. Er sah sich genötigt, Herrn Riefling und dem Zimmermädchen zu verstehen zu geben, dass er nicht etwa im Angesicht einer Leiche ein Privatgespräch führen wolle. »Die Staatsanwältin«, erklärte er, dann erst nahm er das Telefonat an, während er den Gang heruntergieng und sich damit so weit wie möglich von dem Rezeptionisten und dem Zimmermädchen entfernte.

»Hier Tilla Speck.« Erik war erstaunt, ihren Vornamen nannte die Staatsanwältin sonst nie, wenn sie sich meldete. Irgendetwas hatte sich verändert. Ihre Stimme klang anders als sonst, nicht so forsch und selbstbewusst, sondern atemlos und eine Nuance höher als sonst, fast ein wenig mädchenhaft. Aber das hätte sie sicherlich nicht gerne gehört, wenn er es ausgesprochen hätte.

»Alles okay? Wie geht es meiner Schwiegermutter?«

Die Staatsanwältin wich aus. »Wir haben jede Menge Aufregung hinter uns.«

Unter anderen Umständen wäre Erik jetzt alarmiert gewesen, hätte gefragt, was passiert sei, und sich Sorgen gemacht. Aber angesichts dessen, was er selbst gerade hatte erleben müssen, reagierte er gleichmütig. »Es ist schon spät.«

Auf diesen Hinweis antwortete die Staatsanwältin nicht. »Ich habe Ihre Nachricht auf meiner Mailbox gefunden, Wolf. Mal sehen, ob Valerio Fallaci hier aufgetaucht ist. Darum müssen sich die Kollegen vor Ort kümmern. Wir fliegen am Vormittag zurück.«

»Schon morgen?«

»Ja, die zweite Nacht sparen wir uns. Was hier abgeht ... da darf ich mich nicht einmischen. Das ist Sache der italienischen Justiz. Außerdem ...«

»Außerdem?«

»Wir sind rausgeflogen. Wir müssen froh sein, dass man uns die Koffer nicht direkt vor die Tür gestellt hat.«

»Wie bitte? Was haben Sie angestellt?«

»Nur so viel, Wolf …«

Er hätte sie gern unterbrochen, hätte gesagt, dass nichts so wichtig sein könne wie das, was hier im Frangiflutti geschah, dass er das Handy brauche, um seinen Assistenten, die KTU und den Gerichtsmediziner zu verständigen. Er hätte auch gern gefragt, was dazu geführt hatte, dass zwei honorige Damen eines Hotels verwiesen wurden … aber wie immer ließ die Staatsanwältin ihn nicht zu Wort kommen. Und seine Gefühlsregung bemerkte sie nicht. War ja klar!

»Wir haben Beweise für Weinbetrug gefunden. Also … Ihre Schwiegermutter hat das Labor entdeckt, in dem man dem guten Brunello billigen Wein zusetzt und die Etiketten fälscht.«

»Meine Schwiegermutter?« Erik war ehrlich erschüttert. Nun stach Carlotta sogar schon die Staatsanwältin aus? »Aber wieso …?«

Doch Frau Dr. Speck ließ ihn die Frage, die ihm auf der Zunge lag, nicht stellen. »Das ist Sache der örtlichen Kriminalpolizei. Uns interessiert ja nur, wohin der Wein geliefert wird, der auf Sylt landet, wer an dem Weinbetrug mitverdient und ob diese Sache etwas mit dem Mord an Holger Callesen zu tun hat.«

Im Hintergrund hörte Erik Geräusche, als suchte die Staatsanwältin nach irgendwelchen Unterlagen. »Haben Sie was zu schreiben da?«

»Nein!«

Eigentlich musste jetzt etwas Verächtliches kommen. Ein Polizist müsse immer Papier und Stift zur Hand haben, um sich Notizen machen zu können … aber sie nahm sein Nein hin und fragte nicht nach den Umständen, in denen sie ihn angetroffen hatte. Doch immerhin schien sie zu begreifen, dass sie ihn nicht zu Hause auf dem Sofa erreicht hatte.

»Das können Sie sich auch so merken: ›Toskanische Spezialitäten aus Montalcino.‹ Die Wagen fahren heute Nacht noch wieder los. Mit drei Fahrern, die sich abwechseln. Also nonstop. In sechzehn bis zwanzig Stunden sind sie da. Morgen Abend können Sie mit ihnen rechnen.«

»Woher wissen Sie das?«

»Das hat Ihre Schwiegermutter rausbekommen.«

»Meine …?« Erik verschlug es erneut die Sprache.

»Postieren Sie Ihre Leute an der Verladestation, so ein Lieferwagen fällt auf. Und dann brauchen Sie ihn nur verfolgen zu lassen, um herauszufinden, wo er den Wein ablädt.« Sie gab ein Lachen von sich, das Erik noch nie gehört hatte. Nicht arrogant, sondern so, als wäre sie wirklich amüsiert. »Sylt soll nicht in einen Weinskandal verwickelt werden. Die Feriengäste müssen wissen, dass Sylt nicht nur teuer ist, sondern was zu bieten hat. Zum Beispiel reinen Wein, darauf können die Touristen vertrauen. Weinhandel war schon immer Vertrauenssache.«

Erik lehnte sich an eine Wand, obwohl er riechen konnte, dass sie frisch gestrichen war. Es war ihm egal. »Und die Million, die Callesen geerbt hat? Da stehen wir immer noch auf dem Schlauch.«

»Ihre Schwiegermutter hat einen bemerkenswerten Satz aufgeschnappt. Der Namen habe geerbt, nicht die Person … oder so ähnlich. Können Sie damit etwas anfangen, Wolf?«

Erik konnte keinen klaren Gedanken fassen, schloss die Augen und hoffte, dass die Staatsanwältin bald das Gespräch beendete.

»Ich werde den italienischen Kollegen Beine machen, Wolf. Die sollen sich Valerio Fallaci schnappen, wenn er in Italien auftaucht. Gut möglich, dass er für Callesens Tod verantwortlich ist. Wer flieht, hat unrecht.«

»Dageför ist auch geflohen«, brachte Erik mühsam heraus.

»Sein Motiv wäre Rache, weil er aus irgendwelchen Gründen davon überzeugt ist, dass das Geld, das Callesen geerbt hat, ihm zusteht. Aber das Erbe ist schon vor gut fünf Jahren ausgezahlt worden. Warum erst jetzt ein Racheakt? Und warum überhaupt diese Rache? Thies Dageför ist seinem Freund in die Toskana gefolgt und hat dort für ihn gearbeitet. Das passt doch nicht.« Es entstand eine winzige Pause. »Sind Sie noch dran, Wolf?«

»Ja.«

»Also hängt der Mord wohl mit der Weinpanscherei zusammen. Und da haben Valerio Fallaci und sein Sohn die Finger im Spiel. Da Eduardo nicht auf Sylt war, muss es also der Vater gewesen sein.«

»Oder Thies Dageför. Der Verdacht gegen Valerio Fallaci hat sich jedenfalls als unbegründet erwiesen.«

»Deswegen klingt Ihre Stimme so anders.« Erik war ehrlich verblüfft und brauchte einen Augenblick, um die Neuigkeit zu verarbeiten, dass die Staatsanwältin feinfühliger war, als er gedacht hatte. »Gibt's neue Erkenntnisse?«

»Das kann man wohl sagen.« Erik schöpfte tief Luft, ehe er fortfuhr: »Valerio Fallaci ist tot. Ermordet! Auf die gleiche Weise wie Holger Callesen.«

Mamma Carlotta starrte aus dem Fenster in die Wolkentürme, schneeweiß und unbeweglich, in ihre leuchtendblauen Öffnungen, mal klar, mal von weißen Schleiern überhaucht, und lauschte auf das Dröhnen der Flugzeugmotoren. Madonna, eine Flugreise für einen einzigen Tag! Wie überkandidelt! Decadente! Was für eine verrückte Welt! Und sie, Mamma Carlotta aus Umbrien, mittendrin!

Eduardo Fallaci hatte ihnen unmissverständlich zu verstehen gegeben, dass ihre Anwesenheit auf dem Gut nicht mehr erwünscht war. Sie hätten sich eingeschlichen, hatte er ihnen vorgeworfen, wären mit finsteren Absichten in seinem Haus erschienen, hätten sich als harmlose Touristinnen ausgegeben, um dann auf seinem Anwesen herumzuschnüffeln. Sogar schamlos gelogen hätten sie, sich als Tante und Nichte ausgegeben. »Dabei sind sie nicht einmal verwandt.« Als dann die italienische Kriminalpolizei erschienen war, hatte es ihm gereicht. »Raus!«, hatte er gebrüllt. »Verschwinden Sie!«

Wie aus dem Nichts war er vor der Tür der Weinfälscherwerkstatt erschienen, in der aus billigen Weinen teure Brunnellos gemacht und in Flaschen gefüllt wurden, die gefälschte Etiketten erhielten. Er hatte die Tür wütend ins Schloss geworfen, als könnte damit der Inhalt des Hauses in Vergessenheit geraten. »Damit hat Holger Callesen herumgepanscht. Und ich habe das Haus so gelassen, wie er es eingerichtet hat.« Immer wieder war er sich mit den bebenden Fingern durch die Haare und übers Gesicht gefahren, bis er aussah wie ein Landstreicher, der in der Nähe eines rauchenden Kamins die Nacht verbracht hatte. »Mir kann keiner was beweisen. Keiner!«

»Doch, ich.« Raffaella war einen Schritt vorgetreten, obwohl ihr Vater versuchte, sie zurückzuhalten. »Ich habe einiges gesehen und gehört, ich kann vor Gericht eine Aussage machen. Die anderen, die hier arbeiten, übrigens auch. Aber alle hängen ja an ihren Jobs, keiner wollte bisher etwas laut werden lassen, um die Arbeitsstelle nicht zu verlieren.«

Raffaella verlor sie in der nächsten Sekunde. Eduardo warf sie von seinem Grund und Boden und schärfte ihr ein, sich nie wieder blicken zu lassen. Und Tania Augora, so wütete er weiter, solle sich auch nie mehr in seiner Nähe sehen lassen. Er würde sie wegen Mordversuchs anzeigen. Ja, sie habe ihn umbringen wollen, als sie das Feuer in der Scheune legte. Er hätte sie schon viel eher an die Luft setzen sollen. Aber sie meinte ja, ihn in der Hand zu haben. Dabei sei sie es gewesen, die ihm geraten habe, das Weinfälschen, das man Holger Callesen nachgewiesen habe, fortzuführen. Seine Stimme war unnatürlich hoch geworden, steigerte sich ins Falsett. Alle Anwesenden traten einen Schritt zurück, als fürchteten sie sich vor diesem kreischenden Mann, der versuchte, seiner früheren Geliebten die Schuld für etwas zuzuschieben, was er gerade noch grundsätzlich bestritten hatte. Dieses Weib sei eine einzige Versuchung gewesen, eine Hexe, eine Frau mit bösen Gedanken, die sie auf andere übertragen könne. Er dürfe nur nicht so dumm sein, den Wein in der Umgebung zu verkaufen, habe sie gesagt. »Alles war ihre Idee. Sie dachte, wenn ich mich darauf einlasse, könne sie mich zur Heirat zwingen.« Er blickte sich um, sah in jedes Gesicht und entdeckte überall Schadenfreude und Spott.

Nein, er habe sich darauf nicht eingelassen, hatte er behauptet, von da an aber Wahrheit und Lüge so gründlich durcheinandergeworfen, dass er am Ende selbst nicht mehr zu wissen schien, worauf es ankam. Mamma Carlotta lief ein Schauer über den Rücken, als sie daran zurückdachte. Wie von Sinnen war Alessias Sohn gewesen, hatte geredet und gebrüllt, sich in eine Überheblichkeit hineingesteigert, der alle anderen staunend zusahen, und war dann, als das Gebälk der Scheune zusammenbrach, mit ihm gemeinsam zu Boden gegangen. Seine Beine hatten zu zittern begonnen, und er war ohnmächtig geworden. Als die Nachricht vom Tod seines Vaters kam, war er nur noch ein Schatten seiner selbst gewesen, ein hilflos schluchzendes Kind, das von seinen Eltern alleingelassen worden war.

Carlotta kam es so vor, als wäre die Staatsanwältin wie auf dem Hinflug eingeschlafen. Nun sah sie, dass ihre Augen geöffnet und auf die gepolsterte Rückenlehne des Vordersitzes gerichtet waren, als interessierte sie das blau-rot gewürfelte Muster. Wieder dachte Mamma Carlotta an das, was sie am Tag zuvor gehört hatte. Dr. Eva-Mathilda Speck hatte ihr Herz an einen Mann verloren, der nie etwas von ihren Gefühlen erfahren würde. Sie wollte weiterhin unfreundlich zu ihm sein, er würde sie weiterhin nicht ausstehen können. Verwitwet sei er, langsam, schwerfällig, humorlos, nicht mehr als durchschnittlich. Aber doch ein Mann, der zu seinen Überzeugungen stand, der meinte, was er sagte, ein guter Familienvater ... Madonna! Wenn Mamma Carlotta sich diese Worte immer und immer wieder durch den Kopf gehen ließ, kam sie von Mal zu Mal mehr zu der Überzeugung, dass die Staatsanwältin tatsächlich von Erik gesprochen hatte.

»Schade«, sagte Tilla Speck nun leise, »ich hatte mich auf ein paar schöne Tage mit dir gefreut. Ich kenne sonst keinen Menschen, der so ist wie du. So herzlich, so offen und durch und durch positiv. Wir hätten in der Toskana viel Spaß haben können.«

Mamma Carlotta spürte, dass sie rot anlief, und schaffte es nicht, darauf etwas zu entgegnen.

»Zwar kenne ich viele Menschen, aber kaum jemanden gut. Ich habe keine echten Freunde, niemanden, auf den ich mich verlassen kann, auch keine Verwandten. Meine Eltern sind schon lange tot, Geschwister habe ich keine ...« Sie drehte den Kopf nach links, sah aus dem Fenster, starrte in die Wolkenberge, als hätte sie Angst, dass in ihren Augen etwas zu lesen war, was sie geheim halten wollte. »Als junges Mädchen, als Studentin, habe ich nur an die Karriere gedacht. Familie? Mit so was Spießigem wollte ich mich nicht abgeben. Heute sehe ich das anders. Erik und die Kinder nutzen dich zwar manchmal aus ...« Sie wehrte ab, als Carlotta empört auffahren wollte. »Das habe ich mitbekommen. Du hattest ein Vier-Gänge-Menü gekocht und bist damit sitzen gelassen worden.«

Erik! Seit sie in der Toskana angekommen waren, nannte sie Carlottas Schwiegersohn beim Vornamen, wenn sie von ihm sprach.

»Das war eine Ausnahme.«

»Ja, das glaube ich auch.« Erik würde staunen, wenn er mitbekäme, wie friedfertig die Staatsanwältin sein konnte. »Letztlich ist es eben die Familie, auf die es ankommt, nicht der berufliche Erfolg, nicht das Geld, das man verdient ...«

Nun war Mamma Carlotta drauf und dran, Tilla gut zuzusprechen, ihr vor Augen zu führen, dass es noch nicht zu spät für eine Familie war. Für eigene Kinder war sie vermutlich zu alt, aber doch nicht zu alt für die Liebe ... Zum Glück fielen ihr, bevor sie es aussprach, erneut Tillas Worte in der Scheune ein. Was, wenn sie Mamma Carlotta dann ebenfalls ins Vertrauen zog, wenn sie ihr gestand, dass sie Erik in Wirklichkeit liebte? Dann würde sie, seine Schwiegermutter, am Ende dafür sorgen müssen, dass die beiden zusammenkamen, oder aber dafür, dass Tilla sich damit abfand, in Erik nicht den Richtigen zu finden, oder dass Erik das wahre Wesen der Staatsanwältin erkannte, oder … Nein! So gern sie sich sonst einschaltete und mit Leidenschaft versuchte, einem Glück zum Happy End zu verhelfen, in diesem Fall konnte sie nur verlieren, wenn sie versuchte, die Waage zur einen oder zur anderen Seite zu bewegen.

Nun schloss die Staatsanwältin die Augen, Carlotta war froh, dass sie das Gespräch nicht fortsetzen wollte, das sie selbst mit größtem Unbehagen erfüllte. Außerdem brauchte sie Zeit zum Nachdenken. Während der Nacht hatte sie sich von einer Seite auf die andere gewälzt und nicht einschlafen können, jetzt wurde es Zeit, zu einer Entscheidung zu kommen. Musste sie Erik verraten, wer Valerio Fallaci umgebracht hatte? Zu der Staatsanwältin hatte sie nichts von ihrem Verdacht gesagt, erstens, weil sie sich mitschuldig fühlte, zweitens, weil sie erst mit Alessia reden wollte, und drittens, weil ihr wichtig war, dass Erik die Staatsanwältin mit diesem Ergebnis überraschte. Er sollte es sein, der herausfand, dass Valerio das Opfer eines eifersüchtigen Rivalen geworden war. Robert Ricci hatte während des gemeinsamen Spaziergangs am Meer oft genug die Fäuste zum Himmel geschüttelt und dem Ehemann seiner Geliebten den Tod gewünscht. Nun hatte er offenbar seinen Plan in die Tat umgesetzt. Alessia hatte Skrupel, sich scheiden zu lassen, also musste sie zur Witwe gemacht werden …

Wie mochte es Alessia gehen? War sie Roberto dankbar, dass er für sie entschieden, dass er sie befreit hatte? Oder war ihr Gewissen nun so schwer geworden, dass sich darauf kein Glück aufbauen ließ? Liebte sie Roberto nun mehr denn je, oder verabscheute sie ihn für die schreckliche Tat? Mamma Carlotta wurde das Herz schwer, wenn sie daran dachte, der Freundin entgegenzutreten …

Als hätte die Staatsanwältin ihre Gedanken gehört, die sich um Alessia drehten, sagte sie nun: »Woher wusste Eduardo, dass wir nicht Tante und Nichte sind?« Sie setzte sich aufrecht hin, klappte das Tischchen herunter und sah der Flugbegleiterin entgegen, die mit dem Getränkewagen von Reihe zu Reihe ging. »Jemand muss ihn gewarnt haben. Seine Mutter?«

Mamma Carlotta beschäftigte sich lange damit, das Tischchen ebenfalls herunterzuklappen, und hoffte, dass die Frage in Vergessenheit geraten sein könnte, wenn die Stewardess nach den Getränkewünschen fragte. »Ich habe nichts verraten«, behauptete sie schließlich, als das fragende Lächeln der Staatsanwältin sich nicht veränderte. Nein, das hatte sie wirklich nicht. Jedenfalls nicht, wenn man es ganz genau nahm, und das wollte sie in diesem Augenblick unbedingt tun. Dass Alessia sich etwas zusammengereimt hatte, was zufällig der Wahrheit entsprach … dafür konnte sie nichts. Herausfordernd sah sie Tilla an, nachdem sie um einen Kaffee gebeten hatte. »Nein, verraten habe ich nichts.« Dabei würde sie bleiben. Bei wohlwollender Auslegung ihrer Worte würde auch ein Richter zu der Ansicht kommen, dass sie die Wahrheit sprach. Hatte nicht auch im letzten Sommer der alte Alceo, ein Hobbyfotograf in ihrem Dorf, darauf bestanden, von nichts etwas gewusst zu haben, als er ein Foto von seinem verheirateten Nachbarn gemacht hatte, der in das Fenster eines Hauses stieg, in dem eine alleinstehende Witwe lebte? Als dieser während des Scheidungsverfahrens vom Recht am eigenen Bild geredet und von Alceo Schadenersatz verlangt hatte, war der Richter zu einer anderen Meinung gekommen als der Ehebrecher. Er hatte Alceo geglaubt, dass dieser nur an der Architektur der schönen alten Villa interessiert gewesen war und deshalb das Foto in der Ausstellung präsentiert hatte, die jedem zugänglich gewesen war. Angeblich hatte Alceo gar nichts davon mitbekommen, dass sein Nachbar sich gerade in diesem Augenblick auf Abwegen befunden hatte.

»War es tatsächlich notwendig«, fragte Mamma Carlotta, während sie den Kaffee trank, »in die Toskana zu fliegen? Hat es die Ermittlungen vorangetrieben?«

»Nicht wirklich«, antwortete die Staatsanwältin lächelnd. »Den Weinbetrug hätten wir den italienischen Kollegen überlassen können, aber wenn wir verhindern, dass der falsche Brunello mit den gefälschten Etiketten demnächst auf Sylt ausgeschenkt wird, hat sich die Reise gelohnt.« Sie lachte lauter, verschluckte sich und bestellte daraufhin ein Fläschchen Champagner! »Ich wollte mir einen Kurzurlaub mit dir gönnen, Carlotta! Das war alles! Dass ich dabei fast das Opfer einer eifersüchtigen Italienerin geworden wäre, war nicht eingeplant. Aber so ist das anscheinend, wenn man etwas mit dir zusammen unternimmt: Es passiert immer irgendwas Unvorhergesehenes. Eigentlich hatte ich gedacht, wir könnten in den Weinbergen spazieren gehen, abends gut essen und viel Wein trinken.« Sie sah zu, wie die Flugbegleiterin das Champagnerfläschchen entkorkte und ihnen eingoss. Dann hob sie das Glas und prostete Mamma Carlotta zu. »Wir holen das nach, okay? Ich habe sonst niemanden, mit dem ich Urlaub machen könnte.«

Carlotta nickte, wenn auch zögerlich, und trank, ohne das Besondere zu genießen, das auf dem Hinflug noch viel Vorfreude in ihr erzeugt hatte. Wie sollte das nur weitergehen?

Erik starrte auf die riesige Anzeigentafel und atmete auf, als er die Meldung entdeckte, dass das Flugzeug aus Florenz gelandet war. Sogar pünktlich! Er würde also schnell nach Sylt zurückkommen. Vielleicht gab es dann schon Erkenntnisse von der KTU oder von Dr. Hillmot. Die Spurenlage war noch sehr unübersichtlich, aber der Gerichtsmediziner hatte bereits sagen können, dass Valerio Fallaci seinem Martyrium nicht lange ausgesetzt gewesen war. Er brauchte regelmäßig sein Hydrocortison, ansonsten war sein Leben in akuter Gefahr. In diesem Fall war der Tod also nicht durch Verdursten eingetreten, auch nicht durch einen Schlaganfall wie bei Holger Callesen, Valerio Fallaci war gestorben, weil ihm sein Medikament fehlte, ohne das er keinen Tag seines Lebens auskam. Die Frage war nur, ob der Täter das gewusst hatte. Derselbe Täter, der auch Holger Callesen auf dem Gewissen hatte? Mit derselben Motivation? Oder ein Trittbrettfahrer, der einen Mord kopiert hatte, um die Ermittlungen in die falsche Richtung zu lenken! Doch welches Motiv sollte der haben?

Auf diese Frage fiel ihm keine Antwort ein, aber das würde schnell herauszufinden sein. Solche Mörder kamen sich sehr schlau vor und ahnten anscheinend nicht, wie schnell die Spurenlage Auskunft darüber gab, ob es sich um zwei verschiedene Täter oder um ein und denselben handelte.

Erik stöhnte auf, ging ungeduldig ein paar Schritte hin und her, dann machte er sich bewusst, wie lange es dauerte, bis alle Passagiere ein Flugzeug verlassen hatten und in den Zubringerbus eingestiegen waren, wie lange man am Gepäckband stehen konnte, bis man endlich in der Ankunftshalle eintraf. Sein Blick fiel auf einen Presse-Shop, er beschloss, sich eine Zeitung zu kaufen und damit die Zeit des Wartens zu verkürzen. Doch kaum hielt er sie in Händen, merkte er, dass er viel zu unruhig zum Lesen war. Er steckte die Zeitung weg und holte stattdessen sein Handy hervor.

Sören ging sofort dran. »Hat der Flieger etwa Verspätung?«

»Nein, nein. Ich wollte nur ... Gibt's schon was Neues?«

»Verlangen Sie nicht von mir, Vetterich zu fragen. Der schnappt nach jedem, der ihn von der Arbeit abhält.«

»Das Zimmer war noch nie bewohnt. Alles neu! Die Möbel, die Tapeten, der Boden ... da muss die Spurenlage doch sehr übersichtlich sein.«

»Klar. Aber scheinbar haben wir es mit einem Täter zu tun, der sehr umsichtig vorgegangen ist. So viel habe ich aus Vetterich immerhin herausbekommen.«

»Sie haben die Sache mit dem Lieferwagen im Blick?«

»Enno und Rudi werden sich darum kümmern. Und die Kollegen an der Verladestation in Niebüll wissen auch Bescheid und haben versprochen aufzupassen. Aber vor dem frühen Abend kann der nicht ankommen.«

»Die Posten vor Käptens Kajüte?«

»Alles organisiert, Chef! Wenn Tove Griess wirklich mit den Fallacis zusammenarbeitet und die gepanschten Weine auf Sylt verbreitet, dann kriegen wir ihn. Heute noch! Der ahnt ja nicht, was die Staatsanwältin und Ihre Schwiegermutter herausbekommen haben.«

»Dann war diese blöde Toskanareise tatsächlich nicht ganz umsonst«, brummte Erik. »Trotzdem eine verrückte Idee! Was die den Staat gekostet hat! Ich möchte nicht wissen, wie teuer allein die Umbuchung des Rückflugs war!«

»Freuen Sie sich, dass die Staatsanwältin nicht mit Ihrer Schwiegermutter in ein schönes Hotel gezogen ist, als Eduardo Fallaci sie rausgeschmissen hat.«

»Das hätte noch gefehlt«, knurrte Erik. »Dann hätte ich höchstpersönlich eine waschechte Dienstaufsichtsbeschwerde eingereicht.« In diesem Augenblick öffnete sich die automatische Tür, die den Ankunfts- vom Wartebereich trennte. »Endlich! Bis gleich, Sören!«

Er legte auf und wusste im selben Augenblick, dass er beim nächsten Öffnen der Tür seine Schwiegermutter in Begleitung der Staatsanwältin sehen würde. Er hörte bereits ihre Stimmen und ein Lachen, das ihm fremd war, das aber eindeutig Frau Dr. Speck gehörte. Sie lachte! Mein Gott!

Mamma Carlotta redete, als wollte sie Eriks schlechte Laune wegreden, seine Einsilbigkeit mit vielen Wörtern auffüllen, der

Unhöflichkeit, mit der er die Entscheidung, ihnen nach Sylt zu folgen, aufgenommen hatte, die Spitzen der Beleidigung nehmen und sie mit unzähligen Sprüchen weich klopfen. Zum Glück hatte Tilla Speck gleich klargemacht, dass sie versuchen wolle, im Hotel Stadt Hamburg ein Zimmer zu bekommen, sodass Mamma Carlotta nicht in die Verlegenheit gekommen war, ihr das Gästezimmer im Hause Wolf anzubieten. Das hätte Erik dann womöglich die Augen über ihre Gefühle geöffnet oder seine Karriere in eine Sackgasse geführt. Beides wollte Mamma Carlotta unbedingt vermeiden. Es war schon schlimm genug, dass er jedes Mal das Gesicht verzog, als litte er unter unerträglichen Zahnschmerzen, wenn seine Schwiegermutter die Staatsanwältin Tilla nannte und von ihr mit dem Vornamen angesprochen wurde und die beiden sich duzten.

Mamma Carlotta hatte auf dem Rücksitz Platz genommen, damit Erik und Tilla auf den Vordersitzen in Ruhe ihr dienstliches Gespräch führen konnten. Sie tat so, als hinge sie ihren Gedanken nach, lauschte aber unauffällig, damit ihr kein Wort entging, mit gesenktem Kopf, damit ihr Gesicht im Rückspiegel nicht zu sehen war. Erik informierte die Staatsanwältin kurz und knapp über den neuen Mordfall auf Sylt, und Carlotta hatte Tillas Profil genau im Auge. Sie ließ sich nichts anmerken. Hätte Carlotta nicht ihr Gespräch mit Eduardo Fallaci belauscht, wäre ihr niemals die Idee gekommen, dass die Staatsanwältin etwas anderes als Verächtlichkeit für Erik empfand. Weder warf sie Erik einen freundlichen Blick zu, noch versuchte sie, das dienstliche Gespräch mit einem privaten Einwurf zu würzen. Immer sprach sie ihn mit seinem Nachnamen an – »Wolf!« –, als wäre für ein »Herr« keine Zeit oder als hätte er eine Anrede nicht verdient. Mamma Carlotta überkamen Zweifel. Hatte sie etwas falsch verstanden? Gab es woanders, vielleicht in der Staatsanwaltschaft in Flensburg, einen Mann, der so war wie Erik? Langsam, schwerfällig, humorlos und durchschnittlich? Mamma Carlotta kam es mit einem Mal vor, als wäre der größte

Teil der Friesen so, wie die Staatsanwältin den Mann beschrieben hatte, in den sie heimlich verliebt war. Sie musste die beiden unbedingt beobachten, um Sicherheit zu gewinnen, und dann darüber nachdenken, ob sie versuchen sollte, die Angelegenheit zu der einen oder anderen Seite zu dirigieren. Tilla Speck war eine wichtige Person, Eriks Karriere könnte positiv beeinflusst werden. Andererseits bestand seine Abneigung seit so vielen Jahren, dass es unmöglich schien, sie könne sich ins Gegenteil verkehren. Und dann war da auch noch Svea! Bei der Wahl zwischen diesen beiden Frauen konnte Mamma Carlotta sich leicht für die Staatsanwältin entscheiden. Immerhin war sie eine Frau, die ein gutes Essen zu würdigen wusste, was eindeutig zu vielen Pluspunkten auf ihrer Seite führte.

»Ein Mann wie dieser Hotelier«, sagte Tilla gerade, »wird sich nicht widerstandslos ans Bett fesseln lassen. Wie ist das möglich, dass es keine Abwehrspuren gibt?«

»Das Überraschungsmoment«, gab Erik zurück. »Auch bei Holger Callesen hat der Gerichtsmediziner keine Spuren eines Kampfes entdeckt, nur Spuren von dem Versuch, sich zu befreien.« Er zögerte, was sowohl der Staatsanwältin als auch seiner Schwiegermutter auffiel. Beide warteten auf eine Ergänzung, die erst kam, als das Schweigen belastend wurde. »Seine Frau hat von sexuellen Vorlieben erzählt.« Mamma Carlotta merkte, dass Erik ihr das, was nun folgte, gern erspart hätte. Und er sprach so leise, als hoffte er, sie würde nicht verstehen, was er sagte. »Signor Fallaci ist häufig zu Prostituierten gegangen. Es kam vor, dass er verschwand, ohne etwas zu sagen, und erst Tage später wieder auftauchte.«

Die Staatsanwältin lachte ungläubig. »So einen Kerl würde ich sofort in die Wüste schicken.«

»Die Signora ist sehr religiös. Eine Scheidung kommt für sie nicht infrage.«

»Sie lässt es sich gefallen, dass ihr Mann regelmäßig fremdgeht?«

»Sie macht sich nun sogar Vorwürfe, dass sie nie auf seinen Wunsch, mal Fesselspiele auszuprobieren, eingegangen ist.«

Eriks Blick flog in den Rückspiegel, Mamma Carlotta nestelte schnell an ihren Schuhen herum. Fesselspiele? Davon hatte sie ja noch nie gehört. Warum hatte Alessia ihr nichts davon erzählt? Auch dass Valerio sie häufig betrogen hatte, war nie zur Sprache gekommen. Dabei hätte es Carlotta geholfen, auf Alessias Bitte einzugehen, ihre Liebe zu Roberto zu schützen. Madonna! Wusste Roberto von Valerios sexueller Vorliebe? Dann hatte er womöglich von sich ablenken wollen, indem er der Polizei weismachte, der Mord habe ein sexuelles Motiv! Aber wie war es ihm gelungen, Valerio in das frei stehende Zimmer zu locken und ihn ans Bett zu fesseln?

Die Staatsanwältin sagte in diesem Moment: »Dann war der Mord an Holger Callesen ebenfalls sexuell motiviert?«

Eriks Stimme wurde nun noch leiser. »An diese Möglichkeit habe ich auch schon gedacht. Dann waren wir bis jetzt auf dem Holzweg. Und der Mord hat nichts mit den Ereignissen in der Toskana zu tun.«

Das schien der Staatsanwältin nicht zu gefallen. »Der Weinbetrug … das Erbe von Johanna Fiedler …« Ihr fiel kein kluger Einwand ein.

Das kam offenbar so selten vor, dass Eriks Laune sich hob. »Vielleicht hat der Weinbetrug tatsächlich nichts mit dem Mord zu tun.«

Die Staatsanwältin seufzte vernehmlich. »Dann haben Carlotta und ich immerhin erreicht, dass der gepanschte Wein nicht mehr nach Sylt geliefert wird.« Sie wandte sich um und lachte Mamma Carlotta zu. »Sollen wir deinem Schwiegersohn erzählen, was wir in der Toskana erlebt haben?« Nun kicherte sie, als hätten sie ein großes Vergnügen hinter sich, über das sie sich noch lange amüsieren würden.

Entsprechend entgeistert war Erik, als er von der brennenden Scheune hörte, von dem Irrsinn Tania Augoras und der Gefangennahme seiner Schwiegermutter. Dass sie zum Glück nicht lange gedauert hatte, dass sie schnell befreit worden war, änderte nichts daran, dass er sich darüber aufregte, wie ein Friese sich nur aufregen konnte. Er rang nach Worten, schnappte nach Luft, ruderte hilflos mit dem linken Arm herum und fuhr schließlich auf einen Parkplatz, weil er sich nicht gleichzeitig auf den Verkehr konzentrieren konnte, während er mit einer derartigen Gefühlsaufwallung zu kämpfen hatte. »Du warst in Lebensgefahr!« Dass die Staatsanwältin in einer brennenden Scheune eingeschlossen gewesen war, bedachte er nur mit ein paar höflichen Worten, die zu Carlottas Entsetzen nicht bemäntelten, wie wenig ihn die körperliche Unversehrtheit von Tilla Speck interessierte.

Trotzdem wartete die Staatsanwältin geduldig ab, bis sich Eriks Aufregung gelegt hatte, dann erst sagte sie: »Nun fahren Sie schon weiter, Wolf! Es ist uns ja nichts passiert.«

Tatsächlich legte Erik gehorsam den ersten Gang ein und fuhr wieder an. Aber er war während der Fahrt nach Niebüll unfähig, sich mit etwas anderem zu beschäftigen als damit, dass die Reise in die Toskana, die er von Anfang an für eine Schnapsidee gehalten hatte, beinahe zu einer Katastrophe geführt hätte. »Total verrückt. Und völlig überflüssig.«

Die Staatsanwältin verteidigte sich, und Mamma Carlotta bestärkte sie: »Ich glaube auch, Enrico, dass du das Motiv für den Mord in der Toskana suchen musst. Es war schon richtig, dass wir dort gewesen sind. Von Tanias Eifersucht konnten wir nichts ahnen.« Sie griff sich an die Stirn. »Dass sie verrückt ist, konnten wir auch nicht wissen.« Und dann wiederholte sie, was sie aufgeschnappt hatte: »Der Name hat geerbt, nicht die Person. Das ist doch merkwürdig, oder?«

Tatsächlich vergaß Erik jetzt, was er zu hören bekommen hatte, und wurde sehr nachdenklich. Das fiel Mamma Carlotta sofort auf, und das bemerkte auch die Staatsanwältin, die Erik immer wieder fragte, ob ihm etwa eine Idee gekommen sei.

Schließlich rang er sich ein »vielleicht« ab, das er aber sofort mit einem heftigen Kopfschütteln in ein »nein« verwandelte, was die Staatsanwältin zur Weißglut brachte. Sie glaubte ihm nicht, verlangte, dass er sie an seinen Gedanken teilhaben ließ, nannte ihn halsstarrig und dickköpfig und drohte ihm am Ende sogar. Aber sie erreichte nichts damit. Schließlich gab sie auf, als Eriks Aufmerksamkeit von der Verladerampe in Anspruch genommen wurde. So gut schien sie ihn inzwischen zu kennen. Sie wusste, dass er unmöglich gleichzeitig eine Fahrkarte in einen Schlitz stecken und komplizierte Fragen beantworten konnte.

Erst nachdem sie sich in eine Fahrspur eingereiht hatten, sagte er: »Ich muss mit Tove Griess reden.«

»Mit diesem unsympathischen Wirt?«

Mamma Carlotta hätte um ein Haar den Fehler gemacht, Tove in Schutz zu nehmen. Aber zum Glück konnte sie sich noch rechtzeitig zurücknehmen und ihren Mund verschließen.

»Wenn der heute Abend die Lieferung entgegennimmt, ist er dran«, meinte die Staatsanwältin. »Wollten Sie das sagen?«

Erik nickte, aber Mamma Carlotta war sicher, dass er etwas ganz anderes hatte sagen wollen. Sie schaffte es leider nicht, darüber nachzudenken, denn alle Fragen, die sich in ihrem Kopf formierten, hatten damit zu tun, ob Tove Griess ihre Warnung verstanden hatte und sich danach richtete. Wenn er ihre Hinweise ignoriert hatte, dann war ihm nicht zu helfen. Ob sie es schaffte, einen Besuch in Käptens Kajüte zu machen, bevor der Lieferwagen aus der Toskana dort ankam?

Diese Frage vergaß sie schon im nächsten Moment wieder, denn Eriks Handy klingelte. Da er wusste, dass das Netz schwach sein würde, sobald der Zug das Festland verlassen hatte, zog er es hastig hervor. »Herr Riefling?«

Mamma Carlotta wusste, dass es sich um den Rezeptionisten des Frangiflutti handelte, um Carolins unmittelbaren Vorgesetzten.

»Meine Tochter?«

Durch Mamma Carlottas Körper ging ein Ruck, wie immer, wenn ein Angehöriger den Namen eines anderen Angehörigen mit besorgter Stimme aussprach. Und das war hier eindeutig der Fall.

Erik lauschte, lauschte lange und brummte dann etwas, was sich anhörte wie »ist gerade schlecht«. Laut und deutlich sagte er: »Ich melde mich, sobald ich zu Hause bin.«

»Was ist los?«, stieß Mamma Carlotta hervor, kaum dass Erik aufgelegt hatte. »Ist Carolina etwas zugestoßen?«

Eriks Stimme war genauso wie damals, als er mit Lucia und den Kindern in Panidomino zu Besuch war und seiner Schwiegermutter weismachen wollte, es sei völlig normal, dass die Polizei ihren Jüngsten und sein Moped mit dem Streifenwagen nach Hause brachte, und der Sechzehnjährige nur deshalb schwanke, weil er Kreislaufprobleme habe. Auch damals hatte seine Stimme derart gleichgültig geklungen, dass sie sofort alarmiert gewesen war. So wie jetzt!

»Du verschweigst mir etwas.«

Die Fahrzeugschlange setzte sich in Bewegung, sie sah an Eriks entspannter Schulterpartie, dass er sehr zufrieden war, weil er sich ausschließlich damit befassen durfte, sicher auf den Autozug zu kommen. Noch nie hatte er währenddessen irgendwelche Diskussionen geführt oder sich zur Entscheidung drängen lassen. Erst als das Rumpeln und Poltern der Planken ein Ende hatte, als der Wagen zum Stehen gekommen war, Erik den Motor abgestellt und die Handbremse angezogen hatte, wiederholte Mamma Carlotta: »Du verschweigst mir etwas.«

Erik war offensichtlich verärgert, weil es ihm nicht gelungen war, die Behauptung seiner Schwiegermutter auf der Verladerampe zurückzulassen. »Carolin hat sich scheinbar in ihrem Dienstplan vertan. Sie hat zu früh Feierabend gemacht. Wenn sie zu Hause ist, müssen wir sie sofort zurückschicken.

Wenn nicht, wird sie die versäumten Stunden später nachholen müssen.«

Carlotta fixierte sein Gesicht im Rückspiegel, aber Erik erwiderte ihren Blick nicht, sondern starrte geradeaus, als wäre er für das sichere Vorankommen verantwortlich und nicht der Zugführer. Als dann aber Tilla vom Thema abwich und ein paar verwegene Mutmaßungen anstellte, was mit Tania Augora geschehen sein mochte, ob ihr die Flucht gelungen war oder ob man sie gefunden und eingesperrt hatte, warf Carlotta sich mit Vehemenz in dieses Thema, das so recht nach ihrem Geschmack war. Während der Zug anfuhr, half Tilla ihr beim Ausschmücken aller Strafen, die Tanja erwarteten, und die beiden überboten sich gegenseitig in den Vermutungen, wie Eduardo Fallaci mit den Geschehnissen auf seinem Gut umgehen würde und welche Folgen sie für seine Zukunft haben würden. Bei dem Gedanken, dass er möglicherweise mit heiler Haut aus dem Weinbetrug herauskommen, Tania den größten Teil der Schuld in die Schuhe schieben und den Rest Holger Callesen anlasten würde, bemühte Mamma Carlotta ein paar besonders derbe italienische Schimpfwörter, die Tilla sich erklären ließ und selbst dann mehrfach mit großer Begeisterung benutzte. »Bastardo! Stronzo!«

Darüber vergaß Mamma Carlotta ihre Enkelin und nahm auch Eriks Schweigsamkeit nicht weiter zur Kenntnis. Wenn sie mit dem Autozug auf Sylt zufuhren, sprach er ja selten. Er genoss dann den Anblick des Watts, des auf- oder ablaufenden Wassers, den Blick auf seine Insel, die Freude aufs Heimkommen ... Und Erik genoss nun mal schweigend. Das hatte Mamma Carlotta mittlerweile eingesehen, zwar noch immer nicht akzeptiert, aber doch hingenommen.

Erik stellte den Wagen vor der Sparkasse ab, in einer Parkbucht, die den Taxen vorbehalten war. Der Fahrer des einzigen wartenden Taxis machte Anstalten, auszusteigen und sich über die Frechheit aufzuregen, mit der sich Erik über das Recht der Taxifahrer hinwegsetzte, aber er kam zu spät. Erik hatte schon den Koffer der Staatsanwältin aus dem Wagen geholt, um ihr zum Hotel Stadt Hamburg vorauszugehen.

Er öffnete noch einmal die Autotür. »Sorg dafür, dass der Wagen nicht abgeschleppt wird. Ich bin gleich wieder da.« Er wies auf den Taxifahrer, der aus seinem Wagen stieg und mit Drohgebärden auf ihn zukam. »Mit dem wirst du schon fertig. Das ist doch deine Spezialität.«

Er kümmerte sich nicht um Carlottas Protest und ebenso wenig um das Schimpfen des Taxifahrers, sondern griff nach dem Arm der Staatsanwältin und zog sie mit sich, ehe sie durch überflüssige Erklärungen die Wut des Fahrers weiter anstacheln konnte.

Erik ging mit großen Schritten auf den Hoteleingang zu. Er hörte, dass die Staatsanwältin mit ihren hohen Absätzen Mühe hatte, ihm zu folgen, trotzdem verlangsamte er seinen Schritt nicht, blieb erst abwartend stehen, als er den Koffer vor der Stufe des Eingangs abgestellt hatte.

Die Staatsanwältin sah sich um, als machte sie sich Sorgen um Carlotta, die mittlerweile neben Eriks altem Ford stand und den empörten Taxifahrer mit vielen Worten und großen Gesten zu besänftigen versuchte. Dann wandte sie sich Erik zu. »Was ist mit Ihrer Tochter passiert, Wolf?«

Er sah sie überrascht an. »Was meinen Sie?«

Sie wischte diesen Einwand ärgerlich aus der Luft, als wollte sie fragen, für wie dumm er sie eigentlich halte. »Ich habe doch gemerkt, dass Sie Carlotta nicht beunruhigen wollten.«

Carlotta! Wie sie diesen Namen aussprach! Es kam ihm so vor, als würde er bestohlen, als wollte sie ihm den Namen seiner Schwiegermutter wegnehmen, auf den sie kein Anrecht hatte. Unverschämt, wie sie sich in sein Privatleben drängte! Und nun gab sie sich auch noch einfühlsam. Wie vor ein paar Tagen, als sie ihn getröstet hatte, weil Mamma Carlotta den

Abend außer Haus verbrachte, nachdem sie mit einem Vier-Gänge-Menü sitzen gelassen worden war.

Er kapitulierte, ohne sich einzugestehen, wie gut es ihm tat auszusprechen, was ihn mit so großer Sorge erfüllte. »Am Telefon war Herr Riefling, der Chef der Rezeption. Carolin ist verschwunden.«

Die Staatsanwältin griff nach ihrem Koffer, betrat das Hotel und winkte Erik in die Lobby. »Wie? Verschwunden?«

»Sie hat einem Gast einen Imbiss aufs Zimmer gebracht und ist nicht zurückgekommen.« Bis zu diesem Augenblick hatte ihn die Pflicht, sich nichts anmerken zu lassen, aufrecht- und beherrscht erhalten. Jetzt, als seine Schwiegermutter ihn nicht mehr sehen konnte, war es damit vorbei. Er ließ sich in einen Sessel fallen und schlug die Hände vors Gesicht. »Vielleicht hat sie zufällig etwas herausgefunden und ist von dem Mörder unschädlich gemacht worden.«

»Im Frangiflutti? Wer könnte das sein?«

Eriks Kopf fuhr in die Höhe. »Der Mafioso!« So schnell wie möglich erzählte er der Staatsanwältin, dass Carolin einen Mann beobachtet hatte, der ihr und auch dem Rezeptionisten wie ein Mafioso vorgekommen war. »Aber ich habe ihr nicht geglaubt. Das war mein Fehler.« Er stöhnte auf. »Die Mafia ist überall! Auch im Weinhandel!«

Die Staatsanwältin setzte sich auf den Sessel neben ihm und legte eine Hand auf seinen Unterarm. Erik schrak zusammen und starrte sie an, als wäre er von ihr geschlagen worden. Dass sie gekränkt die Hand zurückzog, tat ihm nicht leid. Was erlaubte sie sich? Sie mochte ihn nicht, sie hielt ihn für unfähig, sie mäkelte ständig an seiner Arbeit herum, und er … er sah sie lieber von hinten als von vorne, am liebsten gar nicht. Die Telefongespräche mit ihr reichten ihm wirklich. Da konnte sie ihn jetzt noch so mitfühlend und verständnisvoll ansehen.

»Passen Sie auf, Wolf, Sie fahren jetzt mit Carlotta nach Hause, und ich kümmere mich um Ihre Tochter. Klar?«

»Aber …«

»Kein Aber! Wenn Sie selbst nach Carolin suchen wollen, müssen Sie Carlotta einweihen. Aber es ist wirklich besser, wenn sie nichts davon weiß. Diese Sorgen können wir ihr ersparen.«

Erik stand auf und nickte, ohne sie anzusehen. »Carolin hat gesagt, Signora Fallaci kennt den Mann.«

»Dann werde ich bei ihr ansetzen.«

»Danke.« Er dachte eine Weile nach, ohne von der Staatsanwältin unterbrochen zu werden. Er kam jedoch nicht dazu, sich darüber zu wundern, weil der Gedanke, der ihn überfiel, bedeutender war als die überraschende Einfühlsamkeit von Frau Dr. Speck. »Der Weinkeller! Carolin hat mir erzählt, dass sie den Mafioso im Weinkeller erwischt hat.«

Die Staatsanwältin fuhr in die Höhe. »Das Frangiflutti hat einen Weinkeller? Großartig! Carlotta hat mir erzählt, wie die Etiketten aussehen, die sie in der Weinfälscherei entdeckt hat. Zu Tausenden haben die da rumgelegen. ›Brunello di Montalcino‹! Goldrand oben und unten, eine blaue Traube in der Mitte. Wenn ich mir nicht sicher bin, hole ich Carlotta dazu.«

Erik hatte mit einem Mal den Eindruck, dass es nicht mehr darum ging, Carolin zu suchen, sondern nur noch darum, den Fallacis Weinbetrug nachzuweisen. »Aber Carolin …«

»Ich rufe Sie an, wenn ich was weiß. Haben Sie schon versucht, Ihre Tochter auf dem Handy zu erreichen?«

»Schon hundertmal.«

»Sie geht nicht ran?« Die Staatsanwältin wartete nicht auf seine Reaktion. »Diesen Mafioso knöpfe ich mir vor. Und wenn der Dreck am Stecken hat …« Sie sprach den Satz nicht zu Ende, und Erik verzichtete darauf, sie daran zu erinnern, dass der schwarzhaarige Mann nicht unbedingt ein Mafioso sein musste.

»Danke«, sagte er und verließ das Hotel Stadt Hamburg. Die hitzige Debatte, die seine Schwiegermutter mit dem Taxifahrer führte, ignorierte er, setzte sich hinters Steuer und beugte sich über den Beifahrersitz, um die Tür zu öffnen. »Steig ein.«

Felix warf sich seiner Nonna in die Arme, wie er es schon als kleiner Junge getan hatte, und freute sich über ihre Rückkehr so laut und lachend, wie Mamma Carlotta es liebte und wie sie es bei Erik und Carolin nie erlebte.

»Wie warst du als Dolmetscherin, Nonna? Wie bist du mit der blöden Staatsanwältin zurechtgekommen? Musst du sie jetzt wirklich Tilla nennen?« Er verzog das Gesicht, schüttelte sich und wandte sich dann übergangslos der Frage zu, die ihn am meisten interessierte: »Was gibt's zu essen?«

Mamma Carlotta gab einen Laut des Erschreckens von sich, stürzte in die Vorratskammer, rumorte eine Weile darin herum, kam dann lamentierend in die Küche zurück und riss die Kühlschranktür auf, was Kükeltje auf den Plan rief, die dieses Geräusch mittlerweile gut kannte.

Während Carlotta der Katze ein Stück Pecorino offerierte, holte Erik seine Geldbörse hervor und drückte Felix einen Schein in die Hand. »Hol Currywurst aus Käptens Kajüte. Das ist am einfachsten.«

Felix war sofort einverstanden, wenn Carlotta auch über die fehlenden Vitamine jammerte. »Was für ein schreckliches Essen! Beinahe so schlimm wie Fischbrötchen!«

»Ich kann ja auch Salat mitbringen.«

Aber Carlotta wusste, wie der Salat aussah, den Tove anbot, und wie lange er in der Theke in dem Sahnedressing darauf wartete, an den Mann gebracht zu werden. Sie fand drei Tomaten im Kühlschrank, holte eine rote Zwiebel dazu, riss von dem Basilikum auf der Fensterbank ein paar Blätter ab und verkündete, dass der Tomatensalat fertig sein würde, wenn Felix zurück sei.

Gedankenvoll blickte sie ihm vom Fenster aus nach. Schade, dass sie nicht selbst auf die Idee gekommen war, in die Imbissstube zu gehen! Das wäre eine gute Gelegenheit gewesen, Tove an ihre Warnung zu erinnern. Aber dann griff sie entschlossen nach einem Messer und begann mit dem Schneiden der Tomaten. Vielleicht war es ganz gut so. Tove wusste, worauf er sich einließ, wenn er die Lieferung trotz ihrer Warnung annahm. Wenn er dann Schwierigkeiten mit der Polizei bekam, würde er sich sagen müssen, dass es ein Fehler gewesen war, nicht auf die Schwiegermutter des Hauptkommissars zu hören. Sie legte das Messer zurück und starrte durchs Fenster. Aber wenn er seine Konzession verlor und sogar ins Gefängnis wanderte? Wo würde sie dann demnächst ihren Cappuccino und den Rotwein trinken und für ihre Unterhaltung sorgen?

Von dieser drängenden Frage wurde sie abgelenkt, als sie merkte, dass Erik sich ins Wohnzimmer zurückzog und die Tür schloss. Wollte er ein Telefongespräch führen, von dem sie nichts mitbekommen sollte? Sie ging zum Schrank, um eine Salatschüssel zu holen, was sie an der Küchentür vorbeiführte, die immer offen stand. Sie zog sie noch ein bisschen weiter auf und streckte ein Ohr in die Diele. Aber leider konnte sie kein Wort verstehen. Seine Abschiedsworte jedoch erkannte sie, nahm schnell die Schüssel aus dem Schrank und stellte sie neben das Schneidebrett. Als sie die Tomatenscheiben hineinfüllte, trat Erik aus dem Wohnzimmer.

»Wo wird Sören heute Mittag essen, Enrico?«

»Darum kann ich mich nicht auch noch kümmern«, brummte Erik zurück.

»Dann ruf ihn an und sag ihm, er soll heute Abend zum Essen kommen. Ich werde gleich zu Feinkost Meyer gehen und einkaufen. Aber vorher muss ich Alessia kondolieren. Gut, dass ich mein dunkles Kostüm eingepackt habe!«

Erik wählte eine Nummer von der Kontaktliste seines Handys und sagte kurz darauf: »Ich bin's.«

Mamma Carlotta war hocherfreut, dass Erik so prompt ihrer

Anweisung folgte und seinen Assistenten zum Abendessen bat.

Doch stattdessen sagte er: »Es gibt zu tun.«

Wieder ging er ins Wohnzimmer und zog die Tür hinter sich ins Schloss. Mamma Carlotta war empört. Was waren das für Heimlichkeiten? »Pscht«, machte sie, als Kükeltje maunzte. War Eriks Stimme zu verstehen? Nein, ein anderes Geräusch drang in die Küche, das Öffnen und Schließen der Terrassentür. Erik wollte also sein Telefonat im Garten führen. Was gab es denn so Geheimnisvolles mit Sören zu besprechen?

Er war noch nicht ins Haus zurückgekehrt, als Felix mit einer großen Plastiktüte erschien, aus der der Geruch von Fett, Mayonnaise und Gewürzketchup stieg. Er bekam den Auftrag, alles auf den Tisch zu stellen, und Carlotta war zufrieden, einen Grund zu haben, zu Erik in den Garten zu gehen.

Er stand mitten auf dem Rasen, das Telefon am Ohr. Was konnte sie dafür, dass Schritte im Gras kaum zu hören waren? So bekam sie mit, dass Erik sagte: »Das erledigt die Staatsanwältin. Ich möchte nicht, dass meine Schwiegermutter etwas davon erfährt. Jedenfalls jetzt noch nicht.«

Erschrocken fuhr er herum, als dummerweise der letzte ihrer Schritte doch hörbar gewesen war. »Bis später«, sagte er nun und beendete das Telefonat.

»Was soll ich nicht mitbekommen?«, fragte Carlotta entrüstet.

»Warum schleichst du mir nach?«

»Io? Ich will dir sagen, dass Felice mit den Currywürsten zurück ist.«

»Prima. Ich habe einen Bärenhunger.« Erik ging an ihr vorbei ins Wohnzimmer, und Mamma Carlotta folgte ihm wutschnaubend.

»Wo ist eigentlich Carolina?«

Sie sollte etwas nicht mitbekommen? Und Erik unterstellte ihr, ihm nachzuschleichen? Unerhört!

»Wo ist Carolina?«, wiederholte sie, bekam aber noch immer keine Antwort. »Dio mio!« Hier waren ja Sitten eingekehrt! Kaum war sie mal mit der Staatsanwältin ein paar Tage in Italien, kamen die Kinder nach Hause, wann es ihnen passte, und blieben weg, wenn sie etwas Besseres vorhatten.

Erik wusste, dass er sich ablenken musste, anders war die Sache nicht zu ertragen. Carolin! Verschwunden! In einem Augenblick war er sicher, dass es sich um ein Missverständnis handelte, im nächsten machte ihn die Sorge wahnsinnig. Er wusste nicht mehr, wie oft er ihre Handynummer gewählt und wie oft er ihre Stimme gehört hatte. »Hier ist die Mailbox von Carolin Wolf. Eine Nachricht bitte nach dem Piep!«

Die Staatsanwältin hatte versucht, ihn zu beruhigen. »Ich habe alles im Griff. Wir finden sie, ganz sicher. Sie können nichts machen, lassen Sie mich die Suche organisieren. Sie wissen doch, dass Ihnen als Vater die nötige Sachlichkeit fehlt.«

Ja, das wusste Erik. Und zu seinem eigenen Erstaunen war es ein tröstender Gedanke, dass Dr. Speck sich um die Angelegenheit kümmerte. Er vertraute ihr. Diese Erkenntnis verwunderte ihn zunächst, wurde aber schon im nächsten Augenblick zur Selbstverständlichkeit. Wenn jemand es schaffte, Carolin zu finden, dann sie. So unsympathisch die Staatsanwältin auch war, sie war fähig, daran gab es keinen Zweifel.

Er fühlte sich nicht imstande, das Auto zu benutzen. Seine Hände zitterten, vor seinen Augen flimmerte es, er konnte keinen klaren Gedanken fassen. Vermutlich würde er ein Stoppschild oder eine rote Ampel überfahren. Besser, er wagte sich nicht hinters Steuer.

Als Sören sein Rennrad am Gartenzaun befestigte, stand Erik auf und nahm seine Jacke, bevor er klingeln konnte. »Bis heute Abend.«

»Du hast noch gar nicht ...«

Dass er seine Currywurst nur zur Hälfte gegessen hatte,

wusste er selbst, aber das wenige, was er zu sich genommen hatte, war schon schwierig genug gewesen und hatte die Aufbietung sämtlicher Kräfte nötig gehabt. Wenn es ihm nicht darauf angekommen wäre, dass seine Schwiegermutter nichts von Carolins Verschwinden erfuhr, hätte er gar nichts gegessen.

Sören betrachtete ihn mitfühlend. »Das wird schon, Chef.«

Erik nickte, gab ihm den Autoschlüssel und stieg auf der Beifahrerseite ein.

Sören warf sich hinters Steuer. »Die Staatsanwältin hat recht. Ablenkung ist das Beste. Und mehr als sie hätten wir nicht tun können. Die hat schon die komplette Sylter Polizei in Aufruhr versetzt. Carolin wird auf der ganzen Insel gesucht. Von allen verfügbaren Kräften.«

»Weit kann sie ja nicht sein«, flüsterte Erik.

»Eben!« Sören startete mit durchdrehenden Rädern. »Die Staatsanwältin selbst ist im Frangiflutti und vernimmt dort jeden Angestellten. Signora Fallaci natürlich auch.« Er bog in den Hochkamp ein und hielt vor Käptens Kajüte. »Weiß Tove Griess eigentlich schon, dass Valerio Fallaci tot ist?«

Erik brachte nur ein Schulterzucken zustande. Er stieg aus und betrachtete die Imbissstube, als sähe er sie zum ersten Mal. »Was wollen wir hier?«

Sören sah schlagartig besorgt aus. »Sie haben mir am Telefon gesagt, Sie wollen noch mal mit Tove Griess sprechen. Von wegen …« Er dachte nach, ehe er zitierte: »Der Name hat geerbt, nicht die Person.« Er wartete, bis eine Erinnerung in Eriks Gesicht erschien. »Thies Dageförs Ausraster vor der Theke von Käptens Kajüte! Fällt's Ihnen wieder ein?«

Erik folgte seinem Assistenten zur Eingangstür von Käptens Kajüte. »Aber Griess hat gesagt …«

Sören ließ ihn nicht aussprechen. »Wir haben nicht scharf genug nachgefragt. Das tun wir jetzt.«

Helene Fischers Stimme prallte ihnen entgegen. »Atemlos durch die Nacht …«

Tove Griess drehte die Anlage leiser, als er Eriks Gesicht sah. »Ist was passiert, Herr Hauptkommissar?«

Erik antwortete nicht, Sören übernahm das Reden. »Wir wollten noch mal auf den Abend zurückkommen, Herr Griess, an dem Thies Dageför hier vor Ihrer Theke einen Wutanfall bekommen hat, über den Herr Kemmertöns heute noch redet. Dageför hat Holger Callesen einen Betrüger genannt …«

Toves Miene verdüsterte sich. »Haben Sie Thies immer noch nicht gefunden?«

Sören lehnte sich an die Theke, während Erik sich auf einen Barhocker schob. »Was ist zwischen Dageför und Callesen vorgefallen, Herr Griess?«

»Keine Ahnung. Ich weiß von nix.«

»Dann wissen Sie wohl auch nichts von dem Weinbetrug?«

»Nö.«

In diesem Augenblick öffnete sich die Tür, und Fietje schlurfte herein. Erik und Sören hatte er offenbar von hinten nicht erkannt, als er sich auf seinen Stammplatz am kurzen Ende der Theke schob, erschrak er. »Sie?« Er sah so aus, als wollte er wieder gehen, doch es fiel ihm wohl gerade rechtzeitig ein, dass er sich damit verdächtig machen könnte. »Suchen Sie etwa hier den Mörder von Valerio Fallaci?«

Tove fuhr zu ihm herum. »Fallaci ist tot?«

Fietje zog sich die Bommelmütze tief in die Stirn und schien zu bereuen, dass er etwas gesagt hatte. »Hab ich gehört.«

Tove wandte sich an Erik und Sören. »Es stimmt also?« Als Sören nickte, während Erik weiterhin teilnahmslos vor sich hin starrte, fragte Tove: »War das auch Thies Dageför?«

»Das ist noch nicht raus«, antwortete Sören.

In der Stille, die sich nun auftat, erwachten Eriks Lebensgeister wieder. Er beobachtete den Wirt, auf dessen Gesichtszügen sich eine Menge abspielte. »Ändert sich etwas durch Fallacis Tod?«, fragte er schließlich.

Das bestritt Tove vehement, aber seine Gedanken schienen

zu einem Ergebnis geführt zu haben. »Wenn ich mir die Sache noch mal durch den Kopf gehen lasse ... Ist ja schon ein paar Jahre her, deshalb ist mir das nicht gleich eingefallen. Ja, ja, könnte sein, dass ich mich jetzt erinnere.«

»Woran?« Erik merkte, dass seine Stimme atemlos klang. Und das wunderte weder ihn noch Sören. Es schien etwas auf ihn zuzukommen, eine neue Erkenntnis, eine Aussage, die alles verändern würde. Durch Valerio Fallacis Tod ...

»Da war diese Frau. Diese reiche Tante. Die man sogar gelegentlich in der Presse bewundern konnte. Immer schnieke angezogen, mit Klunkern am Hals und Brillis am Finger.«

»Johanna Fiedler?«, half Sören nach und gab sich große Mühe, seine Spannung zu verbergen.

»Kann sein, dass die so hieß.« Wieder dachte Tove eine Weile nach, dann begann er zu erzählen, was ihm angeblich in diesem Augenblick, nachdem er von Valerio Fallacis Tod erfahren hatte, eingefallen war ...

Als Erik und Sören eine halbe Stunde später die Imbissstube verließen, brauchten sie beide eine Weile, bis sie ihre Stimmen wiedergefunden hatten. »Das ist echt ein Hammer, Chef!«, stöhnte Sören.

Mamma Carlotta beschloss, aufs Fahrrad zu verzichten. Der Rock ihres schwarzen Kostüms war zu eng, um auf den Sattel zu steigen, sie musste wohl oder übel zu Fuß gehen. Aber zum Glück war es ja nicht weit bis zum Frangiflutti, und dass der Weg an Käptens Kajüte vorbeiführte, war ein besonderer Vorteil.

Die Tür stand offen, es drang keine Musik heraus. Mamma Carlotta wunderte sich. Tove war eigentlich der Meinung, dass seine Gäste Schlagermusik liebten, von bekannten Melodien an die Theke gelockt wurden und mehr verzehrten, wenn sie mitsummen und mit dem Fuß im Takt wippen konnten.

Die Stimmen, die sie hörte, waren ihr gut bekannt. Sie blieb in der Nähe der Eingangstür stehen und lauschte. Erik? Tatsächlich! Ihr Schwiegersohn und sein Assistent an Toves Theke! Was hatte das zu bedeuten?

»Deswegen war Thies so wütend«, hörte sie Tove sagen.

»Warum haben Sie das bisher verschwiegen?«, fragte Sören.

»Habe ich nicht. Ich hatte es nur vergessen. Ist ja schon ein paar Jahre her.«

»Warum hat er das gemacht?« Das war wieder Sörens Stimme.

»Weil er noch mit Frau Dr. Rebel zusammen war.«

»Und Holger Callesen hatte nichts dagegen?« Nun mischte sich Erik ein.

»Nö. Als dann die Post vom Nachlassgericht bei ihm eintraf, erst recht nicht.«

Mamma Carlotta wurde plötzlich unsanft zur Seite geschoben. »Wollen Sie nun rein oder raus?«, fragte ein junger Bursche und drängte sich an ihr vorbei. Zu seinen beiden Begleitern sagte er: »Steht da und glotzt. Oder sitzt da drin ihr Alter mit einer jungen Mieze an der Theke?«

Ein Blick ins Innere der Imbissstube verriet ihr, dass Erik aufmerksam geworden war und sich umdrehte. Umgehend zog sie sich zurück, ehe er sie bemerken konnte, und setzte ihren Weg zum Frangiflutti fort. Was die Polizei von Tove Griess wollte, würde sie später noch in Erfahrung bringen können. Jetzt musste sie erst mal zu Alessia, um ihr Beileid auszudrücken. Vielleicht würde sie bei dieser Gelegenheit auch etwas über die absonderlichen sexuellen Wünsche ihres Mannes erfahren. Fesselspiele? »Dio mio! Pervertito!«

Zu ihrem Bedauern stand Carolin nicht hinter der Rezeption, und Herr Riefling, ihr Chef, empfing Mamma Carlotta mit todernster, geradezu verzweifelter Miene. Überhaupt stand in der Lobby die Trauer wie Mief in einem ungelüfteten Raum. Herr Riefling reagierte auf jede Frage, die an ihn gerichtet wurde, steif und ohne jedes Lächeln, die Servicekräfte huschten vorbei, ohne einem Gast freundlich zuzunicken, die Tür zum Chefbüro war geschlossen, hinter der gläsernen Tür brannte kein Licht. Valerio Fallacis Tod schien hier alles verändert zu haben. Dass Herr Riefling Mamma Carlotta mit einer Miene empfing, als hätte es in ihrer eigenen Familie einen Todesfall gegeben und als suchte er nach Worten, um sein Mitgefühl auszudrücken, fand sie geradezu unprofessionell. Ein Hotelbetrieb musste doch weitergehen, ohne dass die Gäste etwas von einer Unregelmäßigkeit bemerkten!

»Sind Sie so freundlich, mich bei Signora Fallaci anzumelden?«, bat sie und schenkte ihm ein Lächeln, das ihm zeigen sollte, dass sie von ihm etwas Ähnliches erwartete.

»Selbstverständlich, Signora.« Herr Riefling griff zum Telefon, auf ein Lächeln wartete sie jedoch vergeblich.

»Wo ist meine Enkelin?«

Herrn Riefling rutschte das Telefon aus der Hand, es fiel zu Boden, und der Deckel des Batteriefachs öffnete sich. Bis er alle Teile aufgehoben und wieder zusammengesetzt hatte, war Mamma Carlotta aus der Lobby ins Treppenhaus gegangen und wartete dort auf den Aufzug. Sie war eine gute Freundin von Alessia Fallaci! Sie konnte ohne telefonische Ankündigung zu ihr gehen. Ihr Erscheinen würde nichts als Freude und Dankbarkeit auslösen.

In der oberen Etage des Hotels, in der das Penthouse der Besitzer untergebracht war, herrschte Stille. Kein Laut drang aus der Wohnung der Fallacis. Während Mamma Carlotta auf den Klingelknopf drückte, hörte sie Schritte auf der Treppe. Eilige, energische Schritte, die jedoch plötzlich langsamer und schließlich unhörbar wurden. Jemand hatte die Absicht gehabt, von einer unteren Etage zum Penthouse hochzusteigen, und war stehen geblieben, als er hörte, dass Füße auf der Matte vor der Tür scharrten. Mamma Carlotta war versucht, zur Treppe zu gehen und hinabzublicken, aber in diesem Moment wurde ihr geöffnet. Alessia Fallaci starrte sie an, als hätte sie jemand anderen erwartet. Sie trug ein dunkelbraunes Strickensemble, das aus einem sehr schmalen, fast bodenlangen Rock und einem weiten, langen Oberteil bestand. Eine weiße Bluse, die sie darunter trug, nahm dem Kleid das Dunkle, Strenge, und die langen, schweren Gold- und Silberketten machten aus dem schlichten Teil etwas Außergewöhnliches. Wie immer war sie perfekt frisiert, nur ihr Make-up war schlichter ausgefallen als sonst. Auf Puder und Rouge hatte sie verzichtet, sie war blass, und ihre Haut war fleckig.

»Carlotta!«, stöhnte sie auf und trat einen Schritt zurück. »Komm herein.«

Mamma Carlotta hatte noch nicht die richtigen Worte gefunden, die für eine Witwe, die ihren Mann durch Mord verloren hatte, geeignet waren, da wurde sie schon von Alessia in die Arme gezogen. »Dass du gekommen bist! Gerade habe ich mir überlegt, ob ich dich anrufen und um einen Besuch bitten könnte.«

Die Bedrückung fiel von Mamma Carlotta ab, Trauer und Mitgefühl blieben selbstverständlich erhalten, aber sie konnten nun in aktives Mitleiden geführt und damit – jedenfalls für Carlotta – erträglicher gemacht werden. »Was kann ich für dich tun, Alessia?« Unermüdlich versicherte sie der Freundin, wie sehr sie mit ihr fühle, wie schrecklich es sein müsse, den eigenen Mann auf diese Weise zu verlieren. Beinahe hätte sie Alessia versichert, dass alles erträglicher würde, wenn Erik erst den Mörder gefunden habe. Aber gerade noch rechtzeitig fiel ihr ein, dass damit Alessias Unglück noch größer wurde. Ob sie ahnte, wer hinter dem Mord steckte? Kannte sie den Namen des Mörders? Das fragte sich Mamma Carlotta, während Alessia sie in den Wohnraum führte und ihr einen Platz auf dem Sofa anbot.

Sie nickte bedrückt, aber in ihrer Miene erschien auch eine leichte Gereiztheit. »Kannst du mir sagen, warum unser Weinkeller durchsucht wird? Diese unverschämte Staatsanwältin hat mir einfach einen Durchsuchungsbeschluss unter die Nase gehalten und ansonsten auf meine Fragen nicht geantwortet.« Sie ließ sich neben Carlotta ins Polster fallen und zog ein Taschentuch hervor. »Wenn das Valerio wüsste! Kaum steht man ohne Ehemann da, wird man behandelt wie ein unmündiges Kind. Valerio hätte sich so eine Durchsuchung nicht gefallen lassen.«

Alessia war eine Witwe geworden! Mamma Carlotta musste an die Nachbarin denken, die sich Jahr für Jahr in dem Weihnachtsstück, das der Pfarrer aufführen ließ, mit der Rolle der Wirtin zufriedengeben musste, die Jesus und seinen Jüngern den Wein zum Abendmahl servierte. Dabei wollte sie so gerne einmal die Maria spielen. Zum Glück hatte sie deren Text auswendig gelernt und konnte so irgendwann einspringen, als die Frau des Metzgers, der diese Rolle angetragen werden musste, weil ihr Mann für das letzte Abendmahl Jesu stets die Würste stiftete, durch verfrüht einsetzende Geburtswehen ausfiel. Die Nachbarin war in der Rolle der Maria geradezu aufgegangen. So ähnlich wie Alessia in ihrer neuen Rolle …

Carlotta legte tröstend eine Hand auf ihren Arm. »Das hat nichts mit dem Mord zu tun, cara.«

»Woher weißt du das?« Erneut huschte die Gereiztheit durch Alessias Blick. »Ich habe natürlich längst mit Eduardo telefoniert. Er hat mir erzählt, was in Montalcino geschehen ist.«

Der Druck von Carlottas Hand verstärkte sich. »Ich durfte nicht verraten, was die Staatsanwältin plante. Das musst du verstehen.«

Alessia nickte, obwohl es ihr sichtlich schwerfiel. »Valerio hat uns alle betrogen. Mein armer Eduardo hatte ja keine Ahnung, was sein Vater getrieben hat.«

»Keine Ahnung?« Carlotta sah sie mit gerunzelter Stirn an. Glaubte Alessia das wirklich?

»Aber wenigstens ist jetzt Schluss mit dieser Tania. Dass sie nicht die richtige Frau für meinen Jungen ist, wusste ich sofort.« Sie setzte sich nun sehr aufrecht hin. »Und wenn im Keller dieses Hotels gepanschter Wein mit gefälschten Etiketten gefunden wird, dann hat das ganz allein Valerio zu verantworten. Eduardo hat damit nichts zu tun.«

»Natürlich, cara.« Carlotta war voller Verständnis. So wie Alessia hätte sich jede Mutter in dieser Situation verhalten. Sie wollte ihren Sohn schützen, und das war völlig normal. Sie rückte dichter an Alessia heran, um auf das Thema überzuleiten, das sie am meisten beschäftigte. »Kannst du dir vorstellen, wer deinen Mann umgebracht hat?«

Alessia schlug die Hände vors Gesicht und antwortete nicht.

»Könnte es … Roberto gewesen sein?«

Alessias Kopf fuhr in die Höhe, sie starrte Mamma Carlotta erschrocken an. »Du meinst …?«

»Er hat es während unseres Strandspaziergangs oft genug angekündigt. Wenn Valerio dich nicht freigeben will, wird er ihn umbringen.«

»Das hat er doch nur so dahingesagt. Niemals würde Roberto etwas derart Schreckliches tun.«

Mamma Carlotta bemühte sich um eine sanfte Stimme. »Wo ist er jetzt?«

»In seinem Hotel, nehme ich an. Eigentlich …« Sie sah nervös auf die Uhr und schluckte die Worte, zu denen sie angesetzt hatte, herunter.

Carlotta dachte an die Schritte, die sie gehört hatte. War Roberto auf dem Weg zu seiner Geliebten gewesen? Hatte er kehrtgemacht, als er merkte, dass Carlotta vor Alessias Tür stand? Ja, das passte zu ihm. Er hatte die Treppe genommen, weil alle anderen die vielen Stufen scheuten und den Aufzug benutzten. Aber … würde ein Mörder nicht längst auf der Flucht sein? Sie dachte nicht lange nach. Wahrscheinlich ging es ihm darum, sich so normal wie möglich zu verhalten. Wenn er von einem Tag auf den anderen verschwand, würde Erik sofort Verdacht schöpfen. Carlotta atmete tief, aber unauffällig aus und ein. Enrico! Sie würde ihm von ihrem Verdacht erzählen müssen! Aber … würde er ihr glauben? Vielleicht war es besser, erst Indizien oder gar Beweise zu sammeln.

»Ich glaube, Gott will mich prüfen.« Alessia schlug mit einem Mal die Hände vors Gesicht. »Stell dir vor, Carlotta, mein Bruder liegt im Sterben. Ich habe schon meinen Koffer gepackt. Was wird mir das Schicksal noch alles aufbürden?« Sie begann zu weinen und brachte nur mühsam, unter vielen Schluchzern hervor: »Er will mich noch einmal sehen. Die Verwandten sagen zwar, ich muss nicht kommen, weil mein Mann noch nicht beerdigt ist, aber …« Sie wischte sich mit den Handballen die Augen trocken, ehe sie ergänzte: »Ich würde mir nie verzeihen, den letzten Wunsch eines Sterbenden nicht zu erfüllen. Ob ich bis zur Beerdigung bleiben werde, weiß ich nicht. Aber heute fliege ich erst mal nach Rom.«

»Madonna!« Carlotta erinnerte sich, dass Alessias Bruder direkt nach seinem Schulabschluss nach Rom gezogen war und seitdem dort lebte. »Weiß Roberto Bescheid? Oder soll ich …?«

»Ich habe ihn natürlich sofort angerufen. Er hat zum Glück Verständnis für mich. Eigentlich würde er mich gerne begleiten, aber das ist noch zu früh. Vor Ablauf des Trauerjahres darf ich meiner Mutter nicht mit einem neuen Mann kommen. Und die Leute! Es wird schon genug Gerede geben, weil Valerio keines natürlichen Todes gestorben ist.« Sie griff nach Carlottas Hand und sah sie an, als bräche ihr das Herz. »Ich werde bald zurück sein, Carlotta. Wenn Valerios Leiche freigegeben wird, muss ich wieder auf Sylt sein. Ich will mit meinem Mann zusammen die Reise nach Italien antreten. Er wird natürlich in der Heimat beigesetzt.« Sie stand auf und strich sich die Kleidung glatt. »Danke, dass du gekommen bist.«

Carlotta erhob sich ebenfalls. »Ich bringe dich natürlich zum Bahnhof, cara.« Sie wehrte ab, ehe Alessia etwas sagen konnte. »No, no, ich lasse dich nicht allein.« Sie sah Alessia zu, wie sie nach ihrer Handtasche griff, ihr Portemonnaie und das Handy hineinsteckte und kontrollierte, ob sie alles dabeihatte, was sie brauchte.

»Oder ... wird Roberto dich zum Bahnhof bringen?«

»No!« Nun schloss sie ihre Tasche mit einem vernehmlichen Klicken. »Ich kann mich nicht mit einem Mann am Bahnhof blicken lassen, solange ...«

»... Valerio noch nicht unter der Erde ist. Naturalmente, cara.«

Sie fuhren schweigend von Wenningstedt nach Westerland. Erst als sie den Kreisverkehr am Norderplatz passierten, fragte Erik: »Hätten wir darauf kommen können?«

Sören stöhnte auf. »Hätten wir! Natürlich! Aber nicht einmal die Staatsanwältin ist drauf gekommen.«

Erik griff sich an den Kopf. »Ich kann nicht mehr klar denken. Wenn Carolin ...«

Sören fuhr so unvermittelt rechts ab, dass Erik erschrak und den Satz nicht vollendete, von dem er sowieso nicht wusste, wie er zu Ende gehen sollte. Mit einer scharfen Bremsung brachte Sören den Wagen auf dem Brandenburger Platz zum Stehen und stellte den Motor ab. »Kommen Sie, Chef! Wir gehen ans Meer. Das hilft immer.«

Wieder schwiegen sie, während sie den Strandübergang hinaufgingen und oben, neben dem Strandbistro Sunset-Beach stehen blieben und sich vom Anblick des Meeres mit Ruhe füllen ließen. Erst als das geschehen war, als sie beide Überdruss, Angst, Verzweiflung und Ärger in dieser Ruhe hatten untergehen lassen, gingen sie die Promenade entlang und die schräge Betonfläche hinab zum Strand.

Erik zog währenddessen sein Handy hervor und wählte die Nummer der Staatsanwältin. Sie meldete sich nicht mit ihrem Namen und ließ ihn auch keine Frage stellen. »Es gibt noch nichts Neues, Wolf, sonst hätte ich Sie doch längst verständigt.

Carolin wird auf der ganzen Insel gesucht. Von allen verfügbaren Polizeikräften. Wir werden sie finden. Ganz sicher.«

Obwohl es Unfug war, ging ihre Zuversicht auf ihn über. Dabei war es vermutlich nichts als rhetorische Zuversicht, etwas, was man eben sagte, wenn ein Vater sein Kind suchte und nicht verzweifeln sollte. So was hatte er selbst auch schon hundertmal gesagt, ohne die Sicherheit selbst zu verspüren, die er unbedingt geben wollte. Dennoch glaubte er der Staatsanwältin. Diese Frau konnte sein, wie sie wollte, ihr gelang es, einem Menschen Mut zu machen, und sie schaffte das Unmögliche.

»Ich lasse gerade den Weinkeller des Frangiflutti ausräumen, Wolf! Der ist voll von gepanschtem Wein. Auf fast jeder Flasche ein gefälschtes Etikett. Dumm nur, dass wir Valerio Fallaci dafür nicht mehr verantwortlich machen können. Und sein Sohn sitzt in Italien. Aber egal! Sollen sich die italienischen Kollegen darum kümmern!«

Erik war froh, sich durch ein dienstliches Gespräch von seinen privaten Sorgen ablenken zu lassen. »Wir brauchen nur noch den Sylter, der die Lieferungen angenommen und weitergegeben hat.«

»Heute Abend nehmen wir ihn fest.«

»Oder … kann es sein, dass die Lieferungen direkt ins Frangiflutti gingen?«

»Ich habe mich gründlich umgehört, Wolf. Keiner hat von solchen Lieferungen etwas mitbekommen.«

»Wenn ich recht habe und Tove Griess ist der Zwischenlieferant, hat Fallaci die Weine vermutlich später mit einem Wagen des Hotels ganz unauffällig in Käptens Kajüte abgeholt.«

»Abwarten, Wolf! Heute Abend wissen wir mehr.«

»Was ist mit dem Mafioso?«

»Signora Fallaci bestreitet, dass es sich um eine Mafioso handelt. Oder vielmehr … sie kann es sich nicht vorstellen. Sie sagt, er sei ein Jugendfreund, mit dem sie viele Jahre keinerlei

Kontakt hatte. Er hat eine Schwester, die in Deutschland verheiratet ist, unternimmt eine Reise durch Deutschland und hat eben auch einen Abstecher nach Sylt gemacht.«

Erik konnte nicht sagen, ob er enttäuscht oder verärgert war. »Das war's?«

»Mal sehen, Wolf. Ich weiß jetzt, wie er heißt und wo er logiert. Oder besser … logiert hat.«

»Er ist weg?«

»Roberto Ricci hat heute ausgecheckt.«

»Abgehauen? Das spricht doch für sich.«

»Ja, eigentlich hatte er länger gebucht. Im Hotel Wiesbaden hieß es, er sei ganz plötzlich abgereist.«

»Hotel Wiesbaden?« Dort wohnte Wiebke. Gab es zwischen den beiden etwa eine Verbindung?

»Zum Glück war das Zimmer noch nicht gereinigt worden, als ich nach Roberto Ricci fragte. Diese Schnarchnase von KTU-Leiter … wie heißt der noch gleich?«

»Kommissar Vetterich.«

»Genau! Der guckt sich das Zimmer an. Jetzt schon, ja – ich hab ihm Beine gemacht. Noch hat er keinen Hinweis darauf gefunden, dass Carolin sich dort aufgehalten hat. Es gibt auch nichts, was zu der Annahme führen könnte, dieser Roberto Ricci habe Kontakt mit Ihrer Tochter gehabt.« Die Stimme der Staatsanwältin klang so, als gäbe es nicht den geringsten Anlass zur Sorge. »In ein, zwei Stunden sehen wir klarer.« Erik wollte schon auf den roten Knopf seines Handys drücken, da hörte er noch: »Kopf hoch, Wolf! Den Mafioso kriegen wir.«

Sören war mittlerweile stehen geblieben und zeigte auf drei Männer mit Kameras um den Hals, die vor den Wellenbrechern standen, aufs Meer hinaussahen und dann langsam gen Norden gingen. »Die sehen aus wie Reporter.«

Erik schüttelte den Kopf. »Hobbyfotografen.«

In diesem Augenblick wurden sie von hinten angesprochen. »Lange nicht gesehen, Herr Hauptkommissar.«

Erik fuhr herum – und bereute zutiefst, dass er auf Sörens Vorschlag eingegangen war, an den Strand zu gehen. Koopmann, der Chefredakteur des *Inselblattes!* Ein Bekannter der Staatsanwältin, der es für sein gutes Recht hielt, aufgrund dessen bevorzugt mit Informationen versorgt zu werden.

»Moin.« Erik gab sich keine Mühe, seinen Gruß freundlich klingen zu lassen.

Koopmann war ein Mann in Eriks Alter, aber größer, breiter und korpulenter als er. Er trug Bermudas und ein weites Hemd, vor seiner Brust die unvermeidliche Kamera. »Tilla ist auf der Insel, habe ich gehört.«

Erik weigerte sich, diese Frage zu verstehen. Dazu würde er erst bereit sein, wenn Koopmann von der Staatsanwältin oder von Frau Dr. Speck sprach, aber nicht schon mit der ersten Frage den Hinweis gab, dass er mit ihr auf freundschaftlichem Fuß stand.

»Können Sie mir Genaueres sagen? Oder reicht es schon, dass ich Sie hier treffe?«

Erik starrte ihn an, er verstand kein Wort. Und Sören schien es genauso zu gehen.

»Sie glauben also, dass die Leiche hier angespült wird?« Koopmann nickte zu den Wellenbrechern. »Andererseits gibt es diese Tetrapoden überall.«

Erik dachte wieder an Carolin. Ihm wurde schlecht vor Hilflosigkeit, und er war froh, als Sören fragte: »Wovon reden Sie eigentlich?«

»Lesen Sie keine Zeitung?«, fragte Koopmann zurück. Dann lachte er meckernd. »Nur das *Inselblatt?* So ist es recht. Aber in diesem Fall war ein anderes Blatt schneller als wir. Der *Friesische Bote!* Interessanter Artikel! Eine Reporterin, die sauber recherchiert. Unter anderen Umständen hätte ich über die Information hinweggelesen. Aber wenn die schreibt, dass der Mörder heute in den Wellenbrechern zu finden sein wird …«

»Mörder?« Erik fuhr herum. »Wellenbrecher?«

Nun grinste Koopmann breit. »Namen nennt sie nicht. Geht ja auch nicht. Das ist Sache der Polizei.«

Erik wandte sich ab und ging zurück, ohne darauf zu achten, dass er den Sand aufwirbelte und er in seine Schuhe drang. »Wiedersehen.«

»Sie sagen mir Bescheid, wenn der Fall gelöst ist?«, rief Koopmann ihm hinterher.

Aber Erik antwortete nicht. Er hörte, dass Sören dem Chefredakteur des *Inselblattes* ein paar vage Zusicherungen gab, dann war er wieder an Eriks Seite. »Wir sollten uns sofort den *Friesischen Boten* besorgen, Chef.«

»Nicht nötig«, brummte Erik. »Den habe ich im Auto. Heute Morgen am Flughafen von Hamburg gekauft.«

»Und?« Sören stolperte, als könnte er vor lauter Spannung nicht mehr geradeaus laufen.

»Ich hatte noch keine Gelegenheit, ihn zu lesen.«

Als Sören den Wagen aufgeschlossen hatte, riss Erik die Tür auf und griff auf den Rücksitz, wo er die Zeitung hingeworfen hatte, nachdem er die Staatsanwältin im Hotel Stadt Hamburg und seine Schwiegermutter zu Hause abgesetzt hatte. Dann ließ er sich auf den Beifahrersitz fallen und blätterte die Zeitung auf.

»Mörder führt die Polizei an der Nase herum!« Sören tippte auf einen halbseitigen Bericht. Es ging um einen Wohnungslosen namens Jan, der auf der Straße gelandet war, obwohl er einmal millionenschwer gewesen war, und um einen anderen, der seinen Platz eingenommen hatte, seine Klamotten trug und sich in seiner Verkleidung Marco hatte nennen lassen. Der Erste hatte mehr schlecht als recht auf seiner Gitarre geklimpert und nicht viel Geld bekommen, der Zweite war ein exzellenter Gitarrist, aber viel verdient hatte er trotzdem nicht. Die Sylttouristen schienen nicht die Leistung zu würdigen, sondern vor allem das Maß der Bedürftigkeit, wobei der Artikel darlegte, dass dieses Maß ziemlich klar definiert war. Sobald die Armut die Vorübergehenden bedrängte, ihre leichtherzige Mildtätigkeit aufs Korn nahm und drohte, daraus eine schwere Verpflichtung zu machen, fielen die Eurostücke nur noch spärlich in den Hut.

Erik schob das Zeitungsblatt in die Mitte, über den Schaltknüppel, damit Sören genauso gut lesen konnte wie er selbst. Nun war von hartherzigen Sylttouristen die Rede, von gleichgültigen Passanten, die auf ihre Rolex blickten, während sie an einem Straßenmusikanten vorbeigingen, ohne ein Geldstück in seinen Hut zu werfen, aber auch von gutherzigen Urlaubern, die großzügig waren, und anderen, die an der Musik des Mannes Interesse gezeigt hatten, der sein Instrument beherrschte.

Sören las weiter, während Erik mit dem rechten Zeigefinger nach dem Kürzel des Journalisten sucht. WR! Wiebke Reimers. Als er das Zeichen gefunden hatte, wurde auch Sören aufmerksam. »Ihre Ex?«

Auf eine Bestätigung wartete er nicht, sondern las begierig weiter, während Erik sich mit einem Mal so schwach fühlte, dass er es nicht schaffte, Wort für Wort zu lesen, sondern die Zeilen nur nach Reizwörtern absuchte. Ein Mann, der auf den ersten Blick verdächtig gewesen war. Der tagsüber zu Fuß und nach Einbruch der Dunkelheit komfortabel mit einem Moped unterwegs war. Marco, der nicht wie Jan in den Dünen schlief, sondern einen warmen Platz in einem Schuppen hinter einer Imbissstube gefunden hatte. Der sich dort sogar sein Essen holen konnte. Ein Mann, der offenbar gute Kontakte hatte, jedenfalls war er gesehen worden, wie er zu einer gut aussehenden Frau in Designerkleidung ins Auto stieg …

Sören sah auf. »Ihre Freundin?«

Eriks Antwort kam tonlos: »Meine frühere Freundin. Es ist aus.«

Sören zeigte auf die Zeile, in der von der gut aussehenden Frau die Rede war. »Deswegen?«

»Thies Dageför ist Idas Vater. Sie hat ihn auf der Friedrichstraße erkannt und ist ihm gefolgt. Sie wusste, wo er sich versteckt.«

»Und hat Ihnen nichts gesagt.« Sören stieß die Luft von sich. »Und die andere …« Er wagte es nicht, den Satz zu Ende zu führen.

Erik wollte ihn dennoch nicht ungesagt sein lassen. »Die andere schleicht sich in das Vertrauen eines Mörders, den ich suche, bekommt so viel heraus, dass sie von seiner Schuld überzeugt ist, weiß ebenfalls, wo er sich versteckt …« Nun brach er doch ab, weil er das Gefühl hatte, den Rest des Satzes nur schluchzen zu können.

»… und macht sich öffentlich über Sie lustig.« Sören tippte auf eine Stelle am Ende des Artikels. »Als ein Ordnungshüter endlich was merkt, gelingt dem Mann die Flucht, und die Polizei tappt weiterhin im Dunkeln. Dabei liegt es doch auf der Hand, wo der flüchtige Mörder geblieben ist.«

Eine Stille trat ein, die nichts mit dem Schweigen zu tun hatte, das sie genießen konnten. Diesmal war es schwer, das Schweigen, tat weh, drückte sie beide nieder. »Wenn Thies Dageför Carolin etwas antut …«

Sören verstand. »… dann hätte Wiebke Reimers es verhindern können, wenn ihr dieser Artikel nicht wichtiger gewesen wäre.«

»Sensationen waren ihr immer das Wichtigste.«

»Aber was soll Koopmanns Hinweis, dass der Mörder auf Sylt angespült werden wird? Kann es sein, dass Dageför von Selbstmordplänen gesprochen hat?«

Erik beugte sich noch einmal über die Zeitung. »Er wird in den Wellenbrechern zu finden sein«, las er. Und dann ging ihm ein Licht auf. »Wer weiß schon, dass Frangiflutti das italienische Wort für Wellenbrecher ist?«

Alessia telefonierte nach einem Taxi. »Es ist wirklich nicht nötig, dass du mich zum Bahnhof bringst, Carlotta.«

Sie stieß den Seufzer aus, den in Umbrien jede Frau, die am Grab ihres Mannes gestanden hatte, ganz automatisch in das Repertoire ihrer Gefühlsäußerungen übernahm. Den Witwenseufzer! »Ich muss mich ja daran gewöhnen, demnächst alles ohne Hilfe zu erledigen.« Genauso prompt beherrschte sie schon so kurz nach dem Tod ihres Mannes auch das tapfere Lächeln, das manch einer erhalten blieb, auf das gelegentlich sogar entsprechende Taten folgten, das sich aber oft genug in Wehleidigkeit, stummer Anklage und bitterbösem Vorwurf verlor.

Carlotta wollte davon nichts hören. Sie griff nach dem Köfferchen, das Alessia ihr Beautycase nannte, ein Kosmetikkoffer, der tatsächlich nichts anderes als Zubehör für die Körperpflege enthielt. So etwas hatte auch die Staatsanwältin dabeigehabt, als sie in die Toskana geflogen war. »Vielleicht bist du bald mit Roberto glücklich«, sagte sie, um Alessia aufzuheitern, und beobachtete deren Reaktion. Aber die Freundin nickte nur zerstreut und sah erneut auf die Uhr.

»Der Wagen muss gleich kommen. Am besten, wir gehen schon mal runter.«

Sie benutzten den Hinterausgang, weil Alessia nicht den Weg durch die Lobby nehmen wollte. »Sonst müsste ich mich von Riefling verabschieden und erklären, dass mein Bruder sterben wird …« Sie schluckte die Tränen herunter. »Das geht über meine Kräfte.«

»Aber Herr Riefling weiß, dass du ein paar Tage nicht da sein wirst?«

»Selbstverständlich. Er muss die Geschäftsleitung vertreten. Ich bin sicher, er wird das gut machen.«

Als das Taxi um die Ecke bog, versuchte Alessia es noch einmal: »Ich kann das nicht annehmen, Carlotta! Wie willst du nach Wenningstedt zurückkommen?«

»Mit dem Bus.« Und verwegen setzte sie hinzu: »Oder ich nehme mir ein Taxi.« Selbstverständlich würde sie das niemals tun, aber einen solchen Satz auszusprechen war schon ganz nah an dem verwegenen Entschluss, ihn in die Tat umzusetzen.

Während der Taxifahrt blickte sie sich immer wieder um. Wurde ihr Wagen verfolgt? Saß Roberto womöglich in einem anderen Taxi und ließ dieses nicht aus den Augen? Welchen Entschluss würde er fassen, wenn er feststellte, dass Alessia nicht allein war? Würde er ohne sie von Sylt fliehen? Oder würde er sich auf dem Bahnsteig verstecken und erst in den Zug springen, wenn Carlotta sich auf den Rückweg begeben hatte? Sie nahm sich jetzt schon vor, so lange neben dem Zug stehen zu bleiben, bis er abfuhr. Und dann würde sie Erik verständigen. Erst dann! Bis zu diesem Augenblick hatte sie noch keinen Beweis, nicht einmal ein Indiz, mit dem sie Erik beeindrucken konnte. Es bestand immer noch die Möglichkeit, dass sie sich irrte, dass Roberto unschuldig war und nichts mit Valerios Tod zu tun hatte. Aber wenn er von Sylt fliehen und Alessia ihn nicht allein lassen wollte, dann würde sie es herausfinden. Und dann war, bis der Zug in Niebüll einlief, genug Zeit, um alles für eine Verhaftung vorzubereiten.

Auch während sie aus dem Taxi stiegen und um das Bahnhofsgebäude herumgingen, um zum Bahnsteig zu gelangen, drehte sie sich immer wieder um. Aber Roberto war nirgendwo zu sehen. Es warteten noch nicht viele Fahrgäste auf den Zug, der Bahnsteig war gut zu überblicken. Carlotta war sicher, dass sie Roberto sehen würde, wenn er erschien. Und wenn er mit Alessia den Zug bestieg, konnte man sicher sein, dass er sich aus dem Staub machen wollte und sie bereit war, mit ihm bis ans Ende der Welt zu fliehen.

Alessia wurde nervös, während sie warteten, und entschloss sich schließlich, die Toilette aufzusuchen, ehe der Zug einlief. »Die Zugtoiletten sind ja selten sauber.« Ihre Handtasche hing über der Schulter, die Reisetasche und ihr Beautycase ließ sie zu Mamma Carlottas Füßen stehen. »Bin gleich wieder da.«

Alessia hatte gerade das Bahnhofsgebäude betreten, als Mamma Carlotta das Klingeln hörte. Ein Handy! Und der Ton drang aus Alessias Reisetasche. Mamma Carlotta starrte sie an, als könnte sie damit das Klingeln beenden. Sie hatte gesehen, wie Alessia ihr Handy in die Handtasche steckte, und die hatte sie mitgenommen. Warum befand sich in der Reisetasche ein zweites Handy? Mamma Carlotta bückte sich und zog vorsichtig den Reißverschluss der Ledertasche auf. Prompt wurde das Klingeln lauter, sie konnte das Leuchten des Displays sehen, das aus einer Seitentasche drang. Also wirklich ein zweites Handy. Robertos Handy? Oder eins, das Alessia nur benutzte, wenn sie mit ihm telefonierte? Sicherlich hatte sie, als Valerio noch lebte, Mittel und Wege gefunden, um mit Roberto Kontakt aufzunehmen, ohne dass Valerio es bemerkte.

Wie sie das Erik später erklären sollte, wusste sie nicht, aber sie brachte es nicht fertig, die Tasche wieder zu schließen und das Handy zu vergessen. Nein, es ging nicht! Ihre Hand griff ganz von selbst in die Seitentasche und zog das Handy heraus. Mamma Carlotta erstarrte, als sie es in Händen hielt. Dieses Handy kannte sie. Das Modell war eins, das viele besaßen, aber das pinkfarbene Etui hatte nur eine. Auf dem Display leuchtete mit jedem Klingeln der Name des Anrufers auf: Papa!

Erik steckte sein Handy wieder weg. »Nichts!«

Sören warf ihm einen genervten Blick zu, sagte aber nichts zu dem soundsovielten Versuch seines Chefs, seine Tochter zu erreichen. Sosehr er Verständnis für ihn aufbrachte, jetzt hatte er nur das Ziel vor Augen, das sie nach Wenningstedt trieb, und zwar in Höchstgeschwindigkeit. Sören raste die Westerlandstraße entlang, ohne dass Erik Protest einlegte, was ungewöhnlich war und gezeigt hätte, wie es um seine seelische Verfassung aussah, wenn Sören es nicht ohnehin gewusst hätte. Sein

Chef war psychisch derart von der Rolle, dass alles Schlimme, was er zurzeit erlebte, seine Seele mit einem Gefühl imprägniert hatte, das wie Gleichgültigkeit wirkte, aber in Wirklichkeit ein Erstarren war. Es half ihm, den Schmerz zu ertragen, die Angst um Carolin, die Enttäuschung, die Svea ihm zugefügt hatte, und dazu die Ernüchterung, unter der er litt, nachdem er Wiebkes Artikel gelesen hatte. Erik war wie versteinert.

Sören verstand ihn, konnte aber dennoch im Moment an nichts anderes denken als daran, Thies Dageför im Frangiflutti festzunehmen. »Darauf hätten wir kommen können, Chef! Er hat mal in dem Hotel gearbeitet. Er weiß, dass der Anbau noch nicht bewohnt werden kann. Und er weiß, wie er an einen Schlüssel kommt.«

Nun erwachte Erik aus seiner Lethargie. »Sie meinen, er bringt Valerio Fallaci im Anbau um und legt sich dann ein paar Zimmer weiter zum Schlafen hin?«

»Eine Etage drüber vielleicht. Weit genug weg von der Leiche und von unseren Ermittlungen. Frau Reimers hat ihn garantiert ausspioniert. Die weiß, dass er im Frangiflutti ist, wetten? Die wusste ja vorher auch, dass er hinter Käptens Kajüte im Schuppen pennt.«

»Wiebke!«, stöhnte Erik. »Ich werde später zu ihr ins Hotel gehen. Das muss sie mir erklären.«

Sie kamen vorm Hotel Frangiflutti an, stellten den Wagen so nachlässig ab, dass er mindestens fünf andere Autos behinderte, und liefen in die Lobby.

Herr Riefling sah ihnen erschrocken entgegen. »Haben Sie Carolin gefunden?«

Sören streckte ihm als Antwort die Hand hin. »Der Generalschlüssel! Wir müssen noch einmal in den Anbau.«

»Ich weiß nicht …« Herr Riefling zögerte, entschloss sich dann aber, nicht lange zu fackeln. »Ich kann ja sowieso niemanden fragen. Die Signora ist nicht da.«

Er folgte den beiden Polizeibeamten über den Hof in den

Anbau und verzog dort jedes Mal das Gesicht, wenn eine Tür geöffnet und heftig ins Schloss geworfen wurde. In fünf, sechs Räume hatten sie auf diese Weise geblickt, dann kamen sie vor der Tür des letzten Zimmers im Erdgeschoss an. In dem Moment, in dem sie die Tür aufreißen wollten, wie sie es bei allen anderen getan hatten, spürten sie, dass etwas anders war. Ein winziges Geräusch dahinter, das Scharren eines Stuhlbeins auf dem Boden, das Knarzen eines Riegels, das Knarren eines Fensterflügels.

Sören stürzte sich geradezu auf die Klinke und warf sich gegen die Tür, die verschlossen war. »Aufmachen! Polizei!«

Nun veränderten sich die Geräusche, die durch die Tür drangen. Sie entstanden nicht mehr behutsam, so leise wie möglich. Wer sich in diesem Zimmer versteckt hielt, wusste, dass alle Vorsicht zu spät kam. Sie hörten, dass das Fenster aufgerissen wurde und wie ein Stuhl umfiel. Sören zog seine Pistole aus dem Halfter, Herr Riefling taumelte erschrocken zurück.

»Nicht schießen«, flüsterte Erik.

Sören nahm Anlauf und rammte seine rechte Schulter gegen das Türblatt. Zwei-, dreimal, dann endlich sprang die Tür auf. Als sie in den Raum stürmten, sahen sie gerade noch einen Mann aus dem Fenster springen.

»Stehen bleiben!«

Sören kletterte auf die Fensterbank, sprang dem Mann nach und folgte ihm. »Stehen bleiben! Polizei!«

Er gab einen Schuss in die Luft ab, dann war er ebenso in der Toreinfahrt verschwunden wie Thies Dageför.

Carlotta sah Alessia, als sie auf den Bahnsteig zurückkehrte, mit einem Lächeln entgegen, das von zitternden Lippen kam. Aber der Freundin schien nicht aufzufallen, wie nervös und ängstlich sie war. »Gut, dass es so schnell ging. Ich werde vorsichtshalber auch noch mal … Der Zug kommt ja erst in zehn Minuten.«

Alessia nickte gleichgültig und nahm die Reisetasche zwischen ihre Füße. Carlotta sah zurück, bevor sie im Bahnhofsgebäude verschwand. Alessia machte zum Glück keine Anstalten, einen Blick in ihre Tasche zu werfen.

Sie hastete durch die Bahnhofshalle und durch den Haupteingang wieder heraus. Bis zu den »Reisenden Riesen im Wind« ging sie, drehte ihnen den Rücken zu und behielt den Bahnhofseingang fest im Auge. Plötzlich dachte sie an Eriks Geheimniskrämerei. Er hatte zu der Staatsanwältin gesagt, seine Schwiegermutter solle nichts erfahren. Wovon durfte sie nichts wissen? Hatte er ihr etwa verschwiegen, dass Carolin etwas zugestoßen war?

Sie zog das Handy ihrer Enkeltochter aus der Jackentasche, drückte auf die Taste »Antworten« und lauschte auf den Ruf, der hinausging. Sieben-, achtmal, dann sprang die Mailbox an. »Erik Wolf. Nachrichten nach dem Signalton.«

Mamma Carlotta musste das Schluchzen unterdrücken. Was sollte sie tun? Wo war Erik? Warum nahm er nicht ab?

Sie ging zur Ecke des Bahnhofsgebäudes, dorthin, wo die Geleise endeten, und spähte zum Bahnsteig. Alessia stand noch immer an derselben Stelle, die Tasche zwischen den Füßen, und blickte in die entgegengesetzte Richtung, wo der Zug auftauchen würde. Roberto war also nicht erschienen. Und es sah nicht so aus, als wartete sie auf ihn.

Mamma Carlotta zog sich zurück, sodass sie nicht gesehen wurde, falls Alessia sich plötzlich umwandte, nahm erneut Carolins Handy und drückte wieder auf »Antworten«. Aber auch diesmal ging der Ruf raus, ohne dass Erik abnahm.

Und nun ertönte die Ansage aus dem Lautsprecher, dass der Intercity in Kürze in den Bahnhof von Westerland einfahren werde. Mamma Carlotta stöhnte auf. Was sollte sie tun?

Herr Riefling drängte sich an die Wand des Flurs, als hätte er Angst, von einer Horde Krimineller und ihrer Verfolger über den Haufen gerannt zu werden. Er starrte Erik fassungslos an, als er in der Zimmertür erschien. »Geht's durch diese Toreinfahrt auf die Straße?«

Herr Riefling nickte, sprechen konnte er nicht.

Erik rannte aus dem Anbau und nahm denselben Weg wie Thies Dageför und Sören. Auf der Straße sah er sich hektisch um. Wohin mochte Dageför sich gewandt haben? Die Häuser standen weit auseinander, die Straße war breit und gut zu übersehen. Es gab nicht viele Möglichkeiten, sich zu verstecken oder ungesehen davonzukommen. Thies Dageför hatte zwar einen sportlichen, dynamischen Eindruck gemacht, aber Sören war nicht minder sportlich und dynamisch. Vermutlich hatte er Dageför schon am Wickel und brauchte Hilfe, um ihn unschädlich zu machen. Aber wo?

Erik entschloss sich, Richtung Hochkamp zu laufen. Vielleicht würde Dageför wieder versuchen, hinter Käptens Kajüte Zuflucht zu finden. Er konnte nicht wissen, dass sein Unterschlupf längst entdeckt worden war. Oder …?

Erik verlangsamte seine Schritte. Eine längere Strecke in diesem Tempo hielt er nicht lange durch. Wenn Dageför den Schuppen hinter Käptens Kajüte gegen ein unbenutztes Hotelzimmer im Frangiflutti getauscht hatte, war ihm sein erstes Versteck nicht mehr sicher genug gewesen. Dann hatte er also doch herausbekommen, dass sein Aufenthaltsort entdeckt worden war. Hatte Tove Griess ihn gewarnt?

Trotzdem entschloss er sich, in den Hochkamp zu laufen, und legte wieder an Tempo zu. An seinen Schläfen pochte der Name seiner Tochter. Carolin! Was hatte der Kerl mit ihr gemacht? Wo war sie? Sie musste ihm in die Quere gekommen sein, hatte vermutlich entdeckt, wo er sich versteckt hielt, hatte Alessia Fallaci verständigen wollen … und dann?

Erst als er den Streifenwagen in den Hochkamp einbiegen sah, fiel ihm ein, dass er einen Alarm absetzen sollte. Aber dazu hatte Sören offenbar noch die Zeit gefunden.

Der Streifenwagen hielt mit quietschenden Reifen vor Käptens Kajüte, zwei Beamte sprangen heraus und liefen in die Imbissstube. Erik mobilisierte seine letzten Kräfte und legte noch einmal an Tempo zu.

Der Zug fuhr in den Kopfbahnhof von Westerland ein, langsam, mit kreischenden Bremsen. Mamma schaute noch einmal um die Ecke des Bahnhofsgebäudes. Jetzt wurde Alessia unruhig. Sie blickte zu der Tür, hinter der Mamma Carlotta verschwunden war, und fragte sich offenbar, warum sie nicht zurückkam. Zögernd nahm sie ihre Reisetasche auf, hängte die Handtasche über die rechte Schulter und griff nach ihrem Kosmetikkoffer. Dann ging sie auf den zweiten Waggon zu, an dem sich soeben die Türen öffneten. Während die Fahrgäste ausstiegen, sah Alessia sich immer wieder um, während Carlotta ein ums andere Mal Eriks Telefonnummer wählte. Carolins Handy schien immer schwerer zu werden, während der Ruf rausging, es vibrierte, es wurde heiß, es schmerzte ... Jedenfalls kam es ihr so vor.

Ein Mann ging an ihr vorbei, der einen Koffer hinter sich herzog. Er stutzte und schien sich zu fragen, ob er ihr seine Hilfe anbieten müsse. Aber Mamma Carlotta fuhr herum, drehte ihm den Rücken zu und stellte erleichtert fest, dass er weitergegangen war. Langsam ging sie auf den Bahnhofsvorplatz zurück, zu den grünen Reisenden im Wind, nachdem sie wieder einmal den roten Knopf gedrückt hatte, als die Mailbox angesprungen war. Aus ihrer Angst, ihrer Nervosität, ihrer Erregung wurde nun Apathie. Es hatte ja keinen Sinn! Sie konnte nichts ausrichten. Es war zu spät. Mit Tränen in den Augen betrachtete sie das Handy. Nur einmal noch. Ein einziges Mal. Dann würde sie aufgeben ...

Wieder drückte sie auf die Taste »Antworten«, lauschte ohne jede Hoffnung ... aber dann geschah etwas in der Leitung. Der Klingelton brach ab, als hätte jemand das Gespräch angenommen. Sie konnte nichts hören, so angestrengt sie auch lauschte. Es schien jemand abgenommen zu haben, der unfähig war, ein Wort herauszubringen. Sie hörte nur ein schwaches Keuchen.

»Enrico?«

Seine Stimme klang atemlos, als wäre er schnell gelaufen, und gleichzeitig so schleppend, als hätte er ein Schlafmittel genommen und konnte sich nur mit Mühe wach halten.

»Enrico! Was ist los?«

»Wie kommst du an Carolins Handy?«

»Das erzähle ich dir, wenn du mir verraten hast, was mit Carolin passiert ist. Was verschweigst du mir, Enrico?«

Thies Dageför wurde aus dem Schuppen gezerrt, in dem er sich verbarrikadiert hatte. Gegen die beiden Streifenpolizisten hatte er keine Chance, er ergab sich schon, als die Tür aufgerissen wurde. Mit erhobenen Händen trat er in Toves Küchenhof, bleich, unrasiert, mit wirren Haaren und angstvoll aufgerissenen Augen. Er trug noch dieselbe Kleidung, die er am Leib gehabt hatte, als Erik ihn zwei Tage zuvor auf der Friedrichstraße angesprochen hatte, und er sah so aus, als hätte er seitdem nicht viel zu essen bekommen. Der Wirt stand in der geöffneten Tür seiner Küche und begegnete Dageförs flehentlichem Blick mit einem Kopfschütteln. Was diese nonverbale Kommunikation zu bedeuten hatte, konnte Erik sich nicht vorstellen. Aber sie war ihm auch egal.

Sören fuhr Thies Dageför an: »Wo ist Carolin Wolf? Was haben Sie mit ihr gemacht? Raus mit der Sprache!«

Thies Dageför glotzte ihn an, als wüsste er nicht, wovon die Rede war. »Wer soll das sein?«

Sören machte Anstalten, sich auf Thies Dageför zu stürzen. Erik hatte ihn selten derart wütend erlebt. Er schien Dageför schütteln und ohrfeigen zu wollen, damit er endlich preisgab, wonach Sören fragte. »Wenn du nicht sofort sagst, wo das Mädchen ist …«

Dageför nahm die Hände vors Gesicht, als erwartete er körperliche Gewalt. »Ich weiß nichts von einem Mädchen.« Seine Stimme war hoch und kindlich. »Aber … ich war nicht immer allein in dem Anbau.«

»Was meinen Sie damit?«

»Ich habe Schritte gehört. Stimmen. Eine Tür.«

»Wann?«

»Heute Morgen.«

»In welcher Etage?«

»Oben.« Dageför zögerte, ehe er weitersprach. »Ein Schrei, eine Tür, ein Schlüssel. Dann Schritte, laute Schritte. Wie von einer Frau, die auf hohen Absätzen läuft …«

Erik machte einen Schritt nach vorn und unterband Sörens weitere Vernehmung. Zu den Streifenbeamten sagte er: »Nehmen Sie den Mann mit.« Und zu Sören: »Wir müssen das Frangiflutti durchkämmen. Den Anbau.« Er nahm sein Handy vors Gesicht, das er nach wie vor in seiner verkrampften Rechten hielt. »Aber erst muss ich die Staatsanwältin anrufen. Sie muss uns helfen …«

Sie benutzten denselben Weg wie vorher. Nicht durch die Lobby, sondern durch den Torbogen an der Seite des Hotels, der in den Innenhof führte und von dort in den Anbau. Sören voraus, der sich aber zwang, nicht so schnell zu laufen, wie er konnte, sondern nur so schnell, dass Erik ihm folgen konnte. Zwar ging es ihnen einerseits um jede Minute, aber andererseits vor allem um das Mädchen, das Eriks Tochter war.

Herr Riefling hatte sie von der Rezeption aus gesehen. Er erschien im Innenhof, als sie gerade die Tür zum Anbau aufrissen. Und er folgte ihnen ohne ein Wort.

»Geht der Aufzug schon?«, stieß Erik hervor.

»Nein.« Herr Riefling zeigte zur Treppe und hastete den beiden Beamten hinterher. Erik hätte ihn gern zurückgehalten, brauchte aber seinen Atem für die körperliche Anstrengung.

In der zweiten Etage liefen sie von Zimmer zu Zimmer, öffneten jede Tür, warfen einen Blick in jedes unbewohnte Zimmer. Dann aber kamen sie vor dem versiegelten Zimmer an, in dem sie Valerio Fallaci gefunden hatten.

»Mein Gott«, stöhnte Erik auf. »Das Siegel!«

Seine Hände zitterten so sehr, dass Sören ihn zur Seite schob. Er war nicht minder aufgeregt, das sah man, fühlte sich aber viel stärker als sein Chef. Er gab Herrn Riefling einen Wink, damit er sich um den Hauptkommissar kümmerte, falls sich hinter der Tür etwas fand, was kein Vater verkraften konnte. Dann drückte er die Klinke hinab und stellte fest, dass die Tür verschlossen war. Herr Riefling erschien wortlos mit dem Generalschlüssel neben ihm, steckte ihn ins Schloss, drehte ihn … und ging zurück. Den letzten Schritt wollte er nicht tun, das überließ er der Polizei.

Also öffnete Sören die Tür. Und der Anblick, der sich im bot, war so schlimm, wie er befürchtet hatte. »O Gott!«

Der Tag ging zur Neige, der Wind schlief ein, die Sonne verlor das Grellweiße, wurde gelb und dann orange, die Luft wurde von den Gerüchen des Tages zu Boden gedrückt und ließ das Klare, Kühle aufsteigen in Richtung Nacht. Bald würde es dunkel sein.

Erik kehrte nach Hause zurück. Seine Kinder würden dort am Tisch sitzen und ihn erwarten, seine Schwiegermutter würde in der Küche hantieren, Sören ihr zusehen und dankbar strahlen, wenn sie ihm etwas vorsetzte, was er probieren sollte. Es störte Erik nicht einmal, dass auch die Staatsanwältin da sein würde. Er war glücklich. Und dieses Glück wollte er genießen.

Der Anblick seiner Tochter, festgekettet an das Bett, auf dem Valerio Fallaci den Tod gefunden hatte, den Mund verklebt so wie er, war entsetzlich gewesen. Auch dann noch, als feststand, dass sie lebte und körperlich unversehrt war. Sie hatte sich an ihn geklammert, während er ihr immer wieder zugeflüstert hatte, dass alles gut sei, dass ihr nichts mehr geschehen könne, dass Alessia Fallaci verhaftet worden sei, dass die Staatsanwältin dafür gesorgt habe.

Während sie darauf warteten, dass ein Handwerker mit einer großen Zange kam, um Carolin von den Handschellen zu befreien, hatte sie ihm erzählt, dass ihr der Schlüssel aufgefallen war. »Gestern Abend! Als ich mich um die Signora kümmern sollte.« Sie war von ihr ins Schlafzimmer geschickt worden, um nach einem Beruhigungsmittel zu suchen, da war Carolin der Schlüssel in einer Nachttischschublade aufgefallen. »Ich wusste, dass er zu einem Zimmer im Anbau gehört. Aber ich wollte erst wissen, ob er wirklich zu dem Zimmer passt, in dem der Chef gestorben ist. Kaum hatte ich den Schlüssel ins Schloss gesteckt und festgestellt, dass er sich drehen ließ, wurde ich von hinten überwältigt. Die Signora hat die Tür aufgestoßen und mich ins Zimmer geschubst. Dann hat sie gesagt, ich würde so verrecken wie ihr Mann und Holger Callesen. Mein Vater würde dann glauben, dass derselbe Mörder alle drei auf dem Gewissen hat.«

Danach hatte Carolin endlich zu weinen begonnen, und Erik war froh gewesen, dass die Starre des Entsetzens von ihr wich.

Er dachte mit Schaudern an diesen Augenblick zurück, aber auch mit großer Dankbarkeit. Jetzt wollte er erst mal nach Hause, sich an den Tisch setzen und sich daran erfreuen, dass seine Familie um ihn herum und gesund und munter war. Dass Svea fehlen würde, machte ihm viel weniger aus, als er angenommen hatte. Es war auch richtig gewesen, sofort ins Hotel Wiesbaden zu gehen und mit Wiebke zu sprechen. Der Abend wäre nicht so unbeschwert, wenn ihm diese Auseinandersetzung noch bevorstehen würde, das hatte auch Sören eingesehen und war ihm in den Süder Wung vorausgegangen. Zum Glück war Wiebke in ihrem Zimmer gewesen. Und dass sie ihn lächelnd und völlig unbekümmert empfing, machte das

Maß voll. Seine Vorwürfe konnte sie nicht verstehen. Dass sie zunächst ihre Story in trockenen Tüchern haben wollte, war ihrer Meinung nach selbstverständlich. Dass er dafür kein Verständnis hatte, war ihr angeblich ein Rätsel. »Ich habe dir doch den Hinweis gegeben. Ich wusste, dass du ihn verstehen würdest. Du hast den Täter erwischt, also ist doch alles okay.«

Dass sie Carolin eine mehrstündige Tortur erspart hätte, wenn sie gleich mit ihrem Wissen zu Erik gekommen wäre, hatte sie dann doch betroffen gemacht, alle anderen Vorwürfe waren an ihr abgeperlt wie Wasser an einer ölverschmierten Scheibe.

»Natürlich habe ich seine Klamotten mitgehen lassen, als er getürmt ist. Da gab's ein paar interessante Hinweise. Die konnte ich in meine Reportage einfließen lassen.«

Erik hatte sprachlos in ihr Grinsen geblickt. »Ich wusste ja, dass keine Beanstandungen kommen würden. Persönlichkeitsrechte? Der Mann hat andere Sorgen.«

Erik hatte sich nicht lange bei ihr aufgehalten. »Ich will dich nie wiedersehen«, hatte er zum Abschied gesagt und war zufrieden über ihre bestürzte Miene gewesen. »Komm bitte nie wieder nach Sylt.«

Erik wollte gerade die Westerlandstraße überqueren, da sah er einen Lieferwagen herankommen, den er passieren lassen wollte. Aber er fuhr nicht geradeaus weiter, sondern setzte den Blinker, um in den Hochkamp einzubiegen. Ein großer Lieferwagen! Mit einem italienischen Kennzeichen! Erik war alarmiert. Konnte der Wagen schon auf Sylt angekommen sein? Er sah auf die Uhr. Ja, wenn die Fahrer auf Pausen verzichtet hatten, konnte es sein, dass sie die Strecke schon bewältigt hatten. Sechzehn Stunden! Das war durchaus drin.

Erik blickte ihm nach, bis er ein paar Häuser weiter anhielt. Direkt vor Käptens Kajüte! Auf der anderen Straßenseite parkte ein grauer Audi, ganz unauffällig, mit einem Kfz-Kennzeichen, das Erik kannte. Darin saßen zwei Beamte der Bereitschaft, die beobachteten, was vor Käptens Kajüte geschah. Erik begann zu laufen. »Jetzt kriege ich dich, Tove Griess!«

Was nun folgte, wollte er nicht den Kollegen überlassen. Wenn er an diesem Abend auch noch den Wirt von Käptens Kajüte überführen könnte, wäre dieser Tag wirklich besonders erfolgreich gewesen.

Er war schon nahe herangekommen, als der Fahrer des Lieferwagens ausstieg und seine Glieder dehnte. Erik ging hinter einem geparkten Auto in Deckung, als der Fahrer auf die Eingangstür von Käptens Kajüte zuging. In dem grauen Audi entstand Bewegung. Dort würde gleich jemand aussteigen.

Die Tür von Käptens Kajüte sprang auf, bevor er sie erreicht hatte, und Tove erschien auf der Bildfläche, noch bevor der Fahrer des Lieferwagens auf der Schwelle angekommen war. »Wollt ihr zu mir?«

Der Fahrer wedelte mit einem Lieferschein vor seiner Nase herum. »Hier sind wir doch richtig?«, fragte er in gebrochenem Deutsch.

Erik hob vorsichtig den Kopf und sah, wie Tove Griess vehement den Kopf schüttelte. »Nächste Straße links! Hotel Frangiflutti! Die warten sicherlich schon darauf. Ich weiß nicht, wie's kommt. Immer wieder landen diese Lieferungen erst vor meiner Tür.«

Der Fahrer betrachtete noch eine Weile kopfschüttelnd seinen Lieferschein, dann zuckte er die Schultern und stieg wieder ein. »Mir egal. Dann fahre ich eben ins Frangiflutti.«

Tove kehrte in seine Imbissstube zurück, und Erik richtete sich auf. Er gab dem Fahrer des grauen Audis einen Wink, dass er sich wieder ins Auto setzen könne, und wedelte ungeduldig mit dem rechten Daumen, damit der Audi losfuhr. Dann erst betrat er Käptens Kajüte und bestellte ein Glas Rotwein.

»Aber nicht den Brunello.«

»Privat oder dienstlich?«, fragte Tove misstrauisch und holte die Flasche mit dem Rotwein aus Montepulciano raus.

Erik lachte. »Ich habe gerade mitgekriegt, dass Sie die Lieferung aus Montalcino nicht angenommen haben.«

»Klar doch!« Tove warf sich so ungestüm in die Brust, dass ihm beinahe die Rotweinflasche aus der Hand gerutscht wäre. »Wer dieses Missverständnis in die Welt gesetzt hat!« Er schüttelte den Kopf, als dächte er täglich mehrere Stunden darüber nach, ohne zu einem Ergebnis zu kommen.

»Was ich noch fragen wollte …« Erik betrachtete den Rotwein, den Tove ihm eingeschenkt hatte, eine Weile, dann nahm er einen Schluck. »Wie haben Thies Dageför und Johanna Fiedler sich eigentlich kennengelernt?«

Tove antwortete mit der frohen Sicherheit eines Menschen, von dem ein anderer eine hohe Meinung hat. »Ich glaube am Strand. Die Abende haben sie dann bei mir verbracht.«

»Das war aber nicht die Umgebung, die Johanna Fiedler gewöhnt war.«

Toves positive Grundstimmung war nicht zu beirren. »Hier hat sie niemanden getroffen, den sie kennt. Hier konnten die beiden knutschen, so viel sie wollten.«

»Da war also echte Liebe im Spiel. Nur bei ihr oder …?«

»Nee, bei ihm auch. Erst war er natürlich nur auf ein Abenteuer aus, aber dann … Thies hat ernsthaft überlegt, sich von Imke zu trennen.«

»Aber dann starb Johanna Fiedler.«

»Mannomann, hat der bereut, dass er nicht gleich mit Imke Schluss gemacht hat. Stattdessen geht er auf Nummer sicher und stellt sich bei der Fiedler mit dem Namen seines Freundes vor. Holger hat darüber gelacht, der sah das nicht so eng, und ich musste mitmachen. Thies hatte Schiss, dass Imke was mitkriegt. An ihrer Seite führte er ein angenehmes Leben.«

»Johanna Fiedler hat geglaubt, dass der Mann, den sie liebte, Holger Callesen hieß.«

»Habe ich Ihnen doch erzählt! Der war ja unverheiratet, dem hat das nichts ausgemacht.«

»Und dann hat sie Holger Callesen eine Million vererbt und meinte eigentlich Thies Dageför.«

»Tja, aber das beweisen Sie mal.«

Erik trank sein Glas aus, zahlte und stand auf. »Eine verrückte Geschichte. Danke, Herr Griess. Ich glaube, darauf wären wir ohne Ihre Hilfe nicht gekommen.«

Tove hatte seine liebe Mühe, sein Mienenspiel zu beherrschen. Danke, Herr Griess? Und das von einem Polizeibeamten? Wenn das seine Mutter noch hören könnte! Oder wenigstens Fietje! Aber der kam ja jetzt erst in die Imbissstube geschlurft und würde ihm vermutlich nicht glauben, wenn er hörte, wie höflich der Hauptkommissar zu Tove Griess gewesen war.

Das alles konnte Erik leicht vom Gesicht des Wirtes ablesen und amüsierte sich königlich darüber. Zwar hätte er Tove Griess eigentlich lieber überführt, aber an diesem Tag gefiel es ihm auch, sich geirrt zu haben. Es war ein perfekter Tag. Für Tove Griess ebenso wie für den Kriminalhauptkommissar Erik Wolf. Er prostete sowohl Tove als auch Fietje zu, trank seinen Rotwein aus und verließ beschwingten Schrittes die Imbissstube.

Kommissar Vetterich gehörte nicht zu den kontaktfreudigen Zeitgenossen. Erst recht gehörte er nicht zu denen, die sich gern einladen, auf einen Stuhl drücken und etwas zu essen vorsetzen ließen, und noch weniger gehörte er zu denen, die bereitwillig Konversation machten, liebenswürdig lächelten, wenn sie angesprochen wurden, übers Wetter, die Familie und die Nachbarn plauderte und fröhlich »Prost« oder »Salute« riefen, wenn das Glas gehoben wurde. Nichts dergleichen gefiel ihm, das wussten Erik und Sören, sämtliche Kollegen und mittlerweile auch Mamma Carlotta, die das jedoch einfach ignorierte. Es hatte Vetterich sogar große Überwindung gekostet, zu Eriks Privatadresse zu fahren, um seine Ermittlungsergebnisse loszuwerden. Erst recht, weil er wusste, dass dessen Schwiegermutter zurzeit zu Besuch war, die sich ja immer so unerträglich gastfreundlich gebärdete, ihm Antipasti, Rotwein und Grappa anbot und sogar Spaß daran zu haben schien, wenn ein ungebetener Gast auftauchte. Etwas, was Kommissar Vetterich sich überhaupt nicht vorstellen konnte, dem Gäste, und erst recht ungebetene, ein Graus waren. Er und seine Frau liebten das Alleinsein, das ruhige, abgeschiedene Leben mit festen Regeln und Essenszeiten, die höchstens durch einen Magen-Darm-Virus einer Änderung unterworfen wurden. Ansonsten ging bei ihnen alles seinen Gang, den sie nach ihrer Hochzeit eingeschlagen und beibehalten hatten.

Bei dem Gerichtsmediziner Dr. Hillmot ging das Leben ebenfalls seinen Gang, bei ihm jedoch war das Gleichmaß nicht unbedingt erwünscht, sondern eine Folge seiner Unbeweglichkeit. Während der Arbeit hatte er damit zu tun, sein Übergewicht zu beherrschen, in der Freizeit sorgte er mit Fast Food und Bewegungsmangel dafür, dass sich an seiner Fettleibigkeit nichts änderte. Da seine Interessen also wenig kompatibel mit Unternehmungen und Freizeitaktivitäten waren, die zu Sozialkontakten führten, war sein Leben ähnlich eintönig wie das von Kommissar Vetterich, nur ungewollt. So war Dr. Hillmot auch nicht verwirrt oder befremdet, wenn er von der Schwiegermutter des Hauptkommissars eingeladen wurde, sondern höchst erfreut. Dass er von allen durchschaut wurde, wenn er die Ergebnisse seiner pathologischen Untersuchungen zu Erik ins Haus trug, war ihm egal. Von solchen Feinheiten hatte er seinen Alltag längst befreit und handelte nun nach dem Motto: Wenn etwas zu holen ist, greif zu! Und genau das tat er, wenn Carlotta Capella sich auf Sylt blicken ließ.

Dass Valerio Fallaci gestorben war, weil ihm das Hydrocortison fehlte, das er bei seiner Niereninsuffizienz dringend nötig hatte, war längst bekannt. Dr. Hillmot konnte aber glaubhaft vorbringen, als Mamma Carlotta ihm die Tür öffnete, dass er von der Sorge getrieben würde, dieses Ergebnis könne womöglich im Stress der Alltagsbelastungen untergegangen sein, und er es deshalb für richtig hielte, dem Hauptkommissar das Ergebnis auch noch schriftlich vorzulegen. Und da er zufällig durch Wenningstedt gekommen sei …

Weitere Bemühungen waren zum Glück nicht nötig, Carlotta Capella hatte verstanden und zog den Gerichtsmediziner ins Haus und in die Küche, sorgte dafür, dass seine Komplimente, als er die Staatsanwältin sah, erträglich ausfielen, und gab den Kindern mit einem Wink zu verstehen, dass man einem Dottore, auch wenn er sich albern verhielt, mit Respekt zu begegnen habe.

So platzte Kommissar Vetterich in eine Runde, die auf den ersten Blick einfach nur besonders munter wirkte, was für ihn schon schlimm genug war. In Wirklichkeit aber war die Stimmung bei jedem, der dort saß, ausgesprochen exzentrisch. Carlotta schnappte über vor Glück, weil ihre Enkelin gesund neben ihr saß, lamentierte lauthals über das, was geschehen war, machte sich Vorwürfe, weil sie eine Frau, die sie gut gekannt hatte, derart falsch eingeschätzt hatte. Carolin selbst schwankte zwischen stiller Erleichterung und exaltierter Freude, was in der Außenwirkung bei ihr allerdings keinen großen Unterschied machte. Und Felix gab sich große Mühe, die Erleichterung über die Rettung seiner Schwester in Coolness untergehen zu lassen, damit er Carolin am Ende nicht um den Hals fiel und ihr gestand, wie glücklich er sei, dass ihr nichts zugestoßen war. Die Staatsanwältin saß da und kicherte, ohne dass jemand wusste warum. Sie schien amüsiert, erleichtert und auch erstaunt über das Leben, das ihr hier entgegenschlug, und wirkte ansonsten, als wäre sie beschwipst, obwohl sie lediglich einen Campari bicicletta genossen hatte. Wenn es bei ihr wirklich eine Trunkenheit gab, dann musste sie psychischer Natur sein.

Kommissar Vetterich hielt sich noch verzweifelt an seinem

Glas Campari fest, als Erik heimkam und er damit hoffen konnte, sich bald verabschieden zu dürfen. Alles, was ihm zusätzlich zum Campari offeriert worden war, hatte er mit immer kläglicherer Stimme zurückgewiesen. Jetzt war er froh, endlich zum Dienstlichen zurückkehren zu dürfen und sich keine Gedanken mehr über Campari, Antipasti und all das Zeug machen zu müssen, das die Schwiegermutter des Hauptkommissars ihm anbot. Erik teilte Vetterich mit, dass die Ergebnisse seiner Spurensuche nicht mehr von allergrößter Bedeutung waren, da die Täterin gefasst sei und er fest mit einem Geständnis am nächsten Morgen rechne.

Erleichtert trank Vetterich das Glas leer, blickte um sich, als hätte er Spiritus zu sich genommen und brauche medizinische Hilfe, stellte dann aber erstaunt fest, dass ihm der Campari geschmeckt hatte, und erhob sich, als hätte er fünf Stück davon konsumiert. Alles in allem war er heilfroh, dass er sich verabschieden durfte, daran gab es keinen Zweifel.

Mamma Carlotta verkündete die Gänge des Abendessens, die die Familie und ihre Gäste zu erwarten hatten, was sie immer gern tat, um die Vorfreude zu steigern. Als Erik ihr verraten hatte, dass Svea Gysbrecht nicht zum Essen erwartet wurde, tat sie es mit besonderer Begeisterung. Während sie alles aufzählte, stellte sie das kalte Tomatenmousse auf den Tisch und einen Korb mit frischem Ciabatta daneben. »L'Antipasto!« Sie drückte, während sie weitermachte, einem nach dem anderen den Brotkorb in die Hand und nötigte jeden, tüchtig beim Tomatenmousse zuzulangen. »Als Primo Piatto gibt es Spaghetti mit Thunfischsauce, als Secondo Mailänder Kalbsschnitzel, dazu pikanter Blumenkohl. Cavolfiore speziato! Und als Dolce Apfel-Crêpes. Die werde ich frisch backen, wenn wir so weit sind, aber der Teig ist schon fertig.«

Dr. Hillmot verdrehte die Augen, als sei ihm der Himmel versprochen worden, Felix beklagte die Ungerechtigkeit, dass Carolin aufgrund ihres schrecklichen Erlebnisses von Herrn Riefling einen Tag Sonderurlaub bekommen hatte, und fand, dass ihm als Bruder eines Gewaltopfers etwas Ähnliches zustünde, die Staatsanwältin brachte die Frage ins Spiel, was demnächst mit dem Frangiflutti geschehen würde, und Mamma Carlotta erkundigte sich bei ihrem Schwiegersohn: »Weißt du, ob die Lieferung aus Italien schon auf Sylt eingetroffen ist?«

Erik bestrich sein Brot erst ausgiebig mit Tomatenmousse, ehe er antwortete: »Ich habe es zufällig selbst mitbekommen. Tatsächlich hielt der Lieferwagen vor Käptens Kajüte, aber Tove Griess hat ihn zum Frangiflutti geschickt.« Er biss nachdenklich von seinem Brot ab. »Entweder habe ich ihn zu Unrecht verdächtigt oder … er ist gewarnt worden.«

Mamma Carlotta erschrak, entdeckte zum Glück gerade in diesem Augenblick, dass ein dritter Ring an die Ohrläppchen ihres Enkels gekommen war, wo doch zwei Ohrringe weiß Gott schon schrecklich genug waren, und regte sich darüber lange und durchdringend auf. Leider war Eriks Verdacht damit nicht ganz in Vergessenheit geraten.

»Es wäre ihm schwer nachzuweisen«, sagte die Staatsanwältin nachdenklich.

Erik nickte ihr zu, und Carlotta wurde es bei diesem kurzen Augenblick der Einigkeit heiß und kalt. »Angeblich will er auch nichts davon bemerkt haben, dass Thies Dageför in seinem Schuppen schlief und sich in seiner Küche etwas zu essen holte. Das glaube ich ihm ebenfalls nicht. Augenscheinlich hat Dageför sogar die Scheibe eingeschlagen, um an etwas Essbares zu kommen. Tove Griess ist kein Typ, der so was einfach hinnimmt.«

Die Staatsanwältin sah Erik so an, wie sie Eduardo Fallaci nachgeblickt hatte, nachdem sie von ihm zum Picknick in der Scheune eingeladen worden war. »Ist ja nicht so wichtig. Es ist nicht strafbar, einem Obdachlosen Unterschlupf zu gewähren. Er muss nicht gewusst haben, dass er einen Mörder in seinem Schuppen schlafen lässt.«

Erik schien froh zu sein, dass sie seiner Meinung war. »Außerdem hätten wir ohne ihn vermutlich nicht herausgefunden, warum Johanna Fiedler ausgerechnet Holger Callesen eine Million vermacht hat …«

Anfänglich war ja alles nur ein Flirt. Völlig unverbindlich. Eine ältere Frau, aber immer noch attraktiv, die was erleben wollte. Und ich hatte Zeit …«

Thies Dageför war bleich, hager, gezeichnet von dem, was hinter ihm lag. Von dem charmanten Mann, in den Dr. Imke Rebel verliebt gewesen war und der für Johanna Fiedler die letzte große Liebe wurde, war nicht viel geblieben. Dass auch Svea einmal viel für diesen Mann empfunden, dass sie sogar ein Kind von ihm bekommen hatte, musste Erik unbedingt verdrängen. Gern hätte er sich eingeredet, Svea könne kein Verständnis dafür erwarten, dass sie einmal in diesen Mann verliebt gewesen war, aber es gab etwas, was Erik erkannte und verstand: seine klugen Augen, der gefühlvolle Mund, der sicherlich sehr warmherzig lächeln konnte, die Aufmerksamkeit, mit der er sich auf sein Gegenüber einstellte, das alles war sympathisch. Wenn er sich auf diese Weise einer Frau zuwandte, würde er sie schnell für sich einnehmen können, das wurde Erik bald klar. Thies Dageför war wie Ida. Auch sie hatte die Gabe, ihrem Gesprächspartner das Gefühl zu geben, dass nichts wichtiger war als das, was er gerade sagte.

Thies Dageför hatte das Angebot angenommen zu duschen, sich zu rasieren und eine Einwegzahnbürste zu benutzen. Außerdem hatte er saubere Kleidung erhalten, die ihm zwar nicht passte, ihm aber trotzdem einen Teil seiner Sicherheit zurückgegeben hatte, die ihm auf der Straße und in Toves Schuppen abhandengekommen war.

»Wie konnte ich wissen, was mit mir geschehen würde, als ich Johanna kennenlernte? Ich war mit Imke zusammen und wollte es bleiben … eigentlich …«

»Weil Sie von ihr gut versorgt wurden«, ergänzte Erik. »Ob Sie Arbeit hatten oder nicht, war nicht weiter wichtig.«

Thies Dageför nickte beschämt. »Imke sollte nicht herausbekommen, dass ich mich auf einen Flirt einließ und Johanna ins Hotel folgte. Deswegen habe ich Holgers Namen benutzt. Vorsichtshalber. Imke kennt Gott und die Welt.«

Sören hatte scheinbar beschlossen, das Verhör seinem Chef zu überlassen. Er lehnte sich zurück und beobachtete Thies Dageför schweigend. Erik hatte noch nie gesehen, wie die Floskel »Es zog ein Schatten über sein Gesicht« Wirklichkeit wurde. Tatsächlich wurde Dageförs Haut, während er über Johanna Fiedler sprach, mit einem Mal grau, sein Blick erlosch, auf seine Züge legte sich Finsternis. »Ich hatte gerade begriffen, dass ich sie liebte, dass ich bisher gar nicht gewusst hatte, was Liebe ist … da starb sie. Ich wusste, dass sie krank war, hatte aber keine Ahnung, wie ernst es um sie stand. Das hatte sie mir verheimlicht.« Jetzt stiegen ihm Tränen in die Augen, und Erik war sicher, dass er nicht um die verlorene Million weinte.

»Es war im Sinne von Johanna Fiedler, dass Sie die Million bekommen. Warum haben Sie nicht dafür gesorgt, dass ihr letzter Wunsch erfüllt wird?«

»Dann hätte ich Imke alles gestehen müssen. Und außerdem … wie sollte ich es beweisen? Tove Griess hätte es klarstellen können, er wusste davon. Aber der hat sich geweigert. Später habe ich rausgekriegt, warum. Holger hat ihm zehntausend Euro Schweigegeld gezahlt.«

»Gibt's dafür Beweise?«

»Garantiert nicht.«

Erik dachte kurz nach, dann schob er diese Information beiseite, die für den Mordfall Holger Callesen voraussichtlich unerheblich war. »Warum sind Sie zu Holger in die Toskana gegangen?«

»Er wollte mich ruhigstellen, aber das wurde mir erst später klar. Er hatte versprochen, mich zum Teilhaber zu machen.

Meine Beziehung zu Imke war zerbrochen, ich hatte keinen Job, da dachte ich, ich könnte es versuchen. Aber Holger hat sein Versprechen nie eingelöst, hat mich immer wieder vertröstet …« Und dann hatte Thies sich gerächt. Valerio Fallacis Idee war ihm gerade recht gekommen. Er hatte einen Batzen Geld dafür bekommen, Holger den gepanschten Wein unterzuschieben. »Der hatte ja keine Ahnung von Wein. Der merkte nichts, der schaute seinen Leuten nicht auf die Finger, dem konnte man viel erzählen …« Holgers Ruf war bald ruiniert. Am Ende war er froh, seine Schulden bezahlen zu können. Übrig gebliebens war ihm nichts. Seine Versuche, wieder auf die Beine zu kommen, scheiterten allesamt. »Die Million war weg. Johannas Million …«

»Valerio Fallaci und sein Sohn haben davon profitiert«, sagte Erik, »und mit der Weinpanscherei fröhlich weitergemacht. Das Gut, das früher Holger Callesen gehörte, hat mittlerweile ein bestens eingerichtetes Weinlabor, in dem die Flaschen präpariert werden, mit gefälschten Etiketten und gefälschten Siegeln. Der Brunello aus Montalcino ist in Wirklichkeit ein Wein mit einem kleinen Anteil Brunello und vielen anderen Anteilen billigen Weins.« Erik betrachtete Thies Dageför ausgiebig, ehe er fragte: »Warum musste Holger Callesen sterben?«

»Das musste er nicht.« Thies' Stimme war nur ein Flüstern, Erik hatte Mühe, ihn zu verstehen. »Irgendwie hatte er sein letztes Geld zusammengekratzt und war nach Sylt gekommen. Geschlafen hat er in den Dünen, für Essen und Trinken hat er auf der Friedrichstraße Musik gemacht.« Er lachte spöttisch. »Musik! So hat er es genannt. Geklimper war das, mehr nicht.«

»Woher wusste er, dass Sie nach Sylt zurückgegangen waren?«

»Das hat er sich gedacht. War ja logisch. Valerio Fallaci machte ein Hotel auf Sylt auf, und als er seine Zelte in Italien abbrach, war ich auch verschwunden. Holger musste nur eins und eins zusammenzählen.«

»Was wollte er von Ihnen?«

»Ich sollte ihm helfen. Das sei ich ihm schuldig, sagte er, wo ich mich doch daran beteiligt hatte, ihn fertigzumachen.« Thies drehte verlegen seine Hände und betrachtete sie, als dächte er über eine baldige Maniküre nach. »Zum Schein bin ich darauf eingegangen. Aber ich wollte ihm einen Denkzettel verpassen, wollte erreichen, dass er geht und nie wiederkommt. Ich ließ ihn bei mir schlafen, er war froh, für ein paar Stunden ein Dach über dem Kopf zu haben. Und während er schlief, habe ich ihn festgekettet und ihm später auch den Mund verklebt. Wenn ich diesen Unfall vorm Bahnhof nicht gehabt hätte, wäre er am nächsten Tag wieder freigekommen und dann hoffentlich ein für alle Mal von dem Wunsch geheilt gewesen, mich auszunehmen wie eine Weihnachtsgans. Aber ...«

»Sie kamen ins Krankenhaus. Warum haben Sie nicht dafür gesorgt, dass jemand in Ihre Wohnung ging, um Holger zu befreien?«

»Ich habe mich geschämt.« Jetzt stieg doch noch Verständnislosigkeit in Erik auf, die Frage, wie Svea sich auf diesen Mann hatte einlassen können, der nicht zugeben wollte, dass er einen Freund in eine verzweifelte Lage gebracht hatte. War sie so ähnlich wie Holger Callesen auch von ihm enttäuscht worden?

»Ich hatte die Hoffnung, dass er durchhält, dass er noch lebt, wenn ich zurückkomme ...«

»Sie haben nach Ihrer Entlassung sogar noch im Frangiflutti ausgeholfen.«

»Ja, weil ich Angst vor dem Heimkommen hatte ...«

»Und dann? Als Sie heimkamen? Als Sie sahen, was Sie mit Ihrer Feigheit angerichtet hatten?«

Erik bestand nicht auf einer Antwort, er wusste ja, was Thies Dageför getan hatte. Er war in Holger Callesens Verkleidung auf die Straße gegangen und hatte seine Rolle übernommen.

»Warum sind Sie nicht abgehauen?«

Thies grinste schief. »Kaufen Sie mal eine Fahrkarte, wenn Sie keine Kohle haben.«

»Wusste Tove Griess, dass Sie in seinem Schuppen schlafen?«

»Klar!« Dageför blickte auf. »Daraus werden Sie ihm doch keinen Strick drehen?«

»Es ist nicht verboten, einem Penner Unterschlupf zu gewähren. Oder wusste er, dass Sie ein Menschenleben auf dem Gewissen hatten und von der Polizei gesucht wurden?«

»Natürlich nicht.«

Erik war nicht sicher, ob er das glauben konnte, beließ es aber dabei. Da er nun wusste, dass Tove Griess nichts mit dem Weinhandel von Fallaci zu tun hatte, konnte er auch nicht davon ausgehen, dass der Wirt ein Interesse daran hatte, Thies Dageför vor dem Zugriff der Polizei zu schützen.

»Warum haben Sie den Schlafplatz aufgegeben? Weil Ihnen jemand auf die Schliche gekommen ist? Die Journalistin, die neben Ihnen auf der Friedrichstraße saß? Oder ... Svea?«

Thies Dageför sah aus, als hätte man Chinesisch mit ihm gesprochen. Erik ließ ihm nicht die Zeit, auf seine Fragen eine Antwort zu finden, sondern wiederholte: »Warum sind Sie ins Frangiflutti gezogen? Das war doch riskant.«

»In der Küche von Käptens Kajüte war mir was Unangenehmes passiert. Ich wollte mir was zu essen holen, da schleicht sich plötzlich eine Frau rein. Eine alte, dicke.«

»Wie bitte?«

»Das müssen Sie doch wissen. Ich war so in Panik, dass ich zugeschlagen habe. Die ist umgekippt wie ein gefällter Baum.«

Erik warf Sören einen Blick zu, der zuckte mit den Schultern. »Es gibt keinen weiteren ungeklärten Todesfall.«

»Auch kein Verletzungsdelikt?«

»Nein.«

Erik sah Thies Dageför kopfschüttelnd an. »Hatten Sie die Scheibe der Küchentür eingeschlagen?«

»Nein, ich wusste ja, wo der Schlüssel aufbewahrt wurde.«

»Also hat die dicke, alte Frau sie eingeschlagen? Eine Obdachlose?«

»Nein, die Tür war offen.«

»Wer hat sie dann eingeschlagen?«

»Keine Ahnung. Als ich die Küche betreten habe, war die Tür noch unversehrt.«

Wieder sah Erik seinen Assistenten an, diesmal zuckten beide die Schultern.

»Es liegt keine Anzeige vor«, sagte Sören.

Thies Dageför, der lange auf seine Hände gestarrt hatte, blickte auf. »Die Frau lebt also? Und ich dachte ... Mein Gott, ich dachte, ich hätte zwei Menschen auf dem Gewissen. Dabei wollte ich doch keinem einzigen etwas antun.«

Erik hatte mit einem Mal das Gefühl, würgen zu müssen. Die Übelkeit schoss in ihm hoch, und er sprang auf. Am liebsten hätte er alles, was er von Thies Dageför gehört hatte, erbrochen, um es los zu sein und nie gehört zu haben. »Haben Sie sich mal überlegt, was es für Ida bedeutet, einen solchen Vater zu haben?«

Thies' Kopf fuhr hoch, aber Erik wich seinem Blick aus und verließ das Zimmer, gefolgt von Sören, der noch ein paar Worte an Thies Dageför gerichtet hatte. Erik wusste, was er wissen musste. Wie Thies als Vater gewesen war, ging ihn nichts an. Auch Svea ging ihn nichts mehr an. Wenn er diesem Satz nachhorchte, fühlte er leichtes Bedauern, mehr nicht. Wenn er jedoch an Ida dachte, war es tiefe Traurigkeit ...

Mamma Carlotta warf mit Schwung die Spülmaschine zu, trocknete sich die Hände an einem Geschirrtuch ab, knüllte es zusammen und schleuderte es achtlos auf die Spüle. Für eine redliche Ordnung fehlten ihr an diesem Tag die Nerven. Um

Geschirrtücher an ihren Haken zu hängen, um Arbeitsflächen abzuwischen und ein Spültuch an seinem angestammten Platz trocknen zu lassen, brauchte man Ruhe und Ausgeglichenheit. Beides fehlte ihr.

Den Abend hatten sie alle in einer Blase verbracht, die jeden Moment platzen konnte, sich dann aber als erstaunlich stabil erwies. Das Glück war geblieben, so stark, als würde es sich gegen alles durchsetzen, und so, dass alles andere an Bedeutung verlor. Dass Erik sich von Svea getrennt hatte, hätte Mamma Carlotta am Tag zuvor noch zu einem Freudensprung veranlasst, am Abend von Carolins Rettung war diese erfreuliche Tatsache nur ein Lächeln wert gewesen. Dass die Staatsanwältin sitzen blieb, als Vetterich längst und schließlich auch Dr. Hillmot gegangen war, hatte bei keinem, auch bei Erik nicht, Verwunderung erzeugt, als wäre alles ganz normal, was den familiären Frieden nicht unmittelbar störte. Nachdem Felix zu Bett gegangen war und auch Carolin sich zurückgezogen hatte, war es nur um das Thema gegangen, ob sie einschlafen würde, ohne von dem Schrecklichen zu träumen, was ihr widerfahren war. Dann war noch die Frage hinzugekommen, ob das Frangiflutti geschlossen werden oder ob es einen neuen Besitzer erhalten würde, ob Carolin sich so kurz nach dem Beginn ihrer Ausbildung schon ins Heer der Arbeitslosen einreihen müsste … aber diese Erörterungen waren ohne Angst und Sorge abgelaufen, weil alle Ängste und Sorgen sich in Luft aufgelöst hatten, als Carolin sich von dem Bett erheben durfte, an das sie gefesselt gewesen war. Erst langsam und ganz allmählich würden sich die Ängste wohl wieder zu einer Wolke formieren, dann würde ihr Leben nicht mehr nur aus Glück, sondern auch wieder aus lästigen Fragen, Forderungen und Sorgen bestehen. Am Tag von Carolins Rettung war es jedoch noch nicht so weit gewesen. Nichts war so wichtig wie Carolins Leben und ihre Unversehrtheit.

Sie hatte sich ausbedungen, bis mittags schlafen zu dürfen,

keinen Telefonanruf, auch nicht von Herrn Riefling, durchgestellt zu bekommen, ihre Schlafzimmertür nur zu öffnen, wenn das Haus brannte, und nach ihrem Aufwachen das Badezimmer mindestens eine Stunde ganz für sich allein zu haben. All das war ihr natürlich zugesagt worden, und Mamma Carlotta fand, dass sie bis zu dem Zeitpunkt, an dem Carolin in der Küche erscheinen und nach Ciabattabrot und Feigenmarmelade verlangen würde, einen Besuch in Käptens Kajüte machen konnte. Sie musste unbedingt alles, was sie schon wusste, durch Toves Bestätigungen noch einmal hören und es eventuell in ein anderes Licht rücken. Vor allem wollte sie für die kommenden Tage wissen, was sie zugeben musste und was sie ohne Weiteres verschweigen oder sogar abstreiten konnte. Allmählich verlor sie ja den Überblick über das, was Tove getan oder angeblich getan, unterlassen oder angeblich unterlassen, erfunden, erlogen, aus Freundlichkeit oder aus Eigennutz getan hatte. Eins stand fest, er hatte ihre Warnung verstanden und danach gehandelt. Darauf war sie stolz. Sie hatte ihm geholfen, auf den Pfad der Tugend zurückzufinden – oder zumindest an den Straßenrand der Tugend oder im Straßengraben direkt daneben. Sie hatte einem Freund zur Seite gestanden und sich selbst die Möglichkeit erhalten, jederzeit zu einem Cappuccino oder einem Rotwein aus Montepulciano in eine Imbissstube einzukehren, in der es zwar nicht gemütlich, aber für sie genau richtig war.

Tove begrüßte sie wie einer, der gerade in der Kirche die Beichte abgelegt hatte und nun der Meinung war, dass er bis zum nächsten Sonntag so weitermachen konnte wie vorher. Fietje sah ebenfalls so aus, als glaubte er an die Gerechtigkeit der Welt und sogar daran, selbst daran beteiligt zu sein. Die Zufriedenheit, die in Käptens Kajüte herrschte, roch penetranter als das Frittierfett.

»Moin, Signora!« Tove strich über seine Schürze, die ein Geschirrtuch war, das er sich quer über den Bauch gespannt und an den Seiten hinter den Gürtel geklemmt hatte. Dass dieses Geschirrtuch blitzsauber war, zeigte schon, wie blendend gelaunt der Wirt war. Und dass Fietje seine Bommelmütze, die er sowohl bei großer Hitze als auch bei eisiger Kälte trug, so tief in den Nacken schob, dass sie ihm vom Kopf rutschte, zeugte ebenfalls von einer Laune, die nahe an Ausgelassenheit grenzte.

Tove holte eine Rotweinflasche unter der Theke hervor. »Geht aufs Haus«, rief er und achtete nicht auf Mamma Carlottas Abwehr. »An Tagen wie diesen!« Er zeigte auf seine Musikanlage, die dafür sorgte, dass die Toten Hosen ihren Jubelgesang verbreiteten, und Mamma Carlotta hörte ihn zum ersten Mal singen: »... wünscht man sich Unendlichkeit ...«

Das brachte sie derart aus der Fassung, dass sie nur dastehen, das Rotweinglas ergreifen konnte und vergaß, dass sie vormittags normalerweise keinen Alkohol zu sich nahm. Als der Refrain sich zu wiederholen drohte, merkte Tove selbst, dass Lautstärke nur eine von vielen Komponenten guten Gesanges war, klappte den Mund zu und beendete seine künstlerische Darstellung mit einem schlichten »Prost«.

Mamma Carlotta trank einen Schluck und fand damit in die Realität von Käptens Kajüte zurück, die sie für einen Augenblick an die Karaokebar erinnert hatte, mit der ein Start-up-Unternehmer aus Rom versucht hatte, in Panidomino Fuß zu fassen. Nach zwei Monaten, als sämtliche Dorfbewohner einmal »Azzurro«, »Ti amo« und »Mamama mama maria ma« ins Mikrofon gegrölt hatten, musste er den Laden allerdings wieder dichtmachen. Jeder, der wollte, hatte sich einmal blamiert, das reichte den Anwohnern von Panidomino. Die Touristen, von denen sich der Jungunternehmer viel versprochen hatte, waren gar nicht erst angetreten.

»Sie haben gestern alles richtig gemacht«, sagte sie lächelnd, als sie ihr Glas absetzte.

Toves Begeisterung kannte keine Grenzen. »Ihr Schwiegersohn hat mir sofort geglaubt, dass ich nix mit den Weinlieferungen zu tun habe.«

»Weil Sie den Wagen weggeschickt haben.«

»Ins Frangiflutti. Jawoll!«

»Wo der Hotelier Ihnen nichts mehr anhaben konnte.«

Tove gab sich nicht die Mühe, wegen des Todes von Valerio Fallaci Bekümmernis zu zeigen. Je öfter er erwähnte, dass der Hauptkommissar ihn für unschuldig hielt, desto mehr kam es ihm so vor, als sei er es tatsächlich.

»Gut, dass Sie auf meine Warnung gehört haben.«

Nun fiel Tove wieder ein, dass er es nicht seiner eigenen Klugheit verdankte, ungeschoren davongekommen zu sein. »Sie sind echt ein Pralinchen, Signora.«

Mamma Carlotta war verblüfft über diese Formulierung, nahm sie aber lächelnd hin. Pralinen waren süß und schnuckelig, teuer und nicht leicht zu haben. »Perfetto!«

»Ihr Schwiegersohn hat sich sogar bei mir bedankt«, wusste Tove noch weiter zu berichten. »Dafür, dass ich ihm erzählt habe, wie das war mit Thies und Holger und dieser Johanna.«

Mamma Carlotta setzte sich etwas bequemer hin. Die Besonderheiten dieses menschlichen Dreiecks hatte sie sich nur mit Mühe zusammenreimen können. »Thies Dageför hat also den Namen seines Freundes benutzt, wenn er sich mit dieser reichen Frau traf? Damit seine Freundin, die Ärztin, nicht dahinterkam? E vero?«

»Die kennt im Hotel Stadt Hamburg Hinz und Kunz. Wenn da mal der Name Thies Dageför gefallen wäre, hätte die Frau Doktor das sofort zu hören bekommen.«

»Und warum haben Sie das jetzt erst verraten?«

Tove tippte sich an die Stirn. »Holger wollte natürlich, dass ich die Klappe halte. Und er hat mich … überredet zu schweigen.«

Fietje platzte so laut mit dem Lachen heraus, dass er einen guten Teil des Biers, das er gerade herunterschlucken wollte, ins Glas zurückbeförderte. »Überredet? Das ist gut …« Als Tove ihn wütend anblitzte, konnte er dennoch nicht aufhören zu kichern. »Tja, wer am meisten bietet …«

Tove vergaß vor lauter Zorn, worüber er eigentlich schweigen wollte. »Zehntausend sind viel Kohle. Ob ich die von Thies bekommen hätte, war fraglich. Es wusste ja keiner, ob meine Aussage irgendwas gebracht hätte.« Er sah Mamma Carlotta an und merkte natürlich, wie es hinter ihrer Stirn arbeitete. »Dann war ich in das Weingeschäft gerutscht …« Er tat so, als wäre er völlig unschuldig ausgeglitten und zu Fall gekommen. »… und habe den Mund gehalten. Da hat man ja total den Überblick verloren. Erst Holger abgemurkst, dann Thies verschwunden, und am Ende musste auch der Fallaci noch dran glauben.« Nun fiel ihm ein, wie er den Schwarzen Peter weitergeben konnte. »Eine schöne Freundin haben Sie! Bringt erst ihren Alten um und versucht dann sogar, Ihre Enkelin ins Jenseits zu befördern. Pfui Deibel!«

Aber Mamma Carlotta schob den Schwarzen Peter unverzüglich zurück. »Ich weiß immer noch nicht, warum Sie meinem Schwiegersohn die Geschichte nicht gleich erzählt haben. Er konnte sich nicht erklären, warum ausgerechnet Holger Callesen eine Million geerbt hat. Als er tot war, hätten Sie doch reden können.«

»Nee, erst als Valerio Fallaci auch tot war. Ich habe Ihnen von Anfang an gesagt, Signora, dass mit dem Kerl nicht gut Kirschen essen ist. Der wollte in diesen Mordfall natürlich nicht reingezogen werden. Aber das wäre er, wenn Ihr Schwiegersohn die Zusammenhänge sofort erkannt hätte. Also hätte ich eine Menge Ärger mit ihm gekriegt, wenn ich was dazu gesagt hätte. Und der Fallaci war keiner, mit dem man gern Ärger haben wollte.«

Mamma Carlotta trank das Glas aus und warf den Kopf in den Nacken. So, wie sie es bei Gina Lollobrigida in einem Film gesehen hatte, der sehr beeindruckend gewesen war. Der Lollo hatte der Hochmut sehr gut gestanden, und sie hoffte, dass ihr eigener für den Wirt einer schmuddeligen Imbissstube reichen würde. »Sie vergessen, dass ich mit der Staatsanwältin in der Toskana war. Wir haben herausgefunden, was da los ist. Alle Zusammenhänge! Veramente!«

Alessia Fallaci war nur noch ein Schatten ihrer selbst. Ohne dem Make-up, der exakten Frisur und dem gepflegten Erscheinungsbild fehlte ihr alles, was vorher zu ihr gehört hatte wie der Petersdom zu Rom. Zwar trug sie noch ihre Designerkleidung vom Vortag, aber nun sah sie aus, als hätte sie sich damit verkleidet, als hätte die Putzhilfe sich die Kleidung der gnädigen Frau geliehen, um einmal so schick auszusehen wie diese. Das Strickensemble schien ihr nicht mehr zu passen, es war zerdrückt, war nicht mit den vielen Handgriffen gerichtet worden, mit der sie sonst in Windeseile für Ordnung in ihrer Aufmachung sorgte. Ihre Haut glänzte ölig, ihre Lippen waren blass, die Reste ihrer Wimperntusche hingen über den Tränensäcken, die es vorher nicht gegeben hatte. Erik empfand Mitleid, als er ihr die Hand reichte, und sah, dass es Sören ähnlich ging. Nun sah die schöne Alessia Fallaci so aus wie alle anderen Frauen von Panidomino, die sich frühzeitig dem Alter ergeben hatten. Zufrieden stellte er fest, dass seine Schwiegermutter, die ihr Leben lang ohne all die Accessoires ausgekommen war, mit denen Alessia Fallaci sich geschmückt hatte, nun viel jünger und attraktiver aussah als ihre frühere Schulfreundin, die einmal das schönste Mädchen der Schule gewesen war. Letztlich kam es wohl doch vor allem darauf an, wie zufrieden man dem Leben begegnete und wie bereitwillig man das eigene Schicksal annahm.

Sie saß an dem Tisch, legte die Hände auf die Platte und sah die Polizeibeamten erwartungsvoll an. Zu Eriks Erstaunen war sie es, die das Gespräch eröffnete. »Sie können sich das Verhör sparen. Ich lege selbstverständlich ein Geständnis ab.«

»Was ist passiert?«, fragte Erik.

»Ich habe meinen Mann betrogen«, antwortete sie. »Ich weiß, das ist eine große Sünde. Aber … Roberto liebt mich. Wir waren einmal so gut wie verlobt, doch dann kam Valerio …« Sie wischte sich mit dem Ärmel ihres Kleides über die Nase, was Erik mehr erschütterte als das Geständnis, das sie ihm gerade gemacht hatte. »Ich bin damals auf ihn reingefallen und habe Roberto den Laufpass gegeben.«

»Das haben Sie später bereut?«

»Spätestens in dem Moment, in dem ich begriff, dass Valerio mich nie geliebt hat. Er wollte mich nur besitzen.«

»Und er hat Sie ebenfalls betrogen. Mehrfach! Meist mit Prostituierten?«

Ihre Antwort überraschte ihn. »Nein.«

»Aber Sie haben gesagt …«

»Das habe ich getan, weil ich Valerio bereits … Sie wissen schon.«

»Sie hatten ihn angekettet und warteten auf sein Ende.«

»Ohne sein Medikament konnte nun er nicht lange überleben.«

»Und ich sollte glauben, dass er häufig verschwindet und Sie sich deswegen keine Sorgen machen, wenn er mal ein paar Nächte wegbleibt.«

Sie nickte und benutzte den Ärmel erneut wie ein Kind, das sein Taschentuch vergessen hat.

»Wie haben Sie es geschafft, ihn in das Zimmer zu locken und ihn zu fesseln?«, fragte Sören.

Ihr Oberkörper schwankte leicht, es schien, als könnte sie trotz der Armlehnen vom Stuhl fallen. Aber während sie sprach, stabilisierte sich ihre Haltung wieder. »Er wollte immer, dass ich widerliche Dinge mit ihm mache. Sexpraktiken …« Sie schüttelte sich und schien nicht weitersprechen zu wollen. »Aber das habe ich nie zugelassen. So was ist nicht gottgewollt. Einmal habe ich mich unserem Pfarrer anvertraut, und der hat mich bestätigt. So etwas darf kein Mann von seiner Frau verlangen. Meine ehelichen Pflichten habe ich erfüllt, aber das … das gehörte nicht dazu.«

Erik verzichtete auf die Frage, was sie damit meinte. Er starrte sie verwundert an und merkte, dass Sören das Gleiche dachte wie er selbst. Wie war es möglich, dass diese Frau, die bisher die Rolle einer modernen Frau verkörpert hatte, derart unzeitgemäße Ansichten vertrat? Eheliche Pflichten! Das war doch ein Begriff aus einer anderen Zeit! Ihm wurde klar, dass Alessia Fallaci das Mädchen aus dem umbrischen Dorf geblieben war, noch mehr als seine Schwiegermutter. Ihre Schönheit hatte ihr zwar ein Tor zur weiten Welt geöffnet, aber sie war nie hindurchgegangen. Sie war in der moralischen Umklammerung von Panidomino geblieben.

»Warum musste Ihr Mann sterben?«

»Er hatte mich mit Roberto gesehen. Und er sprach zum ersten Mal von Scheidung.« Nun begann sie so unvermittelt zu weinen, dass Erik erschrak. Er stand auf, ging zu dem jungen Polizeibeamten, der an der Tür stand, und bat ihn, für Papiertaschentücher zu sorgen.

»Sie sprechen von Roberto?«, fragte Sören. »Er ist auf Sylt?«

»Roberto Ricci, ja. Er wollte mich zu sich holen. Aber Valerio muss etwas gemerkt haben. Er hat mich beschatten lassen. Dabei war ich so vorsichtig. Ich hatte ihm gesagt, ich treffe mich mit …« Plötzlich warf sie Erik einen unsicheren Blick zu, den er sich zunächst nicht erklären konnte. »… mit Ihrer Schwiegermutter.«

Erik begann zu ahnen, was sich dann abgespielt hatte. »Ihr Mann wollte auf Scheidung verzichten, wenn Sie … sagen wir, wenn Sie bereit waren …« Plötzlich hatte er Angst, dass er auf dem falschen Dampfer war, und führte den Satz nicht zu Ende.

Doch Alessia nickte. »Er hat sich selbst sein Grab geschaufelt«, sagte sie mit einer Kälte, als wäre Mord nicht halb so schlimm wie Scheidung. Und vermutlich empfand sie es tatsächlich so. Mord führte ins Gefängnis, wo man allein sein konnte mit der Schuld, nach einer Scheidung dagegen blieb sie Teil der Gesellschaft von Panidomino und wurde verächtlich betrachtet. »Er wollte, dass ich endlich zu Fesselspielen bereit bin. Darauf war er schon lange aus. Und da fiel mir ein, dass Holger Callesen gefesselt gestorben ist. Das hat mich auf die Idee gebracht ...«

Sören wollte es genauer wissen. »Warum nicht in Ihrer Wohnung? Warum in einem Zimmer in dem unbewohnten Anbau?«

»Ich habe ihm gesagt, die Putzfrau wäre bei uns. Und ich wolle es sofort, ehe ich es mir anders überlegte. Da hat er nur gelacht, hat Bettwäsche besorgt und Handschellen aus seinem Büro geholt.« Ihr Gesicht verzog sich zu einer Fratze des Hasses. »Die hatte er in seinem Schreibtisch! Seit er *Fifty Shades of Grey* gelesen hatte. Für alle Fälle! Widerlich!«

Erik beschloss, Alessia Fallaci den Rest zu ersparen. »Wo ist Ihr Freund jetzt?«

Wieder begann sie zu weinen. »Er hat mich verlassen. Als er merkte, was passiert war, ist er nach Italien zurückgereist. Verraten wollte er mich nicht, aber heiraten wollte er mich auch nicht mehr.«

»Eine Mörderin.« Sörens Stimme war voller Verständnis.

Plötzlich hatte Erik eine Idee. »Wohnte er im Hotel Wiesbaden?«

»Ja.«

»War er häufig im Frangiflutti? Hat meine Tochter ihn einmal im Weinkeller erwischt?«

»Ja.«

»Der Mafioso«, stöhnte Sören.

»Was wollte er im Weinkeller?«

»Er hatte von der Weinpanscherei gehört und wollte sich vergewissern, dass Valerio wirklich ein Betrüger ist. Er meinte, dass wir ihn vielleicht damit erpressen könnten. Valerio wäre womöglich bereit, mich gehen zu lassen, wenn Roberto versprach, ihn nicht anzuzeigen.«

»Aber dazu ist es nicht mehr gekommen?«

Alessias Antwort kam heftig: »Ich lasse mich nicht scheiden! Meine alte Mutter würde das nicht überleben. Wie stünde ich denn da – als geschiedene Frau?«

Erik gefiel es trotz allem nicht, dass Sören zurückfragte: »Und wie stehen Sie jetzt da? Als Mörderin! Dann wollen wir mal hoffen, dass Ihre alte Mutter das überlebt.«

Erik warf Sören einen strafenden Blick zu, als säßen sie mit Signora Fallaci im Frangiflutti und wären auf ein Gläschen Champagner verabredet. Aber Sören erwiderte den Blick mit dem strikten Hinweis, dass eine Frau, die ihren Mann umbrachte, gut und gerne eine Mörderin genannt werden durfte.

»Sie haben ja recht«, murmelte Erik und erhob sich. An der Tür blickte er sich noch einmal um, aber noch immer sah er in Alessia Fallaci nicht die Mörderin ihres Mannes, sondern nur eine Frau, die am Leben gescheitert war. Am Leben und an den Gesetzen von Panidomino.

Der Tag, an dem Carlotta Capella sechzig wurde, war strahlend und sonnig. Beinahe windstill, beinahe so heiß wie ein Julitag in Umbrien, beinahe so laut und fröhlich wie in Panidomino. Nichts war also vollkommen, aber glücklich war Mamma Carlotta trotzdem. Auf Sylt erwartete sie eben keinen wolkenlosen Himmel, dort war sie auch mit einem kühlen Wind zufrieden und mit leiser Heiterkeit, weil sie auf der Insel in der Nordsee nicht mehr erwarten durfte. Das alles wusste sie und fand sich gerne damit ab.

Schon in aller Herrgottsfrühe rief Guido, ihr Ältester, an, um zu gratulieren, seine Frau Sandra und die beiden Töchter schlossen sich natürlich an, und in schneller Folge ließen die anderen fünf Kinder das Telefon klingeln – dazu auch die Partner, die mittlerweile zu ihnen gehörten –, um der Mama und der Nonna

Glück zu wünschen. Als Erik aus dem Bad kam, hatte er mindestens achtzigmal das Wort »grazie« gehört, das jedes Mal in einer Lautstärke durchs Haus gejubelt wurde, dass einem Friesen Hören und Sehen vergingen. Kaum dampfte der Espresso in den Tassen, riefen die Cousinen und Cousins an, sämtliche Nichten und Neffen, die Nachbarn aus Panidomino, der Pfarrer und seine Haushälterin, der Weinbauer, dem Carlotta jährlich bei der Lese half, der Metzger, den sie unterstützte, wenn die Schweine ins Schlachthaus getrieben werden mussten, und der Geflügelhändler, dem sie das Rupfen und Ausnehmen der Gänse abnahm, wenn er es selbst nicht schaffte. Und jedem wurde erzählt, dass ihr Schwiegersohn sie zu einem Festmenü eingeladen habe, das in einem sehr vornehmen Hotel eingenommen werden sollte. Das Gespräch mit Concetta dauerte besonders lange, denn sie musste natürlich erfahren, dass das Ehepaar Fallaci nicht nach Montalcino zurückkehren würde, Valerio, weil er nicht mehr lebte, Alessia, weil sie die nächsten Jahre in Haft zubringen würde. Concetta war so entgeistert, wie Mamma Carlotta es liebte, und wurde dafür mit vielen Einzelheiten belohnt, garniert mit unzähligen Entschuldigungen, weil Carlotta in Montalcino gewesen war, ohne sie zu besuchen, und der Versicherung, dass man einen solchen Besuch in Kürze nachholen wolle. Concetta war hingerissen von den vielen Neuigkeiten, kündigte an, das Weingut der Fallacis im Auge zu behalten und Carlotta über alles, was sich dort tat, zu informieren. Carlotta wiederum revanchierte sich mit der Information, dass die italienische Polizei längst von ihrem Schwiegersohn über die Machenschaften informiert worden sei, die nun wohl Eduardo Fallaci allein auszubaden habe, es sei denn, es gelang ihm, den Löwenanteil auf seinen Vater abzuwälzen, wie seine Mutter es ihm schon zu dessen Lebzeiten geraten hatte. Hochzufrieden beendeten beide das Telefonat, in dessen Verlauf Carlottas runder Geburtstag total aus dem Fokus geraten war. Und ob Concetta mit ausreichendem Überschwang von dem Menü erzählt worden war, dass Erik zu Ehren seiner Schwiegermutter bestellt hatte, wusste Carlotta hinterher nicht mehr genau, was sie ein wenig ärgerte. Ihre Cousine hatte ja noch nie einen Geburtstag in einem Restaurant gefeiert, und sie hätte sich gerne in ihrer Bewunderung gesonnt.

Das Frangiflutti dümpelte auf der rauen See des Hotelgewerbes in akuter Seenot, von Herrn Riefling notdürftig auf Kurs gehalten. Der Rezeptionist versuchte, das Geschäft in die Hand zu nehmen, was den Laden bis zum Ende des Monats am Laufen halten würde, bis die vermutlich letzten Gehälter gezahlt wurden und man sehen musste, wie es weitergehen würde. Der Küchenchef hatte jedenfalls noch keine andere Stelle in Aussicht, das Küchenpersonal ebenso wenig, und so gab es, wie Herr Riefling immer wieder betonte, keinen Grund, den Vertrag, den Erik geschlossen hatte, nicht zu erfüllen.

Das Restaurant war schlecht besucht, weil sich längst herumgesprochen hatte, dass im Frangiflutti etwas nicht so war, wie es sein sollte. Den Teil des Gastraums, in dem eine festliche Tafel gedeckt war, hatte die Geburtstagsgesellschaft ganz für sich allein. Sie waren zu Fuß gegangen, das Ehepaar Kemmertöns war der Familie gefolgt, obwohl Herr Kemmertöns lange überlegt hatte, für diese Strecke den Wagen zu nehmen. Nur der Gedanke daran, dass er dann sein Essen ohne ein verdauungsförderndes Bier einnehmen musste, hatte ihn bewogen, den Weg durch den Einsatz eigener Muskelkraft zu bewältigen. Dr. Hillmot dagegen hatte sich in seinen Wagen gequetscht, um zum Frangiflutti zu fahren, Sören überholte sie kurz vor dem Eingang auf dem Rennrad.

Als Mamma Carlotta am festlich geschmückten Kopfende der Tafel Platz nahm, betrachtete sie wohlwollend ihre Gäste, war überaus zufrieden, bedauerte aber, dass ihre heimlichen Freunde nicht anwesend sein konnten. Sie warf Frau Kemmertöns einen Blick zu, die ihn erwiderte, als erahnte sie Mamma Carlottas Gedanken. Ja, es wäre nett gewesen, in Käptens Kajüte einen Aperitif zu nehmen, einen Prosecco, Hugo oder Aperol Spritz, und sich an die Abende zu erinnern, an denen Frau Kemmertöns ihrem Mann mal zeigen wollte, was passierte, wenn man seine Frau nicht zum Auftritt eines Shantychors begleiten wollte. Ob er es nun verstanden hatte, war Carlotta nicht ganz klar, aber es schien doch ein neues Einvernehmen zwischen den beiden zu geben. Sie seufzte zufrieden. Dann waren die Alkoholexzesse und Frau Kemmertöns' Abenteuer in der Küche ja nicht ganz umsonst gewesen. Nur die Sache mit dem Abnehmen hatte wohl nicht geklappt. Den rosa Blazer trug die Nachbarin jedenfalls immer noch nicht.

Dass seine Schwiegermutter darauf bestanden hatte, auch die Staatsanwältin zu ihrer Geburtstagsfeier einzuladen, war Erik gar nicht recht gewesen. Aber er hatte schließlich nachgeben müssen. Und kaum sah er, wie sie durchs Foyer gestöckelt kam, ärgerte er sich schon, dass er nicht standhaft gewesen war. Frau Dr. Speck sah großartig aus, das musste er – wenn auch ungern – zugeben. Aber sie passte einfach nicht hierher. Die High Heels, die kunstvolle Frisur, das aufwendige Make-up, der Duft, der sie umwehte, der kurze Rock, das tiefe Dekolleté – nein! Dieses Wort sagte Erik laut und deutlich tief in sich drinnen, ohne es jedoch auszusprechen. Und dass sie ihn unbedingt umarmen wollte, um ihm ein Küsschen sowohl links als auch rechts zu verpassen, war der Gipfel. Nein! Das strahlende Gesicht seiner Schwiegermutter, die die Begrüßung der beiden beobachtet hatte, verärgerte ihn zudem, und dass die Mienen seiner Kinder, die sich bisher angewidert verzogen hatten, wenn von der Staatsanwältin die Rede gewesen war, plötzlich von Wohlwollen geglättet wurden, erboste ihn geradezu. Nur Sören stand auf seiner Seite, stellte er fest. Seine Züge hellten sich zum Glück nicht auf, nicht einmal, als er sich sehr genau die Beine, den Brustansatz und den runden Hintern der Staatsanwältin angesehen hatte.

Noch bevor der erste Gang serviert wurde, erschien Herr Riefling mit einem riesigen Blumenstrauß in der Tür des Restaurants. Er gab Mamma Carlotta einen Wink. »Die sind für Sie abgegeben worden. Ich stelle die Blumen für Sie ins Wasser.«

»Grazie tante!« Von wem mochte der Strauß sein? Die Neugier schmälerte den Genuss der Spargelcremesuppe. Erst als der Hauptgang auf den Tisch kam, hatte sie die Frage, wer diesen Strauß geschickt haben mochte, vergessen.

Schon am frühen Morgen hatte der Blumenbote geklingelt und einen Strauß bunter Rosen abgegeben. Von Wiebke! Mamma Carlotta war entzückt gewesen und hatte eilig überlegt, ob es möglich war, Wiebke eine nachträgliche Einladung zukommen zu lassen. Doch Erik hatte sämtliche Erwägungen im Keim erstickt. Die Enttäuschung, dass Wiebke wieder einmal einer Titelzeile den Vorrang eingeräumt hatte, dass ihr der Job wichtiger gewesen war als die Ergreifung eines Mörders, wog schwer. Und als Erik seine Schwiegermutter daran erinnerte, dass Carolin das schreckliche Erlebnis im Anbau des Frangiflutti erspart geblieben wäre, wenn Wiebke anders gehandelt hätte, sah sie ein, dass er recht hatte. Nein, Wiebke war Vergangenheit, so leid es ihr trotz allem dennoch tat. Der angenehme Ausgleich war, dass auch Svea Teil der Vergangenheit geworden war. Von ihr war keine Gratulation gekommen, was die Genugtuung über die Trennung noch ein bisschen einfacher machte. Und dass dieses Essen ohne eine vegane Variante auskommen konnte, gefiel Mamma Carlotta auch.

Bevor das Dessert gereicht wurde, beschloss Erik, an die frische Luft zu gehen und sich eine Pfeife zu stopfen. Er konnte nichts dafür, dass der Weg ihn an dem kleinen Tisch vorbeiführte, den Herr Riefling aufgestellt hatte, damit Mamma Carlotta die Geburtstagsgeschenke ihrer Gäste dort präsentieren konnte. Der Strauß aus bunten Sommerblumen, der ins Hotel geschickt worden war, machte ihn neugierig. Er sah, dass seine

Schwiegermutter in ein intensives Gespräch mit den Kemmertöns vertieft war, nahm die Karte, die zwischen den Blüten steckte, und klappte sie auf. »Herzlichen Glückwunsch von Ihren Sylter Freunden!«, las er.

Erik runzelte die Stirn. Sylter Freunde? Wer mochte das sein? Grinsend steckte er die Karte wieder zurück. Vielleicht die Kassiererinnen von Feinkost Meyer, die zusammengelegt hatten, die Apothekerin und ihre Angestellten oder der Bäcker und seine Verkäuferinnen?

Er ging in den Hof des Hotels und zündete sich langsam und umständlich, wie es seine Art war, die Pfeife an, ohne den Blick von dem Anbau zu nehmen, in dem so viel geschehen war. Als er die ersten Rauchwolken in den Himmel paffte, bemerkte er, dass jemand hinter ihn trat. Die Staatsanwältin! Auch das noch!

»Was ich noch sagen wollte, Wolf ... die Reise mit Ihrer Schwiegermutter in die Toskana war natürlich nicht ganz in Ordnung. Sie hatten recht. Was wir herausbekommen haben, ist gerichtlich nicht zu verwerten. Dass sie uns Hinweise liefern würde, war nicht vorauszusehen.«

Erik war erstaunt. Die Staatsanwältin konnte auch selbstkritisch sein? Das war ja ein ganz neuer Zug an ihr.

»Wer weiß, wie Sie den Dienstreiseantrag gefälscht haben!«, stieß er hervor. »Und für so was muss der Steuerzahler berappen.«

Er sah aus den Augenwinkeln, wie die Staatsanwältin den Kopf schüttelte. »Keine Sorge, die Reise habe ich aus eigener Tasche bezahlt.«

Erik fuhr herum. »Auch das Flugticket für meine Schwiegermutter?«

Den verlegenen Blick, den sie jetzt aufsetzte, hatte er noch nie gesehen. »Ich wollte ein paar Tage Urlaub mit Ihrer Schwiegermutter machen. Es war dann ja letztlich nur ein einziger Tag. Und dass sie in die Hände einer Irren und ich in eine brennende Scheune geraten würde, habe ich wirklich nicht ahnen können.«

Erik hatte einiges auf der Zunge liegen, aber wie es seine Art war, musste er sich erst mal überlegen, welche Worte er wählen sollte, welche angemessen waren, wie scharf seine Entgegnung sein durfte … da stellte er fest, dass er zu lange nachgedacht hatte. Carolin trat zu ihnen. Immer noch blass, aber lächelnd und bei guter seelischer Gesundheit. Sie würde zwar in der folgenden Woche vorsichtshalber einen Arzt aufsuchen, um das schreckliche Erlebnis zu verarbeiten, aber Erik war guter Hoffnung, dass es ihr gelingen würde. Während er liebevoll den Arm um sie legte, war es dann die Staatsanwältin, die sie auf die Stunden ansprach, die sie auf dem Bett zugebracht hatte, in dem Valerio Fallaci gestorben war. Erstaunt hörte er sich an, wie einfühlsam Frau Dr. Speck fragte und wie bereitwillig Carolin Auskunft gab. Das reinste Chamäleon, diese Frau! Mal so, mal so! Dienstlich war sie unerträglich und privat gelegentlich so nett, dass er sie schon deswegen nicht ausstehen konnte.

Mamma Carlotta betrachtete gerührt die Karte, die sie soeben aus den Blumen geholt hat. »Ihre Sylter Freunde!« »Che bello!« Sie musste lachen, als sie sich vorstellte, welche Diskussionen zwischen Tove und Fietje vorangegangen waren, als sie sich überlegten, wie sie der Schwiegermutter des Hauptkommissars unauffällig gratulieren konnten, wie sie sich gegenseitig beschimpft hatten und schließlich wütend und zähneknirschend zu einer Einigung gekommen waren. Ja, es war wirklich schön, Sylter Freunde zu haben. Und gleich am nächsten Tag würde sie sich so lange, so laut und so überschwänglich bei den beiden bedanken, bis Tove sagen würde: »Hören Sie endlich auf zu sabbeln, Signora! Das ist ja nicht auszuhalten.«

ENDE

REZEPTANHANG

Prosciutto e fichi – Schinken mit Feigen

Den rohen Schinken in die Mitte einer Platte legen. Die Feigen schälen und die Platte am Rand damit garnieren. Dazu Weißbrot servieren.

Spaghetti mit Zucchini

Zutaten für vier Personen: *Ein kg Zucchini, ein halber Liter Erdnussöl, 100 g geriebener Parmesan, 100 g in Stücke geschnittener Provolone oder Holländer Käse, 3 EL gehackter Basilikum, 50 g Butter, Salz, Pfeffer, 500 g Spaghetti*

Die Zucchini waschen und in etwa 2 cm dicke Scheiben schneiden. Portionsweise in heißem Öl 8–10 Minuten ausbacken, bis sie leicht Farbe annehmen. Herausnehmen und schichtweise mit den beiden Käsesorten, mit Basilikum, einigen Butterflocken, frisch gemahlenem Pfeffer und wenig Salz in eine Schüssel geben.

Die Spaghetti al dente kochen, gut abtropfen lassen und mit den Zucchini vermischen. In eine feuerfeste Form füllen. Auf den Herd stellen und bei kleinster Hitze einige Male umrühren und sofort servieren. Mamma Carlotta hat kürzlich für dieses Rezept Raclettekäse verwendet, der schmeckte auch sehr gut.

Risotto con la zucca gialla – Risotto mit gelbem Kürbis

Zutaten für vier Personen: *500 g gelber Kürbis, 80 g Butter, eine halbe Zwiebel, 3 dl Milch, 300 g Reis, 6 dl Fleischbrühe, Salz, Pfeffer aus der Mühle, ein TL Zucker, eine Prise geriebene Muskatnuss, 80 g frisch geriebener Parmesan*

Kürbis schälen, entkernen und in ganz feine Scheiben schneiden. Die Hälfte der Butter erhitzen. Fein gehackte Zwiebel hineingeben. Kurz anziehen lassen. Kürbisscheiben beifügen. Langsam dünsten, dabei ständig etwas heiße Milch dazugeben und umrühren. Kürbis gegen die Topfwände pressen, damit ein Püree entsteht. Wenn nach einer halben Stunde der Kürbis zu Brei gekocht ist, Reis beifügen. Gut vermischen und unter ständigem Rühren nach und nach die kochende Fleischbrühe dazugießen. Mit Salz abschmecken und, falls der Kürbis nicht sehr süß ist, den Zucker beifügen. Etwas Muskatnuss darüberstäuben. Wenn der Reis gar ist, den Topf vom Herd nehmen, die restliche Butter und die Hälfte des geriebenen Käses beifügen. Gut umrühren, mit dem übrig gebliebenen Käse anrichten und frisch gemahlenen Pfeffer darüberstreuen.

Für dieses Gericht nimmt Mamma Carlotta immer einen runden Kürbis mit rauer, fast grauer Schale. Inwendig muss er ein schönes rötliches Gelb aufweisen, trocken und sehr süß sein, dann ist er genau richtig. In der Poebene wachsen die besten Kürbisse, und zum Glück hat Mamma Carlotta Verwandte dort.

Fragole fritte

Zutaten für 4 Personen: *100 g Mehl, eine Prise Salz, ein EL Zucker, ein EL Rum, ein EL Olivenöl, ein Ei, 400 g Erdbeeren, 2 EL Zucker, Saft einer Zitrone, 24 runde Oblaten von etwa 8 cm Durchmesser, Butter zum Ausbacken*

Die Erdbeeren waschen, gut abtropfen, entstielen, in Stücke schneiden, in eine Schüssel geben und mit Zucker und Zitronensaft mischen.

Mehl mit einem halben dl Wasser, Salz, Zucker und Rum gut mischen. Das verrührte Eigelb und Olivenöl hinzufügen. Eine Stunde ruhen lassen. Vor der Verwendung das zu steifem Schnee geschlagene Eiweiß dazugeben. Die Oblaten mit kaltem Wasser benetzen, auf die linke Hand legen, ein Esslöffel Erdbeeren in die Mitte geben und zu einem Beutel zusammenraffen. Beim Verschluss anfassen, durch den Teig ziehen und goldgelb ausbacken. Sofort warm servieren.

Puttanesca

Die Zutaten für dieses Pastagericht hat Mamma Carlotta immer im Vorrat. Perfekt, wenn mal wieder die Zeit zum Einkaufen fehlt, weil sie zu lange mit ihren Nachbarinnen geschwatzt hat.

Zutaten für zwei Personen: *2 Schalotten, 2 Knoblauchzehen, 4 Stiele Petersilie, 3 Sardellenfilets (in Öl), 200 g Tortiglioni, ein halber TL getrockneter Oregano, Salz, 250 ml stückige Tomaten aus der Dose, 50 g schwarze Oliven ohne Stein, 2 EL Kapern, Pfeffer, geriebener Pecorino zum Servieren*

Die Schalotten sowie den Knoblauch schälen und in feine Scheiben schneiden. Die Petersilie waschen und trocken schütteln, die Blätter abzupfen und mit den Stielen beiseitelegen. Die Sardellen abtropfen lassen und grob hacken.

Das Öl in einer großen Pfanne mit hohem Rand erhitzen. Die Sardellen darin bei schwacher Hitze ca. 3 Minuten andünsten, bis sie zerfallen. Die Chilischote zerbröseln. Mit den Schalotten und dem Knoblauch zu den Sardellen geben und eine Minute mit andünsten, bis der Knoblauch leicht gebräunt ist.

Die Pfanne vom Herd nehmen. Die Nudeln, die Petersilienstiele, den Oregano und einen halben Teelöffel Salz in die Pfanne geben. Die Tomaten und 450 ml kaltes Wasser dazugießen. Die Pfanne wieder auf die Herdplatte stellen und alles zugedeckt bei starker Hitze zum Kochen bringen.

Die Nudeln offen bei mittlerer bis starker Hitze 12 bis 15 Minuten kochen lassen. Dabei ab und zu umrühren, je mehr Flüssigkeit verkocht ist, desto öfter. In der Zwischenzeit die Oliven halbieren und die Kapern abtropfen lassen.

Die Petersilienstiele entfernen. Die Petersilienblätter fein schneiden und mit den Oliven sowie den Kapern unter die Nudeln mischen.

Die Tortiglioni alla puttanesca großzügig mit Pfeffer würzen und mit geriebenem Pecorino servieren.

Gemischter Salat mit warmen Champignons

Zutaten für vier Personen: *Ein halber Kopf Eisbergsalat, 2 Paprikaschoten (rot und gelb), eine Dose Mais (gut abgetropft), 250 g Cocktailtomaten (rot und gelb), 500 g Champignons (braun oder weiß), eine rote Zwiebel, ein TL Instant-Gemüsebrühe, 250 ml Wasser, 5 EL Essig, ein EL Olivenöl, 2 EL Senf, 2 EL Honig, Salz, bunter Pfeffer aus der Mühle, eine Handvoll Kräuter der Saison, Öl zum Braten*

Da Eriks Freundin Veganerin ist, hat Mamma Carlotta gelernt, statt des Honigs Agavendicksaft zu benutzen. Gerne tut sie es aber nicht.

Den Eisbergsalat gut waschen, abtropfen lassen und in mundgerechte Stücke schneiden. Die Paprikaschoten waschen, entkernen und in schmale Streifen schneiden. Die Cocktailtomaten waschen und halbieren oder vierteln, die Champignons putzen und in Scheiben schneiden. Die Zwiebel fein würfeln.

Die Kräuter waschen und vorsichtig trocken tupfen, dann fein hacken und beiseitestellen. 250 ml Wasser aufkochen und einen TL Gemüsebrühe einstreuen, beiseitestellen.

Das Öl in einer Pfanne stark erhitzen und die Champignons kurz scharf anbraten, dann die Zwiebeln zugeben und kurz mitbraten. Mit Salz und Pfeffer würzen. Das Ganze mit der Gemüsebrühe ablöschen und auf kleiner Flamme so lange köcheln, bis die Gemüsebrühe vollständig reduziert ist.

Den Essig, das Öl, den Senf und den Honig zu einer Vinaigrette vermischen, mit Salz und Pfeffer würzen.

Auf vier tiefen Tellern erst den Eisbergsalat, dann Paprikastreifen, den Mais und die Cocktailtomaten verteilen, obendrauf die warmen Champignons anrichten. Die Vinaigrette darüberträufeln und zum Schluss alles mit den frischen Kräutern bestreuen.

Vegane Suppe mit roten Linsen

Zutaten für zwei Personen: *Eine Tasse rote Linsen, 5 Tassen Wasser, ein EL Olivenöl, eine Zwiebel, 2 Knoblauchzehen, eine rote Paprikaschote, 3 getrocknete Tomaten, ein Schuss Balsamico, ein TL Zucker, ein gehäufter TL Instant-Gemüsebrühe, Pfeffer und Salz*

Zwiebel und Knoblauch fein würfeln, Paprika putzen und klein schneiden und alles in Olivenöl anbraten. Tomaten würfeln und mitbraten. Linsen dazugeben und alles mit Wasser ablöschen. 10 Minuten kochen lassen, danach Instantbrühe einrühren und pürieren. Mit Essig, Zucker, Salz und Pfeffer abschmecken.

Giottocreme

Zutaten für drei Personen: *100 g Giotto-Konfekt, 20 g Kakao, 25 g Zucker, 500 ml Sahne*

Die Giotto-Kugeln mit dem Kakao und dem Zucker in einen Mixer geben und fein mahlen. Nun alles mit Sahne aufgießen und dann die Sahne so lange im Mixer schlagen, bis sie steif ist. Das geht molto presto!

Kaltes Tomatenmousse

Zutaten für sechs Personen: *8 geschälte und entkernte Tomaten, ein EL gehackter Schnittlauch, eine gehackte Knoblauchzehe, Mayonnaise nach Geschmack, 150 ml fettarmer Naturjoghurt, 100 ml Sahne, Salz, Pfeffer Basilikumblätter zum Garnieren*

Die Tomaten von innen salzen und 10 Minuten mit der Öffnung nach unten auf Küchenpapier abtropfen lassen, dann in der Küchenmaschine zu Püree verarbeiten. Das Tomatenpüree in einer großen Schüssel mit Schnittlauch und Knoblauch vermengen. Vorsichtig zuerst die Mayonnaise, dann den Joghurt und zuletzt die Sahne unterheben und alles mit Salz und Pfeffer abschmecken. In Portionsschälchen geben und kalt stellen. Mit Basilikumblättern garniert servieren.

Thunfischsauce

Zutaten für vier Personen: *250 g geschälte Tomaten aus der Dose, eine Knoblauchzehe, 120 g Thunfisch in Öl, abgetropft, 2 EL Olivenöl, eine in Salz eingelegte Sardelle*

Tomaten samt Saft, Knoblauch und einer Prise Salz in einem Topf bei mittlerer Hitze zum Kochen bringen. 15 Minuten garen. Die Hitze reduzieren und die Tomaten mit einem Holzlöffel zerdrücken. Die Sauce weiter kochen, bis sie etwas eingedickt ist. Den Topf vom Herd nehmen und den Knoblauch entfernen. Den Thunfisch mit einer Gabel zerpflücken und in die Sauce rühren. Die Sardelle filetieren, hacken und zusammen mit dem Olivenöl unterrühren. Alles über die heißen Spaghetti geben.

Costolette alla Milanese – Mailänder Kalbsschnitzel

Zutaten für vier Personen: *50 g Butter, Salz, 4 entbeinte Kalbskoteletts, ein Ei, 80 g Semmelbrösel*

Das Fleisch mit einem Fleischklopfer gleichmäßig plattieren. Das Ei mit einer Prise Salz auf einem Teller verquirlen. Die Semmelbrösel auf einen zweiten Teller geben. Die Butter in einer Pfanne zerlassen. Die Koteletts erst im Ei, dann in den Semmelbröseln wenden und diese mit den Fingern andrücken. Bei geringer Hitze 10 Minuten auf jeder Seite goldbraun braten. Herausheben und auf Küchenpapier abtropfen lassen. Auf eine vorgewärmte Servierplatte legen. Zu den Koteletts passen Buttergemüse oder ein frischer Salat.

Cavolfiore speziato – Pikanter Blumenkohl

Zutaten für vier Personen: *Ein kleiner Blumenkohl, 2 Karotten, eine Knoblauchzehe, Saft von einer Zitrone, ein EL trockener Weißwein, 3 EL Olivenöl, ein halber TL Kreuzkümmelsamen, eine Prise Paprikapulver, Salz*

Die zartesten Röschen vom Blumenkohl ablösen und in eine Salatschüssel geben. Karotten in Stifte schneiden, Knoblauch fein hacken und zufügen. Zitronensaft, Wein, Olivenöl, Kreuzkümmelsamen, Paprikapulver und eine Prise Salz verrühren. Das Dressing über den Salat gießen und gut vermischen.

Crêpes alle mele – Apfel-Crêpes

Zutaten für sechs Personen: *100 g Mehl, 2 Eier, 250 ml Milch, 25 g Butter, Öl zum Einfetten, Salz, 100 g Zucker, ein halber TL gemahlener Zimt, Saft von einer Zitrone, ein Streifen dünn abgelöste Zitronenschale, 500 g geschälte und gewürfelte Äpfel, das Kerngehäuse entfernt*

Das Mehl in eine Schüssel sieben, Eier und 3 bis 4 EL Milch zugeben und alles gut verrühren. Nach und nach die übrige Milch unterrühren, sodass ein dünnflüssiger Teig entsteht. Die Butter im Wasserbad zerlassen, fast ganz abkühlen lassen und dann unter den Teig ziehen. Mit Salz würzen, einige Minuten mit einem kleinen Schneebesen schlagen und mindestens eine Stunde ruhen lassen. Eine Crêpepfanne mit Öl einfetten, erhitzen und 2 EL Teig hineingeben. Die Pfanne schwenken, um den Teig gleichmäßig zu verteilen. 3 bis 4 Minuten backen, bis die Unterseite fest und goldbraun ist, mit einem Spaten wenden und die andere Seite etwa 2 Minuten goldbraun backen. Auf diese Weise 12 Crêpes backen, mit Backpapier dazwischen auf einem Teller stapeln und warm halten.

175 ml Wasser, Zucker, Zimt, Zitronensaft und -schale in einen Topf geben, zum Kochen bringen und rühren, bis sich der Zucker aufgelöst hat. Bei starker Hitze einige Minuten zu einem Sirup einkochen. Die Zitronenschale entfernen und die Äpfel zugeben. Unter häufigem Rühren kochen, bis die Äpfel karamellisiert sind. Den Topf vom Herd nehmen. Die Masse auf den Crêpes verteilen.

Locker aufrollen und auf einem großen Servierteller anrichten. Warm servieren.

Bicicletta Campari

Für vier Drinks: *120 ml Campari, 500 ml trockener, fruchtiger Weißwein, 4 Spritzer Limetten- oder Zitronensaft, Eiswürfel*

Jeweils 30 ml Campari in ein Glas füllen. Einen Spritzer Limettensaft oder Zitronensaft zugeben und mit einem achtel Liter Weißwein auffüllen. Nach Belieben Eiswürfel zugeben und servieren.

Sellerie-Kartoffel-Suppe

Zutaten für 4 Personen: *50 g Butter, 750 g Kartoffeln, eine Prise Pfeffer, ein Liter Instantbrühe, 2 Prisen Salz, 2 EL Schnittlauch, 200 g Sellerie, zwei Zwiebeln*

Die Kartoffeln schälen und in mittelgroße Würfel schneiden. Zwiebeln schälen und fein hacken. Den Sellerie putzen und in Streifen schneiden. Die Zwiebeln und den Sellerie in Butter etwas andünsten, die Kartoffelwürfel dazugeben und mit der Instantbrühe aufgießen. Salzen und pfeffern und ca. 10 Minuten kochen lassen. Vor dem Servieren mit etwas Schnittlauch bestreuen.

Torina di ricotta con salsa di lamponi – Ricotta-Törtchen mit Himbeersauce

Zutaten für die Ricotta-Törtchen: *2 Blatt weiße Gelatine, 2 EL Milch, 250 g Ricotta, 50–75 g Zucker, ein EL Vin Santo, 2 Eiweiße*

Zutaten für die Himbeersauce: *200 g Himbeeren, 1–2 EL Zucker, 2–3 EL Kirschlikör (Marascino)*

Für die Törtchen Gelatine in kaltem Wasser einweichen. Milch in einem kleinen Topf erwärmen (nicht kochen). Gelatine leicht ausdrücken und anschließend in der Milch unter Rühren vollständig auflösen. Den Ricotta mit Zucker und Vin Santo cremig rühren, die aufgelöste Gelatine unterrühren. Eiweiß steif schlagen und vorsichtig unterheben. Die Ricottacreme in 4 Förmchen füllen und sie etwa 2 Stunden kalt stellen.

Für die Sauce die Himbeeren in einen hohen Becher geben, Zucker und Likör hinzufügen. Himbeeren pürieren und anschließend durch ein Sieb streichen.

Die Törtchen mit einem spitzen Messer vorsichtig vom Rand lösen, dann auf je einen Teller stürzen und jeweils etwas von der Sauce auf die Törtchen und daneben gießen.

Pappardelle mit Putenragout

15 g getrocknete Steinpilze, 450 g Putenbrustfilet, 150 g Putenleber, eine Zwiebel, 2 Knoblauchzehen, Salz, 400 g Papardelle, 2 EL Olivenöl, ein achtel Liter trockener Rotwein, ein viertel Liter Gemüsebrühe, ein EL Tomatenmark, 4 EL Sahne, 2 Zweige Rosmarin, ein TL Rotweinessig, Pfeffer aus der Mühle

Die Steinpilze in einer kleinen Schüssel mit kochendem Wasser übergießen und einige Minuten einweichen. Die Pilze in ein Sieb abgießen, dabei das Einweichwasser auffangen. Putenbrust und -leber waschen, mit Küchenpapier trocken tupfen und in Scheiben schneiden. Die Zwiebel und den Knoblauch schälen und in feine Würfel schneiden.

Reichlich Wasser zum Kochen bringen, salzen und die Pappardelle darin nach Packungsanweisung bissfest garen.

Inzwischen das Öl in einem Topf erhitzen, das Fleisch und die Leber darin anbraten. Die Zwiebel, den Knoblauch und die Pilze dazugeben, alles etwa 3 Minuten dünsten. Den Wein, die Brühe und etwa ein achtel Liter Pilzwasser dazugießen. Das Tomatenmark, die Sahne und einen Rosmarinzweig hinzufügen und alles weitere 8 Minuten köcheln lassen. Mit Rotweinessig, Salz und Pfeffer abschmecken. Den Rosmarinzweig entfernen.

Die Pappardelle in ein Sieb abgießen und abtropfen lassen. Mit dem Putenragout anrichten und mit den restlichen Rosmarinnadeln garniert servieren.

DANKSAGUNG

Ich danke meiner Freundin Gisela Tinnermann, die auch hier wieder meine Erstleserin war. Ihre Kritik nehme ich ernst, ihre Ermunterung macht mich glücklich.

Eine Frau, ein Wohnmobil und ein Sack voll Geld

*Cover- und Preisänderungen vorbehalten

Gisa Pauly

Der Mann ist das Problem

Roman

Piper Taschenbuch, 336 Seiten
€ 9,99 [D], € 10,30 [A]*
ISBN 978-3-492-31018-5

Als ihr Mann sich zu ihrem Geburtstag seinen eigenen Wunsch erfüllt und ihr ein Wohnmobil schenkt, hat Helene genug! Sie setzt sich in den Wagen und düst los, ohne Ziel und ohne Kohle. Letzteres ändert sich, als sie im Wohnmobil ein kleines Vermögen findet. Wie ist Siegfried an so viel Geld gekommen? In einem toskanischen Städtchen beginnt für Helene ein aufregendes neues Leben. Als Siegfried plötzlich vor ihrer Tür steht, ist aber erstmal Schluss mit Dolce Vita. Ob er wohl sie zurück will oder nur sein Geld?

PIPER

Leseproben, E-Books und mehr unter **www.piper.de**

Buon appetito – jetzt kocht Mamma Carlotta!

* Cover- und Preisänderungen vorbehalten

Gisa Pauly

Dio Mio!

Mamma Carlottas
himmlische Rezepte

Piper Taschenbuch, 160 Seiten
€ 9,00 [D], € 9,30 [A]*
ISBN 978-3-492-30976-9

Mamma Carlotta hat mehrere Talente. Ihren Schwiegersohn in den Wahnsinn treiben, zum Beispiel. Oder reden, bis einem die Ohren abfallen. Und natürlich das Aufklären von Morden. Königin allerdings ist sie im Kochen! Von Amarettinikuchen bis Zuppa veloce – nur die feinsten Gerichte kommen bei der resoluten Italienerin auf den Tisch. In diesem Buch verrät sie uns endlich ihre geheimsten Familienrezepte, gespickt mit den schönsten Anekdoten. Ein großartiges Geschenkbuch für alle, die gerne genießen.

PIPER

Leseproben, E-Books und mehr unter **www.piper.de**